BASTEI
LÜBBE

BASTEI LÜBBE IAN WATSON IM TASCHENBUCH-PROGRAMM:

DAS BUCH MANA

24 243 Dämonen-Kind
24 250 Kuckucks-Fluch
24 253 Mond-Fall

Ian Watson

ORAKEL

Roman

Ins Deutsche übertragen
von Jürgen Martin

BASTEI
LÜBBE

BASTEI LÜBBE TASCHENBUCH
Band 24 257

Erste Auflage: Mai 1999

Sie finden uns im Internet unter
http://www.luebbe.de

Deutsche Lizenzausgabe 1999 by
Bastei-Verlag Gustav H. Lübbe GmbH & Co.,
Bergisch Gladbach
Originaltitel: Oracle
Lektorat: Angela Koonen / Stefan Bauer
Titelbild: Bruce Jensen / Byron Preiss Publishing
Umschlaggestaltung: QuadroGrafik, Bensberg
Satz: Fotasatz Steckstor, Rösrath
Druck und Verarbeitung:
Brodard & Taupin, La Flèche, Frankreich
Printed in France
ISBN 3-404-24257-2

Der Preis dieses Bandes versteht sich einschließlich der gesetzlichen Mehrwertsteuer

ERSTER TEIL

1

Aus einiger Entfernung konnte Marcus hin und wieder einen Blick auf die Königin der britannischen Rebellen erhaschen. Da sauste sie nun umher in ihrem Streitwagen mit dem Aufbau aus Weidengeflecht, kreischte wie eine Harpyie – als ob es nicht genügte, daß sie auch so aussah. Die blutrünstige Boudicca, die Schlächterin der Kolonisten von Camulodunum und der nicht weniger wehrlosen Bewohner von Londinium und Verulamium – eine massige, grobknochige Person, in einer Tunika aus verschiedenfarbigen Stoffbahnen und einem ärmellosen Mantel. Das rötlichbraune Haar flog im Wind.

Schweiß brannte Marcus in den Augen. Boudicca hin, Boudicca her – er rammte seinen Schild gegen den nächsten schnurrbärtigen, langhaarigen, mit blauer Farbe bemalten Tölpel. Da war einfach nicht Platz genug, daß der Britannier sein klobiges Schwert schwingen konnte. Marcus stieß ihm sein *gladius* in den nackten Bauch, gerade oberhalb der Gürtellinie.

Der Britannier krümmte sich, und Marcus schlug ihm den Schild an den Kopf. Der Mann fiel. *Laß es nicht zur Routine werden, sei immer bereit für das Unerwartete* ... Und der Lärm der Schlacht verschlang jeden weiteren Laut des Gefallenen. Die Legionäre hatten keinen Atem zu verschwenden. In Keilformation drangen sie vor. Ein Schlag mit dem Schild, ein Stoß mit dem Schwert. Schlag, Stoß.

Bald würden die Streitwagen der Britannier nicht mehr manövrieren können. In vollem Galopp herbeirasen, abspringen und angreifen – dann wie der Wind davoneilen: das war die Taktik der Barbaren. Allmählich wurden einige Zehntausend bewaffneter Bauern zurückgetrieben und gegen jenen Wall aus schweren, mit Beute beladenen Karren gedrängt. Und dann würden die Streitwagen dazwischen eingeklemmt sein.

Da waren Hunderte dieser dummen Karren, von ganzen Familien bevölkert. Weiber und Kinder starrten mit großen Augen auf das Getümmel, das keineswegs den erhofften Verlauf nahm. Es würde nicht viel werden aus dem Abschlachten der Feinde, aus dem Verbrennen der Gefangenen auf dem Scheiterhaufen, aus den Pfählungen, aus den Bergen abgeschlagener Köpfe, die man in duftendem Öl konservierte. Diese Wagenburg wurde den Britanniern zum Verderben.

Ein guter Platz, den Suetonius Paulinus sich da ausgesucht hatte. Das obere Ende eines sich verjüngenden Tals. Dicht bewaldet an den Seiten und am unteren Ende, so daß von dort keine Überraschungen drohten. Sie mußten nur Aufstellung nehmen und abwarten. Warten, bis die Horden holterdiepolter heranstürmten mit ihren großartigen Bronzeschilden. Dann der erste Wurfspeer ..., der zweite, eine Eisenspitze mit Widerhaken, die sich in den Schild bohrt, ein Schaft, dessen Gewicht ihn niederzieht. Aus einer Menge britannischer Schilde wuchsen solche Schäfte, wie frische Frühlingstriebe. Man versuche einmal, einen Schild zu benutzen, in dem ein Speer steckt. Das kann man vergessen.

Hoch das Schwert, runter damit. Vorwärts ging es, in Keilformation, durch diese See aus Menschenleibern. Schlagen, stoßen, nichts weiter. Wie beim Exerzieren.

Das blutgetränkte Gras unter Marcus' eisenbeschlagenen Sandalen war schlüpfrig. Einige seiner Männer lagen tot oder verwundet auf dem Schlachtfeld, weil sie ausgeglitten waren und sich so dem wütenden

Hieb eines Britanniers ausgesetzt hatten. Es stank nach Schweiß und Eingeweiden. Fliegen und Mücken schwärmten in Scharen.

Blutspritzer hatten seinen Brustharnisch besudelt, der vor kurzem noch strahlend geglänzt hatte. Wie jeder kluge Zenturio hatte er für die Schlacht das feinmaschige Kettenhemd mit den Ehrenzeichen gegen die *lorica* aus überlappenden Metallsegmenten getauscht, wie der einfache Soldat sie trug. Natürlich, der weiße Federbusch auf dem Helm verriet noch immer seinen Rang.

›Wenn ich sterbe‹, so hatte er vor der Schlacht zur gütigen Isis gebetet, die in anderer Gestalt auch die Göttin des Krieges war, ›so möge ich weiterleben in einer anderen Welt.‹

Es sah so aus, als würde er noch ein paar Jahre länger in *dieser* Welt ausharren müssen.

Er selbst hatte im stillen gebetet, während sie warteten. Einige der Männer hatten laut Mars angerufen oder den unüberwindlichen Mithras. Wenn Nipius oder Flavius diesen Kampf unbeschadet überständen, dann würden sie ihren Gottheiten wohl einen Altar errichten.

Marcus hatte sie angeherrscht, das allgemeine Schweigen einzuhalten. Es war äußerst wichtig, daß man den Anschein der Gleichgültigkeit, ja Verachtung angesichts des Feindes wahrte.

Es schien Stunden her zu sein, daß sie abwartend auf ihren Positionen gestanden hatten, perfekt ausgerichtet. Zum Glück blieb der Himmel die ganze Zeit bedeckt, so daß kein Sonnenstrahl durchdringen konnte.

Tatsächlich: Es sah immer weniger danach aus, als müßte Marcus heute sterben. Ganz anders dagegen die Rebellen – dieser nach Tausenden zählenden Schar war die Vernichtung gewiß. Und ihren Frauen, ihren Bälgern und auch den Zugochsen nicht weniger.

Das geschah ihnen recht. Als die römischen Siedlungen in Flammen aufgingen, hatten auch Marcus' Zukunftsträume sich in Rauch aufgelöst. Der Ruhestand, die Abfindung des verdienten Legionärs, das versprochene Land zum Siedeln – und Corellia, die dieses neue Leben mit ihm teilen sollte, das alles lag nun in weiter Ferne. Einige Jahre mehr noch würde er seine Nächte unter dem Zeltdach aus Ziegenleder verbringen.

Verrückte Barbaren ... Hundesöhne.

Keine Frage, es hatte auch von seiten Roms einige Ungeschicklichkeiten gegeben. Niemand hatte den Stammesfürsten der Britannier gesagt, daß man für Anleihen auch Zinsen bezahlen muß. Die Kolonisten waren gierig geworden. Der König der Icener, Prasutagus, hatte geglaubt, für alle Fälle vorgesorgt zu haben, als er die Hälfte seines Hab und Guts Kaiser Nero vermachte; doch sobald er gestorben war, raffte der Prokurator alles an sich – auch das Erbteil der königlichen Witwe Boudicca und ebenso den Besitz ihrer Vasallen.

Dann war da noch die Geschichte von den Stockschlägen für Boudicca und der Vergewaltigung ihrer minderjährigen Töchter, an deren Stelle sie die Regentschaft übernommen hatte. So machte man den Töchtern die Thronfolge unmöglich. Kein Ruhmesblatt gewiß, und Grund genug für Haß und Aufruhr, doch am schwersten wogen – wie gewöhnlich – Gründe wie Land und Geld.

Ein zivilisiertes Leben in Recht und Ordnung ist nicht umsonst zu haben. Zuerst die mageren Jahre, dann kommt der Wohlstand – und was Wohlstand bedeutete, das konnte man an Londinium sehen, damals, als es noch kein Häuflein Asche war. Und natürlich kommt der Wohlstand zum einen früher, zum anderen später, denn nicht alle Menschen sind gleich.

Und ein Stammeskrieger ist nicht dasselbe wie ein Legionär, nicht im entferntesten. Nicht zehn von ihnen konnten einen Römer ersetzen. Nicht an einem Ort wie diesem, wo es keine Möglichkeit eines Hinterhalts gab. Fünf zu eins, so standen inzwischen wohl die Chancen.

Marcus stieß sein Schwert noch einmal in einen stöhnenden Körper unten am Boden; man mußte sichergehen, daß ein Krieger auch wirklich kampfunfähig war. Trotz seiner Müdigkeit fühlte er eine seltsame Leichtigkeit, eine fast erhabene Stimmung wie nach einem Opfer. Ein Opfer um die Gunst der unsteten Fortuna? Die alles und jeden ins Chaos stürzt? Pflicht, Ehre, zweckbestimmtes Handeln, das war es, woran man sich halten mußte. Und wenn man handelte, dann in kalter Wut und mit dem Kurzschwert in der Hand.

Sobald die Männer an der Spitze eines Keils des Schlagens und Stechens müde wurden, tauschten sie ihre Plätze mit jenen am Ende der Formation.

Schrille Fanfaren übertönten das Getöse: vorwärts, vorwärts! Scharlachrote Fahnen flatterten; die Reiterei stieß vor an beiden Flügeln und wütete ohne Erbarmen. Marcus sah sich kurz nach seinen Hauptleuten um – man mußte immer wissen, wo sie waren.

Er hob seinen Schild und schlug zu.

2

Nach der Konferenz und dem gemeinsamen Abendessen im Restaurant des Hinkley-Pool-Hotels hatte Tom Ryan noch bis Mitternacht in der Bar gesessen. Nicht allein – Eeva Pennanen, eine Finnin, leistete ihm Gesellschaft, auch beim Trinken.

Nach einem und einem halben Pint Bier hatte er sich aber lieber an Limonade gehalten, denn er wollte diese Nacht noch nach Hause fahren, nach Milton Keynes. Eeva blieb beim Bier. Selbst bei Hotelpreisen sei es noch um einiges billiger als in ihrer Heimat, erklärte sie ihm – als wäre das eine Verpflichtung, immer weiter zu trinken.

Eeva war dunkelhaarig, stämmig und eine äußerst lebhafte Person. Eine ganze Weile hatten sie sich auf lateinisch unterhalten. Tom konnte kaum glauben, daß es in Finnland einen Radiosender gab, der einmal in der Woche ein Nachrichtenprogramm in Latein ausstrahlte – für ein begeistertes, wenn auch verschwindend kleines Publikum.

Eeva hatte einige Jahre für diesen Sender gearbeitet, bevor sie als Übersetzerin nach Brüssel gegangen war. Dolmetschen gehörte nicht zu ihrer Arbeit, sie übertrug vielmehr Dokumente aus dem Holländischen und Englischen in ihre Muttersprache. Natürlich sprach sie auch ein ordentliches Französisch, da sie nun mal in Brüssel lebte, und außerdem fließend schwedisch. Als ihr Land der Europäischen Gemeinschaft beitrat, hatten die Finnen großzügigerweise angeboten, bei Übersetzungen auszuhelfen, die das Schwedische betrafen, welches in Finnland die zweite Amtssprache war.

Holländisch-Finnisch, das war schon eine ungewöhnliche Sprachenkombination, und auch sonst gehörte Eeva zu einer wagemutigen Elite. Nur wenige finnische Übersetzer waren bereit gewesen, unmittelbar nach Finnlands Beitritt nach Brüssel zu gehen. So wurde der Großteil der Arbeit, dieses mühsame Wiederkäuen von Verordnungen und Verlautbarungen, in Helsinki erledigt. Die Texte übermittelte man elektronisch oder durch Kurier. Die Gewerkschaften sahen es gar nicht gern, daß es nun zwei Klassen finnischer Übersetzer gab.

Und wie lebte es sich so in Belgien?

»Bürgerlich bis spießig, auf den ersten Blick. Aber hinter der Fassade –«

»Sprachenstreit, Rivalitäten, Korruption?« Er dachte an die vielen Skandale der letzten Zeit.

»Das stört mich nicht so sehr, Tom. Ich wollte sagen, man ist ein wenig absonderlich ... schrullig. Wo sonst auf der Welt findet man ein Museum für Unterhosen? Wo sonst könnte es ein Schulfach ›richtiger Umgang mit Brieftauben‹ geben?«

Er hatte gelacht.

Im Augenblick dachte Eeva darüber nach, ob sie nicht das Dolmetschen der eintönigen Arbeit am Schreibtisch vorziehen sollte. Wie viele Sprachen sie beherrschte! Und daß sie sich mühelos verständlich machen konnte in einer Sprache, die außerhalb der katholischen Kirche so gut wie tot war, machte ein Gutteil ihrer Anziehungskraft auf Tom aus. Auch umgekehrt schien das zu gelten.

Aber auch so war die Frau anziehend genug – diese Lebhaftigkeit, die fünfzehn Jahre, die sie jünger war! Sie trug einen schwarzen Samtrock und einen Pullover mit Rentiermotiven.

Einfach gräßlich, diese kleinen Barhocker – als

würde man auf einem umgestülpten Eimer sitzen. Man konnte kaum das Gewicht verlagern, ohne abzurutschen.

Das förmliche, alles verfremdende Latein und die Aussicht, daß man sich wohl kaum wiedersehen würde, machten es Tom leichter, offen über sich und sein Leben zu reden.

Natürlich: Ganz ausgeschlossen war es nicht, daß sie sich wiedersehen würden. Es brauchte nur ein Kunde bei Tom zu erscheinen, der einen Prospekt ins Finnische übersetzt haben wollte. Tom hatte Eevas Karte – so konnte das eine zum andern führen. Und wohin hätte es sie an diesem Abend vielleicht noch führen können?

Die meisten ausländischen Teilnehmer der eintägigen Konferenz waren für diese Nacht noch im Hotel geblieben, weshalb in der Bar reger Betrieb herrschte. Die Briten dagegen waren fast alle abgereist. Wenn Tom Mary nicht gesagt hätte, daß er heute zurückkommen würde ... Wenn sie neuerdings nicht immer diesen Alptraum hätte, von dem er Eeva schon erzählt hatte ...

Ob er sich dann vielleicht im Zimmer dieser Frau aus dem Norden wiedergefunden hätte? Wo sie einander zuflüsterten: *Vivamus atque amemus* – laßt uns leben, laßt uns lieben. Wo sie Catull-Zitate aufsagten: *Da mi basia mille* – gib mir tausend Küsse. Liebe auf lateinisch, etwas Einzigartiges, einzig auf der ganzen Welt, für diese eine Nacht.

Eeva hatte ihn gefragt: »Dann waren Sie also nie verliebt, weil sie eigentlich Priester werden wollten? Und obwohl Sie es nicht wurden, fühlen Sie sich noch immer, äh ... dem Zölibat verpflichtet?«

Tom wunderte sich selbst, wie streng, ja abweisend seine Antwort ausgefallen war.

»Liebe führt zur Ehe. Ehe führt zu Kindern. Ich möchte keine Kinder in diese Welt setzen –«

»In der sie ihre Eltern von einem Tag auf den andern auf so schreckliche Weise verlieren können?«

Er hatte ihr auch von der Terroristenbombe an Bord der *Aer Lingus*-Maschine erzählt, die seine Mutter, seinen Vater und zweihundert andere Reisende von Belfast ins Heilige Land bringen sollte. Im Jahr 1974 war das, und sie alle starben. Die meisten Katholiken wie seine Eltern, aber auch ein paar Protestanten und einige wenige Juden mit ständigem Wohnsitz in Belfast. Der Schock saß tief – ein so unsinniger, dummer Tod – und war sicher auch ein Grund dafür, daß er nie geheiratet hatte. Und war dieser Vorfall nicht geradezu charakteristisch für die Welt, in der man lebte?

»Die Welt geht aus den Fugen, Eeva. Greueltaten, Völkermorde, Haß. Die Umwelt wird zerstört. Tschernobyl, das Ozonloch. Schulkinder, die mit Messern aufeinander losgehen. Viel zu viele Menschen, die sich um einen Kuchen streiten, der ständig kleiner wird.«

»Wenn Sie jetzt katholischer Priester wären«, warf sie ein, »dann müßten Sie jede Form der Geburtenkontrolle ablehnen.«

»Die Haltung der Kirche hätte sich vielleicht geändert! Johannes Paul I. soll daran gedacht haben, die Enzyklika *Humanae vitae* über Bord zu werfen. Darin ist das Verbot jeder Empfängnisverhütung festgeschrieben. Er starb, viel zu früh. Der Papst der dreiunddreißig Tage ... Wußten Sie, daß viele Leute glauben, er sei vergiftet worden?«

Sie schüttelte den Kopf. Kirche und so, das war nicht ihr Thema.

»Man sagt, daß er die skandalösen Geschäfte der Vatikanbank aufdecken wollte, samt deren Verbindungen zur Mafia. Wäre das nicht ein Motiv für einen Mord? ... Das meine ich, wenn ich sage, daß Dummheit und Niedertracht die Welt an den Rand des Abgrunds gebracht haben.«

»Aber die Welt ist doch auch schön!« widersprach sie. »Wir Finnen haben genug Schreckliches erlebt. Der Bürgerkrieg, der Winterkrieg. Aber wir haben nicht verlernt, uns des Lebens zu freuen ... Wenn wir nicht still vor uns hinweinen.«

Er wußte nichts von Bürgerkrieg, noch Winterkrieg. Aber, bei Gott, was immer diese Frau sagte – er konnte es nachfühlen.

Gott ... Wo war denn Gott? Zu Hause in Milton Keynes bestimmt nicht. Gott hatte sich verabschiedet, als Mutter und Vater starben. Er war nicht da bei Marys Zusammenbruch, damals, vor fünfundzwanzig Jahren. Und wenn ihre Nerven jetzt wieder versagten, dann war es allein Tom, der ihr beistand, beistehen mußte.

Eeva hatte etwas Aufmunterndes sagen wollen. »Wenn man nur in die Zukunft sehen und erkennen könnte, was einmal sein wird. Um das Nötige rechtzeitig zu ändern ... Aber wenigstens tragen Sie als Übersetzer ein wenig zum gegenseitigen Verstehen bei. Und ich auch.«

Ein ganz klein wenig, ja.

Und vielleicht auch das nicht mehr lange.

Die Konferenz, gefördert mit Mitteln der Europäischen Gemeinschaft, hatte sich mit den Möglichkeiten des maschinellen Übersetzens befaßt. Sprachsynthese. Neuronalen Netzwerken, die all die Zweideutigkeiten und Nuancen der menschlichen Sprache erfassen und wiedergeben könnten. Ein Team des Deutschen Forschungszentrums für Künstliche Intelligenz war aus Saarbrücken angereist, um das Verbmobil-Projekt vorzustellen. In zwanzig Jahren würde niemand mehr eine fremde Sprache lernen müssen. Wir würden einfach ein kleines Kästchen bei uns tragen, dazu einen Kopfhörer – nicht viel anders als ein Walkman. Ein ›Speechman‹, ja – und machte er uns nicht alle zu ›Speechmen‹? Während eine Computerstimme in perfektem Italienisch Dante rezitiert, würde die Übersetzung – und alle nötigen Anmerkungen und Erklärungen dazu – wie ein Filmuntertitel direkt auf unsere Netzhaut projiziert werden. Dazu bedurfte es nur einer Art Brille, ultraleicht, und die eingebauten Linsen würden auch *Le monde* scannen, während wir das Blatt aufgeschlagen in den Händen hielten. Und im selben Augenblick würde auch dieser Text, in unserer Muttersprache, auf die Netzhaut gezaubert. Und wem auch immer auf diesem Planeten man sich verständlich machen wollte: Ein halblaut gesprochener Satz würde genügen, und schon käme aus dem kleinen Kästchen klar und deutlich die Übersetzung ins Ungarische oder Chinesische oder was sonst gerade gefragt war.

Das Hotel, eigens als Konferenzzentrum erbaut, lag eine halbe Autobahnstunde sowohl vom East Midlands Airport als auch vom Flughafen Birmingham entfernt. Eine Hotel-Oase eher, inmitten einer sorgfältig angelegten Parklandschaft unmittelbar neben der Fernstraße A5, einer alten Römerstraße, die von London nach Nordwales führte. Endloses Gedudel drang aus den Lautsprechern der Bar, ein süßliches, instrumentales Arrangement von *The Sound of Music*, und selbst auf den Korridoren konnte man ihm nicht entrinnen. Dort reihte sich unter Arkaden ein Schaufenster ans andere – eine Ladenstraße, nur daß es hinter den Schaufenstern keine Läden gab. Feinste Designerwäsche, Spitze, Jägerhüte, viktorianische Straßenhändler als Keramikfiguren, Single Malt Whisky. Zu kaufen war das alles an der Rezeption. Eine seltsam einlullende Atmosphäre wie im Wartesaal eines Flughafens, völlig abgehoben von der unübersehbar ländlichen Umgebung.

Für Tom war es schließlich höchste Zeit geworden. Als er aufstand, erhob sich auch Eeva. Sie reckte sich zu ihm herauf und küßte ihn herzhaft auf die Wange.

»Ich bin wohl ein bißchen betrunken«, sagte sie. »Es wird Zeit, schlafen zu gehen.«

Schlafen gehen, hatte sie gesagt, nicht etwa ›ins Bett gehen‹.

Sollte er ihren Kuß erwidern? Er wußte nicht so recht.

»Dann also auf Wiedersehen, Eeva.« Er schulterte seine schwarze Ledertasche.

»Fahren Sie vorsichtig. Nehmen Sie die Autobahn?«

Von Menschen, die auseinandergehen, hört man oft solche beiläufigen Sätze über die Äußerlichkeiten des Abschieds.

»Ich werde auf der A5 bleiben, die ganze Strecke. Sie ist nicht bloß ein Stück Asphalt, sie hat Geschichte. Ich komme mir schon den ganzen Tag etwas verloren vor, mir selbst entfremdet.«

Er dachte dabei an dieses Hotel und die schöne neue Welt der ›Speechmen‹.

Mußte Eeva jetzt nicht glauben, daß er ihr die Schuld daran gab – daß ihre Gesellschaft so verstörend auf ihn wirkte?

»Autobahnen sind etwas Künstliches«, erklärte er, »etwas Unwirkliches. Inseln in der Landschaft. Aber die A5 ist eine gute Straße, breit und übersichtlich.«

Die ehemalige Römerstraße verlief fast parallel zur Autobahn. Aber sie gab dem Fahrer doch ein wenig zu tun, hin und wieder, und das hielt einen wach und aufmerksam. Nicht, daß er etwa müde war. Noch nicht.

Er lächelte. »Ich könnte schneller fahren auf der Autobahn. Ich weiß auch, von welchen Brücken man geblitzt wird, wenn man nicht aufpaßt. Aber vielleicht würde ich nicht daran denken, weil ich gerade von diesem Abend und von Ihnen träume.«

»*Vale*!« sagte sie. »*Bene habet*!« Und das hieß auf Latein so viel wie ›Bleib gesund!‹ und ›Lebe wohl!‹ – heute und für den Rest deines Lebens.

3

Er ging über den Parkplatz zu seinem Rover. Scheinwerfer tauchten das Hotel in strahlendes Licht, auch eine Kolonnade mit Statuen am Rand eines Teiches wurde angestrahlt. Es schien, als wäre aus dem Nichts ein griechischer Tempel erschienen, um die Leute in den vorbeifahrenden Autos zu verwirren. Eine klare Nacht, man sah Sterne und vereinzelt einige Wolken. Ungemütlich kalt war es, dafür, daß es schon Anfang Mai war. Vielleicht würde es sogar Bodenfrost geben.

Nicht lange, und das Auto zog stetig, mit achtzig Kilometern pro Stunde, durch die Nacht, die nur widerwillig dem Scheinwerferlicht weichen wollte.

Sich zu verlieben, dieses Risiko war Tom nie eingegangen. Und bei Mary lag es lange zurück – war nur mehr Erinnerung an rebellische Zeiten auf dem Weg zum Erwachsenwerden. Die waren mit einem Schlag vorbeigewesen, als die Eltern starben. Ermordet wurden, um genau zu sein. Ein politischer Mord – auch wenn es die Ryans nur zufällig getroffen hatte, und nicht etwa der irischen Querelen wegen. Die Entführung des Flugzeugs und seine Sprengung war das Werk von Sympathisanten der palästinensischen Sache.

Mary war zwei Jahre jünger als Tom. Daß er Priester werden wollte, dafür hatte sie damals nur Spott übrig, und für Religion im allgemeinen nicht weniger. Trotz ihres rebellischen Wesens war es ihr so glücklicherweise erspart geblieben, in den Bannkreis der IRA zu geraten, deren Fortbestand ohne den immerwährenden Streit zwischen Katholiken und Protestanten nicht denkbar war, auch wenn sich darin letztlich gesellschaftliche Verwerfungen widerspiegelten. Wenn es politische Motive waren, die sie damals beeinflußten, dann entsprangen sie am ehesten noch dem Anarchismus.

Ein rotes Tuch, sozusagen, für beide Parlamente in Ulster und für das britische Establishment nicht weniger – und wohl ebenso für jedes andere Establishment auf der Welt.

Mit siebzehn war sie weggelaufen, nach London, um in einem besetzten Haus zu wohnen, um mit jedem zu schlafen, der ihr gefiel, um Hasch zu rauchen. So wollte sie ihren Protest gegen die Gesellschaft ausdrücken. Das bereitete ihren Eltern, die einen kleinen Zeitungsladen besaßen, nicht wenig Kummer. Ihre Mutter hatte oft für sie gebetet und sich in dem Gedanken an den wohlgeratenen Tom getröstet. Marys Betragen war einer der Gründe gewesen für jene lang geplante, lang ersparte Reise ins Heilige Land, und wie ihre Mutter ihr ausführlich in einem Brief erklärt hatte, mußte ein Gebet in Bethlehem – dort und nirgendwo anders – unweigerlich ein Wunder bewirken und die verlorene Seele auf den Pfad der Tugend zurückführen.

Als das Flugzeug über dem östlichen Mittelmeer explodiert war, war es um Marys Seele in der Tat schlecht bestellt. War es nicht ihretwegen, daß Ma und Dad in jenem Flugzeug gesessen hatten? Fast zwei Jahre verbrachte sie in der Psychiatrie. So lange dauerte es, bis sie den Gedanken an das Geschehene überhaupt an sich heranlassen konnte.

Tom war nach London gegangen, um Italienisch und Französisch zu studieren – aber auch, um in Marys Nähe zu sein. Seinen Glauben hatte er verloren.

Mit einiger Verspätung hatte dann auch Mary ein Studium begonnen; sie wählte das Fach Internationale Beziehungen. Fünfundvierzig war sie nun und ein bißchen mollig, aber noch immer eine höchst aparte Person mit ihren grünen Augen, den Sommersprossen und dem dichten, langen roten Haar. Sie arbeitete an einem neuartigen Modell der Konfliktbewältigung, das Teil ihres Examens in Politik an der *Open University* sein sollte. Die Universität war in Milton Keynes, und da Tom mit seinem Übersetzungsbüro nicht ortsgebunden war, lag es nahe, daß sie sich dort zusammen ein Haus kauften.

Das schöne Haar von Mary ... Ein klein wenig von dieser Farbe hatte auch sein Schnurrbart abbekommen. Das Engagement seiner Schwester galt Amnesty International und den Menschen, die aus Gewissensgründen in Haft waren, und sie setzte sich für den freien Austausch von Informationen ein – nicht zu vergessen ihre ganz besondere Marotte: Auch das Vereinigte Königreich, meinte sie, müsse endlich eine schriftlich niedergelegte Verfassung und eine *Bill of Rights* wie die USA erhalten.

»Nirgendwo sonst in Europa«, wurde sie nicht

müde festzustellen, »gibt es so viel Geheimnistuerei, so mächtige Geheimdienste wie in Großbritannien – jetzt, wo man sogar in Albanien zur Vernunft gekommen ist!«

Und stets gab Tom zu bedenken, daß gerade in den USA – Bill of Rights hin oder her – die Geheimdienste sich die unglaublichsten Dinge leisten konnten: ausländische Regierungen stürzen oder Drogen, die Menschen zu willenlosen Marionetten machten, an nichtsahnenden Versuchspersonen testen.

»Ja, Tom, und am Ende kommt alles ans Licht – in Amerika! Hierzulande bleibt es unter dem Teppich.«

Aber wie sehr er sich auch mit Mary beschäftigte, seine Gedanken kehrten immer wieder zu Eeva zurück. Wenn er doch nur geblieben wäre ...

Kaum ein Auto auf der Straße. Offenes Feld zu beiden Seiten. Ein Licht in einem einsamen Bauernhaus. Fast mochte man glauben, daß dieses Land so gut wie unbewohnt war – obwohl natürlich jeder einzelne Quadratmeter Boden seinen Besitzer hatte.

Er war gut vorangekommen, fünfundzwanzig Meilen. Das war die halbe Strecke bis nach Hause.

Eine Tafel mit einem Pfeil darauf zeigte in einen schmalen Heckenweg, Bauernmöbel und dergleichen gäbe es da zu kaufen. Auf einem kleinen Hügel war die Silhouette eines Kirchturms zu erkennen, einziger Hinweis auf ein von der Dunkelheit verschlucktes Dorf. Das ist es, was man an Straßen dieser Art so mag: das Gefühl, daß es neben der Piste noch etwas anderes gibt, ein Stück Welt. Zugänglich, wenn gewünscht – auch wenn man es mehr erahnen als sehen kann.

Dort, wo der Lichtkegel der Scheinwerfer endete, war etwas auf der Fahrbahn. Ein Dachs? Ein kleiner, gedrungener Muntjakhirsch? Während Tom den Fuß vom Gas nahm, richtete sich das Etwas mit einem Ruck auf und stand in voller Größe da: ein Mensch, der auf der Straße gekniet hatte. Tom trat auf die Bremse. Mit dem Ellbogen drückte er den Türriegel nieder, ließ die Zentralverriegelung einrasten – sicher ist sicher. Als Tom im vollen Scheinwerferlicht erkannte, was er da vor sich hatte, staunte er nicht schlecht.

4

Man machte eine Marschpause. Die Männer brauchten etwas Ruhe, und essen mußten sie. Weizenzwieback, den sie mit Essigwasser hinunterspülten. Die schweren Traglasten einschließlich der Hacken und Torfmesser lagen auf dem gestampften Kies der Straße. Zu beiden Seiten, wo breite Geländestreifen von Buschwerk gesäubert waren, hatten sich die Männer niedergelassen. Der Tag war diesig. Von seinem Pferd aus konnte Marcus die Soldaten der Reiterei erkennen, die ausgeschwärmt waren, um nach dem Feind Ausschau zu halten. Seine Augen brannten. Scheußliches Klima. Etwas Safransalbe, das war es, was er jetzt brauchte.

Die Fleischwunde an seinem linken Arm pochte unter dem Verband, dabei hatte er sie seit der Schlacht jeden Abend und jeden Morgen mit Salz und Terpentin eingerieben. Vielleicht war es unvermeidlich, daß man den Schnitt mit einer heißen Klinge ausbrannte. Er ließ seinen Mantel über den Arm gleiten, als könne er so das Ärgernis aus der Welt schaffen.

Hochgewachsene Eichen und Eschen gab es hier

wenige; vereinzelte Baumgruppen da und dort, etwas Gehölz. Weiden zeigten einen Wasserlauf an, nicht weit von einem kleinen Dorf mit strohgedeckten Rundhäusern. Rinder grasten. Einige Weizen- und Haferfelder standen zur Ernte, aber das Dorf wirkte verlassen. Die Bewohner waren geflüchtet, hatten nicht einmal das Vieh mitgenommen. Immerhin, diese Leute hatten ihr Land bestellt und nicht sich selbst überlassen wie der Pöbelhaufen der Icener. Die hatten sich eingebildet, daß sie, nachdem sie alle Römer massakriert hatten, sich aus deren Vorratskammern würden bedienen können. Was von ihnen noch übrig war, würde hungern in diesem Winter, verhungern vielleicht.

Auch sein Gehilfe musterte aufmerksam das nahe Dorf.

»Soll ich nicht eine Abteilung nehmen und nach Rebellen suchen?« schlug Vindex vor. »Vielleicht die Häuser in Brand stecken?«

Der *optio* war ein zuverlässiger Mann, anders als die meisten Mannschaften, aber es fehlte ihm der Blick für die größeren Zusammenhänge. Es wäre wirklich nicht klug, die Dörfer entlang dieser wichtigen Straße zu zerstören.

Marcus schüttelte den Kopf. »Das Leben an dieser Straße muß weitergehen, vergiß das nicht!«

Den nach der Schlacht süd- und ostwärts davonstiebenden Rebellen nachzusetzen war eine Sache. Boudicca selbst, hieß es, sei nach Süden geflüchtet, wo die dichten Wälder waren. Aber das ganze Land zu verwüsten, um die Aufrührer zu bestrafen – wozu sollte das gut sein? Die einheimischen Siedler in der Nachbarschaft waren den Kastellen und Wachposten von Nutzen. Die Bauern lieferten Lebensmittel. Und wo es Siedler gab, gab es auch Frauen.

»Nein, Vindex. Die Männer müssen sich ausruhen, bevor wir weiterziehen – alle!«

Möglicherweise hatten die Flüchtlinge das eine oder andere von Wert in ihrem Dorf versteckt. Aber die Traglasten der Männer waren schon schwer genug, und daran hatte so manches Beutestück, das zuvor einem Britannier gehört hatte, seinen Anteil. Am Morgen des großen Tages hatte Suetonius Paulinus dem Heer verkündet: ›Kämpft, Männer, und denkt nicht an Beute, wenn ihr kämpft ... Doch nach dem Kampf, das verspreche ich euch, soll sich jeder von den Beutewagen der Britannier nehmen dürfen, was immer ihm gefällt!‹ Und so geschah es auch.

Schwerere Beute hatte man auf die Maultiere gepackt, an denen schon, wie dicke Würste, die aufgerollten Zelte aus Ziegenleder hingen, überzählige Wurfspeere, runde Schachteln mit Notverbänden und andere medizinische Ausrüstung. Zur Hälfte gehörte die Beute den Männern von Julius Lucanus' Zenturie, die hinter dem Maultiertroß die Nachhut bildete.

Marcus' eigene Satteltasche barg eine Lederbörse mit Goldmünzen und eine wertvolle Silberstatuette der nackten Venus.

Silber, das sehr wohl aus Britannien stammen konnte. Es gab Minen, und es gab Sklaven, die das Erz förderten und daraus Silber schmolzen. Die Barren wurden dann nach Gallien oder sogar Italien gebracht. Von dort konnte das Silber, nun kunstvoll verwandelt, zu einem der reichen Händler in Londinium zurückgekehrt sein – ein Grieche vielleicht, der römischer Bürger war. Sicher war der rechtmäßige Eigentümer jetzt tot ... Denn hätte er sich eine Überfahrt nach Gallien erkaufen können mit all seinem Geld, dann wäre das kleine Schmuckstück jetzt bei ihm, oder etwa nicht?

Das meiste, was auf den Ochsenkarren der Britannier zu finden gewesen war, hatte zuvor Römern, Griechen oder Juden gehört. Alle waren sie jetzt tot, ermordet, auf unschöne Weise. Es war sehr klug von Paulinus, dem Feldherrn, daß er diese Schätze seinen ihm treu ergebenen Soldaten überließ – sie würden es ihm nicht so leicht vergessen. Ein Mann, der nicht nur an sich dachte.

In einiger Entfernung sah man hinter Dunstschwaden die Reiterei vorbeiziehen – ein prächtiges Bild, die Männer in ihren Prunkrüstungen unter flatternden scharlachroten Wimpeln. Sollten die Fußsoldaten doch noch eine Viertelstunde rasten ... Dann ein Wink zu Julius, ein Hornsignal, und schon würde es weitergehen. Immerzu, im stetigen Trapp-Trapp der eisenbeschlagenen Sandalen, begleitet vom Klirren der kleinen Gewichte, die die einzelnen Lederstreifen des Lendenschutzes dicht am Körper hielten. Am späten Nachmittag würde man in Lactodorum sein, um auch dort für Ordnung zu sorgen.

Ein Ort, an dem Milch und Honig flossen – oder zumindest Milch. Denn in der Umgebung gab es reichlich Vieh und all die Dinge, die man aus Kuhmilch herstellte. Und dann noch jenen heiligen Fluß, der alles, was man hineinwarf, in einen weißen Stein verwandelte. Wollte man aus einem Lederwams einen Panzer machen – man mußte es nur lange genug in dieses verrückte Gewässer tauchen.

Der Aufstand hätte für Suetonius Paulinus zu keinem ungünstigeren Zeitpunkt kommen können. Als die Icener alle verrückt spielten, waren seine Legionäre damit beschäftigt, die widerspenstigen Druiden auf der Insel Mona für immer zum Schweigen zu bringen. Drüben im Nordwesten war das, und so war der Feldherr mit einem Teil der Reiterei herbeigeprescht, um den Schaden in Augenschein zu nehmen. Sein Urteil: Londinium mußte aufgegeben werden, einfach so. Und Verulamium dazu. Auf seinem Weg zurück nach Norden, wo er sich mit dem Großteil seines Heeres vereinigen wollte, hatte Paulinus alle Männer aus den kleinen Garnisonen entlang der Strecke um sich versammelt – aus Magiovinium, aus Lactodorum. Nachdem Boudicca und ihr Pöbelhaufen Londinium heimgesucht hatten, sollten sie so weit wie möglich aus ihrer gewohnten Umgebung weggelockt werden.

Möglich, daß sie auch durch Lactodorum gezogen waren. Es schien aber unwahrscheinlich, daß sie sich die Mühe gemacht haben sollten, den Damm über die Marsch einzureißen. Einen Damm aus Schotter über Faschinen und Flechtwerk. Möglich immerhin, daß sie in blinder Zerstörungswut die eichene Brücke hinter sich verbrannt hatten.

Was das Kastell betraf, das auf dem einzigen trockenen Flecken zwischen Fluß und Marsch errichtet war, so mochten die Britannier Holzbauten und Palisaden angezündet haben. Aber ob sie auch die Torfwälle zerstört hatten? Das wohl nicht. Die Gräben waren ein einziges Dickicht aus Brombeer- und anderem Dorngestrüpp, und ihre Wände waren mit glattem Lehm beschichtet. An diesem Abend würden die Männer von der Last befreit sein, auch noch ihr Lager befestigen zu müssen.

Ein Glitzern am Boden zog Marcus' Blick auf sich. Er gab dem Pferd die Sporen und ließ es zu der Stelle traben. Halb in die Erde eingesunken lag da ein silberner Weinbecher mit Henkeln. Hätte er nicht auf dem Pferd gesessen, er hätte es nicht bemerkt. Ein erschöpfter Flüchtling, dem die Angst im Nacken saß, hatte ihn verloren – oder gar weggeworfen.

Marcus stieg ab und löste die Satteltasche vom Gurt. Doch als er sich nach dem Becher bückte, richteteten sich die Haare an seinen Armen knisternd auf. Überall am Körper prickelte es auf der Haut. Die Luft roch von einem Augenblick zum andern scharf und salzig wie Seeluft.

Blaue Lichter tanzten um ihn herum, blendend hell. Panik ergriff ihn. Hatte ein Gott seinen Weg gekreuzt? Übelkeit stieg in ihm auf.

Dunkelheit, undurchdringliche Schwärze – so plötzlich, so verstörend wie ein gewaltiger Donnerschlag. Und jetzt verlor er jedes Gefühl für seinen Körper, schien schwerelos im Nichts zu schweben.

Dann etwas Hartes unter seiner Hand. Eine glatte, doch sehr harte Fläche. Zu hart, um sich darauf niedersinken zu lassen, war sein erster Gedanke. Da waren Sterne oben am Himmel. Es war Nacht! Ein Gott hatte ihn im Vorübergehen aufgegriffen und hier abgesetzt, wo es Nacht war.

»Allmächtige Isis ...«, rief er aus. Er zitterte.

Das war eine Straße, kein Zweifel. Pfeilgerade lief sie in beide Richtungen. Aber wie breit! Und so glatt und fugenlos – nicht aus Pflastersteinen, eher wie eine Metallfläche. Oder aus dunklem Beton. Eine Straße für die Streitwagen der Götter! Einige Bäume hoben sich vor dem Himmel ab. Eine lange, lange Hecke war so ebenmäßig geschnitten wie eine gestutzte Pferdemähne.

Kalt war sie, diese unglaubliche Straße. Gefroren. Auch die Luft frostig. War das so im Hades? War das die Straße, auf der die toten Seelen entlanggewirbelt wurden wie Blätter im Wind?

Aber noch spürte er seinen Körper, das Herz, wie es bis zum Halse schlug. Seine Lungen, die die Luft einsaugten.

Weit voraus erschienen zwei leuchtende Augen auf der Straße. Schnell kamen sie näher, eine blendend helle Lichtsäule ging von ihnen aus. Schneller waren sie als ein galoppierendes Pferd.

5

Tom starrte mit offenem Mund auf einen römischen Soldaten, der schwankend mitten auf der Straße stand.

Ein Helm mit einem weißen Busch aus Pferdehaar ... Der Wangenschutz, der kaum das Gesicht erkennen ließ. Ein feinmaschiges Kettenhemd über einem Lederwams. Silberne Medaillen auf der Brust. Ein Schwert mit beinernem Griff in einer verzierten Scheide. Der Gürtel kunstvoll mit Silber beschlagen, Beinschienen, hochgeschnürte Ledersandalen, Lendenschurz aus Lederstreifen. Der Mantel über der linken Schulter. Zu seinen Füßen lag eine lederne Tasche.

Das mußte einer dieser Kostüm-Römer sein; einer von denen, die alte Zeiten wiederaufleben lassen wollen, indem sie sich verkleiden.

In dem Anzeigenblättchen, das letzte Woche in Milton Keynes verteilt worden war, hatte ein Handzettel gelegen: Werbung für ein historisches Spektakel – in Woburn Abbey sollte das sein, am folgenden Montag, einem Bankfeiertag. Tom erinnerte sich an einige verschwommene Schwarzweißphotos. Auftreten sollten eine Gruppe ›Sealed Knots‹ aus dem Bürgerkrieg, napoleonische Dragoner und außerdem das ›größte römische Truppenkontingent auf britischem Boden‹

seit jenen Tagen, da die Legionen aus Britannien abgezogen waren.

Dieser Typ und seine Freunde mußten hier in der Nähe kampieren ... Ein bißchen weit von Woburn, aber wer weiß, vielleicht gehörte ein Bauer aus der Gegend zu diesem Verein, vielleicht hatten sie auf seinem Grund und Boden ein stilechtes Heerlager aufgebaut. Und sicher hatte es am Abend auch ein Besäufnis gegeben. Eine römische Orgie ... mit *echtem* Bier, wenn nicht Gehaltvollerem. Und dieser Knabe hatte sich, nachdem er einiges getankt hatte, in voller Montur auf die Wanderschaft begeben. Und wäre beinahe in seinen Rover gelaufen, der Armleuchter.

Tom blendete die Scheinwerfer ab. Wenn er einfach einen Bogen machte, um den Mann herumfuhr ... aber wenn der auf der Fahrbahn stehenblieb oder, schlimmer noch, irgendwann zu Boden ging, dann würde ihn mit Sicherheit das nächste Auto erwischen. Tom ließ das Fenster eine Handbreit herunter.

»Hallo, Sie ...«

Als der Mann Toms Stimme hörte, zog er sein Schwert.

Sehr routiniert wirkte das, martialisch. Ein verdammt gefährlich aussehendes Schwert, spiegelblank und mit scharfen Schneiden. Man konnte doch mit einer solchen Waffe nicht einfach in der Gegend herumlaufen ... Ein Glück, daß es die Zentralverriegelung gab, obwohl ... So ein Autofenster war leicht kleinzukriegen, wie Tausende von Autodieben bestätigen konnten.

»Heh! ... Tun Sie doch das Schwert beiseite! Wenn Sie hier auf der Straße rumstehen, wird es noch ein Unglück geben.«

Der Mann rief ihm etwas zu. Was in aller Welt war das? Hätte ihm nicht, nach der Unterhaltung mit

Eeva, das Latein noch in den Ohren geklungen, er hätte es nicht so rasch erkannt.

Gütiger Himmel ..., der Mann sprach Latein.

»Bist du ein Gott?« hatte er hervorgestoßen.

6

Der Mann im Römerkostüm schien vollkommen verwirrt zu sein. Aber was Tom sagte, nachdrücklich genug, kam bei ihm wohl an – vielleicht auch, weil er lateinisch gesprochen hatte. Zögernd schob der Mann das Schwert wieder in die Scheide. Als die Waffe schließlich verschwunden war, wagte Tom, die Tür zu öffnen.

Unter dem Helm schaute ihm ein breites, kantiges und wettergegerbtes Gesicht entgegen. Im wirklichen Leben mochte der Mann vielleicht Bauer oder Bauarbeiter sein. Oder Briefträger. Am linken Arm trug er einen Stoffverband. Eine Verletzung vom Herumspielen mit solch scharfen Schwertern? Eher rührte sie wohl von einer Blechkante oder einem Ende Stacheldraht.

Die offene Wagentür diente Tom als Schild, während er auf den Möchtegern-Römer einredete. Mit vielen Gesten und guten Worten konnte er ihn schließlich dazu bewegen, sich zum Straßenrand zurückzuziehen.

Keinen Augenblick zu früh. Von Norden her näherte sich ein Kühllaster in voller Geschwindigkeit.

»*Noli movere*!« rief Tom. »Nicht bewegen!«

Aber der Mann war schon zur Salzsäule erstarrt, als er den großen Sattelschlepper heranbrausen sah. Der

Luftwirbel, der ihm folgte, hätte Tom fast umgeworfen. Kurz leuchteten die Bremslichter auf, doch war der Fahrer wohl im selben Augenblick zu dem Schluß gekommen, daß Hilfe hier nicht vonnöten war. Vielleicht hatte er das Römerkostüm des Mannes am Straßenrand nicht einmal bemerkt. Vielleicht eben doch ...

Der Römer stand noch immer wie angewurzelt und starrte dem Ungetüm nach.

»Wie heißen Sie?« fragte Tom auf englisch. Der Mann sah ihn nur verständnislos an, bis er die Frage auf Latein wiederholte.

»Marcus Appius Silvanus«, sagte er. »Zenturio der Vierzehnten Gemina.«

So leicht fiel dieser ›Marcus‹ nicht aus der Rolle. Vielleicht kam er gar nicht von einem Bauernhof in der Nähe, vielleicht gab es auch kein Heerlager von Freizeit-Römern ... Vielleicht hatte er sich davongemacht aus einer Einrichtung ganz anderer Art, wo man betuchte Patienten mit Wahnvorstellungen ihre Phantasien ausleben ließ – mit Kostüm und allem, was sonst noch dazugehörte.

»Was tust du hier, Marcus?«

Als Antwort kam ein ganzer Schwall von Worten: Rebellen, Königin, Straße, Streitwagen.

»Bitte sprich langsamer. Was hast du gesagt?«

Der Mann holte tief Luft und begann von neuem, diesmal langsam genug für Tom, so daß er fast jedes Wort verstehen konnte.

»Ich bin auf der Jagd nach den geschlagenen Rebellen. Ihre Königin muß hier vorbeigekommen sein. Aber das ist nicht dieselbe Straße! ... Dieser Streitwagen ist nicht von Menschen gemacht!«

Ein steter Wortstrom, kein Zögern, kein Suchen nach Vokabeln. Sein Latein klang lebendig, kein bißchen steif – viel lebendiger, als es etwa er selbst und Eeva während ihrer lockeren Unterhaltung zustande gebracht hatten. Man hatte fast den Eindruck, als müßte dieser Marcus sich oft genug Leuten verständlich machen, denen seine Sprache nur wenig geläufig war. Die Aussprache klang für Toms Ohren manchmal fremd.

»Welche Königin soll das sein, Marcus?«

»Königin Boudicca natürlich.«

Boudicca, die man heute besser unter dem Namen Boadicea kannte. Leute mit Wahnvorstellungen standen oft mit historischen Persönlichkeiten auf Du und Du – aber sprachen sie deshalb schon fließend antike Sprachen?

Tom dachte an das Denkmal der Boadicea, das das Themse-Ufer in London schmückte. Mary hatte ein Photo der Bronzegruppe, eine Ansichtskarte, zu Hause an ihre Pinnwand geheftet. Nicht mit einer Nadel, sondern einem Dartpfeil, der durchaus ironisch den Kopf der Königin durchbohrte. Boadicea und ihre barbusigen Amazonentöchter – wilde Furien auf einem furchterregenden Streitwagen. Die nur spärlich bekleidete Königin schwang mit einer Hand einen Speer, die andere hob sie zu einer majestätischen Geste, als wolle sie *Land of Hope and Glory* dirigieren. Die Pferde aufgeregt tänzelnd, denn von Zaum oder Zügel war nichts zu sehen. Boadicea? ... Nein, eher eine ganz ungewollt gelungene Personifikation britischer Politik und ihres zartfühlenden Umgangs mit dem Rest der Welt, Irland eingeschlossen.

Mary hatte die Postkarte nach dem Falkland-Krieg aufgehängt, als nach und nach die traurige Wahrheit über die Versenkung der *Belgrano* ans Licht kam. Das altmodische Schlachtschiff war dabei, jene verbotene

Zone um die Inseln zu verlassen, volle Kraft voraus, als es von einem britischen U-Boot torpediert wurde. Hunderte Argentinier starben, die Friedensverhandlungen wurden abgebrochen. Ein Lehrbuchexempel dafür, wie man eine friedliche Lösung sabotiert – aus reiner Selbstherrlichkeit und der Gier nach Macht, Machterhalt. Um jeden Preis.

Dabei hätte der Falkland-Krieg für Großbritannien durchaus übel enden können. Aber bevor es soweit gekommen wäre, hätte man lieber eine der Atombomben gezündet, die nun, in einigen abgeschossenen *Sea King*-Hubschraubern, auf dem Grund des Atlantiks vor sich hin rosteten. Ein Skandal für sich. Aber die Kaufmannstochter Margaret Thatcher gefiel sich wohl in der Rolle der wiederauferstandenen Boadicea – auch wenn es nur die der schwülstigen Historienbilder war.

Tom erinnerte sich recht gut an die Postkarte.

»Hatte Boudiccas Streitwagen Messer an den Rädern?« fragte er. Sicher würde Marcus darauf hereinfallen. Denn so sah man es auf Dutzenden von Bildern, nicht nur an jener Bronzeplastik in London.

»Natürlich nicht!« kam die Antwort. »Die britannischen Streitwagen sind fadenscheiniges Zeug, gemacht aus –« Tom konnte das Wort nicht verstehen.

»Woraus gemacht?«

»Aus Zweigen geflochten, Korbgeflecht. Sie können lästig werden, wenn man keine Reiter hat ... Dein Streitwagen ist kein Menschenwerk. Metall, Glas. Das kann nicht sein.«

»Sieh mich an«, sagte Tom, »ich bin ein Mensch.«

Homo sum war es, was er sagte.

Marcus musterte ihn kurz und gab zurück: »*Humani nil a me alienum puto.*«

Nichts Menschliches ist mir fremd. Von welchem

römischen Dichter stammte das? Aus einem Schauspiel ... Eine Komödie von Terenz! Dieser angebliche Zenturio war auch noch belesen. Wie lautete Terenz' Name auf lateinisch? Publius Terentius oder so ähnlich.

»Terentius?« fragte Tom.

»Es ist ein gutes, altes Stück«, sagte Marcus. »Ich habe es einmal in einem Theater in Gallien gesehen.«

In Gallien, natürlich. Und ihm selber würde bald die Galle überlaufen, wenn der Mann das immer so weiter trieb.

»Was ist mit deinem Arm passiert, Marcus?«

»Ein Britannier war das, mit viel Glück. Aber es war sein letzter Streich, ich habe ihn getötet. Ich habe Salz und Terpentin auf die Wunde getan.«

Salz ... und Terpentin. Nun ja – vielleicht hatten die Römer tatsächlich Wunden mit Salz und Terpentin behandelt.

Wie beiläufig dieser Marcus vom Töten sprach ... War er gefährlich? Oder wollte er seine Rolle nur so echt wie möglich spielen?

»Was du brauchst, ist ein –« Es gab kein Wort für Antibiotikum, auch wenn die meisten medizinischen Begriffe aus dem Lateinischen und Griechischen kamen.

Langsam dämmerte es ihm, daß er keine andere Wahl hatte, als den Mann mitzunehmen. Zum nächsten Polizeirevier? Aber was konnte irgendein Constable schon aus ihm herausbringen, wenn er darauf beharrte, kein Englisch zu verstehen. Stunden würden vergehen, und er, der ihn dort abgeliefert hatte, würde so lange warten müssen. Ob es in Towcester überhaupt einen Polizeiposten gab, der nachts besetzt war ... in Zeiten, in denen der Staat an allen Ecken und Enden sparen mußte?

Er konnte die Polizei rufen, mit seinem Mobiltelefon. Es steckte in seiner Tasche auf dem Beifahrersitz.

Mary würde mit Sicherheit davon abraten, die Polizei einzuschalten.

»Tom«, würde sie ihn warnen, »sie werden sich für dich kaum weniger interessieren als für ihn. Weißt du noch, wie es damals war, als man bei uns eingebrochen hat?«

Das war drei Jahre her. Nur das Videogerät war gestohlen worden – vielleicht von einem gelangweilten Herumtreiber. Ein Junge, der die Schule schwänzte. Der Kripobeamte, der den Tatort besichtigte, war mehr an den Hausbewohnern interessiert als an dem Einbrecher.

»Sie kommen aus Nordirland?«

Ihr Akzent verriet es. Nach vielen Jahren in England klangen die Vokale nicht mehr ganz so breit, aber ihre Herkunft verbergen zu wollen, wäre vergebliche Mühe gewesen.

Ganz beiläufig: »Sie sind Katholiken?«

»Wir sind gar nichts«, hatte Mary geantwortet.

»Und was machen Sie hier in Milton Keynes ...?« Freundlich, aber mit kaum verhülltem Mißtrauen. Mit dem Diebstahl eines Videorecorders hatte das wirklich nichts zu tun.

Der Beamte wollte sich im Haus ein wenig umsehen – angeblich, um ihnen Tips zum Thema Einbruchsicherheit geben zu können. Oben, in Marys Arbeitszimmer, spazierte er geradewegs auf die Boadicea an der Pinnwand zu. Boadicea mit dem Dartpfeil im Kopf. Ganz vorsichtig hatte er ihn betastet, als fürchtete er, die Fingerabdrücke zu verwischen.

»Ein Scherz«, hatte Mary gesagt.

»Er ist grün, dieser Dart«, hatte der Mann geantwortet.

Mary wußte, was er damit sagen wollte. Die irische Fahne. Die *Rebellen*fahne.

»Das ist nur ein Zufall.«

Wann immer die IRA eine ihrer Untaten beging, geriet jeder, der von der Grünen Insel kam, ins Zwielicht – wie viele Jahre er auch in England gelebt haben mochte. Das machte zornig, aber man mußte damit zurechtkommen. Offene Feindseligkeit, nervöse, ungeschickte Witzeleien. Es hatte sicher nichts mit Verfolgungswahn zu tun, wenn man davon ausging, daß Daten über Marys Aktivitäten bei Amnesty und anderswo, ihr Engagement für politische Bildung und Bürgerrechte längst in irgendeinem Computer gespeichert waren.

Was Tom zu berichten hätte, war mehr als grotesk. Die Polizei wäre versucht, ihn erst einmal ins Röhrchen pusten zu lassen.

»Du solltest besser in meinen Streitwagen steigen.« Es war fast ein Uhr. Mary würde schon tief schlafen ... Es macht dir doch nichts aus, Mary, daß ich einen Irren mitbringe? ... Aber etwas mußte geschehen, sie konnten nicht einfach hier am Straßenrand stehen bleiben. Außerdem war es ziemlich kalt geworden.

»Du kannst mitkommen in mein Haus, Marcus – aber wir sollten dein Schwert an einem sicheren Ort verwahren, und deinen Dolch auch.« Er meinte den Dolch, den er an dem silberverzierten Gürtel bemerkt hatte. Für das Schwert in der mit Messing beschlagenen Scheide gab es einen eigenen Gurt, den Marcus über der Schulter trug. »Willst du das tun? Wirst du sie mir jetzt geben?«

Die Waffen und Marcus, sie gehörten nicht an ein und denselben Ort. In den Kofferraum mit diesem Gerät, dann konnte man losfahren. Und während der

Fahrt überlegen, wie es weitergehen sollte. Wenn nur Marcus keine Dummheiten machte ...

Was Mary dazu sagen würde? ... Du sentimentaler Esel!, natürlich. Aber er konnte den Mann weder hier lassen, noch hatte er die leiseste Ahnung, was sonst er mit ihm anfangen könnte. Was für eine verrückte Situation ... Daß Marcus nicht aufhören wollte, Latein zu sprechen, machte die Illusion eines echten Römers fast perfekt – obwohl es sicher eine vernünftige Erklärung gab, geben mußte.

Ein Eignungstest der Armee etwa, der über Motivation und Einfallsreichtum Aufschluß geben sollte? Bei einem Offizier, der zufällig einen Abschluß in Altphilologie oder Archäologie gemacht hatte? Man verkleidete ihn als Römer, setzte ihn mit dem Hubschrauber irgendwo ab: Sieh zu, was du daraus machst ...

Alles klar? Also ... morgen mittag Ankunft Nelsonsäule, dann Einschleichen in das Verteidigungsministerium ... Marcus sah ein bißchen zu alt aus für diese Art Test.

Ja, aber auch in vielen großen Firmen dachte man sich heutzutage solche Albernheiten aus. Führungsqualitäten ... Flexibilität ... Durchsetzungkraft ... Alles das mußte trainiert und anschließend getestet werden. Am besten dadurch, daß leitende Angestellte, mit Farbbeuteln bewaffnet, sich gegenseitig durch die Wälder jagten. Oder indem man sie Agenten in geheimer Mission spielen ließ.

Nach einigem Zögern löste Marcus Schwertgurt und Gürtel. Tom bückte sich in den Wagen, zog den Hebel für die Kofferraumverriegelung, nahm dann Marcus' Utensilien in Empfang und ging zum Heck.

Er hob den Kofferraumdeckel. »Du könntest auch den Helm abnehmen.«

Marcus gehorchte. Ein schwarzer Haarschopf kam

zum Vorschein. Welliges Haar, militärisch kurz – aber bei weitem kein Bürstenhaarschnitt. Marcus mochte etwa in Toms Alter sein.

Tom öffnete die Beifahrertür. Er steckte das Telefon in seine Jacke und warf die Reisetasche auf den Rücksitz.

»Steig doch ein.«

Marcus ließ sich, seine Ledertasche an sich klammernd, so vorsichtig auf dem Sitz nieder, als würde er ihn am liebsten gar nicht berühren. Tom schloß die Tür und ging rasch zur Fahrerseite.

Der Motor lief noch, aus den Heizungsdüsen kam eine warme Brise. Marcus hielt die Hände in den Luftstrom. Dann tastete er ungläubig nach dem Glas der Windschutzscheibe, dem Armaturenbrett aus Walnußholz, den beleuchteten Instrumenten.

Vielleicht war Tom auch nur das Opfer eines Scherzes geworden? Eine Fernsehshow wie ›Versteckte Kamera‹ oder ähnliches?

Aber wo war dann die Kamera? Und würden diese Leute wirklich darauf vertrauen, daß irgendwo auf einer Landstraße, mitten in der Nacht, ein Autofahrer wegen eines römischen Legionärs anhielt?

»Du mußt diesen Gurt umlegen, um Halt auf dem Sitz zu haben.« Tom machte es vor, mußte aber doch beim Anlegen helfen.

»Was bewegt deinen Streitwagen vorwärts?« flüsterte Marcus. »Ist es Zauberei?«

»Nein . . .«

Wie erklären, was ein Motor ist? Hero von Alexandria hatte eine einfache Dampfmaschine gebaut, mit der man Tempeltore öffnen und Automaten antreiben konnte. War das vor oder nach Boadiceas Zeit? Welche Zeit war überhaupt ihre Zeit?

»Es ist etwas Ähnliches wie eine dampfgetriebene

Maschine«, sagte Tom. »Aber sie verbrennt ...« Wie hätte Eeva das in ihrem lateinischen Radioprogramm ausgedrückt, zu Hause in Finnland? »... sie verbrennt destilliertes Öl.«

»Eine *griechische* Erfindung.« Andächtiges Staunen, doch war da auch eine Spur Geringschätzung in Marcus' Stimme.

Nun ja, die Römer waren als Erfinder nicht gerade umwerfend gewesen. Monumentalbauten, Aquädukte, luxuriöse Bäder – aber insgesamt gesehen kamen Naturwissenschaft und Technik ein wenig zu kurz.

»Welches Jahr haben wir eigentlich, Marcus?«

»Es ist das siebte Jahr der Regentschaft unseres Kaisers Nero Claudius Caesar.«

Was denn nun: Claudius oder Nero?

»Jener Claudius, der Britannien zur römischen Provinz machte?«

»Ich spreche von *Nero* Claudius Caesar.« Marcus schien gleichermaßen erstaunt und verärgert zu sein.

Nun also: Nero. Ein Verrückter, ein Tyrann, ein Freund der Kunst und ein Möchtegern-Künstler. Eine Art Hitler der Antike: Massenmorde auf der einen Seite, ›Götterdämmerung‹ und ›Lustige Witwe‹ auf der anderen. Aber welches Jahr sollte das nun sein? Sechzig, siebzig oder achtzig nach Christus? Wenn er schon auf Marcus' Geschichte einging, dann mußte auch die Chronologie stimmen.

»Hat Nero Rom denn schon niederbrennen lassen?« fragte Tom so nebenbei.

»Was soll das heißen? ... *Was soll das heißen*?«

»Hat er nicht zugesehen, wie Rom brannte, und dabei auf seiner Fiedel gespielt? ... Aber das war vielleicht nach deiner Zeit.«

Tom erschrak, so heftig war die Reaktion. »Besudle

nicht den Namen des römischen Kaisers!« fuhr Marcus ihn an. »Er ist der Staat, und er wird einst ein Gott sein.«

»Entschuldige bitte«, sagte Tom rasch. »Es ist viel Zeit vergangen seither.«

Jetzt sollte er auch noch jedes Wort auf die Goldwaage legen! Andrerseits: Wenn Marcus das alles bewußt inszenierte, dann hätte er, um echt zu erscheinen, gar nichts Besseres tun können.

»Kannst du mir das Jahr noch auf andere Weise angeben?«

Marcus hatte sich wieder beruhigt. »Es ist das achthundertundvierzehnte Jahr seit der Gründung der Stadt.«

Die Gründung Roms: siebenhundertunddreiundfünfzig vor Christus – eine Jahreszahl, die er irgendwann einmal mechanisch auswendig gelernt hatte. Da gab es nicht viel nachzudenken. Das war dann also das Jahr ... Das schaffte er nicht ohne Papier und Bleistift, nicht jetzt.

»Erschrick jetzt nicht«, warnte er sicherheitshalber seinen Passagier, als er die Handbremse löste. Er schaltete das Fernlicht ein und gab Gas.

Marcus klebte förmlich auf seinem Sitz. Seine Tasche kam ins Rutschen. Mit einer Hand packte er sie, mit der anderen klammerte er sich an die Polsterung. Tom hörte ihn beten.

Nein, nicht *Jesus* hatte er da gehört. Isis, das war es wohl.

7

Mit einem Schrei erwachte Mary aus ihrem Alptraum. Soeben war im Flugzeug die Bombe explodiert. Die Maschine neigte sich, ging in einen Sturzflug über, immer steiler. Blutüberströmte Menschen schrien vor Angst und Schmerz. Ältere Menschen, Kinder. Marys Mutter rief: »Jesus!«

Mary tastete nach dem Schalter der Nachttischlampe; die Dunkelheit war gebannt. Der kleine Wecker aus weißem Plastik zeigte Viertel nach eins.

Natürlich war Mary nicht an Bord des Flugzeugs gewesen, aber das mußte man auch nicht, um sich das Geschehen vorstellen zu können.

Um sich zu vergewissern, wer und wo sie war, musterte sie Stück für Stück die vertraute Umgebung. Kleiderschrank, Schminktisch, das Bücherregal, das aus Platzmangel aus ihrem Arbeitszimmer nebenan hatte weichen müssen. Neben ihrem Arbeitszimmer lag Toms Schlafzimmer. Sein Arbeitszimmer war eine Treppe tiefer, dort gab es auch ein Bett für Gäste.

Aber wo war Tom? Schlief er vielleicht in seinem Arbeitszimmer, weil er sie nicht hatte aufwecken wollen?

Sie sah hinüber zum Fenster.

Zugezogen ergaben die Vorhänge eine überlebensgroße Reproduktion von Monets ›Mohnblumen‹. Links standen leuchtend rote Mohnblüten im hohen Gras. Oben ging eine Mutter mit ihrem Kind spazieren. Rechts unten gab es noch eine andere Mutter mit Kind, die sich durch die Wiese ihren Weg bahnten. Diese Frau trug ein schwarzes Umhängetuch und einen Hut mit irgendeiner Dekoration obenauf, ein ausgestopfter Vogel womöglich. Spielerisch schien sie ihren grünen Sonnenschirm zu drehen. Das Kind, mit einem Glockenhut, hatte einen Strauß Mohnblumen gepflückt. Schmutzig angegraute Kumuluswolken zogen am blaßblauen Himmel über Bäumen und einem entfernten Haus dahin.

Diesen Polizeibeamten, der das Haus inspizierte, hatten die roten Blumen magisch angezogen. Zielstrebig war er auf den Vorhang zugesteuert. Er mußte partout daran herumspielen.

»Tragen Sie denn gern Ihre rote Blume?« hatte er gefragt.

Eine Anspielung auf den Volkstrauertag. Man steckte sich eine rote Blume an, zum Zeichen des Gedenkens an die gefallenen britischen Soldaten – natürlich auch jener, die in Nordirland während der vielen Unruhen ums Leben gekommen waren.

So leicht ließ sie sich die Freude an ihren Vorhängen nicht verderben, nicht von ihm!

»Ich habe sie gekauft, weil sie mir gefallen haben. Suchen Sie hier etwa Fingerabdrücke des Einbrechers – oder was?«

Jetzt schien es ihr, als hätte dieser verdammte Alptraum auch auf den Vorhängen Spuren hinterlassen, Blutspritzer: das Blut der von der Bombe zerfetzten Reisenden. Zum Teufel mit dem Traum, zum Teufel mit dem, was sein Anlaß war.

Sie mußte Tom von der Begegnung mit Seamus Kelly erzählen. Und was sie von ihm gehört hatte. Hatte sie wirklich geglaubt, es Tom verschweigen zu können? Nein, das nicht ... Aber sie suchte noch einen Weg, wie sie es ihm am besten beibringen konnte.

Nur zu gern hätte sie vermieden, jene fünfundzwanzig Jahre zurückliegende Tragödie wiederaufleben zu lassen. Aber so war das eben mit irischen Tragödien, irischen Massakern: Sie waren Wiedergänger, nicht totzukriegen, und kehrten in kurzen Abständen immer wieder aus dem Schattenreich zurück. Und der nicht weniger hartnäckige Alptraum bewies zur Genüge, daß sich das, was Kelly ihr gesagt hatte, nicht einfach verdrängen ließ.

Vielleicht würde Tom glauben, daß sie wieder einem Zusammenbruch nahe war. Vielleicht sogar, daß es dieses Treffen mit Kelly in der Woche zuvor nie gegeben hatte. Daß alles nur Einbildung war – Kelly *und* diese Geschichte, die plausibel und absurd zugleich war. Schrecklich genug, um plausibel zu sein.

8

Zehn Tage war es her. Es nieselte immerzu an jenem Morgen, als Mary in ihrer gelben Citroën-Ente zur Universität fuhr. Der westliche Parkplatz, der am nächsten zum *Geoffrey Crowther*-Bau lag, wo sie sich mit der Historikerin Jean Henderson ein Büro teilte, war längst überfüllt.

Später am Vormittag sollte sie zu einer Fernsehproduktion im BBC-Studio eine Einleitung sprechen, weshalb sie sich ein bißchen fein gemacht hatte: weiße Rüschenbluse, dunkelblaues Samtkostüm. Grün oder Orange hatte sie natürlich im Hinblick auf das Thema der Sendung vermieden, denn es ging um den Friedensprozeß in Irland.

Sie wollte nicht naß werden, weshalb sie auf der Ringstraße um den Campus herum weitergefahren war bis zu der Einfahrt zwischen zwei großen Parkplätzen. Dort stand ein Pförtnerhäuschen mit Schranke, doch was man hier unter Kontrolle verstand, war – gemessen an nordirischen Verhältnissen – ein Witz. Denn die Schranke war immer offen und unbesetzt, nur auf einem Schild stand etwas über Besucherausweise. Sie fuhr bis zum Besucherzentrum und bog zu dem kleinen Parkplatz an der St.-Michaels-Kirche ab.

Gelegentlich hielt man dort noch Gottesdienste ab. Hauptsächlich wurde die Kirche aber für Ausstellungen, Konzerte und Tagungen benutzt. Die meisten Besucher parkten hier.

Ein paar hundert Meter von der Kirche entfernt befand sich die elegante Walton Hall mit ihren cremefarbenen Stuckverzierungen und dem Portikus aus Naturstein. Sie bildete den Mittelpunkt des parkähnlichen Campus, der ein höchst erfolgreiches und dauerhaftes Erbe aus der Regierungszeit von Harold Wilson und seiner Vision einer allumfassenden technischen Revolution war. Im Schutz ihres dunkelblauen Regenschirms eilte Mary zum Crowther-Bau unweit der Halle, um in ihrem Büro noch einmal die Ansage zu üben. Allein und ungestört, denn Jean war an diesem Tag auf einer Reise.

Das Nieseln hatte schließlich kurz vor der Sitzung im Aufnahmestudio aufgehört. Die Aufzeichnung verlief ohne Probleme. Danach ging sie zum Lunch in die Mensa, anschließend war sie mehrere Stunden mit dem Korrekturlesen eines Lehrbuchs beschäftigt. Um vier Uhr nachmittags machte sie sich auf den Nachhauseweg.

Auf dem Parkplatz an der Kirche hatte er gewartet. Er stand neben ihrem Citroën, ganz so, als hätte er alle Zeit der Welt und würde auch noch die eine oder andere Stunde länger warten, solange er nur dem eintönigen Gurren der Ringeltauben lauschen durfte.

»Du erinnerst dich an mich, Mary Ryan?«

Im ersten Augenblick sicherlich nicht. Aber dann ... Großer Gott!

Die Stimme war es, die sie kannte. Die Stimme eines damals achtzehnjährigen Jungen, der nun ein drahtiger Mann Mitte Vierzig war, mit ungesundem Teint und lockigem, dunklem Haar. Die Nase mußte man ihm mehr als einmal gebrochen haben. Die Augen freundlich, aber kalt und unbarmherzig. Die Hosenbeine einer hellen Jeans ragten unter dem langen braunen Regenmantel hervor.

»Seamus Kelly!«

»Frag mich bloß nicht, wo ich mich die ganze Zeit vor dir versteckt habe, Mary!« Er sagte das in scherzhaftem Ton, aber nicht ohne Bitterkeit.

»Du warst im Gefängnis«, sagte sie. »Crumlin Road.«

Verurteilt zu zwanzig Jahren Haft wegen eines Bombenanschlags auf einen gepanzerten Land Rover, bei dem ein britischer Soldat getötet worden war. Sie starrte auf den Mann, der seine ganze Jugend vertan hatte; sein Opfer jedoch hatte das ganze Leben eingebüßt.

Was in aller Welt führte Seamus Kelly zu ihr? Eine fixe Idee, geboren aus Träumen und verklärten Erinnerungen in der Einsamkeit einer Gefängniszelle?

Lange war es her, daß sie beide ... was gemacht hatten? Liebe etwa? Kaum der passende Ausdruck für jene hastige Verrichtung auf einer alten Matratze, die sich in einem ausgebrannten Haus gefunden hatte. Beschämend, wenn sie daran zurückdachte. Sie und Tom waren in derselben Straße wie Seamus aufgewachsen. Sie waren in dieselbe Grundschule gegangen, ein oder zwei Jahre waren sie auch auf der höheren Schule noch zusammen.

Das Schicksal hatte es mit Mary und Tom besser gemeint als mit den meisten anderen Kindern, die sich einer Zukunft ohne Perspektiven – und ohne Arbeit – gegenübersahen. Gemessen an den Verhältnissen in West-Belfast gehörten Ma und Dad mit ihrem kleinen Laden schon zur Mittelklasse. Tom war ein vielversprechendes Kind – und fromm dazu –, so daß Father O'Halloran seine Beziehungen genutzt hatte, um ihn und mit ihm die Schwester in einer Privatschule unterzubringen.

Natürlich lebten sie noch immer in derselben Straße, einer ›katholischen‹ Straße. Auf eine der besseren Schulen zu gehen konnte bedeuten, daß man sich den anderen Kindern entfremdete – konnte als Verrat betrachtet werden. Aber den Ryans sah man es nach, zumal jedermann glaubte, daß Tom es gewiß zum Priester bringen würde, eines Tages. Vielleicht würde er, sprachbegabt wie er war, sogar Jesuit werden – ein Missionar vielleicht.

Mary hatte keineswegs die Absicht, Nonne zu werden. Kein Wunder, daß sie rebellierte. Sie fühlte sich fremd an der neuen Schule, obwohl ihr das Lernen leicht fiel – und zu Hause in ihrer Straße fühlte sie sich nicht weniger fremd.

Rückblickend sagte sie sich, daß Entfremdung und Einsamkeit wohl der Geborgenheit in einer Gemeinschaft vorzuziehen sind, wenn diese Gemeinschaft Enge und beschränkten Horizont bedeutet: die Welt einer zwanghaft auf Kampf und Haß getrimmten Unterschicht, in der man nichts vergaß und nichts dazulernte. Deren Helden Mörder waren, denen ein Platz auf dem Milltown-Friedhof so gut wie sicher war.

Mit Seamus zu schlafen war so ziemlich das letzte, was Mary vor ihrer Flucht nach London getan hatte. Es war, als ob in diesem Augenblick eine Bombe zu ticken begonnen hätte – Marys Bombe der Auflehnung, die sie aus Irland herausschleudern sollte. Da war der leichte Schauder, daß sie mit einem Jungen zusammen war, der zur IRA gehörte – und zugleich wuchsen Abwehr und Widerwillen. All diese Querelen wollte sie hinter sich lassen, ihnen endgültig Lebewohl sagen.

Als Mary in jener Nacht nach Hause gekommen war, hatte sie als erstes ein Bad genommen – ein langes, langes Bad.

Zwei Männer in Maßanzügen, in eine angeregte Unterhaltung vertieft, kamen auf den Parkplatz.

»Können wir nicht einen kleinen Spaziergang machen, Mary – irgendwo, wo wir ungestört sind?«

»Unten am Fluß entlang, da gibt es einen Trampelpfad durchs Grüne.«

Mit einem Nicken deutete Seamus auf die Walton Hall hinter den hohen Eschen, deren dicke schwarze Knospen kurz vor dem Öffnen standen.

»Wenn man sich vorstellt«, sagte er, »daß vor fünfzig Jahren genau in diesem Gebäude alle die Uniform-Miezen kampierten, die für die Code-Knacker in Bletchley Park arbeiteten.«

Er mußte, während er gewartet hatte, eine der im Besucherzentrum ausliegenden Broschüren gelesen haben. Während des Zweiten Weltkriegs waren tatsächlich Angehörige des *Women's Royal Navy Service* in der Walton Hall einquartiert worden. Täglich fuhr man sie nach Bletchley, diese jungen Frauen, damit sie jenen Eierköpfen zur Hand gingen, die unter höchster Geheimhaltung die Enigma-Maschine der Nazis knackten.

»Der Krieg läßt niemanden aus – nicht wahr, Mary? Nirgendwo ist man sicher.«

Himmel, er dachte doch nicht daran, eine Autobombe aufs Universitätsgelände zu bringen! ... Weil er den Campus mit seinen BBC-Gebäuden als einen Hort britischer Propaganda betrachtete – und hoffte verrückterweise noch auf ihre Hilfe, da sie doch in derselben Straße aufgewachsen waren!

Oder kam er, um sie zu warnen? Der alten Zeiten wegen? Nein, so etwas machte die IRA sehr viel unauffälliger.

Die beiden Maßanzüge waren, ohne von Mary und Seamus Notiz zu nehmen, in einen Audi gestiegen und fuhren vom Parkplatz.

»Der Krieg ist doch zu Ende, Seamus«, sagte sie fast tonlos. »Weißt du das nicht?«

»Nein«, widersprach er. »Es wird nie Frieden sein, bevor nicht der letzte Brite unser Land verlassen hat, endgültig.«

So sagte man seine Glaubensartikel aus dem Katechismus des Irrsinns auf. Die Litanei der Frösche, deren Horizont am Teichrand endete. Zwanzig Jahre Haft machten das nicht besser, im Gegenteil ...

Sagte man in Ulster nicht: Hoffe das Beste, aber erwarte das Schlimmste? Was immer geschah, es blieben stets ein paar Ultras übrig, die den Kampf weitertrugen. Unbelehrbare, Fanatiker. Und hier stand nun einer von ihnen, auch wenn er sich umgänglich gab und zu verbergen wußte, was in ihm vorging. Aber das lernte man in zwanzig Jahren unter Aufsicht.

Sie verließen den Parkplatz und gingen an der Kirche vorbei zur Fußgängerbrücke über die Ouzel.

»In Crumlin Road«, erzählte er, »habe ich Kurse in Französisch und Deutsch gemacht, mit guten Noten. Einige von uns haben sogar ein komplettes Fernstudium absolviert. Diese Open University ist für etliche gute Männer so etwas wie ein Lebensinhalt geworden.«

Dann hatte er also nicht vor, sie in die Luft zu sprengen?

Er hatte bei ihrem Auto gestanden. Er wußte, daß es ihr gehörte.

»Warum hast du mich nicht einfach angerufen, Seamus?«

»Was bist du für ein dummes Schäfchen – mit all deiner Bildung, die dir schon aus den Ohren kommt!« Es klang herablassend und doch fast zärtlich. Es hörte sich an, als spräche er mit einem zurückgebliebenen Kind. »Gibt es etwas Einfacheres, als ein Telefon abzuhören, Mary?«

Weg und Fluß unterquerten in einem Tunnel die H8. Alle größeren Straßen in Milton Keynes trugen entweder die Bezeichnung H oder V – für horizontal und vertikal, was bedeutete, daß sie westöstlich beziehungsweise nordsüdlich verliefen. Und nur zu leicht vergaß man, daß man hier noch immer in der Stadt war, so viel Grün gab es, mehr Grün als Häuser, selbst an den Durchgangsstraßen, und von den Fuß- und Radwegen aus bekam man wiederum kaum ein Auto zu sehen. ›Grüne Wege‹ hätte man die Fußwege eigentlich nennen müssen, obwohl sie rot waren, mit rotem Asphalt kenntlich gemacht und für Autos tabu. Oft genug bedeutete Rot aber Gefahr, und die grünumrankten Wege waren mehr ein Paradies für Vergewaltiger und Räuber als eine ländliche Idylle. Mary fuhr lieber mit dem Auto.

Hier jedoch, nicht weit vom Walton-Park, gab es keine Vergewaltiger, nur Angler, die auf Weißfische, Döbel und Forellen aus waren. Doch heute hatte niemand seine Angel ausgeworfen am Ufer der Ouzel.

Sie war allein mit diesem Menschen, der sich der Gewalt verschrieben hatte, so harmlos und nett er sich auch gab.

»Willst du dich nicht setzen, Mary? Ich hab' dir was zu sagen.«

Er war blind für die stille Schönheit dieses Flußufers. Vielleicht sah er, wohin er blickte, nur graue Gefängniskorridore und vom Bürgerkrieg verwüstete Straßen.

Sie setzten sich.

»Es geht um die *Aer-Lingus*-Maschine, die man in die Luft gesprengt hat.«

Sie wollte aufstehen.

»Laß mich bloß damit in Ruhe, Seamus – bitte!«

Er hielt sie am Handgelenk fest.

»Das kann ich nicht.«

»Es ist so lange her –«

»Tatsächlich? Mir kommt es vor, als wäre es gestern gewesen.«

Wenn man nur die irische Sache im Auge hatte und nichts anderes, dann mochte das sogar stimmen. Vier Jahrhunderte Kampf und immer neuer Tod und neues Leid, das ihn am Leben erhielt – was waren da schon fünfundzwanzig Jahre? Es mußte wie gestern erscheinen, selbst wenn es hundert Jahre her gewesen wäre.

9

Als Seamus geendet hatte, sagte Mary kein einziges Wort. Wie ein trotziges Kind saß sie da, die Arme um die Knie geschlungen, und wiegte sich hin und her. Sie sah nicht die Ouzel, sah nicht die Natur ringsum.

Seamus rollte sich eine Zigarette. Als er ihr einen Zug anbot, schüttelte sie nur den Kopf.
Lügen. Immer neue Lügen. Verfolgungswahn und Lügen. Was man zu wissen glaubte über das Geschehen in den Straßen von Belfast und Derry in Jahrzehnten: Lügen – auf beiden Seiten, bei Katholiken und militanten Protestanten. Die Königliche Ulster-Polizei und ihr *Special Branch*, der britische MI5 und die Armee dazu - sie täuschten und logen. Und nicht nur das! Ein Polizist aus Manchester, Stalker hieß er, war nach Ulster geschickt worden, um zu untersuchen, was viele nie für möglich gehalten hätten: ob nämlich politischer Mord zu den Mitteln gehörte, die man im Namen der Krone dort anwandte – guten Gewissens natürlich. Nicht alles, was er herausfand, sprach dagegen, manches dafür – und so blies ihm der Wind bald kräftig ins Gesicht, so kräftig, daß er schließlich entnervt das Handtuch warf. Er bat um seine Entlassung.
»Unter dem Teppich gibt es einen dicken, fetten Scheißhaufen, Mary. Du bist jemand, der für eine gute Sache auf die Barrikaden geht. Du hast die nötigen Kontakte.«

Und einen Grund hatte sie nun auch ... Der Mord an ihren Eltern, der Tod so vieler Menschen ging nicht auf das Konto der Palästinenser! ... Wenn es denn stimmte, was er ihr erzählt hatte.

Es konnte unmöglich wahr sein. Plausibel, vielleicht, im ersten Moment – aber um es für wahr zu halten, da brauchte es schon die Voreingenommenheit eines Ulster-Aktivisten.

Ach ja? Die CIA hatte einen koreanischen Jumbo geopfert, voll besetzt mit Zivilisten, nur um ein wenig schnüffeln zu können. Und möglicherweise war der Absturz über Lockerbie gar nicht das Werk libyscher

Terroristen – vielleicht hatte die CIA nur gründlich Mist gebaut. Eine Bombe im falschen Flugzeug ... gefährliche Spiele, ohne Rücksicht auf die Folgen. Und warum sollten die Briten weniger kaltschnäuzig sein? Die meisten *Aer Lingus*-Passagiere waren Katholiken gewesen, aus der Unterschicht eben, und in der Wolle gefärbte Republikaner – und ganz einfach entbehrlich. Jedenfalls die meisten von ihnen.

Es war, als hätte Seamus ihre Gedanken gelesen.

»Mary, die Briten haben mehr als einmal Bomben explodieren lassen, von denen sie wußten. Sie opfern ihre eigenen Soldaten, die ja auch nur Proleten sind, diesmal britische. Wenn sie einen Vorteil darin sehen, wenn sie eine Quelle schützen wollen. Das ist für sie ganz normal.«

Es konnte nicht wahr sein. Er tat das nur, damit sie in ihrem gerechten Zorn für Wirbel sorgte. Eine Art Hilda Murrell – diese tapfere alte Frau, eine Rosenzüchterin, die etwas gegen Kernkraftwerke hatte. Zufällig stieß sie auf einige Details über die Versenkung der Belgrano, bald darauf wurde sie ermordet. Die Täter wurden nie ermittelt.

»Wie bist du hierhergekommen, Seamus?«

Er lachte. Das würde er natürlich für sich behalten. Sicher hatte er nicht den direkten Weg genommen, ob von Nordirland oder dem Rest der Insel. Das würde er niemals tun – ein Mann, den sie nicht aus den Augen ließen: Sobald er aus seiner gewohnten Umgebung verschwand, läuteten die Alarmglocken.

Hätte Seamus ein Attentat in England geplant, wäre er niemals zu Mary gekommen: Sie hätte schließlich über das Treffen plaudern können.

Französisch und Deutsch hätte er gelernt in Crumlin Road, so sagte er. Einer, der aus einem Milieu kam, in dem sich die Leute aus der einen Straße mit denen aus der nächsten Straße bekriegten, wo die IRA-Leute von Belfast kaum jenen von Derry trauten, war entschlossen, den Kampf in die große weite Welt hinauszutragen.

Genaugenommen trauten die IRA-Leute von Belfast nicht einmal jenen von Belfast. Gerry Adams höchstpersönlich brauchte einen Passierschein der IRA in Ardoyne, wenn er von seinem kleinen Königreich in Falls Road aus dort einen Besuch machen wollte. Die Falls-Road-Brigade war gut beraten, wenn sie gar nicht erst versuchte, der IRA in Crossmaglen Befehle zu geben. Andersonstown hatte seine eigenen Gesetze. Weil es dort mehr Aufruhr und mehr Tote gegeben hatte als irgendwo sonst, betrachteten sich die Katholiken in Nord-Belfast als die wahren Helden, als Frontkämpfer, verglichen mit den Menschen im Westen der Stadt ...

Schon mehr als einmal hatte die IRA Kommandos auf den Kontinent geschickt – mit katastrophalen Ergebnissen. Ein australischer Tourist getötet ... Mairead Farrell und ihre beiden Begleiter auf Gibraltar vom SAS erschossen. Nun also ein neuer Anlauf.

»Es muß endlich Frieden geben, Seamus.«

»Sicher, alles redet davon. Britische Zugeständnisse, irische Beteiligung, Vertreter aller Parteien bei den Verhandlungen: Bockmist. Es ist ein Trick – man unterschreibt, und nach zehn Jahren kapiert man, daß man zum Narren gemacht wurde.«

Seamus und noch einige andere arbeiteten nun auf eigene Rechnung. Einzelkämpfer, die die Fahne hochhielten, den einzig wahren Glauben bewahrten ... Und weil ihnen zu Hause niemand folgen wollte, hatten sie irischen Boden verlassen.

Welche Route er wohl genommen hatte? Ein Flug nach New York vielleicht ... Eine neue Identität, die ihm New Yorker Sympathisanten verschafften ... Dann ein paar Umwege, vielleicht über Tripolis und Bagdad, die ihn schließlich auf den Kontinent führten.

Und jetzt war er aus Frankreich oder Belgien herübergekommen, mit der Fähre oder durch den Tunnel. Oder, wahrscheinlicher noch, auf einem weiteren Umweg, per Schiff, von Hamburg oder von Skandinavien her.

»Es war riskant, nach England zu kommen«, sagte sie.

»Hätte ich einen Boten geschickt, du würdest ihm die Geschichte kaum geglaubt haben.«

Ihm glauben – so weit mußte es noch kommen! Aber die Geschichte einfach abzutun, nachdem er sich in Person die Mühe gemacht hatte – das fiel ihr schwer. Natürlich konnte alles erfunden sein: eine Lüge, die seinen Zwecken diente. Die Lüge, das war das tägliche Brot der IRA und der Protestanten nicht weniger, von den britischen Geheimdiensten ganz zu schweigen.

»Was immer du mir erzählst«, sagte sie, »ich werde auf keinen Fall irgend etwas, nicht den kleinsten Krümel, bei mir zu Hause verstecken. Ist das klar?«

»Davon ist doch gar keine Rede, Mary. Nicht das ist es, worum ich dich bitte.« Dann betrafen seine Pläne tatsächlich das Ausland, nicht die britischen Inseln. »Wer redet denn vom Verstecken! Ans Licht bringen sollst du etwas – den ganzen Mist, den man unter den Teppich gekehrt hat. Das wird höchste Zeit.«

10

Und heute wieder dieser Alptraum, wieder das explodierende Flugzeug, die panische Angst. Todesangst. Ganz gleich, wie sehr Tom sich aufregen würde, sie mußte es ihm sagen. Monets Mohnblumen waren zu Blutflecken geworden, sie würde sich neue Vorhänge kaufen müssen.

Nebenan im Arbeitszimmer ging das Telefon. Tom, erschrak sie. Ein Unfall ... Warum sonst sollte das Telefon um diese Zeit klingeln? Etwas Schlimmes mußte passiert sein. Sie sprang aus dem Bett.

Die Vorhänge im Arbeitszimmer waren offen. Weil sie im Nachthemd war, machte sie kein Licht. Regale, Schreibtisch und Computer waren nur Schemen. In ihrer Hast stieß sie sich die Hüfte an irgendeiner Kante.

»Hallo, was ist los?« Nicht einmal ihren Namen sagte sie.

»*Mary ...*« Es war Tom, offensichtlich gesund und munter.

»Dem Himmel sei Dank! Ich dachte schon –«

»Du bist ziemlich schnell rangegangen –«

»Ich hatte wieder diesen Traum, Tom. Ich muß dir unbedingt etwas sagen –«

»Hör zu, Mary: Ich bringe einen Gast mit –«

»Seamus?« sagte sie ohne nachzudenken. Seamus mußte sich an Tom herangemacht, mußte auch ihm seine Geschichte erzählt haben.

»Was sagst du?«

Er hatte den Namen gar nicht verstanden.

»Ist nicht so wichtig.«

»Mary, dieser Mann, den ich mitbringe –«

11

Während sie durch die Nacht fuhren, fragte Tom: »Wo willst du eigentlich hin?«

»Nach Lactodorum.«

»Das ist nicht mehr weit.«

Am Straßenrand tauchte, die Buchstaben grell weiß im Scheinwerferlicht, eine Hinweistafel auf: die Entfernungen nach Milton Keynes und London. Marcus riß die Augen auf, drehte sich um nach der Geisterschrift, die an ihnen vorbeihuschte und wieder in der Dunkelheit verschwand.

»Eine Schrifttafel! So strahlend hell! Ich habe die Buchstaben nicht erkannt ...«

Das konnte er auch nicht, als Römer. Die Römer benutzten ausschließlich Großbuchstaben. Und die Ziffern auf der Tafel waren arabische und nicht etwa L und X und V. Ein Altphilologe, der nur für einenTest in die Römerrolle geschlüpft war, wäre sich dieser Tatsache wohl bewußt.

»Wir bewegen uns so schnell. Was, wenn wir ein Rad verlieren?« Marcus begann wieder vor sich hinzumurmeln. Noch ein Gebet.

»Die britannischen Priester und Priesterinnen sind tot«, sagte er dann unvermittelt. »Wir haben die Druiden getötet, so sehr sie auch schrien und uns verfluchten. Wir haben die heiligen Haine niedergebrannt.« Ob er das, was ihm widerfuhr, als die Rache eines zaubermächtigen Druiden verstand?

»Habt ihr die Druiden in der Schlacht mit Boudicca getötet?«

»Nein. Wir haben die Nachricht von der Plünderung Camulodunums erhalten, als wir in Mona waren.« Mona, das mußte doch die Insel Anglesey sein, am nördlichen Ende von Wales. Camulodunum war Colchester in Essex, heutzutage alles andere als eine wichtige Stadt. »Wir hatten unser Werk eben beendet, kein einziger Druide blieb verschont.«

Auch damals war man stolz, wenn man beim Ausrotten ganze Arbeit geleistet hatte, das schien also nicht das Privileg späterer Jahrhunderte zu sein.

Sie waren jetzt fast schon in Towcester. Ein weitläufiger Kreisverkehr, dann ein Ortsschild. Tom bremste etwas ab.

»Sieh, Marcus, hier.«

Ein Schild, das an Towcesters antikes Erbe erinnerte: RÖMERSTADT – LACTODORUM. Marcus formte mit den Lippen die Laute, während sie langsam daran vorbeifuhren.

»Das ist Lactodorum!?«

Die Ampel zeigte Grün. Das höchste, alles überragende Gebäude an dieser Kreuzung war ein Hotel, ›Saracen's Head‹ hieß es, und das Schild am Eingang zeigte einen helmbewehrten Araber. Die Hauptstraße war, mit Ausnahme einiger parkender Autos, leer und verlassen.

»So viele Streitwagen, *so viele.*«

Es waren nicht viele.

»Was für eine Stadt! ...«

Nun ja ...

Towcester war eine Kleinstadt an der *Watling Street,* der alten Römerstraße. Ehemals eine Haltestelle der Postkutsche. Und mit ein wenig Dickens-Atmosphäre in den altmodischen Teestuben. Dann das übliche indische Restaurant, ein Pub, winziger Marktplatz, Spielzeug-Rathaus. Tagsüber donnerte so mancher Riesenlaster durch Towcester – aber nicht jetzt. Nichts Römisches war übriggeblieben bis auf ein paar Steine und Fliesen unter dem Asphalt und den Fundamenten der Häuser. Marcus starrte mit großen Augen auf die Straßenlaternen, die Läden, die kleinen Häuschen.

»Lactodorum«, flüsterte er.

Keine Frage, in wenigen Minuten hatte er Tom so weit, daß er ihm glaubte.

Bald beschleunigte der Rover wieder, während es die lange Steigung hinaufging, an der hohen Ziegelmauer der Rennbahn entlang und in die Dunkelheit hinein.

»Wir bleiben nicht in dieser Stadt?«

»Ich wohne nicht hier. Ich wohne in –« Wie hatte die römische Siedlung nicht weit von Milton Keynes damals geheißen? Irgend etwas mit Mag ...

»Ich wohne in Mag ...«

»Magiovinium«, sagte Marcus. »Ein Tagesmarsch.«

»Wir werden in einer halben Stunde dasein. Vielleicht auch früher. Was hast du da in deiner Tasche?« Die Tasche, die er noch immer an sich geklammert hielt.

Marcus zierte sich.

Dann seufzte er. »Ich bin in deiner Hand, und auch Fortunas Hand.« Er öffnete die Tasche weit genug, daß man hineinsehen konnte.

Ein Trinkbecher mit zwei Henkeln. Tom streckte die Hand zum Dachhimmel und schaltete die Innenbeleuchtung ein. Erschrocken fuhr Marcus zusammen.

Der Becher war aus Silber. Marcus zog eine silberne Statuette hervor. Tom konnte nur einige kurze Blicke darauf werfen, aber es schien eine hervorragende Arbeit zu sein.

»Es ist Venus.«

»Wo hast du das her?«

»Von einem Beutekarren der Britannier.«

Marcus nahm eine Lederbörse aus der Tasche. Aus

der Börse zog er eine Münze, die aus reinem Gold gemacht schien.

»Zeig mir diese Münze etwas genauer, Marcus.«

Marcus nahm die Münze zwischen Daumen und Zeigefinger und hielt sie ihm vors Gesicht.

Ein kurzer Blick, noch einer. Das Profil eines stiernackigen Mannes mit fleischigem, konturlosem Gesicht. Bis auf die lange Nase, die steil zum runden, vorstehenden Kinn hin abfiel. Lockiges Haar, so dünn, daß man es für eine enganliegende Wollmütze halten konnte.

»Unser Kaiser«, sagte Marcus.

Die Inschrift war so deutlich, daß Tom mühelos lesen konnte: NERO CLAVDIVS CAESAR. Nichts an dieser Münze wirkte alt, gar antik – sie hätte auch aus Toms Hosentasche stammen können.

In Fortunas Hand gab sich dieser Mann, dabei hatte er sie wohl eher für sich gepachtet, die Glücksgöttin: Ein Vermögen hatte sie ihm beschert! Eine Tasche voll Goldmünzen, Silberzeug. Allein die silberne Venus mußte ... ja, was würde sie wert sein? Da war Tom überfragt. Zwanzigtausend Pfund bei Sotheby's? Hunderttausend?

Von dem übrigen gar nicht zu reden. *Und wie paßte das alles zu einem Römer-Darsteller? Also doch ein echter Römer? ...*

»Was ist geschehen, bevor du dich auf dieser Straße wiederfandest? Kannst du dich erinnern?«

Der Römer runzelte die Stirn.

»Ich steckte gerade den Becher in meine Tasche. Plötzlich roch die Luft scharf und salzig. Die Haare auf meiner Haut richteten sich auf. Ein blaues Licht hat mich geblendet. Dann Dunkelheit, und als ich wieder etwas sah, hatte die Straße sich völlig verändert.«

Blaues Licht? Um Himmels willen, hatte etwa eine Fliegende Untertasse den Zenturio entführt? Hatte ihn ein Ufo an Bord genommen, das durch die Zeit reisen konnte?

Tom erinnerte sich, daß er irgendwann in dieser klaren Nacht, ganz unpassend, einen Blitz bemerkt hatte – einen blauen. Etwas war geschehen.

»Hast du fremdartige kleine Menschen gesehen?«

»Die Britannier sind groß und kräftig, nicht klein.«

»Ich meine irgendwelche seltsamen kleinen Wesen, keine Britannier.«

»Ich dachte, daß ein Gott erschienen wäre.«

»Hast du diesen Gott gesehen?«

»Ich sah deinen Streitwagen. Dann sah ich dich.«

Das mußte es sein: Irgendwie hatte sich eine Verbindung zwischen dem ersten und dem zwanzigsten Jahrhundert ergeben ... Wie nannte die Wissenschaft solche verrückten Sachen? Wurmlöcher, ja ... Eine direkte Verbindung von einem Ort des Universums zu einem anderen, als ginge man durch eine Tür. Vielleicht auch von einer Zeit in eine andere, warum nicht.

Tom zog das Mobiltelefon aus der Tasche.

»Ich werde meine Schwester anrufen.«

Marcus starrte durch die Windschutzscheibe in die Nacht hinaus. »Wird sie hierherkommen?«

»Ich meine, ich werde mit ihr sprechen. Damit.«

Marcus musterte das Gerät in Toms Hand.

»Dann gehört dies zu einem Altar? Ist deine Schwester eine Göttin?«

12

»*. . . ein Soldat*«, hörte Mary ihn sagen. »*Er hat auch eine kleine Wunde am Arm –*«

»Der Himmel sei uns gnädig, Tom! Ist er . . .« Sie nahm nicht an, daß der Staatsschutz ihr Telefon abhörte. Niemand konnte sie für so wichtig halten. Und wenn, dann mußten sie Millionen Telefone von Millionen gewöhnlicher Leute abhören. Und trotzdem . . . »Ist er einer von *ihnen*, Tom?«

Tom war etwas irritiert. »*Er ist Berufssoldat, wie ich schon sagte –*«

»Tom«, flüsterte sie, »gehört er zu *Oglaigh na hEireann?*«

»*Ob er wohin gehört?*«

Sie wiederholte den irischen Namen der IRA: Oglaigh na hEireann. Weder sie noch Tom hatten je Irisch gelernt – seine Neigung hatte von jeher den romanischen Sprachen gegolten. In Belfast das Irische zu erlernen, das hieß sich einzulassen auf die irische Sache, mit Haut und Haaren. So manches Wort und manche Wendung schnappte man jedoch ganz ohne Zutun auf.

»*Wie kommst du denn darauf? Ach, ich verstehe . . . Weil ich gesagt habe, daß er Soldat und verwundet ist . . .*«

»Ist er Brite, Tom? Warum bringst du ihn nicht einfach ins nächste Krankenhaus? Ist er desertiert? . . . In was mischst du dich da ein?«

»*Wirst du endlich zuhören! Er ist ein römischer Soldat – aus dem ersten Jahrhundert nach Christus. Ich weiß, das hört sich verrückt an, aber wenn du ihn erst gesehen hast, wenn du siehst, was er bei sich hat! Seine Rüstung, Goldmünzen mit dem Bild Neros –*«

»Tom, ich bin diejenige, die in der Klapsmühle war. Du hast doch keine Drogen genommen? Wo bist du?«

»Kurz hinter Towcester. Zehn Meilen von hier hab' ich ihn aufgelesen. Er heißt Marcus, ist ein Zenturio!«

»Tom, du bist ein Esel. Heute ist nicht der erste April, oder? Und Geburtstag habe ich auch nicht – was soll ich also mit einem lebenden Glückwunschtelegramm, ob Römer oder sonst was, mitten in der Nacht?«

»Ich weiß, daß man es unmöglich glauben kann, wenn man ihn nicht mit eigenen Augen gesehen hat. Ich rufe nur an, damit du vorbereitet bist. Zieh dir etwas an! Wir sind schon bei Pottersbury, länger als eine Viertelstunde wird es nicht mehr dauern –«

13

Dieser Bursche im Römerkostüm schien unter Schock zu stehen.

Doch damit nicht genug: Alles, was er hier erblickte, schien ihm einen weiteren Schock zu versetzen. Der chinesisch anmutende Wohnzimmerteppich in Blau und Creme, ein Designerstück. Die Art-déco-Leuchten, die nicht einmal echt waren.

Er schwankte ein bißchen. Er starrte Mary an in ihren Jeans und dem grünen Pullover. Mit offenem Mund bestaunte er ihre blaugewandeten Beine und das volle rote Haar.

Dann fragte er Tom etwas, es ging um sie. Sie verstand das Wort *ancilla*. Tom antwortete, auf lateinisch, und der Fremde sah sie kurz an, scheu, doch blieb sein Gesicht ausdruckslos.

»Er fragte sich, ob du vielleicht meine Magd wärst –«

»Das kommt mir manchmal auch so vor ... zum Beispiel, wenn ich mitten in der Nacht aufstehen muß, um einen raffinierten Betrüger zu begrüßen, der dich völlig um den Finger gewickelt hat!«

»Und ich dachte zuerst, er müßte für irgendeine verrückte Art Test den Römer spielen – bis ich gesehen habe, was er in seiner Tasche hat. Ich habe ihm gesagt, daß du meine Schwester bist.«

Der Gast sagte wieder etwas.

»Er sagt, du würdest aussehen wie Boudicca – damit meint er *Boadicea*.«

»Besten Dank, aber auch Schmeichelei wird ihm nicht weiterhelfen!«

»Es ist wegen deiner Haarfarbe. Deshalb hielt er dich auch für eine britannische Magd.«

»Natürlich!«

»Mary – darf ich bekanntmachen: Marcus Appius Silvanus.«

Mary nickte nur kurz.

Von Tom aufgefordert, leerte Marcus seine Tasche über dem Couchtisch aus. Jesus Maria! Er mußte ein Museum ausgeraubt haben.

Was immer dieser Mann bezweckte, was immer ihn umtrieb: Ihm mit gesundem Menschenverstand beikommen zu wollen, war fraglos vergebliche Mühe.

Aber eins nach dem andern. Den Verband abnehmen. Der Arm sah schlimm aus, aber doch nicht zu schlimm. Entzündet, die Wunde noch offen, aber keine Spur von Eiter, und, Gott sei Dank, kein Wundbrand.

Tom hatte öfter mit Bronchitis zu tun, deshalb gab

es im Haus einen Vorrat verschiedener Antibiotika, die ihm Dr. Mason auf Dauerrezept verschrieben hatte. Mary brachte einige Tabletten und ein Glas Wasser. Dieses spezielle Penicillin war für Atemwegsinfektionen gedacht, doch beschränkte sich seine Wirkung sicher nicht auf den Brustbereich.

»Tom – du mußt ihm beibringen, daß er zwei davon nehmen muß.«

Marcus wollte wissen, was für eine Medizin das war.

»Wie soll ich ihm nur erklären, was Penicillin ist. Ein Schimmelpilz ..., *mucor*. Es wird sich anhören, als wäre es etwas Ekliges – und er könnte es mit dem verwechseln, was man aus der Nase popelt.«

»Dann sag ihm einfach, daß es hilft!«

Marcus schluckte die Pillen, dann besah er sich das Glas in seiner Hand. Ein ganz gewöhnliches Glas, gewiß kein Bleikristall aus Waterford.

Was, wenn er gegen Penicillin allergisch war? Zu spät, sich darüber den Kopf zu zerbrechen. Und jetzt gehörte er erst einmal in die Badewanne, bevor man die Wunde desinfizierte und neu verband. Die Füße in den offenen Sandalen waren schmutzig. Mary huschte nach oben, um Toms Bademantel zu holen.

Ein unangenehmer Gedanke, diesen Besucher nach oben gehen zu lassen – wo ihr Schlafzimmer war. Aber eben auch das Bad. Doch unter keinen Umständen würde er in diesem albernen Kostüm nach oben gehen, so viel stand fest. Sie bestand darauf, daß er sich in Toms Arbeitszimmer umzog – wobei ihr Bruder ihn sorgsam im Auge behalten sollte.

Es dauerte eine Weile. Als Marcus in dem beigefarbenen Bademantel wieder auftauchte, hätte man ihn schwerlich noch für einen Römer halten mögen. Mary hatte in der Zwischenzeit die Statuette und die Goldmünzen begutachtet – für Sammler sicher Stücke von beträchtlichem Wert. Sie konnte sich recht vage noch an einen Einbruch in ein Römisches Museum erinnern, es war vielleicht ein Jahr her, bei dem man einer Gruppe von Freizeit-Römern das selbstgebaute Katapult gestohlen hatte – ein Nachbau in *Originalgröße*! –, was doch eigentlich ein recht abwegiges Unternehmen war ...

Niemand, der unauffällig ein Römer-Museum berauben wollte, verkleidete sich als Römer – es sei denn, es traten dort gerade andere Kostüm-Römer auf, so, wie es in Woburn am kommenden Montag vorgesehen war.

»Es könnte doch sein, daß er das Gedächtnis verloren hat«, gab sie zu bedenken, während sie vor den auf dem Tisch ausgebreiteten Schätzen kniete. Marcus ließ sie nicht aus den Augen.

Tom schüttelte den Kopf. »Etwas sehr Merkwürdiges ist passiert.« Er erzählte von dem Blitz, den er gesehen hatte.

»Das war bloßer Zufall, Tom. Aber erst wollen wir ihn einmal sauberkriegen – du übernimmst das. Dann wäre es vielleicht an der Zeit, zu Bett zu gehen.«

»Marcus sagt, daß es bei seiner Begegnung mit diesem grellen blauen Licht Mittag war – danach war es mit einem Schlag Nacht. Für seine innere Uhr müßte jetzt also früher Nachmittag sein.«

»Wenn das alles ist, was nicht richtig tickt! Du wolltest nicht andeuten, daß es langsam Zeit wird für den Fünfuhrtee und einige belegte Brote?«

Tom wandte sich an Marcus, als wäre der Vorschlag ernst gemeint.

»Er kam gar nicht dazu, etwas zu essen«, übersetzte

Tom. »Er sah den Becher neben der Straße – und dann war es auch schon passiert.«

»Also ist er hungrig. Wunderbar ..., dann werde ich ihm ein Käsebrot machen – es sei denn, er besteht auf gefüllter Lerche oder Haselmaus.«

»Tee wird ihn am Schlafen hindern. Wie wär's mit einem Bier?«

»Keinen Alkohol!«

»Du meinst wegen des Antibiotikums?«

»Keineswegs – seinetwegen! Ein Glas Milch wird es auch tun. Zu dumm, daß ich keine Schlaftablette habe, die ich ihm reintun könnte!«

Tom kam die Treppe herab um zu berichten, was sich im Badezimmer abgespielt hatte.

»Er war ganz aus dem Häuschen, als ich die Wasserhähne aufgedreht habe. Am liebsten würde er es immerzu laufen lassen. Ich hab' versucht, ihm zu erklären, was es mit unserer Wasseruhr auf sich hat.«

»Sorg dafür, daß alle Hähne zugedreht sind, bevor wir schlafen gehen!«

»Unsere Art zu baden findet er unappetitlich: im Schmutzwasser zu liegen ... Alles im Bad ist absolut neu für ihn.«

Selbst das Toilettenpapier, wie Tom schließlich verriet.

»Er dachte, daß der Badeschwamm dazu dient, sich den Hintern zu wischen. In vornehmen römischen Häusern gab es zwar Wasserspülung, aber zum Saubermachen benutzte man kleine Schwämme an einem Stock.«

»Als hätte man einen Schimpansen zu Gast! Wer weiß, was er da oben noch alles anstellen wird!«

»Ich werde mich gleich wieder um ihn kümmern.«

»Und er hat nichts dagegen, daß du ihm assistierst?«

»Die Römer badeten immer gemeinsam. Sklaven bürsteten ihnen im Dampfbad den Schmutz vom Körper. Ach ja, auch die Seife war neu für ihn. Er wollte eigentlich etwas Olivenöl haben.«

»Untersteh dich, es ihm zu geben!« Natürlich stand die Flasche mit dem Öl noch immer in der Küche, wo sie hingehörte.

»Ich habe ihm gezeigt, wie man Seife benutzt. Und in das Wasser habe ich etwas von deinem Schaumzeug getan.«

»Wann wirst du es endlich kapieren: Mit Seife zusammen gibt das niemals Schaum! Und daß er mir bloß nicht in die Nähe meines Zimmers kommt ... Wenn ich nur daran denke, daß er am Computer herumfummeln könnte!«

»Ich habe ihm gesagt, daß die anderen Zimmer oben *privatum* sind – ein Römer versteht das sehr gut –, und daß er in Zukunft das Gäste-WC hier unten benutzen soll.«

»In Zukunft – was soll das heißen!? Wie lange willst du ihn denn hierbehalten?«

»Wo soll er denn hin? Und möchtest du nicht mehr über die unglaubliche Geschichte erfahren, die hier passiert ist? Dieser Schatz in seiner Tasche ...«

Der lag auf dem Couchtisch ausgebreitet, neben einem Glas Milch und einem dicken Cheddar-Sandwich. Außerdem war da noch eine Pfundmünze, auf die Mary nun mit den Fingern tippte.

»Die hier wollte ich eigentlich werfen. Kopf – ich hätte ihm geglaubt; Zahl – na ja.«

»Warum wirfst du nicht eine von *seinen* Münzen? Nero – es ist wahr. Rückseite – er lügt.«

»Das hatte ich vor, aber diese römischen Münzen

sind sicher nicht so gut ausbalanciert wie die unseren.«

»Besser als du denkst.«

Sie nickte.

»Warum wirfst du nicht?«

»Wenn du weg bist.«

Aber wie viele Münzen sie auch werfen würde, es bewiese gar nichts, nicht das geringste.

14

Als Marcus wieder erschien, in Bademantel und Pantoffeln, machte er sich gierig über das Sandwich und das Glas Milch her. Frisch und rosig sah er aus. Marys Münze lag noch immer auf dem Tisch. Marcus nahm sie und biß – nach einem schiefen Blick auf das Bild der Königin – prüfend in das Metall. Er runzelte die Stirn.

Tom erklärte, daß der Metallwert der goldfarbenen Münze nicht der Rede wert sei. Aber immerhin könne man damit zwei Laibe gutes Brot kaufen.

Marcus wollte wissen, ob es denn eine Hungersnot gebe in Britannien, wenn die Kornspekulanten solche Wucherpreise verlangen konnten.

Mit einiger Anstrengung entzifferte er die in großen Lettern am Rand eingestanzte Inschrift, DECUS – ET – TUTAMEN . . . Marcus erkannte das Zitat, es stammte aus Vergils *Aeneis* und war dem Dichter zufolge die Inschrift auf dem Schild des Achilles: ›Zur Zierde und zum Schutz‹.

»Ein ziemlich belesener Zenturio«, wunderte sich Tom. »Er kennt seinen Vergil.«

»Ist das verwunderlich bei einem Römer?«

»Das ganz sicher, wenn man bedenkt, daß Bücher nur in ein paar handgeschriebenen Schriftrollen zirkulierten.«

Aus der Inschrift zog Marcus den Schluß, daß die Ausgabe von Münzen noch immer Sache Roms wäre. Tom klärte ihn behutsam auf. Darüber, daß lateinische Inschriften auf Münzen nichts Ungewöhnliches seien – eine alte Tradition.

Daß kaum ein Mensch dieser Tage noch die lateinische Sprache beherrschte – und daß das römische Reich lange, lange schon aufgehört hatte zu bestehen ...

Tom verschwand in seinem Arbeitszimmer und kehrte mit einem Bildband über Rom zurück. Ein Buch, das ihm Father O'Halloran vor vielen Jahren geschenkt hatte – eher für junge Leser gedacht. Auf dem Titel sah man das Colosseum oder vielmehr das, was davon übrig war.

»Eure Bücher sind ausgemalt«, sagte Marcus staunend.

»Nein, diese Bilder werden anders gemacht.«

»Wo steht dieses Gebäude?« fragte Marcus.

»Erkennst du es nicht? Es ist das Colosseum.«

»Es ist ein Amphitheater ... für Gladiatorenkämpfe. Oder es *war* eins. Es ist so groß! ... Wo ist es?«

Nicht, daß er etwa zu verdrängen suchte, was aus dem Colosseum nun geworden war: Er bestritt ganz einfach und mit großer Beharrlichkeit, daß es ein solches Bauwerk in Rom gegeben hätte. Als Tom den zugehörigen Text überflog, stellte sich heraus, daß man mit dem Bau des Colosseums erst zu Zeiten des Kaisers Vespasian begonnen hatte, eine volles Jahrzehnt nach Boudiccas Niederlage und Tod. Marys Skepsis begann zu wanken.

Marcus blätterte die Seiten um. Bilder von den Ruinen des Forum Romanum, von Kirchen und Renaissance-Palästen. Die Fresken der Sixtinischen Kapelle. Und auch ein – inzwischen fast ebenso antikes – Photo vom Flughafen Leonardo da Vinci. Bilder, die in ihrer scheinbar wahllosen Aneinanderreihung auch von ganz verschiedenen Orten stammen konnten. Aber dann bohrte Marcus triumphierend den Zeigefinger in das Buch:

»Rom lebt! Und hier ist dein *Colosseum* ...«

Über zwei Seiten ging das Bild, und es zeigte, aus der Vogelperspektive, eine Stadt in strahlendem Weiß – mit Tempeln, weitgespannten Aquädukten, Brücken über einen türkisfarbenen Tiber. Kolonnaden, Paläste, Wohnhäuser.

»Die Stadt ist leer, verlassen ...«

Die Bildlegende erläuterte, daß der Architekt Italo Gismondi dreißig Jahre damit verbracht hatte, dieses originalgetreue Plastikmodell des alten Roms anzufertigen.

»Wenn man sich vorstellt, Mary, daß noch vor zweihundert Jahren sehr viel mehr Leute sich mit ihm auf Latein hätten unterhalten können ...«

»Wie dumm von ihm, bei seiner Zeitreise so weit übers Ziel hinauszuschießen! Immerhin hat er das Glück gehabt, auf dich zu treffen. Denn du fühlst dich immer gleich für alles verantwortlich!«

»In Hinkley, auf der Konferenz, habe ich eine Finnin getroffen, die auch Latein spricht.«

»Meinst du nicht, daß es bis Finnland ein bißchen weit ist? Und ich bezweifle auch, daß Marcus einer Telefonplauderei viel abgewinnen kann ... Aber du willst damit sagen, daß *wir* ihn nun am Hals haben –«

»– bis wir wissen –«

»– ob er uns nur zum Narren hält.«

»Wir können ihn nicht einfach sich selbst überlassen. Auf dem Weg hierher habe ich überlegt, ob ich nicht die Polizei informieren sollte.«

»Auf auf keinen Fall!« sagte Mary heftig.

»Aber auch dann müßte ich den Dolmetscher spielen, und zwar unter weniger erfreulichen Umständen! Ihn würden sie in eine Zelle sperren, später in die Nervenklinik – und an wen sonst, wenn nicht an mich, würden sich die Psychiater halten, wenn sie mit ihm reden wollen.«

Die Polizei, die mußte man sich vom Leib halten. Und mit Seamus und seinen Enthüllungen konnte man sich erst später befassen, weil dieser verdammte Römer nun alle Aufmerksamkeit für sich beanspruchte. Zwei verrückte Geschichten auf einmal – das wäre auch für Tom zuviel. Blieb zu hoffen, daß der seltsame Gast ihr wenigstens andere Träume bescherte.

Und daß am Abend des nächsten Tages alles ganz anders aussah.

15

Marcus schlief in Toms Arbeitszimmer tief und fest bis gegen Mittag. Ein Mann eben, dessen Schlaf-Wach-Rhythmus gestört war wie nach einem Transatlantikflug ... Andrerseits: Wer Nacht für Nacht im Römerkostüm die Gegend unsicher machte, mußte irgendwann ja auch mal schlafen.

Mary hatte die Sonntagsausgabe des *Observer*

gründlich durchgesehen: Hätte etwas von einem Einbruch in einem Römermuseum dringestanden, es wäre ihr nicht entgangen ... Nichts dergleichen. Vielleicht eine Meldung über einen Ausbruch aus einer Heilanstalt? Wo man gerade ein Historienstück einübte – mit echten Schwertern und Dolchen? Absurd! Tom hatte ihr von den Waffen erzählt, die nun sicher verwahrt im Kofferraum seines Autos lagen.

Nichts, kein Wort in der Zeitung, nicht der geringste Hinweis. Nichts über Ufos, nichts über Physiker, die soeben die Zeitreise erfunden haben wollten.

»Tom«, sagte sie, »vielleicht sollte ich rasch auch die anderen Sonntagszeitungen besorgen – sicher ist sicher. Obwohl ... Was immer passiert sein mag letzte Nacht – für die Zeitungen von heute kam es möglicherweise zu spät.«

»Aber auch das Radio hat heute noch nichts gebracht.«

»Dann kann ich mir die Mühe sparen.«

Mary hatte noch einen Stapel schriftlicher Arbeiten zu korrigieren, die, wenn sie erst fertig waren, an die Fernstudenten überall im Land zurückgeschickt werden mußten. Sie trug den Berg Papier hinunter ins Wohnzimmer. Tom verbrachte den Morgen überwiegend damit, mit Hilfe eines Latein-Wörterbuchs seine Kenntnisse aufzufrischen. Außerdem hatte er aus seinem Kleiderschrank einige passende Sachen für ihren Gast zusammengesucht: Unterwäsche, Socken, Hemd und Hose lagen nun auf einem Sofa bereit. Der Fremde hatte etwa Toms Figur.

Schließlich erschien Marcus, in Toms Bademantel. Er hatte wohl vorgezogen, es nicht ganz auf die Spitze zu treiben, indem er seine Römer-Sachen anzog.

Sonnenlicht flutete durch das große Wohnzimmerfenster. Ganz vorsichtig trat Marcus an die Scheibe heran und legte die Hände darauf. Wie groß dieses Glas war! Und so eben und klar – und es gab, hintereinander, gleich zwei dieser Scheiben.

Die Aussicht, wie sie alltäglicher nicht sein konnte, fesselte ihn. Rasen, Sträucher, die Straße. Die Häuser in diesem dörflichen Viertel mitten in der Stadt waren im Tudor-Stil gebaut – Fachwerk mit Backsteinen ausgemauert, rote Dachziegel; auf stilechte bleigefaßte Fenster hatte man sich dann aber doch nicht einlassen wollen, und natürlich waren die Häuser bei weitem energie- und umweltbewußter gebaut als alle die unechten Tudor-Häuser aus den dreißiger Jahren.

Jemand wusch seinen Wagen. In einiger Entfernung spielten Kinder. Ein Fahrrad fuhr vorbei. Ein ruhiger, verträumter, sonniger Tag.

Marcus sprach mit Tom, eine ganze Weile.

Tom übersetzte es Mary. »Er fragt sich, wie man ein solches Haus vor einem Überfall schützen kann – zuviel Glas. Was, wenn bewaffnete Räuber oder Aufrührer erscheinen? Ein sicheres Haus hat seine Fenster nach der Innenseite.«

»Siehst du – dann hätte man uns auch nicht den Videorecorder geklaut. Aber da sich heute noch keine Aufrührer in unserem Sträßchen gezeigt haben, wüßte ich gerne, ob er jetzt Frühstück oder lieber den Lunch haben möchte? Oder besser, er nimmt jetzt erst einmal die nächste Dosis seiner Pillen …«

Als Mary aus der Küche kam mit einem Glas Milch und dem Penicillin, zeigte Tom gerade, wie der Reißverschluß an der Hose funktionierte.

»Ich habe ihm gesagt, daß es heutzutage kaum Aufruhr und Gewalttaten gibt in Britannien, und daß, wenn einmal ein Verbrechen geschieht, sofort die *aediles* in ihren Streitwagen herbeieilen.«

»Das also sind die Bullen? Aediles? ... Was hältst du davon, wenn ich unserem Römer Spaghetti serviere?«

»Ich glaube nicht, daß die Römer Teigwaren aßen. Es war doch Marco Polo, der die Nudeln aus China mitbrachte, oder?«

»Aber sicher waren sie unterdessen kalt geworden.« Sie gab Marcus die Medizin. Gehorsam schluckte er die Pillen. Mary ging zum Fernseher und schaltete ein. Wie er wohl reagieren würde?

Ameisengroße Menschen rannten die Aschenbahn eines riesigen Stadions entlang – irgendwo auf der Welt. Marcus hatte die Augen aufgerissen und kniete sich vor den Bildschirm.

Mary nahm die Fernbedienung und schaltete um. Ein Zeichentrickfilm – ein Wallaby mit quäkender Stimme hielt seinen tierischen Freunden eine Rede. Dann: eine Anleitung zum Orchideenzüchten für Hobbygärtner. Mary schaltete wieder zu den Leichtathleten, was noch am besten zu passen schien.

Marcus begann zu reden, stockend. Auch diese Bildermaschine sei sicher eine griechische Erfindung ... Schwer zu sagen, ob es als Lob oder Tadel gemeint war. Noch immer auf den Knien, ließ er die Läufer im Stadion nicht aus den Augen.

»Ich habe mir den Kopf zerbrochen«, sagte Tom, »wie ich ihm Elektrizität, Kühlschränke, Flugzeuge oder Computer erklären könnte.«

»Das ist ganz unnötig. Er ist besser dran, wenn er einfach lernt, wie man damit umgeht. Rotes Licht heißt: nicht über die Straße gehen – sonst überrollt dich ein Streitwagen. Autos sind gefährlich. Man kann sie – und all die andern Dinge – nicht aus der Welt schaffen, also muß man lernen, mit ihnen umzugehen. Lernen, wie man nicht auffällt.«

»Nicht aufzufallen dürfte schwierig sein, wenn man nur Latein spricht.«

»Du lieber Himmel«, sagte Mary, »wir sollten jemanden ins Vertrauen ziehen.«

»Wen? Hast du nicht selber gesagt, daß wir die Polizei aus dem Spiel lassen sollten?«

»Ja ... Vor allem dürfen wir nichts Unüberlegtes tun. Die Polizei wäre keine Hilfe – und Hilfe ist das, was er jetzt braucht. Hilfe auch, um ein wenig Englisch zu lernen – das für den Anfang.« Sie schnippte mit den Fingern. »Was, wenn ich dieses Lehrprogramm besorge, das bei uns gerade entwickelt wird?«

An der Open University arbeitete man an einer neuen Lehrmethode, um insbesondere eingebürgerten Ausländern mit geringer Schulbildung die englische Sprache zu vermitteln. Man dachte dabei etwa an die indische Großmutter, die bisher ihre Enkel als Dolmetscher dabeihaben mußte, wenn sie einkaufen ging. Ein interaktives, audiovisuelles Computerprogramm mit Animationen, Bildsymbolen und elektronischer Spracherkennung konnte praktisch jeden Menschen, gleich welcher Muttersprache, gesprochenes Englisch lehren – sogar einen Analphabeten. Ideal auch für die Flüchtlingsfamilien, die trotz immer schärferer Bestimmungen noch Aufnahme gefunden hatten und sich naturgemäß völlig unvorbereitet in einer fremden Welt wiederfanden. Ganz fertig war das Programm noch nicht, man erprobte es gerade an einer Reihe Testpersonen.

»Das wird ihn hindern, auf dumme Gedanken zu kommen«, sagte Mary.

»Dann soll er also bei uns bleiben ... bis er Englisch gelernt hat, wenigstens?«

»Langsam, langsam, Tom. Kann er denn tatsächlich echt sein? Aber wenn nicht, dann wird er sich kaum die Mühe machen, ganze Tage lang Englisch zu pauken – es sei denn, er steckt inzwischen so sehr in dieser Rolle – ob es nun bewußte Täuschung ist oder Wahn –, daß er nicht mehr herausfindet ... Ich werde mir einen überzähligen Computer borgen, am Dienstag.«

»Dann soll das also ein Test für ihn sein?«

»Ich denke da noch an einen anderen Test! Wir könnten morgen mit ihm zu diesem Römer-Spektakel nach Woburn Abbey fahren. Mal sehen, wie er reagiert. Er könnte sogar sein Zenturio- Zeug anziehen.«

»Du willst ihn damit überraschen – eine Art Schocktherapie?«

»Beim Lunch mußt du ihn überreden, seine Geschichte zu erzählen – seine Lebensgeschichte, von Anfang an. Aber was machen wir mit ihm für den Rest des Tages?«

»Wie wär's, wenn wir ins Kino gingen?« schlug Tom vor.

»Ich möchte an einem so schönen Tag nicht im Kino sitzen und dich lateinische Übersetzungen flüstern hören.«

»Vielleicht bringen sie etwas, von dem er lernen kann – was ihm weiterhilft.«

»Du meinst eine Wiederaufführung von Kubricks *Spartacus*? Ich bezweifle, daß Marcus sich für einen Sklavenaufstand begeistern könnte ...« Sie schüttelte den Kopf. »Warum nehmen wir ihn nicht mit zur Friedenspagode?«

»Dieses Ding sieht doch aus wie ein Transformator, der vom Sockel gekippt ist.«

»Keine Witze über den Frieden, Tom! Er ist unsere einzige Hoffnung. Wenn wir zur Pagode gehen, könnten wir einen Spaziergang rund um den See machen. Vielleicht sollten wir zuerst zu *Waitrose* fahren – ihm zeigen, was ein Supermarkt ist. Bis vier Uhr ist noch geöffnet. Er könnte etwas zum Abendessen aussuchen.«

Während Tom in seinem Arbeitszimmer Marcus beim Anziehen der ungewohnten Sachen half, bereitete Mary den Lunch. Kabeljau in Eierteig, dazu Pommes frites aus dem Backofen und Erbsen. Zu trinken gab es eisgekühltes Wasser.

Marcus schien überrascht zu sein, daß man nicht im Wohnzimmer aß – ausgestreckt auf den beiden Sofas. Etwa nur er selbst und Tom, während diese Weibsperson ihnen aufwartete? ... Mary führte den Gast in die Küche, zu der Eßecke im Buchenholz-Look mit den schwedischen Stahlrohrstühlen drumherum. Immerhin, die Tischplatte war aus Marmor.

Diese kleine *furca*, Marcus, steckst du in den Bissen, während du ihn abschneidest. Dann führst du ihn damit zum Mund. Ich mach' es dir vor, siehst du?

Marcus schnupperte anerkennend an der Essigflasche, dann goß er sich einen Schluck davon in sein Glas mit Wasser. Er spießte einen einzelnen Pommes-Schnitzel auf seine Gabel und erkundigte sich noch einmal nach der Hungersnot in Britannien.

»Warten wir ab, bis wir bei Waitrose sind«, sagte Mary zu Tom, »dann wird er sehen, daß davon keine Rede sein kann.«

»Ich vermute, daß das römische Mittagessen gewöhnlich etwas üppiger war –«

»Ich werde mich beim Lunch nicht vollstopfen, nur um ihm einen Gefallen zu tun.«

»– aber das galt nicht für Soldaten ... Sie aßen ein paar Zwieback zu Mittag.«

»Und hungern werde ich seinetwegen auch nicht!

Sag ihm, daß wir unsere Hauptmahlzeit heute abend haben werden. So, wie ich das gewohnt bin. Ramadan-Speiseplan, könnte man sagen: Faste beizeiten und am Tag, dann hast du am Abend.«

Marcus hatte eine Frage. Tom hatte das Wörterbuch mit an den Tisch gebracht und schlug das Wort *allium* nach.

»Er hätte gern etwas Knoblauch gehabt.«

»Ach, diese Leute vom Kontinent! ...«

»Er sagt, es sei gut für die Gesundheit der Soldaten. Eine Zehe Knoblauch jeden Tag.«

»Das mag sein. Du solltest ihm aber klarmachen, daß die meisten Briten etwas gegen Knoblauchgeruch haben. Nicht, daß es ihnen etwas ausmacht, sich mit billigem, stinkendem Parfüm oder Rasierwasser aus der Chemiefabrik zu übergießen ... Gut, wir werden Knoblauch kaufen. Solange er nicht ständig darauf herumkaut wie auf einem Kaugummi.«

Marcus fragte, ob es nicht eine Fischsauce gäbe zu diesem Essen.

»Geduld, Geduld! ... Bei Waitrose müßten wir auch eine thailändische Fischsauce kriegen, wenn ich mich nicht irre.«

16

Marcus erzählte, daß er in Rom selbst geboren sei – *die Hauptstadt, das klingt immer gut!* –, fünf Jahre vor dem Tod des Kaisers Augustus. Sein Vater war Sklave eines ehrwürdigen Senators. Doch ein Mann, der etwas aus sich machen wollte. Er sparte. Und als er das nötige Geld beisammen hatte, kaufte er sich frei.

Das war sein Glück, denn gerade ein Jahr, nachdem er dies geschafft hatte, wurde der Senator ermordet. Und alle Sklaven seines Haushalts wurden der Folter unterzogen, denn schließlich mußte man doch herausfinden, wer der Mörder war.

»Wie kann er über solche Scheußlichkeiten reden, ohne mit der Wimper zu zucken!« rief Mary.

Warum? Es ist das Gesetz, das fordert, daß alle Sklaven gefoltert werden, wenn ihr Herr ermordet wird.

»Um ein Exempel zu statuieren, vermutlich?«

Ganz und gar nicht. Und in diesem Fall wurde die Folter sogar sehr zurückhaltend angewandt. Bei den Frauen, zum Beispiel, vermied man jede körperliche Verunstaltung. Und nicht alle Sklaven wurden anschließend getötet. Man ließ Milde walten, einerseits, weil man den Mörder inzwischen ermittelt hatte, andrerseits, weil der Bruder des Senators eingeschritten war, der den Besitz an Sklaven für die Witwe erhalten wollte. Der Mörder kam aus der Reihe der Sklaven – ein Barbar, der Amok gelaufen war, als er von den Plänen seines Herrn hörte: Der hatte ihn an eine Gladiatorenschule verkaufen wollen.

»Nach all dem müßte Marcus die Sklaverei verabscheuen.«

Ganz und gar nicht. Die Menschen sind entweder Freie oder Sklaven. Manche Menschen stehen in Fortunas Gunst, andere, denen sie abhold ist, trifft das Los der Sklaverei. Ohne Sklaven kann der Staat nicht bestehen.

»Nun ja, bei *uns* scheint es zu funktionieren.«

Ja, aber Mary und Tom besaßen so viele nützliche griechische Maschinen.

»Sklaven rebellieren, irgendwann – sie lassen sich nicht auf Dauer unterdrücken«, sagte Mary.

Sie mußte zur Kenntnis nehmen, daß neun von

zehn Einwohnern Roms entweder Sklaven, ehemalige Sklaven oder Nachkommen von Sklaven waren. Sie waren es, die das römische Blut auffrischten. Ständig strömten Menschen aus aller Welt in die Stadt, wurden Teil des Volks von Rom.

»Ach, dann war die Sklaverei letzten Endes nur ein spezielles Verfahren zur Einbürgerung?«

Was Marcus in dürren Sätzen dazu sagen konnte, klang wie die Inschriften auf römischen Münzen: fromme Wünsche, Propagandaparolen.

Seinem Vater blieb das Glück auch weiterhin treu. Er machte die Bekanntschaft von Seianus. Seianus war der starke Mann in Rom, solange Kaiser Tiberius sich auf Capri die Zeit vertrieb. Und weil Fortuna es auch mit dem jungen Marcus gut meinte, genoß er eine Erziehung, wie man sie sich besser kaum wünschen konnte.

»Und immer liegt es an Fortuna, nicht wahr?«

Natürlich. Der Zufall regiert die Welt. Die Ursachen und die Ursachen der Ursachen sind verborgen. Nicht wissend, was die Zeit uns bringt, müssen wir unser Heil in Fortuna suchen und uns um ihre Gunst bemühen.

Der göttliche Tiberius war ein kluger Herrscher. Er hatte seine Adoption durch den göttlichen Augustus wohl verdient. Doch war er ein viel zu ernster Mann. Dem römischen Pöbel schenkte er keine Beachtung, ebensowenig Schmeichlern und Intriganten aller Art. Kein Wunder, daß er sich von Rom fernhielt für viele Jahre. Das nutzte Seianus, der gern an seiner Stelle Kaiser geworden wäre, für seine Pläne.

Aber schließlich deckte Tiberius das Komplott auf. Er ließ Seianus hinrichten und seine Familie dazu, ebenso seine Freunde und Verbündeten und viele ihrer Angehörigen. Viele Monate lang folgte Prozeß auf Prozeß. Alte Rechnungen wurden beglichen. Marcus' Vater wußte, daß sein Schicksal besiegelt war. Und um den Sohn zu retten, der damals achtzehn Jahre alt war, nutzte er seine Beziehungen und verschaffte ihm einen Posten beim Militär – weit weg, in Judäa.

In seinem – eilends geänderten – Testament vermachte er klugerweise den Großteil seines Besitzes dem Kaiser. In einem Brief ermahnte er den Sohn: Kehre niemals nach Rom zurück! Sei stets ein treuer Diener Roms! Ehre den Kaiser! . . .

Die Kohorte, der Marcus zugeteilt wurde, stammte aus dem italischen Kernland und war die erste ihresgleichen in Judäa, wo es sonst nur Hilfstruppen unter römischem Kommando gab. Er diente als Gehilfe eines Zenturio, als ein *optio*. Ein Posten, der normalerweise einem erfahrenen Legionär zugestanden hätte, doch waren die Bestechungsgelder nicht umsonst gewesen – und Marcus war, trotz seines Interesses für Literatur, keineswegs ein Muttersöhnchen. Er war geübt im Umgang mit Waffen, das war Teil seiner Erziehung gewesen. Er stellte seine Fähigkeiten unter Beweis.

Trotz allem eine untergeordnete, unauffällige Position.

Ein kleiner Fisch war er, inmitten eines großen Schwarms: der römischen Legion.

Marcus nahm sein Leben nun selbst in die Hand. Nach einigen Jahren in Caesarea versetzte man ihn an die Grenze entlang der Donau. Er wurde Zenturio, diesmal aus eigenem Verdienst. Aus Jahren wurden Jahrzehnte, schier endlos waren die Grenzen des Reiches, die er einmal hier, einmal dort zu sichern half – ein Diener Roms, dem Wunsch des Vaters folgend. Und natürlich den Befehlen aus der Hauptstadt, denn es war eine häufig geübte Praxis, daß man Offiziere versetzte und untergeordnete Ränge nicht weniger.

Und jetzt war er hier bei den absonderlichen, rückständigen Britanniern, wie Catull sie in seinem letzten Gedicht an seine flatterhafte Geliebte beschrieben hatte. Nur, daß die Welt sich auf ungeahnte Weise verändert hatte.

Tom übersetzte für Mary: »Von all denen, die einst lebten, bin nur ich geblieben – sagt er. Er fängt an, zu begreifen.«

»Er hat diese Geschichte wohl immer parat?«

Marcus nahm einen Schluck Essigwasser, bevor er fortfuhr – mit heiligem Ernst, als spreche er ein Gebet.

»Er schwört bei der Sonne, die alles sieht, daß jedes seiner Worte wahr ist.«

»Woher weiß er denn, was ich gesagt habe?«

»Man kann es auf deinem Gesicht lesen, Mary.«

Mit einer raschen Bewegung schüttelte sie sich ihre Mähne ins Gesicht.

Marcus sagte noch etwas.

»Er meint, daß hochgestecktes Haar dir besser stehen würde – oder ein Knoten im Nacken vielleicht.«

»Danke! Aber ich werde mir meine Frisur selber aussuchen und fürs erste auf den Rat eines durchreisenden Zenturios verzichten. Wie steht es denn mit seiner eigenen Frau? Die, mit der er in wilder Ehe lebt – mit der er sich niederlassen und eine Menge kleiner Römer in die Welt setzen möchte? Ist es ihre Frisur, die er mir da aufschwatzen möchte?«

In seinem Bericht hatte Marcus auch Corellia erwähnt und ihre Pläne für eine gemeinsame Zukunft. Tom fragte, aber die Antwort fiel recht barsch aus.

»Er sagt, daß sie ihm genommen wurde, wie auch alles andere, was er besaß.«

»Abgesehen von diesem netten kleinen Schatz hier. Wir sollten ihn irgendwo sicher verstauen, bevor wir einkaufen gehen.«

17

Der Volvo, der mit höchstens sechzig Meilen dahintrödelte, schien sich auf der mittleren Spur der Autobahn häuslich eingerichtet zu haben. Barney Barber hupte, während er mit seinem Mondeo vorbeizog, blinkte dann und setzte sich knapp vor seinen Kontrahenten, bevor er demonstrativ ganz nach links hinüber auf die erste Spur fuhr. Völlig frei war sie, wie so oft, aber vielleicht half es – vielleicht konnte man dem einen oder anderen klarmachen, wohin die langsamen Fahrzeuge gehörten.

»Paß doch auf!« keifte Cynthia.

»Tu ich doch ...«

Kevin meldete sich aufgeregt vom Rücksitz. »Du hättest den Volvo beinahe gestreift, Dad.«

»Ach, Unsinn!«

Da hatte das Gör einmal nicht mit seinem Bruder gestritten, sondern etwas mitbekommen – aber dann genau im falschen Moment.

»Ich weiß, daß du keine Lust hast, Mutter zu besuchen«, sagte Cynthia, »aber mußt du uns alle deshalb gleich umbringen?«

»Ich habe überhaupt nichts dagegen, daß wir deine Mutter besuchen! Sie soll doch ihre Enkel zu sehen kriegen, ab und zu wenigstens.«

»Es macht eine Menge Arbeit, vier Leute über Nacht aufzunehmen.«

»Wir hätten ja auch morgen früh fahren können, nur für den einen Tag.«

»Mutter mag es, wenn Leben im Haus ist ... Kinderstimmen, die sie am Morgen wecken.«

Er hätte den Volvo auch auf der linken Spur überholen können – eine Sache von Sekunden wäre das gewesen. Die Wahrscheinlichkeit, daß der andere im selben Augenblick beschloß, nach links zu wechseln – vielleicht noch ohne zu blinken –, war gering. Nur: ausgeschlossen war es nicht. Idioten zuhauf tummelten sich auf den Straßen. Und deshalb hatte er das Überholmanöver lieber auf die korrekte und sichere Art absolviert.

»Du hast überhaupt keinen Grund, dich so aufzuführen«, sagte Cynthia. »Es ist doch kaum Verkehr.«

»Ich weiß, Liebes.« Wer wußte das besser als derjenige, der hinter dem Lenkrad saß. »Es geht mir eben auf die Nerven« – und wie, verdammt noch mal! –, »wie sich manche Leute auf der Autobahn breitmachen. Typisch Volvo! Es gäbe nur halb so viele Staus, wenn gewisse Leute auch mal links fahren würden.«

»Ich sehe keinen Stau.«

Es war zwecklos, darüber zu diskutieren. Ein wenig zu fröhlich rief er über die Schulter nach hinten: »Na, freut ihr euch schon auf die Römer, ihr beiden?«

»Fechten sie mit richtigen Schwertern?« fragte Peter.

»Sie werden sicher auch ein bißchen fechten«, vermutete Barney, »um zu zeigen, wie das geht. Aber die meiste Zeit werden sie wohl hin- und hermarschieren.«

»Mann, ist das öde!« sagte Kevin.

»Wirklich? Na ja, wenn ihr wollt, könnt ihr auch zum Safaripark gehen und euch die Tiger und Nilpferde ansehen.«

»Nilpferde hocken bis zur Nasenspitze im Wasser, und Tiger liegen den ganzen Tag herum und gähnen. Hab' ich schon gesehen, danke!«

»Aber Römer hast du noch nicht gesehen.«

»Das sind keine richtigen Römer!«

Barney seufzte. »Ihr könnt mit den Schwanenbooten auf dem See fahren. Ihr erinnert euch doch an diese Kähne, die die Form von Schwänen haben?«

»Pah! . . .« machte Kevin, »Das ist doch für Babys!«

Was seid ihr denn sonst als gottverdammte Babys!

»Als wir das letzte Mal in Woburn waren, da hattet ihr euren Spaß dran.«

»Das ist schon ein Jahr her!«

»Können wir vielleicht Autoscooter spielen – mit den Booten?« fragte Peter.

»Untersteht euch!« sagte Cynthia. »Auf keinen Fall! Ihr könntet kentern und ertrinken.«

»Peter und ich, wir können beide schwimmen, Mum.«

»Man kann unter das Boot geraten und sich dort verfangen.«

»Vielleicht«, schlug Barney vor, »können wir das vor Ort klären, anstatt hier sämtliche Teufel an die Wand zu malen.«

Cynthia kniff die Augen zusammen. »Ist das nicht eine Kamera da auf der Brücke?«

Barney fuhr unbeirrt seine neunzig Meilen.

»Du willst doch keine fünfhundert Pfund und einen Eintrag im Führerschein riskieren –«

»Dazu wird es nicht kommen, Cynth. Meine Freunde bei der Polizei werden das schon in Ordnung bringen.«

»Die Polizisten helfen dir, wenn du zu schnell gefahren bist, Dad?«

Barney hätte sich auf die Zunge beißen können. Warum konnte er seine Klappe nicht halten!

»Daß du mir einen solchen Blödsinn bloß nicht in der Schule rumerzählst, hörst du? Das ist mein voller Ernst, Junge.«

Cynthia strich sich das gefärbte Blondhaar glatt, ein jugendlicher Pagenschnitt. Sie war noch immer ein erfreulicher Anblick. Cynthia im Bikini, an einem Swimmingpool – das war das richtige, da gehörte sie hin.

Der Traum von Kalifornien. Zu schön, um wahr zu werden. In den letzten Jahren war eine stattliche Schar Londoner Zeitungsleute nach den USA abgewandert, die halbe Fleet Street. So mancher dämliche Hund hatte die Chance genutzt, bei amerikanischen Zeitungen und Fernsehsendern einen Sack voll Geld zu machen. Agenturen wie *Splash* in Los Angeles verkauften ihre Regenbogen-Kacke jetzt sogar nach Großbritannien und dem Rest der Welt dazu. Die Briten waren Weltmeister auf diesem Gebiet. Schund war die größte Wachstumsbranche. Tragödien als Vorspeise, Katastrophen zum Dessert. Darauf war man spezialisiert ... die Elitetruppen des Sensationsjournalismus.

Anstatt sich auf der Autobahn zu ärgern, auf dem Weg zu Schwiegermama, könnte Barney sich an einem kalifornischen Pool die Sonne auf den Bauch scheinen lassen ... ein Haus am Strand, nicht weit vom nächsten Jachthafen. Während Cynth und die Jungen mit Mutter auf der anderen Seite des Atlantiks *telefonierten*.

Aber weitaus wahrscheinlicher wäre er gerade mit einem wichtigen Auftrag unterwegs, würde Madonna oder Sylvester Stallone beschatten oder sich mit geldgierigen Informanten herumschlagen. Mit Faulenzen kam man nirgendwo voran, auch nicht in Kalifornien. Außerdem war Sonnenbaden ungesund.

Aber das Bild hatte etwas für sich. Cynthia am Pool, braungebrannt und elegant. Natürlich weigerte sie sich, die Heimat zu verlassen, vor allem der Jungen wegen.

Also machte Barney brav weiter mit *Eye & Ear,* saß in seinem Büro in der City von London, einen Steinwurf vom Post-Hochhaus entfernt, und schuftete.

Als Barney beschloß, sich selbständig zu machen, hatte er lange über den richtigen Namen für seine Agentur nachgedacht. Und Cynthia hatte mit ihm nachgedacht.

»Wie wär's denn mit ›Scoops‹?« hatte er vorgeschlagen.

»Ist das nicht eine Hamburger-Kette oder etwas Ähnliches?«

»Dann eben ›Snoops‹!«

»Das klingt billig, zweitklassig.« Sie hatte recht.

»Oder ›Private View‹? Das klingt gediegen, man denkt an eine Privatvorstellung oder die Vorbesichtigung einer Kunstausstellung. Die Redaktionen werden sich darum reißen, von einer solchen Agentur Bilder für ihre Titelseite zu kaufen.«

»Das hättest du gern.«

»Sie *werden!*«

Doch dachte man bei ›Private View‹ auch an den Blick durchs Schlüsselloch, an Schnüffelei in der Privatsphäre – nun, warum nicht einmal ehrlich sein? Genau darum ging es doch auch ...

»Mir schwebt etwas wie ›Sesam öffne dich!‹ vor«, hatte Cynth gesagt. »Das magische Wort, das alle Türen öffnet.« Ja, und dann schlich man sich hinein und versteckte seine Wanzen in Telefonen und Blumentöpfen. »Und du bist Ali Baba – von Barber zu Baba, das ist gar nicht weit, oder?«

Doch dafür hatte Barney sich absolut nicht erwärmen können. *›Hallo, Ali – ich brauch' noch ein bißchen Frischfleisch für die Titelseite, möglichst knackig. Und schick mir alles, was du über Lady Di im Fitnessclub hast, ja?‹*

Eye & Ear wiederum konnte man auf den ersten Blick auch für eine Wohlfahrtseinrichtung für Blinde und Taube halten. Nun ja ... Das Ohr, das alles mithört; das Auge, dem nichts verborgen bleibt: Bis zum heutigen Tag war Barney sich noch nicht sicher, ob der Name witzig war oder geschmacklos. Oder beides ...

Im Zeitalter der Laptops und Fotoscanner brauchte man sich nicht mehr bei Stringfellow's mit den Redakteuren auf ein Glas zusammenzusetzen. Viel wichtiger war es, einen Laden wie den seines alten Kumpels Steve Potts in der Nähe der Agentur zu haben. Steve war Elektronikexperte beim SAS gewesen und bot nun seine Dienste als Sicherheitsberater an. Und viele der Gerätschaften, die er verkaufte, waren für Eye & Ear überaus nützlich.

Offiziell verkaufte Steve alles, was man brauchte, wenn man etwa sein Büro auf Wanzen überprüfen oder sich sonstwie gegen Lauscher schützen wollte. Aber auch die Wanzen selbst konnte man bei ihm bekommen und, unter dem Ladentisch noch einige Sachen von ganz anderem Kaliber. Sachen, an die man nur mit Beziehungen herankam – und das war für Steve kein Problem, denn er gehörte ›dazu‹, und Barney ebenfalls.

Schon damals, als der eifrige junge Barney sich noch als Zeitungsreporter die Hacken krummlief, hatte es ihn immer wieder von neuem verblüfft, in welchem Ausmaß private Sicherheitsdienste, Detektivbüros, Polizei, MI5 und wer weiß noch alles zusammenarbeiteten. Reibungslos und völlig ungeniert – eine einzige große Familie. Und wenn man noch einen dicken Umschlag mit Banknoten nachreichte, dann konnte man jede gewünschte Information bekommen, *jede.* Das war, sozusagen als Ausgleich für Kalifornien, das Schöne am guten alten England. In Amerika, da stand man mit einem Bein im Kittchen, wenn man es auf die illegale Tour auch nur versuchte.

Kalifornien ... ein schöner Traum, ja. Aber die besseren Möglichkeiten in diesem Metier hatte man doch in der trauten Heimat. Hin und wieder versuchten ein paar Saubermänner, den Saustall auszumisten. Ein Polizeiinspektor wurde ein bißchen gerügt, ein Privatschnüffler ging für zwei Jährchen in den Knast. Macht strengere Gesetze! Schützt die Persönlichkeitsrechte! ... Aber was bedeutete das schon – alles lief weiter wie gehabt, ganz gleich, welche Regierung gerade am Ruder war.

Da war zum Beispiel diese Sache mit den Vorstrafen, die sich nach einer gewissen Frist sozusagen in Luft auflösten. Er und Steve Potts hatten laut herausgelacht, gestern war das gewesen, als sie sich darüber unterhielten. Irgend so ein Kerl saß seine Strafe ab, wurde wieder auf die Gesellschaft losgelassen – und hatte die besten Aussichten, daß der Eintrag im Strafregister gelöscht wurde, wenn er sich nur für einige Zeit zurückhielt. Schließlich wollte man dem Armen, was die Resozialisierung betraf, keine Hindernisse in den Weg legen.

»Es darf doch nicht sein, daß so ein Kinderschänder wieder mit Jugendlichen arbeitet, oder?« hatte Steve Barney gefragt. In diesem Punkt waren sich der Ex-SAS-Mann und Barney einig. Wenn nötig, würde Steve solche A ... ficker auch eigenhändig kastrieren.

Barney hatte gerade einen neuen Infinity-Transmitter bei Steve erstanden – ein kleines Elektronikwunder, mit dem man ein angezapftes Telefon von überallher abhören konnte, sogar aus dem Ausland. Unnötig, einen Lieferwagen in der Straße des Opfers zu parken. Und der Handel mit diesen Geräten war legal, der Besitz war legal – nur benutzen durfte man sie nicht ... Ein Witz. Dann war er mit Steve auf ein Bier in den nächsten Pub gegangen.

»Aber, mein Bester«, sagte Steve mit breitem Grinsen, »wie soll nun der Vorstand eines Jugendclubs erfahren, mit wem er es zu tun hat, wenn nicht einmal die Polizei eine Vorstrafe in ihren Akten hat? Eine Schande ist das! Wie können sich die rechtschaffenen Leute in diesem Land denn noch schützen?«

Barney mimte den ernstlich besorgten, ja empörten Bürger: »Da muß ein Gesetz her! Ein neues Gesetz, das die Polizei den Jugendclubs gegenüber zur Auskunft über die Vorstrafen verpflichtet, jawoll!«

»Genau! Aber wie soll die Polizei das Kaninchen aus dem Hut zaubern, wenn die Einträge gelöscht sind?«

»Nun, wenn das Kaninchen sich die ganze Zeit dort versteckt hat, dann könnte man es mit ein bißchen Software vielleicht wieder sichtbar machen.«

»Dann habe ich also das Recht, alles über jedermann ans Licht zu zerren, wenn ich, simsalabim, Manager eines Jugendclubs bin – selbst wenn ich in Wahrheit der berüchtigte Carlos sein sollte ... In Ordnung, Officer? Hier sind fünfzig Mäuse – keine Sorge, ist ja für 'nen guten Zweck.«

Es war eine feine Sache, wenn man das reguläre Nachrichtengeschäft mit ein wenig Überwachungstechnik kombinieren konnte. Technik, die vom MI5 wie von ungefähr an Detekteien und so weitergegeben wurde. Eine lukrative Sache. Natürlich mußte man die Enthüllungen über Politiker, ausschweifende Herzoginnen und Supermodels ein wenig zurechtmachen – so, als wären sie mit legalen Mitteln beschafft worden. Hatte man erst genug ausgespäht und abgehört, dann richtete man das Ganze hübsch an mit Essig und Öl – und den Zeitungsmachern lief das Wasser im Mund zusammen. Nie fragten sie, wie man an das Material gekommen war.

Ein kurzes Aufblinken am Himmel ließ Barney aufmerken. Ein Drachenflieger vielleicht, oder ein Ultraleichtflugzeug. Er zeigte in die Richtung.

»Seht mal, Jungens, was da fliegt!«

»Was denn?« fragte Kevin.

»Ich seh' nichts!« kreischte Peter, und wurde von Kevin weggeschubst. Schon gab es Tumult.

»Benehmt euch!« befahl Cynth.

»Dad, ich möchte auch mit so einem Flugzeug fliegen!«

»Das muß man erst lernen.«

»Einfach nur mitfliegen ...«

»Dafür bist du noch zu klein«, sagte Cynthia.

Zu ärgerlich, daß er über dieses Ding da oben überhaupt ein Wort verloren hatte.

Und weiter ging es, im D-Zug-Tempo, gen Milton Keynes. Tausende Londoner hatten die neugegründete Stadt überschwemmt, kaum daß die ersten Häuser standen. Unter ihnen auch Cynthias Eltern. Der Schwiegervater starb an einem Herzanfall, als er an einem brütend heißen Tag den Garten umgrub.

Wenn nur die Römer die Jungen bei Laune hielten an diesem verdammten Bankfeiertag. Natürlich gab es noch einiges andere zu sehen, aber die Römer schienen Barney irgendwie das Richtige zu sein für die Jungen. Der größte Aufmarsch römischer Soldaten auf der Insel seit dem Rückzug der Legionen – so hatte es wenigstens in dem Prospekt geheißen, den Mutter ihnen geschickt hatte.

Blieb zu hoffen, daß nicht irgendeine so richtig schön widerwärtige Skandalgeschichte ans Licht kam, während er untätig in diesem langweiligen Milton Keynes herumsaß. Aber Angie, die das verlängerte Wochenende über bei Eye & Ear die Stellung hielt, würde es schon richten.

18

Milton Keynes hinter Bäumen und Sträuchern verborgen, bis Toms Rover in die Geschäftsstraßen des Zentrums einbog. Die Morgensonne gab den Bürohäusern ungewohnten Glanz. Roter und gelber Backstein, Marmorimitat. Sonderlich hoch waren die Häuser nicht, aber für Marcus sicherlich beeindruckend genug.

Er saß angegurtet im Fond des Rover. Mary hatte darauf bestanden, wie immer vorn zu sitzen. Für den Fall, daß er am Türgriff herumspielte, hatte Tom die Kindersicherung vorgelegt. So war der Fahrgast sicher aufgehoben, bis sie auf den Parkplatz des Einkaufszentrums rollten und sich einreihten zwischen hundert andere geparkte Streitwagen.

Eine Front aus Glas. Alles war so sauber, glänzend, geradezu makellos, daß man sich fast ein bißchen Abfall oder einen Hundehaufen wünschte.

Ein halbes Dutzend schwarzer Teenager sauste auf Rollerblades umher. »Afrikaner«, sagte Marcus, nicht besonders überrascht. Aber schließlich war das Römische Imperium doch ein Schmelztiegel der verschiedensten Rassen – oder etwa nicht?

Er fuhr zusammen, als die hohen Glastüren des Foyers sich wie von Geisterhand öffneten. »Griechische Türen«, murmelte er.

Fast hundert Meter Marmorfußboden führten zum Eingang des Supermarkts. Marcus zog mit einem Ruck die geliehene Hose nach oben, weil sie ihn beim Gehen behinderte. Der Bequemlichkeit halber trug er seine eigenen Sandalen, was hier und heute keine ungewöhnliche Fußbekleidung war.

»Wirst du ihm sagen, daß es *so* keineswegs überall aussieht?« sagte Mary. »Mit einemmal komme ich mir wie eine stinkende Angeberin vor.«

»Er wird es verkraften, ganz sicher.«

Es war nicht übermäßig voll. Anstatt eine Pfundmünze für einen Einkaufswagen zu hinterlegen, nahm sich Mary einen Korb und drückte ihn Tom in die Hand. Sie ging voran.

Nein, nein – Wachteln und Schnecken würde sie auf keinen Fall kaufen. Ihre Börse war schließlich nicht mit Goldmünzen und antikem Silber gefüllt. Zum guten Schluß lagen in dem Korb Schweinekoteletts – die es im Sonderangebot gab –, Knoblauch, Kräuter und eine Flasche Fischsauce, um das Ganze etwas abzurunden. Es mußte ja nicht zugehen wie bei armen Leuten. Dazu noch Brot – das harte, importierte Brot – und Milch und Honig, um es darin einzuweichen. Dann eine Dose schwarze Oliven und, als kleines Extra, eine Flasche Merlot aus Bulgarien – will sagen: Thrakien.

Marcus hatte für die Fischsauce nur einen skeptischen Blick übrig. Zu dünn, fand er.

Als sie die Kasse erreichten, verkündete er fast feierlich: »Dies ist der Marktplatz der ganzen Welt!«

»Ja, aber das ist heute überall so«, ließ Mary durch Tom übersetzen.

»Aber wo macht das gemeine Volk seine Einkäufe?«

»Sag ihm, daß *wir* das gemeine Volk sind. Und alle die anderen hier. Oh ... wahrscheinlich ist das nur die halbe Wahrheit, wenn es denn je so etwas wie das gemeine Volk gegeben hat!«

Gewöhnlich bezahlte Mary bei Waitrose mit der Kreditkarte, aber sie wollte vor Marcus nicht den Eindruck erwecken, daß man sich hier einfach bediente und als Gegenleistung ein Autogramm hinterließ. Es war mit Sicherheit noch zu früh, ihm den elektronischen Zahlungsverkehr zu erklären.

An der Kasse saß eine nette Chinesin. Ein solches Gesicht, solche Augen waren für Marcus absolut neu.

»Woher stammt diese Frau?«

»Sinae«, sagte Tom. »Das liegt jenseits von Indien – das Land, aus dem die Seide kommt.«

Ob es viele von ihnen in Britannien gebe?

Einige wenige. Doch sei heute jeder vierte Mensch auf der Welt ein Chinese.

Tom übersetzte für Mary. »Er sagt, daß jeder zehnte Mensch ein Jude sei.«

»Woher kommt ihr Freund?« fragte die Chinesin. »Was ist das für eine Sprache?«

Tom zögerte. »Er ist aus Italien.«

»Wie bei Pavarotti hört es sich nicht an«, sagte die Chinesin lächelnd, während sie Mary das kärgliche Wechselgeld gab, das von einem Zwanzigpfundschein übrig war.

»Pavarotti ist *fett*«, sagte Mary, als ob das eine Erklärung wäre.

»Was bedeutet das bunte Papier, das du ihr gegeben hast?« fragte Marcus, während sie hinausgingen.

Bei Waitrose gab es, anders als in den meisten

Supermärkten, keine Zeitungen. Also machten sie einen kleinen Abstecher zu Sainsbury. Tom und Mary durchstöberten die Sonntagszeitungen, eine nach der anderen – umsonst –, während Marcus staunend vor den Regalen mit den bunten Titelseiten auf und ab ging. Da lagen Hunderte von Zeitschriften über Heim und Garten, über Angeln und Schönheitspflege und Mode und Freizeit, über Autos und Technik. Es fehlten eigentlich nur die Liebesgöttinnen auf Hochglanzpapier, die jedermann ihre Brüste und Pos herzeigten. Aber dies war ein Familieneinkaufszentrum. Marcus rührte nichts an, doch ein Angestellter bedeutete den Ryans schließlich, sie sollten etwas kaufen oder gehen. Aber es wäre ja wohl sinnlos, Arme voll Zeitungen nach Hause zu tragen, wenn nichts von dem drinstand, was sie suchten.

19

Draußen bei der Friedenspagode, die mit Stromleitungen versorgt war wie die Bühne eines Open-air-Konzerts, führten die Leute ihre Hunde spazieren. Hunde aller Rassen, deren Verschiedenartigkeit die ganze Aufmerksamkeit des Römers beanspruchte, so daß er den weißen Tempel auf der grünen Wiese kaum bemerkte. Ein getrimmter Pudel, eine dänische Dogge, ein Chihuahua, ein schottischer Terrier.

Aber natürlich mußte er nicht lange raten, wenn er einen Tempel vor sich hatte – so exotisch die Architektur auch sein mochte.

»Ihr seid hier, um ein Opfer darzubringen?«

»Sicher«, sagte Mary. »Bringt mir einen Pudel, und

ich schneide ihm die Kehle durch – wenn's denn für den Frieden sein soll!«

Mary versuchte zu erklären, was sie in ihrem Beruf tat und wie wichtig es war in einer Welt voll grauenhafter Waffen, daß man Konflikte friedlich löste. Schließlich waren die Menschen inzwischen schon über den Mond spaziert, der da oben als Sichel hing wie ein blasses Stück Knochen. Und es gab Bomben, die in Sekunden ganze Städte auslöschen konnten.

Marcus runzelte die Stirn, während er Toms Übersetzung lauschte.

»Und unsere Häuser hätten überall Fenster aus Glas, sagt er.«

Eine hochfliegende Passagiermaschine zog einen Kondensstreifen über den Himmel. Ein dünner, weißer Faden, der sich langsam auffächerte und an dessen Spitze es metallisch glänzte.

Marcus zeigte mit ausgestrecktem Arm nach dieser seltsamen Wolke, wie er sie noch nie gesehen hatte.

Viel tiefer am Himmel, und auch näher, flog ein Ultraleichtflugzeug langsam in Richtung Osten. Ein Insekt vielleicht? Aber dann mußte es riesengroß sein ...

Da säße ein Mensch unter diesen Flügeln, erklärte Tom. Eine Flugmaschine sei das, die sich wie sein Streitwagen aus eigener Kraft fortbewegte. Und diese dünne, hohe Wolke stamme von einer anderen, viel, viel größeren Flugmaschine. Zweihundert Menschen könnten darin fliegen, und von Londinium nach Roma sei man nicht länger als zwei Stunden unterwegs.

Marcus schauderte. Was gab es noch an diesem Himmel an Unbekanntem, ja Bedrohlichem?

20

Zu Hause schafften sie Berge von Büchern herbei. Bildbände, Lexika, Atlanten.

Ob Toms Bibliothek – ganz zu schweigen von der Marys im oberen Stock – es nicht beinahe mit der von Alexandria aufnehmen könne, ein bißchen vielleicht? ... Leider füllten die lateinischen Texte, die Tom besaß – zweisprachige *Loeb*-Ausgaben –, nicht einmal ein halbes Regalbrett. Und zunächst waren auch sie für Marcus unlesbar, weil sie natürlich nicht in Großbuchstaben gedruckt waren. Aber das ließ sich ändern: Marcus kannte viele Passagen von Vergil auswendig, so konnte er mit dem Buch in Händen das kleine Alphabet lernen – und außerdem stellte jedes beliebige Buch auch eine fortlaufende Liste der arabischen Zahlen dar, wenn man nur die Seiten umblätterte.

Diese vielen Bilder ...

Fast hätte Marcus die meist von Touristen umlagerten Bauten, die das römische Imperium überdauert hatten, nicht wiedererkannt. Nackt standen sie da, ohne die Verkleidung aus Ziegeln, Alabaster, Porphyr oder Bronze, die den Mauern aus Beton erst ihr Gesicht gaben. Und selbst bei einem tadellos erhaltenen Amphitheater fehlten die Masten für die riesigen Sonnensegel, ein unerläßlicher Schutz für die Zuschauer.

»Was hat er gesagt?«

»Der Geruch von Blut auf heißem Sand ...«

»Vermutlich mag er auch den Duft von Napalm an einem schönen Morgen! ... Apropos morgen, Tom: Wenn wir mit ihm zu diesem Römerspektakel gehen –

bist du sicher, daß er es nicht in die falsche Kehle kriegt? Wir sollten es ihm vorher erklären.«

»Nicht, wenn es ein Test sein soll.«

»Aber eigentlich dürfte er die Nase vollhaben vom Blutvergießen. Hast du nicht gesagt, er hätte seinen Abschied nehmen wollen von der Legion? Daß er sich niederlassen wollte, wäre nur die Sache mit Boadicea nicht dazwischengekommen?«

Als Marcus ihm die Geschichte von den Druiden erzählt hatte, da war von einer übergroßen Sehnsucht nach Ruhe und Frieden nicht viel zu spüren gewesen. Aber Ruhe und Frieden waren auch nicht unbedingt das, was man vor allem anderen erhoffte, wenn man sich in einem besetzten Land ansiedelte, umgeben von Barbaren.

Kirchen, die Vatikanstadt ...

Die Tatsache, daß Europa und ein Großteil der übrigen Welt sich zu jener jüdischen Sekte bekehrt hatten, erstaunte Marcus. Andrerseits, meinte er nach einigem Nachdenken, könne man es auch verstehen.

Er sagte: »In einer Welt des blinden Zufalls, wo wir alle nur auf uns selbst gestellt sind, allein sind mit unseren Ängsten, suchen wir nach Wahrheit und einer Autorität, der wir uns anvertrauen können.« Das klang sehr philosophisch. Aber wie groß war die Angst tatsächlich, mit der er nun fertig werden mußte?

Päpste und Kaiser konnte er nur schwer auseinanderhalten, denn in ihrem Pomp waren sie sich nur zu ähnlich. Aber wie die Geschichte von zweitausend Jahren in wenigen Sätzen zusammenfassen?

Tom versuchte sein Bestes.

Barbaren hatten Rom überrannt. Die Araber erhielten das Wissen der Antike am Leben. Die Barbaren wandelten sich, übernahmen nach und nach die Kultur der eroberten Länder. Aus dem Lateinischen entstanden neue Sprachen. Nach tausend Jahren begann in Italien eine neue Zivilisation zu blühen ... Hier, der Atlas: Sieh sie dir an, die Neue Welt – die beiden Amerika. Gold, Sklaven. Die Erfindung von Maschinen, die mit Dampf angetrieben wurden – Abertausende von ihnen. Die Idee der Demokratie, unsterblich, radikaler noch als im alten Athen. Diktatoren, Hiroshima. Der Mond.

»Immer nur blinder Zufall«, sagte Marcus. »Warum bin ich hier, ein Opfer blinder Gewalten? Warum?«

»Wir wissen es nicht«, sagte Tom. »Aber du mußt stark sein und es ertragen, wie Vergil es von Aeneas berichtet. Und wie Aeneas mußt du auch essen.«

Das Brot war eingeweicht in Milch und Honig, obenauf kamen die gegrillten und mit Kräutersauce eingeriebenen Koteletts, darüber noch einige Spritzer Fischsauce – obwohl Marcus meinte, daß sie einfach nicht dick genug sei, nicht salzig genug. Nicht fischig genug.

Man entkorkte die Flasche Merlot. Was – ihr wollt Wein trinken, ohne ihn mit Wasser zu verdünnen? ... Nimm einen Schluck, probier es. Die Weinproduzenten hatten zweifellos dazugelernt in zweitausend Jahren.

Nach dem zweiten Glas von dem vollmundigen, fruchtigen Merlot sprach Marcus stockend und wie im Traum ein paar Sätze vor sich hin. Tom war überfordert.

»Irgend etwas über Aeneas, ich habe ihn schon erwähnt: Der legendäre Gründer Roms, wie Vergil in seinem Epos behauptet –«

»Der seinen Vater huckepack aus dem brennenden

Troja trug – das kenn' ich doch, Tom. Aeneas, der immer seine verdammte patriotische Pflicht tut, genau wie irgendwelche bescheuerten IRA-M-ä-n-n-e-r!«

»Wie um alles auf der Welt kommst du auf die IRA?«

Mary zögerte. »Ach ..., weil dieser Aeneas und seine Spießgesellen es geschafft haben, obwohl sie vermutlich weniger zahlreich waren als die IRA: Sie haben ein Land für sich bekommen. Ohne große Umwege, ohne die vielen dummen Fehler. Weißt du noch, 1953? Als Sean MacStiofain und seine Leute eine Kaserne – hier in England! – komplett ausräumten und eine alte Rostschüssel von Lieferwagen so vollpackten mit gestohlenen Maschinenpistolen und Munition, daß ein Polizist auf einem Fahrrad sie einholen und festnehmen konnte?«

»Wie soll ich mich daran erinnern können? Damals war ich gerade ein Jahr alt. Und du warst noch nicht geboren!«

»Die IRA versucht es immer wieder, und jedesmal wird es gefährlicher.«

Natürlich hatte einer wie MacStiofan mit der *richtigen* IRA in Nordirland wenig zu tun. Was sonst als Murks konnte man erwarten von einem, der von Geburt Engländer war und eigentlich John Stephenson hieß? Der sich die meiste Zeit in Dublin aufhielt, weit vom Schuß?

»Die IRA ... immer wieder ...?« Tom war hellhörig geworden. »Hast du wieder diesen Alptraum gehabt?«

Mary schüttelte den Kopf.

»Es war nur so ein Gedanke ... gewisse Leute und ihre fixen Ideen – vielleicht war Aeneas auch einer von dieser Sorte.«

»Aeneas ist ein Mythos, Mary. Und das, wovon die IRA träumt, auch. Und Mythen sind bekanntlich nicht totzukriegen.«

Marcus war inzwischen aus seinen Träumen in die Wirklichkeit zurückgekehrt und sagte etwas.

»Aeneas sah die Zukunft«, übersetzte Tom, »bei Cumae, nicht weit von Capri. Und auch ich sah die Zukunft.«

»Dann hält er das, was er nun erlebt, für eine Vision?«

»Nein, er hat doch die Vergangenheitsform benutzt.«

»Dann redet er von einem Wahrsager? ... Er hat irgend so ein Orakel befragt, wie in den alten Sagen?«

21

Markus war siebzehn Jahre alt, als er sich mit seinem Freund Gaius auf die Reise von der Hauptstadt zur Bucht von Neapel machte.

Am ersten Tag ging die Fahrt auf dem zweirädrigen Pferdekarren durch eine liebliche Seenlanfschaft, vorbei an den Hängen eines erloschenen Vulkans, durch fieberverseuchte Marschen bis zu der Stadt Tarracina an der Küste. Dort übernachteten sie in einem anständigen Gasthaus. Am Abend des nächsten Tages, der sie durch reizvolle Gegenden geführt hatte, erreichten sie die alte griechische Siedlung Cumae.

Es war das Jahr, in dem alle Astrologen aus Rom vertrieben worden waren. Und das, obwohl Tiberius Caesar ein überzeugter Anhänger der Sterndeuterei war. Sein Leibastrologe, der gelehrte Thrasyllus, der sich in seiner Nähe in Capri niedergelassen hatte, war ein enger Freund. Doch war vor kurzem in Rom eine schändliche Frauensperson namens Aemilia Lepida des Ehebruchs und der Giftmischerei für schuldig befunden worden – und, was noch schlimmer wog: Sie hatte eine Reihe von Astrologen dafür bezahlt, daß sie Horoskope der kaiserlichen Familie erstellten.

Das war ungeheuerlich. Die Sterne konnten schließlich auch preisgeben, wann Tiberius sterben würde – ein Wissen, das allein dem Kaiser vorbehalten bleiben mußte. Also mußten die Astrologen Roms ausnahmslos ihr Bündel schnüren. Wenn Thrasyllus einen Anteil hatte an diesem Beschluß, dann sicher nicht aus eigennützigen Motiven: Ein Mann seiner Fähigkeiten brauchte nicht solche Mittel, um sich der Konkurrenz zu erwehren.

Nun war zu befürchten, daß das Ereignis noch weitere Kreise zog. Daß auch das Orakel von Cumae würde weichen müssen – denn wie sollte der Kaiser nach dem, was geschehen war, eine Wahrsagerin sozusagen auf seinerTürschwelle dulden? Selbst wenn der dunkle, abergläubische Kult der Sibylla von Cumae bei weitem nicht an die Gelehrsamkeit und Kunstfertigkeit eines Thrasyllus heranreichte.

Ein anderer Versuch, das Orakel zum Schweigen zu bringen, lag erst einige Jahre zurück. Marcus Agrippa hatte alle Bäume des Heiligen Hains fällen lassen, um Schiffsmasten daraus zu machen. Er hatte auch befohlen, die Öffnung eines sich in der Tiefe verlierenden Höhlenganges mit Erde zuzuschütten – das Tor zur Unterwelt, durch das sogar Aeneas einst geschritten war. Vielleicht glaubte Agrippa, so dem Tod ein Schnippchen zu schlagen – denn wie sollte der zu ihm gelangen, wenn man den Weg zur Hölle unpassierbar gemacht hatte?

Aber trotz allem waren einige Priester in Cumae geblieben, die wie seit alters her gläubigen Pilgern den Saft von Hanfblüten verabreichten und sie in die Höhle der Sibylla führten, wann immer sie zu ihrem Werk bereit war.

Und wenn deren Tage nun tatsächlich gezählt waren, dann wollten Marcus und Gaius die unheimliche Seherin einmal wenigstens gesehen haben. Bevor es zu spät war, bevor eine jahrhundertealte Tradition endgültig Geschichte geworden war.

Die Nacht verbrachten sie in einer Herberge in Cumae. Der griechische Wirt gab sich als Kenner und Anhänger des Kultes. Pompös bewirtete er das halbe Dutzend Gäste, aß und trank mit ihnen. Gedämpft leuchteten die Öllampen – vielleicht war es besser, wenn man nicht so genau sah, wie es um die gebratene Gans bestellt war.

»Noch etwas vom besten Samos-Wein, ihr Herren?« Natürlich würde er ihn auf die Rechnung setzen. »Und nun leiht mir euer Ohr ...«

In der Meinung, daß der Wein seine Wirkung nun getan hätte, zog er ein Medaillon aus Bronze hervor, auf das ein großes, weit geöffnetes Auge gestanzt war. Einladend schwenkte er es an einer kupfernen Kette hin und her.

»Wie die Herren wohl wissen, spricht die Seherin oft in Rätseln – und so mancher, der sich einen Rat erhoffte, ging enttäuscht von dannen.«

Glücklicherweise konnte der Wirt sich zu den Eingeweihten zählen, o ja, und die Priester waren seine Freunde ...

»Wer dieses Amulett bei sich trägt, so, daß die Sibylla es sehen kann, zu dem wird sie so sprechen, daß der Sinn ihrer Worte ihm nicht verborgen bleibt.«

Auf einen Wink hin brachte eine Sklavin geschälten

Lauch und ein Tuch, damit die Gäste sich das Gänsefett von den Fingern wischen konnten – eine willkommene Geste. Aber tat er es nicht nur, damit das Bronzemedaillon von Hand zu Hand gehen konnte? Das Amulett zu verkaufen, das war seine Absicht ... Ein Grieche mehr, der die Römer übers Ohr hauen wollte.

Überheblich waren sie, diese Griechen. Politisch und militärisch bedeutungslos geworden, mußten sie sich damit begnügen, in den Vorzimmern der Macht den Römern als Sekretäre zu dienen. Aber trotzdem sahen sie auf einen herab, taten es zumindest insgeheim, in ihren Gedanken.

Marcus konnte man nicht so leicht übers Ohr hauen. Auch Gaius nicht, der Baumeister werden wollte. Zu guter Letzt kaufte ein ägyptischer Seemann das Amulett. (Und am nächsten Abend würde, ganz ohne Zweifel, ein anderes, zum Verwechseln ähnliches Medaillon, den nächsten Gästen feilgeboten.) Es stellte sich heraus, daß dieser Ägypter Steuermann auf einem der Kornschiffe war, die zwischen Alexandria und Puteoli an der Bucht von Neapel verkehrten. Als er hörte, daß die beiden Freunde aus Rom kamen, wollte er wissen, ob denn an den Gerüchten etwas Wahres sei – daß man den kleinen Fischerhafen von Ostia zu einem großen Seehafen ausbauen wolle: groß genug, daß die Handelsschiffe ihr Korn bis zur Tibermündung, direkt vor die Tore Roms bringen konnten.

»Könnt ihr das bestätigen, ihr Herren?«

»Das dürfte noch einige Jahre dauern«, meinte Gaius. »Es wird ein Vermögen kosten! Aber machbar ist es schon, erst recht mit diesem neuen Beton, der auch unter Wasser bindet. Das ist eine Sache, an der ich gern mitarbeiten würde.«

»Wer möchte sich nicht an einem Unternehmen

beteiligen, wenn eine Menge Geld im Spiel ist!« bemerkte der Grieche.

Marcus schlug dem Ägypter boshafterweise vor, seine Frage über Ostia doch dem Orakel zu stellen. »Wer könnte dir besser Auskunft geben, zumal du über ein unfehlbares Amulett verfügst?«

Der Ägypter schwieg gekränkt und konnte nur mit einem Becher Wein wieder besänftigt werden.

»Es ist eine Familienangelegenheit, die mich herführt«, gestand er dann. »Meine Tochter ...« Und damit begann eine ebenso wirre wie langwierige Geschichte, die wohl jedermann zu Tode gelangweilt hätte, hätte ihn nicht ein anderer Gast ganz ungerührt unterbrochen.

Der kahlköpfige, immerzu schwitzende Mann sagte: »Es heißt, daß der zugeschüttete Höhlengang tatsächlich bis zum Ufer des Styx führen soll – mit seinem heißen, gurgelnd aufsteigenden Wasser ...«

Gaius mischte sich ein – war dies doch eine willkommene Gelegenheit, von seinem Helden Vitruvius und der Erforschung der unterirdischen Höhlen und heißen Quellen zu erzählen. Aber auch der Ägypter war der Meinung, daß es sich um den Unterweltfluß handeln müsse – und daß kein menschlicher Baumeister solche Gänge schaffen könne.

»Warum nicht?« wollte Gaius wissen.

Weil es die Höhlen schon in den Tagen des Aeneas gegeben hat. Weil es unendlich viel Arbeit bedeutet hatte, auch nur den Hauptgang mit Erde zuzuschütten. Wie unvorstellbar schwierig mußte es erst sein, solche Tunnel in den harten Fels zu hauen!

»Dann wundert es mich«, sagte Gaius, »daß man nicht hin und wieder Charon begegnet, dem Fährmann der Toten, wenn er auf einen Becher Wein hier vorbeischaut.«

22

Am andern Morgen lag Nebel über dem Land. Eintönig und ohne Leben war die Gegend, durch die der Weg zum Heiligtum führte. Die Bäume waren abgeholzt, der Boden bestand meist aus verwittertem Vulkangestein, löchrig und mit kleinen Kratern übersät. Einige größere Höhlungen hätte man auch für Tunneleingänge halten können.

Die kleine Gesellschaft aus gläubigen und weniger gläubigen Pilgern hätte sich fast verirrt. Schließlich erspähte der ägyptische Steuermann im Dunst einige Backsteinhäuser mit Ziegeldächern – die Wohnungen der Priester vermutlich. Dann kam das Heiligtum selbst – oder vielmehr seine bescheidene äußere Hülle – in Sicht. Aus Vulkangestein erbaut, verschmolz es mit der Umgebung, daß es kaum zu erkennen war.

Eine schwarz gekleidete Gestalt begrüßte die Ankömmlinge. Mit lauter, doch hohl klingender Stimme verkündete sie ihnen, daß sie warten müßten. Eine andere Gruppe von Pilgern war schon im Heiligtum. Inzwischen sollten sie ihren Obolus entrichten – und von dem geweihten Wein trinken, um sich gebührlich vorzubereiten.

Nachdem sie bezahlt hatten, brachte ein Sklave die Trinkschalen. Natürlich würde der – verdünnte – Wein auch jene Droge enthalten, die allen Besuchern verabreicht wurde. Marcus und Gaius taten, wie sie zuvor verabredet hatten: Sie entfernten sich ein wenig von der Gruppe, und schütteten, sich gegenseitig als Deckung benutzend, nacheinander ihre Schalen aus. Dann führten sie sie zum Mund und – tranken, wie jeder glauben mußte. Unter dem Gesang der Priester verließ nun die andere Gruppe das Heiligtum: auf wackligen Beinen, die Münder offen, die Augen weit in ehrfürchtigem Staunen.

23

Auch ohne den Saft aus Hanfblüten war das Erlebnis beunruhigend genug. In der düsteren Halle standen Priester aufgereiht um einen weiten Schacht, der in schwindelerregende Tiefen führte. An die Schachtwand war eine Holzleiter gelehnt. Während die Priester von der jenseitigen Welt, von Schicksal und Zukunft sangen, halfen sie den Pilgern auf die steile Leiter.

Vom Boden des Schachts führte ein schmaler Gang noch weiter abwärts. Durch die bedrückende Enge schob man sich voran. Lampen in den hier und da eingelassenen Nischen erzeugten mehr Rauch als Licht. Ein Priester ging voraus, singend – ein anderer bildete die Nachhut.

In der kleinen Höhle flackerten Lichter durch den Rauch brennenden Lorbeers.

Die schwarz gekleidete Prophetin saß auf einem Hocker. Dampf stieg aus einer Spalte unter ihr auf, mal mehr, mal weniger, und umgab sie wie ein Schleier. Doch war es wohl eher der Lorbeerrauch, der sie in Trance versetzte, als die vulkanischen Ausdünstungen. Sie wiegte sich hin und her, ihr langes, strähniges Haar hing ihr über das Gesicht, auf der Nase hatte sie eine Warze. Unmöglich zu sagen, wie alt die Frau war.

Ein Priester bat sie mit beschwörenden Worten, die Fragen dieser frommen Pilger zu beantworten. Sie schien aus ihrer Trance zu erwachen und blickte wild um sich. Ihre fiebrigen Augen richteten sich auf Marcus. »Sprich!« sagte sie mit rauher Stimme. Sie hustete und spuckte aus. Gut möglich, daß die meisten Priesterinnen hier vorzeitig an Lungenkrankheiten starben.

»Sag mir, was die Zukunft bringt, großes Orakel«, bat Marcus.

Sie verdrehte die Augen und blickte ins Leere.

24

»Sie sprach mit schwerer Zunge, man verstand kaum die Worte«, übersetzte Tom. »Eine Gottheit hatte Besitz von ihr ergriffen.«

»Hat Marcus das wirklich geglaubt?«

Tom übersetzte weiter: »Sie sagte, sie sähe mich in der Rüstung eines Soldaten. Darin sollte sie recht behalten, obwohl ich mehr als ein paar Übungen mit dem Schwert damals nicht vorzuweisen hatte ... Dann warnte sie mich, daß ein grimmiger Feind tödliche Pfeile nach mir schleudern werde, aus der Ferne – eines Tages, wenn die Menschen fliegen würden wie die Vögel. Genau das hat sie gesagt: Der Tag, an dem die Menschen fliegen wie Vögel! Hüte dich vor diesem Tag, warnte sie mich ...«

Als Seianus stürzte, wurden Leichen zuhauf vom tarpejischen Hügel herab in den Tiber geworfen. Das konnte man als Erfüllung jener Prophezeiung ansehen, war doch so mancher Körper tatsächlich wie ein Vogel geflogen, eine kurze Strecke zumindest.

Selbst als Marcus sich in Judäa in Sicherheit wähnen durfte, war er stets darauf gefaßt gewesen, daß man ihn nach Rom zurückbeorderte. Damit auch ihn das Schicksal der Verräter ereilte, wie es seinen Vater ereilt hatte, der inzwischen tot war.

Ein Wachstäfelchen, von einem Boten übers Meer gebracht – aus der Ferne! –, konnte ebenso tödlich sein wie ein Pfeil.

Aber nichts dergleichen geschah. Während die Jahre zu Jahrzehnten wurden, verblaßte die Erinnerung an die Worte der Seherin mehr und mehr. Doch nun ...

Dies war die Zeit, in der die Menschen flogen wie Vögel.

Stumm brütete Marcus vor sich hin.

»Er könnte berühmt werden«, sagte Mary. »Ein Medienereignis für die ganze Welt. Und prompt könnte sich jemand finden, der ihn zu töten versucht – wie dieser Idiot, der auf John Lennon schoß – nur, um dadurch selber berühmt zu werden ... Gütiger Himmel – ich glaube ihm!«

»Ich bin sogar *sicher*, daß er ein Römer ist.«

»Aber wie ist das möglich?«

»Etwas absolut Verrücktes muß passiert sein.«

»Als ob das eine Erklärung wäre! Willst du etwa behaupten, er wäre durch Magie hierhergekommen? Es muß doch einen vernünftigen Grund geben ...«

»Und wer, bitte, soll uns einen vernünftigen Grund nennen? Stephen Hawking vielleicht? Wir sollten uns, Marcus zuliebe, sehr genau überlegen, wem wir die Geschichte erzählen.«

Mary nickte. »Kein Aufsehen, kein Rummel, das kommt nicht in Frage ...«

»Aber wir können ihn nicht die ganze Zeit hier im Haus versteckt halten!«

»Tun wir auch nicht! Waren wir nicht mit ihm einkaufen, heute nachmittag?«

»Jedenfalls können wir nicht Gott und die Welt mit einem Berg von Fragen überhäufen *und* es geheimhalten. Aber wenn er hierbleibt, wenn er erst einmal Englisch lernt und sich an dieses neue Leben zu gewöhnen versucht, dann würde die Sensation einiges an Gewicht verlieren.«

»Tom, er hat doch keine Papiere! Keine Sozialversicherungsnummer, keine Krankenversicherung – all die Fetische, auf die die Behörden so großen Wert legen.«

Die Behörden, die Staatsgewalt. Fast hätte sie Seamus erwähnt. Seamus, der sich sorgfältig mit einer falschen Identität ausgestattet hatte – daran bestand kein Zweifel. Eigentlich hätte sie der Polizei anzeigen müssen, daß er bei ihr aufgekreuzt war. Ein Terrorist – zu allem entschlossen –, ein Fanatiker.

Doch wenn sie zur Polizei ginge, dann wäre *sie* die Verdächtige ... Also, Mary Ryan: Sie sagen, daß Kellys Besuch einzig und allein dem Zweck diente, Sie darüber zu informieren, daß die SAS vor zwanzig Jahren eine zivile Passagiermaschine in die Luft gesprengt hat? Nun, warum sollte er ein solches Risiko eingehen? Und in welcher Beziehung stehen Sie tatsächlich zu ihm? Was plant er – und wo?

Wie das ausgehen konnte, daran durfte man gar nicht denken. Vielleicht hatte der Himmel diesen Marcus geschickt, damit sie wieder auf andere Gedanken kam.

»Müssen wir nicht ein paar dieser Goldmünzen verkaufen?« fragte sie Tom. »Mit seinem Einverständnis, natürlich. Von irgend etwas muß er ja leben ...

Mit dem, was diese kleine Venus einbringen dürfte, hätte er für die nächsten Jahre ausgesorgt!«

»Mary, ich weiß wirklich nicht, was wir tun sollen. Vielleicht können wir uns diesen Kostüm-Römern anvertrauen – möglich, daß sie sich für Marcus verantwortlich fühlen. Sie kennen auch die Zeit, in der er lebte, recht gut. Aber ob einer von ihnen tatsächlich Latein spricht?«

»Sie könnten denken, daß wir sie auf den Arm nehmen wollen. Laß uns morgen darüber reden.«

25

Vom Haus der Ryans im Süden von Milton Keynes war es nicht weit nach Woburn, doch zeigte sich bald, daß an diesem Feiertagmorgen und bei dem strahlenden Sonnenschein sich noch viele andere Streitwagen auf den Weg gemacht hatten. Die Zufahrtsstraßen zum herzoglichen Schloß und dem benachbarten Safaripark waren verstopft.

Die Idee, Marcus bei diesem Historienspektakel seine Zenturio-Rüstung tragen zu lassen, hatten Mary und Tom bald wieder verworfen. Das hatte zwar seinen Reiz – wo sonst konnte er als der erscheinen, der er wirklich war –, aber genaugenommen wäre es eine Riesendummheit.

Würde Marcus als römischer Soldat aus ihrem Haus treten, dann zöge er zunächst einmal alle Blicke auf sich. Und er hätte wissen wollen, warum er sich nun wieder als Römer zeigen sollte, nachdem er sich am Tag zuvor mühsam an die Gewänder dieser Zeit gewöhnt hatte ... Nein, incognito war schon besser.

Der Rover kam nur noch im Schrittempo voran. Auf einer großen Reklametafel am Straßenrand warben Tiger, Löwen und Giraffen für den Safaripark. Marcus fragte etwas, und Tom mußte laut lachen.

»Was sagt er?«

»So viele Streitwagen seien hier versammelt – ob das die Tiere seien, die heute getötet werden sollen? ... Mal sehen, ob ich ihm erklären kann, was es mit Artenschutz auf sich hat.«

Es dauerte nicht mehr lange, bis sie das Parkgelände erreicht hatten. Auf dem Rasen standen blankgeputzte Streitwagen aufgereiht, und Wärter winkten die ankommenden auf die freien Plätze. Das äsende Rotwild hatte sich in sichere Entfernung zurückgezogen.

Von hier aus hatte man freien Blick auf das dreistöckige Schloß. Die weiß-gelbe Fassade mit grauen, leicht verwitterten Stuckverzierungen zählte bis zu den leicht erhöhten Seitenflügeln fünfzehn Fenster in einer Reihe. Balustraden und unechte Zinnen bewehrten das Ziegeldach mit den Mansardenfenstern und zahlreichen Schornsteinen. Über dem Portikus des Hauptportals hing schlaff eine Fahne.

Ist das der Palast der Königin von Britannien, deren Kopf auf der Münze abgebildet ist?

Nein, nur der eines Adligen. Er öffnet sein Haus den Menschen, die es besichtigen wollen. Ihren Obolus verwendet er zur Instandhaltung. Auch das große *vivarium* auf diesem Anwesen dient diesem Zweck.

Geld, sagte Marcus.

Caravans und Campingbusse, kleine und große Zelte hatten mehrere Morgen des Parks in Beschlag genommen. Ein weites, mit Seilen abgesperrtes Areal war den Vorführungen vorbehalten.

Sie stellten das Auto ab und machten sich auf den

Weg über den dichten Rasenteppich an den Toilettenwagen und dem Posten der Johanniter-Unfallhilfe vorbei. Der Eisverkäufer machte ein gutes Geschäft, das galt auch für einen Hamburger-Stand und ein bunt lackiertes Vehikel, wo man vegetarisches Essen verkaufte. Die Preise waren sogar akzeptabel. Über die Köpfe der Zuschauerschar hinweg sah man bereits einen wogenden Wald von Lanzen.

Der Rauch von Holzfeuern hing in der Luft. Vor ihren Zelten kochten Familien in mittelalterlichen Kostümen ihr Essen auf ebenso mittelalterliche Weise. Große Rundzelte mit Spitzdächern und langen Dreieckswimpeln an den Masten zeigten an, wo sich Ritter zum Turnier versammelt hatten. Andere Zelte, mit Jeeps und Feldgeschützen daneben, gehörten Soldaten des Ersten und Zweiten Weltkriegs. Ein Füsilier in prächtiger Uniform und mit kokardengeschmückter Mütze, von der Bommeln und Quasten baumelten, plauderte vergnügt mit einem Infanteristen der Südstaatenarmee in brauner Uniform aus grobem Tuch. Vielleicht sprach die schiefsitzende Mütze nicht gerade für die Disziplin des Kostüm-Amerikaners, doch hielt er ein Perkussionsgewehr in den Händen, dem der adrette Füsilier mit seiner Steinschloßflinte trotz aufgepflanztem Bajonett wenig entgegenzusetzen hatte.

Ein fetter, behaarter Wikinger hielt seine gräßliche Axt geschultert und stolzierte an einer übergewichtigen Familie in Shorts und prall gefüllten T-Shirts vorbei.

Der Anblick einer zierlichen Puritanerin, die sich in Verkleidung sicher Charity oder Mercy nannte, veranlaßte Mary zu einer tiefsinnigen Betrachtung. »Ist es nicht ein Geschenk des Himmels, wenn man sich auf etwas ganz Einfaches zurückziehen kann? Sieht sie nicht aus, als wäre es genau das Richtige für sie? Und all die andern auch? Die Gesichter passen zu den Kostümen und gewinnen dadurch. Als ob erst die Rolle ihre wahre Natur ans Licht brächte! Auf der Straße würde man an diesem Mädchen vorbeigehen, ohne sie überhaupt wahrzunehmen. Aber hier ist sie am richtigen Platz ... Auch wenn dieses Durcheinander aller möglichen Epochen einfach schrecklich ist.«

An Dutzenden von Ständen verkaufte man Rüschenhemden à la Musketier, handgemachte Schuhe aus Großmuttertagen, Met und Runensteine, Kräuter und originalgetreue Schwerter. Oboenmusik hörte man von irgendwoher – melodisch und angenehm, wenn auch ein wenig rauh.

Ein Treiben wie in einem Bienenstock. Kinder rannten umher, die kleineren dösten in ihren Kinderwagen. Ein Säugling schlief in einem Gerät aus rohem Holz und Schmiedeeisen – sicher der Schrecken jeder Mutter und jeder Kindsmagd, gleich welchen Jahrhunderts.

Und Marcus war sprachlos.

26

Mutter hatte natürlich ihre Kamera dabei, wie immer. Mutter – eine andere Anrede gab es für Barney nicht. Niemand hätte es gewagt, Mrs. Tate mit Vornamen anzusprechen. Sie wollte unbedingt ein paar Schnappschüsse von Kev und Peter für ihr Album haben. Kev ließ sich in letzter Zeit nur ungern fotografieren. Also war er dazu verdammt, sich in absehbarer Zeit die noch viel peinlicheren Photos eines viel kleineren Kev anschauen zu müssen. Ob er je daran gedacht hatte?

Barney glich ihr in seiner Manie, alles mögliche mit der Kamera festzuhalten.

Das hatte Cynth ihm schon mehr als einmal unter die Nase gerieben: fast, als wäre er ihr Sohn, nicht einfach nur der Schwiegersohn. Und dieser Gewohnheit entsprechend hatte er sich eine Kamera über die schwarze Lederjacke gehängt (und das Mobiltelefon an den Gürtel geklemmt). Aber keinen Millimeter Film würde er verschwenden, wenn nicht irgend etwas Sensationelles passierte – immerhin konnte doch eines dieser Feldgeschütze explodieren, oder nicht?

Quirlig war sie, diese kleine alte Dame, und stets wußte sie, was sie wollte. Dauergewelltes, kastanienbraunes Haar und ein blauer Hosenanzug, über dem sie – wer wußte schon, was an Regen, Frost, Hagelsturm und Naturkatastrophen zu erwarten war – einen roten Regelmantel mit Kapuze trug. Ganz im Gegensatz zu seiner drahtigen Schwiegermutter mußte Barney auf seine Linie achten, besonders so um den Hosenbund herum. Etwas Sport hätte seiner Arbeit gewiß nicht geschadet, im Gegenteil. Er war untersetzt und eher klein, und wenn er nicht aufpaßte, würde er eines Tages so enden wie sein Vater – rund wie ein Faß, mit kurzen Stummelbeinen. Dauerwellen, allerdings, konnte er sich sparen, denn mit Locken hatte ihn die Natur reichlich versehen.

Kev und Peter leckten an ihrem Eis, bis Peter über ein Grasbüschel stolperte und seine Eistüte zu Boden fiel.

»Laß das bloß liegen!« zeterte Cynthia. »Hier haben überall Hunde gepinkelt.«

Hunde, die durften gar nicht auf das Gelände, weil

sie die Tiere scheu gemacht hätten. All die armen Köter mußten in den Autos bleiben.

Zum Glück erschien die Ablenkung in Gestalt eines grimmig dreinschauenden Kriegers im Kettenhemd, messingfarbenem Helm und Lederhosen. Auf seinen Speer aufgespießt trug er einen abgeschlagenen Schädel. Blaue Spiralen waren auf das wächserne Gesicht gemalt, der Halsstumpf war richtig schön blutig.

Die Jungen bestürmten Mutter, ein Foto zu machen. Dem Krieger war es recht. Mutter zierte sich ein wenig, aber das Motiv war es schon wert.

Barney deutete mit einem Nicken auf den Schädel. »Hat er einen Namen?« fragte er den Krieger. Vermutlich hatten sie ihn Fred oder so getauft.

Der Krieger in Photopose schielte zur Seite und musterte abschätzig das blaubemalte Gesicht.

»Keine Ahnung«, sagte er in breitem Dialekt. »Hab' ihn nicht gefragt, hab' ihm einfach die Rübe abgehackt. Wir Pikten *sammeln* Köpfe!«

Dann wandte er sich an Mutter. »Seh' ich auch blutrünstig genug aus? ... Nee, eher sauer.« Er machte ein betrübtes Gesicht. »Wir haben die Nase voll, die Römer bezahlen uns nicht genug.«

Klick, klick.

»Dann arbeiten Sie also für die Römer?« fragte Mutter. Eine kluge Frage.

»Wir sind Hilfstruppen, Pikten aus Belgien. Wir sind in Wales stationiert.«

Sie rümpfte die Nase. »Woraus ist dieser Kopf gemacht?«

»Fiberglas. Die Britannier bemalen ihre Gesichter mit Waid, um gruselig auszusehen. Hat mich nicht sonderlich beeindruckt!

»So, ich hab's«, sagte Mutter lächelnd, »haben Sie vielen Dank.«

»Gern geschehen.«

Schon richteten sich die Blicke auf die nächste Attraktion. Ein großgewachsener junger Mann in einer wirklich atemberaubenden Aufmachung: goldener Schuppenpanzer über einer roten, wollenen Tunika – von den Schultern hing ihm das Fell eines wilden Tiers, und dessen Kopf hatte er sich über den Helm gestülpt. Die Vorderpfoten kreuzten sich auf seiner Brust.

In den Händen hielt der Mann aufrecht eine Art goldenen Spaten mit einer Einbuchtung in der Mitte, in dessen Blatt die Züge eines Mannes eingeprägt waren. Es sah aus, als hätte man diesen Spaten jemandem ins Gesicht gehauen, mit voller Wucht, und so ein Relief erhalten.

»Mister, Mister«, rief Kev, »ist das ein Schäferhund, den Sie sich da über den Kopf gehängt haben?«

»Es ist ein Wolf«, antwortete der Mann streng.

»Nehmen Sie's ihm nicht übel«, bat Mutter. »Sie sehen phantastisch aus! Richtig edel, und furchterregend dazu. Was sind Sie?«

»Ich bin Standartenträger der Vierzehnten Gemina.« Der Mann schwenkte den goldenen Spaten. »Dies ist das Bild des Kaisers Vespasian, den wir wie einen Gott verehren.«

»O je, dann haben Sie sicher jede Menge zu tun hier! Darf ich trotzdem ein Bild von Ihnen machen, mit meinen Enkeln dabei?«

Der Standartenträger nickte.

»Das werdet ihr so leicht nicht vergessen«, versuchte Mutter die Jungen zu überreden. Peter verzog das Gesicht, aber Kev schien nicht abgeneigt.

»Ist das ein echter Wolf?« fragte er.

»Sicher.«

»Wo haben Sie das Fell denn her?« fragte Mutter.

»Ist aus Kanada importiert.«

»Hoffentlich hat man bei der Jagd auch die Tierschutzbestimmungen eingehalten!« sagte Cynth. Sie achtete sehr auf solche Dinge.

Der Standartenträger schien die Bemerkung ignorieren zu wollen, ließ sich dann aber doch zu einer Antwort herab: »Wir haben eine Einfuhrgenehmigung für das Fell, es ist alles rechtens.«

»Wow ... ein richtiger Wolf, Dad! Wenn ich das mal für die Schule anziehen dürfte ...«

Der Tag schien sich ganz nett zu entwickeln. Wer weiß, vielleicht konnte man sich sogar den Weg zum Safaripark sparen.

Der Standartenträger machte sich davon und steuerte auf ein braunes Zelt im Hintergrund zu. Andere Legionäre standen auf ihre Schilde gelehnt – die großen, roten, gebogenen Römerschilde, die mit goldenen Flügeln oder Blitzsymbolen bemalt waren. Pickel und Schaufeln lagen herum. Einem der Männer half man hastig in einen glänzenden Brustpanzer aus Metallgliedern. Die Lederriemen wurden auf seinem Rücken verschnürt. Ein anderer Wolfspelzträger blies ein paarmal in ein dünnes, aufwärts gebogenes Horn, das ihn weit überragte. Ein Offizier in Kettenhemd und Bärenfell hob seinen Stab, an dem ein halbes Dutzend silberner Scheiben hing. Ein Lautsprecher begann zu dröhnen: Das Römerheer wurde zu seinem Auftritt gerufen.

Wenn sie mehr sehen wollten als nur die Hinterköpfe anderer Zuschauer, dann war es jetzt Zeit, sich einen Platz an der Absperrung zu suchen.

27

»Jetzt werden diese Soldaten aus allen Teilen der Welt miteinander kämpfen?« Marcus nahm an, daß all die Füsiliere und Normannen und Wikinger und Konföderierten *echt* waren – Menschen, wie man ihnen überall begegnen konnte.

»Nein, sie stammen aus verschiedenen Geschichtsepochen.«

»Sie sind ihrer Zeit entrissen worden, auf dieselbe Weise wie ich?«

»Nein, nein ... sie sind alle Menschen aus heutiger Zeit. Aber sie sind verkleidet, wie Schauspieler, und tragen nur Nachbildungen alter Waffen. Du, Marcus, bist einzig in deiner Art.«

»Dann sind sie also eure Gladiatoren? Sie sollen kämpfen und sterben, um diesem Pöbel zu gefallen!«

Marcus sah sich um. Die Zuschauer standen, saßen oder lagen halb ausgestreckt auf dem Rasen. Einige hatten Klappstühle mitgebracht und Kühlboxen für ein Picknick.

Es gab gelangweilte oder zumindest skeptische Gesichter – irgend etwas mußte man an diesem Feiertag doch tun! –, aber auch vergnügte, ja begeisterte. Leute, die genau wußten, warum sie hier waren, einschließlich einer ganzen Reihe von Rollstuhlfahrern.

»Niemandem wird auch nur ein Haar gekrümmt werden«, erklärte Tom. »Alles wird nur vorgetäuscht, auch wenn Soldaten fallen. Ein Schaukampf.«

»Aber läßt sich der Pöbel damit zufriedenstellen?«

»Ganz sicher!«

»Ist das dieselbe Welt, in der man eine große Stadt

mit einer einzigen *pyrobole* vernichten kann?« Eine Brandbombe. Er meinte die Hiroshima-Bombe.

Tom und Mary waren dem Römerlager ganz bewußt aus dem Weg gegangen. Nach der Skizze im Programmheftchen war es auf der anderen Seite des großen Festzeltes, wo das Büfett war und wo es Getränke und andere Erfrischungen gab. Da bei den Vorführungen die geschichtliche Reihenfolge streng eingehalten wurde, mußten die Römer den Anfang machen.

Zwei Soldaten erregten Marcus' Aufmerksamkeit. Neben einem aufgeputzten Füsilier mit bajonettbewehrtem Steinschloßgewehr stand ein ganz in Khaki gekleideter britischer Rekrut – schätzungsweise von 1944 –, der einen Karabiner geschultert hatte. Der Speer des Soldaten im prächtigen Gewand sah merkwürdig aus und schien aus vielen Teilen zusammengesetzt zu sein, doch besaß er eine scharfe, todbringende Klinge. War die Waffe des schlicht gekleideten Soldaten, die nicht weniger kompliziert aussah, etwa nur zum Schlagen oder für den Schaukampf gedacht?

»Nein ... Beide Waffen schleudern Wurfgeschosse über größere Entfernungen. Diejenige ohne Klinge kann mehrere davon kurz nacheinander schleudern, auch weiter, und sie trifft das Ziel genauer.«

Was für Wurfgeschosse denn?

Tom zeigte es mit Daumen und Zeigefinger. »Harte Metallstücke, etwa so groß.«

»Wie Bohnen.«

»Sie töten.«

»Heilige Isis!« rief Marcus aus. »Tödliche Pfeile aus der Ferne ...«

»Sorge dich nicht. Du hast nichts zu befürchten. All diese Waffen, die man heute hier benutzt ...« – wie sollte er ›Platzpatrone‹ erklären! – » ... sind *leer*. Diese

Speere machen einen Knall – wie beim richtigen Gebrauch –, aber sie schleudern keine Geschosse.«

»Worüber redest du mit ihm?«

»Über Gewehre und Platzpatronen.«

»Wunderbar! Was kann man Schöneres tun an so einem Tag! Ein Gewehr erklären! Ausgerechnet du, der einen Browning nicht von einer Kalaschnikow unterscheiden kann – genausowenig wie ich!«

»Ich weiß immerhin, daß es hier keines von beiden gibt.«

»Es sind immer noch mehr als genug Waffen.«

»Marcus ist schließlich Soldat.«

»Gut – aber wir beide sollten uns da lieber raushalten.« Aus den Lautsprechern kam eine Fanfare. »Und paß jetzt gut auf ihn auf!«

»Was Sie jetzt sehen werden«, dröhnte es über die Menschenmenge hinweg, *»ist die größte Ansammlung römischer Truppen seit fünfzehnhundert Jahren. Eine vollständige Zenturie, bestehend aus achtzig Mann. Heißen Sie die* Watling Street-*Garde und das Gemina-Projekt, eigens aus Holland angereist, bei ihrem gemeinsamen Auftritt willkommen. Die* vexillatio legionis –« Eine Rückkopplung in der Lautsprecheranlage ließ den Rest in Störgeräuschen untergehen.

»Was ist eine *vexillatio*, Tom? Eine Horde angriffslustiger Kerle? Sturmtruppen?«

»Nein, das sind Truppen, die man unter einer gemeinsamen Fahne zusammengefaßt hat. Sturmtruppen ... ja, das könnte man vielleicht sagen.«

Voran gingen die Standartenträger und ein Hornist, mit Tierfellen geschmückt, dann marschierten in Zweierreihen die Legionäre auf das abgesperrte Areal – an der Flanke geführt von einem kleinen, stämmigen, mit einer beeindruckenden Zahl von Medaillen behängten Zenturio. In der erhobenen Hand hielt er ein Offiziersstöckchen aus Rebenholz. Rot-golden leuchteten die Schilde, die Helme und Panzer glänzten, auch die Spitzen der Speere, die die Männer aufrecht in der rechten Hand trugen. Die Schwerter waren, für den Augenblick, noch in der Scheide. Marcus stand da mit offenem Mund.

Und eigentlich hätte es jedermann hier so gehen müssen, dachte Mary. Es war einfach unglaublich, zum Gänsehautkriegen: ein magischer Augenblick. Füsiliere – na schön, ein bißchen altertümlich, aber irgendwie doch vertraut. Oder die Wikinger – die konnte man mit etwas Phantasie auch für Fußballrowdys halten, die in die falsche Straßenbahn gestiegen waren. Aber die Legionäre ... Sie kamen aus einer anderen, einer untergegangenen Welt. Ein großes, wohlgeordnetes Reich, das den Menschen von heute ganz fremd war – und nun schien es mit einemmal wiederauferstanden zu sein.

Marcus stand da wie gebannt, mit großen Augen, und rührte sich nicht. Und wenn man diese Legionäre aufmarschieren sah, dann wollte man nicht glauben, daß er allein und einzig in dieser Welt war.

28

Nach dem Auftritt der Römer mußte Barney erst einmal pinkeln gehen.

Daß sie gekämpft hatten, diese Römer, konnte man eigentlich nicht sagen. Exerziert – das schon eher. Eine Attacke in Keilformation hatten sie vorgeführt, und sie hatten Wackersteine durch die Gegend geschleudert mit einem großen, hölzernen Katapult, das mit einer Seilwinde gespannt wurde. Nun waren die Sachsen dran, den Wikingern eine ordentliche Schlacht zu liefern. Eine gestellte Schlacht, aber immerhin etwas so ganz nach Kevs und Peters Geschmack.

Endlich stand Barney in dem transportablen Toilettenhäuschen. Er tat das Unumgängliche, spülte mit dem kleinen Hebel, las interessiert den Hinweis auf dem Seifenbehälter, daß es sich hier – wohlgemerkt – um einen Handreiniger auf Alkoholbasis handele, der innerhalb von zwanzig Sekunden auf der Haut verdunsten würde. Er spritzte sich ein wenig von der klaren Flüssigkeit auf die Handfläche, rieb die Hände aneinander und schnupperte. Du meine Güte, das Zeug roch nach Wodka, richtig gutem Wodka ... Er pumpte einiges nach, großzügig diesmal, und sog gierig die alkoholgeschwängerte Luft ein.

Ganz ohne Frage, einen kleinen Schluck könnte er jetzt schon vertragen, bevor er sich wieder dem Familienleben widmete. Vom Toilettenhäuschen hastete er zu dem großen Festzelt mit den Erfrischungsständen. Theke an Theke reihte sich unter den zurückgeschlagenen Seitenplanen, davor saßen Leute mit und ohne Kostüm an weißen Plastiktischen und tranken Kaffee oder Cola aus Dosen.

»Was haben Sie denn so an Bier?« fragte Barney den Mann hinter dem Tresen.

»Alles, was Sie wollen. Unmengen davon.« Er zeigte zu jenem Teil des Stands, der mit einer Plane abgedeckt war. »Nur verkaufen kann ich Ihnen keines.«

»Sie wollen sagen, Sie haben keine Schanklizenz?«

Der Mann kicherte.

»Alkohol gibt es nur für die Aktiven hier, und auch erst, wenn das Programm beendet ist. Bis um fünf heute morgen hatten wir offen. Die Pikten waren ganz schön hinüber, aber die Konföderierten, sag' ich Ihnen, die wurden erst so richtig lebendig! Also, was möchten Sie?«

Barney musterte die Preisliste und die Batterie von Flaschen hinter dem Glas der Kühltheke.

»Limonade«, sagte er. Wenigstens hatte er den Geruch von Wodka noch in der Nase, auch wenn der Alkoholduft an seinen Händen inzwischen – ganz wie versprochen – verflogen war.

Zwei Römer schlenderten vorbei. Die unbequemen Helme und Brustpanzer hatten sie abgelegt, aber an den roten Tuniken und Kurzschwertern waren sie noch immer zu erkennen. Eine gertenschlanke junge Frau mit einem Tonband am Schulterriemen und dem Mikrophon in der Hand sprach mit ihnen. Sah nach der örtlichen Radiostation aus.

Braune Rostspuren zogen sich über die verschwitzten, sonnenverbrannten und vor Begeisterung glühenden Gesichter. Die nackten Beine schimmerten ein bißchen weiß. Einer der beiden hatte einen häßlichen roten Striemen im Nacken, wo der Helm auf der Haut gescheuert hatte.

»Als wir gestern abend die Achterformation geübt haben«, erzählte er fröhlich der Reporterin, »war es das erste Mal, daß es überhaupt geklappt hat.«

»Aber beschäftigen Sie sich auch mit den Schattenseiten der Römer?« fragte das Mädchen. »Ich meine, sie waren doch auch grausam und menschenverachtend, oder nicht? Dieses Morden in der Arena ... Wie kommen Sie damit zurecht? Sie, die sich so sehr mit ihnen identifizieren, daß Sie sich nur echte römische Namen zulegen, die Sie auf Grabsteinen finden?«

Der andere Römer, ein überaus rüstiger Sechziger, strahlte die Interviewerin unverdrossen an.

»Ich glaube nicht, daß die Römer sehr viel anders waren als wir heute. Man redet immer nur von den Sachen, die im Zirkus passiert sind. Aber sehen Sie sich doch einmal an, wie die Leute bei einem Flugzeugabsturz angelaufen kommen – wie die Aasgeier. Oder eine Massenkarambolage auf der Autobahn: nichts geht mehr auf der Gegenfahrbahn, weil alle nur gaffen. Ist das nicht ziemlich dasselbe?«

Von dort, wo das Römerlager war, hörte man jetzt laute Stimmen. Fröhlich und ausgelassen klang das gar nicht, auch wenn es im Schlachtgeschrei und den ewigen Lautsprecherkommentaren fast unterging. Und zweifelsfrei rief man da auch Worte in einer fremden Sprache.

Der ältere Römer sagte: »Entschuldigen Sie!«, und die beiden eilten davon. Etwas war passiert. Ein Streit? Vielleicht hatte ein Legionär eben herausgefunden, daß seine Angetraute seit Monaten fremdging, nachdem sie der animalischen Ausstrahlung eines Standartenträgers im Bären- oder Wolfs-Look nicht länger hatte widerstehen können. Miß Gertenschlank schien entschlossen, der Sache nachzugehen. Nun, irgendeinem Lokalsender würde Eye & Ear so leicht nicht das Feld überlassen, schon aus Prinzip nicht. Barney trat in Aktion.

»Gehören Sie zum Personal hier, Miß? Tun Sie etwas, ein Wikinger ist bei der Vorführung getötet worden!«

»Großer Gott!« Und schon war sie davon, die Kleine – natürlich in der falschen Richtung, so daß Barney sich ungestört den Römern widmen konnte.

29

Marcus hatte das Schauspiel mit der gespannten Aufmerksamkeit eines Vorstehhundes verfolgt. Er legte die Hand ans Ohr, um die – wenigen – auf Latein gebrüllten Befehle besser zu verstehen. Plärrend ließ sich der Lautsprecher über die Niederlage der Britannier unter Boudicca aus. Immerhin, er sagte Boudicca und nicht etwa Boadicea – obwohl Marcus das kaum zu würdigen wußte. Ein Wort mehr oder weniger in einer unverständlichen Suada.

»Die Britannier waren sich ihres Siegs so sicher, daß sie Frauen und Kinder zum Zuschauen mitgebracht hatten. Es waren zehnmal mehr Britannier als Römer. Und dann geschah folgendes ...«

Die Legionäre hatten sich im Handumdrehen neu formiert und bildeten einen schmalen Schildkeil. Als sie ihre Schwerter zogen, griff Marcus unwillkürlich mit der Hand an die Seite, um es ihnen gleichzutun. Blinkendes Eisen ragte nach allen Seiten aus jedem Angriffskeil heraus wie die Stacheln eines Igels. Nur eiserne Disziplin hielt Marcus jetzt noch an seinem Platz.

Als die Legionäre dann abgerückt waren, sagte er zu Tom: »Ich bin tot. Ich bin ein Schatten. Die Schatten paradieren, nach dem Tod, in einer besseren Welt. Würde ich meine Rüstung tragen, ich würde mich zu ihnen gesellen.«

»Ich sagte dir schon: Das alles sind Menschen von heute, sie tun nur so, als wären sie Legionäre.«

Marcus sagte nichts. Traumverloren stand er da. So nah war die Vergangenheit und jener Tag vor nunmehr neunzehnhundert Jahren – wenn er ihn doch festhalten könnte! Und woran sonst konnte er sich halten, wo doch jeder Mensch *irgendeinen* Halt brauchte ... Sachsen und Wikinger stürmten auf die Wiese, aber er bemerkte sie nicht einmal.

»Das ist der Schock«, flüsterte Mary, »manchmal macht er sich erst später bemerkbar. Jetzt glaube ich ihm! Die arme Seele ... Er ist so tapfer – auch wenn es eine andere Art Tapferkeit ist als die in einer blutigen Schlacht, wahre Tapferkeit. Bringen wir ihn doch ins Römerlager, dann wird er sehen, daß es nur eine Maskerade ist – daß aber die Leute noch immer bewundern, was einmal war. Er hat nicht umsonst gelebt, auch wenn Rom untergegangen ist.«

»Sollen wir den Römern etwas sagen?«

»Ausgeschlossen, Tom! Auch sie können uns nicht die Verantwortung abnehmen. Auf keinen Fall dürfen wir zulassen, daß er an die falschen Leute gerät, daß man ihn zu einem Verrückten macht oder gar zu einer Jahrmarktsattraktion ... Es wäre besser, dort nicht lateinisch sprechen – sag auch Marcus, daß er den Mund hält. Wir zeigen ihm nur das Lager. Er kommt mir ohnehin vor wie ein Schlafwandler.«

Ihr Zenturio ließ es willig geschehen, daß sie ihn am Arm nahm. Sie hakte sich unter und führte ihn.

30

Das Lager bestand aus einem braunen Lederzelt nach römischer Art, einem modernen Mannschaftszelt und einem dritten, halboffenen Zelt, das als Schaubude diente. Allerlei Gerätschaften lagen hier herum. Spitzhacken, ein Mahlstein für das Mahlen von Korn. Auf einem Tisch waren, zur Begutachtung, römische Speisen angerichtet, daneben lagen Prospekte.

Drinnen saßen eine Mutter und ihre Tochter an einem Tisch, der übersät war mit Farbpostkarten, Zeitschriften und einem Stapel Broschüren. Beide Frauen trugen eine weiße Tunika unter einer tonfarbenen aus Wollstoff, darüber elegante graue Umhänge, die mit Bronzefibeln an der Schulter zusammengeheftet waren.

Eine irdene Öllampe brannte schwach. An die Zeltwände waren Schautafeln gelehnt.

Römer hockten auf dem Rasen, einige in der roten Tunika, andere, mit schweißüberströmtem Gesicht, waren so erschöpft, daß sie noch nicht einmal die Rüstung abgelegt hatten. Ein Standartenträger, über dessen Helm ein Bärenschlund gähnte, rauchte eine Zigarette. Tunlichst vermied er, daß Asche auf die Bärentatzen fiel, die über seiner Brust, auf dem Kettenhemd, gekreuzt waren.

Ein Legionär kam herbei, begleitet von einem jungen Mann im schwarzen Trainingsanzug, und trat zu einem medaillengeschmückten Offizier.

»*Centurio*«, machte er kurz und knapp Meldung, »habe hier einen Rekruten, der sich uns anschließen möchte –«

Mit einer heftigen Bewegung riß Marcus sich von Mary los. Es war, als hätte dieses eine, so vertraute Wort – was immer an unverständlichem Kauderwelsch darauf folgen mochte – einen Damm zum Einsturz gebracht. Aufheulend wie ein verwundetes Tier stürzte er zu dem Standartenträger und hatte ihm auch schon das Schwert aus der Scheide gerissen. Er griff sich die aufrecht in die Erde gerammte Standarte und zog sie mit einem einzigen Ruck heraus. Es sah aus, als wolle er sie vor dem Zugriff dieser unwürdigen Hände schützen. Wild schwenkte er das Schwert, während er mit heiserer Stimme etwas rief.

»Teufel noch mal!« Der Standartenträger machte einen Satz zur Seite und ließ die Zigarette fallen.

»Marcus!« schrie Mary. Mehr konnte sie nicht sagen. Ihr einziges Wort, das auch er verstand.

»Leg das Schwert aus der Hand, sofort!« bellte der unechte Zenturio. »Leg es hin!«

Die Römer hoben ihre Schilde; einer der Legionäre stürzte herbei, um den Standartenträger zu decken. Ein halbes Dutzend Schilde in Abwehrposition umgaben Marcus. Mutter und Tochter in der Schaubude verfolgten die Szene mit großen Augen.

»Leg das Schwert weg!« rief nun auch Tom, diesmal auf Latein. Überrascht drehte sich der unechte Zenturio nach ihm um.

»Wer zum Teufel sind Sie?«

Tom schüttelte nur den Kopf.

»Marcus ...«, sagte er, halb bittend, halb befehlend. »Gib diese Sachen zurück und komm mit uns, schnell. *Celeriter, celeriter*.«

»Warum sprechen Sie lateinisch? Was glauben Sie, womit Sie es hier zu tun haben? Das Schwert ist gefährlich, es ist echt. Das ist kein gottverdammtes Spielzeug!«

»Ich weiß!«

»Wer ist dieser Irre? ... Jill«, rief der Zenturio zur Schaubude hinüber, »gib Bescheid, daß jemand vom Wachdienst kommt! Und ruf die Ambulanz!«

»Nein!« schrie Mary. *Alles, bloß das nicht*. Mit ausgestreckten Händen ging sie langsam auf Marcus zu.

»Um Himmels willen, Mary!« Tom wollte sie aufhalten. Ein Legionär, der seine Absicht mißverstand, packte ihn an beiden Armen. »Tu es nicht, Mary –«

Marcus starrte Mary an, als wäre sie eine Fremde.

»Wir machen das schon«, rief sie dem Zenturio zu. »Tom«, bat sie dann, »sag ihm, daß ich nicht diese verflixte Boadicea bin.«

Tom gehorchte, während er vergeblich versuchte, sich aus dem Griff des Legionärs zu befreien.

Aber noch bevor Mary ihn erreicht hatte, war Marcus wieder zur Besinnung gekommen. Müde ließ er das Schwert fallen, stieß die unten zugespitzte Stange mit der Standarte zurück in die dichte Grasnarbe. Die Soldaten drangen etwas vor, als wollten sie ihn einkreisen, zögerten aber doch. Rasch nahm Mary ihn bei der Hand und zog ihn beiseite. Gott, wie hart sein Griff war! So packte man in höchster Not eine Rettungsleine.

»Sehen Sie – es ist alles in Ordnung!« wandte sie sich an die Kostüm-Römer. »Bitte entschuldigen Sie!«

Tom, der endlich freigekommen war, trat zu ihr und nahm Marcus an der anderen Hand.

»Wir bringen ihn weg,« sagte Tom, »und, bitte, verzeihen Sie! Es tut uns schrecklich leid ... Mary, wir gehen zum Auto, gleich jetzt.«

Und schon waren die Ryans mit Marcus im Schlepptau verschwunden.

31

Barney, der sich etwas im Hintergrund gehalten hatte, hatte Fotos gemacht von dieser sommersprossigen *Mary* mit dem dichten roten Haar. Auch von diesem *Tom.* Beide sprachen mit nordirischem Akzent. Die Gesichter waren ähnlich – eher breit, mit langen, kräftigen Nasen, ausgeprägten Nasenflügeln. Ein voller, schwermütiger Mund bei der Frau, der Mann eher etwas schmollend. Eindeutige Familienähnlichkeit – Bruder und Schwester oder auch Cousin und Cousine. Und Mary war diejenige, die die Initiative ergriff, war sie doch mit bloßen Händen auf diesen mit dem Schwert fuchtelnden Marcus losgegangen.

Für jemand, der auf die fünfzig zuging, war dieser Marcus ganz schön athletisch. Ein eckiges, wettergegerbtes Gesicht. Ganz gewiß kein Büromensch. Ging nicht gerade zum Meisterfriseur, um sich seine Locken stutzen zu lassen. Sah irgendwie sogar nach Anstalt aus – Topf darüber und immer schön rundherum. Fühlte sich auch nicht wohl in seinen Kleidern. Trug Sandalen wie die Römer, genau die gleichen. Wie Wärter in der Psychiatrie hatten sie ihn weggeführt, diese Mary und ihr Tom.

Der Kostüm-Zenturio sagte zu einem Legionär: »Lauf Jill hinterher und sag ihr, daß alles vorbei ist. Kein Grund, sich aufzuregen.«

Nun, das war doch wirklich etwas anderes als brav Familienvater und Schwiegersohn zu spielen. Schiere Verzweiflung sprach aus dem Mann, als er mit erhobenem Schwert dastand – als kämpfe er mit dem Rücken zur Wand einen aussichtslosen Kampf. Halluzinationen? Drogen? ... Fast wäre Blut geflossen. Aber dann ließ er sich widerstandslos von dieser Frau wegführen.

Warum hätte »Marcus« diese Frau aus Ulster für Boadicea halten sollen? Als würde er in einer anderen Zeit leben – ganz schön weit von heute.

Marcus hatte nicht ein Wort Englisch gesprochen. Man fand nicht so leicht einen Verrückten, der lateinisch phantasierte, und noch viel weniger einen Pfleger, der auch lateinisch antworten konnte. Aber vielleicht plapperte Marcus nur nach, was er irgendwo aufgeschnappt hatte, und »Tom« war bemüht, darauf einzugehen.

Barney trat zu den Römern, die alle aufgeregt durcheinander sprachen. »Entschuldigen Sie«, unterbrach er sie, »ich bin Inspektor des staatlichen Gesundheitsdiensts, Sachgebiet Rehabilitation.«

Der Zenturio sah ihn böse an.

»Dann verdanken wir das Ihnen? Dann haben *Sie* eine Busladung aus der Klapsmühle hierhergebracht, damit sie sich einen schönen Tag machen!?«

»Ich bestimmt nicht! Aber ich denke, daß dieses irische Pärchen seine Befugnisse überschritten hat. War das wirklich Latein, was sie gesprochen haben? Zelebrieren, zelebrieren, oder so?«

»*Celeriter* ... Das heißt: Mach schnell!«

»Und es war richtiges Latein, wie bei Julius Cäsar?«

»Ganz ohne Frage, guter Mann!«

»Dann sollte ich mich jetzt um diese Leute kümmern.«

»Ja, Inspektor – inspizieren Sie mal, das wird höchste Zeit!«

War es vielleicht eines dieser Experimente unter Hypnose, so ein Zurückführen-in-ein-früheres-Leben, von dem die Leute so viel redeten? Man versetzte jemanden in Trance, und schon erinnerte er sich, mit Julius Caesar gegen die Gallier gekämpft zu haben ...

Aber ob man davon auch gleich lateinisch sprach?

Und wenn, dann übertrug sich das keinesfalls auf den Therapeuten oder wie immer sich solche Leute nannten. Aber was Hypnose betraf: Da war eindeutig etwas Hypnotisches an der Art, wie Marcus brav auf Mary hörte, als ob dieses Boadicea-Gerede ein – wie nannten sie das? – posthypnotischer Befehl gewesen wäre.

Ein Paßwort, das man in der Psyche dieses Marcus

so tief verankert hatte, daß man ihn damit stoppen konnte, wenn die Situation außer Kontrolle geriet.

Barney war sich ziemlich sicher, daß Hypnose der größte Humbug überhaupt war. Alle diese Frauen in Amerika, die ihre Väter des sexuellen Mißbrauchs in Kindertagen beschuldigten, weil ein Hypnotiseur eine vermeintliche Erinnerung aufgespürt hatte. Eine Erinnerung an Dinge, die nie geschehen waren. Ganz zu schweigen von den zahllosen Yankees, die angeblich von Ufos entführt und, wie auch immer, ebenfalls mißbraucht worden waren – Hypnose und immer wieder Hypnose. Erst im vergangenen Jahr war doch in den Staaten dieser Psychotherapeut aufgeflogen, der sich über seine Patientinnen hergemacht hatte, während sie mit einer Spritze halb betäubt auf seiner Couch lagen ... Und immer schön die Schuld auf Daddy schieben oder auf kleine grüne Männchen mit Augen wie Untertassen. Heilen durch das erneute Durchleben eines alten Traumas – das war seine Ausrede gewesen. Die Kacke war am Dampfen in Amerika, was Hypnose betraf. Nicht mehr lange, und es würde auch hier soweit sein!

Und wenn das irische Pärchen diesen Burschen nur mal ausgeführt hatte – wo war er dann untergebracht? In einer Privatklinik? Wenn die Sache mit Hypnose zu tun hatte und Erinnerungen, die man den Leuten suggerierte, und solchem Kram, dann ließ sich daraus ein hübscher kleiner Skandal machen ... Und das im Interesse der Allgemeinheit, oder nicht?

Man mußte eben einen Riecher haben für so etwas, und Barney hatte ihn. Verdammt, *er* würde der Sache schon auf den Grund kommen, so viel stand fest! Aber zunächst war da noch die Familie, die auf ihn wartete ... Eilends machte er sich auf den Rückweg.

Tote Wikinger bedeckten die Walstatt.

»Und eh' man sich recht versieht«, hörte man aus dem Lautsprecher, »werden sie alle wieder zum Leben erwacht sein. Damals, vor tausend Jahren, waren und blieben sie tot.«

»Wow, was für eine Schlacht!« sagte Kevin. »Da hast du was verpaßt, Dad.«

Barney sagte zu Cynthia: »Angie hat angerufen. Ich muß eben mal weg, mit dem Auto.«

»O nein, nicht heute!«

»So ist das eben in diesem Geschäft. Tut mir wirklich leid, ehrlich! ... Vergeßt den Safaripark, hier ist viel mehr los. Als nächstes ist eine Schlacht aus dem amerikanischen Bürgerkrieg dran, dann Weltkrieg Zwo, die ganze Chose. Hör zu – wir werden uns im großen Festzelt treffen, Punkt vier Uhr. Nimm du das Mobiltelefon, Cynthia, falls es irgendein Problem gibt.«

»Du brauchst es nicht selber?!«

»Mir ist wohler, wenn du es hast, Cynth.«

»Damit wir uns ein Taxi bestellen können, wenn du heute abend noch immer nicht aufgetaucht bist!«

»Ich sagte: vier Uhr! Ist versprochen. Ich muß jetzt los.«

Ein Kinderspiel, das Trio auf seinem Weg zwischen Hunderten geparkter Autos nicht aus den Augen zu verlieren. Kaum jemand sonst ging so früh. Aber sie hatten einigen Vorsprung, Barney mußte sich ganz schön sputen.

Dann ein Riesenschreck: Wo war der Mondeo? – Uff, da stand er ja.

Vielleicht hundert Meter entfernt, in der übernächsten Autoreihe, sah er einen dunkelgrünen Rover ausparken.

Und bald holperte auch der Mondeo über den Rasen. In Sichtweite bleiben, aber nicht zu dicht aufschließen – das mußte die Devise sein.

Sie fuhren in Richtung Milton Keynes, einfacher ging es nicht mehr. Von der Landstraße bog der grüne Rover direkt in ein Wohngebiet ein, keine üble Gegend, viel Grün. Die Häuser nicht so neu, daß noch nichts hatte wachsen können. Barney fuhr an den Straßenrand und wartete eine Weile. Unnötig, sich anzuhängen: Wer zu einer dieser Siedlungen abbog, diese Dörfer mitten in der Stadt, der wollte auch dahin und nirgendwo anders. Der war am Ziel.

Nach fünf Minuten fuhr er los; etwas verwirrend, diese irgendwie immer in Halbkreisen verlaufenden Straßen. Elsternweg, Taubenweg und so weiter – schließlich der Eisvogelweg, wo er dann am Ende einer gepflasterten Auffahrt, unter einem Laubendach mit Weinranken den grünen Rover stehen sah.

Das wurde ja immer besser: Eine Klinik war das sicher nicht.

Ein bescheidenes Häuschen im Tudor-Stil – Fachwerk und mit Ziegeln verblendete Mauern. Keine bleiverglasten Fenster, nein, auch der Kitsch mußte irgendwo eine Grenze haben. Ein ganz gewöhnliches Einfamilienhaus ... mit einem um so außergegewöhnlicheren Innenleben? Man würde sehen. Nur zu, Barney!

Er hielt nur kurz, um das Kennzeichen des Rovers zu notieren. Wie es der Zufall so fügte: Der Eisvogelweg konnte nicht weiter als zwei Meilen von Mutters Häuschen entfernt sein.

ZWEITER TEIL

32

Wann immer Terence Duke in Nordirland zu tun gehabt hatte, war er sorgfältig darauf bedacht gewesen, seine Reiserouten zu variieren. Und da er nun mal ein Perfektionist war, machte er es nicht anders, wenn er von London zur *Orakel*-Station zurückfuhr. Drei verschiedene Ausfahrten im Wechsel benutzte er allein auf der Autobahn M1, und heute, an diesem verregneten Freitagnachmittag, entschied er sich für die nördlichste davon.

Eingehüllt in die Gischtschleppe, folgte er einem schweren Lastzug durch Flore hindurch, bis zu der Kreuzung bei Weedon. Dort bog er ab, um auf der breiten A5 wieder zurückzufahren in Richtung Süden. Die schnurgerade alte Römerstraße inmitten einer offenen Feld- und Wiesenlandschaft war genau das Richtige für einen kurzen Sprint – und einen wachsamen Blick in den Rückspiegel, hin und wieder.

Daß man ihn beschattete, das war für Terence nur eine theoretische Möglichkeit gewesen, bisher. Doch nach der Sache mit dem Amerikaner sah er das anders. Heute morgen in Vauxhall, im ›Termitenbau‹ – besser bekannt als *Alembic House* –, hatte er die Angelegenheit ausführlich mit Sir Raymond Kerr diskutiert, dem stellvertretenden Direktor von Sechs ...

33

»Sicher wäre Sonnyboy nie bis Cheltenham gekommen, wenn da nicht ein Leck gewesen wäre«, hatte Terence gesagt. Sonnyboy, so nannten sie den Amerikaner, der nun nicht mehr unter den Lebenden weilte.

»Er hat am falschen Ort gesucht.« Was immer Kerr an Pillen schluckte gegen seinen hohen Blutdruck, sie schienen nicht viel auszurichten. Sein Gesicht schimmerte schon mehr als rosig. »Natürlich ist die Tatsache, daß er überhaupt gesucht hat, schon schlimm genug.«

Schlimm genug, um ihn das Leben zu kosten.

Ganz zufällig war der Amerikaner von einem jugendlichen Autodieb, der nur eine kleine Spritztour machen wollte, überfahren worden. Noch zwei andere Fußgänger waren dabei verletzt worden, der eine schwer – das war zwar nicht beabsichtigt gewesen, aber es ließ das Ganze sehr viel echter erscheinen.

Vom Hubschrauber aus hatte man die Aktion überwacht, im ständigen Funkkontakt zum Beschatterteam am Boden und dem ›Rowdy‹ im gestohlenen Wagen – »Go, go!« – und auch zu dem Polizeiauto, das, dem Dieb anscheinend dicht auf den Fersen, wenige Sekunden später am Unfallort eintraf. Es hatte in Cheltenham in letzter Zeit eine wahre Flut von Autodiebstählen dieser Art gegeben – und daß es irgendwann einmal böse enden würde, war abzusehen. Das machte diesen Tod so plausibel: ein unglücklicher Zufall, wie er jeden treffen kann. Und sollte jemand – die CIA zum Beispiel (*wahrscheinlich* war es die CIA, nicht die NSA) – etwas anderes behaupten, dann war nichts leichter, als alles abzustreiten.

Die Wand hinter Sir Raymonds Schreibtisch – Telefone, Monitor, ordentlich aufgereihte Aktenordner auf der grünen Lederunterlage mit Prägemuster – wäre zu anderen, längst verflossenen Zeiten ein einziges großes Fenster mit Blick auf die Themse gewesen. Aber heutzutage tastete man mit Laserstrahlen die Glasflächen ab und rekonstruierte anhand der Schwingungen jedes Wort, das im Zimmer gesprochen wurde. Solche Angriffspunkte bot das neue Hauptquartier einem Lauscher natürlich nicht, zumindest, was die Büros der höheren Chargen betraf. Immerhin sah man auf einem großen, gerahmten Photo an der Wand einiges vom Flußufer und dazu, alles überragend, das MI5-Gebäude: die ungeliebten Rivalen. Ein ganzes Ende flußabwärts war das – außer Sichtweite jedenfalls, mit oder ohne Fenster. Kerr drehte sich mit seinem Ledersessel herum und musterte das Foto mit einem kritischen Blick.

»Dann liegt es wohl an *ihnen*«, grübelte er, »oder doch an uns? Es ist eine verdammte Zumutung, daß Orakel eine gemeinsame Operation beider Dienste ist.«

Spionageabwehr – Aufklärung, Inland – Ausland: Fünf und Sechs waren genaugenommen siamesische Zwillinge, oder hätten es wenigstens sein sollen.

Statt dessen versuchte man oft genug, sich gegenseitig das Wasser abzugraben. Konkurrenzdenken, Kompetenzgerangel.

Man brauchte sich nur mal das Kapitel ›Irland‹ vorzunehmen – ein blutiges Kapitel, das keinen der Dienste davon abhielt, sein eigenes Süppchen zu kochen. Vor zehn, zwanzig Jahren hatten sowohl Fünf als auch Sechs auf der Grünen Insel jeweils eigene Agentennetze – von den anderen Beteiligten in diesem Spiel einmal ganz abgesehen: die Terrorismusbekämpfer von Scotland Yard, die Staatsschutzabteilung der Königlichen Ulster-Polizei, die Armee mit ihren Einheiten für psychologische Kriegführung. Alles Partner, hätte man meinen sollen, mit sich überschneidenden Aufgabengebieten.

Und wie sah es wirklich aus? Die Agenten von Sechs hatten stets die Anweisung, für sich allein zu arbeiten und ihre Zugehörigkeit geheimzuhalten. Dann, als im Jahr '92 Fünf die Sache in die Hand nahm, versuchten sie immer wieder, Sechs die Ergebnisse ihrer Aufklärungsarbeit vorzuenthalten. In beiden Diensten gab es hervorragende Elektronikexperten, aber Fünf war bei weitem nicht in der Lage, eine hautnahe Überwachung so sauber zu organisieren wie die Antiterrorbrigade vom Yard. Und sie stümperten vor sich hin, wenn es darum ging, Informanten mit einer neuen Identität auszustatten – eine Spezialität von Sechs, nachdem man viele Jahre lang sowjetische Überläufer betreut hatte. Sie informierten nicht die Ulster-Polizei, wenn sie, mittels SAS, die Ermordung von Terroristen planten, so daß der Verdacht schließlich an jener hängenblieb. Und von Fünf stammte auch die glorreiche Idee, fanatische Protestanten zu Bombenanschlägen in Dublin anzustiften – und das war ja nun gründlich in die Hose gegangen.

Kerr war an der Reihe, wenn, eines Tages, über die Nachfolge des Direktors entschieden werden mußte. Terence wußte, wie hart Sir Raymond daran gearbeitet hatte, die Gerüchte über den Tod eines früheren Chefs von Sechs, Maurice Oldfield, auszuräumen – oder, widrigenfalls, auch zu bestätigen. Er sei keines natürlichen Todes gestorben, hieß es – und wie abenteuerlich der Gedanke auch schien, das Gemunkel wollte nicht aufhören: Ein Anschlag übergeschnappter MI5-Leute wäre es gewesen, die Oldfield ein nicht nachweisbares Gift aus den Labors in Porton Down beigebracht hätten. Eine Verschwörergruppe in Fünf, die einen Wechsel an der Regierung wünschte und eigentlich der Meinung war, daß man selber ganz gut regieren und die Prioritäten festsetzen könne ...

Man war gut beraten, wenn man all das stets im Auge behielt – und daß gerade dieses Foto an der Wand hinter Kerrs Schreibtisch hing, war sicher kein Zufall.

»Ich bin ziemlich sicher«, sagte Terence, »daß Fünf die Orakel-Sache in eigener Regie durchziehen würde, wenn Ariel damals nicht zu uns gekommen wäre.«

Kerr schüttelte sein großes, mächtiges Löwenhaupt. Er sah einem von Terence' Geschichtsprofessoren ähnlich, man mußte sich nur den Nadelstreifenanzug wegdenken und durch einen schwarzen Talar ersetzen.

»Ein Projekt von solcher Tragweite kann man nur gemeinsam bewältigen. Sechs und Fünf *mußten* sich zusammentun, wir hatten keine andere Wahl.«

Unerwähnt ließ er die Tatsache, daß die wenigen, handverlesenen Leute bei Fünf, die in das Orakel-Projekt eingeweiht waren, von Anfang an auf Kollisionskurs gegangen waren. Sie wollten die Führung, und kein schmutziger Trick war ihnen dabei zu schade. Und darum war man bei Sechs aus allen Wolken gefallen, als Sonnyboy zielsicher die eigene Kommunikationszentrale in Cheltenham ansteuerte – auch wenn es keinerlei Verbindung zwischen Cheltenham und dem Projekt in Radcote, Northamptonshire, gab. Keine bis auf eine gewisse junge Frau, die beim GCHQ in Cheltenham arbeitete.

»Wir haben der CIA erlaubt, in Ashford Leute auszubilden«, bemerkte Terence, »Seite an Seite mit unseren und denen von Fünf.«

So geschehen auch im Ausbildungszentrum der Geheimdienste in Kent.

»Dann hat die CIA in Ashford einen der unseren umgedreht?« überlegte Sir Raymond. »Oder vielleicht jemanden von Fünf? Ich denke, wir sollten noch einmal die Akten durchgehen – mit der dicksten Lupe, die sich finden läßt. Und Fünf werde ich empfehlen, dasselbe zu tun.« Das war ein Eingeständnis von Schwäche.

»Warum stellen wir es Fünf gegenüber nicht einfach so dar, als hätten die Amis versucht, Miranda anzuheuern – wegen des neuen Gitter-Codes?« Miranda war der Deckname jener gewissen jungen Frau, Patricia Bates. »Sie arbeitet doch in der Kryptographie ... Und vielleicht hat es mit Orakel tatsächlich nichts zu tun, es könnte purer Zufall sein.«

34

Patricia Bates gehörte zu einer von drei Arbeitsgruppen in Cheltenham, die sich mit Kryptographie beschäftigten. Noch nie war es so wichtig gewesen, zuverlässige Verschlüsselungsmethoden zur Hand zu haben wie im Zeitalter weltweiter Datennetze – und leistungsfähiger Computer. Wichtige, brisante Daten von Regierung, Militär und Wirtschaft mußten durch Codierung geschützt werden. Also ließ man einen Computer zwei große Primzahlen multiplizieren; das Ergebnis, eine noch viel größere Zahl, diente als Code. Wollte eine böse ausländische Macht, ein böser Konkurrent den Code knacken, dann mußte er diese Zahl in ihre Faktoren zerlegen, also die zugrundeliegenden

Primzahlen ermitteln: eine Arbeit, die Dutzende von Computern für Monate beschäftigte. Aber nun war eine völlig neue Computergeneration in Sicht – Quantencomputer, die theoretisch in der Lage waren, diese Prozedur innerhalb weniger Sekunden zu erledigen. Falsche Lösungen würden sich ganz einfach gegenseitig eliminieren. Das war schlecht für den Primzahlencode, schlecht für die Geheimhaltung. Beim *Government Communications Headquarters* war man ob dieser Aussichten ernstlich besorgt.

Die Kryptographen vom GCHQ hatten inzwischen, als Notbehelf, eine andere Verschlüsselungsmethode gefunden und waren auch schon dabei, Software-Spezialisten der verschiedensten Institutionen bis hin zum Nationalen Gesundheitdienst darin auszubilden – natürlich unter Hinweis auf die Geheimhaltungspflicht und die entsprechenden Strafandrohungen. Aber daß sie mit dem neuen Verfahren auch nur halbwegs zufrieden waren, konnte man nicht behaupten.

Soweit Terence verstanden hatte, ging es bei dieser Gitter-Geschichte darum, mathematische Punkte miteinander zu verbinden – ein ganzes System von Punkten, wie ein dreidimensionales Kristallgitter etwa. Dann suchte man die kürzeste Verbindung zwischen zwei oder mehr Punkten – ein Problem, das von einer bestimmten Anzahl an nur zu lösen war, wenn die Formel zum Aufbau des Gitters bekannt war. Verwendete man vieldimensionale Gitter und entsprechend anspruchsvolle mathematische Methoden, dann ließen sich auf diese Weise absolut sichere Codes erzeugen.

Ein Theoretiker am IBM-Forschungszentrum in San Jose hatte den Stein ins Rollen gebracht, und die Briten waren auf dem Gebiet nun ein schönes Stück vorangekommen. Die Ergebnisse hielt man unter Verschluß – kein Wunder also, daß die Amis neugierig geworden waren und alles daransetzten, um mehr zu erfahren. Unter solchen Umständen galt die transatlantische Partnerschaft nicht viel.

Der wahre Grund allerdings, warum Patricia Bates vom GCHQ rekrutiert worden war, lag nicht in ihren mathematischen Fähigkeiten – nicht nur ...

35

Und Sonnyboy zu liquidieren war vielleicht etwas voreilig gewesen. Aber sich den Amerikaner nur vorzuknöpfen und ihn gehörig auszufragen, das hätte zu Komplikationen und allerlei Peinlichkeiten führen können.

»Fest steht jedenfalls«, sagte Kerr, »daß Sonnyboy nur vorgab, sich für Wunderkinder zu interessieren. Ein Buch schreiben über neunmalkluge Gören – daß ich nicht lache! Was wir in seinem Hotelzimmer gefunden haben, hatte mit Wunderkindern im allgemeinen gar nichts zu tun. Mit *einem* allerdings: Ariel!«

Ariel, das war ihr Name für Robin Garland. Sechs achtete ein bißchen mehr darauf, seine Aktivitäten zu verschleiern, als Sonnyboy das zu Lebzeiten tat. Das mindeste, was man von ihm verlangen konnte, war doch, daß er Informationen über einen ganzen Kindergarten voll kleiner Genies zusammentrug – um den Schein zu wahren –, und nicht nur über ein einziges.

Der Amerikaner hatte sich im Hotel Spa einquartiert, das – wie praktisch – der ansehnlichen, doch überraschend preisgünstigen Wohnung, die das

GCHQ für Miranda ausfindig gemacht hatte, fast gegenüber lag. Aber er versuchte nicht sofort, mit Miranda Kontakt aufzunehmen – verlegte sich zunächst einmal aufs Beobachten. Nicht einmal die umwerfend attraktive, immerzu schwatzende Empfangsdame im Spa machte ihn stutzig, dabei hätte sie als Lehrbuchexempel für die sowjetischen Methoden alten Stils herhalten können. Aber die alten Tricks waren immer noch die besten. Und kaum, daß er ihr die Wunderkind-Geschichte erzählt hatte, schrillten die Alarmglocken. Miranda war ein Stolperdraht auf dem Weg zu Ariel. Sonnyboy kam nicht mehr dazu, mit Miranda Verbindung aufzunehmen.

Einmal angenommen, er hätte es geschafft und wäre tatsächlich nur hinter dem Gitter-Code hergewesen ...

»Ich will also an den Code herankommen«, sagte Kerr, um die Sache einmal aus der Perspektive des feindlichen Agenten zu betrachten, »indem ich Miranda erpresse. Ich habe ihre Vergangenheit durchleuchtet: ›Verführung eines Schutzbefohlenen, Miss Bates! Haben Sie nicht ein seelisches Trauma zu verantworten, das Robin Jahre später, nachdem er mit einer genialen Doktorarbeit wissenschaftliches Neuland erobert hatte, in den Selbstmord trieb? ... Das wird Sie Ihren Job kosten, Miss Bates!‹ Ich drohe: Zusammenarbeit oder ...«

Aber dazu hätte Sonnyboy eben wissen müssen, was zwischen Ariel und Miranda am Oxford-College passiert war. Wie sollte er das herausgefunden haben? Offenbar war er zu keiner Zeit in Oxford gewesen, um dort die Leute auszufragen.

Nein, so funktionierte das nicht ... Irgendwie mußten die Amis von Orakel erfahren haben. Und daß Ariel noch lebte. Und sicher auch, daß Miranda ihren

Job durch Sechs erhalten hatte – weil sie dafür qualifiziert war, weil man sie so im Auge behalten und – noch viel wichtiger – auf sie zurückgreifen konnte, wenn die Umstände es erforderten.

»Aber«, fuhr Kerr fort, »ihr Informant weiß nicht, *wo* Orakel zu finden ist. Und auch nicht, wie genau wir Miranda und ihr Umfeld in Cheltenham überwachen.«

Gut möglich, daß das dem Informanten entgangen war. Patricia Bates war ja nicht um ihrer selbst willen so wichtig, sondern als Mittelsperson zu Robin Garland. Sollte er, was sein labiles seelisches Gleichgewicht betraf, eines Tages ganz aus der Bahn geraten, dann konnte Miranda – vielleicht – sich auf die eine oder andere Weise nützlich machen.

»Das bedeutet doch wohl«, sagte Terence, »daß das Leck nicht bei uns, sondern bei Fünf zu suchen ist.«

Auch wenn man Sonnyboy ausgequetscht hätte, hätte man wohl kaum etwas über seine Quelle erfahren. Es war ja gar nicht nötig, daß er selbst sie kannte. Nein, sie hatten schon das Richtige getan, die Sache mit dem Autounfall ging in Ordnung. Es wäre für Miranda sicher nicht gut gewesen, zu erfahren, daß Ariel noch lebte.

Der Stolperdraht hatte funktioniert. Und eins, zwei, drei – Sonnyboy war aus dem Spiel.

36

Terence war an einem Schild vorbeigefahren, das ein Einkaufszentrum für bäuerliches Kunsthandwerk ankündigte. Jetzt bog er von der A5 nach Westen ab, auf eine Nebenstraße. Hinter der ersten Kurve bremste er und ließ das Auto durch das Gatter vor einem Weizenfeld rollen. Die Macht der Gewohnheit ... Der Regen war stärker geworden, Sturzbäche ergossen sich über die Windschutzscheibe. Ein Lieferwagen kam vorbei – ein Bauunternehmen, die örtliche Telefonnummer. Nach fünf Minuten machte Terence sich wieder auf den Weg.

Nach weiteren fünf Minuten erreichte er eine Tannenschonung und die Mündung eines schmalen Wegs, der mitten hindurchführte.

Ministerium für Landwirtschaft, Fischerei und Ernährung, las man auf einer großen Tafel, *Bodenforschungszentrum Radcote. Privatweg.*

Zuerst fuhr man auf Schotter, dann plötzlich wieder auf Asphalt. Von einer Lichtung ragte ein Starkstrommast in die Höhe. Bis dicht über die Baumwipfel hingen die Kabel. Als die Landstraße, von der Terence abgebogen war, längst außer Sicht war, tauchte ein Kontrollposten auf. Eine Hütte aus Holz und Glas, eine Stahlschranke quer über dem Weg. In der Hütte zwei Männer in Zivil, die in knallig bunte Taschenbücher vertieft waren. Eine gräßliche Sorte Mensch, aber es ging nicht ohne sie. Ein unauffälliger Range Rover parkte neben der Hütte.

Terence' Ärmel wurde naß, als er seinen Ausweis zum Fenster hinüberreichte. Vorschrift war Vorschrift. Natürlich kannten sie ihn und den braunen BMW.

»Fahren Sie, Mr. Duke.«

Die Schranke hob sich.

Ein weiterer Kontrollposten, einziger Durchlaß in einem Maschendrahtzaun, der den mehrere Morgen großen Komplex umgab: Unterkünfte, Speisesaal, Fitneßhalle, Laboratorien, Werkstätten, Lagerräume, technische Anlagen, das unterirdische Archiv – und die große Kuppel, unter der die Orakel-Maschinerie aufgebaut war.

Ein Turm reckte wie ein waffenstarrender Krieger Hornstrahler und Antennen in alle Himmelsrichtungen, er und die bewegliche Satellitenschüssel – von der Kuppel ganz zu schweigen – machten jedermann klar, daß von einem ›Bodenforschungszentrum‹ nicht die Rede sein konnte: eine Tarnung, nichts weiter. Dies war ein elektronischer Horchposten, der jede Art von Funkverkehr ausspähen sollte.

Ein klarer Fall für die Sportflieger und Ballonfahrer, die des Wegs kamen, und auch für die Leute in der Umgebung, die immer nur von den ›Schnüfflern‹ sprachen.

Und selbst das Militär auf der Station, das für Bewachung und andere niedere Verrichtungen zuständig war, wußte es nicht besser. Und genau das war beabsichtigt. In Wahrheit waren auch Mikrowellenturm und Satellitenantenne eine *Tarnung* – um aller Welt glauben zu machen, daß Radcote ein Horchposten war und nichts anderes.

Starkstromkabel führten von einem Mast außerhalb des Zauns zu einer Umspannstation unweit der Kuppel. Mit der Elektrizitätsgesellschaft war vereinbart, daß Radcote bei Bedarf eine Leistung bis zu mehreren Megawatt entnehmen durfte. Bei dem Vorfall in der vergangenen Woche waren zwar Isolatoren und Klemmen geschmolzen und die Trennschalter beschädigt worden – obwohl sie immerhin noch funktioniert hatten –, aber einen kompletten Stromausfall für die halbe Grafschaft hatte es, eben darum, nicht gegeben. Einen plötzlichen Spannungsabfall, natürlich, dem ein ebenso plötzlicher Anstieg folgte, so daß eine Menge

Glühbirnen in unzähligen Haushalten vorzeitig den Geist aufgeben würden.

Terence fuhr auf den reservierten Parkplatz. Er blieb sitzen, eine ganze Weile, um noch einmal durchzugehen, was er Gwyn sagen würde. Gwyn Davies, der verantwortliche Mann von Fünf in Radcote.

Wir haben einen Agenten enttarnt und ausgeschaltet – so, daß niemand es nachweisen kann. Sechs wird Fünf noch ausführlich berichten, aber Sie, Gwyn, sollten es heute schon wissen. Ein Ami wollte sich an Miranda heranmachen, drüben in Cheltenham. Es gibt eine undichte Stelle – entweder bei Fünf oder bei Sechs.

Da war jemand in Amerika, der wußte, daß Robin Garlands Selbstmord nur vorgetäuscht war. Der nicht wissen sollte und doch wußte – oder zumindest argwöhnte –, daß das Wunderkind irgendwo im geheimen weiterarbeitete.

Ariels Dissertation war noch heute jedem zugänglich, der sich damit beschäftigen wollte ... allerdings ohne jenen ganz speziellen Anhang. Man konnte, wenn auch nicht auf den ersten Blick, daraus ableiten, daß man bei Einsatz genügend großer Energiemengen wie durch ein Fenster in die *Vergangenheit* sehen konnte. Zu finden, was die Gegenwart nicht wieder preisgeben wollte – das mußte das Herz eines jeden Schnüfflers höher schlagen lassen! Und wenn es erst möglich war, Vergangenes zu beobachten – warum nicht auch zukünftige Ereignisse? Wer sie vorhersagen konnte, konnte ihnen auch zuvorkommen – sie verhindern, in eine andere Richtung lenken. Das nun war das Nonplusultra jeder Geheimdienstarbeit, die Erfüllung aller Träume. Also: Was mußte man daraus schließen? Daß die Briten versuchten, ein Orakel zu bauen. Regen schlug Terence ins Gesicht, als er losrannte, um sich hinter die nächstbeste Tür zu flüchten.

37

»Möchtest du mir nicht ein bißchen mehr von Patricia erzählen?«

»Mal sehen, Nanny«, sagte Robin Garland.

Dr. Rachel Morgan war sicher alt genug, um Robins Großmutter zu sein. Robin war gerade zweiundzwanzig geworden – ohne daß seine Mutter diesen Tag mit ihm hätte feiern können, denn für sie war er tot. Robin hoffte sehr, daß Mum sich heute Vorwürfe machte, ihn mit allzu großem Ehrgeiz angetrieben, ja gequält zu haben. Bedenkenlos hatte sie ihn von seinen Altersgenossen getrennt, ihn seiner Umgebung entfremdet. Und daß ihr ganzes Interesse einzig seiner Erziehung und Ausbildung galt, hatte zweifellos auch seinen Vater in die Flucht geschlagen.

Dr. Morgan war der Meinung, daß eine solche Entwurzelung sehr wohl Robins zwanghafte Beschäftigung mit dem Wesen der Zeit erklären konnte. Von den ersten Schultagen an war er seiner Zeit und seinen Altersgenossen mit Siebenmeilenstiefeln vorausgeeilt. Die gesamte Schulmathematik, die Physik – das alles hatte er schon mit zwölf in der Tasche. Adieu, Schule ... Mit einem Stipendium ging es nach Oxford – mit dreizehn. Mit fünfzehn – also nach zwei statt der üblichen drei Jahre – das erste Examen, den Bachelor of Science: mit Auszeichnung natürlich, was sonst.

»Nanny«, sagte er noch einmal.

Dr. Morgan lächelte dieses wissende, auch ein wenig überlegene Lächeln, so daß sich noch einige Fältchen mehr um die blauen Augen legten. Sie musterte ihn aufmerksam, doch nicht ohne Sympathie. Weiße Strähnen durchzogen ihr graues Haar. Sie trug eine blaue Strickjacke über einem Kittel mit Gänseblümchenmuster. Eine kleine, adrette, stets reservierte Person. Unablässig kritzelte sie während der Gespräche auf ihrem Block herum – versuchte sich, mit dem Bleistift, an der einen oder anderen Skizze von Robin, die alle unvollendet blieben, und machte sich Notizen in einer selbsterfundenen Kurzschrift. Ein Bleistift so unermüdlich wie eine Häkelnadel.

Sie war sein Schutzengel, sie wachte über sein Seelenheil. Und ihr konnte er ohne Einschränkung vertrauen. Sie kritisierte nicht, sie hörte sich an, was immer er zu sagen hatte – auch wenn sie manchmal auf eine Antwort drängte.

Seine Wohnung im obersten Stock des kleinen Gebäudes, etwa hundert Meter von der Kuppel entfernt, nannte Robin das ›Penthouse‹. Hier gab es einen dicken, flauschigen grünen Teppichboden, weich wie Moos, und niemand hinderte Robin daran, sich darauf hin- und herzuwälzen, quer durch die Wohnung, wenn er dazu Lust hatte, und soviel wohlige Weichheit zu genießen. Die purpurnen Samtvorhänge an den Fenstern – an allen Fenstern – wurden niemals geöffnet, obwohl die Scheiben getönt und verspiegelt waren. Es gab ein marmornes Badezimmer mit einem Whirlpool. Das Essen brachte ein Aufzug direkt aus der Küche herauf. Bekam er mitten in der Nacht Appetit auf einen Hamburger und ein Erdbeer-Milchshake: aber bitteschön, der Herr – wohl bekomm's! Ein Großbildfernseher der neuesten Bauart brachte ihm hautnah ins Wohnzimmer, was immer er zu sehen wünschte. Ganz allein durfte er sein mit den verführerischsten Schauspielerinnen. Nanny hatte nichts dagegen.

Natürlich durfte er keine echten Frauen aus Fleisch und Blut empfangen, wegen der Geheimhaltung, der

Sicherheit und so. Aber abgesehen davon hätte er Derartiges auch nie verlangt. Der einzige weibliche Eindringling hier im Penthouse war Nanny. Es gab kein Hausmädchen, keine Putzfrau. Für Ordnung, Sauberkeit und ein frisch gemachtes Bett sorgte eine Ordonnanz, der stille, fast unsichtbare Armytage. Robin durfte keinen Alkohol trinken, das war Teil der Abmachung, ebensowenig wie ihm irgendeine andere Droge gestattet war. Aber Robin lag nichts an Drogen. Die einzige Droge des Mathematikers ist Kreide.

Genaugenommen brauchte er auch die nicht, denn auf die große Tafel drüben im Arbeitszimmer schrieb man durch bloße Berührung mit dem Finger. Ein elektronisches Wunder, das auch den kleinsten Krakel noch registrierte und zum Hauptcomputer meldete. Nichts durfte verlorengehen, und eine ganze Anzahl nicht ganz so genialer Mathematiker an den Monitoren war ständig damit beschäftigt, Robins Notizen auf ihren Gehalt zu prüfen.

Es gab Einschränkungen, das schon. Aber er besaß auch Macht. Ein kurzes Schnippen mit den Fingern, und alles, was er wünschte, wurde besorgt. Geld spielte keine Rolle.

Die meisten Mathematiker hatten ihre besten Ideen so um das Alter von fünfundzwanzig herum, danach war nicht mehr viel zu erwarten. Und auch Robin würde, wenn seine Arbeit hier getan war, sich zurückziehen auf jene kleine Insel in der Karibik, die er sich als Lohn ausbedungen hatte. Komplett mit Villa und Dienerschaft und einem Sack voll Geld – so stand es im Vertrag. Eine winzige Insel nur, ein paar Dutzend Morgen, aber immerhin eine Insel. *Seine* Insel.

Das war etwas anders als in seiner Oxforder Zeit, als Mum darauf bestanden hatte, daß er bei Mrs. Robertson wohnte, in einer richtigen Familie mit allem Drum und Dran. Nein, keinesfalls sollte Robin im College wohnen – unter Studenten, die Jahre älter waren als er, die, was Selbstbewußtsein und Auftreten betraf, erwachsener schienen und doch kein bißchen reifer waren. Robins Tutor war da ganz derselben Meinung gewesen

»Patricia ...« Nanny ließ nicht locker.

»Sie bewunderte mich«, sagte Robin, »und war zugleich neidisch. Sie hatte den Wunsch, mich zu demütigen, mich auf das rechte Maß zurechtzustutzen ... das Miststück.« Nanny machte sich eine Notiz. »Vielleicht sollte es auch nur eine Mutprobe sein – denn hätte ich mich beim Dekan beschwert, hätte man sie vielleicht der Universität verwiesen.«

Natürlich hatte er sich nicht beschwert, dazu schämte er sich zu sehr.

Passiert war es während Robins drittem Semester. Dieses Mal hörte sich die Geschichte ganz anders an.

38

Das war nur natürlich, daß die Geschichte von Mal zu Mal variierte, mehr oder weniger. Vielleicht wußte Robin gar nicht mehr, wie es wirklich gewesen war. Und fast hätte man vermuten können, daß die Zeit-Sonde – in seinen Augen – einem einzigen Zweck dienen sollte: zu erkunden, was damals wirklich passiert war. Und das, was geschehen war, zu ändern? Nicht doch. Die Vergangenheit war nicht zu verändern, unwiderruflich. Ganz im Gegensatz zur Zukunft: Die Zukunft war das Resultat dessen, was man heute, in der Gegenwart, unternahm.

»Wenn die Zeit-Sonde in die Vergangenheit vordringen kann –«, hatte ein etwas jüngerer Robin Sir Raymond Kerr vor drei Jahren erklärt, »und ich versichere Ihnen: sie *kann*! –, dann werden wir auch die nötigen Modifikationen zuwege bringen, die uns den Blick in die Zukunft ermöglichen. Es ist im Prinzip dasselbe.«

Wenige Wochen vor dem Treffen hatte die IRA mit einer großen Bombe einen Teil der Londoner City verwüstet. Sie hätten, was Robin betraf, keinen besseren Zeitpunkt wählen können.

»Nehmen wir einmal an, daß die IRA oder militante Islamisten oder wer auch immer heute in fünf Jahren den Kanaltunnel sprengen würden. Und daß wir fünf Jahre und zehn Jahre in die Zukunft sehen könnten – daß wir ganz selbstverständlich Zeitungsmeldungen oder die Fernsehnachrichten jener Zeit abfragen könnten –«

»Dann könnten wir«, hatte Kerr ergänzt, »den Terroristen zuvorkommen ... Aber warum sagten Sie fünf Jahre und zehn Jahre?«

»Weil«, hatte Robin erklärt, »zu dem Zeitpunkt, an dem etwas passiert, man nicht unbedingt schon die Verantwortlichen kennt. Fünf Jahre danach dürfte die Identität der Terroristen feststehen. Also könnte man sie heute schon ausschalten, still und heimlich, und niemand könnte sich einen Reim darauf machen. Oder nehmen Sie einmal an, daß heute in dreißig Jahren Terroristen einen nuklearen Sprengsatz in London zünden würden ...«

»... dann würden diese Terroristen Opfer ganz gewöhnlicher Unfälle, während sie noch in Tripolis oder wo auch immer in die Schule gehen, schon im Kindesalter. Ich verstehe.«

»Natürlich muß man dann anschließend sehr genau

prüfen, was *statt dessen* in der Zukunft passiert. Ist es akzeptabel – okay. Droht weiterhin Gefahr, dann muß man auch diesmal die zukünftigen Akteure ermitteln und unschädlich machen. Man ändert die Zukunft Schritt für Schritt – so lange, bis das gewünschte Ergebnis zu erwarten ist.«

»Wir können diese – äh – Unglücksfälle nicht mehr ungeschehen machen. Aber wir können, falls nötig, noch ein paar Unfälle mehr arrangieren?«

»Und die Konsequenzen unmittelbar überprüfen –«

»– und das in aller Ruhe, sooft wir möchten.«

Als Robin die volle Tragweite seiner mathematischen Überlegungen erkannt hatte, war er zunächst unschlüssig, ob er sich an einen britischen oder amerikanischen Geheimdienst wenden sollte. Amerika, das hatte so etwas Romantisches. Er sah sich in einer gutbewachten Villa in Kalifornien, mit einigen Millionen Dollar auf der Bank. Aber wie mit der CIA Kontakt aufnehmen? Er hatte keine Ahnung ... Am Schwarzen Brett des Mathematischen Instituts hing eine Notiz: Das GCHQ in Cheltenham stelle Universitätsabsolventen für die Kryptographie ein und stehe morgen, gleich hier in Oxford, zu Bewerbungsgesprächen zur Verfügung. Code-Knacker, Code-Macher: Das GCHQ war nichts anderes als der Secret Service, das wußte doch jeder.

Robin hatte einen Termin vereinbart. Er erschien mit einem Exemplar seiner gerade eingereichten Dissertation unter dem Arm. Dabei hatte er auch den Anhang, den er nicht eingereicht hatte und auch niemals einreichen würde.

39

Und drei Jahre zuvor: Sommer in Oxford. Ein Schwelgen in üppigem Grün, eine Sauerstoffdusche, gewürzt mit Pollen und Autoabgasen. Zeit, um mit der Stake in den Händen die flachen Kähne über den Cherwell gleiten zu lassen und seinen von Bäumen und Buschwerk überwachsenen Mäandern zu folgen. Abende, die so recht geeignet waren, um in dem einen oder anderen College-Park Shakespeares ›Sommernachtstraum‹ aufzuführen.

Der Garten des Wadham-Colleges war es, wo tatsächlich dieses Stück aufgeführt werden sollte – es war das College, in dem Patricia wohnte. Sie war allmählich aufmerksam geworden auf den Wunderknaben. Und er sollte ihr Begleiter sein an diesem Abend, bei dieser Aufführung – zumindest hatte er das angenommen.

Patricia war schlank und hatte olivenfarbene Haut. Nein, olivenfarbene Haut gab es nicht, allerhöchstens olivenölfarbene. Helles Olivenöl. Ein gelblichbrauner Ton, wie nach einem wohldosierten Sonnenbad. Patricia hatte südländisches Blut in den Adern. Das schwarze Haar war ein dichter Dschungel um das ovale Gesicht, den Kopf hielt sie immer etwas schräg geneigt. Ein Hauch von Purpur lag auf den Lidern, der Blick schien irgendwie verschleiert. Pflaumenfarbene, volle Lippen hatte sie, den kleinen Mund immer leicht geöffnet: einladend, verführerisch – nicht dümmlich wie bei jenen, die einfach vergessen, ihn zu schließen. Patricia trug oft Jeans mit einem kleinen Schlitz am Poansatz – und ein bauchfreies Top, so daß man den silbernen Ring an ihrem Nabel sehen konnte.

Aber was sich hinter dieser Fassade verbarg, war mehr als nur ein bißchen exotisch. Und keinesfalls harmlos.

Mrs. Robertson war der Meinung, daß so eine Shakespeare-Aufführung eine wundervolle Sache wäre. Unglücklicherweise – glücklicherweise – konnte sie Robin an diesem Abend unmöglich begleiten. Der Nachbarschaftsverein hielt eine Versammlung ab, um weitere Maßnahmen zur Verkehrsberuhigung und gegen die zunehmende Verschmutzung durch Hundekot zu diskutieren. Sie war dieses Jahr Vorsitzende. Robin mußte sich nicht einmal eine Notlüge ausdenken – etwa, daß die Karten diesmal besonders rasch ausverkauft gewesen wären. Wann fängt es denn an, Robin? Wann ist es zu Ende? Sei um halb zehn zurück, hörst du? Und trink keine Limonade, wenn du nicht genau weißt, daß kein Alkohol drin ist! Sei vorsichtig mit dem Fahrrad!

Patricia hatte ihn gebeten, sie im College abzuholen. Robin fand ihr Zimmer ohne Mühe. Es lag im alten Gebäude und war, höchst komfortabel, mit einer Doppeltür ausgestattet. Schloß man auch die äußere Eichentür, drang nicht ein Laut mehr nach draußen. Obwohl es heller Tag war, waren die Vorhänge geschlossen, aber das mochte eine Marotte sein. Eine Tischlampe verbreitete gedämpftes Licht. Duftkerzen brannten. Es roch nach Patschuli und, möglicherweise, Marihuana. Aber das hatte er sich vielleicht nur im nachhinein zurechtgelegt.

Was dann kam, darüber lieferte er jedesmal eine andere Version. Der Tenor allerdings war derselbe: ein Akt der Demütigung. Eine sexuelle Demütigung.

40

Die Experten des GCHQ hatten an Robins Doktorarbeit eine harte Nuß zu knacken. Und seine Thesen zu verteidigen – auch jene aus dem Anhang – erwies sich als ein ebenso hartes Stück Arbeit. Dagegen konnte man die mündliche Doktorprüfung, die damals noch ausstand, fast ein Kinderspiel nennen.

Vor seinem zweiten Gespräch mit der Expertenrunde hatte Robin sich vorgestellt, daß eine große Limousine mit Chauffeur vorfahren und ihn, husch, nach Cheltenham expedieren würde. Statt dessen hatte das GCHQ ein Zimmer im Hotel Randolph in Oxford gemietet. Aus dem Fenster blickte man auf den Vorhof des Ashmolean Museum.

Robin arbeitete mit einer neuen Art von Zahlen, surreale Zahlen genannt. Ein Brite namens Conway, der nun in Princeton lehrte, hatte sich als erster damit beschäftigt. Conways Gebiet war die Spieltheorie – eine Methode, um die beste Strategie in unklaren Situationen zu finden, etwa beim Pokern oder während einer nuklearen Konfrontation.

Das GCHQ kannte Conways Arbeit, ebenso die von Kruskal an der Rutgers University, der inzwischen Conway, was die surrealen Zahlen betraf, den Rang abgelaufen hatte.

Mit den surrealen Zahlen bot sich nun die Möglichkeit, ein Problem zu lösen, das die Physiker lange genug gequält hatte. Theoretiker, die sich mit den Fundamentalkräften des Universums beschäftigen – dem Wesen der Raumzeit –, beißen sich oft genug bei ihren Berechnungen die Zähne aus, weil ihre Gleichungen entweder lächerlich kleine oder lächerlich große Werte ergeben. Um zu sinnvollen Lösungen zu kommen, mußten sie zu Tricks greifen, die manchmal kaum weniger lächerlich waren.

»Mit Hilfe surrealer Zahlen«, hatte Robin in jenem Hotelzimmer im Randolph erklärt, »können wir das unendlich Große oder auch Kleine mühelos berechnen. Wir können Paradoxien auflösen. Wir können fundamentale Prinzipien in unserem Sinne beeinflussen.«

Eines davon war das ›Prinzip der minimalen Wirkung‹. Anders formuliert wurde es zum ›Prinzip der minimalen Zeit‹.

Gutgelaunte amerikanische Touristen in Bermuda-Shorts trotteten die Stufen zur Säulenfront des Ashmolean Museums hinauf, in dem es doch höchstens ein wirkliches Meisterwerk zu sehen gab: Ucellos *Jagd im Walde*.

»Das Licht bevorzugt immer den schnellsten Weg zwischen zwei Punkten«, sagte Robin. »Nicht, weil es gerade Linien so sehr mag. Viel wichtiger für das Verhalten des Lichts ist die Zeit. Der minimale Zeitaufwand.«

An den Wänden des Zimmers hingen Drucke – Karikaturen von Oxfords berühmten Exzentrikern, die Max Beerbohm vor hundert Jahren zu Papier gebracht hatte.

»Es gibt nichts in Einsteins Gleichungen, das die Zeitreise in die Vergangenheit verbietet«, sagte Robin. »Aber das Prinzip der minimalen Wirkung verhindert, daß ein Zeitreise-Paradoxon entsteht – in der Art etwa, daß man in die Zeit vor seiner Geburt reist und seine eigene Mutter ermordet.«

Fast entschuldigend zuckte er die Achseln. Ausgerechnet dieses abgegriffene Beispiel mußte ihm in den Sinn kommen ...

War die Mutter tot, dann wurde man nie geboren. Dann konnte man auch nicht in die Vergangenheit reisen und sie töten. In diesem Fall *mußte* man geboren werden, weshalb man natürlich in die Vergangenheit reisen und sie töten konnte. Und so weiter, ad infinitum ...

»Ja, ja«, sagte ein Mann mit breitem, eckigem Gesicht.

»Mit surrealen Zahlen«, sagte Robin, »kann man dem unendlich Kleinen unendlich kleine Beträge hinzufügen. Man kann mit Lichtquanten und Bruchteilen von Picosekunden jonglieren. Man kann Licht und Zeit kombinieren und wechselweise austauschen –«

Im Anhang seiner Doktorarbeit hatte er den Beweis geführt, daß die Vergangenheit beobachtet werden konnte, solange dies keinen störenden Eingriff bedeutete. Die Vergangenheit existierte ja noch immer als Teil der Raumzeit. Mit einer ausreichend großen Energiemenge konnte man eine Photonensonde herstellen – mit nicht einmal besonders viel Energie, nicht mehr als der Strombedarf einer Kleinstadt.

Und wenn man nach einigem Sondieren in der Vergangenheit die Maschinerie erst einmal zum Funktionieren gebracht hatte, dann konnte man, mit einigen wenigen Veränderungen, auch die Zukunft aufs Korn nehmen. Die unvermeidliche Frage: »Wie wollen Sie denn zukünftige Ereignisse beobachten, bevor sie überhaupt geschehen sind?«

Robin lächelte. »Wir können es tun, weil Zeit und Raum nicht unabhängig voneinander existieren. Das Universum ist ein geschlossenes Ganzes, vom Beginn bis zu seinem Ende. Es ist eingebettet in etwas, das man ›Hyperraum‹ nennen könnte.«

»Ja, gewiß ...«

»Wenn der Hyperraum uns zugänglich wäre – was

prinzipiell ausgeschlossen ist –, dann könnten wir das Universum als Ganzes sehen. Das heißt: Vergangenheit, Gegenwart und Zukunft lägen sozusagen vor uns ausgebreitet. Daraus folgt, daß das, was wir als Zukunft bezeichnen, immer schon vorhanden ist. Man könnte das Universum als einen Computer betrachten, der aus unseren und früheren Eingaben die Zukunft errechnet – ein allwissender Computer, den abzufragen wir nur noch lernen müssen. Doch steht die Zukunft nicht absolut fest: Benutzen wir die Vorhersagen, um hier und heute anders zu handeln, dann wird auch die Zukunft eine andere sein.«

Ein Bus war vorgefahren und spuckte seine Menschenladung aus: fünfzig, sechzig Japaner mit umgehängten Fotoapparaten. »Wegen der Einheit von Raum und Zeit spielt es keine Rolle, daß Erde und Sonne sich ständig bewegen. Frühere Ereignisse auf dem Weg der Erde durch die Raumzeit bleiben zugänglich. Entsprechend auch die zukünftigen –«

Eine der Bedingungen Robins für den Fall, daß er sich allein und ausschließlich der Entwicklung seiner Zeit-Sonde widmen würde, stieß bei seinen Gesprächspartnern auf ganz besondere Zustimmung: die nämlich, daß er völlig von der Bildfläche verschwinden wolle.

41

Um es vorwegzunehmen: Robin hatte geglaubt, daß seine Entjungferung für Patricia so etwas wie ein Freundschaftsdienst war. Und welcher Junge in seinem Alter hätte ein solches Angebot ausgeschlagen?

Aber der Vorschlag war nicht ehrlich gemeint … Eine Bösartigkeit, die selbst kindliches Vertrauen bedenkenlos mißbrauchte, war für Robin – damals noch – unvorstellbar. Alles ging doch von Patricia aus, und für ihn war sie ein Engel, seine Wohltäterin. Was immer sie sagte und tat, das tat und sagte sie ohne einen Hintergedanken. *So*, versicherte sie, würde es viel länger dauern und viel, viel aufregender sein.

»Also hat Patricia«, Dr. Morgan war etwas ungeduldig geworden, »deine Handgelenke mit grüner Wolle an die Bettpfosten gebunden.«

»Gelbe Wolle war es. Dicke, zu Zöpfen geflochtene gelbe Wolle. Sehr weich …« fügte Robin hinzu. Nur zu gern wäre er ausgewichen. Unzerreißbar waren die Wollstränge nun, eine Fessel, aus der man sich unmöglich befreien konnte. Patricia klebte ihm ein Stück Paketband über den Mund (wir wollen doch keinen Lärm machen, du verstehst – die Ekstase?). Sie zog ihm Hose und Unterhose aus.

Letztes Mal war die Wolle grün gewesen; auch Violett, Lila, Orange waren schon vorgekommen.

Was Patricia als nächstes tat? Nun, in der heutigen Version öffnete sie die Tür und ließ einen Fleischerlehrling herein, den sie in einer der Einkaufspassagen aufgelesen hatte. Ein übler, grober Kerl.

Und Robin wurde Zeuge, wie das, was er so sehr ersehnte, einem andern zuteil wurde. Ein Voyeur wider Willen. Und Patricia gab, unter Kichern und Stöhnen, mit vollen Händen. Im Stehen erst, dann auf dem Teppich.

In einer anderen Version war der glückliche Empfänger von Patricias Wohltaten ein Rugbyspieler, ein echter Naturbursche, der die Situation zum Brüllen komisch fand. Zumindest hatte er nichts gegen den Zuschauer einzuwenden, der da gefesselt und geknebelt auf dem Bett lag – anders als der Fleischerjunge, der den armen Robin am liebsten verprügelt hätte.

Immer neue Varianten.

Einmal gab es Schläge auf den nackten Hintern: »Böser, böser Robin!« ... Ein andermal bemalte Patricia seinen Penis mit rotem Lippenstift, sehr behutsam, mit vielen Pausen – immer bedacht, es nicht zum Äußersten kommen zu lassen. Zu Hause, bei Mrs. Robertson, mußte er seine Unterhose wegwerfen – es sah aus, als hätte er geblutet.

Als man seine Fesseln löste, da floh er schamrot auf seinem Fahrrad. Danach mied er Patricia, so gut er konnte – sagte er. Oder: *Sie* wäre es gewesen, die *ihm* die kalte Schulter gezeigt hätte. Oder: Gar nicht oft genug hätten sich ihre Wege kreuzen können, damit sie, mit boshaftem Grinsen, sich an ihrer Macht über ihn weiden konnte.

Denn Robin brachte es nicht über sich, mit irgend jemandem über den Vorfall zu reden. Aber wer konnte Patricia hindern, vor den anderen Studenten mit ihrer Heldentat zu prahlen, wann immer es ihr gefiel? Nie konnte Robin sicher sein, ob sie es tat – vielleicht schon getan hatte. Vielleicht lachte man schon hinter seinem Rücken, vielleicht lachte ganz Oxford.

Rachel Morgan seufzte voll Mitgefühl.

Es war wichtig, daß Robin über dieses böse Trauma redete, immer wieder, damit es nicht wie ein Geschwür weiterwucherte. Jetzt, wo seine Position gefestigt war und er glaubte, ganz nach Wunsch schalten und walten zu können, redete er. Und sie, von ihr verlangte man, daß sie ihm zuhörte – für wie lange noch?

Für Terence Duke und auch für Gwyn Davies war ihre Arbeit ein wesentlicher Teil des ganzen Projekts.

Mochten sie Robin insgeheim auch mit noch so unschmeichelhaften Namen belegen, die alle irgendwie mit ›pubertär‹, ›neurotisch‹ und ›Wichser‹ zu tun hatten – der Junge war ein unersetzliches Juwel. Und ein zerbrechliches dazu, das mit der größten Sorgfalt zu behandeln war. Ein mathematisches Kaninchen nach dem andern zauberte er aus dem Hut, und jeder seiner Sätze, jede seiner Gleichungen traf ins Schwarze. Das Team aus hochqualifizierten Mathematikern und Physikern auf der Station griff begierig seine Ideen auf, auch wenn sie – ihm selbst kaum bewußt – in seinen unaufhörlichen Kritzeleien versteckt waren, und prüfte sie auf ihre Verwertbarkeit. Aber dazu mußte er erst einmal Ideen haben!

Wer hatte das Fiasko beim ersten Testlauf zu verantworten – Robin oder die Ingenieure? Vermutlich wäre es zu der Überlastung der Anlage nicht gekommen, wenn man als Ziel der Zeit-Sonde einfach den Tag oder auch die Woche davor gewählt hätte – aber Robin hatte darauf bestanden, es gleich mit einem Sprung über fast zweitausend Jahre hinweg zu versuchen. Etwas an seinen Gleichungen beunruhigte ihn. Der Hauch eines Hinweises nämlich, daß die Spannweite des allerersten Versuchs zugleich ein Limit setzen würde, auch in Richtung Zukunft. Er befürchtete, daß spätere Sonden – vom selben Startpunkt aus – diese Schwelle nicht mehr überschreiten konnten. Und das wäre natürlich der Gipfel, wenn man als Lohn der Mühe schließlich eine Orakel-Maschine in Händen hätte, die die Zukunft gerade mal bis zum folgenden Tag oder zur nächsten Woche ausspähen konnte. Also hatten sie sich auf das Jahr 60 nach Christus geeinigt. Das würde auf jeden Fall Sondierungen in Richtung Zukunft bis beinahe zum Jahr viertausend erlauben.

42

»Das ist, was unsere Zwecke betrifft, doch reichlich übertrieben«, hatte Gwyn Davies bei jener Unterredung vor einigen Wochen im Kontrollraum der Kuppel eingewendet, an der Robin zusammen mit Rachel Morgan teilgenommen hatte.

Die Instrumentenpulte waren noch nicht ganz verkabelt. Hoch oben in der Kuppel und hinter der Panzerglasscheibe, die den Kontrollraum schützte, zuckten Lichtbogen hin und her, zwischen riesigen Spulen, Kupferkabeln, Elektromagneten – oder was immer es war. Rachel wußte so gut wie gar nichts über diese Apparatur und ihre Funktionsweise. Sie war nur hier, um Robins empfindliches Seelenleben vor den Übergriffen dieser Männer zu schützen. Ein kreisrunder freier Platz, von Videokameras umgeben, war das sogenannte Beobachtungsfenster, wo das Bild aus einer anderen Zeit sich formieren würde, um dann vom Kontrollraum aus in die gewünschte Perspektive gerückt zu werden.

Davies und Duke und die Leiter des wissenschaftlichen und des Ingenieurteams saßen – nicht anders als sie selbst und Robin – auf leinenbespannten Regiestühlen, als hätte man sich hier versammelt, um einen Film zu drehen.

»Ganz und gar übertrieben! Was wir brauchen für unsere Nachforschungen, ist eine Reichweite von dreißig Jahren oder so.« Davies war ein dunkler, untersetzter Typ, Duke dagegen groß und schlank und blond: der Gardeoffizier hier, der Bauernbursche da ... »Für längere Zeiträume kann man gar nicht sinnvoll planen und Entwicklungen steuern wollen.

Zweitausend Jahre, einfach absurd. Die Welt in zweitausend Jahren wird für uns absolut unverständlich sein. Dieses Projekt soll Informationen über Dinge liefern, die wir auch verstehen können – um sie dann in unserem Sinne zu beeinflussen. So lautet die Vorgabe.«

»Aber –«

Weiter kam Trimble gar nicht, der dickliche Ingenieur mit dem blassen Gesicht.

»Ich weiß schon, was du sagen willst, Dave: Die Technik der Zukunft, die Vorteile, die wir davon haben könnten ... Wir schauen uns alles an und bauen es nach, heute schon.«

Trimble ließ sich nicht entmutigen. »Denk doch nur mal an neuartige Energiequellen oder Erfindungen, die uns Jahrzehnte oder Jahrhunderte voraus sind – damit wäre Großbritannien mit einem Schlag führend in der Welt. Wir an der Spitze! Amerika, Japan – technisch betrachtet tiefste Provinz und auf unsere Patente angewiesen.«

»Von wegen! Wir würden alles über den Haufen werfen ... Nichts würde mehr laufen wie gewohnt – ein einziger Schlamassel. Dabei sollte uns doch nur eines interessieren: Sicherheit für unser Land.«

»Sicherheit und Stabilität«, nickte Duke. In diesem Punkt war er sich mit Gwyn einig. »Darum geht es, muß es gehen. Schlag dir deine tollen Erfindungen aus dem Kopf, Dave. Damit würden wir die Geheimhaltung ernstlich gefährden. Und die Folge? Sobald man anderswo weiß, daß ein Orakel prinzipiell möglich ist, ist es doch nur eine Frage der Zeit, bis man es nachgebaut hat. Dieses Projekt ist nicht nur lebenswichtig, es dient auch einem genau definierten Zweck.«

»Nun, Dr. Garland«, wandte sich Davies an Robin,

»warum begnügen wir uns nicht einfach mit dreißig Jahren? Und sparen dabei Unmengen von Energie?«

Robin rutschte nervös auf seinem Stuhl hin und her. Er trug Jeans und Turnschuhe und ein Sweatshirt mit dem Aufdruck: Wer wagt, gewinnt! – das Motto des SAS.

Doch was sich darunter verbarg, hatte mit der Statur eines SAS-Mannes wirklich nichts gemein – und noch weniger das kindliche, ja elfenhaft zarte Gesicht. Aber er wußte, daß Sechs den SAS befehligte – und damit auch *er*. Ein bißchen wenigstens, so glaubte er wohl.

Robins braunes Haar schrie geradezu nach den Händen eines Friseurs. Er hatte es angefeuchtet und glattzukämmen versucht, doch trotzten einige Strähnen erfolgreich all seinen Bemühungen, besonders über und hinter dem linken Ohr. Aus irgendeinem Grund schien das Haar auf seiner linken Kopfhälfte rascher zu wachsen – als wäre diese Gehirnregion aktiver und könnte selbst noch die Haarwurzeln jenseits des Schädelknochens stimulieren. Rachel Morgan selbst schnitt ihm die Haare, alle paar Wochen – wer sonst hätte es tun sollen? Außerdem ergab sich so ein wenig Körperkontakt, ein Minimum an menschlicher Nähe, was sich sicher nicht ungünstig auf seinen Seelenzustand auswirkte.

»Es könnte sein«, antwortete Robin, »daß wir beim ersten Einsatz unserer Maschine sozusagen Markierungen in der Zeit setzen. Wir springen dreißig Jahre in die Vergangenheit – und können dann über dieselbe Distanz in die Zukunft blicken. Aber wir haben damit unsere Reichweite festgelegt – *und das absolut gesehen*. Das heißt, daß wir in zwanzig Jahren womöglich fünfzig Jahre in die Vergangenheit blicken können, dreißig plus zwanzig –«

So viel könnte ich noch selber zusammenzählen, konnte man von Gwyns Lippen lesen.

»– aber nur noch zehn Jahre in die Zukunft. Wir brauchen einiges mehr an Spielraum als das. Außerdem läßt sich die Maschine um so genauer kalibrieren, je größer die Zeitspanne beim ersten Versuch ist. Ich dachte, das wäre Ihnen klar ... Und Sie wollen doch sehr gezielt nach Informationen suchen, habe ich recht? Ich persönlich hätte es sogar mit fünftausend Jahren versucht.«

»Dazu würden wir viel zuviel Energie benötigen«, sagte Trimble. »Der Energieaufwand im Verhältnis zur Distanz steigt jenseits der Zweitausend-Jahre-Marke drastisch an.«

Robin nickte.

»Aber«, fuhr Trimble fort, »ein paar Dutzend Jahre oder so könnten wir noch rausschinden!«

»Warum in aller Welt sollten wir das versuchen?« wollte Davies wissen.

»Weil, Menschenskind, im Jahr 30 zum Beispiel Jesus noch am Leben wäre! Er würde eben angefangen haben, seine Jünger um sich zu sammeln. Die Kreuzigung war etwa um 33 herum.«

Der Waliser konnte es nicht fassen: »Und du glaubst allen Ernstes, wir könnten darüber etwas in einer römischen Zeitung finden? Etwa in der ›Rundschau für die Britannische Provinz‹ oder so? Hast du mir nicht selber erklärt, daß der Energieaufwand auch dann drastisch ansteigt, wenn der *Ort* der Beobachtung weiter als zehn Meilen von Radcote entfernt ist? Haben wir nicht aus diesem Grund begonnen, alle wichtigen Zeitungen zu archivieren – genau hier! –, damit wir die Sonde bloß auf unser Archiv zu richten brauchen, wenn wir wissen wollen, was nächstes Jahr passiert?!«

»Wenn wir den Beobachtungsort frei wählen könnten«, sagte Duke, »dann würden wir mit unserer Maschine in Peking oder Bagdad herumschnüffeln und sehen, was dort in letzter Zeit so passiert ist.«

»Ja, sicher ...« So leicht gab Trimble nicht auf. »Ich meine ja nur, daß wir uns mit zusätzlichen dreißig Jahren alles offen halten – für den Fall, daß wir eines Tages mit Energie so richtig klotzen können –«

»– um dann die Kreuzigung filmen zu können, meinen Sie das?« unterbrach ihn Duke. »Wir betreiben hier keine historischen oder theologischen Forschungen, uns geht es – zunächst einmal – um Terrorismusbekämpfung.«

»Entschuldigen Sie«, meldete sich Julian Miller zu Wort. Ein linkischer, dünner Mensch mit großer Nase und spitzen Knien, die fast seine Hosenbeine durchbohrten. Schüchtern wandte er sich an Robin – ein minderer Meister in Gegenwart eines Mozarts der Mathematik. »Wollen Sie damit sagen, daß der erste Test einen Zeitrahmen für *alle* Orakel setzt, die je gebaut werden können?«

Robin versank in tiefes Nachdenken. »... Vielleicht.«

»Und wann werden Sie Genaueres dazu sagen können?«

»Nach dem ersten Test ... vielleicht.«

Davies sah sich noch einmal um in der Runde. »Also, wir nehmen das Jahr 60. Einverstanden, Terence?« Duke nickte.

Rachel wandte sich zu Robin. »Gibt es denn etwas Besonderes an diesem Jahr 60?« Duke und Davies warfen ihr einen vorwurfsvollen Blick zu, der sagen sollte: Das ist nun wirklich nicht der richtige Zeitpunkt für Ihren Psycho-Kram! ... Aber sie ließ sich nicht beirren. »Was ist passiert in diesem Jahr?«

Robin grinste. »Boadicea hat eine große Schlacht verloren. Sie hat gehörig was auf die Rübe bekommen. *Deshalb* habe ich dieses Jahr ausgesucht.« Er mußte nachgeschlagen haben, er hatte im Penthouse auf CD-ROM die Encyclopedia Britannica. »Es ist ein großer Tag in der britischen Geschichte, nicht anders als der erste Test von Orakel.«

»Auch wenn das Ereignis wohl nicht in aller Munde sein wird«, sagte Davies leise, *»hoffentlich.«*

»Wo war denn diese Schlacht, Robin?«

Welch unschönes Grinsen. »Nicht weit von hier, vermutlich. Obwohl man sich nicht ganz sicher ist. Wer weiß, vielleicht kriegen wir etwas davon zu sehen ...«

Er wollte eine Herrscherin, eine mächtige Frau gedemütigt sehen. Ihren Sturz miterleben.

»Nichts einfacher als das!« sagte Davies. »Wir brauchen ja nur draufzuhalten, auch wenn wir nichts wissen über das Wann und Wo. Wie die Dinge liegen, können wir schon froh sein, wenn wir einen Angelsachsen auf seinen Acker pissen sehen.«

Duke genoß für einen Augenblick das Gefühl seiner Überlegenheit. »Genaugenommen wäre das ganz und gar kein Grund zur Freude – wir würden mehrere hundert Jahre danebenliegen. Die Sachsen sind erst lange nach den Römern hier gelandet.«

»Was ist das hier? Ein Fernsehquiz?« gab Davies zurück. »Die Zahlen, an denen *ich* interessiert bin, sind Tag, Monat, Jahr von Bombenanschlägen.«

43

Die Wunde an Marcus' Arm sah nicht mehr schlimm aus, aber man würde noch einige Zeit eine wulstige, rosafarbene Narbe sehen – für Jahre vielleicht. Aber das war, laut Tom, der ihm beim Baden assistiert hatte, nicht der einzige ›Kratzer‹ an seinem Körper.

Was sollte man auch anderes erwarten? Marcus war Soldat gewesen in längst vergangenen Zeiten, als alles noch Handarbeit war, auch das Kriegshandwerk. Oder vielmehr: *Vor wenigen Tagen* noch war er Soldat gewesen und hatte in einer Schlacht gekämpft – obwohl es sein Wunsch gewesen war, aus der Legion auszuscheiden und seßhaft zu werden.

Immerhin – ausgeschieden war er nun ja, auf gewisse Weise.

Mary hatte inzwischen den Sprachkurs für Ausländer ›mit geringer Vorbildung‹ besorgt – eine Diskette – und dazu einen im Augenblick entbehrlichen Computer aus ihrer Abteilung. Im Handumdrehen war im Wohnzimmer ein Arbeitsplatz für Marcus entstanden. Am Mittwoch hängte Tom die neuen Tüllgardinen vor das große Fenster. Es gab kaum Passanten im Eisvogelweg, aber so ein Sichtschutz war wohl nicht die schlechteste Idee.

Üblicherweise ging Tom jeden Werktag in sein Büro im Zentrum von Milton Keynes, während Mary nur zwei- oder dreimal die Woche zum Campus fuhr; die meiste Zeit arbeitete sie zu Hause. Aber bei dem Gedanken, sie mit Marcus allein zu lassen, war ihm nicht recht wohl.

Am Montag, als sie nach der Sache mit dem Schwert zu Hause angekommen waren, hatte Marcus ihm geschworen, daß er nie, niemals seiner Schwester etwas hätte antun wollen! Ganz gewiß nicht! Er verlangte, daß Tom das Mary klar und deutlich sagte. Ein dummes Mißverständnis sei das alles gewesen, ein Irrtum.

Auch die Vorstellung, Marcus allein im Haus zu lassen, wie es hin und wieder unumgänglich sein würde, behagte den Ryans nicht sonderlich. Immerhin aber hatte er sich mit Feuereifer auf die Aufgabe gestürzt, Englisch zu lernen: Er studierte die Symbole und Animationen auf dem Bildschirm, wiederholte laut die Wörter, die er über den Kopfhörer hörte, drückte auf die Tasten, die er drücken sollte – die Aufforderung dazu kam über die Zeichen auf dem Bildschirm. Es mußte ihm wie Zauberei erscheinen, griechische Zauberei natürlich, aber er ließ sich davon kein bißchen irritieren. Er ging in seiner Beschäftigung auf, und das hielt ihn vom Grübeln über seine traurige Lage ab. Man kann, mit etwas gutem Willen, in einer neuen Sprache schon in wenigen Tagen ein gewaltiges Stück vorankommen; doch von den ersten Stolperschritten bis zum geläufigen Umgang mit Wörtern ist es gewöhnlich ein weiter Weg.

Sie hatten einen Aufpreis bezahlt, damit man ihnen die Tüllgardinen von einem Tag auf den andern zuschnitt. Dieser plötzliche Rückzug in die Privatsphäre war den kinderlosen, von jeher distanzierten Nachbarn auf der einen Seite sicher gleichgültig, doch gab es gegenüber auch noch Daisy Evans mit den kleinen Zwillingen, beides Mädchen, und der zehnjährigen Stieftochter. Ihr Mann, ein Ingenieur, war nur am Wochenende zu Hause, und so ließ Daisy keine Gelegenheit aus, um ein wenig zu schwatzen.

Römische Soldaten waren keine Stubenhocker, sie marschierten ihr tägliches Pensum und brauchten das auch, um fit zu bleiben. Marcus hatte gefragt, ob er nicht jeden Tag wenigstens einen kurzen Marsch absolvieren könne, so fünf oder sechs milia, die etwa den englischen Meilen entsprachen. Er würde auch mit niemandem reden oder sonst etwas anstellen auf seinem Weg.

Also hatte Mary einen Jogginganzug und Laufschuhe für ihn gekauft. Joggen war doch nichts Ungewöhnliches. Sie hatte einen vergrößerten Ausschnitt aus dem Stadtplan fotokopiert und eine Route zusammengestellt. Bevor sie sich Donnerstag morgen auf den Weg zum Campus machte, fuhr sie mit Marcus – der endlich sein bevorzugtes Frühstück, Brot und weichgekochte Eier, hinuntergeschlungen hatte – die Rundstrecke ab. An deren Ende, vor ihrem Haus, stieg er aus und war nun sich selbst überlassen: ein etwas groß geratenes Schlüsselkind.

Als sie am frühen Nachmittag zurückkehrte und eben aus dem Auto stieg, schoß Daisy Evans aus ihrer Tür. Rabenschwarzes Haar, ein T-Shirt mit Aufdruck, das sie sich aus Florida mitgebracht hatte, enge Jeans – beneidenswert schlank, diese Frau, für die Begriffe wie ›Fettgewebe‹ und ›Kalorien‹ wohl Fremdwörter waren.

»Mary ..., ich weiß, ich bin eine Nervensäge! Aber hast du nicht ein paar Briefmarken für mich, nicht zu wenige? Ich hab' einige Schecks zu verschicken, dringende Rechnungen, Eilbriefe ...« Sie schwenkte eine Pfundmünze zum Zeichen, daß sie sie nicht geschenkt haben wolle.

Sie plapperte drauflos. Daß sie doch schon einkaufen war, heute morgen, mit den Zwillingen, weil sie so früh wie möglich auf dem Flohmarkt vorbeischauen wollte. Bei Marks & Spencer war sie gewesen, bei Dickins hatte sie mit Freunden einen Kaffee getrunken ... Aber die Post, die Briefmarken – die hatte sie dann völlig vergessen.

Mary suchte in ihrer Tasche. »Ich bin sicher, daß wir keine Marken im Haus haben«, log sie. »Mist, ich dachte, da wäre noch ein Markenheftchen im Portemonnaie ... Tut mir leid, Daisy.«

»Ach, übrigens – ich wollte eurem Gast hallo sagen, als ich die Zwillinge ins Auto gepackt habe. Er kam gerade von seinem Lauf – aber es schien, als würde er kein Wort von dem verstehen, was ich –«

»Er ist aus Rumänien«, sagte Mary ohne langes Nachdenken. Rumänen sahen einigermaßen südländisch aus, und sie sprachen auch eine romanische Sprache, wie schon der Name sagte. »Mit Tom verständigt er sich auf italienisch.«

»Er kann also kein bißchen Englisch?«

»Er lernt es gerade.«

»Merkwürdig, daß er hierherkommt, wenn er die Sprache nicht kennt.«

Mary improvisierte. »Die Rumänen wollen ein Studienzentrum für die Open University einrichten, wie es die Griechen und andere europäische Länder schon getan haben. Es sind mehrere Rumänen hier, im Augenblick. Sie sind bei Privatleuten untergebracht, denn ihr Land ist knapp an Devisen. Und was deine Frage angeht, Daisy: Er testet einen brandneuen Lehrgang, der Englisch mit einer Art Bildersprache vermittelt.«

Sie war richtig stolz auf das, was sie da aus dem Stegreif zustande gebracht hatte. Fast war sie der guten Daisy dankbar für ihre Neugierde ... Wirklich keine üble Geschichte: Sollte doch einer kommen und das Gegenteil behaupten. »Wir haben Gardinen vors Fenster gehängt«, fügte sie noch hinzu, »damit er beim Lernen nicht abgelenkt wird.«

44

Freitag abend saßen Mary, Tom und Marcus in der Eßecke und aßen in der Mikrowelle aufgewärmtes Moussaka und Salat.

Radio Vier sorgte für ein stetiges, nicht immer unaufdringliches Hintergrundgeräusch, fast wie das Plätschern eines Bachs. Irgendeine Raterunde: *Von wem ist das Zitat?* Es machte Marcus Mühe, solche Ablenkungen zu ignorieren, aber er mußte es lernen. Hin und wieder sagte er, in fast beschwörendem Ton und an Mary gerichtet, ein paar unzusammenhängende englische Wörter auf.

»Schuhe. Laufen. Gut«, sagte er. »Mollis.«

»Weich«, übersetzte Tom.

»Weich«, wiederholte Marcus. Er lächelte Mary an und sagte noch etwas auf Latein. Wie sehr er sich wünschte, endlich mit ihr reden zu können, bedurfte keiner Worte und war zweifellos ein Ansporn beim Lernen. Aber ohne Tom würde es, für eine ganze Weile noch, nicht gehen – ganz gleich, wie sprachbegabt der Zenturio war.

Aber wie lange würde diese ›Weile‹ sein? Stephen Hawking war noch immer nicht zur Rettung herbeigeeilt in seinem elektrischen Rollstuhl, versehen mit den neuesten Erkenntnissen zum Thema ›Zeitreise‹. Vielleicht konnte Mary jemanden von der naturwissenschaftlichen Fakultät der Open University fragen – ganz unverfänglich, hypothetisch: ›Angenommen, Sie fahren eine alte Römerstraße entlang und sehen sich plötzlich einem echten römischen Zenturio gegenüber – wie könnte er dahin gekommen sein? Könnte er jemals in seine eigene Zeit, zweitausend

Jahre von heute, zurückkehren? Was für eine Art Energie müßte man dazu verwenden?‹ Ein Physiker wüßte wohl zumindest, wo man Näheres erfahren konnte.

Aber Mary kannte keinen der Naturwissenschaftler persönlich. Ausgeschlossen, daß sie einen Fremden, der bis über beide Ohren in der Arbeit steckte, um einen solchen Gefallen bat, ohne ihn ins Vertrauen zu ziehen – ohne daß sie bewies, daß es keineswegs ein Scherz war. Um dann auch noch darauf zu vertrauen, daß er mit Rücksicht auf Marcus' Wohlergehen Stillschweigen bewahrte ...

»Liebenswürdig, aber voller Willenskraft – seist du«, sagte Tom. »Eine starke Frau!«

Mary grinste. »Kein weiblicher Softie.«

Doch für *Seamus* war sie möglicherweise genau das – ein Dusselchen, das man mit irgendeinem Schauermärchen aus der Fassung bringen konnte. Sie mußte es Tom endlich erzählen. Gleich jetzt? Seit Marcus hier war und sich alles nur um ihn drehte, war der Alptraum ausgeblieben. Gab sie ihm nicht neue Nahrung, indem sie Seamus' Geschichte nun vor Tom ausbreitete?

Das Rateteam im Radio, lauter Berühmtheiten, war dazu übergegangen, anderen Berühmtheiten Zitate in den Mund zu legen. Die Bedingung: unpassend mußten sie sein, grotesk – das Gegenteil von dem, was man erwartete.

»Oliver Reed?«

»Der Tag geht, Johnnie Walker kommt –« Das Publikum im Studio fand es zum Brüllen komisch.

»Tom«, begann Mary, »nach dem Essen –«

Das war der Augenblick, da eine Männerstimme – im Radio! – laut und vernehmlich lateinisch sprach.

»Forrest Gump?« hatte jemand vorgeschlagen.

Und als Antwort, in breitem texanischem Dialekt, kam: »*Wie mein Daddy zu sagen pflegte: Parcere subiectis et debellare superbos.*«

Für einen Augenblick verständnislose Stille – doch dann um so mehr hoho! und haha! Was für ein Spaß – und wie gut der Dialekt getroffen war! Und schon ging es weiter auf der Jagd zum nächsten Lacher.

Marcus war wie elektrisiert. »*Aeneis!*« rief er aus.

»Ist's möglich?« sagte Tom, »Vergil in Radio Vier!«

»Was heißt das, Tom?«

»Es ist ein Rat des Anchises an seinen Sohn Aeneas, den Vergil auch als politische Maxime verstanden wissen wollte – den Römern anempfohlen: ›Schone die Unterworfenen und bekriege die Hochmütigen.‹«

Marcus begann, an Tom gewendet, einen langen lateinischen Monolog.

Auch ein rechtschaffener Mann konnte gezwungen sein, unmenschliche Dinge zu tun. In Judäa, da hatte er sich beweisen müssen – Schwäche durfte er nicht zeigen. Als er schließlich Zenturio war, mußte er dafür sorgen, daß seine Männer ihn respektierten. Daß sie ihn fürchteten, unter Umständen, und manchmal auch haßten.

In der Schlacht gegen Boudicca standen wir Römer mit dem Rücken gegen die Wand. Es hieß: Töten oder getötet werden. Danach: weiter töten, als eine Lektion – weil die Unterworfenen keine Unterworfenen mehr hatten sein wollen. Wären wir Römer getötet worden, dann hätte Rom Britannien verloren. Und in Britannien wären Recht und Ordnung abhanden gekommen, und jenes bißchen Zivilisation. Darum hieben und stachen wir, Stunde um Stunde, mit unseren Schwertern, von denen das Blut tropfte.

Marcus hatte schon immer Isis verehrt – wie auch den Kaiser, natürlich. Isis war, in einer ihrer Gestalten, die Göttin des Krieges, doch gab es auch eine huldvolle und gütige Seite an ihr. Mithras dagegen, das war nichts für Marcus – ein Männerkult, eine Selbstbeweihräucherung der Männlichkeit, obwohl das für Soldaten nicht unangebracht war. Aber diese Einführungsriten mit Feuer und Eis, während man in einer Grube eingeschlossen war – nein ... Während der ersten Jahre seines Militärdienstes hatte ihm Isis geholfen, das Heimweh nach Rom zu ertragen. Jetzt, da er in eine andere Welt eingegangen war – wie es Isis ihren getreuen Dienern verhieß –, betete er noch immer zu ihr. Jeden Abend tat er das.

Isis versprach ein Leben nach dem Tod, neues Leben in einer besseren Welt. Er war nicht gestorben, bevor er in diese Welt hier gekommen war – es sei denn, er hätte es gar nicht bemerkt. Der blinde Zufall, und nicht Isis, war wohl die Ursache seiner Entrückung hierher – der blinde Zufall, der auch Pompeji zum Verhängnis geworden war, wie er es auf jenen Bildern gesehen hatte. Nichts war mächtiger als der Zufall in dieser Welt. Kein menschliches Wesen konnte erahnen, wohin der Zufall es lenkte. Was konnte man anderes tun, als sein Los tapfer zu ertragen, damit man nicht zum Spielball von Fortunas Launen wurde.

»Es wäre nicht allzu verwunderlich«, sagte Mary, »wenn ihm die Geschichte der letzten zweitausend Jahre als eine Aneinanderreihung dummer Zufälle erschiene. Aber ist es nicht ein Wunder, daß es ihn gerade zu uns verschlagen hat, an ein sicheres Plätzchen? ... Und weißt du was? Von Minute zu Minute wird mir mehr bewußt – und ich weiß nicht, ob es ein angenehmes oder eher bedrückendes Gefühl ist –, was *Zeit* bedeutet, die Zeit, in der man lebt. Andere Menschen, zu anderen Zeiten, empfinden die ihre nicht weniger real als wir die unsere. Was für uns nur Fußnoten in Geschichtsbüchern sind, betraf ganz unmittelbar das Leben jener Menschen, war der Stoff ihrer Träume, Anlaß für Hoffnungen und Ängste. Und wenn man das begriffen hat, beginnt man erst richtig zu leben. Und das verdanke ich Marcus ...«

Ihre Augen waren feucht geworden. Obwohl Marcus sich nach Kräften bemühte, verstand er kein einziges Wort.

»Heute in fünfzig Jahren, Tom, bin ich tot. Aber das hier, das ist das Leben. Oft nehmen wir das gar nicht wahr, deshalb verschwenden wir unsere Zeit. Wir sind wie Schlafwandler. Aber Marcus ist aufgewacht, und nun hat er auch uns aufgeweckt. Er ist nicht allein!«

Kannte sie nicht ein paar lateinische Wörter? Wenn sie ihr Französisch zu Hilfe nahm, ging es vielleicht ...

»Tu ... non solus«, sagte sie zu Marcus.

»Das war fast perfekt!« sagte Tom. *»Tu es non solus.«*

Marcus streckte die Hand nach ihr aus, aber dann sah er Tom an und zögerte.

»Carpe diem«, sagte Tom. »Genieße den Tag. In fünfzig Jahren wird das Klima wohl endgültig im Eimer sein, und die Welt wird hungern.«

»Ach, wir übertreiben doch immer, was die Probleme von morgen angeht! Und weißt du auch, warum? Weil wir das, was jetzt ist, um jeden Preis bewahren wollen, weil es uns so noch kostbarer erscheint. Die Zeit macht alles zunichte – aber die Menschen geben nie auf. So schlecht, wie manche glauben, kann die Zukunft gar nicht sein!« Sie mußte lachen. »Ist das nicht genau das, was man von einer Irin zu hören erwartet?«

Dieser Seamus wollte, daß sie mit wilden Verdächtigungen auf sich aufmerksam machte, daß sie einen Kreuzzug begann ohne Rücksicht auf Verluste – und blieb am Ende nicht immer etwas hängen? Und wenn die Regierung erst einmal dementierte, ganz offiziell ...

»Du hast doch nicht etwa vor, den Rest der Welt an Marcus teilhaben zu lassen, oder? Du wirst doch nicht die Katze aus dem Sack lassen wollen!?«

Sie zuckte die Achseln. »Wie ich höre, versucht Marcus uns zu sagen, daß er im Grunde nie ein gewalttätiger Mensch war. Es waren die Umstände ... Wird er uns auch etwas über Corellia erzählen?«

Vorsichtig kam Tom auf das Thema zu sprechen.

Marcus begann zu zittern. Aber bald hatte die Disziplin des Soldaten gesiegt, und die Antwort kam, mit gepreßter Stimme, so mechanisch, als würde er einem Vorgesetzten Meldung machen.

»Diesen lateinischen Namen hat *er* ihr gegeben«, übersetzte Tom. »Sie lebte außerhalb des Militärlagers. Er hat sie für immer verloren.«

»Hatten sie Kinder?«

Wieder dieses mechanische, jedem Gefühl trotzende Sprechen. Auch das Zuhören schmerzte.

»Ein Mädchen, sechs Jahre alt. Die kleine Fulvia. Wenn die Rebellen gesiegt hatten, dann waren beide jetzt tot. Die Köpfe abgeschlagen, oder lebendig verbrannt. Corellia und Fulvia sind Staub, sagt er.«

Aber so viel hatte sie schon aus Marcus' Blick lesen können.

»*Tu es non solus*«, sagte sie noch einmal.

45

Als es dunkel geworden war, gingen sie in den Garten hinaus.

Feuerdorn und Clematis hatten den Zaun überwuchert. Ansonsten gab es hinter dem Haus nur Rasen. Die Sterne am Himmel leuchteten sicher schwächer als zu Marcus' Zeit, das lag an der Luftverschmutzung und dem Streulicht der vielen Städte. Doch von der Stelle bewegt hatten sie sich seither wohl kaum – oder kaum nennenswert.

Den Blick zu den Sternen gerichtet, sagte Marcus leise:

»*Describent radios et surgentia sidera dicent:*
Tu regere imperio populos, Romane, memento ...«

»Hat er eben Radio gesagt?« fragte Mary verblüfft.

»Nicht doch. Das ist Vergil, ein bißchen mehr von dem, was wir in Radio Vier gehört haben. Es bedeutet: Andere Völker mögen zeigen, wie sich die Gestirne am Himmel bewegen – die Griechen mit ihrer Wissenschaft oder die Babylonier, nehme ich mal an. Doch die aufgehenden Sterne selbst sagen: Römer, an euch ist es, andere zu beherrschen. Das ist staatstragende Poesie, Mary – die römische Version von *Rule Britannia.*«

»Richtig. Poesie ist der Schlüssel für den wirkungsvollen Auftritt. Mit Poesie erreicht man die Herzen, mit Poesie manipuliert man. Aber ich habe eher den Eindruck, daß er mir zeigen möchte, daß auch ein Zenturio eine Seele hat.«

Sie zeigte zum Himmel.

»Sag ihm, daß wir heute wissen, daß das Licht für die Reise von den Sternen hierher Hunderte und Tausende von Jahren braucht – weil sie so weit entfernt sind und in Wirklichkeit ebenso groß sind wie die Sonne, oder noch größer. Und deshalb scheinen sie auch stillzustehen. Vielleicht hat sich das Licht von einem dieser blinkenden Punkte in jenem Jahr auf den Weg gemacht, als Boadicea rebellierte – eine Brücke über die Jahrtausende ... Ach, Tom, laß es lieber – das ist Geschwätz und verwirrt ihn nur.«

»Für meine Ohren klingt es wie ein Gedicht. Ein Gedicht von dir – nur für ihn.«

Tu es non solus. Du bist nicht allein.

46

»Da haben wir also einen Typ, der Latein spricht«, sagte Harry Bell, der auf dem Rücksitz des Mondeo saß, »und diesen Tom Ryan mit seinem Übersetzungsbüro, richtig? Könnte es nicht sein, daß der Typ ansonsten nur – sagen wir mal – Litauisch spricht? Dann bräuchte er doch jemanden wie Ryan als sein Kindermädchen – oder, Barney?« Dafür, daß es halb acht war an einem Samstagmorgen, war auf der Autobahn ganz schön was los. Angie in dem kleinen Lieferwagen mit der Aufschrift ›Expreß-Kurierdienst‹ hielt sich gut; sie folgte ihnen, die ganze Strecke schon, in einigem Abstand und achtete darauf, daß immer ein paar Autos zwischen ihr und dem Mondeo waren. An diesem Wochenende hatte Adam Dienst im Büro von Eye & Ear. Sie waren jetzt an der Ausfahrt Luton – fünfzehn Minuten noch bis Milton Keynes.

»Ach, Tinker ... Als ob es ein Problem wäre, einen Dolmetscher für Litauisch zu finden!«

»Nur mal als Beispiel.«

Barney hatte Harry ›Tinker Bell‹ nichts von Charley Turpins Abstecher nach Milton Keynes, zum Eisvogelweg, gesagt. Kein Wort mehr als unbedingt nötig, war seine Devise – nicht die schlechteste in diesem Geschäft. Gestern morgen war das gewesen, und Charley sollte vorgeben, daß man eine Umfrage machte betreffs Küchenausstattung. Eigentlich hatte er auch nicht vor, Tinker etwas von dem Latein zu erzählen, aber da die Sache so nebulös und rätselhaft war ...

Vergeblich hatte Charley bei den Ryans geklingelt, obwohl jemand zu sehen war, trotz der neuen Gardinen vor dem Fenster. Ein Mann an einem Computer. Charley hatte einen Prospekt voll wunderschöner neuer Küchen in den Briefkasten gesteckt – das war's auch schon. Die Frau im Nachbarhaus, immerhin, die hatte sich ihr Gratis-Geschirrtuch redlich verdient.

Gleich hatte Barney bei der Open University angerufen, Besucherzentrum und Presseabteilung – aber niemand wußte etwas von einer rumänischen Delegation: ›Tut uns leid, aber das muß ein Mißverständnis sein.‹

»Wollte dir nur helfen, ein kleines bißchen«, sagte Harry, »kleine Leute, kleine Hilfe.« Er kicherte.

Barney hätte am liebsten aufgestöhnt. Wie oft hatte er solche und ähnliche Witzeleien schon anhören müssen, mit denen Tinker auf seine Kleinwüchsigkeit anspielte. Kleine Leute, kleines dies, kleines das, hahaha.

Als hätte man ein ewig plapperndes, quengelndes Kleinkind auf dem Rücksitz. Ein Kind, ja – das würden die Leute bei einem flüchtigen Blick auf das vorbeifahrende Auto hoffentlich glauben. Wenn Harry Bell auf dem Beifahrersitz säße, könnte vielleicht jemand auf die Idee kommen, daß man es mit einem Zwerg zu tun hatte. So etwas haftete im Gedächtnis – das mußte nicht sein.

Man konnte es dem Kleinen nicht verübeln, daß er die Klappe nicht halten konnte – bei dem, was ihn vielleicht erwartete: endlose Stunden im Kofferraum eingepfercht, allein, keine Möglichkeit, seinen Posten zu verlassen. Vielleicht dauerte es heute nicht so lange, doch war er wie üblich ausgerüstet mit Sandwichs, einer Thermosflasche mit eisgekühlter Limonade – falls ihm zu heiß wurde – und Kondomen, falls er pinkeln mußte. Ein Trick, den die SAS-Leute bei ihren Observierungen anwandten.

Aber heute würde er wohl kaum etwas davon brauchen. Den Kreditkartenabrechungen der Ryans konnte man entnehmen, daß sie am Samstagvormittag gern einkaufen gingen, im großen Einkaufszentrum von Milton Keynes. Ein Glück, daß sich heutzutage Kontoauszüge und Telefonrechnungen an Detailfreudigkeit förmlich überboten: Barney wußte selbst den Tag und die Uhrzeit, an der Mary Ryan ihre Tüllgardinen gekauft hatte. Natürlich, weil sie etwas zu verbergen hatten – was sonst! Bruder und Schwester waren am Samstagvormittag also aus dem Haus – aber würden sie ihren ›Rumänen‹ mitnehmen? Oder würde er – der Nachbarin sei Dank! – seine gewohnte Joggingrunde absolvieren?

»Soll ich dir einen Witz erzählen, Tinker? *Die Ryans haben sich Gardinen gekauft*!«

Ein Lachen, als säße ein Ziegenbock auf dem Rücksitz.

»Es geht eben nichts über eine intakte Privatsphäre!«

Ja, ja. Die Leute glauben immer, daß keiner guckt. Dabei tauchte man schon bei einem Gang durch die Innenstädte ständig auf irgendeinem Fernsehmonitor auf. In zehn Jahren oder so würde die Überwachung nahtlos sein, bei jedem Schritt, den man machte. Kameras in allen Straßen – vielleicht auch an jedem Haus, wenn die Leute so ruhiger schlafen konnten.

Ganz zu schweigen von jenen unbemannten kleinen Flugzeugen, die in fünfzehntausend Meter Höhe kreisten – vollgepackt mit hochauflösender Optik und Wärmebildkameras. Lange würde es nicht mehr dauern, bis diese Dinger flogen. Oder private Spionagesatelliten in geostationärer Umlaufbahn, die noch aus dieser Höhe Autos glasklar photographieren, vielleicht sogar in die Fenster der Häuser spähen konnten. Eine Frage der Zeit. Darüber, daß man sich einst mittels Adresse und Autokennzeichen an Kreditkartenabrechnungen und Personalakten oder ähnliches herangemacht hatte, würde man nur noch lächeln.

Das hieß nicht, daß diese vorsintflutlichen Methoden Barney nicht eine schöne Stange Geld kosteten. Geld für Charley und Tinker, Geld für die Kreditkartenschnüffelei und so weiter.

Und es war auch nicht ohne Risiko, in eine Wohnung einzudringen und Wanzen zu installieren. Was nicht heißen sollte, daß er es nicht schon oft genug getan hatte.

Die Hypnose-Theorie hatte Barney inzwischen abgeschrieben, aber damit wurde die Sache nur um so aufregender. Warum erzählte ein auf den ersten Blick ganz gewöhnliches Pärchen aus Ulster Lügen über seinen Gast? Ein Gast, der immer nur Latein sprach, der mit ziemlicher Sicherheit *kein* Rumäne war, der am Computer arbeitete, der mit einem Schwert herumfuchtelte, als wolle er es tatsächlich gebrauchen?

Das hatte mit Sprachunterricht genausowenig zu tun wie mit irgendeiner abstrusen Amateur-Psychotherapie, da war sich Barney sicher. Die Fakten paßten einfach nicht zusammen. Und wenn Barney erst einmal neugierig geworden war ... Wenn ich einen Buckel hätte, dachte er, dann würde er jetzt ganz gewaltig jucken.

Sollten die Ryans und ihr Gast an diesem Morgen aber nicht ausgehen – auch nicht schlimm. Dann würde man es mit dem Telefontrick versuchen: Eine Störung in der Leitung war rasch arrangiert – und schon stand der Servicetechniker vor der Tür. Eine Wanze im Hörer montiert – fertig. Obwohl Barney sich über die Vorgänge im Haus der Ryans doch gern ausführlicher informiert hätte.

47

Vor Mutters Haus trafen sie alle zusammen: der Mondeo, der Lieferwagen, Charley mit dem Motorrad. Daß Mutters Haus innerhalb der Reichweite der Wanzen lag, vereinfachte die Sache. Sie mußten den Lieferwagen nicht irgendwo am Straßenrand parken, mußten nicht hin und wieder den Platz wechseln – nur, damit es nicht auffiel.

Als Barney Mutter angerufen hatte – was für eine Überraschung! –, war sie hocherfreut gewesen. Natürlich könne er seine Geräte aufstellen, und wie schön, daß er das Wochenende über bleiben wolle! Sie wußte, wie wichtig seine Arbeit war – und daß ihre Cynthia ganz gut davon lebte. Obwohl ihre Vorstellungen von dem, was Eye & Ear im einzelnen machte, doch etwas vage waren. Skandalöse Machenschaften an der Open University? Du meinst doch nicht etwa Drogen? Sollte man nicht die Polizei einschalten? ... Immer sachte, Mutter. Sie verstand. Schon manchen Skandal hatte Barney aufgedeckt, doch ging es ihm sicher nicht darum, sich ins Rampenlicht zu drängen – anders als gewissen Fernsehleuten, die so zum Star geworden waren. Er tat es in der Überzeugung, daß Politiker und überhaupt Menschen in verantwortlichen Positionen, wenn sie schlechtes Beispiel gaben, bloßgestellt werden mußten. Die Polizei, die konnte dabei nur hinderlich sein.

Die Häuser in diesem Viertel leuchteten in bunten Farben: Gelbe und orangefarbene Ziegel, rotgedeckte Dächer. Ein Hafenstädtchen am Mittelmeer – das war es wohl, was den Stadtplanern so durch den Kopf gegangen war. Vor den Häusern Terrassen mit blühenden Sträuchern und Büschen, umzäunte Gärten auf der Rückseite.

Mutter hatte nicht vergessen, daß sie das Tor der – leeren – Garage offenlassen sollte. Barney fuhr rückwärts hinein – eine halbe Wagenlänge weit –, damit Tinker ungesehen in den Kofferraum umsteigen konnte.

Ein Mondeo ist kein sonderlich auffälliges Auto und hat überdies den Vorzug, daß das hintere Nummernschild nicht plan montiert, sondern in eine kleine Nische eingelassen ist. Als man beim MI5 auf die Idee mit den durchsichtigen Nummerschildern kam, da hatte Barney auch eines haben müssen. Kein Problem, Steve Potts besorgte es für einige hundert Pfund. Nach Herzenslust konnte man so aus dem Kofferraum eines scheinbar leeren Wagens heraus beobachten und Videoaufnahmen machen. Und wer paßte besser in einen Kofferraum als ein Zwerg?

Gerade als Angie und Charley die Empfänger für die Wanzen aus dem Lieferwagen holten, öffnete Mutter die Haustür.

»Einen wunderschönen guten Morgen!« All ihren Charme versprühte sie an die junge Schwarze mit der Brille und den Rasta-Löckchen und diesen sommersprossigen Ex-Fallschirmjäger in der Ledermontur.

»Sie haben doch sicher Zeit für ein Täßchen Kaffee, nicht wahr? ... Hallooo, Barney!« rief sie zu ihm herüber. »Ihr kommt gerade recht, der Kaffee ist gleich fertig.«

»Mutter, wir dürfen jetzt keine Zeit verlieren.«

Angie sagte: »Ich würde aber liebend gern ihr Klo benutzen, Mrs. Tate, wenn ich darf?« Das war es nämlich, worauf es jetzt ankam: eine leere Blase. Und nicht auch noch Kaffee ... »Vielleicht klappt es, wenn wir zurück sind?«

Um die vier Empfangsgeräte klarzumachen, würden sie nicht mehr als zehn Minuten brauchen, höchstens.

48

Wer sich in eine fremde Wohnung einschleichen möchte, ohne entdeckt zu werden, der sollte tunlichst über *eines* im Bilde sein, nämlich: wo sich die Bewohner gerade aufhalten. Charleys Aufgabe war es, den Ryans mit dem Motorrad zu folgen – vorausgesetzt, sie gingen tatsächlich einkaufen. Charley, Angie und Barney und selbst Tinker im Kofferraum hatten Funkgeräte bei sich, die auf eine gemeinsame Frequenz eingestellt waren.

Einen Jogger über mehrere Meilen verfolgen zu wollen – einmal angenommen, daß der ›Rumäne‹ seine gewohnte Morgenrunde dem Einkaufen vorzog –, war allerdings keine gute Idee. Man müßte eben darauf vertrauen, daß er wirklich eine halbe Stunde unterwegs war, wie die Nachbarin behauptete (»Sicher einer dieser Marathonläufer, nicht? Die mit den sechsundzwanzig Meilen?«).

Gute hundert Meter vom Haus der Ryans entfernt parkte Barney den Mondeo an der Bordsteinkante, aber etwas schräg, damit man vom Heck aus die Straße übersehen konnte. Unmittelbar dahinter war eine Grundstücksausfahrt, so daß man nicht befürchten mußte, daß ein anderes parkendes Auto Tinker die Sicht verstellte. Nicht einmal spielende Kinder waren zu sehen.

Er stieg aus und ging die Straße hinunter; als er um die nächste Ecke gebogen war, kam auch schon der Lieferwagen angefahren. Er sprang hinein.

Angie fuhr eine halbe Meile und hielt dann vor einer samstäglich verwaisten Schule. Barney tauschte sein Tweedjackett gegen einen blauen Anorak mit dem schönen Aufdruck: *Expreß-Kurierdienst*. Er funkte Tinker und Charley an, um den Empfang zu testen. Angie las einen Krimi, während sie warteten. Barney vertrieb sich die Zeit, indem er auf seinem Notebook die Buchhaltung von Eye & Ear auf den neuesten Stand brachte.

49

Das Gartentor der Ryans war nicht verriegelt. Barney schloß es hinter sich und trug das Paket zur Rückseite des Hauses. Schön, so ein vor fremden Blicken geschützter Garten mit Zaun und Hecken nach allen Seiten.

An der Hintertür ein Standardsicherheitsschloß mit fünf Stiften. Kein Schlüssel, der von innen steckte – ein Hoch auf die Versicherungen und ihre pingeligen Vorschriften!

Immerhin, es zeigte sich von Barneys Routine zunächst kein bißchen beeindruckt – fast eine Minute brauchte er, bis es offen war. In die Küche ... ein rascher Gang durch die Räume im Erdgeschoß, um das Terrain zu sondieren. Phantastisch! Der Computer des ›Rumänen‹ im Wohnzimmer und der Monitor waren mit einem 13-Ampere-Zwillingsstecker angeschlossen. Ebenso der Computer in diesem Arbeits- und Gästezimmer nebenan. Barney sah auch einen Helm, wie ihn die Als-ob-Römer am letzten Wochenende getragen hatten, und noch andere Legionärsutensilien dazu.

Einen Augenblick lang kam er sich ziemlich blöd vor. Ging es vielleicht um nichts anderes als einen Streit unter diesen Römer-Darstellern? Eine Privatfehde zwischen Marcus und jener Gruppe in Woburn? Denkbar, daß man ihn, wegen Aufsässigkeit etwa, aus seiner Kohorte ausgeschlossen hatte ... Nein, das konnte nicht die Erklärung sein, denn Marcus hatte brav gewartet, bis die Aufführung zu Ende war, und keiner der anderen schien ihn zu kennen. Er war ihnen völlig fremd gewesen.

Schluß damit – er war nicht hier, um das Haus nach Indizien für dies oder das zu durchsuchen.

Zurück in die Küche. Ein Griff in das Paket, und schon hatte er zwei äußerlich identische, voll funktionsfähige Zwillingsstecker in Händen. Drinnen steckte je einer dieser Winzlinge, die eine Kombination aus Mikrophon, sprachaktiviertem Verstärker und UKW-Sender waren. Im Handumdrehen waren die Stecker in Wohn- und Arbeitszimmer ausgetauscht. Siebenhundertfünfzig Pfund kostete so ein Wanzen-Stecker. Er würde sie irgendwann einmal wieder einsammeln müssen.

Zurück in die Küche. Keine Adapterstecker hier, zu schade. Gerade über der Fußleiste eine Doppelsteckdose für den Staubsauger und so. Barney geriet ins Schwitzen. Eine Steckdose dieses Typs hatte er in seinem Paket, und auf die Küche wollte er keinesfalls verzichten, damit das untere Geschoß komplett versorgt war. Aber das Auswechseln dauerte eine Weile, und er mußte die Sicherung herausdrehen – und das brachte alle elektrischen Uhren und Timer zum Stehen.

Herd und Mikrowelle waren ganz schön in die Jahre gekommen; eingebaute Uhren, die nur mit einigem Zeitaufwand wieder zu stellen waren, gab es an beiden nicht.

Die Zeit ... Weil die Ryans ihren ›Rumänen‹ doch tatsächlich mit zum Einkaufen genommen hatten, war Barney eigentlich nicht unter Druck. Aber sooft er auch schon in fremde Wohnungen eingedrungen war – er hatte stets eine höllische Angst, dabei gestört zu werden.

Gemach, gemach, mein Junge – jetzt keinen Fehler machen. Und Punkt für Punkt durchgehen, worauf zu achten ist.

Er steckte kurz die Nase aus der Küchentür, um sich zu vergewissern, ob auch niemand vor dem großen Fenster stand und durch die Gardinen spähte. Gardinen, die hatten auch ihre Vorteile. Dann huschte er noch einmal in das Gäste- und Arbeitszimmer: Die Uhr an der Wand – batteriebetrieben. Der Videorecorder im Wohnzimmer – entweder speicherte er seine Einstellungen bei Stromausfall oder auch nicht, mal sehen. Er sauste die Treppe hinauf. Erstes Schlafzimmer – gehörte dem Brüderchen, Batteriewecker am Bett. Ein zweites Arbeitszimmer, diesmal ohne Bett: der Computer ausgeschaltet, anderes elektrisches Gerät war nicht zu sehen. Das Schlafzimmer einer Frau – Teemaschine am Bett? Nein, nur eine weitere Batterieuhr.

Wieder unten in der Küche öffnete er einen Schrank und hatte auch schon den Sicherungskasten gefunden. Er legte den Hauptschalter um. Die Steckdose abschrauben, die Drähte lösen und neu anschließen. Das Ganze wieder schön an seinen Platz ... der Hauptschalter. Den Videorecorder überprüfen! Der Timer zeigte noch immer die richtige Zeit. Zwölf Minuten waren vergangen, seit er das Wohnzimmer das erste Mal betreten hatte. Ihm kam es vor wie ein halbe Stunde. Nicht übel ... Ein bißchen lange für einen Paketzusteller, der ratlos vor verschlossenen Türen steht – aber so weit er das beurteilen konnte, hatte niemand ihn kommen sehen. Angie hinterm Lenkrad des Lieferwagens würde vor einer Kladde sitzen und stirnrunzelnd mit einem nichtexistierenden Disponenten telefonieren, der einfach nicht zu Potte kam.

Wie wäre es mit ein paar Wanzen im Obergeschoß? Nein, um Sex ging es hier nicht.

Jetzt nichts wie weg.

Die Tür wieder verschließen, dann ums Haus herum zum Gartentor.

Er nahm das Funkgerät. »Angie, ist die Luft rein?«

»Positiv«, sagte sie.

Er ging zurück zum Lieferwagen.

Angie fuhr ihn zu der Stelle, wo er eingestiegen war.

Den Anorak gegen das Jackett tauschen. Die Sonnenbrille wieder aufsetzen. Rasch zum Mondeo gehen und mit Tinker im Kofferraum davonfahren.

50

Mutter schmollte. »Aber Barney, dieses nette schwarze Mädchen hätte doch so gern einen Kaffee getrunken!«

»Tut mir leid, aber sie mußten auf schnellstem Weg zurück nach London.«

Tinker war auf einem einsamen und beidseits von dichten Hecken abgeschirmten Stück Landstraße in den Lieferwagen umgestiegen. Und Charley, der den grünen Rover der Ryans bis zum Parkplatz vor dem Einkaufszentrum verfolgt und mit Argusaugen bewacht hatte, war in diesem Augenblick wohl schon zu Hause – wenn er nicht beschlossen hatte, im nächsten Pub das erste Bierchen dieses Tages zu trinken. Da er nun mal da war, denn Kneipen gab es am Einkaufszentrum genug.

»Hat diese Sache etwas mit dem zu tun, was du letztes Wochenende in Woburn gesehen hast? Als du so plötzlich verschwinden mußtest, meine ich?«

»Irgendwie schon«, sagte Barney.

»Hast du gesehen, wie jemand Drogen verkauft hat?«

»Das würde ich lieber für mich behalten, Mutter.«

»Das kann ich gut verstehen! ... Aber ich würde bestimmt mit niemandem darüber reden.«

»Es ist mir unangenehm, Mutter. Könnte gut sein, daß die Geschichte im Sande verläuft.«

Immerhin, wenn man die Überwachung über das Wochenende hinaus fortsetzen mußte, dann war man auf Mutters Hilfe angewiesen: Man brauchte jemanden, der die Tonbänder wechselte. Nach einem Schwätzchen bei einer Tasse Kaffee, über die Jungen und so, sauste Barney nach oben in das Zimmer, das sich Kev und Peter geteilt hatten. Keines der drei Tonbandgeräte hatte sich in der Zwischenzeit eingeschaltet, die Ryans und ihr Gast waren also noch nicht nach Hause gekommen. Barney blieb eine Weile auf dem Doppelbett sitzen; er sah die Jungen vor sich, wie sie rangelten und sich gegenseitig den Platz streitig machten unter viel ›autsch!‹ und ›hör-auf-du!‹, bis sie endlich müde geworden und eingeschlafen waren.

51

Ein (jetzt nicht mehr) freilaufendes Huhn briet, mit Kräutersauce bepinselt, im Backofen. Fischsauce würde es heute nicht geben, ganz bestimmt nicht. Frisch eingefroren, frisch aufgetaut, dieses Huhn – frischer ging es nicht, doch hatte Mary alle Mühe, ihm ein wenig Bratensaft abzuringen. Tom saß mit Marcus währenddessen im Wohnzimmer.

Mary schien zunehmend Gefallen an Marcus'

Gesellschaft zu finden – das ließ sich nicht leugnen. Und daß Marcus zunehmend Gefallen an Mary fand, ebensowenig. Verständlich genug war es, unter diesen Umständen! Und wie leicht konnte ein Mensch in seiner Lage Freundlichkeit mit Freundschaft und Zuneigung verwechseln ... Es war, auf Marys Seite, aber nicht nur das Bedürfnis, ihn zu bemuttern – oder ›beschwestern‹, wenn man so sagen konnte, denn beide waren ja im selben Alter. Da war auch echtes Mitgefühl, ein Mit-Leiden, und außerdem Respekt vor diesem Menschen, der tapfer sein Schicksal trug. Und ein bißchen Neugierde dazu.

Sollte man, *mußte* man Marys Gefühle – wenn auch mit aller Vorsicht – etwa schon im Keim ersticken? Ganz so, wie Tom seine Gefühle für Eeva, diese Finnin, unterdrückt hatte?

Mary war sehr viel verletzlicher, als man auf den ersten Blick vermutet hätte, doch mußte Tom nicht immer und zur Unzeit den großen Bruder und Beschützer spielen wollen.

Und wo würde das alles hinführen? Daß sie Marcus, fernab den Übeln dieser Welt, einen sicheren Unterschlupf gewährten, bedeutete letztlich nur einen Aufschub ... *wofür und wovor*? Vor dem Tag, an dem Millionen Menschen einen Römer begafften, der auf geheimnisvolle Weise durch die Zeit geschleudert worden war? Vielleicht sprach er bis dahin schon ganz passabel Englisch, so daß man keinen Menschen mehr von seiner Echtheit würde überzeugen können.

Mitnichten! Wo denkst du hin, Tom Ryan ... Mochte eine Geschichte auch noch so weit hergeholt, noch so absurd sein – dem Medienspektakel tat das keinen Abbruch. Wie viele Leute glaubten heutzutage nicht an Ufos und diesen X-Akten-Schund in allen Spielarten – und war das nicht im alten Rom ganz ähnlich, wo jeder neuentdeckte – oder auch nur erfundene – orientalische Mysterienkult sogleich Scharen von Anhängern fand? Mochten ein paar nüchterne Denker Spott und Häme ausgießen, soviel sie wollten, gegen die Scharen der Gläubigen würden sie wenig ausrichten. Man würde Marcus seiner ersten ›Pflegefamilie‹ entreißen, die Medien würden ihn unter ihre Fittiche nehmen und auf die Höhen des Ruhms und Erfolgs tragen. Bis er überschnappte oder zu einem wichtigtuerischen Guru wurde oder was auch immer.

»Fiel es dir schwer, dich an das Soldatenleben zu gewöhnen?« fragte ihn Tom, auf Latein natürlich.

52

Natürlich fiel es ihm schwer. Und der Dienst in Judäa – gerade in Judäa – war schwer, auch wenn die Kameraden Italer waren wie er. Ein Jahr vor Marcus' Ankunft hatte Prokurator Pontius Pilatus endlich erreicht, daß man ihm auch Truppen aus dem römischen Kernland überließ, die Zweite Italische Kohorte. Ansonsten gab es nur Hilfstruppen – Freiwillige aus den Nachbarländern, die sich nicht immer freudig der römischen Herrschaft unterworfen hatten. Auf Italer war einfach mehr Verlaß.

Die Juden waren und blieben störrisch. Nie würden sie sich fügen, diese Rauschebärte mit ihren kleinlichen Vorurteilen gegen jede vernünftige Staatsordnung. Innerhalb von Minuten konnte sich, wo man zuvor zwei, drei Männer sah, eine gefährliche aufrührerische Meute zusammengerottet haben – mochte der

Anlaß auch noch so nichtig sein. *Wir sterben eher, als daß wir euch das Bild eures Kaisers aufstellen lassen!* Dann diese Banden heimtückischer Mörder mit Messern unter ihren Gewändern, die die ländlichen Gegenden unsicher machten, Zeloten nannten sie sich.

Warum hörten die Juden denn nicht auf ihren eigenen Hohenpriester, der den Römern durchaus wohlgesinnt war? Nein, sie mußten sich um jeden hergelaufenen Zimmermann oder Leineweber scharen, wenn er sich nur ›Rabbi‹ nannte. Rabbi, das war ihr Wort für einen Prediger oder Kenner ihrer heiligen Bücher.

Caesarea allerdings, an der Küste gelegen, war ein Gedicht. Caesarea war eine griechische Stadt. Und Herodes, dem Wesen nach selbst ein halber Grieche, hatte ein Vermögen ausgegeben, um sie zu dem zu machen, was sie nun war: ein kleines Rom oder auch Athen, ganz nach Belieben. Riesige Säulen überall, überlebensgroße Statuen, Theater, Regierungspaläste, Tempel – darunter ein Parthenon, kaum kleiner als das Original ... Alles aus weißem Stein – in Stein sichtbar gemachte Kultur. Ein wichtiger, geschäftiger Hafen. Weil die Griechen die Juden verabscheuten, mußte der Prokurator jeden Vorschlag der Stadtoberen mit doppelter Sorgfalt prüfen, ob er auch nicht die Beziehungen zu den Juden belastete. Die Griechen hätten es vorgezogen, unmittelbar von Rom regiert zu werden, was ihre Position noch gestärkt hätte.

Nicht, daß Pilatus etwa ein milder und nachsichtiger Mann gewesen wäre – er wurde seinem Namen gerecht, der bedeutete: mit dem Speer bewaffnet. Ganz schön gierig war er außerdem, dieser Mann, wenn auch von allen Seiten respektiert. Auf unnötige Gewalt konnte er deshalb verzichten. Gelassen und diszipliniert, so waren seine Reaktionen – meistens wenigstens. Als Marcus im Frühsommer nach Judäa kam, da war die Zweite Kohorte nach einigen Monaten Dienst in Jerusalem eben abgelöst worden. Im Herbst sollte sie wieder dorthin zurückkehren.

Als es auf den Herbst zuging, hatte Marcus sich endlich eingewöhnt, sich auch an das Marschieren gewöhnt. Und das war gut so, wenn einem ein Dreitagesmarsch nach Süden, ins Landesinnere, bevorstand.

Der Sommer in Caesarea war für die Männer eine Verschnaufpause gewesen – nicht nur willkommen, sondern geradezu notwendig nach dem aufreibenden Dienst in Jerusalem. Aber keine Zeit des Nichtstuns natürlich – Bau- und Wartungsarbeiten in der Stadt, Exerzieren und Übungen an den Waffen, einmal pro Monat ein ausgedehnter Marsch in voller Ausrüstung, in glühender Hitze. Nun wollte der Prokurator mit seinen Truppen in Jerusalem Präsenz zeigen, während dieses großen jüdischen Festes – eines von dreien –, das sie ›Laubhüttenfest‹ nannten. Dazu errichteten sie kleine Hütten und Lauben aus Reisig und Palmwedeln, um irgendeiner Sache zu gedenken. Die ganze Stadt würde vollgestopft sein mit Fremden, Pilgern von überallher – fast vierzehn Tage lang. Kein Wunder, daß es zu Unruhen kam, wenn in den staubigen, stinkenden Gassen jeder jedem auf die Füße trat.

Jerusalem, eine Stadt des grellen Lichts, das die Augen schmerzen ließ. Blendendweiß waren die kalkgetünchten Mauern, auf die unbarmherzig die Sonne aus einem ewig blauen Himmel brannte. Die bräunlichgrauen Hügel ringsum waren von Zelten bedeckt, zwei–, dreihundertmal tausend Pilger mochten es wohl sein, die nicht nur aus allen Gegenden Judäas, sondern auch aus Ägypten und anderen Ländern gekommen waren.

Es geschah, was geschehen mußte. Kaum daß die

Zweite Kohorte in ihr Quartier eingerückt war, kam auch schon die Meldung: Ein verrückter Rabbi besetze mit seiner Meute den jüdischen Tempel ... Dieser Mann nahm für sich in Anspruch, der Erretter der Juden zu sein – und die Römer, versprach er, würde er zum Teufel jagen. Es gab Berichte von Spionen, daß er im geheimen, auf einem Berggipfel, gekrönt worden sei – zu was auch immer. Anscheinend benötigte man ein heiliges Öl aus dem Tempel, um die Zeremonie zu vollenden. Mit Gewalt sollte es nun beschafft werden.

Nun unterlag der Tempel keineswegs der römischen Rechtsprechung, das hatte man den Juden überlassen.

Aber wenn es darum ging, Aufrührer beizeiten unschädlich zu machen – angesichts der Menschenmassen in der Stadt ...

Und was tat dieser verrückte Rabbi als nächstes? Felsenfest davon überzeugt, daß der allmächtige Gott der Juden vom Himmel steigen und die fremden Unterdrücker vernichten würde, zog er sich mit nur einer Handvoll seiner engsten Vertrauten in ein Tal außerhalb der Stadt zurück – nicht ohne dies die Behörden wissen zu lassen. Der Bote, der die Nachricht überbrachte, gab vor, ein Verräter dieses zukünftigen ›Königs‹ zu sein.

Natürlich erwarteten die Römer, daß ein Haufe bis an die Zähne bewaffneter Zeloten über sie herfallen würde, sobald sie sich dem Tal näherten. Darum war man mit einer halben Kohorte losmarschiert, fast dreihundert Legionäre in voller Rüstung.

Statt dessen fanden sie den Rabbi im Kreis seiner wenigen Getreuen, der betete und betete: daß sein Gott herabsteigen möge – jetzt! –, um die Feinde aufs Haupt zu schlagen, durch Erdbeben, Donnerkeile oder was auch immer. Er glaubte, das allein durch den Eifer seines Gebets bewirken zu können!

Es gab, wenn überhaupt, nur ein kurzes Gerangel, als die Römer ihn gefangennahmen. Und wie bescheiden er plötzlich war! Keine Spur von einem König, fromm wie ein Lamm ließ er sich hinwegführen.

Als der Rabbi im Gefängnis saß, hatte sich die Lage rasch wieder beruhigt. Natürlich hätte es auch in einer Katastrophe enden können. Ein andermal, als Marcus und seine Kameraden einen Fanatiker festnahmen, da waren die Messerstecher wie ein Dämonenheer auf sie losgegangen.

53

Tom hatte es die Sprache verschlagen. Nach einer Weile rief er:

»Mary – komm und hör dir das an!«

»Geht nicht, das Essen ist gerade fertig«, kam es aus der Küche.

»Was ist mit diesem Mann geschehen, nachdem ihr ihn ins Gefängnis geworfen habt?« wollte Tom wissen.

»Er wurde gekreuzigt, natürlich. Nachdem man ihn vor Gericht gestellt und abgeurteilt hat.«

»Und das war etwa eine Woche später …?«

Marcus war erstaunt.

»Nein, natürlich nicht. So ein Prozeß dauert seine Zeit. In diesem Fall immerhin an die sechs Monate; ich erinnere mich recht gut daran, denn der Prokurator blieb mit uns den ganzen Winter über in Jerusalem. Es konnte ja weitere Unruhen geben. Bis zum Frühlingsfest blieb er – das war ein günstiger Termin für die Hinrichtung, wenn man Aufsehen erregen wollte. Vielleicht ließen sich weitere Aufrührer so abschrecken ... Außerdem hätte eine rasche Vollstreckung seine Anhänger zu weiteren Taten ermutigen können. Wartete man aber, dann sank vielleicht ihr Mut – womöglich verloren sie sogar das Interesse an ihrem Rabbi.«

Etwas stimmte hier nicht, soviel stand fest.

»Wie hieß denn dieser Rabbi?«

Marcus dachte angestrengt nach: »Ich erinnere mich nicht.«

»Und in welchem Jahr war das?«

54

»Ich kann nicht mit einem Hühnerbraten auf dem Tisch über die Kreuzigung des Heilands reden!« protestierte Mary.

Marcus ließ es sich schmecken, doch ihr und Tom war der Appetit vergangen. Von Zeit zu Zeit bedachte Marcus die Köchin mit einem anerkennenden Lächeln.

»Herr im Himmel!« rief Mary aus. »Zuerst haben wir ihn nur für einen der Schlächter Boadiceas gehalten! Dabei ist er der Hauptmann, der Christus ans Kreuz genagelt hat ...«

»Nein, Mary – damals war er noch kein Zenturio; es war sein erstes Jahr in der Legion.«

»Komm mir nicht mit Haarspaltereien!«

Aus Marcus' Perspektive lag die Geschichte fast dreißig Jahre zurück. Ein kleiner Zwischenfall, nicht etwa ein leuchtendes Fanal. Nichts, was ihn übermäßig beeindruckt hatte. Als er zum ersten Mal seinen Dienst in Judäa erwähnt hatte, da hatten Tom und Mary – ganz schön dusselig – keine Sekunde lang an eine Komplikation wie diese gedacht. Boadicea, das lag doch viel näher.

»Der Todeskampf am Kreuz ...«, flüsterte Mary. Weder sie noch Tom durften sich zu Recht noch als Christen bezeichnen, doch was man mit der Muttermilch aufgesogen und eine Kindheit lang für wahr gehalten hatte, das konnte man nicht einfach abschütteln. »... von Gott und der Welt verlassen, Tom!« Sie sah Marcus an, als wäre er ein Ungeheuer.

Hatte Tom vor kurzem befürchtet, daß Mary womöglich *zuviel* für Marcus empfand, so mußte jetzt verhindert werden, daß sie ihn nur noch verabscheute.

»Die Kreuzigung war bei den Römern eine gebräuchliche Strafe«, sagte Tom.

»Sicher, wie bei den Nazis das Erhängen mit Klaviersaiten, um die Opfer zu quälen und zu erniedrigen. Und irgendwann war es sicher auch üblich, Leute auszupeitschen und sie zusehen zu lassen, wie man ihre Töchter vergewaltigte.«

»Tausende von Menschen sind in römischer Zeit gekreuzigt worden.«

»Und wenn es Millionen waren – macht es das besser? Ich will darüber nicht beim Essen diskutieren!«

»Was gibt es?« fragte Marcus auf Latein. »Essen ... ist gut«, sagte er zu Mary, auf englisch. Er lächelte schüchtern.

»Meine Schwester und ich haben etwas zu besprechen«, erklärte ihm Tom. »Wir müssen darüber reden, Mary. Etwas an der Sache stimmt nicht, ganz und gar nicht –«

»Das würde ich auch so sehen!«

»Ich meine, was die Überlieferung angeht. Hör doch zu, Mary! Jesus ist eine Woche vor Ostern nach Jerusalem gekommen. Und eine Woche vor Ostern wurde er gefangengenommen – nicht im Herbst, wie Marcus sagt. Der Mann, den Marcus und seine Leute verhaftet haben, muß ein anderer gewesen sein.«

»Darüber reden wir nach dem Essen«, sagte sie schroff, »und bis dahin – kein Wort mehr! Wir werden uns auf die Terrasse setzen und die Sache bereden.«

Nicht im Haus, nicht unter ihrem Dach ... Es war, als wäre Marcus mit einemmal ein wildes Tier, das man besser gar nicht erst ins Haus ließ.

55

Das Farbenspiel der untergehenden Sonne überzog den Himmel. Ein milde Brise war aufgekommen. Man hörte einen Hund bellen und das schwache Grollen eines entfernten Flugzeugs. Die Kaffeetassen auf dem Plastiktisch waren geleert.

Christus? Glaubt mir, ich war schließlich in Judäa: Der Name bedeutet nichts anderes als ›der Gesalbte‹. Auch der oberste Hohepriester in Jerusalem war ein ›Gesalbter‹. Wer verstand schon die Religion der Juden ... ein Ding der Unmöglichkeit! Juden sind eben verrückt. Ein einziger, allmächtiger Gott? Hat denn nicht jedes Volk seine eigenen Götter?

Ja, ein neuer Kult war entstanden – um einen Gott, der gestorben und wieder auferstanden war. Ein wenig lästig für Rom, so war zu hören. Seine Anhänger weigerten sich, den Kaiser anzubeten. Die meisten ernstzunehmenden Juden rümpften die Nase darüber, sie glaubten nicht an solche Wunder. Jesus? Ja, das war der Name des gekreuzigten Rabbi. Es war ein recht häufiger jüdischer Name.

Jesus – und *Barabbas*?

Nein, es gab keinen zweiten Gefangenen, den ebenfalls die Kreuzigung erwartete. Nur einer war es – der Rabbi, den sie dort im Tal festgenommen hatten, der Aufwiegler, der Mann, der alle Fremden von jüdischem Boden vertreiben wollte.

Und was Tom da vom jüdischen Pöbel erzählte, dem man die Freilassung eines Gefangenen angeboten hätte, war absoluter Unfug. Glaubt ihr wirklich, daß ein römischer Prokurator einen Rebellen an seine Anhänger übergeben würde? Und einen Brauch, aus welchem Anlaß auch immer Gefangene freizulassen, gab es auch nicht. Was für ein seltsamer Brauch wäre das auch!

Warum sollte der Pöbel mit seinem Rabbi den Tempel erstürmen – und Tage später dann fordern, daß man ihn kreuzigte? Der Pöbel war launisch, gewiß – aber das war dann doch etwas weit hergeholt. Der Rabbi war, ohne Wenn und Aber, ein halbes Jahr im Gefängnis. Ach ja ... da gab es schon einigen Protest in den ersten Tagen, mehrmals versammelte sich eine Schar seiner Anhänger vor dem Kerker, rief nach Jesus, dem Rabbi – bis man sie auseinandertrieb. Rabbi Jesus, riefen sie – keinesfalls Barabbas, das stand fest.

Juden, die in Sprechchören den Tod des Rabbi forderten? Lächerlich, er war doch ein Held – zumindest so lange, wie er ungehindert durch die Lande ziehen konnte. Danach wandte man sich ab und hoffte auf den nächsten Messias, einen unter vielen. Vielleicht lief es besser beim nächsten Mal. Und bis dahin konnte man seinen Vorrat an langen Messern noch tüchtig aufstocken.

Wie, bei allen Göttern, hatte dieser Rabbi zum Gründer und Symbol einer neuen Religion werden können? Die vielen Tempel, die auf den Bildern zu sehen waren, die Priester – diese ›Päpste‹ in ihrer Pracht?

»Das kommt mir vor wie eine Intrige der Griechen«, sagte Marcus zu Tom. »Nach dem, was du mir erzählst, müßte man den Juden die Schuld an der Kreuzigung des Rabbi geben. Aber das ist Unsinn! Und die Griechen, sie haßten die Juden ...«

Als Tom alles übersetzt hatte, sagte er zu Mary: »Wie gut, daß mir Marcus nicht damals über den Weg gelaufen ist, als ich noch Priester werden wollte ... Ich kann mir nicht vorstellen, wie ich diese Geschichte hätte verkraften sollen.«

»Auf jeden Fall sollten wir dafür sorgen, daß er sie nicht überall herumposaunt«, sagte Mary. »Ich wage gar nicht daran zu denken, daß er womöglich recht hat ... Die Evangelien nichts weiter als ein Lügengebäude?«

»Du weißt, daß die Evangelien kaum etwas über die Römer berichten ... Da ist Pontius Pilatus, der alles so entgegenkommend und vernünftig regeln will. Da ist der gute Zenturio am Kreuz – aber das war's dann auch. Ist das nicht absurd? Es hätte mir schon früher auffallen müssen: Das ist, als würde man die Geschichte des Warschauer Ghettos schreiben und die Nazis allenfalls in einer Fußnote erwähnen.«

»Macht es denn Marcus nichts aus, wenn Leute gekreuzigt werden? ... O mein Gott«, flüsterte Mary, »er muß die Kreuzigung doch miterlebt haben!«

Tom fragte.

»Nein«, übersetzte er, »er war nicht zu dieser Hinrichtung abkommandiert. Deshalb gab es auch keinen Grund, dabeizusein. Er sagt, daß er an Hinrichtungen keinen Gefallen findet. Und er möchte, daß vor allem *du* das weißt.«

Sie wiegte sich auf ihrem Stuhl hin und her.

»Ein Sensibelchen, nicht? Fast möchte ich ihm glauben. Was uns als Geschichte präsentiert wird, Tom, ist oft genug eine *Lüge.*« Sie stand auf, sie zitterte. »Nicht nur in diesem Fall. Ich wüßte da eine Episode unserer eigenen Geschichte, mit der es sich ebenso verhält. Komm herein, laß Marcus die Sterne bewundern mit ihrem trügerischen Licht.«

56

»*Das* ist es also, was dir deine Alpträume beschert hat«, sagte Tom monoton und leise. Er war wie betäubt. Sie saßen in der Küche, vor sich auf dem Tisch die schmutzigen Teller, die Hühnerknochen, die Sauciere. »Dieser verfluchte Kelly, wie konnte er dir das antun?«

»Vielleicht, weil es wahr ist. Vielleicht hat der MI6 wirklich ein vollbesetztes Flugzeug in die Luft gesprengt – um es der IRA anzuhängen. Arabischer Terror, IRA-Terror: Wer hätte denn bezweifelt, daß hier Hand in Hand gearbeitet wurde? Waffen aus Libyen als Gegenleistung für etwas Unterstützung im Kampf gegen Israel. Das machte doch Sinn, und so sahen es auch die nützlichen Idioten, die die Entführung in Szene gesetzt haben. Niemand sollte zu Schaden kommen, aber es ging schief, und alle starben. Es ging schief, weil der Secret Service es so wollte.«

»Aber niemand hat es je der IRA angelastet!«

»Ich weiß, jeder dachte an die Araber und ihre Freunde und daß sie allgegenwärtig waren – immer bereit zuzuschlagen, wo niemand es erwartete. Wir wissen doch, daß der MI6 in Nordirland Leute ermordet hat – von da bis zu einem Massaker an völlig Unbeteiligten ist es nur ein kleiner Schritt für jene, denen der Zweck jedes Mittel heiligt. Aber dann hat jemand beim MI6 kalte Füße bekommen, es gab vielleicht einen Rüffel von oben –«

»Mary, du kannst nichts tun in dieser Sache. Du weißt doch gar nicht, wo man da anfangen sollte!«

»Man könnte sich umhören, Freunde fragen ...« sagte sie. Aber es klang eher ratlos.

»Ich wollte sagen: Du *darfst* nichts unternehmen!«

»Es geht um Ma und Dad, Tom.«

»Es könnte gefährlich werden, Mary. Vergiß nicht, was Hilda Murrell passiert ist, als sie die Sache mit den Atomwaffen in Margaret Thatchers Falkland-Flotte aufgedeckt hat. Und wer weiß, ob Kelly nicht lügt – weil es ihm um nichts anderes als einen hübschen Skandal geht? Wir wissen beide nur zu gut, daß die irischen Querelen ein einziges Lügengespinst sind.«

Lügen, haarsträubende Dummheit, Berechnung: das zusammen machte schon einen Gutteil der Geschichte der irisch-englischen Beziehungen aus. Tom wußte es, Mary wußte es.

Die meisten Engländer – bis hin zu den Kabinettsmitgliedern und dem Premierminister – verstanden nicht das geringste von dem, was in den Köpfen der Menschen in Nordirland vorging, seit Generationen vorgegangen war. Da war die idyllische Landschaft von Ulster, das inzwischen wie neu wirkende Belfast – auferstanden aus Ruinen –, da waren die Touristen, die nun ihren Aufenthalt sicher und in Ruhe genießen konnten, ohne je in eine Straßenschlacht zu geraten.

Aber unter der Oberfläche ... Was hatte H.G.Wells über die Marsianer gesagt? Finstere, verständnislose, unbarmherzige Seelen – es gab sie auf beiden Seiten, und sie brüteten über dem nie vergessenen Unrecht vergangener Zeiten hier, behaupteten eifersüchtig ihre Privilegien da – unterstützt durch englische Kurzsichtigkeit und Ignoranz.

Die britischen Geheimdienste hatten mit den Unionisten gemeinsam Bombenanschläge in Irland verübt, die die IRA treffen sollten. Zweiundzwanzig Menschen starben in Dublin im Jahr 1972 ... Kein Wunder, daß die irische Regierung ihrerseits der IRA half, zu Waffen zu kommen! Schwache britische Regierungen mit wackeligen Mehrheiten gaben jeder Forderung der Ulster-Unionisten nach. Berge von Bananenschalen ließen sie auf die Straße zum Frieden regnen, im Austausch gegen Wählerstimmen für Westminster.

Als der Zweite Weltkrieg sich schon abzuzeichnen begann, gab es, vertraglich zugesichert, drei britische Häfen in der Irischen Republik. Kaum zu glauben, daß Neville Chamberlain sie an Irland zurückgab – zu teuer für die Staatskasse, und außerdem: Ist Mr. Hitler nicht ein furchtbar netter Mann? Frieden in unserer Zeit!

Als der Krieg ausbrach, wollte man die Häfen um jeden Preis zurückhaben, man versprach de Valera sogar ein vereinigtes Irland nach dem Krieg – und das über die Köpfe der Unionisten hinweg. De Valera wollte nicht in einen Krieg verwickelt werden, er lehnte ab. Das Ergebnis der Narretei: Deutsche

U-Boote versenkten im Atlantik ein britisches Schiff nach dem andern, und Irland wurde – als der Krieg erst vorbei war – politisch und wirtschaftlich an den Rand gedrängt. Aufatmen konnten die Iren erst nach dem Beitritt zum Gemeinsamen Markt, aber da hatten sich die Fanatiker beider Seiten schon viel zu sehr an ihr blutiges Handwerk gewöhnt.

Andere britische Regierungen waren kaum klüger gewesen als Chamberlain. Und ihre Handlanger am unteren Ende der Befehlskette benahmen sich wie wildgewordene Cowboys. Gangster, Terroristen von Staats wegen.

Tom fragte: »Hat Kelly denn wenigstens gesagt, wie er die Sache mit dem Flugzeug herausgefunden haben will?«

Das war der springende Punkt in der Geschichte. Der Punkt, an dem sich Geschwätz und Lügen als das erweisen mußten, was sie waren: Geschwätz und Lügen.

57

Mary war nicht dumm. Und wenn das, was man ihr erzählte, sie auch noch so sehr erschütterte – das logische Denken ließ sie darum noch lange nicht im Stich. Natürlich hatte sie Seamus gefragt, der neben ihr auf der Bank an der Ouzel saß.

»Und *woher* weißt du das, Seamus? *Wer* hat es dir erzählt?«

Seamus zündete seine erloschene Zigarette wieder an.

»*Wie hast du es herausgefunden, Seamus!?* Oder willst

du das für dich behalten? Soll ich deine Worte einfach so für bare Münze nehmen?«

»Wann warst du das letzte Mal in Belfast, Mary?«

Wie lange war das her? Eltern, die man hin und wieder mit einem Besuch beglückte, gab es nicht mehr. Und was ein Wiedersehen mit den Stätten ihrer Kindheit und Jugend betraf ... nein danke, lieber nicht.

»Ich bin durchaus im Bilde, was Belfast betrifft! Natürlich, aus Zeitungen und den Nachrichten erfährt man nur die Hälfte, aber schließlich hat man auch Freunde.« Jean Henderson zum Beispiel, deren Schwester in Belfast lebte – und das war nicht ihre einzige Quelle.

Seamus schnaubte verächtlich. »Und so was nennst du *im Bilde sein*! Hast du überhaupt schon mal von den kleinen Arrangements zwischen unseren Leuten und den Scheißern von der UDA gehört?«

Die *Ulster Defence Association* ... Ein Eisvogel zischte vorbei, ein einziger blauer Blitz.

»Davon hab' ich gehört – wenn du die Aufteilung des Territoriums meinst. Das ist nichts Neues.«

Dem Rest der Welt mochte das Ganze als ein Krieg unversöhnlicher Sektierer erscheinen, bei dem keiner dem Feind auch nur einen Fußbreit Boden überlassen wollte. Wenn man nicht unterstellte – und auch das war eine verbreitete Meinung –, daß das ›Volk‹ von Ulster sich heiß und innig nach Frieden und Eintracht sehnte, ein Wunsch, der von einer Minderheit unbelehrbarer Fanatiker aber immer von neuem zunichte gemacht wurde.

War das nicht ein Fall für Mutter Teresa? Konnte sie nicht, was die Herzen der Menschen betraf, Wunder wirken? O verflixt, – sie war ja Katholikin. Nun, dann eben Jimmy Carter! ... Mist, der war Protestant.

Na schön, wir schicken den Dalai Lama! Gegen einen Buddhisten konnten sie schwerlich etwas einwenden. Was brauchte man denn mehr als eine Symbolfigur, deren Eintreten für den Weltfrieden jedermann bekannt war? Er oder sie schwenkte einen Zauberstab, und alle friedliebenden Kräfte vereinten sich zu einer erneuten, erfolgreichen Anstrengung. Aber Mary mußte an jenen Witz von dem Belfaster Juden denken, der an einem Kontrollposten einer der Parteien anhalten mußte.

»Protestant oder Katholik?« kam die barsche Frage.

»Ich bin Jude«, sagte der Jude.

»Ja – aber sind Sie ein *protestantischer* oder ein *katholischer* Jude?«

Antisemitismus war in Ulster nie ein Thema gewesen. Protestanten und Katholiken waren viel zu sehr damit beschäftigt, sich wie Hund und Katz in der Wolle zu liegen. Oder besser: wie streunende Kater einander das Revier streitig zu machen und überall Duftmarken zu setzen.

Das Revier, um nichts anderes ging es.

Die Welt wußte so gut wie nichts über die geheimen Absprachen zwischen den Parteien – wußte nichts davon, daß Belfast Zentimeter für Zentimeter seinen Besitzer hatte. Es war wie in Chicago zu Zeiten der Prohibition, als Al Capone und die anderen Bosse die Stadt unter sich aufgeteilt hatten. Beide Seiten betrieben Scheinfirmen – private Wachdienste –, deren Aufgabe einzig und allein das Erpressen von Schutzgeldern war: So finanzierte man sich. Damit und mit Taxidiensten und illegalen Kneipen – und wer wo auf welche Weise aktiv werden durfte, das war aufs genaueste geregelt. Jederzeit war man bereit, sich gegenseitig umzubringen, aber wenn man sich einen Vorteil davon versprach, dann redete man auch miteinander. Die Abgesandten beider Seiten trafen sich insgeheim in einem Pub in Falls oder Shankhill oder auf neutralem Boden.

Selbst die britische Regierung schien keine Ahnung davon zu haben, daß solche Absprachen zwischen IRA und UDA existierten. Nicht das einzige, wovon sie keine Ahnung hatte. Die sogenannten Loyalisten raspelten Süßholz, wenn es um ihr historisch verbürgtes Recht ging, mit Pfeifen und Trommeln und orangefarbenen Schärpen durch katholische Stadtviertel zu ziehen – wobei es ihnen doch fernlag, irgend jemandem auch nur ein Haar zu krümmen! Ihre Ergebenheit gegenüber der Krone wollten sie zum Ausdruck bringen, das war alles.

Und im nächsten Augenblick konnten dieselben Loyalisten auf eine englische Regierung schimpfen, die sich angeblich kampflos dem Vatikan ergeben hatte ... Verrat, Verrat! Tony Blair war doch mit einer Papistin verheiratet, nicht? Wahrscheinlich war er selber ein heimlicher Papist! ... Lachhaft. Die Loyalität der Loyalisten galt vor allem ihnen selbst, der britischen Krone gegenüber dagegen nur so lange, wie man ihre Positionen unterstützte. Englische Politiker waren blind wie Maulwürfe, da mußte man sich nur einmal ansehen, wie Blair mit seiner Frau zu einer katholischen Messe ging, ohne sich auch nur eine Sekunde lang zu fragen, wie das in Ulster wirken mußte.

Seamus schnippte seine Zigarettenkippe ins Wasser. Ein Fisch schnappte danach und spuckte sie wieder aus. Er hatte sie wohl für eine besonders fette Fliege gehalten.

»Duncan Ross ...«, sagte Seamus schließlich. »Das ist der Mann, von dem wir es wissen. Inzwischen ein hohes Tier bei der UDA. In den Siebzigern hat er für den MI6 gearbeitet, als Bombenleger in Dublin. Damals gehörte er noch zur UVF.«

Die *Ulster Volunteer Force*, richtig – das waren die bedenkenlosen Aktivisten, auf deren Konto die meisten Bombenanschläge und Morde an Katholiken gingen. Die UDA dagegen war eher der ›politische Arm‹ der Protestanten. Nicht, daß man sich nicht gleichzeitig mit beiden Hüten schmücken konnte, aber unzweifelhaft besaß die UVF die meisten Waffen, während die UDA-Leute sich mit dicken Kanthölzern und Kapuzenmützen begnügten, wenn sie etwa Proteststreiks organisierten und Busse anzündeten. Die UVF hatte in den achtziger Jahren an Bedeutung verloren, als die UDA es zunehmend für opportun hielt, die Schuld an Greueltaten irgendwelchen ominösen Splittergruppen zuzuschieben, mit Namen wie etwa ›Kommando Rote Hand‹.

»Ross weiß, wie der *Aer-Lingus*-Anschlag geplant wurde«, sagte Seamus. »Einige Monate, nachdem ich aus dem Gefängnis kam, gab es ein Treffen in Falls zwischen unseren Leuten und den Protestanten. Sie mußten ihren guten Willen beweisen, uns etwas anbieten. Vielleicht ist Ross schon ein bißchen mürbe in der Birne, daß er ausgerechnet diese Geschichte ausgespuckt hat – okay, Mary: Mickey Moynahan war es, dem er sie erzählt hat.«

»Und was soll man von der Geschichte halten, wenn er doch mürbe in der Birne ist?«

»Mickey war sich sicher, daß er das nicht erfunden hat.«

»Und wenn es nichts weiter als Greuelpropaganda der UDA ist? Um alles zu sabotieren, was England in Nordirland noch unternehmen könnte.«

Seamus grinste. »Als ob man das nicht sabotieren müßte – mit Bomben und was es sonst noch gibt. Leider ist unsere sogenannte Führung nicht sonderlich daran interessiert.«

Seamus, allerdings, war interessiert. *Er* machte keine Kompromisse.

»Dann soll ich also«, sagte Mary, »einen Kreuzzug beginnen? Weil es euren Interessen dient, nicht wahr?«

»Es waren schließlich *deine* Eltern, Mary.«

58

»Wir sollten besser wieder zu Marcus gehen«, sagte Mary. »Er wird sich sicher schon fragen, was los ist. Vielleicht denkt er, er hätte uns beleidigt.«

»*Hat* er uns denn beleidigt?«

»Wenn die Evangelien derselbe Schwindel sind wie die irische Geschichte, wie könnte man ihm da einen Vorwurf machen?«

Es war inzwischen dunkel geworden. Als sie wieder auf die Terrasse traten, fragte Tom: »Hat Kelly denn gesagt, was er auf dem Kontinent vorhat?«

»Glaubst du wirklich, daß er mir das gesagt hat, Tom? Im Ernst?«

59

Nicht weit vom Radio-Oxford-Gebäude im grünen Summertown saß Barney in einem Pub und aß seinen sonntäglichen Lunch: Schweinebraten mit allem

Drum und Dran – einen ordentlichen Teller voll –, den er mit einem Pint Morland-Bier vom Faß hinunterspülte. Ein wirklich anständiges Gesöff. .

Drüben in der Bar saßen ein paar Typen, die man wohl zum arbeitenden Teil der Bevölkerung rechnen durfte. Aber hier im Speisezimmer hatte er nur das Gewieher einiger Studenten aus betuchter Familie um die Ohren. Durchweg gutaussehend, die Mädchen einfach umwerfend. Und immer wieder ›Daddy dies, Daddy das‹. Daddy hatte Amanda letzte Woche doch tatsächlich ins ›Quatre Saisons‹ eingeladen, nicht zu verwechseln mit dem etwas jüngeren ›Petit Blanc‹ in der Walton Street, das sich seine Sterne erst noch verdienen mußte.

»Die Zucchini mit Krabbenfüllung waren ihre sechsundzwanzig Pfund wert«, verkündete Amanda, »das kann ich euch sagen!«

Sebastian tat sich damit wichtig, daß er am Abend zuvor im Petit Blanc Salman Rushdie gesehen hatte, als Stargast einer Diskussionsrunde. Natürlich mit Leibwächter, auch wenn der Mann nicht viel zu sagen hatte.

»Salman geht in letzter Zeit öfter aus«, bemerkte Sebastian in wissendem Ton. »Ihr könnt euch denken, daß ich trotzdem einigermaßen überrascht war.« Was waren das für Leute, die ihre Kinder Se-ba-sti-an tauften?

Diese Typen machten einen krank. Wie viele aus der unteren Schicht konnten heutzutage noch in Oxford studieren, nachdem man die Stipendien gnadenlos zusammengestrichen hatte?

Die Musikbox gab ein Quietschen von sich, das einem durch Mark und Bein ging. Konnte ein Didgeridoo sein – oder irgendein anderes Ethno-Zeug, aus den Anden vielleicht.

Es gab noch mehr schickes Volk, etwa jenes lärmende Grüppchen junger Russen, alle in Designer-Jeans. Trotzdem immer noch Russen. Sie besuchten sicher eine dieser Sprachschulen mit ebenso pompösen wie irreführenden Namen, etwa ›The Oxford College‹ oder ähnliches. Söhne und Töchter der neuen Reichen, Dollar-Millionäre und Mafiosi.

Boris und Natascha hatten das meiste von ihrem Krabbenbrötchen mit Salsasauce verschmäht. Wie viele Russen mochte es geben, die ohne zu klagen Tag für Tag Krabbenbrötchen essen würden, wenn sie denn überhaupt etwas zu beißen hätten ...

Dieser nördliche Stadtteil von Oxford wurde Barney immer unsympathischer, und das übertrug er nun auch auf Dr. Raphael Williams, mit dem er für halb eins verabredet war. Das paßte gut: Es gab keinen Grund, zu Williams nett zu sein – und sollte der sich unter Druck gesetzt fühlen, dann war das gerade recht. Desto eher war er bereit mitzuspielen und noch dazu seine Klappe zu halten, natürlich gegen Zahlung einer hübschen kleinen Summe.

Hoffentlich hatten Amanda und ihresgleichen nicht schon sämtliche Geldautomaten in Summertown geleert, wo sie doch Unsummen für all die Feinschmeckerlokale mit französischen Namen brauchten. Doch war es wahrscheinlicher, daß Amanda Daddys Kreditkarte in der Tasche hatte.

Die Tonbandcassette war in Barneys Jackentasche sicher aufgehoben. Ein bißchen Schneiden und Montieren, das hatte er schon besorgt. Nur noch dieser Latein-Kram war auf dem Band, nichts von dem, was Bruder und Schwester Ryan einander zu sagen hatten, auf englisch natürlich. Eine wahre Fundgrube, diese Gespräche! Fast schon zu schön, um wahr zu sein.

Nicht nur, daß der Gast der Ryans angeblich ein

römischer Soldat war, der die Kreuzigung miterlebt hatte – von der Schlacht mit Boadiceas Truppen ganz zu schweigen –, Mary Ryan hatte auch Kontakt zur IRA. Ein IRA-Mann, kein kleiner Fisch, hatte sich einige Wochen zuvor mit ihr getroffen. Angeblich hatte MI6 diese Zivilmaschine, zwanzignochwas Jahre war es her, in die Luft gesprengt. Zumindest glaubte das die IRA.

Einfach phantastisch – immer wieder hatte er sich diese Stelle angehört.

Der MI6 und die irischen Querelen ... Vielleicht nicht ganz astrein, diese Geschichte. Eine Sensation, ja, auf jeden Fall, riesige Schlagzeilen wert. Aber nicht ganz koscher. Wie man das handhabte, das bedurfte noch einiger Überlegung.

Ein gewisser Seamus Kelly hatte also Mary Ryan besucht – na schön. Er plante etwas auf dem Kontinent – noch besser. Aber diese dubiose *Aer-Lingus*-Geschichte ... Vielleicht nichts weiter als Augenwischerei.

Doch einmal angenommen, es stimmte ...

Um das Flugzeug zu präparieren, hätte MI6 natürlich auf die Sabotagespezialisten des SAS zurückgegriffen. Steve Potts hatte noch immer einen Draht zum SAS. Und dann gab es noch den kleinen Mann mit seinen Freunden beim MI5, für die er oft genug in den einen oder anderen Kofferraum gekrochen war. Der kleine Mann, das war keine schlechte Idee. Tinker Bell wurde nie müde, seine Kontakte zu Fünf – ganz diskret natürlich! – zu erwähnen. Warum ihn nicht endlich einmal beim Wort nehmen? Fünf haßte Sechs, Sechs haßte Fünf. Also würde Fünf keine Gelegenheit auslassen, Sechs eins auszuwischen.

Was diese Römergeschichte anging ... Nun ja, das konnte tatsächlich irgendeine Psychotherapie der verrücktesten Sorte sein. Aber Mary Ryan war keine Therapeutin und ihr Bruder ebensowenig.

Ein *echter* Römer, der in Palästina gewesen war zu der Zeit, als man Jesus ans Kreuz nagelte? Himmel, wie sollte das funktionieren? War er etwa unsterblich und wandelte seit zweitausend Jahren munter auf diesem Planeten umher? Diesmal nicht der Ewige Jude, sondern ein ewiger Römer?

Marcus sprach kaum einen Brocken Englisch und auch keine andere moderne Sprache. Was man hörte, klang wie die Sprechversuche eines kleinen Kindes. Nein, nicht doch – die Wörter kamen klar und deutlich, nur blieb es eben bei einzelnen, einfachen Wörtern. Einen ganzen Satz brachte er nicht zusammen.

Unglaube, das war Barneys erste Reaktion gewesen. Aber was für eine Möglichkeit gab es denn sonst – es sei denn, dieses Trio in Milton Keynes war tatsächlich auf einem absolut irren Psychotrip.

Aber wer lebte zweitausend Jahre, ohne wenigstens mit einer modernen Sprache auf dem laufenden zu sein? Barney ließ seiner Phantasie die Zügel schießen: Ein Vampir vielleicht? Jemand, der zur Zeit Boadiceas zu Tode gebissen, dann begraben wurde – und nun irgendwie wieder unter die Lebenden geraten war? Oder hatten die Ryans irgendwo in ihrem Haus eine Zeitmaschine versteckt?

Alles Schnapsideen! In Mutters Haus liefen die Tonbänder, wie sie besser nicht laufen konnten. Eine Erklärung würde sich finden, das war nur eine Frage der Zeit. Und inzwischen brauchte Barney erst einmal eine Übersetzung von dem, was dieser Marcus auf lateinisch so erzählte. Also her mit Ihnen, Dr. Williams, Ex-Dozent für Latein an dieser feinen Universität! Zu fein für jemanden mit einer schmutzigen Weste.

60

Barney fand in der Banbury Road, der Hauptstraße von Summertown, zwar einen Geldautomaten, aber keinen Parkplatz. Schließlich parkte er ›in zweiter Reihe‹ in der Zufahrt zu einem Laden. Mit ein paar Gesten entschuldigte er sich bei der Frau in ihrem VW-Käfer, die gerade wegfahren wollte, aber nun blockiert war. Er sauste zum Automaten.

Fünfhundert in Zwanzigern. Er würde Williams ein-, zweihundert für eine Stegreif-Übersetzung anbieten, der eine Abschrift vom Band und eine endgültige Version nach allen Regeln der Kunst folgen sollte. Ein Motorradkurier würde Text, Kassette und Bandmaschine später abholen. Ein Tag, den sich ein gefeuerter *Don* im Kalender rot anstreichen konnte. Tatsächlich, so nannten sie sich, diese Dozenten an den feinen Universitäten. Don ... als wäre man in Spanien.

Dozent, das hörte sich nach einem bequemen Job an. Ganz schön blöd, dieser Williams, daß er so etwas aufs Spiel gesetzt hatte.

Tuut, tuut! ... Nur keine Aufregung, Gnädigste, bin ja schon weg. Mittlerweile standen noch zwei andere Autos in der Auffahrt, die nicht herauskonnten.

Kaum losgefahren, mußte er schon wieder an einem Zebrastreifen halten, damit einige herumalbernde Kinder die Straße überqueren konnten. Dann bog er in die nächste Seitenstraße ein.

Williams' Adresse war *The Stable*, Nummer soundso, bei Mrs. Soundso. Ganz am Ende der Straße.

Es war Adam von Eye & Ear, der nach einigem Hin und Her Namen und Telefonnummer ausfindig gemacht hatte, nachdem Barney sich, genau zur rechten Zeit, an die Sache erinnert hatte. In den Zeitungen hatte es gestanden, es war erst ein paar Monate her.

Nichts Großes. Mehrere Nummern zu klein für Eye & Ear. Ein Sturm im Wasserglas: Altphilologe in Oxford stiehlt seltene alte Bücher aus den Bibliotheken der Universität und verkauft sie, weil er die Hypothek auf sein Haus nicht mehr abzahlen kann. Etwas zu groß geraten, die Hypothek und das Haus in Jericho, eine begehrte Lage. Auch der Lebensstil eine Nummer zu groß, zu anspruchsvoll die Ehefrau ... Raphael Williams hatte seinen Arbeitgeber hintergangen: Bye-bye, Dozentenstelle. Bye-bye, Ehefrau. Auch das Haus hatte inzwischen einen neuen Besitzer gefunden.

Williams wohnte jetzt allein in einer dieser Scheunen und Stallungen, aus denen man schicke kleine Appartements gemacht hatte. Im Garten irgendeines alten Tantchens: *Gehen Sie nicht zur Vordertür, Mr. Barber – ja?* Darum hatte er am Telefon gebeten. *Einfach um das Haus herum. Hinten im Garten werden Sie meine bescheidene Klause finden – meine Zweitwohnung.*

Nun, der Mann mußte sich erst einmal zurechtfinden. Sollte er doch so reden, als würde er die meiste Zeit in einer Villa residieren, irgendwo anders, in London vielleicht ... Zweitwohnung, du lieber Himmel. *Oh, und lassen Sie das Auto bitte auf der Straße stehen.*

Die gute alte Mrs. Soundso – ob sie nun ihre Rente aufbessern mußte oder nicht – wußte wohl, was sie wollte. Regeln fürs Haus, Regeln für den Garten. »Und keine Autos auf dem Grundstück, ja?«

Der Garten um das große Haus ein einziges Dickicht. Ein grauer Morris Minor rostete in der Einfahrt vor sich hin, die Reifen platt und die Steuerplakette seit zehn Jahren abgelaufen. Zehn Jahre, so lange mochte es her sein, daß *Mr.* Soundso das Zeitliche gesegnet hatte. Das stattliche viktorianische Haus konnte den Erben leicht ein- bis zweihunderttausend Pfund einbringen, nach Oxforder Preisen. Vielleicht auch zweihundertfünfzigtausend. Barney ging am Haus vorbei und fand den kleinen umgebauten Stall, mit Ziegeldach immerhin. Die Rückseite grenzte an eine Wiese, auf der schwarz-weiße Kühe grasten.

61

»Setzen Sie sich.«

Rafe Williams wies auf ein winziges Sofa. Mehr paßte nicht in das kleine, mit Büchern vollgestopfte Zimmer. Auch auf dem Fußboden waren sie gestapelt, auf dem Sideboard. Selbst die Fensterbänke waren vollgepackt, Bücher auch unter dem Sofa. Ein Schiffbrüchiger, den es mit einigen Schrankkoffern voll Bücher an Land gespült hatte. Ein einziger Raum im Erdgeschoß, von der Kochnische unter der steilen Treppe einmal abgesehen. Oben vermutlich ein (noch kleineres) Schlafzimmer und das Bad. Ja, ja: Nach dem Hochmut kommt der Fall. Eine Studentenbude, bestenfalls. Nette Aussicht auf die Wiese da.

Williams schien sich an die Enge ganz gut gewöhnt zu haben. Ein großer, dünner, dunkler Typ mit energischem Blick, der sich nun nicht einfach auf diesen ganz gewöhnlichen Küchenstuhl aus Kiefernholz *setzte*, sondern regelrecht zusammenfaltete, die Bewegungen sorgfältig kontrolliert. Die Cordhose und das Seidenhemd – beides schwarz – machten sich ganz hervorragend an einem reuigen Sünder. Man hätte ihn für einen verstoßenen Priester halten können, der nicht ganz von seinen Gewohnheiten lassen kann. Kein Zweifel, dieser Mann war bis zum Scheitel angefüllt mit Groll und Haß, und hinzu kamen noch die Sorgen um sein überzogenes Konto. Einen Kaffee bot er nicht an. Aus seiner Mappe holte Barney den Kassettenrecorder, aus der Jackentasche die Kassette.

»Wie ich Ihnen schon sagte, Mr. Williams: Ich habe mit der Organisation von historischen Aufführungen zu tun –«

»Dr. Williams, bitte.«

»Ach, dann hat man Ihnen den Titel also nicht aberkannt?«

Historienspektakel, Römer-Krimskrams: Barney, der Macher, der angeblich eine Römer-Gruppe wegen eines Auslandsauftritts beriet. Nach Rom wäre man eingeladen und sollte, unter anderem, in einem Jesuitenkolleg auftreten. Man hätte die Idee gehabt, ein paar lateinische Dialoge einzuüben – eine Szene etwa mit dem Zenturio, der unter dem Kreuz gestanden hatte. Leider sprach kaum einer dieser ›Römer‹ Latein, selbst die Befehle, die sie zum Exerzieren brauchten, hatten sie auswendig gelernt wie Papageien. Es gab zwar einen Lateinkundigen in der Gruppe, aber das war nun ausgerechnet ein Protestant aus Nordirland – und was für einer! Ein bigotter Eiferer, ›nieder mit dem Papst!‹ und so. Nun müsse man sich fragen, ob er nicht Äußerungen in den Dialog eingeschmuggelt hatte, die die Jesuiten als beleidigend empfinden könnten.

»Könnten Sie sich diese Rohfassung einmal anhören? Und mir eine Tonbandabschrift machen? Ich gebe Ihnen zweihundert Pfund in bar.«

»Wie lang ist das Band?«

»Eine halbe Stunde etwa.«

Williams verzog den Mund. »Für die Abschrift allein braucht man mehrere Stunden. Dann noch die Übersetzung ... Ich denke, daß vierhundert Pfund eher angemessen wären.«

»Das wären sie«, pflichtete Barney bei, »wenn Sie noch Dozent wären und nicht stempeln gehen müßten. Die Nachfrage nach privatem Lateinunterricht hält sich doch eher in Grenzen, nehme ich an?«

Eine Nachhilfestunde hin und wieder. Aber bitte gegen Barzahlung, ja?

Barney bemerkte auf einem der Stapel ein dünnes Bändchen der *Oxford University Press.* ›Raphael Williams‹ las man auf dem Einband. *Die Oden des Horaz. Einige neue Aspekte.*

»Bringt sicher eine Menge Tantiemen, nicht?« Er zeigte auf das Buch.

»Ich denke«, sagte Williams säuerlich, »daß Sie mir einige Passagen Ihres Bandes vorspielen sollten, bevor wir über den Preis reden.«

»Ziemlich schlechte Aussprache«, sagte Williams. »Der Ire kann es Gott sei Dank besser. Aber daß sich ein Protestant aus Ulster die Mühe macht, Latein zu lernen ...?«

»Lassen wir das einmal beiseite. Hören Sie, ich biete Ihnen dreihundert für die Übersetzung mit allem Drum und Dran, bar auf die Hand. Ich kann mir aber auch einen Studenten suchen, der es für hundert Pfund erledigt. Das reicht allemal für ein paar Häppchen im Petit Blanc.«

Das hatte gesessen. Das Haus, das Williams einmal gehört hatte, lag sicher nicht weit von der Walton Street und Raymond Blancs Gourmet-Tempel entfernt. Und sicher waren Williams und seine tolle Ex-Frau dort Stammkunden gewesen.

»Aber lieber würde ich *Ihnen* etwas Gutes tun, Mr.Williams – nach all dem, was Sie durchgemacht haben.«

62

»Sind Sie sicher«, fragte Williams, »daß dieser Protestant aus Ulster nicht in Wirklichkeit Jude ist?«

»Wieso denn das?«

»Ich bin kein Theologe – aber was ich hier höre, scheint mir das Gegenteil von dem zu sein, was in den Evangelien steht: Jesus wäre ein Rabbi gewesen, ein Lehrer des jüdischen Gesetzes – und ein Freiheitskämpfer dazu. Und die Römer hätten ihn – zum Entsetzen der Juden – verurteilt und hingerichtet. Keine Rede also von ›Kreuziget ihn!‹. Und Judas Ischariot, der vermeintliche Verräter, bezweckte nichts anderes, als die Römer in einen Hinterhalt zu locken ... Einen Barabbas hätte es nie gegeben!

Mit anderen Worten, Mr. Barber: Nicht die Juden seien verantwortlich zu machen für die Kreuzigung ... Jesus wäre ein rechtmäßiger König gewesen, mit der erklärten Absicht, die Römer aus dem Land zu vertreiben. Zu seinem Pech hoffte er, daß Gott ihm mit einem Wunder beistehen würde – hatte er doch auch die Streitmacht des Pharao im Roten Meer versinken lassen ... Ich würde dringend abraten, solcherlei Mutmaßungen vor einem Publikum aus Jesuiten auszubreiten. Sogar von einer Geschichtsfälschung durch die Evangelien ist die Rede – in der Absicht, die Juden anzuschwärzen und die Römer reinzuwaschen. Daher meine Frage: Sind Sie sicher, daß Ihr Latein-Experte nicht *Jude* ist?«

»Vielleicht ist er es«, sagte Barney, »wie kann man da sicher sein?« So, wie Williams ihn jetzt ansah, kam er sich schon selber wie einer vor. Nicht, daß man die Barbers je auch nur in der Nähe einer Synagoge gesehen hätte ... »Worauf, zum Teufel, will dieser Kerl denn hinaus?«

63

Unversehens war Williams in die Rolle des Dozenten geschlüpft, der einem nachlässigen Studenten mal wieder auf die Sprünge helfen mußte. Dem Bummler Barney, der lieber im Stechkahn über den Fluß schipperte oder die sündhaft teuren Leckereien des Monsieur Blanc naschte, als seine Hausaufgaben zu machen. Ex-Dozent hin oder her, Barney fühlt sich ganz klein vor so viel wissenschaftlicher Autorität.

Die Evangelien, erklärte Williams, seien vierzig bis sechzig Jahre nach den Ereignissen niedergeschrieben worden, von denen sie berichten. Klar? Das früheste Evangelium entstand um die Zeit des großen jüdischen Aufstands, im Jahr siebzig, der mit der Plünderung Jerusalems und der Zerstörung des Tempels endete. Bis dahin hatte der Apostel Paulus – ein römischer Bürger und, obwohl Jude, ganz im hellenistischen Geist erzogen – die neue Religion überall ums östliche Mittelmeer und bis nach Rom sogar verbreiten können.

Nur ein Narr würde, bei diesem Stand der Dinge, unermüdlich betonen wollen, daß Jesus doch Jude war und im Judentum auch die Wurzeln dieser Religion lagen.

»Da war es nicht ungeschickt, den Juden die Schuld an seinem Tod unterzuschieben«, sagte Barney.

»Und Jesus machte man zu einer Art Nichtjude *honoris causa*. Ein bißchen sogar zu einem heidnischen Gott, der – ganz unjüdisch – von den Toten auferstanden war.«

Und was nun den historischen Jesus betraf ...

»Es entbehrt nicht der Ironie«, sagte Williams, »das ausgerechnet von einem Mann aus Ulster zu hören. Ich meine, man könnte doch die Zeloten, die gegen Rom kämpften, mit der IRA vergleichen. Und die Pharisäer entsprechend mit Sinn Fein – einer politisch verwandten, aber legal operierenden Organisation, auch wenn sich im Fall der Pharisäer Politik und Religion nicht trennen lassen. So, wie es hier dargestellt wird, wäre Jesus ein Pharisäer mit sehr guten Verbindungen zu den Zeloten gewesen.«

»Die Bibel läßt doch kein gutes Haar an den Pharisäern, wenn ich mich recht erinnere?«

Williams bedachte Barney mit einem derart spöttisch-erstaunten Blick, daß er einen Augenblick lang versucht war, ihm seine Brieftasche um die Ohren zu schlagen.

»Genau das tut sie, mein Bester. Pharisäer und Sadduzäer – sie werden beide über einen Kamm geschoren. Die Sadduzäer, also der Hohepriester Kaiphas und sein Anhang, waren so etwas wie die protestantische Verwaltung in Stormont Castle: Römerfreunde, Quislinge. »Tu nichts gegen das Böse, profitiere lieber davon« – so könnte man ihr Motto beschreiben, dem Jesus ganz gewiß nicht zustimmte. Und der war nicht einfach so aus heiterem Himmel aufgetaucht, er muß aus den Reihen der Pharisäer gekommen sein. Die *jüdische* Sinn Fein, sozusagen … Jedenfalls wird es hier so dargestellt – und ich muß sagen, es hat durchaus seinen Reiz!«

Er spulte ein Stück zurück und hörte sich die Stelle noch einmal an.

»Du meine Güte … diese Aussprache! Vielleicht werden Ihre Jesuiten sowieso kein Wort davon verstehen – zu ihrem eigenen Besten. Aber ich würde Ihnen nicht raten, es darauf ankommen zu lassen! … Ein tolles Machwerk, das muß man schon sagen. Und daß es als Augenzeugenbericht aufgemacht ist, läßt es sehr überzeugend wirken. Dieser angebliche Römer spricht so flüssig, so lebendig, verglichen mit seinem irischen ›Interviewer‹ – und der ist ohne Zweifel Jude, Mr. Barber! Man spürt die Bitterkeit – der Holocaust, Pogrome, Antisemitismus. Es gibt viele Juden in Belfast, wissen Sie. Auch Golda Meir lebte einmal hier. Den Christen wird diese Geschichte gar nicht gefallen – ich befürchte sogar, daß Sie damit Ärger bekommen könnten.«

64

Barney blieb erst einmal in seinem Mondeo sitzen und dachte eine Weile nach.

Diese angebliche Sabotage des Passagierjets durch den MI6: Wenn das stimmte, dann war es etwas für die richtigen Zeitungen, nicht für die Boulevardpresse. Deren Leser – und vor allem deren Macher mit ihren dicken Scheckbüchern –, sie würden sich nicht die Bohne dafür interessieren. Ein IRA-Anschlag auf den britischen Inseln – das wäre eine Schlagzeile, aber das ewige Gezänk drüben in Ulster: zum Gähnen. Sollte diese Bagage – eher Irre als Iren – doch zum Teufel gehen. Sollten sie sich gegenseitig nach Belieben totschlagen, wenn sie einen nur in Ruhe ließen! Die Kapriolen frischgebackener Lottomillionäre, das Neueste von den Royals übertraf an Sensationswert einen Aufruhr in Ulster doch um Längen. Und außerdem: Ging es denn nicht um eine *Aer-Lingus*-Maschine, auch wenn sie von Nordirland aus gestartet war?

Aber er tat gut daran, die Sache im Auge zu behalten. Mal ein bißchen die Fühler ausstrecken, ja ...

Ein IRA-Mann aus der Führungsriege, der irgendwo im Ausland einen Anschlag plante: Das war schon besser – wenn die Ryans nur etwas mehr darüber wüßten. Das war die Art Geschichte, die Barney auch dem Staatsschutz nicht vorenthalten sollte – wenn er denn mehr wüßte ...

Ein quicklebendiger römischer Zenturio in Milton Keynes, ein (Beinahe-)Augenzeuge der Kreuzigung vor zweitausend Jahren: Das allerdings roch nach einem Haufen Geld. Gegenseitig überbieten würden sie sich, *The Sun, The Star, The Mirror, The News of the World, The Voice* und wie sie alle hießen, die Tag für Tag die Schlacht um die höchste Auflage schlugen. Dazu noch der Verkauf über die Agenturen nach Deutschland, Frankreich, Italien, USA.

Nimm es einfach, wie es ist: Echt genug sieht es doch aus. Noch ein paar Tonbänder mehr, mehr Material. Einige gute Photos dazu. Dann den ganzen Packen an den Meistbietenden verkaufen. Aber nicht zu viel Zeit verplempern: In Woburn Abbey hatte dieser Marcus durchgedreht, und eine Menge Leute hatten es gesehen. Das konnte wieder passieren, und dann wäre, sehr zum Leidwesen von Eye & Ear, die Bombe womöglich geplatzt. Barney ließ den Motor an. Eine schöne Gegend, wenn man so durch die Nebenstraßen fuhr. Er erreichte die Hauptstraße und bog nach rechts ab, um wieder auf die Ringstraße zu kommen. Zurück zu Mutter.

65

Von dem Augenblick an, da er an diesem Sonntagmorgen aufgestanden war, schien Marcus einen Bogen um Mary machen zu wollen. Nicht verlegen oder ängstlich, eher aus Vorsicht – um ihretwillen. Ihr bloß nicht zu nahe treten, sie bloß nicht verletzen. Wie auf Zehenspitzen bewegte er sich durchs Haus. Nach seiner Morgenrunde und dem Frühstück mit den gekochten Eiern setzte er sich an seinen Computer. Aber er hatte keine Ruhe. Ganz leise stand er wieder auf und schlich in die Küche. Er betastete die Möbel und Geräte wie um sich zu versichern, daß sie sich nicht auflösten unter seiner Berührung. Er mußte eine schlimme Nacht hinter sich haben – wußte vielleicht nicht mehr, ob er träumte oder wachte, und wie er sich Gewißheit darüber verschaffen konnte. Wenn er nur nicht den Boden unter den Füßen verlor …

Schließlich sagte er zu Tom: »Sag deiner Schwester, daß *ich* diesen Christus *nicht* getötet habe – an den ihr beide nicht einmal glaubt.«

Millionen Menschen immerhin glaubten, daß der

sanftmütige Heiland aus purer Demut auf einem Esel reitend in Jerusalem eingezogen war ...

»Ein *königliches* Reittier, durchaus«, hatte Marcus ihnen gestern abend erklärt. »Es ist Brauch bei den Juden, daß ihr König auf einem weißen Esel reitet. Kein Jude und auch kaum ein Römer besaß eines dieser stattlichen Pferde, wie ihr sie heute habt.«

Und jetzt sagte er: »Warum konnten die Seher und Astrologen diese Christus-Religion nicht vorhersagen? Stets war ich überzeugt, daß man dank göttlicher Eingebung oder mit Hilfe der Sterne den Schleier der Zukunft ein wenig zu lüften vermag –«

Tom schüttelte den Kopf.

»– aber auch, daß der Blick in die Zukunft auf die Spanne eines Menschenlebens beschränkt ist. Aber nun lebe ich noch, zweitausend Jahre nach meiner Zeit, *und die Menschen fliegen wie Vögel.*«

Mary kam herein.

»Was hat er gesagt?«

»Er redet von dieser Prophezeiung, die nach zweitausend Jahren in Erfüllung gegangen ist ... Die Sibylla von Cumae, du erinnerst dich?«

»Was ist nur los mit ihm? Tom, das sieht mir fast nach einem Nervenzusammenbruch aus ... Ich kenne das, aus eigener Erfahrung. Sag ihm, daß ich nur zu gut nachfühlen kann, wie ihm zumute ist.«

66

Am Nachmittag fuhren sie mit Marcus ins Zentrum von Milton Keynes, um ihm Toms Büro zu zeigen.

Es lag eine Etage über dem eines Immobilienmaklers. Ein Empfangszimmer, dann das eigentliche, ziemlich geräumige Büro mit Computern, Druckern, Faxgeräten, Kopierern. Vom Fenster blickte man auf eine breite Allee hinunter. Natürlich suchte man hier am Sonntag Toms Assistentin, Annemarie von Orlow, und Gita Patel, die Sekretärin, vergeblich. Und die Übersetzer, die für Tom arbeiteten, waren ohnehin über das ganze Land verstreut, selbst auf dem Kontinent hatte er Mitarbeiter. Der Anteil an Aufträgen, der über E-Mail abgewickelt wurde, war inzwischen schon recht beachtlich – gut möglich, daß Laserdrucker, Kopierer und Heftmaschinen bald überflüssig werden würden. Das Büro auch? Das Büro war ja nicht bloß eine Räumlichkeit – es war eine Struktur, die die Arbeit und die Beziehungen zwischen Arbeitenden und Auftraggebern ordnete. Tom war stolz auf sein Büro. Er erklärte Marcus, was man hier machte.

»Im römischen Reich«, sagte Marcus, »hat man die wichtigen Dinge auf lateinisch oder griechisch verhandelt: zwei Sprachen, nicht mehr. Aber warum sich nicht auf *eine* Sprache beschränken? Latein genügt.«

Tom erklärte ihm, daß die Welt heutzutage etwas komplizierter sei. Außerdem dürfe man die weniger gebräuchlichen Sprachen nicht einfach vernachlässigen. »Jede Sprache ist eine Bereicherung, ein Schatz, den man bewahren sollte.«

»Auch die Sprachen der Barbaren?«

»Ja!«

»Aber ich lerne die Sprache, die von allen die nützlichste ist?«

»Das tust du.«

»Gut,« sagte Marcus auf englisch.

»Was ist gut?« fragte Mary.

»Die Tatsache, daß er die nützlichste von allen Sprachen lernt, das Englische.«

»Chauvinist!«

»Du weißt genau, wie ich es meine. Und wollen wir nicht stets nur das Beste für ihn?«

»Worum wir uns nach Kräften bemühen! Wir haben ihn aufgenommen, wir versorgen ihn. Und mit etwas Glück schaffen wir es vielleicht, daß er nicht zu einem Fall für den Psychiater wird ... Wenn man nur wüßte, wie es ihn hierher verschlagen hat! Wenn da nicht die Rüstung wäre und die Nero-Münzen, dann könnte man an irgendein verrücktes Hypnoseexperiment denken – oder Gedankenübertragung, was weiß ich! –, und *er* kriegte es mit der Angst zu tun und lief weg. Daß aber auch gar nichts in den Zeitungen steht, nicht der kleinste Hinweis, mit dem man was anfangen könnte – zu dumm!«

»Und dann gibt es noch jene Seite an dir«, sagte Tom, »die gar nicht möchte, daß die Wahrheit ans Licht kommt.«

»Weil ich nicht möchte, daß man ihm weh tut, Tom.«

67

Als nächstes war die Open University an der Reihe. Sie fuhren zum Campus und zeigten Marcus nun, wo Mary arbeitete. Eine *schola* ohne *discipuli*, denn die Lehrer erreichten ihre Schüler mittels Post und Fernsehen. Eine hohe Schule für das Volk – eine zweite, späte Chance vielleicht, für einige. Als sie vom westlichen Parkplatz zum Crowther-Gebäude gingen, vorbei an Kastanien und Linden, sagte Marcus zu Tom: »*Ich* brauche keine zweite Chance. Wir haben Boudicca geschlagen, wir sind die Sieger.«

»Das ist lange her.«

Das sah Marcus etwas anders.

»Wenn du mich an den Ort bringst, wo du mich gefunden hast – werde ich dann in meine Zeit zurückkehren können? Ich würde auch Stillschweigen bewahren über das, was ich hier erlebt habe. Ich würde mich nicht rühmen, ein Orakel zu sein – man könnte mich töten. Ich würde auch nichts davon niederschreiben, um es etwa den Nachgeborenen zum Nutzen und zur Warnung zu hinterlassen ...«

Tom übersetzte Mary, was Marcus gesagt hatte.

»Die Weissagungen des Nostradamus, verfaßt von Zenturio Marcus an der britannischen Front ...« Der Gedanke gefiel Mary. »Stell dir vor, ein Archäologe würde so etwas ausgraben! Aber solange wir nicht wissen, wie er hierhergekommen ist, ist das eine rein akademische Frage.«

»Sicher werden wir den einen oder anderen vernünftigen Vorschlag zu hören kriegen, wenn die Sache erst einmal publik ist. Vielleicht ist es doch an der Zeit, daß wir die Presse informieren?«

»Und einen Medienzirkus entfesseln? O nein! Nicht, solange er in diesem Zustand ist. Du siehst doch, wie er mühsam darum kämpft, Fassung zu bewahren.«

»Eine Pressekonferenz würde alle Leute aufmerksam machen, die etwas zu einer Erklärung beisteuern könnten.«

»Nein, Tom!«

»Dann wäre es dir lieber, wenn ich ihn dahin zurückbringe, wo ich ihn gefunden habe –«

»– damit ihr wie zwei Blödmänner an der A5 herumsteht, du und ein Römer in voller Rüstung, bis die Polizei erscheint?«

»Hätte er mich denn gefragt, wenn es nicht sein

Wunsch wäre? Wenn er nicht die Hoffnung hätte, dahin zurückzukehren, wo er herkommt – auf welche Weise auch immer?«

»Das ist nur ein frommer Wunsch, Tom. Im Grunde glaubt er doch, daß ein Gott ihm das angetan hat. Und was Götter tun, dem kann der Mensch nichts entgegensetzen.«

»Aber *wir* glauben nicht, daß es ein Gott war. Wir glauben, daß es eine vernünftige Erklärung dafür gibt.«

»Finde dich ab mit deinem Schicksal, Marcus«, sagte Mary. »Versuch es zu ertragen.« Tom übersetzte, und Marcus nickte traurig.

Sie gingen hinauf in das Büro, das sich Mary mit Jean Henderson teilte. Marcus sah sich mit großen Augen um. »So viel Papier. Wörter, nichts als Wörter.«

»Sag ihm, daß man diese Zeit das Informationszeitalter nennt. Jeder muß informiert sein. Auch er.«

Und wieder nickte Marcus.

Später gingen sie an der Ouzel spazieren. Sie beobachteten einen Reiher, der sich in die Lüfte schwang. Ringsumher sprossen Springkraut und Weidenröschen. Marcus begann eine Melodie vor sich hin zu pfeifen – es war das erste Mal, daß Mary ihn pfeifen hörte.

»Was ist das für ein Lied?« fragte sie. »Und was für einen Text singt man dazu?«

Tom fragte nach.

»Ein Marschlied: Wir folgen den Standarten, wohin sie uns auch führen ... Aber nun muß er sein eigener Standartenträger sein.«

Im Rhythmus des Liedes marschierte Marcus jetzt auf der Stelle. Er begann zu singen. *»Cras amet qui nunquam amavit, Quique amavit cras amet –«* Mit einem Blick auf Mary unterbrach er sich.

»Und was war das jetzt?«

»Wer niemals liebte, wird morgen lieben. Und wer schon liebt, wird es auch morgen tun ... Ein ziemlich bekannter Vers«, sagte Tom geringschätzig. »Eine Art römischer Pop-Song für die Truppen, würde ich sagen.«

Genau an dieser Stelle war es gewesen, daß Seamus ihr seine Geschichte erzählt hatte. Die Geschichte, die sie zu seinem Werkzeug machen sollte. *Und die, die hassen, werden auch morgen hassen.*

68

Es war Montag, um die Mittagszeit, und Barney legte sich mächtig ins Zeug, um die Geschichte endlich loszuwerden – an den Meistbietenden, natürlich. Vom Fenster aus blickte er auf das Post-Hochhaus, wenn auch aus dieser Perspektive die Hornstrahler und Relaisantennen verborgen blieben.

»Ihre Skepsis in Ehren ... Die ist in diesem Falle nur zu verständlich, aber denken Sie auch daran, wofür der Name Eye & Ear steht: Haben Sie jemals schlechte Ware von uns bekommen, na, Geraldine?« (Und davor hatte es ›Na, Nick?‹ geheißen und davor ›Na, Sam?‹) »Wie es dazu gekommen ist, darüber kann ich nichts sagen – noch nicht. Aber es ist wahr! Ich habe Tonaufzeichnungen, hören Sie sich die besten Stellen einmal an, bevor wir weiterreden. Das meiste ist in Englisch, ein wenig auch in Latein. Ich habe eine Übersetzung machen lassen von einem Dozenten aus Oxford –«

Ein Motorradkurier hatte die Früchte von Raphael

Williams' nächtlicher Fleißarbeit eine Stunde, nachdem Barney im Büro erschienen war, überbracht. Und da hatte Barney auch schon die neuesten Tonbänder aus Mutters Haus in der Tasche.

»Richtig, er war bei der Kreuzigung dabei. Und es war ein bißchen anders, als wir alle glauben ... Ich weiß, daß es verrückt klingt, aber die Sache ist koscher. Hundert Prozent!«

Damit meinte er natürlich nicht die Herkunft der Bänder. Und Geraldine und Sam und Nick war das klar – zwinker, zwinker. Sobald das Geschäft unter Dach und Fach war, wurde es Zeit für ein Interview mit den Ryans und Marcus ... Da würde man mehr oder weniger nachhelfen müssen, eher mehr – mal sehen. Ein Photograph und ein Reporter der Zeitung (die sich glücklich schätzen durfte!) würden dabeisein. Barney würde die ersten, die wichtigsten Fragen selbst stellen, da er nun mal mit der Angelegenheit am besten vertraut war. Der Reporter konnte sich dann mit dem ganzen Drumherum befassen. Williams würde, wenn nötig, übersetzen – der würde ganz schön Augen machen, der Gute!

›Mr. Ryan‹, Barney übte schon mal, ›wir wissen aus gutunterrichteter Quelle, daß sich ein *echter* Römer aus dem ersten Jahrhundert nach Christus in Ihrem Haus aufhält ... Sagen Sie jetzt nicht, es handele sich um einen dieser kostümierten Freizeit-Römer – das ist zwecklos. Wir wissen außerdem –‹

Vielleicht dachten die Ryans sogar, daß Barney ihnen eine Erklärung für das Auftauchen ihres Römers aus dem Orkus liefern könnte. Ohne eine Hintergrundgeschichte würde es nicht funktionieren, wie immer die Ryans reagierten: Es wäre also in ihrem eigenen Interesse, zu kooperieren – wenn sie nicht die wildesten Mutmaßungen zu ihrer Person in der Zeitung lesen wollten. Mit einem Exklusivvertrag würde man sie an sich binden. Dann konnten auch die anderen Zeitungen auf den Plan treten – die von Sam und Nick beispielsweise, die sich inzwischen die Haare raufen würden. Ein Schwarm von Geiern würde sich auf die fette Beute stürzen. Das Fernsehen, die Nachrichtenagenturen der ganzen Welt. Der Reporter würde sich, das Scheckbuch betreffend, von seinem Chefredakteur eine neue Vollmacht geben lassen müssen: Darf's auch ein bißchen mehr sein ...

»Nein, Geraldine – daß es sich bei den Geschwistern um Psychiater oder sonstige ›Therapeuten‹ in des Wortes entferntester Bedeutung handelt, ist ausgeschlossen.«

Barney hatte so ein Gefühl im Bauch, daß er diese Geraldine von *The Voice* fest an der Angel hatte. Das hieß: einen hübschen Finderlohn plus einen Anteil an der späteren Vermarktung. Sam und Nick hatten den Preis zwar schon etwas in die Höhe getrieben, doch hörte sich Geraldine mittlerweile ganz so an, als betrachte sie diesen Römer als ihr persönliches Eigentum.

Charley Turpin könnte Williams nach Milton Keynes bringen. Hatte Charley ein Auto? Er konnte sich doch eines borgen. Ein Experte aus Oxford konnte unmöglich auf dem Soziussitz eines Motorrads angefahren kommen.

Mein Gott, was alles noch zu regeln war! Mit Tinker, der für heute einmal nicht engagiert war, wollte er sich um halb eins im Laden von Steve treffen, wo man im Büro, unter sechs Augen, etwas zu bereden hatte. Da gab es noch diese andere Sache, die man ins Rollen bringen mußte, wenn auch mit viel weniger Pomp und Getöse.

Und wenn er auch damit einen Treffer landete,

dann konnten Geraldine und Sam und Nick ein weiteres Mal um einen fetten Brocken rangeln. Barney lächelte Angie zu, die vom anderen Apparat das Gespräch mithörte. Sie lächelte zurück, süß wie immer. Eye & Ear war jetzt nicht mehr zu bremsen.

69

Im *Spytrap* fand man eine reiche Auswahl an Scannern für Mobiltelefone, Kleinstsendern – als Füller oder Taschenrechner getarnt –, Mikrophonen, Wanzen und Detektoren für Wanzen: alles, was man so brauchte, um Spione aufzuspüren und natürlich auch um selber zu spionieren. Alles frei verkäuflich – wenn auch der Gebrauch verboten war, hahaha.

Der Laden war in Pastelltönen gehalten – mattes Zitronengelb, Beige. An der Decke Designerleuchten. Gedämpfte Musik aus den Lautsprechern, Vivaldi. Neben einer Polstergruppe als kleines Extra eine Kaffeemaschine für die Kunden, zur gefälligen Bedienung. Ein Mann saß da und blätterte in einem Hochglanzprospekt. Sportlich gebräunte Angestellte mit militärischen Haarschnitt und in Jeans und kragenlosen Hemden standen zur vertraulichen Beratung bereit, wozu man sich in jene Kämmerchen zurückzog, die früher einmal Umkleidekabinen gewesen waren. Früher, als in diesem Laden noch Kleider verkauft wurden.

Die etwas spezielleren Geräte gab es im Hinterzimmer – Apparaturen für bis zu dreitausend Pfund, die nur ein Fachmann bedienen konnte. Wird von uns gestellt, Sir, für dreihundert Pfund die Stunde, gehört zum Service. Die meisten Kunden bei Spytrap waren in der Tat Männer, aber natürlich hatte man auch nichts gegen Frauen einzuwenden, warum auch.

Als Barney durch die Tür trat, war er noch immer in Hochstimmung – fast schwindelte ihn, wenn auch auf höchst angenehme Weise. Steve Potts winkte ihn gleich nach hinten, ins Büro.

Steves kurzes, borstiges Haar war silberblond getönt. Gekleidet war er wie seine Angestellten – und das ganz bewußt: eher Mitglied des Teams als Chef, und das Team eher ein Kommandotrupp auf dem Weg durch den elektronischen Dschungel.

»Deine Zwillingsstecker sind ihr Geld wirklich wert«, sagte Barney.

Steve grinste. »Garantiert.«

»Wir warten besser, bis der kleine Mann da ist.«

70

Ein kecker, munterer Zwerg spazierte die Tottenham Court Road entlang und ließ die Leute gucken, soviel sie wollten. Ein bißchen zu elegant, der Kleine – gelbkarierter Maßanzug mit Weste, den flachen Filzhut schief auf dem Kopf. Der Stock mit dem silbernen Knauf – ein Schakalskopf – war eigentlich ein Stockdegen. Einmal nur hatte er wegen seines ›Lebensretters‹ Ärger mit der Polizei gehabt; seine Freunde bei Fünf hatten das geregelt.

Tinkers kleinwüchsige Eltern waren beim Zirkus gewesen – in der guten alten Zeit, als Vorführungen mit Tieren ganz selbstverständlich Teil des Programms waren und nicht nur Anlaß für Tierschützer, sich moralisch zu entrüsten. Mummy und Daddy hatten eine Schimpansengruppe, vier an der Zahl, dressiert und waren mit den Tieren zusammen auch aufgetreten: eine Akrobatiknummer, komisch und anspuchsvoll zugleich – und nicht ungefährlich: Ein Schimpanse, der kräftig zupackte, konnte einem leicht den Arm ausreißen. Aber Mummy und Daddy kannten keine Angst, und sie liebten auch ihre Tiere, diese Parodisten der Menschen. Sie hatten gehofft, ihr Gewerbe an den Sohn weitergeben zu können, auch wenn die Zeiten noch so schnellebig waren.

Was sie tatsächlich weitergaben, war eine Lebensversicherung oder vielmehr die bei Unfalltod fällig werdende Versicherungssumme. Mit den Schimpansen allerdings hatte das gar nichts zu tun gehabt, und für den Sohn war es ein bißchen wie der Hauptgewinn in einer Lotterie. Ein Sattelschlepper, dem ein Reifen geplatzt war, überrollte das Wohnmobil mit dem Schimpansenanhänger. Mummy und Daddy, die vorne saßen, waren sofort tot. Tinker, der im Wohnabteil im Bett lag und einen Spionageroman las, brach sich nur den Arm.

Die drei überlebenden Schimpansen brachte man in einen Zoo mit einem hübschen Freigehege, wo sie an Seilen und Autoreifen herumturnen konnten

Einige Jahre noch blieb Tinker bei dem Zirkus, half hier und da aus – hauptsächlich in der Buchhaltung –, bis er eines Tages ins Grübeln kam, was sein zukünftiges Leben betraf. So hatte Samson, der starke Mann des Zirkus. leichtes Spiel, als er ihn zu einer gemeinsamen Varieté-Nummer überredete. Halbe-halbe machten sie, obwohl sie sich ›Groß und Klein‹ nannten bei ihren Auftritten in einem Strip-Klub in Soho. *Botticelli* hieß der Laden, und das war genau das Richtige für zwei, die nach Höherem strebten und nicht mehr durch eine Arena voll Pferdemist waten wollten.

Anfangs mußten sie noch Schutzgeld bezahlen, das hörte jedoch auf, als Tinker für den Staatsschutz zu arbeiten begann. Wegen des russischen Publikums, das mit Geld nur so um sich warf, war schließlich der MI5 auf den Nachtklub aufmerksam geworden. Und Tinker, der auf Spionagegeschichten schon immer ganz versessen war, nutzte die Gelegenheit, endlich einmal selbst den Spion zu spielen. Auch wenn man für ihn, den Zwerg, eine ganz spezielle Verwendung hatte – denn wer paßte schon in den Kofferraum eines Autos, mit einer Videokamera in den Händen? Aber er war dabei – und darauf war er unheimlich stolz.

Tinker trat durch die Tür des *Spytrap* und marschierte ohne Umschweife gleich nach hinten ins Büro.

Er tippte kurz an seinen Hut. »Hi Steve, hi Barney – hast du diese Latein-Geschichte inzwischen geklärt, Barney?«

Steve hatte nicht vergessen, für ein dickes Kissen auf Tinkers Stuhl zu sorgen. Der legte seinen Stock beiseite und wuchtete sich hinauf auf die Sitzfläche, schwang die Beine auf Steves Schreibtisch und schlug sie übereinander.

»Lateinamerikaner? Etwa die Drogenmafia?« wollte Steve wissen.

Barney schüttelte den Kopf. »Hör zu, diese Sache hat zwei ganz verschiedene Aspekte, die man säuberlich auseinanderhalten muß. Zweigleisig fahren, heißt die Devise. In Kürze könnt ihr in der *Voice* einen dicken Knüller lesen – aber das ist nur die halbe Geschichte. Und die andere Hälfte ist pures Dynamit – oder Semtex, um genau zu sein. Und man sollte nur mit der größten Vorsicht dran rühren, zumal da noch ein paar Punkte zu klären sind ...«

71

Als Mary am Montagmorgen zur Universität fuhr, war auch Jean Henderson da. Nur zu gerne hätte sie sich der Freundin anvertraut, zumal die spürte, daß Mary etwas bedrückte.

»Ach, es ist nur der Frühling«, sagte Mary etwas hilflos, »die Vögel singen den ganzen Tag – und dann dieser Optimismus, mit dem sie ihre Eier legen ...«

Als sie am frühen Nachmittag nach Hause kam, saß Marcus noch immer an seinem Computer. Er konnte jetzt schon längere Sätze bilden. Aber noch immer war das Englische eine Landschaft im Nebel für ihn, aus dem nur hin und wieder ein Licht als Wegweiser aufleuchtete. *Ich bin nicht allein. Danke. Du unterrichtest viele Leute. Du sprichst mit der ganzen Welt. Dein rotes Haar ist das Haar einer Königin.*

Spar dir bloß deine Schmeicheleien! Fast hätte sie ihn bitten wollen, seine Rüstung anzulegen – damit er sich wieder in jenen Fremden verwandelte, der er einmal gewesen war. Damit sie sich auch nicht im entferntesten vorstellen konnte, ihn an der Hand zu nehmen und nach oben zu führen. Wohlgemerkt: Von *vorstellen* war hier die Rede, nicht von einer Absicht.

Ein Römer als Liebhaber ... wie würde das sein? Wäre er vielleicht hastig und grob, nur auf sich selbst bedacht? Oder einfühlsam und sinnlich? Vielleicht würde er sogar weinen in ihren Armen, danach ...

72

Tom kam früher als gewöhnlich nach Hause. Eigentlich ein Grund für Mary, sich erleichtert zu fühlen. Statt dessen war sie, tief in ihrem Innersten, ein wenig ärgerlich.

Gegen sechs türmten sich schwarzviolette Wolkenberge am Himmel, und man hörte es deutlich grummeln. Es war schwül geworden. Tom fluchte, daß er vergessen habe, das Sonnendach des Rover zu schließen. Ein Blick durch die Tüllgardinen bestätigte es: Das Glasdach ragte schräg in die Höhe. Und das von Tom, der sich so leicht keine Flüchtigkeiten zuschulden kommen ließ.

Gerade als er nach draußen lief, um das Versäumte nachzuholen, fuhr ein dunkler Mondeo vor. Und hinter ihm kam einer dieser japanischen Geländewagen, schwarz, mit klobigem Rammschutz am Bug, als ob er nicht schon häßlich genug wäre.

Leute stiegen aus: ein pummeliger Bursche in schwarzer Lederjacke, eine junge Schwarze mit Brille und Perlen in den dünnen Haarzöpfchen. Der Lederjackentyp musterte Tom, der eben sein Auto erreichte. Das schwarze Mädchen hielt die hintere Tür des Mondeo auf, um einen großen, dünnen, schwarz gekleideten Mann aussteigen zu lassen.

Aus dem Geländewagen kletterte eine Chinesin in dunklem Hosenanzug und Rüschenbluse, mit einem grellroten Seidentuch um den Hals. Auch sie starrte zu Tom herüber. Aus ihrer Schultertasche hing ein Kabel – großer Gott, sie hatte ein Mikrophon in der Hand! Und ihr hinterher kam jetzt ein Kahlkopf im Safarianzug, der mit einem halben Dutzend Kameras behängt war. Der Trupp marschierte in den Vorgarten. Mary kam aus dem Haus gerannt, um sich mit Tom den Eindringlingen entgegenzustellen.

73

»Wer hat Ihnen diesen Unsinn erzählt!?« fragte Mary Ryan ziemlich barsch.

Barney war fast versucht zu sagen: *Sie* haben es uns erzählt, Sie selber! Statt dessen sagte er: »Sie haben ein Problem, und ich bin derjenige, der Ihnen helfen kann. Ich verstehe, daß Sie nun die Ahnungslose zu spielen versuchen – aber spätestens morgen wird alle Welt von dieser Geschichte erfahren haben.«

Lin sagte: »Mrs. Ryan, ein Exklusivvertrag mit der *Voice* würde sicherstellen, daß die anderen Zeitungen und das Fernsehen Sie in Ruhe lassen.«

Ziemlich selbstsichere Person, diese Lin. Untadeliges Englisch, stammte aus Hongkong. Hatte die Nachrichtenredaktion einer Zeitung geleitet, die nicht nach dem Geschmack der neuen Herren war. Geraldine sollte besser ein Auge auf diese Frau haben, anstatt ihr eine Chance wie diese zu geben. Barney hatte geglaubt, daß er hier das Sagen haben würde – doch jetzt fühlte er die Sache aus seinen Händen gleiten.

Lin sagte: »Wir werden einen Wachdienst kommen lassen, der dafür sorgt, daß Sie nicht belästigt werden.«

»Wie kommen Sie dazu?«

Raphael Williams stand ziemlich belämmert da. Zu peinlich, diese Situation.

Tom sagte leise zu seiner Schwester: »Wir haben immerhin an diese Möglichkeit gedacht –«

»Du bist ein Idiot, Tom, halt den Mund! Doch nicht irgendwelche x-beliebigen Leute ...« Und zu Lin sagte sie: »Sie irren sich. Sie werden hier nichts finden, was Sie interessieren könnte. Sie sind ja komplett verrückt!«

»Oh, ich denke nicht«, schaltete sich Barney ein. »Es geht um den größten Knüller aller Zeiten: Sie haben einen *echten* römischen Zenturio in Ihrem Haus versteckt, der letzten Montag in Woburn Abbey diesen Kostüm-Römern einen ganz schönen Schrecken eingejagt hat.« Er hoffte, sie mit diesem Detail ein wenig verwirren zu können.

»Hyänen, das sind Sie!« schleuderte Mary den Eindringlingen entgegen.

»Liebe Tierchen«, sagte Lin mit einem Lächeln. »Da hat man mir schon ganz andere Sachen an den Kopf geworfen.« Ihr Lippenstift war von demselben grellen Rot wie ihr Halstuch.

»Hier gibt es kein Aas, auf das Sie sich stürzen können«, fuhr Mary grimmig fort.

»Marcus!« rief Barney zur offenen Haustür hinüber. »Sagen Sie ihm, daß er herauskommen soll«, wies er Williams an. »Sagen Sie ihm, daß wir Freunde sind.«

Raphael Williams gab sich einen Ruck. Dann rief er etwas in diesem gestelzten Latein, ganz offenkundig zum Entsetzen Tom Ryans.

Der Römer erschien in der Tür. Zögernd trat er vor das Haus. Die Frau von nebenan – Daisy Evans – war in den Garten gekommen, zusammen mit ihrer halbwüchsigen Stieftochter.

»Ist alles in Ordnung?« rief sie über den Zaun.

»Hast *du* es Ihnen gesagt?« bellte Mary ihr zu. »Wie konntest du nur!«

»Nehmen Sie's nicht so tragisch«, sagte Angie.

»Wer sind *Sie* denn? ... Bleiben Sie mir vom Leib mit Ihren guten Ratschlägen!« Und zu Tom: *»Es kommt noch zu früh für ihn!«*

Ein Flächenblitz flackerte bläulich vor der nachtschwarzen Wolkenfront, die immer näher rückte. Donner grollte. Einzelne dicke Tropfen fielen platschend auf das Pflaster der Einfahrt. Marcus sah zum Himmel, dann rannte er los, zu Toms Wagen. Tom mußte die Türen mit der Fernbedienung schon geöffnet haben, denn Marcus riß nun die Fahrertür auf, bückte sich kurz ins Innere und lief nach hinten zum Kofferraum.

»Er ist nur ein Rumäne, der hier Englisch lernen möchte.« Mary kochte vor Wut.

Barney schob sich ganz nahe an Mary heran. Er mußte jetzt die Sache in den Griff kriegen. Er flüsterte: »Ganz unter uns, Mary – sollen wir denn statt dessen von Seamus Kelly reden? Doch lieber nicht, oder?«

Der Römer hatte den Kofferraum geöffnet, bevor der völlig überraschte Tom ihn noch hindern konnte. Was Marcus nun in der Hand hielt, war ein ... Schwert.

»Vorsicht, er ist bewaffnet!« Bob Lewis beeindruckte das nicht im mindesten. Die Kamera surrte, Blitzlicht um Blitzlicht flammte auf in der Düsternis. Ein richtiger Blitz zuckte über den Himmel, und Marcus hob sein Schwert, als wolle er ihn zu sich herablenken. Doch was er auf sich zog, war um so mehr Interesse von seiten des Photographen.

»Hauen Sie ab!« schrie Mary Barney an.

Langsam kam der Römer auf Barney zu, mit grimmigem Gesicht. Er schwang das Schwert hin und her, stieß es einige Male in Richtung des Photographen – ein Scheinangriff, zunächst noch.

»Nein, Marcus!« schrie Mary. »Tu es nicht!«

»Soll ich die Polizei rufen?« kam Daisy Evans' Stimme von jenseits des Zauns.

»Kümmern Sie sich um Ihren eigenen Kram!« schrie Angie zurück.

Marcus blickte zum Himmel, als der nächste Blitz aufleuchtete.

»Sie dürfen ihn jetzt nicht erschrecken«, sagte Tom leise. Und während er beruhigend auf ihn einredete, ging er mit ausgestreckter Hand auf ihn zu.

»Sie haben mir nicht gesagt, daß ich es mit einem Irren zu tun haben würde«, beschwerte sich Williams bei Barney.

»Er ist kein Irrer, er ist nur verwirrt. Was hat Ryan da gesagt?«

»Daß er ihm das Schwert geben soll. Dieser *fulgor*, der Blitz, und die blitzende Maschine des Mannes: das hätte nichts mit dem blauen Licht zu tun ... Etwas in der Art.«

»Verdammt, Sie wissen es nicht genau?«

»Das ist es, was er gesagt hat. Der Himmel weiß, was er damit *meint*.«

Schicksalsergeben reichte Marcus Tom Ryan das Schwert. Er deponierte die Waffe wieder dort, wo sie hergekommen war. Mit mehr Schwung als nötig schloß er den Kofferraumdeckel. Die Regentropfen nahmen zu. Jetzt klappte Ryan das Sonnendach herunter. Eine Minute oder zwei, und es würde wie aus Eimern gießen. Nun drehte Tom Ryan sich um.

»Ich denke, wir sollten ins Haus gehen«, sagte er wie ein müder alter Mann.

Mary widersprach nicht, aber der Blick, mit dem sie Barney bedachte, war zum Fürchten. Barney lächelte sein gewinnendstes Lächeln. Er zuckte die Achseln, als wolle er sagen: Ich kann es ja verstehen.

74

Da hatte Tom Ryan diesen Marcus Appius Silvanus in seiner Zenturio-Aufmachung also an der A5, nicht weit von Towcester, aufgelesen. Für Marcus war es das Jahr 60 gewesen. Dann ein blauer Blitz, und er war in der Gegenwart ...

»Meine Schwester dachte an ein Ufo oder etwas in dieser Art«, sagte Tom Ryan zu Lin. »Wissen Sie vielleicht, ob am Samstag oder Freitag vorletzter Woche irgend etwas Merkwürdiges vorgefallen ist – etwas, das man in den Redaktionen dann aber doch nicht für wichtig genug hielt?«

»Wir werden das überprüfen.« Der Regen peitschte gegen das große Wohnzimmerfenster. Es war, als würden die Wasserfluten das Haus von der übrigen Welt abschirmen wie unter einer Käseglocke. Mary und Marcus tauschten schweigend Blicke, als ob sie sich eines geheimen Einverständnisses versichern wollten.

»Was Marcus braucht, ist Hilfe, nicht Vermarktung«, sagte Mary.

»Wir sorgen dafür, daß er vor der Öffentlichkeit abgeschirmt wird«, versicherte Lin. »Das ist doch ein entscheidender Teil unserer Verabredung. Wir können natürlich nicht die Straße sperren, aber wir werden Wachmänner postieren, rund um die Uhr. Vor dem Haus – und wir werden Sie eskortieren lassen, wohin auch immer Sie fahren.«

»Eskortieren wie einen Filmstar? Und wie lange soll das gehen?«

»Wir werden eine Titelgeschichte daraus machen, und eine Woche später wird es eine Fortsetzung mit ergänzendem Material geben.«

»Um das Ganze spannender zu machen«, erklärte Barney, »und um Zeit für weitere, ausführlichere Interviews zu haben. Möglich, daß daraus eine tägliche Doppelseite wird ... Zuerst der große Knaller, eine Woche später dann ›Mein Leben als Römer‹ und so. Mein Gott, wenn man sein Alter bedenkt: Er könnte doch bei der Kreuzigung dabeigewesen sein – nicht wahr?«

Mary wurde kreidebleich.

»Sagen Sie bloß, er *war* dabei!«

Sie schwieg.

»Er war also dabei ... Kommen Sie, Mary Ryan, seien Sie offen zu mir.«

Sonst muß ich wieder auf Seamus Kelly zurückkommen ... Schön, wenn man einen Hebel wie diesen ansetzen kann. Als hätte man einen zweiten Schalthebel – wenn das eine Getriebe klemmt, versucht man es eben mit dem anderen.

Sie nickte gequält. »Es war in seinem ersten Jahr bei der Legion.«

Das war das Stichwort für Lin. »Er hat tatsächlich die Kreuzigung miterlebt? Das macht die Geschichte noch einige Nummern größer!«

»Er war nicht *dabei* – er war in Jerusalem, das ist alles.«

»Das«, sagte Lin, »ist mehr als genug. Das reicht sogar für ein Buch, ein Taschenbuch zumindest. Wir werden den besten Ghostwriter engagieren!«

»Ein Ghostwriter, das wäre das Richtige«, sagte Barney.

»Sie können mit mehreren hunderttausend Pfund rechnen, Minimum, zusätzlich zum Zeitungshonorar. Es können aber auch leicht einige Millionen werden!«

»Mein Gott, wie erbärmlich!« Mary war außer sich.

»Geld bedeutet in diesem Fall Sicherheit«, sagte

Barney, »und ein ungestörtes Privatleben. Für Sie beide und ihn. Das ist es, wozu Geld gut ist.«

»Wir würden diesen Schutz nicht brauchen –«

»Seien Sie nicht albern, Mary.«

Marcus saß mit dem Rücken zu seinem Computer. Verbissen versuchte er zu verstehen, was hier vorging.

»Wir meinen es doch gut mit Ihnen«, sagte Lin, »wir werden Ihnen mit Rat und Tat beiseite stehen, die ganze Zeit.«

»Und wenn wir ausgedient haben, werden Sie uns fallen lassen wie eine heiße Kartoffel!«

»Sie werden weich fallen, auf einen großen Haufen Geld. Aber das ist nicht das, was uns heute kümmern muß. Hören Sie: Wir *bringen* diese Geschichte, selbst wenn alles nur Schwindel sein sollte.«

»Entschuldigung«, fuhr Mary sie an, »ein Schwindel ist eine bewußte Täuschung – hatten wir denn die Absicht, Ihnen überhaupt etwas von der Geschichte zu erzählen? Sie sind schließlich hier hereingeplatzt –«

»Sie haben uns hereingebeten!«

»Wohl kaum freiwillig.«

Barney stand auf. »Darf ich?« Er ging zum Fenster und zog die Vorhänge zu. Vielleicht hätte er Seamus Kelly besser nicht erwähnt. Das verflixte männliche Ego ... Gib's zu, Barney: Du mußtest dich beweisen, nachdem diese Chinesin dir allen Wind aus den Segeln genommen hatte.

Bei Mutter liefen jetzt die Tonbänder heiß, jedes einzelne Wort wurde aufgezeichnet. Und Barney hörte sich selbst ab.

Was war das doch für eine Scheißwelt, in der man lebte! Nicht mal eine Hyäne war vor der andern sicher.

75

Als Marcus seinen Namen neben den der Ryans setzte, sah es mehr nach einem krakeligen Griechisch als nach Latein aus.

Lin war wie elektrisiert gewesen, als er das Orakel erwähnte. So aufgeklärt und modern sie sich auch gab, hinter der Yuppie-Fassade rumorte wohl noch immer der jahrhundertealte Wahrsagekram, vom I Ging bis zum Feng Shui oder was es sonst noch gab.

Raphael Williams, immerhin, hatte sich mit seiner Dolmetscherei in der Zwischenzeit sein Brot ehrlich verdient.

»Wenn ich eine Bemerkung in eigener Sache machen dürfte«, sagte er, »ich bin von meiner Ausbildung her genau der Richtige, um mich mit diesen Mann eingehend zu beschäftigen. Hier darf es doch nicht nur um Schlagzeilen und einen hastig zusammengeschusterten Bestseller gehen! Jahre solider wissenschaftlicher Arbeit sind nötig, um einen Schatz wie diesen auch wirklich zu nutzen.«

»Sie reden von Ihrer *Rehabilitation,* Dr. Williams?« Lin klang in Barneys Ohren nun sehr chinesisch. Sich bewähren durch seiner Hände Arbeit ... Ab in die Reisfelder, Genosse Williams, und übe dich in Selbstkritik!

Barney hatte nicht vermeiden können, Geraldine über Williams' Vergangenheit zu informieren. Sie sollte nicht glauben, daß er ihr irgendeinen kleinen Amateur als Latein-Experten präsentierte.

»Dr. Williams – Sie sind zunächst einmal unser Übersetzer. Doch werden wir gute Arbeit zu würdigen wissen.«

»Könnte ich ihn nicht mal in voller Rüstung fotografieren?« fragte Lewis. »Ein paar Aufnahmen nur?«

»Großer Gott, wie würdelos!« entfuhr es Mary.

»Was soll daran falsch sein? Finden Sie Soldaten in Uniform *würdelos*?«

»Ihn wie eine Kleiderpuppe vorzuführen, das finde ich würdelos.«

»Das Schwert lassen wir lieber beiseite, ja?«

»Ich hoffe, Sie halten sich an die Tatsachen«, sagte Mary, »und erzählen nicht die üblichen Märchen.«

»Wenn das wahr ist, was Sie uns sagen, können wir auch eine wahre Geschichte schreiben.« Diese Lin konnte eine richtige Nervensäge sein. Sehr tüchtig, aber eine Nervensäge. Wäre sie in Hongkong geblieben, die Kommunisten hätten ihre helle Freude an ihr gehabt.

Marcus verschwand mit Tom in diesem Arbeits- und Gästezimmer, und sicher würde Tom ihm erst einmal erklären, um was es hier ging. In der Zwischenzeit konnte sich Lin ganz uneingeschränkt Mary widmen.

»Wie ist das denn so, einen Menschen aus der Vergangenheit in seinem Haus zu haben?«

»Fragen Sie nur zu, was Küche und Haushalt betrifft, liegen Sie bei mir richtig! ... Ist sicher für die Hausfrauenseite Ihres Blatts, nicht?«

»Das ist wirklich keine schlechte Idee!«

»Ich habe einen Beruf!«

»An der Open University, alle Achtung.«

»Sie wissen eine ganze Menge über uns!«

»Recherchen«, sagte Lin. »Sie sind ziemlich hübsch – hat er denn irgendwelche Annäherungsversuche gemacht?«

»Um Himmels willen!«

»Sie müssen es ehrlich beantworten.«

»Zufälligerweise: nein. Und wenn, dann würde ich es Ihnen nicht sagen. Irgendwo gibt es doch eine Grenze!«

»Wir arbeiten zusammen, zum gegenseitigen Nutzen. Die Geschichte muß lebensnah und spannend sein. Ich werde sie auf der Fahrt nach London in den Computer tippen. Morgen früh werde ich mit Mr. Barber wiederkommen. Wir werden Dr. Williams im *Moat- House*-Hotel unterbringen, und von morgen an werde ich auch dort wohnen – es sei denn, Sie könnten mich hier unterbringen? ... Das wäre das beste.«

»Dieses Hotel ist ausgebucht, Mrs. Lin! Unser letztes Zimmer haben wir an einen Römer vermietet.« Und mit einem finsteren Blick zu Barney: »Und wo schlafen Sie und Ihre Angie?«

Angie protestierte halb ärgerlich, halb lachend. Natürlich verplapperte sie sich nicht, kein Wort von Mutters Haus ein paar Straßen weiter. *Sie* würde, anders als Barney, heute abend noch zurück nach London fahren. »Ist nicht ganz so gelaufen, wie ich es mir gewünscht hätte«, sagte Barney zu Mary. »Das tut mir leid.«

Kelly, Kelly ...

»Sicher war die Rolle der Frauen, was die Beziehungen der Geschlechter betrifft, eine ganz andere als heute.« Lin ließ nicht locker.

»Tatsächlich?«

»Ich denke, daß eine Römerin kaum als eigenständiges Wesen betrachtet wurde, eher als Eigentum ihres Mannes.«

»Warum fragen Sie nicht einfach Marcus? ... Nein, tun Sie es bitte nicht. Er hatte eine Frau, er hat sie verloren – damals, vor zweitausend Jahren.«

»Mein Gott, wie traurig! Mary – ich werde sehr, sehr behutsam sein, wenn ich darüber mit ihm rede.«

Marcus kam herein, in Kettenhemd und Lederharnisch mit den silbernen Medaillen daran. Auf dem Kopf den Helm mit dem Busch aus Pferdehaar.

Barney sagte: »Müßte er nicht dieses Ding tragen, das aussieht, als hätte man sich einen Gürteltierpanzer umgebunden?«

»Stimmt etwas nicht an diesem Kostüm, Dr. Williams?« fragte Lin. Williams fragte Marcus.

»Er sagt, daß er die *lorica segmentata* – das ist der Harnisch, den Sie meinen – nur in der Schlacht trägt. Er nennt ihn den *neuen* Harnisch. Ein Zenturio trägt, anders als die niederen Ränge, normalerweise nicht die *lorica*. Sie ist schwer, und man schwitzt darunter. Aber in einem ernstzunehmenden Gefecht, da müßte man ein Narr sein, wenn man nicht den bestmöglichen Schutz wählen würde.«

»Soviel hätte ich ihnen auch sagen können«, sagte Tom.

Lin schürzte die roten Lippen. »Als Sie ihn aufgelesen haben, waren er und seine Leute doch den Britanniern auf den Fersen. Hätte er da nicht diesen Panzer tragen müssen?«

Williams übersetzte. »Um die Besiegten niederzumachen braucht es keine schwere Rüstung, sagt er.«

Lin sah Mary aufmerksam an. »Sie scheinen sich nicht wohl zu fühlen. Ist es die Vorstellung von diesem Blutvergießen, die Sie erschreckt?«

»Wir tun doch alle nur unseren Job, nicht wahr?«

Die Chinesin lächelte – wie ein Hai, dachte Barney. Ein Hai, der sich seiner Beute sicher ist.

»Ob er nicht noch ein paar Einzelheiten von der Kreuzigung erzählen möchte?«

76

An diesem Morgen saß Terence schon um acht Uhr an seinem Schreibtisch. Eigentlich hatte er Patricia Bates' Akte noch einmal durchgehen wollen, für den Fall, daß es doch einen Hinweis auf Sonnyboy gab, den man bisher übersehen hatte. Aber dann meldete sich Raymond Kerr auf der abhörsicheren Leitung, und kaum hatte Terence den Hörer wieder aufgelegt und war dabei, sich die möglichen Konsequenzen bis hin zur alles vernichtenden Katastrophe auszumalen, als Gwyn hereinspaziert kam. Mit demonstrativem Feingefühl schloß er die schalldichte Tür. In der Hand schwenkte er die Dienstagausgabe der *Voice*.

»Ein bißchen, als hätte einen ein Pferd getreten, nicht wahr, mein Junge?«

»Ich wollte Sie gerade rufen«, sagte Terence. »Aber offensichtlich sind Sie bereits im Bilde.«

Zu Gwyns Büro war es nicht weiter als ein paar Meter den Korridor hinunter. Ihre Büros waren so etwas wie Zwillinge, eineiige sogar – nicht nur, was die Abmessungen, den cremefarbenen Anstrich und die Möbel betraf. Auch die Landschaftsbilder an den Wänden waren dieselben. Dieselben Wiesen, dieselben Kühe. Derselbe Sonnenuntergang, dasselbe Moor. Sechs durfte nicht Fünf, und Fünf nicht Sechs auch nur im geringsten nachstehen. Nur, daß Gwyn schon die Zeitung in seinen Klauen hielt, die Terence lediglich vom Hörensagen kannte.

»Ist von Martins im Archiv, woher sonst?« sagte der Waliser fröhlich. »Was mich betrifft, ich lese normalerweise den *Telegraph*.«

Inzwischen sammelte man in Radcote schon alle

größeren Tageszeitungen des Landes. Wenn Orakel endlich funktionieren und eines Tages tatsächlich auch in die Zukunft sehen würde, dann könnte man damit ganz einfach die Zeitungen *von morgen* lesen – nicht nur des nächsten Tages, sondern der kommenden Monate und Jahre. Man würde sie abfotografieren und Wort für Wort analysieren können. Und darum archivierte man sie, heute schon, in der festen Absicht, für alle Zeiten damit fortzufahren – ganz gleich, wie lange es noch gedruckte Zeitungen geben würde. So mußte alles im Archiv enthalten sein, was man zu wissen wünschte. Die Korrekturen, mit denen man die Zukunft in die gewünschten Bahnen lenkte, würde man aber – nach reiflicher Überlegung – auf die wichtigsten Dinge beschränken müssen. Ein ewiges Herumdoktern an Kleinigkeiten würde alles nur komplizierter machen.

Und Martins vom Archiv hatte Gwyn auf die Zeitung aufmerksam gemacht – nicht Terence. Das war ein Punkt für Gwyn.

»Ich frage mich«, sagte Terence, »was Martins tun wird, wenn er in einem Jahr oder so noch immer im Lesesaal arbeitet und dabei von einem zukünftigen Flugzeugabsturz erfährt – mit seiner Frau an Bord!«

»Er ist geschieden.«

»Ich weiß. Vielleicht ist seine Ehemalige ihm nicht ganz gleichgültig.«

»Sie haben keine Kinder, und sie haben keinen Kontakt.«

Hin und wieder kehrte Gwyn den Familienvater heraus. Warum auch nicht, er hatte schließlich zwei Kinder vorzuweisen und das Recht auf einige Besuchstage im Monat. Seine Frau hatte ihn wegen eines geschiedenen Kerls verlassen, der einen Laden namens ›*Haute Cuisine*‹ besaß, wo es fast unbezahlbare Töpfe und Pfannen zu kaufen gab. Mrs. Davies' Interesse an Backformen und Kuchendekoration hatte die beiden zusammengeführt.

Terence' Frau, Daniella, hatte sich vor Jahren ebenfalls scheiden lassen, wobei es etwas zivilisierter zugegangen war. Backformen besaß sie genug, darüber hinaus aber auch einen Freundeskreis, von dem sie nicht gerne lassen wollte. Und darum wollte sie um keinen Preis nach Nordirland gehen – wenn es auch nur für ein, zwei Jahre sein sollte. Und aus ...

So oder so ähnlich war es vielen in Radcote ergangen: Geschiedene oder auch Junggesellen, die traf man hier. Und das war durchaus beabsichtigt.

»Worauf wollen Sie hinaus?« fragte Gwyn.

»Ich frage mich, ob Martins nicht versucht wäre, ein großes Plakat im Archiv aufzuhängen: *Rettet meine Frau!* – so daß wir gar nicht anders könnten, als an der Vorgeschichte dieses Absturzes ein wenig herumzuspielen.«

»Und was sollten wir dagegen tun? Ihn am besten gleich auf die Straße setzen? ... Wollen Sie den amen Kerl loswerden, bloß weil er seine Arbeit tut und mich auf einen Zeitungsartikel aufmerksam gemacht hat?«

»Ich versuche nur kreativ zu sein, Gwyn. Etwas laterales Denken könnten wir schon gebrauchen, um hiermit fertig zu werden –« Er zeigte auf die Schlagzeile. »Der erste Gedanke bei Sechs war, daß wir möglicherweise das Projekt umsiedeln müssen.«

»Das ist absolut lächerlich! Allein die Kosten ... von der Verzögerung ganz zu schweigen. Und wenn man uns trotzdem wieder aufspürt?«

»Wurden wir denn aufgespürt?«

Gwyn warf die Zeitung ärgerlich auf Terence' Schreibtisch. »Was denn sonst! Da steht es doch: Orakel, irgendwo bei Towcester, das Jahr 60.«

Terence las, so sorgfältig es ihm in der Eile möglich war.

»Von einem Orakel ist nur ganz beiläufig die Rede.«

»Wir könnten auch eine Neonreklame übers Tor hängen: ›Sie wollten sich schon immer mal Ihre Zukunft vorhersagen lassen? Treten Sie ein!‹«

»Wir müssen mit Ariel reden, was er von der Möglichkeit hält, daß so etwas passieren könnte. Ein echter Römer, als Ergebnis des Testlaufs . . .«

»Oh, wir werden ihn ausquetschen, den Bengel! In der Zwischenzeit wird Fünf diese Ryans unter die Lupe nehmen und jeden, der auch nur entfernt damit zu tun hat. Jeden Stein und jeden Grashalm werden wir umdrehen und von allen Seiten inspizieren!«

»Fünf *und* Sechs gemeinsam, Gwyn – vergessen Sie das nicht. Es darf nicht zwei Untersuchungen geben, zwei Verteidigungslinien. Die Amerikaner werden ohnehin schon hellhörig geworden sein.«

»Wenn nicht sie es waren, die diese Geschichte in die Welt gesetzt haben! Wenn nicht des Rätsels Lösung bei der undichten Stelle zu suchen ist!«

»Sie wissen, das das Ganze auch ein abstruser Schwindel sein kann: Vielleicht haben diese Ryans sich das ausgedacht, um damit zu Geld zu kommen?«

»Um sich dann statt dessen bis auf die Knochen zu blamieren und ein böses Ende zu nehmen?«

»Das kommt darauf an Gwyn. Wir wissen noch zu wenig darüber.«

»Wenn Orakel funktionieren würde, wüßten wir es.«

»In ein paar Tagen – vielleicht.«

In zwei Tagen sollte der nächste Versuch stattfinden, in Richtung Vergangenheit. Wie lange würde es noch dauern, bis man endlich in die Zukunft sehen konnte?

77

Robin wies mit einem Nicken auf seinen überdimensionalen Fernseher. »Werden sie es im Fernsehen bringen, das mit dem Römer?«

»Würde mich wundern, wenn nicht«, sagte Gwyn.

Robin starrte wieder auf die Zeitung mit der großen Schlagzeile: DER MANN AUS DER VERGANGENHEIT. Mit diesem Foto und all dem, was dazu noch auf den Innenseiten ausgebreitet war. Unruhig rutschte er auf den Polstern hin und her. Wenn er den Römer tatsächlich für echt hielt, dann war es einfach unglaublich, wie gelassen er das alles nahm – als ob alles, was außerhalb Radcotes passierte, für ihn unwirklich war: jenseits seiner Welt.

»Hmm ...«, sagte Robin. Es gab im Penthouse weder eine Telefonverbindung nach draußen noch einen Internet-Anschluß. Robin konnte mit niemandem von der anderen Seite des Zauns Kontakt aufnehmen, und er verließ so gut wie nie seine Höhle, diesen mit Flauschteppich ausgekleideten Mutterschoß – weshalb es äußerst unwahrscheinlich war, daß er, auf welche Weise auch immer, dem Projekt zu schaden versucht hatte. Einmal abgesehen davon, daß sein labiler Seelenzustand es nicht gerade förderte. Aber man mußte alle Möglichkeiten in Betracht ziehen ... War er nicht geradezu versessen gewesen auf dieses verflixte Jahr 60? Gwyn hatte Rachel Morgan angewiesen, daß sie sehr genau auf irgendwelche Anzeichen von schlechtem Gewissen oder auch nur Verstocktheit achten solle.

»Ist das denn *denkbar*?« fragte Terence. »Könnte denn, wenigstens theoretisch, ein Mensch des ersten Jahrhunderts in unsere Zeit versetzt werden?«

»Das«, meinte Robin, »ist eine schwierige Frage. Man könnte annehmen, daß, während die Zeitsonde arbeitet, unsere Zeit mit der untersuchten Zeit auf gewisse Weise gekoppelt ist. Die Sonde stellt eine Verbindung zwischen Vergangenheit und Gegenwart her – einen ›Photonentunnel‹ meinetwegen, eine Brücke aus Licht. Die Energie, die wir aufwenden, steht in keinem Verhältnis zu der Energiemenge, die der Masse eines menschlichen Körpers entspricht. Wenn allerdings die Zeit selbst Energie besitzt – immerhin zweitausend Jahre Zeit, die sozusagen ›frei werden‹ … Ich muß darüber nachdenken – bitte, lassen Sie mich allein.« Robin verspürte wieder einmal den unwiderstehlichen Drang, seine große Tafel mit Gleichungen vollzuschreiben.

»Ich dachte«, sagte Terence, »daß ein Eingriff in die Vergangenheit ausgeschlossen wäre.«

»Wenn man postuliert, daß Vergangenheit und Gegenwart im Augenblick des Experiments eine *Einheit* bilden, dann hat es einen solchen Eingriff auch nicht gegeben. Dieser Römer verschwand im Jahr 60. Er war also schon verschwunden, als wir Orakel eingeschaltet haben.«

»Und wenn wir nicht eingeschaltet hätten?«

»Dann, Mr. Duke, wäre er eben nicht schon verschwunden gewesen.« Eine Antwort, über die Gwyn nicht sonderlich erbaut war.

»Könnte denn dasselbe beim nächsten Test von Orakel wieder passieren? Kein Schimmer zu sehen von der Vergangenheit – dafür irgend so ein Typ, der uns ins Haus schneit?«

»Wir gehen nicht so weit zurück, diesmal. Nur zwanzig Jahre – das heißt, wir verwenden nicht genug Energie, um auch nur eine geringe Masse bewegen zu können.«

»Sie meinen also, daß dieser Römer echt sein könnte?«

»Was sonst?«

»Na, da gäbe es so einiges an Möglichkeiten, mein Junge«, sagte Gwyn.

Rachel Morgan runzelte ärgerlich die Stirn.

»Und das wäre zum Beispiel?« fragte sie mit gespielter Naivität. Sie wollte verhindern, daß Robin sich durch Gwyns herablassende Art gekränkt fühlt.

»Zum Beispiel ...«, Gwyn zögerte. »Ein Trick, um uns aus unserem Mauseloch zu locken. Ein Stinkefinger, um sich über unsere Geheimhaltungsmaßnahmen lustig zu machen – damit wir in Panik geraten ...«

»Könnten denn Terroristen bis hierher kommen?« fragte Robin. Das schien ihn ernstlich zu beunruhigen.

»Keine Chance«, versicherte Gwyn.

Terence versuchte die Wogen zu glätten: »Der Artikel handelt von nichts weiter als diesem Marcus, den man auf der A5 aufgelesen hat, vom ersten Jahrhundert und von der Kreuzigung und so.«

»Und von einem Orakel!«

»Vielleicht hat dieser Marcus irgendwann einmal ein Orakel befragt, das war für die Römer nichts Ungewöhnliches.«

»So viel habe ich in der Schule auch gelernt.«

»Und das Orakel wird nur am Rande erwähnt. Und auch darum, wo Marcus herkommt oder wie er hergekommen ist, kümmert man sich wenig. Das ist für die Leute gar nicht der Punkt!«

»*Noch* nicht. Aber warte, wie es weitergeht – in ein paar Tagen, nächste Woche vielleicht. Wenn erst einmal die Kameras laufen –«

»Sie sind, im Augenblick wenigstens, noch auf Milton Keynes gerichtet.«

»Und das ist nicht einmal so weit entfernt wie Cheltenham. Und das ganze Land sperrt neugierig Augen und Ohren auf, die halbe Welt wird es tun. Diese Reporterin ist Chinesin. Warum ausgerechnet eine *Chinesin*?«

Es gab noch eine ganze Menge anderer Dinge, die man herausfinden mußte – und das schleunigst!

»Ich möchte jetzt endlich allein sein und nachdenken!« jammerte Robin.

Im Lift auf dem Weg nach unten fragte Gwyn Rachel Morgan: »War das okay so?«

»Sie dürfen Robin nicht erschrecken«, warnte sie. »Er hat sich bis eben völlig sicher gefühlt.«

Die Fahrstuhltür öffnete sich, aber Terence hielt die beiden Mitfahrer zurück. »Warum nur war er kein bißchen erstaunt, als er von dem Römer hörte?«

»Weil Römer oder Nicht-Römer in seiner Welt keine Rolle spielt.«

»Wird es schlimmer mit ihm?«

»Die Umstände hier *machen* es schlimmer. Aber es sind die besten, wenn man ihn im Auge behalten will.«

78

Mit Gekreische kamen die Zeloten den felsigen Abhang herabgestürmt. Sie schwenkten wild die langen Messer und Schwerter. Die Messer-Mörder kommen, die Messer-Mörder kommen. Es mußten ihrer sechzig sein. Einige hatten ihr Gewand um die Hüften gerafft wie Fischer, die im Wasser waten. Schilde oder

Harnische hatten sie nicht, ihr einziger Schutz war der Glaube. Der Glaube der Fanatiker.

Die Sonne brannte unerträglich heiß.

Schweißüberströmt erwachte Marcus.

79

Mary erwachte im schwachen Licht des ersten Morgengrauens. Es war gerade hell genug, um die Umrisse im Zimmer grau in grau wahrnehmen zu können.

Seamus: Er mußte es gewesen sein, der ihnen die *Voice* auf den Hals gehetzt hatte. Damit Mary im Scheinwerferlicht stand – und um so mehr Aufmerksamkeit erregte, wenn sie ihre Enthüllungen zu dem *Aer-Lingus*-Flug der Öffentlichkeit präsentierte. Für die IRA – und für die Unionisten nicht weniger – drehte sich alles um das leidige Nordirland-Problem. Alles, wirklich alles war nur Wasser auf ihre Mühlen. Wenn die Außerirdischen landeten, dann wäre die erste Frage: protestantisch oder katholisch? Die IRA hatte Helfer und Sympathisanten in vielen englischen Städten – Leute, die zwanzig Jahre oder mehr ein ganz normales Leben lebten, ohne jemals aufzufallen, und doch nur darauf warteten, sich einmal auf die eine oder andere Weise ›nützlich‹ zu machen. Im Dienst der irischen Sache ... So hatte sich sicher auch in Milton Keynes ein Helfer gefunden, der sie in Seamus' Auftrag ausspähte. Er hatte ihren Gast bemerkt, war ihnen auf dem Weg nach Woburn Abbey und zurück gefolgt. Aber wie hatte dieser Mensch herausgefunden, wer Marcus war?

Am selben Tag, als sie Seamus auf dem Campus getroffen hatte, mußte sich der Helfer, mit noch einigen anderen vielleicht, in ihr Haus geschlichen haben. Sie hatten Wanzen installiert, an den Telefonen vermutlich – und mit diesen Wanzen konnten sie mithören, was im Haus gesprochen wurde!

Für Seamus war Marcus doch Gold wert. Alle Welt würde auf das hören, was Mary und Tom – die Freunde des Römers – zu sagen hätten. So etwa würde Seamus sich das vorstellen. Und wollt ihr nicht, ihr lieben Leute, ein bißchen mehr über Mary Ryan wissen? Daß ihr Vater und ihre Mutter in einem Flugzeug starben, das über dem Mittelmeer in die Luft gesprengt wurde? Und wie es dazu kam, darüber kann Duncan Ross von der UDA euch noch einiges mehr erzählen. Schließlich hat er die Bombe gelegt, mit Hilfe seiner britischen Freunde vom MI6. Diese verdammten Briten, die eine Flugzeugladung Touristen kaltblütig ermorden ließen!

Sie mußte die Telefonstecker ziehen, jetzt gleich. Im Schlafanzug schlich sie sich aus dem Zimmer.

80

Die Schnarchlaute aus Toms Zimmer klangen so schrecklich, daß man glaubte, er wäre am Ersticken.

Tom, Tom – dieser Barber weiß von Seamus! Sie hatte es ihm noch nicht gesagt. Sie hatte ihn schonen wollen. Was sonst taten sie beide denn seit Jahren, als sich gegenseitig zu schonen?

Auf Zehenspitzen lief sie nach unten.

Die Telefonstecker ziehen ... Und wenn ein wichtiger Anruf kam? Mist, Tausende von Leuten würden anrufen, wenn erst die Zeitung erschienen war. Sie mußten ihre Nummer ändern lassen, eine Geheimnummer würden sie brauchen.

Sie ging durch das Wohnzimmer. Sie hatte erst ein paar Schritte gemacht, als sie Marcus aufschreien hörte – ein kurzer unterdrückter Schrei.

Sie lief zu seiner Tür, klopfte. Sie öffnete.

Marcus hatte sich im Bett aufgesetzt; er atmete schwer.

»Mary!« rief er, so inbrünstig, als wäre ihr Erscheinen die Antwort auf ein heißes Gebet.

Das Licht von draußen war schon etwas heller. Sie zog den Telefonstecker heraus, dann setzte sie sich auf das Bett und packte Marcus mit festem Griff an der Schulter. Seine Haut war heiß und feucht.

»Mut«, sagte sie, *»valor.«* Das war wahrscheinlich falsch, aber er schien zu verstehen, was sie meinte. Er zeigte auf den Monitor auf Toms Schreibtisch.

»Großer – Tag – heute. Alle sehen – mein Gesicht.« Das würden sie, in der Tat. Zuerst in der Zeitung, später auch im Fernsehen, höchstwahrscheinlich. »Ich bin nackt«, sagte er.

Das stimmte wohl, wenn man von Laken und Bettdecke einmal absah. Aber Mary verstand, daß die Nacktheit, die er meinte, eine ganz andere war: schutzlos ausgeliefert zu sein. Ausgeliefert der ganzen Welt, einer gaffenden Millionenschar, die leicht jeden römischen Mob in den Schatten stellte. Marcus hatte Zeitungen gesehen, er kannte das Fernsehen. Er hatte verstanden.

Es gab nicht viel, was sie einander sagen konnten; ihnen beiden fehlten noch die einfachsten Vokabeln.

Statt dessen schloß Marcus sie in die Arme. Und Mary drückte ihn an sich. Sie brauchten Trost, alle beide, und Trost konnten sie sich geben. Eine Hand glitt unter ihren Pyjama und streichelte ihre Brust.

Wie viele Jahre war es her, daß sie mit Seamus auf jener Matratze gelegen hatte? Wie viele Jahre waren vergangen seit ihrer wilden Londoner Zeit, als sie nicht immer wählerisch gewesen war? Seit ihrem Zusammenbruch hatte sie keinen Mann gehabt – in ihrem neuen Leben mit Bruder Tom. Wenn sie Marcus zu ihrem Liebhaber machte, dann gab sie ihm vielleicht den Halt, den er dringend brauchte. Und sie – brauchte sie nicht ebenso einen Halt? Ihre Hand strich über seinen Körper. Mit so zärtlichen Fingern schob er ihre Pyjamahose nach unten, daß sie es kaum spürte. Sie verlagerte ihr Gewicht ein wenig, um ihm zu helfen.

81

Gleich nach acht erschienen zwei uniformierte Wachmänner in einem kleinen Lieferwagen. Sie klopften an die Haustür, um sich erst einmal vorzustellen: Peter und Tony. Beide in den Zwanzigern. In ihrer olivbraunen Aufmachung mit Schirmmütze mochte man sie für – für was eigentlich? – eine Art paramilitärische Paketzusteller halten. Der sommersprossige Tony war dünn, Peter dagegen stämmig, und er hielt ein Exemplar der *Voice* in der Hand. Mary hätte die Zeitung am liebsten an sich gerissen – und gleichzeitig ekelte sie sich davor, sie überhaupt anzufassen.

Peter fragte: »Könnten wir den Römer vielleicht mal sehen? Damit wir ihn jederzeit erkennen?«

»Genügt Ihnen denn dieses Photo nicht?« entfuhr es Mary. »Es scheint mir ganz gut gelungen zu sein.« Aber es war ungerecht, wenn sie ihren Ärger an den beiden ausließ. Verständlich, daß Peter und Tony vor Neugierde fast platzten.

»Marcus!« rief sie. »Tom, kommt ihr mal?«

»Der erste Gaffer ist auch schon da«, stellte Tony nach einem Blick in die Runde fest. Daisy Evans war im Garten und starrte herüber. Heute würde Marcus bestimmt nicht joggen gehen.

»Wir haben heute noch nicht in die Zeitung gesehen. Könnte ich kurz die Ihre –«

82

Peter und Tony mußten eine Zwölf-Stunden-Schicht lang ausharren. Falls nötig, konnten sie über Funk Verstärkung herbeirufen. Am Abend würde die Ablösung kommen. Fraglos mußte man diese Leute die Toilette benutzen lassen, wenn sie für ihre Verpflegung – Sandwiches und Thermosflaschen mit Tee – auch selbst gesorgt hatten. Das war lästig – und dieses Gefühl, Fremde im Haus zu haben ...

Tom rief Annemarie zu Hause an; sie sollte Bescheid wissen, bevor sie sich auf den Weg ins Büro machte. Erklären – nein, das wäre eine lange Geschichte, viel zu kompliziert. Sie sollte sich einfach die *Voice* kaufen, dieses eine Mal.

Mary rief Tom in den Garten hinter das Haus.

Sie flüsterte: »Dieser Barber weiß von Seamus.«

»*Was?*«

»Er weiß es. Ich weiß auch, woher. Zweifellos hat

Seamus dafür gesorgt, daß wir abgehört werden. So hat er die Geschichte mit Marcus erfahren und der *Voice* einen Tip gegeben.«

»Warum um Himmels willen sollte er das tun?«

»Der Publicity wegen – damit man mich mehr beachtet, wenn ich die Sache mit dem Flugzeug herausposaune.«

Tom war wie gelähmt.

». . . Aber du hast doch noch nichts unternommen in dieser Sache – oder doch?«

»Nein. Und nun hat Seamus eine Chance bekommen, die er sich nie hätte träumen lassen.«

»Du hast mit keinem Wort erwähnt, daß die *Voice* davon weiß.«

»Es war alles schon schwierig genug, Tom.«

»Und Seamus soll Wanzen in unser Haus geschmuggelt haben, sagst du? Du meinst, er ist hier eingebrochen?«

»Das ist kein Verfolgungswahn, glaube mir . . .« Sie legte ihm die Hand auf den Arm.

Es war kaum ein paar Stunden her, daß sie bei Marcus gelegen hatte, daß sie sich geliebt hatten . . . Wenn Tom wüßte . . . Warum hatte sie das Gefühl, ihn betrogen zu haben? Tom war ihr Bruder, nicht ihr Ehemann.

»Vielleicht sind es nicht die Telefone«, sagte sie, »vielleicht stecken die Dinger irgendwo anders. Ich bin nicht am Durchdrehen, Tom: Wie sonst könnten sie alles über Marcus wissen?«

Sein Blick verriet, daß er nicht wußte, was er glauben sollte. Ob sie sich das alles nur einbildete? War die ganze Aufregung einfach zuviel für sie?

»Warum«, fragte er ganz vorsichtig, »sollte Kelly der *Voice* seinen richtigen Namen nennen?«

»Damit man ihm glaubt! So, wie die IRA-Leute

bestimmte Codewörter benutzen, wenn sie einen Anschlag ankündigen – damit die Zeitungen und die Polizei wissen, daß es kein dummer Scherz ist. Seamus mußte sich irgendwie legitimieren.«

Drinnen klingelte das Telefon.

Jean Henderson war es, die Mary sprechen wollte. Sie rief von zu Hause an. Ihr Mann Ian hatte die *Voice* abonniert. Beleidigt war sie, daß Mary ihr nichts gesagt hatte. Oh, Entschuldigung, Entschuldigung ... Doch die Neugier war stärker als die Verärgerung. Ob sie nicht vorbeikommen dürfe? Das frage sie aber in einem höchst ungünstigen Augenblick – ob sie sich noch eine Weile gedulden könne?

Kurz darauf erschienen Lin, ihr Photograph, Barber, Angie und Raphael Williams auf der Bildfläche.

83

Tom klatschte in die Hände, um sich in dem überfüllten Wohnzimmer Gehör zu verschaffen.

»Da wäre zunächst etwas zu klären ... Es klingt vielleicht verrückt, aber meine Schwester und ich haben den Verdacht, daß unser Haus abgehört wird.«

»Was sind das denn für *Recherchen*, von denen Sie immer reden?« wollte Mary von Lin wissen.

»Wir haben unsere Quellen«, sagte die Chinesin, »und außerdem gibt es Personendaten, die für jedermann zugänglich sind.«

Barney meldete sich zu Wort. »Sie könnten recht haben, Mr. Ryan ... Bei näherer Betrachtung erscheint mir das keineswegs abwegig. Vielleicht sollten wir das Haus einmal überprüfen lassen, das kann nicht schaden. Ich kenne jemanden, der uns helfen könnte – ein Unternehmen, das auf solche Dinge spezialisiert ist.«

»Und es ist nicht zufällig dasselbe Unternehmen«, fragte Mary, »das auch unsere Bewacher da draußen stellt?«

»Du meine Güte, nein, da gibt es keine Verbindung. Wenn Sie einverstanden sind, ja?«

»So bald wie möglich«, sagte Tom. »Und wenn sich herausstellen sollte, daß *Sie* auch nur das geringste damit zu tun –«

»Wie könnten wir? Wenn es denn Wanzen gäbe, dann müßte unser Informant sie installiert haben. Sie können mir doch folgen, Mary?« Das konnte sie, nur zu gut. Lin war es, die – zum ersten Mal überhaupt – ein verdutztes Gesicht machte.

»Es gibt da übrigens einen Passus im Datenschutzgesetz«, sagte Mary.

Das nun verstand Lin. Sie zitierte, kurz und knapp: »Persönliche Daten dürfen ohne Einverständnis des Betroffenen weder erhoben noch auf irgendeine Weise gespeichert werden. Ein solches Vorgehen ist illegal und kann mit einer Geldstrafe bis zu fünftausend Pfund geahndet werden. Nach den neuen Richtlinien der Europäischen Gemeinschaft ist auch die Publikation von Daten untersagt, die auf illegale oder die guten Sitten verletzende Weise beschafft wurden.« Das war nun wirklich hochanständig von Lin, und mehr, als man von ihr erwartet hätte. Aber dann fügte sie hinzu: »Allerdings haben wir einen Vertrag mit Ihnen abgeschlossen. Damit ist die Sache in jedem Fall legal.«

»Ganz gleich, ob wir abgehört wurden oder nicht?«

Barney sagte zu Angie: »Verdammt, wie war doch gleich der Name dieser Firma? Hilf mir auf die Sprünge, Angie!«

Die junge Schwarze schien sich das Gehirn zu zermartern. »Spy-Soundso, etwas in dieser Richtung?«

»Genau! *Spytrap*, das muß es sein! Braves Mädchen. Aber dein Mobiltelefon hast du garantiert im Wagen gelassen, hab' ich recht?«

Angie nickte betrübt.

»Typisch.« Geduldig wies er sie an: »Geh und erkundige dich. Laß dir die Nummer geben, ruf dort an. Sorg dafür, daß sie noch vor Mittag hier aufkreuzen.« Angie verschwand.

»Ich werde das Gefühl nicht los, daß man uns hier zum Narren hält«, sagte Mary.

Lin runzelte die Stirn. »Ich wäre äußerst betroffen, wenn das, was Ihr Bruder sagt, sich als wahr erweisen sollte. Wir werden sehen – und wir werden es bald sehen. Das ändert aber nichts an unserer Abmachung.«

Und wenn doch, dann war es sowieso zu spät. Die *Voice* hatte für elf Uhr bereits die ersten Fernsehinterviews vereinbart.

84

Um halb zehn fuhren die ersten Kleinbusse der Fernsehgesellschaften vor. Andere Autos kamen hinzu – es wurde voll im Eisvogelweg. Angie war draußen und besorgte die Terminabsprachen. Der weiße Bus von Reuters hatte eine Satellitenschüssel auf dem Dach. Gaffer belagerten den Zaun vor dem Haus. Auch die Reporter der anderen Zeitungen, die Konkurrenz, waren inzwischen erschienen. Zwar hatte die Adresse der Ryans nicht in der *Voice* gestanden, aber dafür gab es ja noch das Telefonbuch. Tom hatte die Telefongesellschaft angerufen. Ihre Nummer, auch die des Mobiltelefons, war bereits geändert. Ein Streifenwagen bahnte sich vorsichtig einen Weg durch die überfüllte Straße und fand sogar noch Platz zum Parken.

Lin, die eben – mit Williams' Unterstützung – Marcus interviewte, machte eine Pause.

»Um die Polizei werde ich mich kümmern«, sagte Barney. Durch die Gardinen hindurch musterte er den bedeckten Himmel. »Wir wollen hoffen, daß es nicht regnet, bevor die Fernsehleute ihrer Arbeit getan haben.«

»Sonst würde es ein bißchen voll hier«, sagte Mary.

Barney grinste. »Ein bißchen Regen *danach* wäre genau das, was wir brauchen könnten.«

»Und für morgen auch, und übermorgen dazu? Warum lassen Sie nicht einfach die Wolken impfen!«

Die Polizisten kamen auf das Haus zu.

Sie bestanden darauf, hereinzukommen und mit den Ryans zu reden. Und natürlich wollten sie diesen Marcus einmal in Augenschein nehmen. Sie würden eine Weile in der Nähe bleiben, sagten sie, für den Fall, daß die Dinge außer Kontrolle geraten sollten.

85

Eine dichtgedrängte Menge verfolgte das TV-Spektakel im Vorgarten des Hauses. Man sah ein Dutzend Kameras und jede Menge Mikrophone an langen Auslegern, aber nur eine einzige Interviewerin: Julie Markham von der BBC. Lin war der Meinung gewesen, daß es wohl des Guten zuviel wäre, wenn Marcus in voller Rüstung aufträte. So hatte man es bei dem Helm mit dem Federbusch belassen. Nur widerwillig hatte Mary ihr dunkelblaues Samtkostüm und die Rüschenbluse angezogen, als ob es hier um eine Studiositzung an der Open University ginge!

Ein großer, durchtrainierter Typ mit silberblondem Haar bahnte sich einen Weg durch die Menge, vorbei an Polizei und Wachmännern. Er trug einen Werkzeugkoffer aus stabilem, schwarzem Kunststoff. Angie schnitt ihm den Weg ab.

»Mister, ähm –?«

»Potts«, sagte der Neuankömmling kühl.

»Mr. Potts, ich bin Angie Price – ich habe Sie angerufen. Wir sind Ihnen sehr verbunden, daß Sie so kurzfristig kommen konnten.«

Mary wurde aufmerksam. »Sind Sie der Abhörspezialist? Ich möchte dabeisein, wenn Sie nach den Wanzen suchen.«

»Dann ist das Ihr Haus?« Potts warf einen Blick auf seine Rolex. »Ich muß allerdings um halb zwölf wieder in London sein.«

»Mary«, sagte Lin, »die Fernsehleute können nicht warten. Lassen Sie ihn das doch allein machen.«

»Wie lange brauchen Sie?« fragte Mary Potts. »Wie funktioniert das überhaupt?«

»Der Detektor meldet mit einem Pfeifton, wenn er eine Wanze geortet hat. Je näher man der Wanze kommt, desto lauter das Pfeifen. Ich werde Ihnen alles zeigen, was ich finde – an Ort und Stelle –«, versicherte er, »aber dazu muß ich erst einmal anfangen.«

Mit zuckersüßem Lächeln winkte Julie Markham sie herbei. »Wollen Sie sich bitte hier neben Tom und Marcus stellen?«

Marys Entschlossenheit wankte. »Zum Teufel damit . . . Fangen Sie an!« sagte sie zu Potts.

86

»Sie sagen also, daß Sie in Jerusalem waren, als Christus gekreuzigt wurde und wiederauferstand?« fragte Julie Markham Marcus.

Williams übersetzte in wohltönenden Worten. Man würde die Bänder noch schneiden und sich die wesentlichen Stellen herauspicken. Nach einigen Worten in Latein, von Marcus, würde man zusätzlich – und etwas lauter – Williams' englische Textversion einblenden. Marcus wirkte sehr angespannt und nervös. Diese vielen Augen, die auf ihn gerichtet waren!

Er sagte etwas, dann war Williams an der Reihe.

»Ich war in Jerusalem. Die Kreuzigung habe ich nicht miterlebt.«

»Warum nicht?«

»Ich hatte Besseres zu tun!«

Julie Markham verzog den Mund. Um den Hals trug sie ein kleines silbernes Kreuz.

»Besseres, als Zeuge des Sterbens von Jesus Christus zu sein?«

Williams versuchte nach Kräften, mit dem nun folgenden Wortschwall Schritt zu halten, aber das war hoffnungslos.

»Ich werde euch von einer Kreuzigung erzählen, wenn das so wichtig ist für euch ... Da war eine Frau in Ephesus –«

Marcus machte eine Pause, damit Williams wieder aufschließen konnte.

»Es ist eine allseits bekannte Geschichte. Diese Frau war sehr schön. Aber sie war auch sehr tugendhaft. Als ihr Mann starb, da weigerte sie sich, den Leichnam allein zu lassen. Sie blieb in der Grabhöhle, um ihn zu betrauern. Sie weigerte sich, zu essen. Sie fastete viele Tage lang. Die ganze Stadt lobte ihre Tugend.«

Er machte nun öfter eine Pause.

»Es geschah auch, daß der Prokurator befahl, drei Diebe zu kreuzigen – nicht weit von jenem Gräberfeld. Ein Soldat wurde postiert, damit ihre Leichen nicht gestohlen wurden. In der Nacht bemerkte der Soldat einen Lichtschein in einem der Gräber …

Als er näherkam, hörte er das Weinen und Wehklagen der Frau. Da brachte er ihr sein Essen und sein Wasser. Er versuchte sie zu überreden, ihr Leben nicht aufs Spiel zu setzen. Was wäre der Tod einer solchen Schönheit nicht für eine grausame Verschwendung …

Nach mehreren Nächten, in denen er all seine Überredungskunst aufbot, gab die Witwe nach. Sie aß, sie trank. Ihre Kräfte kehrten zurück, ihr Lebenswille. Der Soldat und die Witwe liebten sich leidenschaftlich, dort in dem Grab …

Und während sie sich liebten, machten sich die Eltern eines der Gekreuzigten die Gelegenheit zunutze. Sie nahmen den Toten vom Kreuz und trugen ihn fort, um ihn nach ihren Bräuchen zu bestatten …

Am Morgen mußte der Soldat zu seinem Entsetzen feststellen, daß ein Kreuz leer war. Nun war die Reihe an ihm, seiner Pflichtverletzung wegen gekreuzigt zu werden …

Viele Leute sahen während des Tages das leere Kreuz. Was konnte der verzweifelte Soldat tun, um der schrecklichen Strafe zu entgehen? Er schrie, daß er sich in sein Schwert stürzen werde …

Die Witwe hatte den Soldaten sehr liebgewonnen. Der Gedanke, auch ihn wieder zu verlieren, war ihr unerträglich. Aber sie hatte einen Plan. In der nächsten Nacht nahmen die beiden den Leichnam ihres Mannes aus dem Sarg. Es gelang ihnen, ihn anstelle der anderen Leiche am Kreuz zu befestigen.

Am nächsten Morgen kam ein Offizier, um den Soldaten in Arrest zu nehmen. Aber wie erstaunt war er – und mit ihm die ganze Stadt –, daß der Tote offensichtlich an sein Kreuz zurückgekehrt war! ...

Jedermann kannte diese Geschichte. Ich denke, daß die Verfasser der Bücher über den auferstandenen Christus diese Geschichte übernommen und ihren Zwecken angepaßt haben.« Den Helm unter dem Arm, blickte Marcus herausfordernd in die Runde.

»Verfluchter Mist«, hörte man jemanden sagen.

Williams sprach noch eine Art Schlußwort: »Es ist eine Ehre für mich, diesen erstaunlichen Mann kennengelernt zu haben. Er hat es verdient, daß man seine Geschichte mit der größten Sorgfalt – auch nach den Maßstäben der Wissenschaft – prüft.«

87

Als sie wieder im Haus waren, sagte Mary: »Gott sei Dank – das haben wir erst mal hinter uns!«

»Hinter uns?« echote Tom. »Das war erst der Anfang!« Marcus zitterte. Barney Barber – ganz, als wäre er hier zu Hause – sah sich in der Küche um und kam mit einer Flasche Rotwein zurück. Dankbar nahm Marcus das angebotene Glas und leerte es in einem Zug.

Potts winkte Mary herbei, damit sie sich das Telefon im Wohnzimmer einmal anschaue. Er hatte den Hörer auseinandergeschraubt.

»Sehen Sie, Mrs. Ryan, hier haben Sie Ihre Wanze.« Er tippte mit dem Schraubenzieher an ein kleines, nichtssagendes Ding, das ein wenig einem Hörgerät älteren Typs ähnelte. »So etwas nennt man einen Infinity-Transmitter. Diesem Ding entgeht nichts, was hier gesprochen wird. Man muß nur das Telefon anwählen – wobei es nicht einmal klingelt! –, und schon kann man Sie belauschen, wann immer man möchte.«

»Mist«, sagte Mary.

»Und natürlich kann man auch die Telefongespräche mithören.«

Barber guckte ihnen über die Schulter. »Ist das die einzige Wanze im Haus?«

»Ja«, sagte Potts. »Soll ich das Ding rausnehmen, Mrs. Ryan?«

»Miss Ryan, nicht Mrs. Und wie weit müßte man vom Telefon entfernt sein, damit diese Wanze nicht mehr mithören kann?«

»Dieser Typ hat eine hohe Empfindlichkeit.«

»Die habe ich auch«, sagte Mary bitter.

»Was ist überhaupt los hier?« fragte Potts Barney. »Das Fernsehen und all die Leute ... Was geht hier vor?«

»Lies einfach die *Voice*«, riet Barber. »Oder schalt die Nachrichten ein.«

»Ich sollte mich an die Polizei wenden«, sagte Mary.

Barber grinste. »Die ist schon da, gleich vor der Haustür. Eigentlich wäre in Ihrem Fall ja die Datenschutzbehörde zuständig. Ob es aber ratsam ist, daß sich die Polizei mit diesem Informanten beschäftigt ... Was meinen Sie? Sicher hat er das zu verantworten. Er scheint Sie nicht besonders zu mögen.«

»Vergessens Sie's!« fauchte Mary. »Es ist Marcus, um den es hier geht.«

»Wem sagen Sie das! Genau das denke ich auch.«

88

Gwyns Chef hatte noch ein As im Ärmel. Sir David Lambert, stellvertretender Direktor von Fünf, konnte es sich leisten, bei Treffen in Sir Raymond Kerrs Büro in Vauxhall ganz entspannt zu sein. In seinen Augen unterstrich diese kaum zu übersehende Lässigkeit seine – auch physische – Überlegenheit gegenüber Kerr. Nur spärlich waren die grauen Strähnen in seinem gepflegten Bart, wenn auch der Schädel im übrigen kahl war, und es fehlten jegliche Anzeichen eines zu hohen Blutdrucks. Gwyn und Terence machten sich fleißig Notizen, mußte man sich doch absichern für den Fall, daß später einmal ein Schuldiger gebraucht wurde. Einer aus den gegnerischen Reihen, wenn irgend möglich. An diesem Donnerstagmorgen – zwei Tage, nachdem die Geschichte in der *Voice* erschienen war – waren Terence und Gwyn auf getrennten Wegen nach London gefahren. Und bevor sie von Fünf zu dem Treffen aufgebrochen waren, hatte Gwynn von Lambert etwas erfahren, das ihn sehr überraschte – angenehm überraschte. Terence dagegen würde ganz schön sauer sein!

»Diese Ryans haben sich, indem sie die Aufmerksamkeit der Medien auf sich lenkten, mit einem Schutzwall umgeben«, sagte Kerr. Mit anderen Worten, Fünf durfte sich reichlich überflüssig vorkommen. Lambert zuckte nur mit den Schultern.

»Alles dreht sich um die Kreuzigung«, sagte Terence, »man hört nichts anderes. Nichts als diese ewigen Interviews mit Bischöfen und Historikern. Von einem Orakel, welcher Art auch immer, ist eigentlich kaum die Rede.«

»Fast so, als wäre dieses Reizwort nur für unsere Ohren gedacht«, sagte Kerr. »Eine Botschaft ... Orakel, nicht weit von Towcester ... Dann ein groß angelegtes Ablenkungsmanöver: die Bibel nichts als ein Schwindel. Sonnyboy war der erste Versuch, dies ist der nächste, und diesmal bringt man noch die Öffentlichkeit ins Spiel. Wenn die Zeitungen erst überquellen von diesem Zeug, dann wird die Welt dem ›Römer‹ und seinen Freunden jedes Wort von den Lippen lesen. Wir können das nicht einfach hinnehmen.«

»Wir könnten Dr. Williams unglaubwürdig machen«, schlug Lambert vor. Er lächelte. Das war nicht die Trumpfkarte, die er parat hatte, aber auch nicht unbedingt eine schlechte Karte.

»Wie?« fragte Kerr.

»Er ist ein Gauner, ein schäbiger Dieb. Er hat wertvolle alte Bücher aus der Universität gestohlen. Man hat ihn gezwungen, seine Dozentenstelle aufzugeben.«

»Großer Gott, was für ein Zufall!«

Ob er damit sagen wollte, daß Fünf bei seiner Arbeit auf solche Zufälle angewiesen war?

»Der Römer könnte trotzdem echt sein«, sagte Terence. Lambert öffnete seine Aktentasche.

»Wir haben einige dieser Freizeit-Römer befragt, die so gern Legionär spielen. Diese Leute nehmen das sehr ernst. Sie geben sich römische Namen, die sie auf alten Grabsteinen gefunden haben – als fühlten sie sich als Wiedergeburten jener Römer. Es gibt nicht sehr viele von ihnen, und sie sind in einigen wenigen Gruppen organisiert. *Keiner* von ihnen kennt diesen Marcus. Sie konnten uns einiges über diese ›Vierzehnte Gemina‹ erzählen, angeblich Marcus' Legion ...«

Lamberts zufolge war die Vierzehnte Legion, eine ›Gemina‹ – so nannte man eine Legion doppelter Mannschaftsstärke –, im Jahr vierzig vor Christus in Germanien gebildet worden, durch Zusammenlegung von Truppen verschiedener Herkunft. Sie diente in verschiedenen Ländern und wurde im frühen ersten Jahrhundert dann am rheinischen Limes, in Mainz, stationiert. Im Jahr dreiundvierzig nahm sie an der Invasion in Britannien teil.

Die Eroberer hatten das britannische Kernland rasch aufgerollt. Möglicherweise errichtete die Legion einen Stützpunkt auf halbem Wege zwischen Birmingham und Leicester, bei Mancetter – nicht weit von der heutigen A5.

Im Jahr sechzig landete die Legion auf Anglesey, die Insel der Druiden und Hort des Widerstands gegen die Eroberer. Die Druiden wurden allesamt getötet. Kurz darauf gelang es der Legion, die Rebellion Boadiceas niederzuschlagen. Nero verlieh der Vierzehnten Gemina den Ehrennamen *martia victrix*, die dem Mars geweihte Siegerin, und betrachtete sie als die beste seiner Legionen.

Einige Jahre noch verblieb sie in Wroxeter, in der Nähe des stets aufrührerischen Nordwales, bis Nero sie dann wieder auf den Kontinent holte ...

»Sie war also zu keiner Zeit in Palästina stationiert«, faßte Lambert zusammen, »aber ich vermute, daß das Personal beim römischen Militär munter hin- und hergeschoben wurde, vor allem, was die Offiziere betraf. Das könnte natürlich auch für diesen Marcus gelten.«

»Hör sich einer das an!« sagte Kerr. »Die Römische Geschichte als neuestes Betätigungsfeld von Fünf!«

Als ob man bei Fünf seine Zeit mit Nichtigkeiten verschwenden würde. »Aber spielt es letzten Endes denn eine Rolle, ob dieser Marcus echt ist oder nicht? Ist es besser für uns, wenn ja? Oder schlechter?«

»Was meine bescheidene Meinung betrifft«, sagte Terence, »so wäre es besser. Das hieße, er wäre ein Produkt des ersten Testlaufs von Orakel. Irgend etwas muß passiert sein – unser Wunderknabe arbeitet noch an einer Erklärung. Daß Marcus ein Orakel erwähnte, könnte ein dummer Zufall sein. Trotzdem, das ganze Tamtam könnte den einen oder anderen auf die Idee bringen, daß es vielleicht doch ein Geheimprojekt gibt, das irgendwie mit *Zeit* zu tun hat.«

»Wenn der Römer echt ist«, sagte Kerr, »dann hilft es kein bißchen, wenn wir Williams unglaubwürdig machen. Der Römer allerdings ... Könnte ihm nicht etwas zustoßen? Wie traurig: Ein frommer – und geradezu unchristlich erboster – Christ, der seinen Herrn Jesus geschmäht sieht ...«

Lambert nahm einen ledergebundener Ordner aus seiner Aktentasche. Ohne ihn aufgeschlagen zu haben, legte er ihn Kerr auf den Schreibtisch. Gwyn mußte sehr an sich halten, um sich nicht vor Schadenfreude die Hände zu reiben.

»Fünf war auch sonst nicht untätig«, sagte Lambert. »Was wir da herausgefunden haben, mag auf den ersten Blick irrelevant erscheinen – aber haben Sie etwas Geduld mit mir. Die Ryans haben ihre Eltern bei einem Flugzeugabsturz verloren, eine *Aer-Lingus*-Maschine, angeblich von Terroristen in die Luft gesprengt –«

»Angeblich?«

»Es gibt da eine Reihe von Merkwürdigkeiten. Bei der Untersuchung folgte eine Panne auf die andere – fast unvermeidliche Pannen, wenn auch in eigentümlicher Häufung. Ein nicht ungeschickter Verschleierungsversuch, aber ich würde trotzdem behaupten wollen, daß einige Leute von Sechs reichlich über die Stränge schlagen – um nicht zu sagen: gar nicht mehr zu bremsen sind.«

Lambert ließ sich jedes Wort auf der Zunge zergehen. »Was, wenn die angeblichen Palästinenserfreunde, die das Flugzeug entführten, der Ulster Volunteer Force angehörten? Und wenn Sechs sie angeheuert hätte? ... Wenn sie überzeugt waren, nach der Landung in Zypern, simsalabim, von der Bildfläche verschwinden zu können, mit Hilfe von Sechs? Nach den üblichen Verhandlungen, unter Mitwirkung der zypriotischen Regierung: freier Abzug nach Freilassung der Passagiere und Übergabe des Flugzeugs –«

»Ich weigere mich, dazu auch nur ein Wort zu sagen!« unterbrach ihn Kerr.

»Dann lassen Sie mich einfach ausreden! ... Man würde der IRA die Schuld geben, ihre Verbindung zu den Libyern würde jedermann klar. Oberst Gaddafi mochte zetern, so viel er wollte, niemand würde ihm glauben. Aber irgendein Schlaumeier wollte ganz sichergehen, daß diese UVF-Leute niemals über die Sache reden – und bot sich nicht zugleich die Möglichkeit, etwas richtig Spektakuläres daraus zu machen? Also hat Sechs einen Sprengsatz in die Maschine geschmuggelt. Aber dann haben Sie kalte Füße gekriegt, sehr kalte Füße.«

»Es ist einfach Unsinn, was Sie da sagen, und es gehört absolut nicht hierher!«

»O doch ... Weil eben die Eltern der Ryans in diesem Flugzeug starben. Gestern morgen hat sich ein Bursche, für den wir hin und wieder Verwendung haben, auf seine Kontakte zu uns besonnen. Er sagte, er habe gehört, daß Sechs diese Leute auf dem Gewissen hätte. Er dachte, daß wir der Sache nur zu gern nachgehen würden – um Sechs in Verlegenheit zu bringen. Er hätte auch nichts dagegen, wenn wir aus reiner Dankbarkeit ihm das Ergebnis mitteilen würden, ganz im Vertrauen – was wir natürlich umgehend tun werden, nicht wahr?« Er lächelte Gwyn zu, der zurücklächelte. Nur die beiden wußten, was dieses Lächeln zu bedeuten hatte. »Wenn er sich da bloß nicht übernommen hat, der Gute ...«

»Wer ist dieser Mann?«

»Unser Informant gab uns den Namen eines UDA-Veteranen, der schon immer die Wahrheit kannte, aber klugerweise den Mund gehalten hat.«

»Wer ist dieser UDA-Mann?«

»Wir wollen doch jetzt nicht nervös werden, Raymond?«

89

Tinker saß mit Sandra an einem Tisch im ›Botticelli‹. Er war sehr zufrieden mit sich, wenn er an sein Treffen mit Mr. Dell an diesem Morgen dachte, in der Zentrale von Fünf am Flußufer. Er nippte an einem Glas Mangosaft.

Auf der Bühne tanzten eine schwarze und eine blonde weiße Stripperin mit trägen Bewegungen, aber ausgiebigem Hüftenschwenken zu Strawinskys ›Frühlingsopfer‹. Auf den ersten Blick schien es, als würden sie sich gegenseitig über die Hinterbacken und zwischen den Schenkeln streicheln, doch berührten sie sich nicht ein einziges Mal. Das war nicht dieses alberne Entblättern mit ein paar Verrenkungen als Garnierung, um dann husch-husch von der Bühne zu verschwinden, während man im Vorbeigehen die Textilien aufsammelte. Das hier war *Kunst* – echte Kunst, so echt wie die Tiffanylampen auf den Tischen. Einem Dutzend Tischchen, an denen Koreaner, Japaner, Osteuropäer saßen und große Augen machten. Die Hostessen nippten an ihren Fruchtsäften für hundertfünfzig Pfund das Glas und murmelten etwas von Privatvorstellung im Separée. Im Hintergrund, an der Bar, standen ein paar Burschen, die ein Auge auf alles hatten, was geschah – immer bereit, die Rechnung zu präsentieren oder dazwischenzugehen, wenn es nötig wurde.

»Was bist du nur für ein Snob«, sagte Sandra zu Tinker. Sandra war halb Inderin, halb Engländerin und ein bißchen klüger als die meisten Mädchen hier. Weil sie recht klein war, bedeckte ihr Minikleid mehr als die Hälfte der schlanken Oberschenkel. »Verstehst du, was ich damit meine, Mr. Bell?«

»Was denn schon – eingebildet, aufgeblasen oder so.«

Sandra wußte recht wenig über Tinker; sie tat nur so, als durchschaute sie ihn. Spielerei war das, Schmeichelei ... Raffinessen aus dem Kamasutra, die die meisten Leute auf der Suche nach Aufregenderem überblätterten. Oder auch nur Konversation.

»Damals, als Indien noch britische Kolonie war ... Da nahmen die reichen Leute für die Schiffsreise nach Bombay eine Kabine auf der Backbordseite. Auf der linken Seite, weil es dort kühler war. Und auf der Fahrt nach Hause nahm man eine Kabine steuerbord. Backbord hin, steuerbord zurück. Und *du* würdest es auch so machen.«

»Man lernt doch jeden Tag etwas dazu, nicht?«

Mr. Dell hatte ganz sicher dazugelernt an diesem Morgen. Er war interessiert, kein Zweifel. Dell & Bell, das hörte sich nach einem guten Team an.

Sandra fragte: »Möchtest mit nach oben in die Wohnung kommen?«

»Ich hab' noch etwas zu erledigen.« Tinker dachte an einen kleinen Spaziergang hinüber zu Steves Laden.

Sandra hätte ihn gern dabehalten. Das Zusammensein mit Tinker enthob sie für kurze Zeit ihren üblichen Pflichten hier, dem täglichen Einerlei.

»Was denkst du zu diesem Römer, der wieder zum Leben erwacht ist?«

»Was denkst du *über*, heißt es«, verbesserte er sie.

»Na schön, was denkst du *über*? Du weißt, ich bin keine Christin, aber wenn er Mohammed gekreuzigt hätte, dann würde man eine Fatwa über ihn verhängen.«

Die Neuigkeiten in der *Voice* hatten Tinker einigermaßen überrascht. Er hatte sich dann dazu durchgerungen, ein wenig stolz auf das zu sein, was er dort in Milton Keynes getan hatte. Barney, dieser Fuchs – wie hatte er nur diese verrückte Geschichte der Presse andrehen können!

»Es ist ein Schwindel, Sandra. Damit sich die Zeitungen besser verkaufen lassen. Ein wirklich gelungener Schwindel!«

Und Barney, der den richtigen Riecher gehabt hatte, konnte jetzt gehörig absahnen.

Aber es machte nicht so recht Sinn. Genaugenommen machte es überhaupt keinen Sinn.

»Wie kommst du darauf, daß es Schwindel ist?« fragte Sandra. »Im Fernsehen sah es ziemlich echt aus!«

Ein bedrohlich stampfender Rhythmus, untermalt

von immer heftiger kreisenden Hüften, trieb das Frühlingsopfer unaufhaltsam seinem Höhepunkt entgegen.

Als Tinker auf die Dean Street hinaustrat, fuhr ein wohlbekanntes Auto an den Bürgersteig heran und hielt, verbotenerweise, auf den gelben Markierungen vor dem Pornoshop nebenan. Ein leuchtend roter Rover 600. Auch der Kofferraum des Wagens war Tinker nicht unbekannt. Mr. Dell saß im Fond und ließ die Scheibe halb herunter.

»Da haben wir doch den Mann, den wir brauchen«, rief Dell. »Steig ein, Tinker. Wir müssen noch ein paar Dinge klären –«

90

»Harry Bell«, fuhr Lambert fort, »hat sich also im Auftrag von Barney Barber nach dem *Aer-Lingus*-Flug erkundigt. Barber von Eye & Ear heuerte Bell an, um das Haus der Ryans zu beobachten, während er dort die Wanzen anbrachte. Als Horchposten benutzte er das Haus seiner Mutter in Milton Keynes. Und es war Barber, der die Geschichte an die *Voice* verkauft hat.«

»Wollen Sie damit sagen«, fragte Kerr, »daß diese Marcus-Geschichte ein Schwindel ist, den die Ryans planten – bis Barber zufällig darüber stolperte und die Gelegenheit am Schopf ergriff? Und die Absicht der Ryans war, mit Hilfe der Medien Aufsehen zu erregen, um dann diese angebliche *Aer-Lingus*-Sache noch obendrauf zu setzen? ... Das ist nicht die übliche

Greuelpropaganda der IRA, so viel Phantasie haben die gar nicht.«

»Das würde ich nicht sagen«, meinte Lambert. »Die Sache mit dem Flugzeug allein – eine alte, eine *irische* Geschichte – könnte man ja noch ganz gut unter der Decke halten. Aber wenn erst jedes Kind die Ryans kennt – des Römers wegen ...«

Gwyn sagte: »Barney Barber mit seinen Medienkontakten war für die Ryans ein Geschenk des Himmels.«

Terence runzelte die Stirn. »Hat die IRA möglicherweise Wind bekommen von Orakel? Haben sie etwa Freunde in Sonnyboys Reihen drüben in den Staaten? Ich meine: Hofft man bei der IRA vielleicht, Orakel an die große Glocke hängen zu können, bevor es uns zum ersten Mal gelingt, einen Terroristen noch in der Wiege zu eliminieren? Mit Masernviren oder was auch immer?«

Gwyn erinnerte ihn, daß die IRA eine der am längsten bestehenden und dazu effektivsten Terrorgruppen in Europa war.

Das wußte man bei Sechs genauso gut wie bei Fünf. Die IRA, das war für die Geheimdienste doch die Butter aufs Brot gewesen – und noch ein bißchen mehr –, erst recht seit dem Niedergang des Kommunismus ...

Kerr wies unbeirrt auf den wesentlichen Punkt: »Die Sicherheit von Orakel ist unser oberstes Ziel. Ein vor zwanzig Jahren – von wem auch immer – in die Luft gesprengtes Flugzeug ist im Vergleich dazu eine Bagatelle. Aber jede auch noch so vage Verbindung zwischen Orakel und der IRA wäre eine Katastrophe. Hat jemand eine Idee bezüglich der undichten Stelle, die Sonnyboy sich zunutze gemacht hat?«

»Sie dürfte bei Sechs zu finden sein.«

»Tatsächlich? Wir sollten uns übrigens einmal Barbers Tonbänder anhören – die *ursprüngliche* Fassung! Es gibt vermutlich Sicherungskopien im Haus der Mutter.«

»Gut möglich«, stimmte Lambert zu.

»Man müßte Barber von der *Aer-Lingus*-Sache abbringen – mit einigem Nachdruck.«

»Vorausgesetzt, er ist kein Komplize – wofür es allerdings keinen Hinweis gibt. Vorausgesetzt, er ist nur ein begabter Schnüffler in den Schubladen anderer Leute.«

»Mehr als nur ein Schnüffler«, wandte Gwyn ein, »ein elektronischer Rammbock eher. Er sollte für *uns* arbeiten!«

Lambert nestelte an seinem Lederordner herum. »Das wäre nicht die beste Methode, ihm seine Unarten abzugewöhnen. Er braucht einen gehörigen Dämpfer ...«

91

Am Donnerstag, gegen Mittag, war Lin endlich überzeugt, daß ihre Zitrone namens Marcus bis auf den letzten Rest ausgequetscht war. Barney tat der Römer fast leid. Er verstand auch, daß der Mann nach zwei ganzen Tagen endloser Fragerei zunehmend reizbar wurde. Immer wieder von neuem hatte Lin die eine oder andere Episode aus seinem Leben aufgerollt – so oder so ähnlich mußten es die Inquisitoren der Kulturrevolution auf der Suche nach Abweichlern gemacht haben. Jesu Gefangennahme ... das genaue Vorgehen bei einer Kreuzigung ... Pontius Pilatus' wahres Gesicht: ein übler Macker, ein Karrieremensch ... Die Nichtexistenz von Barabbas – oder vielmehr die Tatsache, daß *Rabbi* Jesus und *Barabbas* vermutlich ein und dieselbe Person waren.

Auch Boadicea hatte man gebührend berücksichtigt. Dann diese Pilgerreise zum Orakel von Soundso – nicht uninteressant. Ein bißchen dünn, die Geschichte, aber durchaus glaubhaft.

Ach ja, das rätselhafte blaue Licht ... Jenes Wunder, durch das eine übellaunige Wesenheit Marcus in die ferne Zukunft geschleudert hatte, um einen bitterbösen Streit um den wahren Glauben auszulösen. Schrille Stimmen – von Katholiken nicht weniger als von sektiererischen Fundamentalisten – schallten aus allen Teilen der Welt herüber, um solche Verunglimpfung der Evangelien zu geißeln.

Die Medien waren mit großem Aufgebot angerückt, in weitem Umkreis war das Haus belagert. Reporter und Paparazzi mit Teleobjektiven wie Kanonenrohre hatten den Nachbarn Geld gegeben, damit sie die Zimmer mit Ausblick zu den Ryans benutzen durften. Nachdem die Polizei Absperrungen errichtet und die Zufahrt eingeschränkt hatte, war ein Luftschiff aufgetaucht, das eine ganze Weile über ihren Köpfen schwebte. Aus einem benachbarten Garten ragte ein turmhohes Baugerüst. Lin hatte den Ryans und ihrem Gast angeboten, ein Haus zu besorgen, in dem sie vor Nachstellungen sicher sein konnten, und auch die Polizei hatte dies befürwortet – aber Mary lehnte trotzig ab. Vier Wachmänner waren jetzt Tag und Nacht um das Haus herum postiert.

Eine Belagerung: Barbarische Medienkrieger – Kopfjäger! – stürmten gegen das Fort aus Glas und Tüllgardinen, in dem sich die Ryans und ihr Gast verschanzt hatten.

Barney und Lin und Raphael Williams kamen und

gingen, wurden angerempelt und bedrängt – aber niemand hängte sich ihnen an die Fersen. Barney, immerhin, fuhr erst einmal kreuz und quer durch die Gegend, wenn er zu Mutter wollte – gefolgt von Charley Turpin auf dem Motorrad –, bis man sicher sein konnte, daß die Luft rein war.

»Das war's«, verkündete Lin, »alles unter Dach und Fach.« Sie schaltete ihr Tonbandgerät aus. Die davor bespielten Bänder hatte ein Kurier längst nach London geschafft, wo der Text zu Papier gebracht wurde. Nun mußte sie die Geschichte in sechs Teilen niederschreiben – Stoff für sechs Ausgaben, wenn man sie schön anreicherte mit Anekdoten und einer Prise Tiefsinn, mit Grausamkeiten, Schlachtgetümmel und Metzelei.

»Als Autor für das Buch konnten wir Michael Peach gewinnen«, ließ sie die Ryans wissen. »Er arbeitet schnell und zuverlässig. Sicher kennen sie sein Buch über jenen Priester aus Liverpool, der nach seiner Geschlechtsumwandlung ein Baby kriegen wollte – mittels Implantation.«

»... Schnell!?« fragte ein erschrockener Williams.

»Keine Sorge, auch Sie bekommen Ihre Chance für eine wissenschaftliche Studie. Sie müssen im Moat House bleiben, abrufbereit. Wir brauchen Sie Montag morgen hier, gleich in der Frühe, wenn Peach eintrifft. Er wird nicht länger als einen oder anderthalb Tage hier sein – damit er ein Gefühl für Marcus als Menschen bekommt und ein paar zusätzliche Fragen stellen kann. Er wird das Buch in zwei Wochen fertig haben.«

»Und wann«, fragte Mary, »werden wir uns endlich wieder um unsere eigenen Angelegenheiten kümmern können?«

»Die wichtigste Ihrer Angelegenheiten ist: Marcus«,

beschied ihr Lin. »Und die einträglichste. Eine halbe Million Auflage für das Buch zu 9.99 Pfund bedeutet für Sie, bei fünf Prozent Anteil, eine Viertelmillion Pfund. Und das ohne die amerikanischen und sonstigen Lizenzausgaben, die Medienrechte und Nebenprodukte. Sie werden nicht mehr in diesem putzigen Häuschen wohnen müssen, niemand wird Sie mehr belästigen. Und das verdanken Sie der *Voice*!«

»Mit Nebenprodukten«, sagte Tom, »meinen Sie sicher hübsche kleine Kalvarienberge aus Plastik und Zinn-Legionäre? Die Modelle von Boudiccas Streitwagen nicht zu vergessen ...«

Lin ignorierte die Bemerkung. »Wir haben mit CNN einen Interviewtermin vereinbart, zwölf Uhr. Da bin ich schon weg. Sie kommen doch sicher ohne mich zurecht?«

92

Am Samstag bestand Mary darauf, einkaufen zu gehen. Und Marcus sollte mitkommen. Sie hatte genug davon, sich immer nur im Garten die Beine zu vertreten. Außerdem nieselte es. Einmal zügig gehen zu können, ein kurzes Stück nur – wenn auch unter den Arkaden des großen Einkaufszentrums – mußte einfach wundervoll sein. Es würde ihnen beiden guttun. Tom würde zu Hause die Stellung halten.

Einer von ihnen *mußte* es tun. Konnte man den Wachmännern denn trauen, wenn sie sich selbst überlassen waren? Vielleicht fingen sie an herumzustöbern und fanden den versteckten Schatz. Würden sie den Goldmünzen mit dem Bild Neros widerstehen können? Inzwischen war allerdings sehr viel mehr Geld im Spiel als der Wert dieser Münzen, der silbernen Statuette und eines Trinkbechers. So viel Geld, daß einem schwindlig werden konnte – wenn einem nicht schon schwindlig war nach all dem Wirbel, den Zumutungen, den Eingriffen in ihr Privatleben. Mary konnte sich des Gefühls nicht erwehren, daß es schmutziges Geld war. Auf der anderen Seite war es ein Ausgleich dafür, daß man ihr Leben auf den Kopf gestellt hatte. Geld, das sie nun zu ihrem Schutz brauchten, eine andere Art Schutz-Geld eben.

Eine fast unerträgliche Situation. Und ein Zurück gab es nicht. Nichts war mehr wie zuvor. Die Zukunft: das schiere Chaos. Sie hatte in jener Nacht bei Marcus *ihm* geholfen, das alles durchzustehen – das bezweifelte sie nicht. Aber wenn sie ihm auch Halt gegeben hatte, sie selbst hatte das Gefühl, wie eine Feder im Wind davongetrieben zu werden.

Sie wollte einkaufen gehen, um dort dem wirklichen Leben zu begegnen. Vielleicht ließ es sich festhalten – auch wenn die wirkliche Welt sich an nichts mehr ergötzte als den Schlagzeilen über ihren Römer.

Und noch immer gab es keinen Hinweis, wie es Marcus zu ihnen verschlagen hatte! So viel zu Toms Idee, daß man mit einer Pressekonferenz eine Menge vernünftiger Leute zum Nachdenken bringen würde ...

Wenn Mary sich Marcus verständlich machen wollte, dann geschah das mehr mit Lächeln als mit Worten. Die letzten Tage waren für Marcus' Englischkenntnisse und konzentriertes Arbeiten nicht gerade förderlich gewesen.

»Ich komme mir vor«, sagte sie zu Tom, »als würde ich dieses blöde T-Shirt mit dem Aufdruck: *Zum Einkaufen geboren* tragen – lateinisch natürlich.«

Ihr Bruder nickte. »*Emptrix nata sum.*«

Sie lachte, weil er gar nicht anders konnte, als auch das ordentlich zu übersetzen.

»Nimm nicht alles so ernst, Tom.«

Eine Ladenkette mit dem Namen *Past Times,* wo sich Nostalgiker mit – manchmal geschmackvollen – Reliquien der verschiedensten guten alten Zeiten versorgen konnten, vertrieb dieses T-Shirt und war eines von vielen Unternehmen, die über die Voice an sie herangetreten waren: Man wünschte einen Werbeauftritt von Marcus oder wollte wenigstens Rechte an seinem Bild, seinem Namen erwerben ... Während sich Kleriker und Gelehrte des Römers wegen noch in den Haaren lagen, hatten die Werbeleute schon Witterung aufgenommen: Es roch nach Geld und steigenden Umsätzen.

»Nicht ernst nehmen?« echote Tom. »Wenn man das Gefühl hat, auf einem Drahtseil zu spazieren?«

Sie sah, daß er die Worte bedauerte, bevor er noch geendet hatte. *Sie* war es, die er abstürzen sah. Der nächste Zusammenbruch, das war seine Befürchtung. Schließlich war die häßliche Geschichte mit Seamus und dem Flugzeug noch lange nicht ausgestanden. Wie konnte Seamus es wagen, sie so dreist für seine Zwecke zu benutzen? Weil er sich im Krieg befand, natürlich. Für immer und ewig. Aber *sie* würde die alten Geschichten nicht noch einmal aufwärmen, so schmerzhaft die Ungewißheit auch war, ob er die Wahrheit sagte oder nicht. Seamus hatte sich gründlich getäuscht. Zum Einkaufen geboren – so fühlte sie sich heute, an diesem Samstag.

93

Tony und Peter folgten der gelben Citroën-Ente in einem Lieferwagen. Zwei Polizisten auf Motorrädern bildeten die Nachhut – warum auch nicht, schrieb die Polizei inzwischen doch fleißig Rechnungen für die *Voice*, um sich die Kosten ihrer Einsätze erstatten zu lassen. Ein Dutzend Photoreporter, ebenfalls auf Motorrädern, folgte dem Troß. Zumindest wagten die Paparazzi der Polizisten wegen nicht, wie Schmeißfliegen um die gelbe Ente herumzuschwärmen. Nicht der Start, den man sich für seinen ersten Ausflug wünschte.

Die Parkflächen um das Einkaufszentrum herum waren überfüllt. Autos fuhren im Nieselregen hin und her, suchend, immer bereit, sich gegenseitig einen frei werdenden Platz abzujagen. Die Polizisten dirigierten Citroën und Lieferwagen auf den breiten Gehweg vor einem Laden und stellten ihre Motorräder daneben ab.

Einer der Beamten begleitete Mary und Marcus auf ihrem Gang durch die Arkaden mit den hohen Glaswänden – eine Art Wintergarten mit Yuccapalmen und Bananenstauden. Ein mißmutiger, stirnrunzelnder Polizist in Lederstiefeln und Sturzhelm, zwei Wachmänner als Bodyguards und dazu ein Dutzend aufdringlicher Typen, die heute einmal keine Royals oder Supermodels belästigten. Die Royals dieses Tages waren Mary und Marcus. Von der Decke hingen Poster, die die hiesigen Schulkinder gemalt hatten, eine bunte Mischung aus Blumen, Drachen und bizarren Raumkreuzern. In der großen Halle waren Autos ausgestellt, fabrikneu, glänzend im Licht von Scheinwerfern. Inzwischen hatten sich ihnen schon einige Passanten zugesellt. Und in Windeseile sprach es sich herum.

»Das ist doch –«

»Es ist der Römer –«

Und das Wort war Fleisch geworden. Wurde zu immer mehr Fleisch auf zwei Beinen. Eine wogende, sich die Hälse verrenkende Menge. Die Leute waren aus dem Boden geschossen wie Pilze, von einem Augenblick zum andern. Mädchen in nabelfreien Tops, die ihre in Torremolinos gebräunten Bäuchlein vorführten, quietschten vor Aufregung. Dann der eine oder andere böse Zwischenruf, Gezeter – irgend etwas von Jesus oder so. Fast komisch, daß die lästigen Fotoreporter, die die Aufmerksamkeit der Menschen doch erst auf sie gelenkt hatten, nun einen schützenden Kordon bildeten, bald gefolgt vom Wachpersonal des Einkaufszentrums, das ihnen rüde eine Gasse bahnte.

»Wir können für nichts mehr garantieren –«

Der Polizist befahl Mary und Marcus und Peter und Tony in den nächstgelegenen Laden. Ein Benetton-Laden – und natürlich hatte auch United Colours of Benetton bereits seine Fühler ausgestreckt, über die *Voice*. Oft genug hatte man die Welt mit makabren Werbeplakaten schockiert, da durfte nun ein lebendes Fossil aus blutrünstiger Vergangenheit nicht fehlen.

Der Polizist wies die Verkäufer an, die Türen abzuschließen, dann forderte er über Funk Verstärkung an.

»Warum haben Sie uns nicht davor gewarnt?« fuhr Mary den Mann an. Sie hatte nicht im Traum daran gedacht, daß so etwas passieren könnte. Einkaufen wollte sie nur, nichts weiter, wie schon hundert Male zuvor. Aber er, er hätte es wissen müssen!

Grimmig und mit unverhohlener Schadenfreude sagte der Beamte: »Dies ist ein freies Land – wir können Sie nicht daran hindern, spazierenzugehen!«

Das also waren die Konsequenzen: das Heer von Gesichtern da draußen, und Reporter, die die Menge fotografierten und auch die von ihr in die Enge Getriebenen hinter der gläsernen Ladenfront. *Römer geht einkaufen – Tumult in Milton Keynes.* Und der Polizist hatte es zugelassen, um sie endlich zur Einsicht zu bringen. Damit sie ihr Haus aufgaben, aus seinem Bezirk verschwanden. Loswerden wollte man sie.

Eine blonde, blauäugige Verkäuferin fragte Marcus: »Sind Sie der Mann aus der Vergangenheit, der Jesus gesehen hat?«

»Versuchen Sie's mal auf lateinisch!« fuhr Mary sie an. Und zu dem Polizisten sagte sie: »Jetzt darf die *Voice* also dafür bezahlen, daß Ihre Kollegen uns hier rausholen. Was soll daran frei sein? Und ich will nichts weiter als ein paar Lebensmittel besorgen!«

Der Beamte wies mit dem Daumen auf Peter und Tony. »Geben Sie ihnen Ihre Einkaufsliste.« Tatsächlich, er äffte ihren Ulster-Akzent nach! »Sollen die Burschen Ihnen doch den Lieferwagen mit Kaviar und Champagner vollpacken!«

Eine Wagenladung voll, das können Sie sich jetzt doch leisten!, sollte es wohl heißen. Reiches Miststück – *irisches* Miststück ... Dabei stand in ihrem Paß unter Nationalität dasselbe wie in seinem.

94

Aus der trügerischen Sicherheit dieses gläsernen Käfigs starrte Marcus auf den Pöbel und die Bildermacher draußen, in der überdachten Arena. Wann würde der Pöbel auf die glänzenden metallenen Streitwagen klettern, um besser sehen zu können? Wann würde das Glas unter seinem Ansturm zersplittern? Keine der Wachen trug irgendeine Waffe – waren sie solche Narren?

Hätte er ihnen doch nur ein paar Lügen über ihren Gott Jesus erzählt – jene, die sie so gern zu hören wünschten! Unzählige Sekten lagen miteinander im Streit, wer denn im Namen dieses Juden sprechen dürfe und wer nicht. Heilige Isis, warum ließen sie nicht einfach alle Götter gelten?

Doch, es gab noch andere Götter: Buddha, diesen Mohammed ... Aber nein, das waren keine Götter, sondern Überbringer göttlicher Weisheit. Sie waren nicht Gott-Mensch wie dieser Jesus, der selbst angebetet wurde.

Vergebliche Mühe, das verstehen zu wollen! Das Schicksal hatte eine Welt entstehen lassen, wie sie kein Prophet seiner Zeit sich je hätte vorstellen können – selbst wenn die Sibylla in Cumae, beispielsweise, den einen oder anderen Blick darauf hätte erhaschen können. Die Welt hatte sich auf eine Weise verändert, als wäre das Fehlen von Sinn oberstes Prinzip. Und glaubte man in dem, was geschah, kurz einen Sinn zu erkennen, dann war das nur eine Illusion.

Nur im Hier und Jetzt gab es einen Sinn – in dem Versuch, zu leben und zu überleben, die Sprache zu erlernen. Reich zu werden, um sich Schutz und

Sicherheit erkaufen zu können. Darum diese Bildermacher und das Reden für die schwarzen Kästchen, die kein Wort vergaßen. Reich zu sein – auch wenn man dieses Geld nicht sehen und befühlen konnte. Sich vorführen zu lassen wie einen Gefangenen beim Triumphzug, um dann als freier und wohlhabender Mann seiner Wege zu gehen – wenn die Mächte dieser Welt es gut mit einem meinten.

Und Sinn fand er auch in Marys Umarmung. Marcus nahm ihre Hand. Sie drückte zur Antwort die seine. Sie durften keine Furcht zeigen, wie viele dieser modernen Britannier ihnen auch gegenüberstanden. Geringschätzig musterte Marcus den quirligen Pöbelhaufen draußen, während die Bildermacher ihre kleinen Maschinen auf ihn richteten.

95

Die Sieben-Uhr-Nachrichten in BBC Zwei widmeten dem Menschenauflauf im Einkaufszentrum fast eine halbe Minute, zeigten dazu auch ein Photo von Mary und Marcus, händchenhaltend im Benetton-Laden: zwei etwas ängstlich wirkende, doch notgedrungen tapfer ausharrende Schaufensterpuppen.

»Weitere Meldungen zum Tage ...« Julie Markham, wie immer sehr adrett, trug eine schicke blaue Jacke mit violetten Paspeln. »... In Belfast, im protestantischen Stadtteil Shankhill Road, wurde heute am frühen Nachmittag der Sprecher der Ulster Defence Association, Duncan Ross, hinter dem Lenkrad seines Wagens erschossen. Er war auf dem Weg zu einem Treffen des Friedensforums –«

»Duncan Ross!« rief Mary.

Der Fernseher zeigte eine schwarze Limousine, die sich auf den Bürgersteig verirrt hatte. Zersplitterte Fenster, die Fahrertür weit offen. Kriminaltechniker schoben lange dünne Sonden durch die Einschußlöcher in der Karosserie, so daß sich das Auto mehr und mehr in ein Stachelschwein verwandelte.

»Zwei maskierte Männer gaben etliche Schüsse auf das Fahrzeug ab und flüchteten auf Geländemotorrädern. Ihre Sturmgewehre vom Typ AK-47 ließen sie am Tatort zurück. Die Polizeibehörde in Ulster sieht den Anschlag vor dem Hintergrund anhaltender Auseinandersetzungen zwischen politischen Splittergruppen. Und nun zum Sport –«

»Die IRA hat ihn umgebracht«, sagte Tom.

»Warum sollte sie das tun, Tom? Warum denn, in aller Welt?«

»Weil . . ., weil die Führung vielleicht nicht will, daß diese alte Geschichte aufgewärmt wird?«

»Was könnten sie denn dagegen haben, den Briten etwas anzuhängen, Tom?«

»Ach, jetzt sind es schon die *Briten*! Du redest, als wärst du eine von ihnen.«

Marcus wollte wissen, worüber sie sich stritten. Wegen dieses demolierten Streitwagens auf dem Bildschirm? Wegen der Soldaten mit ihren Waffen? . . . Er hatte sich inzwischen daran gewöhnt, beinahe gewöhnt, wie rasch man in den Fernsehnachrichten von einem Teil der Welt in den anderen wechselte. Aber nun schien es eine Verbindung zwischen den Bildern von Mary und ihm und diesem Streitwagen zu geben.

»Das sind Nachrichten aus dem Norden von Hibernia«, erklärte ihm Tom auf lateinisch. »Wir beide stammen von dort. Britannien regiert über den Norden von Hibernia. Vor mehreren hundert Jahren brachte Britannien regierungstreue Siedler aus Caledonia ins Land und begann die Einheimischen zu unterdrücken. Seither ist viel Blut vergossen worden.«

»Erzähl mir von Hibernia«, bat Marcus.

Tom mußte tief Luft holen.

»Im letzten Jahrhundert gab es eine große Hungersnot, so daß viele Menschen zum Auswandern gezwungen waren – während Britannien große Mengen Getreide aus Hibernia ausführte, um es selbst zu verbrauchen oder gewinnbringend damit zu handeln ...«

Mein Gott, das klang fast, als hätte es Tacitus einem britannischen Rebellen gegen die Römerherrschaft in den Mund gelegt. Marcus hörte gespannt zu – als würde er einer Rede lauschen, wie er sie einst beim Rhetorikunterricht mit seinem Lehrer studiert hatte.

»Einige der alteingesessenen Bewohner und ihre Nachkommen gaben den Kampf gegen die britannische Vorherrschaft niemals auf«, fuhr Tom fort. »Trotz der vielen Toten und Niederlagen gab es immer wieder Streiter für die Unabhängigkeit, die die Fahne weitertrugen. Während eines Krieges zwischen Britannien und Germanien Anfang dieses Jahrhunderts kam es zu einem großen Aufstand in Hibernia. Er schlug fehl, aber Britannien war des ewigen Kämpfens müde. So wurde der Süden Hibernias zu einem unabhängigen Staat –«

Lag es nur an der Art seiner Formulierungen, daß er sich wie ein irischer Nationalist anhörte? Oder hatte sich diese Rhetorik der eingängigen Vereinfachungen auch seines Denkens bemächtigt?

»Und weiter?« fragte Marcus, noch immer ganz Ohr – o ja, er wollte alles wissen, was die Herkunft von Mary und Tom betraf.

»Die kaledonischen Siedler beherrschen noch immer den Norden. Einige der Alteingesessenen dort führen den Kampf weiter, weil sie sich mit dem unabhängigen Süden vereinigen wollen. Diese Unbeugsamen beharren auf dem völligen Rückzug Britanniens und seiner Soldaten als einzig zufriedenstellender Lösung. Unterhändler und Senatoren versuchten und versuchen, Frieden zu schließen, aber ein Ende des Trauerspiels ist nicht in Sicht.«

»Was erzählst du ihm da?« wollte Mary wissen. »Hibernia, Caledonia ... worum geht es denn?«

»Es ist die Geschichte der irischen Misere – im Stil einer Rede von Tacitus ... Der Himmel sei mir gnädig!«

Marcus dachte eine Weile nach und fragte dann: »Beten die Hibernier und die kaledonischen Siedler denn zu verschiedenen Göttern?«

Tom nickte. Aber dann schüttelte er heftig den Kopf.

»Nein, beide beten sie zu Jesus, aber sie gehören verschiedenen Sekten an.«

»Tom! ... Man hat Duncan Ross ermordet – warum?«

»Vielleicht ... vielleicht, weil die IRA-Führung Kelly eins auswischen wollte, nachdem er nun seine eigenen Wege geht?«

»Um damit die Abmachungen mit den Unionisten aufs Spiel zu setzen, einfach so? Wer hätte denn etwas davon? Doch nur die Unionisten! Dann könnten sie sagen, daß es der IRA nicht ernst ist mit dem Frieden. Daß man die Nationalisten nicht an der Macht beteiligen dürfe. Daß, sollten sich die Briten je aus Ulster zurückziehen, daraus ein zweites Bosnien würde, gleich im britischen Hinterhof. Nicht weniger blutig als das erste. Und ist der Mord an Duncan Ross nicht der Beweis dafür? ... Vielleicht haben seine eigenen Leute ihn umgelegt, weil er Geheimnisse an die IRA verraten hat – so, wie es auch die IRA mit einem Spitzel tun würde.«

So sehr Marcus sich auch anstrengte, er verstand kaum ein Wort von dem, was die beiden redeten. »Warum macht ihr euch Sorgen wegen dieser Nachricht? Ihr lebt in Britannien, nicht in Hibernia. Ihr gehört zu keiner der beiden Sekten.«

»Im Norden Hibernias«, sagte Tom, »teilt man das Volk in eine untere und eine obere Klasse. Mary und ich gehörten zur unteren Klasse. Oft haben ihre Mitglieder keine Arbeit, mit der sie ihr Brot verdienen können. Die *administratio* gibt ihnen Geld für Essen, aber sie können nur schlecht davon leben.« Ob die irische Geschichte endlich einen Sinn ergab, wenn man sie im Stil Tacitus' auf Latein niederschrieb?

»Ihr seid nun *equites*«, sagte Marcus. O ja, Mittelschicht statt Unterschicht. »Bald könnt ihr euch den Rang eines Senators erkaufen mit dem vielen Geld – und das meinetwegen.«

Im Fernsehen hatten Mary und Marcus Händchen gehalten hinter den Schaufensterscheiben – fast wie ein Liebespaar.

»Ich frage mich«, überlegte Tom, »ob die Schlagzeile von morgen vielleicht lauten wird ›Römer-Romanze› statt ›Römer-Tumult‹, was meinst du?«

Mary mußte sich Mühe geben, damit ihre Stimme ruhig und sachlich klang: »Nun ja, das würde jede Meldung über einen weiteren Mord in Belfast ganz unten auf Seite zwanzig verbannen ... Wie gewöhnlich, nicht?«

96

Zu den Schönheiten Brüssels gehört zweifellos auch der Wald von Soignes, der sich von Süden her sogar ein Stück weit in die Stadt vorwagt. Auf über vierzig Quadratkilometern kann man radfahren, so viel man will, ohne je den Schatten der Bäume zu verlassen. Durch bewaldete Täler, über mit weichem Laub bedeckte Hügel. Und auch ein Pärchen Jogger würde so bald keiner Menschenseele begegnen in dieser Wildnis.

Ein guter Platz für ein hübsches kleines Waffenlager ließ sich hier leicht finden – und das in allernächster Nähe zum Stadtzentrum. In Jogginganzug und Turnschuhen hatten Seamus und Molly sich umgesehen und dabei ein einsames, dichtbewachsenes Tal entdeckt, das kein Mensch je zu betreten schien. Auch heute fand man dieselben herabgefallenen Äste, auch heute lagen sie genauso da wie beim letzten Mal.

Natürlich parkte man im Wald von Soignes nicht ganz ohne Risiko. Autodiebe, Vandalismus ... Aber ihr sieben Jahre alter blauer Honda Civic mit belgischem Nummernschild sah sicher nicht sehr verlockend aus – und nichts, was sie hätte verraten können, hatten sie darin gelassen. Außerdem hatte der Wetterbericht, als sie bei strahlender Sonne und drückender Hitze in der Rue Aristote aufgebrochen waren, Gewitter angesagt. Das schreckte die Wanderer ab – und mit ihnen all die kleinen Gauner, die sich die vollen Parkplätze zunutze machten.

Als Seamus und Molly wieder auf dem unbefestigten Parkplatz unter großen alten Bäumen ankamen, türmten sich dunkle Wolkenberge am Himmel, und

Wind kam auf. Kaum saßen sie im Auto, begann es auch schon zu gießen wie aus Kübeln.

Ein wahrer Monsunregen verwandelte Schlaglöcher in Seen, selbst auf der nahen Landstraße stand schon das Wasser. Die Autos hatten die Scheinwerfer eingeschaltet und schleuderten meterhohe Fontänen nach den Seiten. Irland mochte ein regenreiches Land sein, ja, aber es regnete gewöhnlich ohne großes Aufsehen – kein Vergleich mit einem solchen belgischen Wolkenbruch. Was an Brüssel sonst noch gefällt, sind die unzähligen Iren, die hier leben. Brüssel ist für die irische Jugend das, was Prag für die amerikanischen Weltenbummler ist: ein Ort, an dem man gerne länger bleibt – vielleicht auch, um etwas Geld zu verdienen. Barkeeper und Kellnerinnen, Sekretärinnen und Sprachlehrer, Bauarbeiter, Unternehmensberater: Für alle gab es Arbeit. In namhaften Unternehmen wie IBM oder Citibank, bei hundert anderen – oder auch in der Schattenwirtschaft.

Denn anders als die aufsässigen Briten nahmen die Iren Europa sehr ernst. Europa, das war ein Geben und Nehmen, und das Nehmen hatte sich für die Iren bisher ausgezahlt. Irland: ein Tigerstaat mitten in Europa; eine Wirtschaft auf dem Weg von Erfolg zu Erfolg. In einem Jahr vielleicht würde das Pro-Kopf-Einkommen jenes der Briten übertreffen. Die irische Vertretung in der Rue Froissart zählte schon über hundert Mann. Alle paar Wochen machte ein neues irisches Pub auf. Irische Musik und Kultur galten als schick. Der belgische *Rose of Tralee*-Ball schlug Jahr um Jahr alle Besucherrekorde. Brüssel, das war so etwas wie die zweite Hauptstadt der Iren, des Irischseins. Wo sonst hätte man sich unauffälliger unter die Leute mischen können?

Was nun mögliche Aktivitäten betraf, so wimmelte

es nur so von wertvollen britischen Geiseln – die Vertreter des Vereinigten Königreichs im RP6-Gebäude am Rond-point Schuman, wo es neben der Botschaft in Belgien noch zwei weitere Gesandtschaften gab: bei der Nato und der Europäischen Gemeinschaft. Aber Seamus und Molly in ihrer Wohnung in der Rue Aristote – und dazu Phelim, Fergus und Padraig, die sich eine Wohnung in der Rue des Deux Eglises teilten – würden ihre Zeit nicht mit Kleinigkeiten vergeuden: Sie warteten auf jenen Tag, auf jene große Sache, mit der man die Briten ein für allemal erledigen würde.

Seamus rollte sich eine Zigarette. Sobald der Regen nachließ, würden sie nach Waterloo zum GB hinüberfahren und die britischen Sonntagszeitungen kaufen. GB, das stand diesmal nicht für Großbritannien, sondern für *Grand Bazar*, wo sie ihre Lebensmittel und Guinness einkauften und wo sie sich, falls nötig, ungestraft auch als Adam und Eva hätten ausgeben können.

»Können wir unterwegs anhalten, damit ich mir einen Big Mac kaufen kann?« fragte Molly. »Ich bin am Verhungern.«

Für den Fall, daß sie vielleicht sehr schnell laufen müßten, hatte Molly auf das Frühstück verzichtet – und aus demselben Grund hatte sie ihr dunkles Haar nach hinten gebunden. So sah man das Muttermal oben an ihrer rechten Wange, und die Nase wirkte noch ein wenig länger und spitzer.

»Zuerst der Einkauf«, sagte Seamus, »dann der Big Mac. Ich will wissen, was in den Zeitungen steht.«

Waterloo, das waren bei schneller Fahrt nur wenige Minuten über die Chaussée de Tervuren, die den Wald in zwei Teile schnitt. Einige Viertel von Waterloo sahen inzwischen wie die Vorstädte von Houston oder Philadelphia aus, so viele Amerikaner lebten hier – doch gab es noch genug andere Nationalitäten. So viele jedenfalls, daß sich für den Supermarkt ein breites Angebot ausländischer Zeitungen lohnte.

»Die Wahrheit über Duncan Ross wirst du kaum in der Zeitung finden«, sagte Molly.

Sie hatten am gestrigen Abend von dem Mord erfahren, zu Hause in der Rue Aristote. BBC Zwei hatte es gemeldet, auch Superchannel hatte einen Beitrag dazu gebracht – ganz zu schweigen von jener anderen Meldung über Mary Ryan und ihren Römer, die beim Einkaufen in Milton Keynes ins Schwitzen geraten waren. Das war ein weiterer Vorteil von Brüssel oder Belgien überhaupt: daß man eine Unmenge britischer Fernsehsender empfangen konnte.

»Ich denke, daß die Briten Ross umgelegt haben – nicht die Protestanten.«

»Glaubst du, daß es einen Verräter gibt bei den Protestanten? Oder einen hochkarätigen Maulwurf in unseren eigenen Reihen?«

»Die undichte Stelle könnte auch deine Mary Ryan sein.« *Seine* Mary Ryan. »Sie brauchte doch nur die Polizei über das Treffen mit dir zu informieren. Bist du sicher, daß du deiner Freundin keinen Tip gegeben hast, wo du zu finden bist?«

»Ganz sicher. Und sie war nie meine Freundin. Sie war nicht einmal eine Sympathisantin – sie war immer etwas Besseres als wir.«

»Und deshalb mußtest du dich nach England schleichen, um sie zu treffen.«

»Weil sie diejenige ist, die den Briten so richtig Feuer unterm Hintern machen kann. Weil sie ein Opfer ist.«

»Aber sie hat kein Wort gesagt wegen des Flugzeugs! Alles dreht sich nur um diesen Marcus. Und Ross ist jetzt tot. Ich zweifle nicht daran, daß die Briten dahinterstecken. Daß sie ihre Spezialisten für schmutzige Tricks von der Leine gelassen haben.«

»Du willst doch nicht sagen, daß dieser Mann aus der Vergangenheit ein britischer Trick ist?«

»Um Himmels willen – glaubst du, daß er echt ist?«

»Wenn nicht, wozu sollte das Ganze gut sein? Hör zu, Molly: Wenn du glaubst, daß die Briten uns auf der Spur sind, dann sollten Fergus und Padraig die irischen Pubs vielleicht für eine Weile links liegenlassen, nicht?«

»Aber nicht doch! Wenn sie ins Pub gehen, dann um sich umzuhören, nicht um zu plaudern.«

»Zumindest sollten sie nicht ins *Joseph Locke* gehen.«

Der Besitzer, Michael Rooney, war mit dem Brüsseler Polizeichef befreundet – ein ziemlich geschwätziger Mensch, der schon zum Lunch mit Rooney im Pub zusammensaß.

»Und eben weil wir die Ohren offengehalten haben, Seamus, wissen wir jetzt eine Menge über die Routen und die Sicherheitsmaßnahmen für den Tag X. Aber davon abgesehen soll das *Joe Locke* nächsten Monat renoviert werden – Mosaikfußboden, Buntglasfenster und so ...« Der Regen war zum Wasserfall geworden. Von einer Straße, von Autos war nichts mehr zu sehen. Nur die gelben Lichter zogen langsam vorüber, leuchtende Quallen in den Meeresfluten.

97

Ein Kater, das war für Steve Potts etwas, das man nach Kilogramm messen konnte – je nach der Menge Dynamit, die eine Explosion auszulösen vermochte, die der in seinem Schädel gleichkäme. Als er beim Dudeln des Telefons in seinem Wasserbett erwachte, schätzte er den Kater auf gute vier Kilogramm. Irgendwie würde er es überleben. Als er noch bei der *Firma* gewesen war, da hatten eine kalte Dusche, ein Zehntausendmeterlauf und ein ausgiebiges Frühstück genügt, um ihn wieder auf die Reihe zu bringen. Aber das war eine Weile her, und jünger wurde man ja bekanntlich nicht.

Neben ihm schlief diese atemberaubende kleine schwarze Maus, die er in der Disco aufgegabelt hatte, den Schlaf der Gerechten. Einen wohlverdienten Schlaf, denn es war sicher eine anstrengende Nacht für sie gewesen. Margarita hieß sie, der Name eines Cocktails – und er paßte gut. Fünf Uhr dreißig in der Frühe, was für eine höllische Zeit, um die Geheimnummer zu wählen – aber es konnte nur ein Freund sein, in einer wirklich dringenden Angelegenheit.

Er kämpfte noch an gegen die Last der vier Kilogramm, als sich der Anrufbeantworter einschaltete.

Eine Männerstimme, freundlich und entspannt. Ein Akzent von der anderen Seite der Insel: »Steve, was macht dein Kater?«

Er kannte die Stimme nicht. Aber der Anrufer wußte, wo er am Abend zuvor gewesen war.

»Ich weiß, daß du da bist, Steve. Die Frage ist nur, ob du auch wach bist!«

Margarita räkelte sich ein wenig und seufzte leise. So bald würde sie nicht erwachen, bis zu den Pforten des Traumlands war es noch ein weiter Weg.

»Nach all dem, was du in Hereford gelernt hast, Steve, solltest du etwas fixer sein, wenn es darauf ankommt.« Jemand von der *Firma*? »Aber vielleicht hast du schon alles vergessen? Vielleicht auch den schönen Spruch: Wer im Mist herumwühlt, der endet irgendwann auf dem Misthaufen?« Was zum Teufel war hier los? War das vielleicht ein Mensch, der sich rächen wollte dafür, daß er mit Spytrap-Geräten belauscht worden war?

Mit Barneys Semtex-Geschichte konnte es doch nichts zu tun haben, oder? Immerhin war es möglich, daß der aufgeblasene kleine Tinker damit bei seinen angeblichen Freunden von Fünf aufgekreuzt war. Steve hatte nicht einmal mit dem kleinen Finger an die Sache gerührt. Einige Burschen hatten nach ihrem Ausscheiden aus der *Firma* über Nordirland oder den Golfkrieg geplaudert, gegen Bares natürlich – aber niemand, der noch dazu gehörte und überhaupt Zugang zu den nötigen Informationen hatte, würde auch nur im Traum daran denken, sich wegen eines vor zwanzig Jahren explodierten Flugzeugs in die Nesseln zu setzen.

Ein simuliertes Verhör über zwanzig Stunden hinweg – damals in Hereford – hatte Steve gelehrt, was Verschwiegenheit war. Zwanzig Stunden an einen Stuhl gefesselt, nackt, mit einer Kapuze über dem Kopf, mit einer zum Platzen gefüllten Blase, die Kehle trocken wie Sandpapier – und nie zu wissen, wann der nächste Hieb, der nächste Schlag mit dem Stock kam oder wo er ihn treffen würde. Aber: Nichts sagen, niemals. Oder nur Unsinn erzählen, wenn es denn gar nicht anders ging. Diesen Teil seiner Ausbildung hatte er ganz gewiß nicht vergessen.

Also hatte er keinen Finger gerührt, so sehr Barney auch glauben mochte, in ihm einen Verbündeten zu haben. Er tastete nach dem Hörer.

»Ich höre ... Wer spricht dort?«

Die Stimme mit dem Akzent sagte: »Das klingt ja, als müßtest du dringend mal Urlaub machen, Steve ... Ein guter Rat, der alten Zeiten wegen: Eine

Reise mit dem Flugzeug ist manchmal sicherer als das Überqueren einer Straße in London. Selten, daß so eine Maschine in die Luft fliegt.«

Nur noch ein Summen war zu hören. Der Unbekannte hatte aufgelegt.

Also doch die Flugzeuggeschichte! ... Woher wußte man bei der *Firma,* daß er wußte, wenn er doch den Mund gehalten hatte? Etwas war im Gange, die Lage war mehr als ernst. Er legte den Hörer auf und machte sich daran, Margarita wachzurütteln. Er war drauf und dran ihr zu sagen – ganz freundlich –, daß sie verschwinden solle, als ihm eine Idee kam.

»Was würdest du von einem kleinen Abstecher in die Karibik halten?« fragte er sie.

Verschlafen rieb sie sich die Augen, das Laken rutschte von ihrem Busen – wirklich sehenswert!

»Von welcher Insel kommst du, Kleines?«

»Was für eine Insel denn? Ich bin aus Brixton ...«

»Aber du hast Verwandte irgendwo da drüben?«

»Jamaica, wenn du's unbedingt wissen willst.«

»Also – wie wär's mit einem Trip nach Jamaica?«

»Was soll das? Machst du dich lustig über mich?«

»Nein, ganz im Ernst, Liebling. Noch heute soll es losgehen. Überleg es dir ... Sonne, Meer und Palmen!«

Einen Batzen Geld mußte er besorgen. Dann einige Anrufe. Um den Laden würden sich die Jungs kümmern. Und wo es die billigsten Flugtickets gab, würde er bald herausgefunden haben.

Hatte er denn die Hosen voll? ... Nein, er befolgte nur einen Befehl – wie in alten Zeiten. Tu, was man dir sagt, und frag nicht, warum.

98

Die Jungen saßen am Computer in Kevs Zimmer und spielten etwas mit mächtig viel Geballere, ›Invasion der Aliens‹ oder so, und Cynth räumte eben das Geschirr aus der Spülmaschine, als das Telefon klingelte.

»Spreche ich mit Barney Barber?« Irgendein Typ, dem Akzent nach aus dem Westen. Niemand, den Barney kannte. Jemand von der *Voice*, vielleicht – aber bitte, bitte keiner dieser schrecklichen Telefonverkäufer, nicht am Sonntag?

»Am Apparat.«

»Wie geht es denn Ihrer Schwiegermutter heute, Mr. Barber?«

»Was sagen Sie da?«

»Ich sagte: Wie geht es Ihrer Schwiegermutter?« Dann war die Leitung tot.

Barney lief es heiß und kalt über den Rücken. Rasch wählte er Mutters Nummer. Er ließ es klingeln, eine ganze Weile. Natürlich war sie zu Hause, was sonst! Ob sie in der Badewanne saß?

Wie geht es Ihrer Schwiegermutter?

Er wählte Charley Turpins Nummer. Seine Frau meldete sich. Gott sei dank, er war nur im Garten. Und nach wenigen Sekunden hatte er ihn am Telefon.

Charley hatte eben aufgelegt, als Cynth durch die Tür kam und wissen wollte, mit wem er telefonierte.

»Eye & Ear«, sagte er, »Geschäfte.«

99

Als zwanzig Minuten später das Mobiltelefon klingelte, war Barney in seinem Arbeitszimmer in der oberen Etage und ging die Sonntagszeitungen durch. Mit einem Stift markierte er alles, was Marcus betraf – und auch den Mord an Duncan Ross. Es kostete ihn nicht wenig Mühe, sich zu konzentrieren. Hatte er Charley den Blumentopf auch richtig beschrieben, unter dem er den Ersatzschlüssel suchen mußte?

»Charley?«

»... Sie ist okay, keine Sorge.« Sosehr er sich auch bemühte, ruhig und gefaßt zu klingen, der Schock war ihm deutlich anzumerken. »Du mußt herkommen, Barney. Zwei maskierte Kerle haben das Haus auf den Kopf gestellt.«

»*Was?*«

»Mrs. Tate lag die ganze Nacht gefesselt in ihrem Bett. Packband um die Knöchel, die Handgelenke, über den Mund. Sie ist ein bißchen wackelig auf den Beinen, aber sie wird's überstehen. Das Gästezimmer ein einziges Chaos, die Du-weißt-schon-was haben sie mitgenommen. Barney ..., du mußt unbedingt herkommen. Ich weiß nicht, ob ich es am Telefon sagen soll ...«

»Charley: Wer uns jetzt zuhört, der weiß eh schon, was da gelaufen ist. Also sag schon!«

»Dein Zwerg, Tinker. Er steckt im Kleiderschrank. Sie haben ihm in den Hinterkopf geschossen – ganz schöne Schweinerei, das kann ich dir sagen.«

»Ist er tot?« Eine dämliche Frage.

»Natürlich ist er tot, toter geht's nicht! Mrs. T. weiß nichts davon – da bin ich mir sicher. Werd' mich hüten, sie danach zu fragen!«

»Wenn sie es nicht gehört hat, dann müssen sie einen Schalldämpfer benutzt haben –«

»Sie haben ihn ganz schön zusammengeschlagen, Barney. Ich glaube, sie haben ihn schon tot in einem Sack hierhergeschleppt.«

»Du hast doch nicht die Polizei gerufen, oder? Tu es nicht, was immer Mutter sagt!«

»Sie sagt nichts dergleichen. Aber sie fragt nach dir – mach, daß du herkommst!«

»Charley, wirst du bitte bei ihr bleiben? Sie beruhigen? Ich bin schon auf dem Weg ...«

Cynth würde durchdrehen, wenn er ihr etwas sagte. Und sie würde ihn nicht allein gehen lassen.

»... und, Charley: Laß Mutter bloß nicht ans Telefon!« Sie durfte auf keinen Fall Cynth anrufen. »Sag ihr, daß es abgehört wird. Ich werde da sein, so schnell ich kann.«

Jetzt rasch noch Steve Bescheid sagen. Barney wählte die Geheimnummer.

»Was ist los!?« Auch Steve war nicht gerade die Ruhe in Person.

»Hier Barney ... Etwas Schlimmes ist passiert.«

»Was immer es ist, ich will nichts davon wissen. Ich fahre in Urlaub.«

»Hör zu, Steve – bitte! Es geht um Tinker.«

Widerwillig: »Was ist mit Tinker?«

»Er ist tot. Zwei Maskierte sind in das Haus meiner Mutter in Milton Keynes eingebrochen. Sie haben sie gefesselt. Und Tinkers Leiche haben sie im Kleiderschrank gelassen.«

Eine Pause. Dann sagte Steve: »Mach dich aus dem Staub, Barney, so schnell du kannst!« Und schon hatte er aufgelegt.

Barney drückte die Wahlwiederholung, aber niemand meldete sich.

Also war Steve gewarnt worden. Verdammter Mist. Unmöglich, Cynth ein Wort davon zu sagen – nicht jetzt. Er hatte keine Ahnung, wie er das ins Reine bringen sollte. Wußte nicht, was er Mutter sagen sollte. Auch nicht, was er mit Tinkers Leiche machen sollte.

Angie hat heute Dienst bei Eye & Ear. Er mußte wissen, ob dort alles in Ordnung war. Er mußte sie warnen.

Bei Mutter könnte sie jetzt eine große Hilfe sein …

Unmöglich, sie darum zu bitten.

Angie mußte gewarnt werden. Sie warnen hieß, sie in die Sache zu verwickeln.

100

Gemessen an dem, was Mutter durchgemacht hatte – und trotz der häßlichen Blutergüsse an den Handgelenken –, schien sie schon wieder ganz guter Dinge zu sein. Nun, da Angie neben ihr auf dem Wohnzimmersofa saß und ihre Hand hielt, wußte man nicht so recht, wer eigentlich wen tröstete.

»Ich bin froh, daß Sie nun doch noch auf eine Tasse Tee hereinschauen konnten«, sagte Mutter in bester Laune.

Natürlich wußte Angie, daß irgendwo da oben im Haus eine Leiche lag, Tinkers Leiche, obwohl außer Charley noch niemand einen Blick darauf geworfen hatte. Und natürlich wußte Mutter noch nichts davon – und so sollte es auch bleiben. Angie war nur ein paar Minuten nach Barney angekommen – und das mit dem Lieferwagen: Sie mußte ganz schön auf die Tube gedrückt haben. Nur ganz kurz hatte Barney mit

Charley unter vier Augen reden können, in der Diele – die Maskenmänner waren durch die Hintertür gekommen –, bevor er zu Mutter eilte. Kaum, daß sie ihm ein paar Worte über die Einbrecher hatte sagen können, als Charley auch schon Angie einließ – und Barney sauste zur Haustür, um sie abzufangen. Überraschenderweise begrüßte sie ihn mit einer Umarmung. Er hatte eher eine Ohrfeige erwartet.

Barney setzte sich wieder zu Mutter. »Was haben diese Einbrecher denn gesagt, Mutter?«

»Die Einbrecher, ja ... Du hast etwas Verbotenes getan – mit diesen Tonbandgeräten. Und ich auch, weil ich dir erlaubt habe, sie hier aufzustellen.«

»Das haben sie gesagt?«

»Nein, das nicht – aber das ist doch offensichtlich.«

»Wir werden die Tonbänder gleich mitnehmen.«

»Und weil es verboten war, kann ich auch nicht die Polizei rufen. Ich kann es nicht einmal der Versicherung melden, wie groß der Schaden auch ist!« Kein Zweifel, sie *war* auf dem Weg der Besserung.

»Mutter, ich werde für den Schaden aufkommen.«

»Ja, wir werden bezahlen«, sagte Angie. Und ihre Augen sagten: Wenn auch nicht den Preis, den man Tinker abverlangt hatte.

Das erste, was Mutter mitbekommen hatte, war, daß das Licht im Schlafzimmer anging. Zwei maskierte Männer standen da und richteten ihre Pistolen auf sie. Pistolen mit Schalldämpfern, sie kannte das aus dem Fernsehen. Und in diesem Augenblick hatte sie auch schon wieder Hoffnung geschöpft, so groß ihr Entsetzen auch war.

»Weil sie mich nicht sofort erschossen haben, weißt du ...«

Einer der Männer gab ihr ein paar knappe Anweisungen. Keinen Laut, Mrs. Tate! Sie wußten also ihren Namen. Rühren Sie sich nicht, Mrs. Tate! Einer warf die Daunendecke auf den Boden und zog das Bettuch herunter.

»Ich war sicher, daß sie mir nichts antun würden oder so ...«

Kreuzen Sie die Hände. Legen Sie die Füße zusammen. Schließen Sie die Augen. Auch den Mund.

»Sie haben das sehr gut gemacht«, sagte Angie. »Sie sind eine tapfere Frau.«

Mutter sagte: »Du hast doch Cynthia noch nichts gesagt, oder?«

»Das nicht direkt«, gestand Barney.

»Das war klug von dir. Sie würde sich ganz unnötig Sorgen machen. Ich meine, wenn diese Männer wirklich vorhätten, mich umzubringen, dann hätten sie es doch gleich an Ort und Stelle erledigt, nicht? Also wird alles in Ordnung kommen, wenn du nur aufhörst mit diesen komischen Sachen. Es geht nicht nur um den Römer, hab' ich recht? Nein – ich will es nicht wissen, Barney. Aber bitte, bring Cynthia und die Jungen nicht in Gefahr.«

Himmel ... Was, wenn dieser Auftritt bei Mutter nur ein Ablenkungsmanöver war, um ihn von zu Hause wegzulocken? Er mußte Cynth anrufen – er konnte ja sagen, daß er in Croydon wäre oder sonstwo. Aber zuerst mußten sie Tinkers Leiche aus dem Haus schaffen. Schwarze Müllsäcke, Gummihandschuhe – so würde es gehen.

101

Er schuldete Charley etwas für das, was er hier machte. Einen Tausender mußte er es sich schon kosten lassen, mindestens – obwohl Charley nichts dergleichen angedeutet hatte.

Mutter im Wohnzimmer trank ihren Tee. Angie war Barney nach oben gefolgt, aber nur bis zum Ende der Treppe, um eines unmißverständlich klarzustellen: »Tinker kommt mir nicht in den Lieferwagen, auf keinen Fall!« Nicht einen Schritt näherte sie sich dem Gästezimmer, wo Charley schon wartete.

»Wir verstauen ihn im Kofferraum des Mondeo«, sagte Barney.

»Da wird er sich wie zu Hause fühlen!« sagte sie, und es klang, als würde sie gleich die Fassung verlieren.

»Auf dem Weg nach London werde ich von der Autobahn abfahren und ein passendes Waldstück suchen. Allzu schwer kann er nicht sein, ich schaffe es auch ohne Hilfe.«

Mach dich aus dem Staub, hatte Steve gesagt. Das sagte sich leicht, wenn man allein lebte. Die Jungen mußten doch zur Schule ... Wenn sich jemand aus dem Staub machen sollte, dann waren es die Ryans. Aus England verschwinden, eine Fährte ins Nirgendwo hinterlassen. Mary Ryan und ihr verdammter IRA- Freund, der ihnen diesen Mist eingebrockt hatte.

Ob den Ryans diese Nacht etwas zugestoßen war? Sicher nicht, und es würde auch nichts passieren, solange Reporter aus aller Welt ihr Haus belagerten. Aber unterdessen konnte man ihnen schon mal einen kleinen Schreck einjagen. Ihnen angst machen, damit sie die Beine in die Hand nahmen – und ihr Römer gleich dazu. Dann würde sich niemand mehr um Barney kümmern ... Der Trubel würde sich legen. In Irland, zum Beispiel, würden sie nicht weiter auffallen – aber nein, da würde man sie als erstes vermuten. Außerdem waren sie aus Ulster, nicht aus der Irischen Republik. Barney winkte Charley zu sich.

»Bevor wir das mit dem Kleiderschrank erledigen«, sagte er zu ihm und Angie, »sollten wir uns kurz über die Ryans unterhalten ...«

Charley mußte Bescheid wissen über Seamus Kelly und Duncan Ross – dann würde ihm auch der Ernst der Lage klarwerden, auch wenn er Barney bestimmt nicht vor Dankbarkeit um den Hals fiele. Angie würde sofort begreifen, was Barney im Schilde führte. Und da zwei Gehirne besser waren als eines, wußte sie vielleicht noch das eine oder andere zu seinem Plan beizusteuern.

102

Das Telefon läutete. Mary nahm den Hörer ab.

»Mrs. Ryan ... Ich hatte noch nicht das Vergnügen, Sie kennenzulernen. Darf ich mich vorstellen? Mein Name ist Angie ...«

Aber Angie war doch Barney Barbers Assistentin – und war das nicht zweifelsfrei ihre Stimme?

»Da sich Ihre Verhältnisse in letzter Zeit eindeutig zum Besseren entwickelt haben, sind Sie vielleicht nicht abgeneigt, Ihre Küche neu einzurichten, Mrs. Ryan ...«

Sie hatten eine neue Nummer, die nicht im Telefonbuch stand. Und daß irgendein Vertreter, gleich welcher Firma, an sie herankommen konnte, war ausgeschlossen. »Darüber ließe sich reden«, sagte Mary nach einigem Zögern.

»Das finde ich wunderbar, Mrs. Ryan. Noblesse-Küchen möchte, daß Sie sich von der Qualität unserer Produkte mit eigenen Augen überzeugen. Warum besuchen Sie nicht unsere Vorführungen, ab heute täglich um die Mittagszeit im Geoffrey-Crowther-Zentrum ...«

Aber im Crowther-Gebäude, da war doch ihr Büro!

»Wir hoffen sehr, daß Sie unserer Einladung baldmöglichst Folge leisten können ...«

Jemand, der mithörte, würde vielleicht nicht verstehen, von welcher Lokalität hier die Rede war.

»Nun, ein paar Dinge in unserer Küche könnte man schon verbessern«, mußte Mary einräumen.

»Phantastisch! Aber nun will ich Ihre kostbare Zeit nicht länger in Anspruch nehmen, Mrs. Ryan. Sie wissen, wo Sie uns finden.«

»Tom!« rief Mary.

103

Daß Mary allein, ohne Marcus, in dem gelben Citroën davonfuhr, schien nur wenigen ihrer Belagerer der Beachtung wert. Die Polizei hatte sie vorher informiert. Einige Paparazzi, die sich auf ihre Motorräder schwangen, als sie eben die Absperrung passierte, wurden von den Beamten abgefangen. Nur einem überaus sportlich wirkenden Burschen mit rotblondem Haar gelang es für kurze Zeit, sich an sie zu hängen. Im Rückspiegel sah sie, wie die Polizei ihn neben den fahrbaren Toilettenhäuschen stoppte, die den Eisvogelweg seit einigen Tagen so verschönert hatten. Nun gab es keinen Verfolger mehr, doch fuhr sie, zur Sicherheit, einige Umwege. Aber auch so erreichte sie den menschenleeren Campus in weniger als zehn Minuten. Am Ende der Allee mit den Eschen, neben der riesigen alten Libanonzeder vor Walton Hall, stand ein dunkler Wagen. Barbers Mondeo.

Angie und Barney saßen darin. Als Mary hinter ihnen stoppte, sprang Angie heraus und öffnete einladend die hintere Tür. So oder so ähnlich mußte es bei einem konspirativenTreffen unter Spionen zugehen.

104

Mary wäre Angie, die neben ihr auf dem Rücksitz saß, fast an die Kehle gegangen.

Zu hören, daß dieser Sch ... haufen von Barber – und Angie als seine Komplizin – jedes Wort und jeden Mucks in ihrem Haus auf Tonband aufgenommen hatte, war unerträglich. Einfach ekelhaft. Und wie demütigend! Zum Teufel mit seinen Entschuldigungen. Zum Teufel mit *ihm*. Sie wollte nichts davon hören, auch nicht von Angie. Er solle einfach sagen, worum es eigentlich ging – schnell und schmerzlos.

Der wichtigste Punkt war der, daß es eben nicht Seamus war, der sie den Medien ausgeliefert hatte. Nicht das geringste hatte er damit zu tun. Aber dummerweise gab es offensichtlich jemanden, der sich mit Mary und Seamus und ihrem Wissen um den *Aer-Lingus*-Absturz sehr, sehr eingehend beschäftigte.

Barbers Gehilfe – ermordet. Seine Mutter – in ihrem

Haus überfallen und bedroht. Der Mann, der die Wanzen besorgt hatte – mit Drohungen außer Landes gejagt. Von Duncan Ross gar nicht zu reden, den man für immer zum Schweigen gebracht hatte. Und das alles Schlag auf Schlag. Ein mörderisches Biest war aus seinem Käfig ausgebrochen – und sie und Tom und Marcus konnten die nächsten Opfer sein. Und sie kannte dieses Biest, obwohl sie sich immer fern von ihm gehalten hatte – und von seinen geborenen Feinden ebenso. Es schmückte sich mit klangvollen Namen wie ›Sicherheit‹ und ›Staatsräson‹.

»Und das alles haben wir Ihnen zu verdanken«, schrie Mary Barney an, der auf dem Fahrersitz saß. »*Ihre* Schuld ist das!«

»Ich versuche es wieder gutzumachen, indem ich Sie warne.«

»Das ist wirklich ganz reizend von Ihnen!«

Angie sagte: »Ich hab' Angst, glauben Sie mir! Ich hab' mir fast in die Hose gemacht, als wir telefoniert haben. Sie sollten aus England verschwinden, alle drei.«

»Am wenigsten riskieren Sie, wenn Sie den Weg über Dover nehmen«, begann Barney.

Und Mary hörte zu. Es schien, als hätten dieser Mistkerl und seine Handlanger immerhin nachgedacht, und zwar gründlich.

105

Tom hatte keine Zeit, zu übersetzen, doch Marcus verstand sehr wohl, daß Gefahr im Verzug war. Da hockte er nun auf dem Sofa und lauschte gebannt Marys

Redestrom, als hoffte er, bei Aufbietung aller Willenskraft, unmittelbar ihre Gedanken lesen zu können.

»Zumindest wissen wir, daß wir im Augenblick nicht abgehört werden, denn Barber hat seine verdammten Dinger abgeschaltet! Fliegen können wir nicht, Tom, dazu braucht man Pässe. Dasselbe gilt für den Zug durch den Eurotunnel. Diese bescheuerten Briten haben nie irgendein Abkommen unterzeichnet. Es gibt in Brüssel sogar ein spezielles Gefängnis für Leute, die ohne Ausweis mit dem Zug ankommen, sagt Barber. Was Paris betrifft, so weiß er nichts Genaues – aber in Brüssel macht man kurzen Prozeß. Er hatte einmal mit einer Skandalgeschichte zu tun, da hat man das Liebchen eines britischen Diplomaten eingesperrt, weil sie nur einen russischen Paß besaß – mit einem Visum für Belgien, das erst ab dem nächsten Tag galt –«

»Brüssel!« sagte Tom.

»Dort sollten wir es versuchen, meint Barber. Ganze Heerscharen von Ausländern arbeiten für SHAPE und Nato und EG und was noch alles. Dover – Calais, das sei überhaupt kein Problem, sagt er. Eine Flut von Autos ergießt sich über den Hafen, wenn die großen Fährschiffe ihre Klappen öffnen. Man wedelt im Vorbeifahren ein bißchen mit dem Paß, das genügt den Franzosen. Und an der belgischen Grenze winken sie Autos mit britischem Nummernschild einfach durch –«

»Hat Marcus denn einen Paß?«

»Ich habe noch meinen alten – fürs Herumwedeln ist er gut genug. Eines sollten wir auf keinen Fall tun, Tom: Drüben unsere Kreditkarten benutzen, denn das läßt sich sehr leicht nachprüfen.«

»Hat Barber das gesagt?«

»Er sagte, wir sollten sie nicht hier benutzen. Er

wird uns Bargeld besorgen, für Schiffskarten und alles übrige ... Und *ich* sage, wir sollten sie überhaupt nicht benutzen! Ihm kann es doch egal sein, was aus uns wird, wenn wir die Spürhunde nur weit genug von ihm weglocken. Aber keine Sorge, Tom: Wir haben noch den Schatz, wir könnten ihn verkaufen.«

»Und wie sollen wir ungesehen aus dem Haus und an den Hyänen da draußen vorbeikommen?«

Sie würden einfach der Polizei sagen, daß sie nach reiflicher Überlegung nun doch das Angebot der *Voice* angenommen hätten, ihnen ein sicheres Plätzchen zu besorgen. Sie würden dieses Haus aufgeben – das war es doch, was die Polizei hören wollte. Froh, die Ryans und ihren Römer endlich von hinten zu sehen, würden sie die Reporter liebend gern eine Weile aufhalten – lange genug, vermutlich.

»Es muß alles sehr schnell gehen, Tom. Wahrscheinlich sind da draußen auch Leute vom Staatsschutz, als Reporter getarnt. Sie werden ihre Polizeimarken vorzeigen und sich an unsere Fersen heften. Deshalb dürfen wir auch nicht den Rover oder meinen Wagen nehmen für die Fahrt nach Dover. Wir fahren im Rover los, aber dann treffen wir uns mit Angie, auf dem Campus. Barbers Helfer, dieser Charley, ist dabei, uns ein Auto zu besorgen. Wir tauschen die Wagen, und Angie fährt den Rover nach Leicester oder sonstwohin und läßt ihn irgendwo stehen.«

»*Mein* Auto, so irgendwo ...«

»Du kannst dich auch umbringen lassen, wenn dir das lieber ist, wie Duncan Ross oder dieser Kumpel von Barber! Ich weiß, ich weiß – ich bin wieder mal am Überschnappen ... Und auf dem Weg nach Dover machen wir irgendwo bei einem großen Supermarkt halt, und ich werde mir in der Toilette die Haare schneiden. Marcus sollte sich die Haare bleichen, du hilfst ihm dabei, das könnt ihr in der Behindertentoilette erledigen. Vielleicht solltest du dir deinen Schnurrbart abrasieren? Aber das können wir während der Fahrt noch besprechen ... Man muß uns ja nicht unbedingt erkennen auf dem Schiff, oder?«

»Und Marcus wird durch die hellen Haare zu einer ganz unauffälligen Erscheinung?«

»Er wird recht drollig aussehen, ein wenig schrill. Auf jeden Fall völlig anders.«

»Wie ein Schwuler vielleicht. Und ich mit ihm gemeinsam auf der Toilette! Und wenn wir die Tür aufmachen –«

»Ich werde vor der Tür aufpassen. Hast du denn irgend etwas Brauchbares beizusteuern?«

»Aber ja«, sagte Tom. »Ich habe dir von dieser Finnin erzählt, die ich in Hinkley getroffen habe, Eeva Pennanen. Wir haben uns gut verstanden. Sie spricht Latein, sie arbeitet in Brüssel. Ich könnte sie unterwegs von einer Telefonzelle aus anrufen.«

Mary klatschte begeistert in die Hände: »Du redest lateinisch mit ihr, und kein Mensch wird ein Wort davon verstehen!«

»Mary, Mary – wir müßten schon ein Schweineglück haben ...«

»Wie wär's mit dem wohlverdienten Glück der verfolgten Unschuld?«

»Unschuldig – das waren unsere Mam und unser Dad auch.«

»Aber wir haben die Überraschung auf unserer Seite!«

DRITTER TEIL

106

Es war fast elf Uhr abends, mitteleuropäischer Zeit, als der Austin Maestro in die Rue Lorraine einbog und schließlich auf eine Parklücke zusteuerte. Eine warme, trockene Nacht, obwohl die vielen Pfützen verrieten, daß der letzte Regen noch nicht lange zurücklag.

Vierstöckige Häuser mit Stuckverzierungen säumten die Einbahnstraße zu beiden Seiten. Wie übereinandergestapelt klebten schmiedeeiserne Balkone an den Fassaden – so schmal, daß man kaum einen Hocker, geschweige denn einen Liegestuhl darauf hätte unterbringen können. Immerhin, die Platanenreihe auf dem breiteren der beiden Gehwege war ein schüchterner Versuch, die Eleganz der großen Boulevards anklingen zu lassen: Doch nein, die Rue Lorraine gehörte nicht zu den Prachtstraßen, mit denen der verflossene König Leopold Brüssel allerorts geschmückt hatte, obwohl auch sie vermutlich im späten neunzehnten Jahrhundert entstanden war, als man immer neue Reichtümer aus den Kolonien schöpfte und den Kongo ausplünderte.

Der cremefarbene Maestro war zwölf Jahre alt, aber noch gut in Schuß, die Reifen und die Karosserie brauchten einen prüfenden Blick nicht zu scheuen. Er trug das ovale Klebeschild mit den Buchstaben ›GB‹. Eine ganz unverdächtige Familienkutsche, was besonders von Vorteil war, wenn man keine Papiere und keine Versicherungskarte besaß.

In der großen Reisetasche, die man mit sich schleppte, befand sich Marcus' Schatz unter einem Bündel hastig zusammengeraffter Kleider – und auch sein Schwert, das Tom beim Umsteigen aus dem

Rover noch rasch aufgeklaubt hatte. So beladen marschierte das Trio zum Haus Nummer fünfzig: eine Mary mit kurzen Haaren, das Gesicht versteckt unter einem gelben, mit weißen Gänseblümchen übersäten Sonnenhut aus Baumwolle, ein bartloser Tom und ein Marcus mit blonden Strähnen – Ergebnis einer überaus hastigen Färbeaktion. Sie hatten getan, was Mary für richtig hielt. Sie hatte sich durchgesetzt, auf der ganzen Linie – wobei sie selbst das größte Opfer gebracht hatte. Locke für Locke war ihre Boadicea-Mähne ins Klo gespült worden. Das war in jenem Supermarkt in Ashford gewesen, wo sie auch den Hut gekauft hatte. Marcus hatte sie sehr gelobt für so viel Tapferkeit – wie eine Amazone hätte sie gehandelt, die sich ja bekanntermaßen, um besser kämpfen zu können, die Brüste abschneiden.

Der Anruf aus der Telefonzelle in Ashford, auf Latein, hatte ihre bis dahin ahnungslose Gastgeberin nur von ungefähr ins Bild gesetzt. Allerdings hatte Eeva alles gelesen, gehört und gesehen, was über den Römer der Ryans in den Medien zu finden war. Und wenn Tom wirklich glaubte, daß ihr aller Leben drüben auf der Insel in Gefahr war, dann wollte sie sie gerne bei sich aufnehmen. Eevas Mitbewohnerin war eben in die nordische Heimat geflogen, weil ihr Vater ernstlich krank war. Wer hätte gedacht, daß sie den Römer einmal höchstpersönlich kennenlernen würde ... und Tom wiedersehen, auch wenn die Umstände nicht unbedingt erfreulich waren!

Die Fähre über den Kanal war höchstens halbvoll gewesen. Im Restaurant hatten sie Brathähnchen gegessen, Tom hatte etwas Geld umgetauscht, dann hatte er Marcus mit an Deck genommen, damit er das Meer und das Schiff bewundern konnte. Eine Fahrt über den Kanal, die sicher nicht mit jener zu vergleichen war, als die Legion sich nach Britannien aufgemacht hatte. Belgische Hilfstruppen hatten die Römer begleitet – Kelten, die den unterlegenen Feinden den Kopf abschlugen, als Siegestrophäe. Marcus hoffte sehr, daß auch die Belgier sich inzwischen geändert hatten. Mary hatte derweil in der leeren Bar gesessen und einen Stadtplan von Brüssel studiert, eben erstanden an dem Kiosk neben dem Duty-Free-Shop, während so ein Typ mit Elektrogitarre *House of the Rising Sun* und *Yesterday* sang.

Und wenig später waren sie in Calais aus dem Hafen gefahren, ohne daß jemand sich um ihre Pässe gekümmert hätte. Am Telefon hatte Eeva ihnen die südlichere Route über Lille und Tournai empfohlen. An der Grenze gab es keine Probleme, nur ein Wolkenbruch bei Tournai verzögerte die Fahrt. Erst hinter Mons, wo Schilder auf das Oberste Hauptquartier der Alliierten Streitkräfte Europas hinwiesen, wurde ihnen leichter ums Herz bei dem Gedanken an die Scharen von Ausländern auf belgischem Boden.

Als sie bei Anderlecht in Richtung Zentrum abbogen, konnte Mary sich endlich beim Lesen des Stadtplans bewähren. Irgendwelche Buddeleien in den Straßen zwangen sie zu einem Umweg, aber man fand sich zurecht. Immer neue Boulevards, einer breiter als der andere – für Marcus die erste wirklich große Stadt: Mußte dies nicht die Hauptstadt der ganzen Welt sein?

»Das wäre Brüssel wohl gerne«, sagte Mary. Aber ein geeigneter Ort, um sich zu verstecken, war es zweifellos. Mit ein wenig Unterstützung, natürlich.

Und nun waren sie angekommen.

107

Eeva führte sie durch eine geräumige Diele an einem ausladenden Bücherschrank vorbei in das große Wohnzimmer. Ein Sofa mit reichlich abgenutztem grünen Samtbezug, braune Ledersessel, ein schöner Parkettfußboden von einem Ende der Wohnung zum andern. Eeva war dunkelhaarig und hatte etwa Marys Größe und Figur, nur jünger war sie. Sie brachte ein Tablett mit Gläsern und vier Flaschen eisgekühltem Bier. »Ich denke, das hier ist das Richtige«, sagte sie erwartungsvoll. »Ich habe es extra gekauft, nachdem ihr angerufen habt.«

Ein goldumrahmtes Etikett, darauf ein Caesar mit käsigen nackten Beinen unter einer ziemlich kurzen Tunika. Goldener Küraß, über dem Arm ein zinnoberroter Mantel. Hinter ihm grüne Hügel und ein blutroter Himmel. *Julius* hieß das Bier, und Hoegaarden die Brauerei.

Sie füllte die Gläser.

»Bene tibi!« prostete sie ihnen zu. *»Salve in Belgica!* Sprechen wir alle Latein?«

Mary nahm den Sonnenhut ab und strich sich die kurzen Haare ein wenig zurecht.

»Ich nicht, obwohl ich inzwischen einiges aufgeschnappt habe.« Sie trank gierig. Das Bier war stark. »Eine schöne Wohnung«, sagte sie. »Ich weiß nicht, wie wir Ihnen danken sollen!«

»Aber wo denken Sie hin! Haben Sie doch wahr werden lassen, was ich nie zu hoffen gewagt hätte: einmal einem leibhaftigen Römer zu begegnen! ... Seid ihr in Gefahr wegen dieser Dinge, die Marcus über Jesus gesagt hat?«

Tom holte zu einer langen Erklärung aus, Mary redete dazwischen, und Marcus genoß sein Glas *Julius*. Das Etikett gefiel ihm weniger: Das sollte Julius Caesar sein?

108

Mehrere Stunden mußten sie so geredet haben, englisch und lateinisch durcheinander, und immer neue Gläser Julius verhinderten, daß ihre Kehlen austrockneten. Die Zeit verging wie im Flug. Eeva brachte aus der Küche Brot, kalten Braten und ein ganzes Sortiment Käse. Partystimmung war aufgekommen, trotz düsterer Todesbotschaften, IRA und dem britischen Geheimdienst als Menetekel an der Wand. Wahrscheinlich war es jedenfalls, daß er dahintersteckte – und sie waren ihm entwischt: Das mußte gefeiert werden.

Sie hatten Eeva den Schatz gezeigt, auch das Schwert in seiner Scheide – damit sie wußte, daß sie ihr nicht finanziell zur Last fallen würden. Marcus füllte den silbernen Becher mit Bier und ließ ihn, wie zum Zeichen der Verbrüderung, die Runde machen.

Eeva meinte, daß man die Münzen sicher an einen der Händler in der Rue du Midi verkaufen könne. Oh, wartet mal – der Handel mit Edelmetall wird streng kontrolliert. Wertvolle antike Münzen würde man leicht als gestohlen ansehen. Die Belgier haben eine wahre Leidenschaft für Vorschriften und amtliche Bescheinigungen – obwohl die Vorschriften in der Praxis oft genug umgangen werden. Auf dem Wochenendmarkt in Sablon etwa, da fand sich schon der eine oder andere Händler, der es weniger genau nahm. Allerdings bezahlten Leute dieses Schlags auch nur einen Bruchteil des tatsächlichen Werts. Eeva würde sich einmal umhören, ganz diskret.

Der Vermieter? Ach, dem gehörte das ganze Haus. Doktor Pemerle hieß er, ein Witwer. Die Woche über empfing er Patienten in seiner urologischen Praxis im Erdgeschoß, meist etwas ältere und wohlhabende Leute. Seine Wohnung hatte er im ersten Stock, tagsüber war da nur die Haushälterin. Dr. Pemerle würde nicht einmal eine Braue heben, wenn Eeva einige Zeit Gäste beherbergte – sie verstand sich gut mit ihm. Sie mochte das alte Haus und die Parkettböden, genau wie er. Sein Neffe, der alles erben sollte, würde dem ein Ende machen: Sanieren, Modernisieren, Gewinne maximieren, indem man aus Wohnungen eine Unzahl Sardinenbüchsen machte. Appartements ...

Die Wohnung in der obersten Etage teilten sich zwei hochnäsige französische Lesben – Expertinnen für die europäischen Fleischmarktverordnungen. Ausgerechnet.

Wie war es denn so in Rom? Und Nero? ... Aber Marcus hatte Nero nie mit eigenen Augen gesehen.

Und Jesus Christus, wie war der, auch wenn Marcus nur seine Gefangennahme miterlebt hatte? Marcus konnte sich kaum daran erinnern. Ein Jude, wie alle andern auch – mit dem Unterschied, daß *er* fest daran glaubte, daß sein Gott die Römer einfach so zerschmettern würde, wenn er ihn lange genug darum bat.

Und wie war das Leben als Legionär?

Mary hob die Brauen, als Marcus nach seinem Schwert griff. Ob er nicht zuviel getrunken hatte? Aber ihre Gastgeberin strahlte ihn an, erwartungsvoll. Sie mußte es einfach sehen: Das Schwert in der Hand würde ihn wirklich zum Römer machen, trotz moderner Kleidung und gebleichter Haare.

Marcus zog sein *gladius* halb aus der Scheide.

»Legionär zu sein, das bedeutete manchmal das hier: hartes, scharfes Eisen. Aber die meiste Zeit eher das –« Er schob die Klinge mit einem kräftigen Ruck wieder in die Scheide und tat, als poliere er sie.

O ja, die Routine. Putzen, exerzieren und hin und wieder ein ebenso routiniert in Szene gesetztes Gemetzel. Mary entspannte sich wieder.

»Hat dein *gladius* denn einen Namen?« wollte Eeva wissen.

»Nein, wozu auch? Es ist nicht anders als tausend andere Schwerter auch.«

Der Griff war aus einem Stück Knochen geschnitzt. Es gab auch Schwerter mit Griffen aus Holz oder Elfenbein. Aber wozu sollte ein Schwert einen Namen haben?

»Darf ich es halten?«

Marcus reichte es ihr. Eeva zog es, wie er, halb aus der Scheide und legte eine Hand auf die Klinge. Für einige Sekunden schloß sie die Augen, dann seufzte sie.

»Ich dachte, ich würde irgend etwas spüren.«

Was für eine verschrobene Idee! Was glaubte sie denn, was sie da in der Hand hielt? Excalibur vielleicht? Und – die Frage mußte man nun stellen – was hatte sie überhaupt veranlaßt, Latein zu lernen?

»Und man hat es benutzt« – ihr schauderte – »vor einigen Wochen erst ... gegen die britannischen Rebellen. Oder auch vor zweitausend Jahren, wenn man so will. Zeit, Zeit ...«, murmelte sie. »Ich halte das Schwert der Zeit in meinen Händen.«

Als ob es das Schwert gewesen wäre, das Marcus durch die Zeit geschleudert hätte – als wäre es ein

Zauberschwert, das, in Blut getaucht, endlich seine magischen Kräfte entfaltet ...

»Habt Ihr das Schwert zu eurem Schutz mitgenommen?« fragte sie Tom.

»Nein – ich dachte, wir könnten es mit den Münzen und den anderen Sachen verkaufen. Dann fiel mir ein, daß von einer römischen Klinge heutzutage nur noch ein Häufchen Rost übrig sein kann. Man würde es für eine Imitation halten.«

Eeva lächelte ein wissendes Lächeln. »Du hast gespürt, daß es kein gewöhnliches Schwert ist. Du konntest es nicht einfach zurücklassen. Es gehört unwiderruflich zu Marcus.«

Vielleicht war Eeva ein bißchen verrückt, vielleicht war es auch das Bier. Aber nun wandte sie sich wieder den praktischen Dingen zu: In Belgien gehe man früh zur Arbeit, sie würde sich am Morgen nicht lange aufhalten können. Um vier am Nachmittag wäre sie wieder zurück. In der Zwischenzeit sollten sie diesen Schlüssel hier an sich nehmen. Sie mußten sich ja die letzten Tage zu Hause wie im Gefängnis gefühlt haben!

Großer Gott – ja! Sich endlich wieder frei bewegen können ... Marcus liebte es, am Morgen eine Joggingrunde zu drehen.

Mary holte ihren Stadtplan hervor. Eine schöne Strecke wäre zum Beispiel von hier, da entlang, nach da – Eeva nahm einen Kugelschreiber und zeichnete eine Route ein. Am Berlaimont-Gebäude vorbei, das unter Planen versteckt sei – wie ein riesiger Seestern sehe es aus, dem ein Arm fehlte. Unmöglich, es zu verfehlen ... Hier über die Verkehrsinsel am Schuman, dann um diesen riesigen Park einmal ganz herum, in dem die vielen Museen waren – der Parc du Cinquantenaire.

Die Folie um das Berlaimont-Gebäude – weil man doch Asbest gefunden hat, nicht? Die Asbestsanierer gingen Pleite, und die EG liege mit der Stadt im Streit wegen des Umbaus. Die EG wolle das renovierte Gebäude nur dann übernehmen, wenn alle ihre Änderungswünsche berücksichtigt würden. Doch unverzagt bauten und planten die Belgier immer neue Paläste für die Euro-Bürokraten.

Der Parc du Cinquantenaire würde ihnen sicher gefallen. Vielleicht erinnerten die Museen und der Triumphbogen Marcus sogar an Rom. Wenn sie durch den Park gingen, dann könnten sie an der Einmündung der Avenue de Cortenberg in den Schuman-Kreisel einen keilförmigen Bau sehen – genau dort arbeitete Eeva. Von ihrem Fenster konnte sie sogar den Park überblicken.

Es gab in Eevas Wohnung zwei – nicht einmal kleine – Schlafzimmer: ihr eigenes und das der abwesenden Johanna. Und außerdem noch die Wohnzimmercouch. Inzwischen waren sie alle beschwipst und ziemlich müde. Das Adrenalin war aufgebraucht. Ein freies Schlafzimmer, eine Couch.

Mary sah Tom an. »Ich werde bei Marcus schlafen, wenn du nichts dagegen hast.«

»Oh«, sagte Tom, »na schön ... Was sollte ich dagegen haben?«

»Und deine Mitbewohnerin hätte auch nichts dagegen, Eeva?«

»Johanna? Ganz und gar nicht! Was immer ihr tut – es ist durchaus in ihrem Sinn.« Das war schon eher eine Aufforderung. Eevas Grinsen wurde noch etwas breiter, vielleicht war da auch eine Spur Neid. »Wer hätte denn etwas gegen einen *Latin* Lover einzuwenden ... *Amor vincit omnia*, hab' ich recht?«

Mary zögerte etwas. Dann sagte sie: »So etwas passiert nun mal. Aber Liebe – das ist ein großes Wort. Und alles, was jetzt noch über meine Lippen kommt, hat mehr mit *Julius* zu tun als mit mir.«

Als Marcus das lateinische Zitat hörte, lächelte er und sah Mary an. Toms Blick vermied er.

Dafür gab es einen tiefen Blick von Eeva: »Und du, Tom?«

War er für sie eine Art Pfand, mit dem sie den Römer so gut wie in ihrer Hand glaubte? Oder ein Ersatz-Marcus?

»Ich werde die Couch nehmen.« Der Eifer, mit dem sie sich ihrer annahm, war ihm ein wenig unheimlich, so dankbar er auch war für ihre Gastfreundschaft.

»Ja, wir dürften alle ziemlich müde sein«, meinte sie.

109

Um den ersten Test von Orakel in Richtung Zukunft gebührend feiern zu können, hatte Gwyn eine Kühlbox mit in den Kontrollraum gebracht. Zwei Flaschen Champagner, eisgekühlt – allerdings kein Bollinger, den Terence vorgezogen hätte. Dazu einen Stapel Plastikbecher. Ein Fauxpas, der womöglich schwerer wog als die noble Geste – aber wer mochte das entscheiden. David Trimbles Einwände jedenfalls waren von ganz anderer Art.

»Das bringt Unglück!« protestierte der Ingenieur. »Ans Feiern zu denken, bevor wir noch angefangen haben!«

»Es ist schließlich ein historischer Augenblick!« tönte Gwyn, und seine Stimme vibrierte ein wenig vor

Stolz, während er den Deckel der Kühlbox wieder schloß.

Ein historischer Augenblick – *wenn es denn funktionierte*! Doch Terence enthielt sich des Kommentars.

Der Testlauf am Samstag, bei dem man sich die nähere Vergangenheit vorgenommen hatte, war ein voller Erfolg gewesen. Zehn Jahre zuvor war Radcote tatsächlich ein Bodenforschungszentrum, mit einigen wenigen, bescheidenen Häuschen. Trimble hatte die Maschinerie so gesteuert, daß sie in eines der Häuser hineinsehen konnten, in einen Raum mit Kalender und Uhr. Und so hatte sich der angepeilte Zeitpunkt exakt bestätigen lassen. Perfekt.

Beim Test am Sonntag hatten sie sich mit einem klitzekleinen Katzensprung in die unmittelbare Vergangenheit begnügt und das eigene Archiv ins Visier genommen. Klar und deutlich sah man die Titelseiten der ausgelegten Zeitungen, und auch der Blick auf die Uhr im Archiv bestätigte Datum und die Uhrzeit dazu. Danach steuerte Trimble den Kontrollraum an – und da konnten sie sich nun sitzen sehen, bei jener Besprechung einige Wochen zuvor.

Es war jenes Treffen, bei dem sie überlegt hatten, wie weit man denn beim ersten Versuch in die Vergangenheit zurückgehen solle. Es gab nur das Bild, keinen Ton – aber das machte es nur um so gespenstischer: sich selbst dasitzen zu sehen, wie man redete, gestikulierte, ohne etwas von einem Beobachter aus der Zukunft zu wissen, wissen zu können ... Schon ein bißchen gruselig! Wenn auch, vom technischen Standpunkt aus, höchst erfreulich.

Hätte man dieser Runde doch nur zurufen können: »Nicht diesen großen Sprung in die Vergangenheit! Laßt die Finger davon!« Wenn sie es nur hätten hören und befolgen können ... Ohne den Versuch mit dem

Jahr sechzig gäbe es diesen Römer nicht, nicht diesen Trubel um einen Mann aus der Vergangenheit, nichts von diesem ganzen Schlamassel.

Ja, wenn ...

Robin Garland war bei den Testläufen nicht dabeigewesen, auch heute fehlte er – aus Sicherheitsgründen, falls der ganze Laden vielleicht doch einmal in die Luft flog. Aber ihr Wunderkind hatte erklärt, daß zusätzliche Kalibrierungen nicht mehr nötig waren. Dave Trimble war da ganz seiner Meinung: Die Maschine arbeitete tadellos. Julian Miller hatte noch einige Bedenken, was Sondierungen in der Zukunft betraf – aber nachdem Robin ihnen seinen Segen gegeben hatte, konnte auch der Chef des Wissenschaftlerteams sie nicht mehr aufhalten.

Es *mußte* einfach funktionieren – sie *brauchten* die Maschine. Weil sie so am ehesten noch herausfinden konnten, ob das Projekt in Gefahr war – und wohin die Ryans und ihr Römer verschwunden waren. Und wie man am besten darauf reagierte.

110

Heute morgen hatten sich Terence und Gwyn die *Voice* früher als gewöhnlich vorgenommen, um die erste Folge der angekündigten Serie über den Römer zu lesen. Und nicht nur sie – das ganze Land las vermutlich heute dieses Blatt, wenn auch aus anderen Gründen. Nichts, rein gar nichts ließ sich als noch so versteckter Hinweis auf Radcote oder Orakel deuten. Und auch das Verschwinden von Römer und Ryans wurde mit keinem Wort erwähnt – die *Voice* war davon nicht weniger überrascht als der Rest der Welt. Die Schlagzeilen des nächsten Tages allerdings, die konnte man sich lebhaft vorstellen *(und wie schön wäre es, sie mit ein bißchen Technik heute schon sichtbar machen zu können!).* Fünf hatte in Erfahrung gebracht, daß diese Chinesin von der *Voice* keine Ahnung hatte, was die Ryans bezweckten und wohin sie entwischt waren – sie schien darüber sogar ziemlich verärgert zu sein, denn für heute stand bei den Ryans ein Treffen mit einem Ghostwriter auf der Tagesordnung. Vielleicht log sie, vielleicht auch nicht.

Es war ein Fehler gewesen, die örtliche Polizei nicht zu informieren, aber in so einer heiklen Angelegenheit ... Pech, daß einer der Männer, die Fünf vor dem Haus postiert hatte, im kritischen Augenblick einem natürlichen Bedürfnis nachgehen mußte – während sein Kollege von den Polizisten aufgehalten wurde, gerade lange genug, daß die Ryans sich ungesehen aus dem Staub machen konnten.

Tom Ryans Rover wurde schließlich am frühen Morgen am Stadtrand von Leicester gefunden – ganz zufällig. Eine Streife hielt ihn an, weil er eine rote Ampel überfahren hatte. Der Dieb sagte, das Auto hätte unverschlossen dagestanden, ein paar Straßen weiter, und die Schlüssel hätten auf dem Fußboden gelegen. Leicester war von Radcote ein Stück weiter entfernt als Milton Keynes, aber immer noch viel zu nah.

»Leicester ist ein Ablenkungsmanöver«, davon war Terence überzeugt. »Man wollte, daß das Auto gestohlen und meilenweit entfernt gefunden wird.«

Eine erste Analyse der Barber-Tonbänder hatte ergeben, daß Marcus Appius Silvanus wohl tatsächlich ein Römer aus der Zeit Neros war. Das hieß, daß Marcus ein Produkt von Orakel war – und es möglicherweise eine enge, wenn auch noch näher zu definierende Verbindung zwischen ihm und dem Projekt gab. Schon aus diesem Grund durfte man ihn nicht frei herumlaufen lassen.

»Womöglich haben uns die Ryans einen Gefallen getan, indem sie getürmt sind«, hatte Gwyn zu bedenken gegeben. »Sie verschwinden von der Bildfläche – und wir schnappen sie uns. Ein leichtes, sie dann auf Eis zu legen. Der Trubel legt sich, und was von ihnen bleibt, ist ein großes, dickes Fragezeichen –«

»– das den Amis und allen anderen, die sich für uns interessieren könnten, keine Ruhe läßt – so lange, bis sie eines Tages die Wahrheit herausgefunden haben?«

Daß es eine Verbindung zur IRA gab, auch das hatte man aus Barbers Bändern ersehen können, aber noch blieben eine Menge Fragen offen. Höchste Zeit also, der Zukunft ein paar ihrer Geheimnisse zu entreißen.

111

Gwyn hatte möglicherweise recht: ein historischer Augenblick. Die Zukunft – nackt und bloß vor ihren Augen. Die Möglichkeit, sich eine Zukunft nach Maß zu schneidern. Vorausplanung, grenzenloser Zugriff auf Informationen, Macht.

Während sie darauf warteten, daß die Uhrzeiger endlich auf elf Uhr dreißig vorrückten – die festgesetzte Zeit, zu der sie dem Netz den nötigen Strom entnehmen durften –, träumte Terence von jenem zukünftigen Terence, den er vielleicht bald zu sehen bekommen würde: Wie er im Archiv, entspannt lächelnd, vor einem Schwarzen Brett mit Instruktionen stand, die ihm Schritt für Schritt vorgaben, was zu tun war. Das war etwas anderes, als ein Sammelsurium von Informationen auf ihren Gehalt abzuklopfen, ohne genau zu wissen, wonach man eigentlich suchte.

Er drehte sich zu Julian Miller: »Ich frage mich, ob man sich in der Zeit nicht auch gewaltig verheddern kann?«

»Wie meinen Sie das?«

»Nun – angenommen, wir unternehmen etwas auf der Basis von Informationen aus der Zukunft – aber das erweist sich beim Blick auf die spätere Zukunft als falsch. Also sondieren wir weiter, in der noch späteren Zukunft, und unternehmen dementsprechend etwas ganz anderes. Könnten wir so nicht eine Abfolge von Ereignissen produzieren, die sich gegenseitig ausschließen – mit ungeahnten, ganz unabsehbaren Konsequenzen?«

Miller runzelte bloß die Stirn und schüttelte den Kopf.

Gwyn lachte glucksend. »Bißchen spät fürs Philosophieren, mein Junge. Sie haben selbst gesagt, daß wir strenge Maßstäbe an jeden Eingriff legen werden, aus gutem Grund. Wir walzen nicht einfach alles platt, was uns im Weg ist ... Allerdings«, das galt nun Dave Trimble, »wenn man sich so für Jesus interessiert wie der da ...«

Der Ingenieur verzog den Mund. »Ich bin beschäftigt!«

Gwyn konnte einfach nicht die Klappe halten. War es vielleicht Nervosität, die er so überspielen wollte?

»Jesus Barabbas, wie? ... Besser, wir hätten es nie erfahren!«

»Dieser Marcus ist ein Lügner, ein verdammter Heide!«

»Wir werden ihn dafür zur Rechenschaft ziehen.«

Der Minutenzeiger rückte auf die Sechs. Elf Uhr dreißig. Zielpunkt: drei Monate in der Zukunft. Tiefes Brummen zeigte an, daß der Strom eingeschaltet wurde.

Schnee wie auf einem Fernsehschirm legte sich über das Beobachtungsfenster jenseits der Panzerglasscheibe: statisches Rauschen – winzige Flöckchen Zukunft, die sich einer sinnvollen Anordnung erst einmal widersetzten.

»Die Maschine läßt sich nicht richtig fokussieren«, sagte Trimble verzweifelt. »Der Ort stimmt, aber der Zeitpunkt rutscht mir immer wieder weg!«

Mit einemmal kam Bewegung in das Bild, der Schnee begann rhythmisch zu schwingen und wanderte dann an den Rand des Fensters. Im Zentrum, inmitten eines Halos aus tanzenden Flocken war die Titelseite des *Guardian* aufgetaucht. Das Bild zitterte, tanzte auf und ab, verzerrte sich wie eine vom Wind gebauschte Fahne. Dann ein wahrer Schneesturm, Lichtblitze, und nach einem Knall wie von einem Gewehrschuß war das Beobachtungsfenster wieder tot. Das Brummen der Maschinerie verklang, immer tiefer werdend, wie ein Seufzer. Stille.

Die Kameras hatten aufgezeichnet, was im Beobachtungsfenster zu sehen war. Doch waren die Schlagzeilen groß genug, daß Terence sie hatte lesen können. Selbst jetzt sah er sie noch, wie in seinen Augen eingebrannt, als Nachbild. Zwei dicke schwarze Zeilen in Großbuchstaben:

IRA-MÖRDER DER KÖNIGIN IN BRÜSSEL
GESTELLT UND ERSCHOSSEN

112

Eevas Mitbewohnerin, die abwesende Johanna, mußte ein, zwei Handbreit größer sein. Ihr blauer Jogginganzug mit violetten Streifen an den Beinen paßte Marcus hervorragend. Er war ein Meter fünfundsiebzig groß, nur wenig über dem Mindestmaß für die römischen Legionen, wenigstens in ihren besseren Tagen. Weder Mary noch Tom hatten vor, zu laufen – ein ganz normaler Spaziergang, das wäre schon herrlich. Aber Marcus wäre sicher nicht mehr zu halten, wenn sie erst in diesem Park waren ...

»Als würde man den Hund von der Leine lassen«, sagte Tom. Mary war sich nicht sicher, ob das wirklich nur freundlich gemeint war. Sie mühte sich ab, in der fremden Küche all das zu finden, was sie für ihr – spätes – Frühstück brauchten. Ihr brummte der Schädel, dank *Julius*.

»Nun denn, mein lieber Tom: Fändest du es denn schicklicher, wenn sich Bruder und Schwester das Bett teilen?« Hundemüde waren sie doch alle gewesen, als sie zu Bett gingen, und Marcus und Mary auch. Kein Gedanke an *amor-vincit-omnia*!

Ach, da war das Brot. Marmelade – Schwarze Johannisbeere. Toast konnte man auf dem Grill im Herd machen. Auch Eier waren da. Kaffee, Milch, die Becher. Sie hatte alles, was sie brauchten. Eine Packung mit, möglicherweise, Haferflocken – wenn sie nur den finnischen Aufdruck hätte lesen können –, aber das mußte nicht sein. Also blieb es bei Toast und gekochten Eiern. Zum Lunch konnten sie doch ausgehen.

Marcus hatte ein Wohnzimmerfenster geöffnet und

sah sich über den Liliput-Balkon hinweg nach Belgiern um, soweit etwas von ihnen zu sehen war.

»Wieviel belgisches Geld haben wir denn, Tom?«

»Siebentausend Francs ... das sind etwa zweihundert Pfund.«

»Das dürfte reichen, bis wir den Schatz verkauft haben. Dann sind wir gemachte Leute.«

Als man den Duft nach frischem Toast auch im Wohnzimmer riechen konnte, kam Marcus in die Küche.

»Ich fühle – mich – wie – Senator«, verkündete er.

»Und wie das?« fragte Mary.

Tom sagte: »Vermutlich wegen der violetten Streifen an der Hose.«

»Laß *ihn* es mir erklären. Marcus?«

Marcus versuchte es, aber es fehlten ihm zu viele Wörter. Tom sprang ein. Wenn ein Mann unter die Reihen der Senatoren aufgenommen wurde, übersetzte er, dann durfte er eine Toga mit purpurnem Streifen tragen. Schmückte sich ein gemeiner Mann hingegen mit Purpur, dann war das ein Akt des Aufruhrs. Purpur war die kaiserliche Farbe.

»Er muß keine Angst haben, daß man ihn wegen der Farbe seiner Kleider verhaftet«, sagte Mary. »Ich selber werde mir die Haare färben, bevor wir aus dem Haus gehen. Ich habe im Bad ein Färbemittel gefunden. Eevas Haarfarbe ist nicht echt, Tom.«

Sagte sie das aus Boshaftigkeit? ... Vergiß es! Sah Marcus mit diesen Punker-Strähnen eigentlich jünger aus – oder gar älter? Jünger, eindeutig. Besonders in diesem Jogginganzug, er sah aus, als ob er schon im Stand laufen würde. Ein Tiger auf dem Sprung ... Man hätte Marcus für einen Leibwächter halten können, für *ihren* Leibwächter: Als ob nicht sie es wären, die ihn zu beschützen versuchten.

Tom hatte nachgedacht. »Ich frage mich, ob wir nicht das Auto loswerden sollten ... Es ist nicht versichert, wir haben keine Papiere und so weiter. Und das britische Kennzeichen könnte eine Spur sein, die direkt zu uns führt.«

»Aber wen kümmert das? Und wer weiß denn schon von dem Auto!«

»Diese Kiste ist doch nur ein paar hundert Pfund wert!«

»Willst du in einen Vorort fahren und es dort stehen lassen? Man wird es finden und nach seiner Herkunft forschen. Es kann ja nur mit der Fähre herübergekommen sein. Bestimmt registriert die Fährgesellschaft die Autonummern.«

»Himmel«, rief er aus, »heute beginnt ja die Serie in der Voice, das habe ich komplett vergessen!«

»Vielleicht bekommt man sie hier? Wir werden uns umsehen, auf dem Weg zum Park ...«

113

Sie brauchten länger zu dem Park, als man dem Stadtplan nach vermutet hätte. Das Brüssel der großen Boulevards – das wahre Brüssel – maß man eher nach Kilometern denn nach Metern. Zum Glück war es ein sonniger Tag mit einer sanften, warmen Brise.

Sie kamen an jenem Gebirge unter Plastikplanen vorbei, dann an dem keilförmigen Bau mit Aussicht auf den Park, in dem Eeva fleißig Dokumente übersetzte und eben vielleicht aus dem Fenster blickte, gerade zur rechten Zeit, um sie da unten vorbeispazieren zu sehen.

Gleich zwei irische Pubs hatten sie gesehen auf ihrem Weg, das *Moonlight in Mayo* und das *Joseph Locke*, neben asiatischen und auch ein paar belgischen Restaurants. Nur keinen Zeitungsladen. Beide Pubs hatten noch geschlossen, doch kündigten sie für die Mittagszeit ›feine Menüs auf irische Art‹ an.

Endlich waren sie im Park. Auf einem dreifachen Triumphbogen aus weißem Stein thronte ein vierspänniger römischer Streitwagen aus grünem Metall. Unten tummelten sich Walkürengestalten in dünnen Gewändern, von deren Füßen Grünspan auf das Mauerwerk gesickert war. Geschwungene Kolonnaden verbanden das Denkmal mit den ausladenden klassizistischen Museumspalästen zu beiden Seiten.

Die Inschrift besagte, daß der Triumphbogen im Jahr 1905 zur Feier der belgischen Unabhängigkeit errichtet worden war.

»Und kurz darauf marschierten die Deutschen ein, um auf belgischem Boden den Ersten Weltkrieg zu veranstalten«, sagte Tom.

»Ach, was konnte das Brüssel schon anhaben? Ist es nicht die Hauptstadt von Europa geworden?«

Wem die Boadicea in ihrem Streitwagen – am Themseufer – schon übertrieben schien, der konnte sich an diesen Walküren hier erst recht erfreuen.

»Sind das belgische Hilfstruppen?« fragte jetzt Marcus, und Tom konnte nicht anders als laut herauszulachen.

Nach der langen Gefangenschaft in ihrem Haus und der endlosen Wanderung durch die Boulevards hatte er das Gefühl, hier endlich wieder atmen zu können. Um die Bauten herum freies, offenes Gelände, freie Sicht durch den Triumphbogen über mehrere hundert Meter Park. Nicht einmal die Touristenbusse, die nahebei parkten, konnten den Eindruck von Weite und Großzügigkeit stören. Nur wenige Touristen waren zu sehen, Asiaten, die sich gegenseitig photographierten. Ihre Kleidung eher praktisch und offensichtlich von der Stange. Vielleicht Chinesen aus der Volksrepublik, Nutznießer des wirtschaftlichen Aufschwungs, die eine Reiseerlaubnis hatten ergattern können. Die ausgedehnten Rasenflächen mit ihren Blumenrabatten und die Wege zwischen den Baumreihen waren so gut wie verlassen. Ein einzelnes Auto fuhr langsam an ihnen vorbei, eine Familie in einem Mercedes mit deutschem Kennzeichen. Ganz unwahrscheinlich, daß man in England Gelegenheit hätte, eine Sehenswürdigkeit wie diese mit dem Auto zu umrunden – schon in gehörigem Abstand würde man von einer Schranke aufgehalten.

»Hier kannst du laufen«, sagte Mary zu Marcus. »Wir werden auf dich warten.«

Tom nickte, und Marcus begann seine Runde.

»Zum Lunch könnten wir doch in dieses *Joseph Locke* gehen – was meinst du, Tom? Da kommen wir besser zurecht als in einem belgischen Restaurant. *Mayo* klingt weniger sympathisch – vielleicht tun sie tatsächlich Mayonnaise auf den Salat.«

»Teuer sind sie alle beide.«

»Ach komm!«

»Wir sind zu dritt!«

»Es wäre schön, wieder einmal unter Iren zu sein. Außerdem ist es nicht teuerer als in den anderen Restaurants, die wir gesehen haben.«

»Und wenn uns jemand erkennt?«

Mary fuhr sich mit der Hand durch das fast schwarze Haar. »Großer Gott, sind wir denn überhaupt noch zu erkennen? Und jeder denkt doch, daß wir in England sind!«

114

Alles übrige im *Joseph Locke* konnte mit dem – zugegeben – hervorragenden Essen nicht mithalten. Auf das Äußere des Lokals war wenig Mühe verwandt worden, vielleicht ganz bewußt, der lockeren Atmosphäre wegen und um das falsche Publikum fernzuhalten. Dämmriges Licht, nackter Holzfußboden, eine Wand tapeziert mit Autogrammphotos – Kopf an Kopf Berühmtheiten aller Art, auf einem Ehrenplatz immerhin Mary Robinson, die irische Präsidentin. Ansonsten ein buntes Durcheinander, planlos und ohne Rahmen an die Wand geheftet. Die Toilette im Kellergeschoß: eine Schande, und wenn es nicht wirklich dringend gewesen wäre, wäre Mary die steile, eiserne Wendeltreppe – wohl ein Überbleibsel aus einem abgerissenen Leuchtturm – wieder hinaufgeflüchtet. In eine Nische gleich neben der Tür zur Damentoilette hatte man ein Urinal gezwängt – wo es nun hing wie ein Weihwasserbecken beim Kirchenportal, wenn auch mit sehr viel strenger riechendem Inhalt.

Ein Schild hinter der Bar verkündete: *Fáilte* – willkommen. Ein Plakat sagte für den kommenden Samstag eine Musikgruppe an, Taxi Mauve mit Namen. Der Sänger: Michel Stikiotakis. Die Stereoanlage spielte eine Kassette von Joseph Locke: *How can you buy Killarney?* sang er mit seiner wunderbaren Stimme. Was für eine Frage – man kriegte es doch an der Bar, frisch vom Faß ... Aber nicht doch, das war *Kilkenny*, wie man das Smethwicks-Bier für den Export getauft hatte.

Obwohl der Pub keineswegs klein war, waren fast alle Tische besetzt, nur neben der Bar war für Mary,

Tom und Marcus noch etwas frei gewesen. Sie bestellten das Tagesgericht, Beef-Stew: Wenn man um sein Leben rannte, dann mußte man sich nicht auch noch Gedanken um den Rinderwahnsinn machen – oder? Und wenn das Fleisch aus Irland oder vom Kontinent stammte, dann hatte man auch kaum etwas zu befürchten.

Ein Priester in schwarzer Soutane thronte etwas unbeholfen auf einem Barhocker und nippte an seinem Guinness.

»Was ist denn das für einer, Dermot?« fragte er den jungen Barkeeper und zeigte auf das Plakat. »Hört sich nach einem Griechen an.«

»Das ist eine französisch-irische Gruppe, Father John. Der Mann singt mit Dubliner Akzent, absolut echt. Er hat ihn in kürzester Zeit aufgeschnappt ... ein Genie!«

»Erzähl mir bloß nichts von irgendwelchen Bands! In Louvain ging es gestern zu wie im Irrenhaus.«

»Warum das?«

»Überall in den Straßen spielten Rockgruppen, mit gottverbotenen Namen wie ›Iggy Pop‹ oder ›Babylon Zoo‹. Wenn du mich fragst: der reinste Turm-von-Babel-Zoo! Und das am heiligen Sonntag ...«

Der Barkeeper verzog ein bißchen den Mund, was alles mögliche heißen konnte.

In seinem Kummer richtete Father John die Frage nun an einen anderen Guinness-Trinker, der in einigem Abstand an der Bar saß, allein, und in die *Irish Times* vertieft war – obwohl das Licht kaum zum Lesen reichte.

Ein schlaksiger Typ in den Dreißigern, mit einem wahren Dschungel schwarzer Locken auf dem Kopf. Auffallend der ausgeprägte Adamsapfel und die Brauen wie dicke schwarze Raupen, die über der

Nasenwurzel zusammenstrebten. Die Augen schmal, und doch mit einem sehnsüchtigen, zugleich beharrlichen Ausdruck, als würde er, in der Fremde darbend, die ferne Heimat niemals aufgeben wollen. Vielleicht machten das die Lieder von Joseph Locke.

»Dazu kann ich nicht viel sagen«, meinte er.

Mißtrauisch: »Sie sind aus dem Norden, nicht wahr? Sind Sie wenigstens Katholik?«

»Aber ja doch.« Der Mann widmete sich wieder seiner Zeitung.

Joseph Locke auf der Kassette sang: ›*I'll join the legion, that's what I'll do –*‹«

»Legio!« staunte Marcus.

Er fragte Tom etwas, Tom murmelte hastig eine Antwort. Nein, diese Legion sei eine gallische Legion mit Söldnern aus allen Ländern und habe mit Rom gar nichts zu tun. Aber Father John hatte sich schon umgedreht. »Ist das Latein, was ich da höre?«

»Es ist rumänisch«, sagte Tom. »Mein Freund ist Rumäne.«

»Mir kam es vor wie Latein.«

»Rumänisch klingt ein bißchen wie Latein.«

»Aber was haben Sie mit dem Rumänischen zu schaffen? Sie sind doch auch aus dem Norden, nicht wahr?«

Die Lüge, die Mary schon öfter gebraucht hatte, ging ihr immer leichter von den Lippen: »Rumänien möchte der EG beitreten ... Sie haben ein feines Ohr, Father. Was machen Sie hier?«

»Ich bin natürlich am Irischen Kolleg in Louvain.« Als verstünde sich das von selbst.

»Sie meinen, Sie unterrichten Irisch?«

Der Priester lachte. »Unsere Franziskaner-Novizen kommen nach Louvain herüber, um Kurse an der Universität zu belegen.«

»Ich dachte nur, weil Sie *Irisches* Kolleg sagten ...«

»Es gibt auch ein Amerikanisches Kolleg, warum also kein irisches? Allerdings haben wir den Großteil unserer Räumlichkeiten dem Irischen Institut für Europaangelegenheiten überlassen.«

Mary nickte – davon hatte sie schon gehört. Eine gemeinnützige Organisation, die von der EG unterstützt wurde – und gemeinsame Projekte für Irland und Nordirland realisierte, um die wirtschaftlichen und sozialen Verhältnisse zu verbessern, während die Eiferer in Ulster sich noch unverdrossen die Köpfe einschlugen.

»Loo-vane«, buchstabierte sie unsicher, »Louvain ...?«

»Oder Leuven, wenn Ihnen der flämische Name lieber ist.«

Auch Tom steuerte ein Ablenkungsmanöver bei. »Es ist ein Kreuz mit diesen belgischen Ortsnamen, wenn man im Auto unterwegs ist. Ich rede von den Ortsschildern – man liest ›Bergen‹ und ist in Mons, beispielsweise.«

»Das ist das Schöne an Belgien«, belehrte sie Father John. »Zwei Sprachgruppen, die miteinander auszukommen suchen – nicht ohne Vorbehalte, nicht ohne Probleme. Streit zwischen Flamen und Wallonen gibt es oft genug, gerade in den letzten Jahren. So ist eben die menschliche Natur. Und trotzdem könnte nach diesem Modell vielleicht auch ein vereintes Irland funktionieren ...«

Wenn er jetzt bloß die Politik aus dem Spiel ließ!

Mit einem skeptischen Blick zu Tom sagte er: »Sie können noch nicht lange für die Kommission arbeiten, mit Ihren Rumänen. Soviel ich weiß, ist Rumänien weit davon entfernt, Mitglied der Gemeinschaft zu werden. Wozu braucht man da schon Dolmetscher?

Mit den Tschechen und Polen ist es etwas anderes, aber Rumänien ist für unsere Verhältnisse doch ein Dritte-Welt-Land ... Oh, Verzeihung«, sagte er zu Marcus, »das hätte ich jetzt nicht sagen sollen!« Marcus starrte ihn nur an, das Gesicht ausdruckslos.

»Aber es ist verblüffend, wie sehr diese Sprache dem Latein ähnelt – wenn es auch nicht wie Kirchenlatein klingt.«

Glücklicherweise brachte eine dunkelhaarige Kellnerin endlich das Beef-Stew.

»Wenn die Tschechen, die Polen und all die anderen auch noch beitreten«, stellte Father John fest, »dann wird Brüssel tatsächlich ein modernes Babel sein. Aber wahrscheinlich wird in Brüssel Platz für alle sein, genau wie im Himmel auch.«

Sie aßen und waren fest entschlossen, sich nicht mehr stören zu lassen.

115

Von der Rue Lorraine zur Rue Aristote war es nicht weit. Nachdem Fergus das Trio bis nach Hause verfolgt hatte, eilte er zu Seamus und Molly, um ihnen zu berichten. Fast durchbohrte er mit dem Finger das Photo in der schon sieben Tage alten *Voice*.

»Deine Mary hier hat sich die Haare abgeschnitten. Ihr Römer ist jetzt blond, und Tom Ryan hat seinen Schnauzer abrasiert. *Und* sie haben lateinisch geredet, sagte der Priester, auch wenn Ryan behauptete, es wäre rumänisch.«

»Siehst du?« sagte Molly zu Seamus. »Wenn Fergus nicht immer fleißig ins Pub ginge –«

»Was zum Kuckuck haben sie hier zu suchen!« In Brüssel, das war schon schlimm genug – und dann noch in nächster Nähe. Und vor dem Haus stand auch, was Fergus nicht entgangen war, ein Auto mit britischem Kennzeichen.

Nur zwei Mitglieder des Armeerats zu Hause wußten, daß ein Kommando in Belgien unterwegs war – von den beiden Wohnungen, in denen man untergekrochen war, wußten sie mit Sicherheit nichts. Und wie um alles in der Welt war Mary überhaupt an diese Burschen, oder einen von ihnen, herangekommen?

»Der britische Geheimdienst«, meinte Fergus. »Und deine Mary Ryan ist der Köder. Drei kleine Geißlein, um den Wolf aus dem Versteck zu locken.«

»Ich kann es nicht glauben«, sagte Seamus.

»Weil du sie einmal gevögelt hast, vor wer weiß wieviel Jahren?« fragte Molly.

Seamus schüttelte den Kopf, aber mehr aus Ratlosigkeit. »Das hieße, daß sie nicht nur mit den Briten zusammenarbeiten, sondern auch noch wissen, daß wir hier sind!«

»Sind uns ganz schön auf die Pelle gerückt, nicht wahr?«

»Aber es ergibt keinen Sinn, daß sie den Römer mitgebracht haben.«

»Das mit dem Römer ist sowieso Unsinn«, sagte Molly. »Du kannst nicht einmal mehr auf die Straße gehen, Seamus, wenn du nicht riskieren willst, ihnen in die Arme zu laufen. Du willst doch nicht wieder ins Gefängnis, oder? Kann denn überhaupt einer von uns noch unbesorgt aus dem Haus gehen – womöglich haben sie Photos von jedem, der in letzter Zeit abgetaucht ist!«

Seamus starrte auf das Irland-Poster an der Wand, als erhoffe er sich davon eine Eingebung. Nichts, was unzweideutig mit irischer Politik zu tun hatte, fand sich in dieser Wohnung, und die schönen Poster der irischen Tourismusbehörde waren ganz unverfänglich. Schön – und manchmal auch Medizin für die Seele. Hier, an der Wohnzimmerwand, konnte man den St.-Patricks-Felsen bei Cashel in der Grafschaft Tipperary bewundern, mit der Cormac-Kapelle und der gotischen Kathedrale obenauf. Steingewordener Glaube.

Auch hier in Brüssel gab es Kapelle und Kathedrale, auf die Kuppe eines Felsens gezwängt: als maßstabgerechtes Modell. Das war nicht weit vom Heysel-Stadion und dem Atomium, im Klein-Europa-Park.

Als sich das Kommando, ganz zu Anfang, mit Brüssel vertraut gemacht hatte, da waren sie einige Wochen lang fast ohne Pause durch die Stadt gefahren, mit Auto, Bus, Straßen- oder U-Bahn. Oder manchmal auch gegangen. Dieser Park versammelte, im Maßstab eins zu hundert, das Beste, was Europa angeblich zu bieten hatte. Einige freie Rasenflächen warteten auf weitere Modelle aus jenen Ländern, die der EG noch beitreten sollten – bis es dann eines Tages wohl recht eng werden würde. Drückte man auf einen Knopf, dann ertönte jeweils die zugehörige Nationalhymne. Vor dem kleinen St.-Patricks-Felsen hatten sie gestanden, beim Klang von *Ambran na bh Fiann,* und dabei gewitzelt – ganz leise –, ob man nicht daneben das Parlamentsgebäude von Westminster gleich in die Luft sprengen sollte.

Ziemlich albern, dieses Klein-Europa – aber natürlich eine Touristenattraktion, etwas für die ganze Familie, und meist besichtigte man dann ein paar Schritte weiter das hoch in den Himmel ragende Atomium. Was würde aus diesem halben Morgen Land werden, wenn in einigen Jahren noch Prager Stadtansichten als Laubsägearbeit hinzukamen oder dies und das aus Istanbul oder Slowenien – vielleicht auch Maghrebinien – und vierzig, fünfzig Nationalhymnen durcheinander dudelten?

Das weltberühmte Atomium dagegen war wie geschaffen, um von einer Handvoll zu allem entschlossener Leute besetzt zu werden ... Tagelang könnte man darin einer Belagerung trotzen, eine Sensation wäre das – wenn man nicht noch etwas Besseres vorhatte ...

Aber das Poster war nicht der einzige Grund, warum Seamus an Klein-Europa denken mußte. Was war es nur ... Er bekam diesen flüchtigen Gedankenfetzen einfach nicht zu fassen.

»Wir brauchen jetzt Phelim und Padraig«, sagte Molly, »wir müssen das weitere Vorgehen beraten, ganz offiziell.«

»Sie sind auf dem Weg ins Kino«, sagte Fergus. »Vielleicht sollten wir uns diese Ryans schnappen und sie mal gehörig ausfragen. Kann sein, daß wir sie zum Schweigen bringen müssen, wenn ihre Antworten so ausfallen, wie ich befürchte.«

»Die Wohnung, in der sie untergebracht sind – gehört die etwa einem Kerl von der britischen Botschaft?«

Fergus zog ein kleines Notizbuch aus der Tasche.

»Im Erdgeschoß ist eine Arztpraxis, Urologie ... Pißdoktor, hab' ich recht? Dieser Doktor scheint im ersten Stock zu wohnen, Belgier oder Franzose ...« Er hatte Mühe, sein Gekritzel zu entziffern. »Bei der Klingel für den zweiten Stock steht: Oikarinen, Vorname: Johanna – und außerdem noch: Eeva Pennanen.«

»Dürften Finnen sein«, sagte Molly.

»Und dann wieder zwei belgische oder französische Namen im obersten Stock. Nach einem Haus der britischen Botschaft klingt das nicht gerade ...«

»Ist wohl an der Zeit«, sagte Molly, »daß wir uns in unserem Waffenlager nach etwas Handfesterem umsehen – für alle Fälle.«

»Um uns an die Ryans ranzumachen?« fragte Fergus. »Was hast du bloß gegen unsere Brownings?«

Ganz ordentlich, diese Pistolen, organisiert aus britischen Beständen vor nunmehr zwanzig Jahren. Hohe Durchschlagskraft, Magazine mit dreizehn Schuß – nicht sehr erfreulich, wenn man sich vor der Mündung befand. Das einzig Blöde am Browning war, daß man ihn nicht ständig feuerbereit – mit einer Patrone im Lauf – mit sich herumtragen konnte: Hatte man durchgeladen, dann war der Hammer automatisch gespannt – und wer sich das Ding so in den Hosenbund steckte, der riskierte einige unschöne Löcher, nicht nur in der Hose. Deswegen mußte man den Hammer wieder entspannen und vor dem Abdrücken spannen, was zwar nur einen Augenblick dauerte, aber einen Augenblick zuviel, womöglich.

Ein Problem, mit dem sich die Männer vom SAS nicht herumschlagen mußten. Sie waren mit der neueren, österreichischen Glock ausgerüstet, bei der es keinen Hammer im herkömmlichen Sinn gab. Safe-Action-Mechanik nannte sich das, und das hieß nicht mehr und nicht weniger, als daß man gefahrlos mit einer Kugel im Lauf herumspazieren konnte, daß man nicht spannen mußte, daß man blitzschnell die Sicherung unmittelbar am Abzug lösen und feuern konnte.

Aber natürlich kann man auch mit einem Browning einiges ausrichten, wenn man nur sorgfältig genug zielt und etwas Übung hat. Gelegenheit für Schießübungen bietet sich einem im Untergrund operierenden Kommando allerdings nicht oft, man kann auch nicht so großzügig mit Munition umgehen wie die Vertreter der Staatsmacht.

Das Waffenlager im Wald von Soignes enthielt drei Armalites – amerikanische M16-Gewehre, gut geeignet auf kurze Entfernung wegen ihrer hohen Mündungsgeschwindigkeit. Bei größeren Distanzen machte es sich nachteilig bemerkbar, daß die Geschosse sehr leicht waren, außerdem brauchte das Gewehr viel Pflege. Dazu kam ein trotz seines Alters äußerst zuverlässiges L42A1, ein großkalibriges Präzisionsgewehr für Scharfschützen – vielleicht nicht so genau wie die Accuracy International MP der SAS-Leute, aber gut genug auf eine Entfernung bis zu achthundert Meter.

Die modernste Waffe in ihrem Arsenal waren zwei MP5 von Heckler & Koch, kompakte Maschinenpistolen – die Sorte, die man bequem unter dem Mantel verstecken kann. Das Beste an den H&Ks ist, daß bei Dauerfeuer der Verschluß geöffnet bleibt und nicht durch das Hin- und Herfedern das Zielen erschwert.

Sie würden sich die Königin auf ihrer Fahrt zu den königlichen – den königlich-belgischen – Gewächshäusern vornehmen, wo der König aller Belgier seine Gäste zu empfangen pflegt. Irgendwo auf der Strecke – Padraig als Scharfschütze in einem Gebäude versteckt, unterstützt von Fergus und Phelim mit den Armalites. Molly und Seamus mit ihren H&Ks würden die alte Dame auf der Straße erwarten, bereit, von der anderen Seite loszustürmen, sobald der erste Schuß gefallen war. Die Neunmillimetergeschosse mit einer Mündungsgeschwindigkeit von 400 Meter pro Sekunde würden spielend das Panzerglas durchschlagen, vielleicht auch das Karosserieblech. Die Querschläger jedenfalls würden im Wageninnern eine Menge Unheil anrichten.

Die Schüsse aus den Armalites würden die Leibwächter lange genug ablenken, um Molly und Seamus herankommen zu lassen. Auch wenn sie scheiterten – und Padraig ebenso –, wäre es ein Triumph, ein glorreicher Sieg über die Briten.

»Molly meint, daß wir mit Überraschungen rechnen müssen, wenn wir uns die Ryans schnappen«, sagte Seamus. »Deshalb sollten wir die H&Ks und Armalites bei uns haben – falls man uns erwartet. Ich hoffe bei Gott, daß sie sich nicht lange zieren, wenn sie die Brownings sehen.«

Molly nickte. »Wir wollen es hoffen. Damit wir sie in den Wald schaffen und ein wenig mit ihnen plaudern können.«

116

Rachel Morgan war in Terence' Büro gekommen, um ihm – und Gwyn, dessen Champagner ungetrunken geblieben war – zu sagen, daß Robin immer nervöser wurde. »Er wartet jetzt seit Stunden!«

Stunden, in denen man die unscharfen Bilder einer noch nicht existierenden Titelseite mit allem erdenklichen Computeraufwand leserlich zu machen versuchte; Stunden, in denen man sich mit London beriet. »Sie müssen ihm endlich sagen, daß es immerhin ein *Teilerfolg* war!«

Von wegen Teilerfolg, Allmächtiger! Erfolg genug,

um das ganze Projekt, vor wem auch immer, rechtfertigen zu können – wenn sie nur ein bißchen mehr als diese paar Wortfetzen erfahren hätten ...

Sie hatten das Datum, an dem drei unbekannte Terroristen nach Belagerung durch die Polizei getötet wurden. Das war der 20. September. Der Anschlag fand zwei Tage davor statt. Das fiel mit dem ersten Tag des Staatsbesuchs zusammen, der schon seit geraumer Zeit für diesen Herbst geplant war. Zwei Terroristen waren schon während des Anschlags getötet worden, eine Frau und ein Mann, dessen Vorname mit *Seamus* angegeben wurde – der Nachname war unleserlich. Höchstwahrscheinlich handelte es sich um Seamus Kelly. Der Vorname seiner Komplizin begann – das war noch ungefähr zu erkennen – mit *M*.

Das konnte doch wohl nicht Mary Ryan sein, oder? Mary Ryan, die kein jugendlicher Heißsporn war, die sich mit Friedensforschung und Strategien zur Konfliktlösung beschäftigte: Sollte ausgerechnet sie sich innerhalb dreier Monate in eine fanatische Terroristin verwandeln? Wer weiß ... Wer konnte schon sagen, wohin Haß und Verbitterung einen Menschen treiben konnten? Vielleicht hatte sie die Wahrheit über den *Aer-Lingus*-Absturz und den Tod ihrer Eltern einfach nicht verkraftet ...

Es gab auch keinen Hinweis, *wo* in Brüssel diese Belagerung durch die Polizei stattgefunden hatte.

Rachel fuhr fort: »Wenn Sie Robin sagen, daß es ein Teilerfolg war, ihm aber den Inhalt der Geschichte verweigern, könnte er in Panik geraten ...«

»Sie meinen, er käme vielleicht auf den Gedanken, daß die Zeitung seinen Tod gemeldet hätte?«

»Das oder etwas anderes, fast ebenso Schlimmes. Denn es muß ja einen Grund geben, daß sie es ihm verschweigen ... Wenn Sie seine Ängste schüren, könnte er – bei dem Leben, das er hier führt – noch auf den Gedanken kommen, Ihr Gefangener, Ihr Arbeitssklave zu sein. Und wäre das wirklich so abwegig?«

»Sie meinen, er könnte uns sogar seine Mitarbeit aufkündigen?« fragte Terence.

»Nicht unbedingt *bewußt*. Aber Sie könnten sich nicht mehr auf ihn verlassen ... Sie müssen unbedingt offen zu ihm sein!«

Gwyns Piepser meldete sich. Er schaltete das Signal ab und warf einen kurzen Blick auf das Display. »Ein Anruf in meinem Büro ... Dann sollten wir dem lieben Robin wohl besser eine Besprechung im Penthouse vorschlagen – so in, na, zwanzig Minuten? Mit Trimble und Miller dabei?«

»Die nun gerade nicht«, sagte Terence mit Bestimmtheit. »Nicht, wenn wir das weitere Vorgehen diskutieren müssen. Nicht, wenn wir alle Karten auf den Tisch legen wollen.«

»Wollen Sie mich denn dabeihaben?« fragte Rachel.

»Unbedingt – Sie müssen aufpassen, daß wir unser Baby nicht unnötig aufregen.«

Zehn Minuten später erschien Gwyn wieder in Terence' Büro. »Es gibt einen Polizeibericht über Kinder, die einen toten Zwerg in einem Müllsack gefunden haben, in einem Wald bei Luton.«

»Willst du wissen, was ich darüber denke, Gwyn? Daß wir Barber ein bißchen zu sehr erschreckt haben. Daß er die Ryans gewarnt und zur Flucht veranlaßt hat – damit wir *sie* suchen und *ihn* in Ruhe lassen.«

»Wir sind dabei, das Haus der Ryans auseinanderzunehmen. Und Tom Ryans Büro und Marys auf dem Campus dazu. Wir haben die örtliche Kriminalpolizei vorgeschoben, sie ermittelt wegen Irreführung der Behörden ... Man könnte doch, nicht wahr, das mysteriöse Verschwinden des Trios für einen Publicity-Gag halten – zu Lasten der Polizei, die unverantwortlicherweise damit ihre Zeit verschwenden muß.«

»Mir wäre es lieber, wenn wir die Medien ganz heraushalten könnten.«

»Wie denn, solange sich das ganze Land fragt, wohin die Ryans denn verschwunden sind? Wenn die Zeitungen am liebsten einen Jagt-den-Römer-Wettbewerb ausschreiben würden?«

»Das meine ich ja – wenn wir das nur vermeiden könnten, um sie dann still und heimlich zu schnappen.«

»Wenn man nicht einmal die Grenzen dichtmachen kann? Dieses Land ist verdammt noch mal zu einem Sieb geworden, dank Europa, den Einsparungen bei der Polizei und dem Lamentieren um die Menschenrechte!«

Terence hatte nachgedacht. »Wenn Kelly einen Schlupfwinkel auf dem Kontinent hat, dann in Belgien. Darauf würde ich alles wetten, was ich habe. Man müßte sich Barber vornehmen, ihn gehörig ausquetschen. Vielleicht weiß er, wohin sie geflüchtet sind ... Ich wette, nach Belgien, Gwyn. Wenn du die Büros der Ryans durchsuchst, dann achte auf Kontakte nach Belgien, welcher Art auch immer.«

»Da kann es jede Menge geben – was erwartest du denn bei einem Übersetzungsbüro!«

»Ein Übersetzer, *allerdings*! Als Tom Ryan den Römer aufgelesen hat, da kam er von einer Konferenz, einem Treffen von Übersetzern – nicht wahr? Du solltest dich an den Veranstalter wenden. Finde heraus, ob Belgier daran teilgenommen haben!«

»Besten Dank! Endlich sagt uns einer, was wir zu tun haben!«

117

Als Terence und Gwyn im Penthouse eintrafen, fanden sie einen hektisch herumzappelnden, über die Maßen erregten Robin, der aber keineswegs verängstigt war: eher euphorisch, berauscht von seinem Erfolg.

»Robin, setz dich endlich.« Rachel klopfte mit der Hand auf die Couch. »Hier, zu mir.«

Robin gehorchte schließlich – ein Vogel, der nur zögernd dem Lockruf folgt. Unruhig rutschte er hin und her. Er hob den zerzausten Kopf, als Gwyn und Terence sich in die Sessel sinken ließen, und sah sie an.

»Galilei, Einstein, Garland ... wie?« sagte er.

»Genau«, pflichtete Terence bei. Nur, daß man nicht eine Zeile von Robin Garland in einem wissenschaftlichen Journal finden würde. Der Nobelpreis? Das kannst du vergessen, mein Junge. »Es funktionierte – aber nur für wenige Sekunden. Und was wir gesehen haben ... nun, darüber mußten wir uns erst einmal klarwerden. Wir konnten nicht einfach mit einem Eimer, äh, Limonade hier aufkreuzen.«

Und wieder dieses Quengeln. »Ich möchte jetzt das Band sehen!«

»Später«, sagte Gwyn.

»Diese Schwierigkeiten beim Fokussieren, die Störungen – das kann nicht am Prinzip liegen, das muß ein technisches Problem sein. Es sei denn ...« Aber dann beugte er sich mit einem heftigen Ruck vor und fragte mit schriller Stimme: »Aber was werden Sie wegen der Königin unternehmen? Wird man den

Staatsbesuch absagen?« Wie ein aufgeregter kleiner Junge, der überall Verschwörer und Staatsfeinde wittert und schrecklich gern Detektiv spielen möchte.

»Das ist unmöglich«, erklärte ihm Terence. »Buckingham Palace und das Außenministerium werden niemals einen Staatsbesuch absagen, wenn wir nicht mehr als ein paar Anhaltspunkte vorzuweisen haben und, noch schlimmer, unsere Quelle nicht nennen können. Und dieser Besuch in Belgien ist wirklich wichtig!«

»Wegen Europa –«

»Nicht nur das. In Belgien geht es drunter und drüber, müssen Sie wissen.«

Sir Raymond war nicht müde geworden, das immer und immer wieder zu betonen bei ihrem Telefongespräch. Was den außenpolitischen Aspekt des Besuchs anging, war Gwyn vermutlich nicht ganz im Bilde. Terence nahm die Gelegenheit wahr, etwas weiter auszuholen.

»Es gab in letzter Zeit eine Reihe von Skandalen. Korruptionsfälle . . .«

Das galt besonders für die Sozialistische Partei, die im französisch sprechenden Süden die Mehrheit besaß. 1991 war es gewesen, daß der Vizepremier – selber nicht unbedingt ein Unschuldslamm – ermordet wurde. Die Umstände waren mysteriös, die Untersuchung mehr als stümperhaft, so daß man getrost von Sabotage sprechen konnte. Inzwischen schien klar zu sein, daß politische Rivalen einen Mafia-Killer engagiert hatten – ein Kampf ums Terrain wie in den Gangsterkriegen im Chicago der dreißiger Jahre.

Nicht ganz so lange war es her, daß drei belgische Minister zurücktreten mußten, weil sie von einem italienischen Flugzeughersteller, Agusta, Schmiergelder angenommen hatten. Und ein anderer Belgier, der designierte Nato-Generalsekretär, mußte aus demselben Grund seine Kandidatur zurückziehen. Ein Luftwaffenoberst beging Selbstmord.

»Es geht, genauer gesagt, um die Verteidigungspolitik des gemeinsamen Europa, gefährdet von einem schwachen, krisengeschüttelten Partner – und das sozusagen vor den Toren des Nato-Hauptquartiers in Europa ...«

Nicht weniger bedenklich war der ewig schwelende Streit zwischen Flamen und französisch sprechenden Wallonen. Dann diese gräßliche Geschichte um Pädophilie und Kindermorde, die die Polizei unter den Teppich kehren wollte. Die Eltern eines der ermordeten Mädchen – Wallonen – verweigerten sogar dem König die Teilnahme am Begräbnis, weil seine Muttersprache flämisch war. Spannungen, Streit, Haß unter einer geschönten Fassade. Ein krankes Land.

»Es bestand schon immer das Risiko, daß Belgien sich in zwei Staaten aufspaltet, einen französischen und einen flämischen. Ausgerechnet das Land, das sich – stolz – als Modell für die Gemeinschaft versteht, als Brückenbauer zwischen den Nationen: Was würde das für Europa bedeuten?«

»Nichts Gutes«, meinte Robin.

»Und nichts Gutes auch für unser eigenes Königreich! Ein vereinigtes Königreich muß mit dem andern solidarisch sein – das ist der eigentliche Grund für den Besuch der Königin. Eine bessere Gelegenheit als diese, einen besseren Ort für einen Anschlag kann man sich gar nicht vorstellen – das muß man der IRA schon lassen! Ausgerechnet Brüssel, immer nur Brüssel ... Vielleicht der letzte Streich, der Belgien endgültig das Rückgrat bricht. Ein Königreich zerfällt – und unser Vereinigtes Königreich gleich mit. So weit hat man bei der IRA sicher nicht gedacht – die Leute in Nordirland sind viel zu sehr mit sich selbst beschäftigt. Für die Mörder geht es nur um die Frage, wie sie die britische Krone aus Irland verjagen können, mit welchen Mitteln auch immer. Aber der Schaden könnte unabsehbar sein, wir könnten Schottland verlieren.«

Gwyn fühlte sich verpflichtet, einige seiner Weisheiten beizusteuern. »Der Tod der Königin«, sagte er, »könnte das Ende der Monarchie bedeuten! Wo doch niemand aus der königlichen Familie so recht für die Nachfolge geeignet ist . . .«

Terence sah ihn nachdenklich an. »Du bist Waliser, nicht wahr –«

Das traf ins Schwarze. Aufgebracht setzte sich Gwyn zur Wehr: »Man kann das durchaus so sehen, denke ich – nach all den Scheidungen und so. Ich persönlich würde ja Prinzessin Anne als Nachfolgerin vorziehen, aber eine Debatte um die Thronfolge wird sich nicht vermeiden lassen.«

Robin sagte eifrig: »Dann werden Sie also still und heimlich mit der belgischen Polizei zusammen nach den Terroristen fahnden?«

Rachels Blick beschwor Terence, jetzt nicht auszuweichen, sondern es mit der Wahrheit zu versuchen.

»Nicht mit der Polizei, bestimmt nicht. Die belgische Polizei hat jeden größeren Fall der letzten Jahre vermasselt, manchmal wohl mit Absicht – beispielsweise die Sache mit den mißbrauchten Kindern.«

Das Wort ›mißbraucht‹ schien Robin gar nicht zu gefallen.

»Die Leute sind unterbezahlt, niemand hat Respekt vor ihnen. Wir können auch dem belgischen Geheimdienst nicht trauen, außerdem dürfen wir nicht riskieren, daß auch nur der kleinste Hinweis auf Orakel durchsickert ... Nein, wir machen es selber. Wir schicken den SAS hinüber, wenn möglich noch heute.«

Ja, man würde umgehend zwei Vier-Mann-Teams stationieren, in Brüssel, damit sie sich miteinander und der Umgebung vertraut machten. Damit sie nach Seamus Kelly Ausschau hielten und sich auf alle Eventualitäten vorbereiten konnten. Mit etwas Glück würde man ihnen nach und nach auch Informationen über die anderen Terroristen liefern können – sobald Orakel damit herausrückte: Adressen, Namen, Personenbeschreibungen und so weiter. Aber handeln mußte man schon jetzt, sie durften sich nicht bloß auf Orakel verlassen und sich damit trösten, daß man noch drei Monate Zeit hatte.

Und Robin, der sie mit leuchtenden Augen ansah, hätte doch eigentlich erschrecken müssen: Denn das, was er jetzt erfuhr, machte ihn hier tatsächlich zum Gefangenen.

118

Für Terence, ganz in die Betrachtung des Bildes mit den grasenden Kühen versunken, schien Kerrs Stimme am Telefon aus einer anderen Welt zu kommen.

»... ist nicht das erste Mal, daß Sie eine Einsatzgruppe leiten«, hörte er ihn sagen.

»Und wer wird hier in Radcote meinen Platz einnehmen?« fragte er träumerisch.

»Rupert Lascelles.«

Sir Raymonds Neffe. Je weniger Leute von dem Projekt wußten, desto besser – und so blieb es doch gottlob in der Familie, hahaha ... Immerhin, Rupert Lascelles war kein Idiot. Aber trotzdem.

»Er sollte schleunigst hier aufkreuzen«, meinte Terence, »und er sollte sich nicht erst einarbeiten müssen.«

»Damit Gwyn Davies uns nicht die Show stiehlt? Befürchten Sie Probleme bei der Zusammenarbeit?«

»Schlimmer noch – er scheint insgeheim ein walisischer Nationalist zu sein, wenigstens ist ihm etwas in dieser Richtung herausgerutscht. Recht merkwürdige Einstellung zur Monarchie.«

»Rupert wird ein Auge darauf haben, das garantiere ich!«

»Ich frage mich auch, ob wir Ariel mit einem neuen Gesicht nicht völlig aus dem Gleichgewicht bringen werden.«

»Aus was für einem Zeug ist der Junge gemacht, daß man ihn wie ein rohes Ei behandeln muß? ... Um sein Seelenleben wird sich Dr. Morgan kümmern. Die Sache ist die, Terence: Sie sind einer der wenigen, die mit dem irischen Aspekt *und* der Römer-Geschichte vertraut sind. Sie haben einen ganz anderen Überblick, wenn Sie Entscheidungen treffen müssen. Ich wüßte im Augenblick niemanden, der ...«

Ein Jahr und mehr in diesem verflixten Radcote – und nur mal gelegentlich ein kurzer Abstecher nach London. Und nun die Aussicht auf das pralle Leben einer Großstadt, einer ausländischen Metropole gar – wow!

119

Als Eeva von der Arbeit kam, fand sie Tom beim Studium eines jener Anzeigenblättchen, die allerorten regelmäßig die Briefkästen verstopfen. Er hatte es auf einem Stapel abgelegter Zeitungen in der Küche gefunden. *Edition Locale*. Möblierte Dreizimmerwohnungen gab es ab einer Monatsmiete von fünfhundert Pfund aufwärts – oder ab tausend Pfund gar, wenn es sich um eine ›Komfortwohnung‹ handelte.

»Das kannst du vergessen«, meinte Eeva.

Wenn die Wohnung in Ordnung und der Vermieter seriös war, dann würde Tom einen Mietvertrag unterschreiben müssen. Der Vermieter würde Kaution verlangen – zwei Monatsmieten, die auf einem Sperrkonto hinterlegt wurden und nur in gegenseitigem Einverständnis abgehoben werden konnten. Wenn Tom bar bezahlte, dann würde man ihn für naiv, verrückt oder Schlimmeres halten.

Unmöglich, ein Bankkonto zu eröffnen. Formalitäten, Ausweise. Dasselbe Problem bei der Elektrizitäts- und der Gasgesellschaft, den Wasserwerken.

»Ihr könnt keine Wohnung mieten – außer in einem Slum«, sagte Eeva in einem Ton, der keinen Widerspuch duldete. »Aber«, lächelte sie, »ihr könnt euch eine *borgen* ...«

Ein finnisches Ehepaar, Übersetzerkollegen im Cortenberg-Gebäude, war kurzfristig und nur für einige Monate nach Helsinki versetzt worden, um dort weitere Finnen für die Tätigkeit in Brüssel auszubilden. Und ihre Wohnung in Woluwe-Saint Pierre würden sie so lange leerstehen lassen. Sie lag übrigens in der Nähe eines größeren Parks, wo Marcus nach Herzenslust laufen könnte. Nein, es war nicht der Cinquantenaire-Park – Parks gab es in Brüssel doch zu Dutzenden. Einige Kilometer westlich davon war es, also noch einigermaßen im Zentrum, nicht irgendwo draußen in den Vororten.

Eine Wohnung mit Platz genug für vier Personen, ausreichend groß also. Gegen Ende der Woche würden sie abreisen, und natürlich waren Tom und Mary und Marcus so lange in der Rue Lorraine noch durchaus willkommen.

»Soll ich ein Treffen arrangieren, Tom? Sie sind gute Freunde. Wenn sie hören, wer ihr seid – nachdem sie Verschwiegenheit gelobt haben –, werden sie euch die Wohnung gratis überlassen, solange ihr Strom- und Gasrechnungen bezahlt. Ich bin sicher, daß Sirpa und Risto den Mund halten werden, ihr habt von ihnen nichts zu befürchten. Wenn sie Bescheid wissen, wenn sie euch erst kennengelernt haben ...«

»Und *wieviel* würdest du ihnen sagen?«

»Das habe ich mir schon zurechtgelegt. Von Lebensgefahr zu reden, wäre dumm. Das macht ihnen unnötig angst, obwohl sie ja nicht im mindesten davon betroffen sind. Ich würde sagen, daß ihr auf der Flucht vor den Medien seid – und vor religiösen Eiferern, die euch gedroht haben.«

Mary war überglücklich. »Das ist eine prima Idee!«

Und was den Verkauf des Schatzes betraf ...

»Ihr könntet es bei einem Münzhändler in der Rue du Midi immerhin *versuchen* – aber seid vorsichtig. Bietet ihm nicht mehr als zwei, drei Stück an. Mehr würde Verdacht erregen.«

Und wenn es klappte, dann konnten sie zu einem anderen Händler gehen und noch ein paar mehr goldene Neros über den Ladentisch wandern lassen.

»Und wenn wir sie nicht loswerden«, alberte Tom,

»dann gibt es eben Brot und Essigwasser und hin und wieder etwas Käse dazu.«

Aber nur bis zum Wochenende. Bis zu dem Tag, an dem die Stände und Zelte an der Place du Grand Sablon aufgebaut wurden. Seltene Briefmarken, antike Waffen, alte Gemälde, afrikanische Holzplastiken. Der silberne Becher und die Venusstatue konnten sich im Zelt eines dieser Händler in Luft auflösen, spurlos verschwinden – was sie in einem noblen, respektablen Antiquitätengeschäft nicht so leicht tun würden.

Aber keine Sorge, Brot und Wasser standen fürs erste nicht zur Debatte: Eeva hatte eine Lammkeule und eine Tüte Kartoffeln mitgebracht. Die wollte sie braten in jenem angekohlten Klumpen Holz, den Mary zu ihrem Erstaunen in der Küche bemerkt hatte – innen ausgehöhlt wie ein Einbaum.

»Eine finnische Spezialität«, verriet Eeva. »Lamm auf Holz.«

Mary war beschämt. »Wir hätten heute doch einkaufen gehen können!«

Aber Eeva winkte ab. »Nicht doch – wann hat man schon Gelegenheit, einen echten Römer zu bewirten!«

»Dann gib Eeva wenigstens das Geld, Tom! Du hast doch unsere Reisekasse in der Tasche . . .«

»Nein, nein«, wehrte Eeva ab. »Ihr seid meine Gäste.« Und zu Marcus, auf Latein: »Wie war dein Tag?«

Und Marcus redete und redete, als wolle er sich so sein Abendessen verdienen. Und Eeva hörte zu, ganz in seinem Bann. Bald glühte sie, als hätte man sie und nicht das Lamm auf Holz in den Backofen geschoben.

120

Als Mary und Marcus zu Bett gegangen waren, streckte er tastend eine Hand nach ihr aus, dann die andere. In den Armen wollte er sie halten – vielleicht mehr, wenn auch sie es wünschte.

Machte es ihr etwas aus, daß Tom im Zimmer nebenan auf dem Sofa schlief?

Sie fragte sich, was Marcus wohl beim Gedanken an Corellia empfand. Was war aus ihr und ihrer gemeinsamen Tochter geworden? Marcus' Kameraden mußten gesehen haben, wie er, von dem blauen Blitz getroffen, verschwand. Ein Blitz aus heiterem Himmel – mußten da nicht die Götter ihre Hand im Spiel haben? Sicher hatte der Zahlmeister Corellia zumindest den üblichen Zuschuß zu den Begräbniskosten ausbezahlt – ein kleiner Trost wenigstens.

Aber nun war sie allein mit Marcus – unmöglich, ohne Toms Hilfe über solche Dinge mit ihm zu reden. Und es war auch nicht die Zeit dazu, ganz und gar nicht.

Er drückte sie an sich.

»Ja«, sagte Mary. Nur ein Wort: ja. Damit er nicht allein blieb, ein Fremder neben ihr im Bett. Damit sie nicht unnütze, hilflose Opfer der Ereignisse blieben – jeder für sich allein –, sondern gemeinsam dem Schicksal die Stirn boten.

»Ja«, sagte sie noch einmal.

121

Der Dienstag war grau und öde. Regenwolken hingen tief über der Stadt. Nach den Erfahrungen des Vortags schien es gut möglich, daß die zwei Kilometer zur Rue du Midi – laut Stadtplan – sich am Ende als fünf oder sechs erwiesen. Ob auf dem Plan, den Mary auf der Fähre gekauft hatte, der Maßstab falsch angegeben war? Aber in Brüssel, hatte Eeva gesagt, ging ohnehin niemand zu Fuß, wenn es irgendwie zu vermeiden war. Man faßte ein Ziel ins Auge und steuerte es zügig und ohne Umschweife an. Und so würden auch sie an diesem Morgen die U-Bahn nehmen, von dieser Station – irgendwas mit ›Kunst‹ war in dem Namen – bis zur Börse. Dann noch ein kleiner Spaziergang über die Rue du Midi, und sie wären bei jenem Münzhändler.

Als sie, unten im Erdgeschoß, an der Tür zur urologischen Praxis vorbeigingen, betrat ein sehr gepflegter älterer Herr mit einem Fedora das Haus. Ein Patient, kein Zweifel. Das Taxi vor der Tür wollte gerade losfahren, schnell! ... Aber nein, ein Taxi war viel zu teuer. Außerdem war Marcus schon oft genug Auto gefahren, eine Bahn auf Schienen dagegen, gleich welcher Art, war völlig neu für ihn.

Das Taxi verschwand, die Straße war menschenleer. Sie gingen zur anderen Seite hinüber, weil Tom kurz einen Blick auf den Maestro werfen wollte.

Ein großer Lieferwagen, weiß, ohne Seiten- und Rückfenster, war vom Straßenrand losgefahren. Am Lenkrad ein Mann mit lockigem schwarzen Haar, den man irgendwo schon mal gesehen haben mußte.

Der Lieferwagen, kaum daß er sie passiert hatte, bremste abrupt. Die Hecktüren flogen auf, zwei Männer sprangen heraus – beide vielleicht Mitte Dreißig, beide in Jeans, Windjacke und Turnschuhen.

Der eine stämmig, mit einem breiten, fleischigen Bauerngesicht. Das schon etwas spärliche, widerspenstige rote Haar nach hinten gekämmt, so daß die Stirn fast bis zur Mitte des Schädels zu reichen schien. Der andere war schlank, mit kurzen schwarzen und ziemlich fettigen Haaren. Die Glupschaugen und das nervöse Grinsen ließen an einen Psychopathen denken. Sie kamen auf die Ryans zu. Mein Gott, sie hielten – halbverborgen unter ihren Jacken – Pistolen in der Hand …

Der Psychopath sagte: »Sind richtige Kanonen, machen richtige Löcher …« Eine Stimme wie das Knirschen von Sandpapier auf Glas. »Rein ins Auto, oder wir schießen euch tot! Los, Beeilung … ich zähl' bis fünf!«

Auf der Straße weit und breit keine Menschenseele. Tom hatte Marcus am Arm gepackt.

»Gehorche diesen Männern!« beschwor er ihn, auf lateinisch.

122

Der nackte Stahlboden war hart und bot ihnen kaum Halt. Da hockten sie, die Knie mit den Händen umklammert, den Rücken der Fahrerkabine zugewandt. Die beiden Entführer standen mit einer Hand gegen die Hecktür gestemmt, in der anderen hielten sie die Pistole im Anschlag. Das kleine Fenster zur Fahrerkabine ließ Licht hindurch – doch vom Fahrer selbst war nichts zu sehen, auch nicht von der Straße.

Nur die oberen Fensterreihen und Dächer der Häuser waren hin und wieder zu erkennen. Was Mary und Tom auch zu sagen wagten, die Antwort hieß: »Halt's Maul!«

Nun wichen die Fassaden immer öfter dem grauen Himmel. Der Straßenlärm wurde schwächer, Baumkronen glitten ausschnittweise vorbei. Sie fuhren langsamer. Fünfzehn, zwanzig Minuten waren sie nun unterwegs. Der Lieferwagen holperte und schaukelte jetzt, als ob die Straße nur noch aus Schlaglöchern zu bestehen schien – oder war es ein Feldweg?

Sie hielten. Der Motor verstummte. Die Türen wurden geöffnet, diesmal von außen.

Ein Wald. Eine große Lichtung – ein brauner Fleck aus nackter, festgestampfter Erde. Ein Schlagbaum quer über dem Weg blockierte die Weiterfahrt.

Hinter der einen Tür tauchte jetzt Seamus auf. Von der anderen Seite kam eine dunkelhaarige junge Frau mit langer, spitzer Nase. Kaum war Seamus in den Wagen geklettert, schlug sie beide Türen wieder zu, daß es nur so dröhnte. Nicht einmal zehn Sekunden lang waren sie offen geblieben.

Seamus wartete einen Augenblick, bis er sich an das Dämmerlicht gewöhnt hatte. Dann sagte er: »Wir *mußten* es so machen, Mary ... Wir konnten doch nicht einfach an eurer Tür klingeln. Und jetzt wollen wir ein paar ehrliche Antworten auf ein paar Fragen hören.«

Er hatte Marcus nicht aus den Augen gelassen – ein aufmerksamer, kritischer Blick, ein wenig neugierig auch. »Ich meine wirklich *Antworten*, Mary, kein Gefasel. Weiß der Himmel, wie ihr das anstellen wollt – aber das ist es, was ich brauche.«

123

Das Verhör dauerte schon über eine Stunde. Mit steifen, tauben Gliedern hockten sie nun im Laderaum, sie alle. Die Luft war verbraucht, es roch. Seamus hatte drei Zigaretten geraucht, und einer der Pistoleros litt sichtlich unter Blähungen – was nützte es, daß es ihm peinlich war. Doch Seamus stellte unbeirrt seine Fragen, mit unendlicher Geduld und einem scharfen Blick noch für das winzigste Detail. Einer Geduld, wie man sie nur in langen Gefängnisjahren erwirbt.

Wann immer Mary zu zetern begann über das, was er ihnen angetan hatte und noch anzutun im Begriff war, wurde sein Blick hart und böse.

»Als ob ich dich gerufen hätte, Seamus! Warum konntest du mich nicht in Ruhe lassen? ... Und ich habe keinem Menschen ein Wort –«

»Beantworte einfach meine Fragen. Das ist ein Verhör, kein Plauderstündchen.«

Er blieb ganz ruhig. Keine Grobheiten, kein böses Wort. Kalte Präzision ... Das war kein gutes Zeichen.

Ein Autofahrer, der zufällig des Wegs käme, würde auf der Lichtung einen Lieferwagen stehen sehen, dessen Fahrer eben mal Pause machte – und, in einem anderen Auto, eine junge Frau, die mit ihm flirtete, vielleicht, oder auch nur gelangweilt in einem Magazin blätterte. Ganz sicher war da noch ein anderes Auto. Es war nicht zu sehen gewesen, als die Türen kurz geöffnet wurden – also wollte Seamus vermeiden, daß sie es wiedererkennen konnten, später einmal ... Solcher Art sind die dünnen Strohhalme, an die man sich klammert in der Hoffnung, am Leben gelassen zu werden. Anstatt in den Wald geführt, in den Hinterkopf geschossen und verscharrt zu werden. Schlußendlich sagte Seamus: »Der Himmel steh mir bei, aber ich glaube euch.« Und zu dem Mann mit dem roten Gesicht: »Was meinst du, Padraig?«

Und jetzt auch ein Name. Durften sie aufatmen? Nein, noch war alles möglich. Ob man sie tötete oder nicht, das hing von dem ab, was Seamus und seine Leute hier in Brüssel planten.

Padraig hatte nachgedacht. »Sie sollten aus Brüssel und überhaupt aus diesem verdammten Belgien verschwinden. Aber sie wissen jetzt, daß wir hier sind, und könnten so mit den Briten ins Geschäft kommen.«

»Aber nur so konnten wir in Erfahrung bringen, daß sie nicht unseretwegen hier sind. Was meinst du, Phelim?«

Phelim war der schmächtige Typ.

»Dieser Barber weiß, daß sie nach Brüssel wollten!« gab er zu bedenken.

»Barber wußte vor Angst kaum noch, was er tat«, sagte Tom rasch. »Auf und davon, das war sein einziger Gedanke. Daß ihr hier seid – davon wußte er genausowenig wie wir. Und was hält uns schon in Brüssel? Wir könnten auch nach ...« – er überlegte kurz – »... Amsterdam gehen!«

»Habt ihr denn Freunde dort? ... Mitnichten. Dort könnt ihr nirgendwo untertauchen. Mary sagt, daß Barber nichts von eurer finnischen Freundin weiß?«

»Bestimmt nicht«, sagte Mary, »nicht das geringste.«

»Brüssel ist eine ziemlich große Stadt«, meinte Seamus. »Phelim, lös doch mal Molly ab. Sie soll hereinkommen.«

Die Frau mit der spitzen Nase – ob sie etwa weniger Skrupel hatte als ein Mann?

124

Ein Jumbo-Cheeseburger, das Beste, was die Catering-Firma zu bieten hatte, lag halbgegessen auf dem Couchtisch im Wohnzimmer des Penthouse. Darum und um die leere Colaflasche daneben würde sich Mr. Armytage kümmern, wenn er zum Saubermachen kam – und um die übrigen Abfälle dazu. Kein Stück, kein Schnipsel aus Robins Händen wanderte unbesehen in den Verbrennungsofen: Konnte man denn wissen, ob nicht eine Notiz, eine Formel von unschätzbarem Wert auf einem Rest Karton oder einem Etikett verewigt war? Robin sagte zu Rachel: »Ich frage mich, ob die Fokussierung deshalb nicht gelungen ist, weil dieser Marcus und Radcote auf irgendeine Weise *zusammengehören.*«

»Wie meinst du das?«

Rachel fragte sich, ob sie in der Lage sein würde, später seine Äußerungen korrekt wiederzugeben, wenn er sich allzu technisch-physikalisch ausdrückte. Aber das war nun nicht zu ändern, schließlich war das Penthouse unantastbar, sein geheiligtes Refugium. Der Gedanke, versteckte Mikrophone und Kameras zu installieren, war erwogen und wieder verworfen worden. Hätte er bemerkt, daß man ihn ununterbrochen beobachtete, dann hätte das sicher katastrophale Auswirkungen auf seine Kreativität und Spontaneität gehabt.

»Marcus ist jetzt nicht nur zwanzig Meilen von uns entfernt – er ist drüben auf dem Kontinent. Diese Verbindung zu Orakel, die ich meine, läßt sich möglicherweise dehnen wie ein Gummiband. Aber das hat Konsequenzen: Alles wird verzerrt und unscharf.«

»Soll ich Dr. Miller rufen, damit ihr das zusammen überdenken könnt?«

»Wozu? Miller ist doch zweitklassig.«

»Er könnte dir helfen, dich auf das Wesentliche zu konzentrieren.«

»Ist das nicht deine Aufgabe, Nanny? Diese Schwierigkeiten beim Fokussieren ... Ist Mr. Duke inzwischen schon in Belgien?«

Die schweren Samtvorhänge waren wie üblich zugezogen. Rachel wußte, daß es ein trüber, windiger Tag war, mit ein wenig Sonne nur hin und wieder. Ein günstiger Wind, um über den Kanal zu segeln und Abenteuer zu bestehen?

»Viererteams ...«, sagte Robin. »Und diese SAS-Leute stehen wirklich Tag und Nacht zum Eingreifen bereit – wie die Feuerwehr? Überall auf der Welt? Wie«, er klopfte gegen die Colaflasche, »in den Werbespots?«

»Ich glaube, du meinst die Martini-Reklame ... Ich weiß es nicht, Robin. Es braucht sicher ein bißchen Zeit, um so etwas zu arrangieren.«

»Sie müssen Marcus zurückbringen, unbedingt. Ein menschlicher Körper hat eine Masse, die man nicht einfach vernachlässigen kann. Ein Mann, der seiner Zeit entrissen wurde. Daher besitzt er, in gewissem Sinn, eine Menge Energie.« Er kicherte. »Er brauchte auch eine Menge Energie, um weglaufen zu können.«

»Ich werde Mr. Lascelles berichten, was du gesagt hast – sobald er hier ist.« Das hieß: morgen. Morgen erst, sie konnte es aber auch Gwyn Davies sagen, jetzt gleich. Aber Gwyn war von Fünf, nicht von Sechs. Und Fünf hatte mit Operationen, die das Ausland betrafen – den Kontinent, in diesem Fall –, nichts zu schaffen. Sollte sie etwa Sir Raymond Kerr höchstpersönlich anrufen?

Ein Gedanke kam ihr ungewollt und unwillkommen. »Wenn du sagst: ein menschlicher *Körper* – heißt das, daß es ganz gleich ist, ob tot oder lebendig?«

»Oh, du meinst, daß man das Bewußtsein nicht einfach vernachlässigen darf – weil es vermutlich ein fundamentaler Bestandteil unserer Welt ist?« Nichts dergleichen hatte sie gemeint. »... Willst du mir nicht die Haare schneiden, Nanny?«

Er brauchte ein wenig Fürsorge, körperliche Nähe. Oder er hatte einfach Lust darauf, sie herumzukommandieren.

»Das werde ich tun, bald«, versprach sie. »Glaubst du denn, daß es für Orakel von Nachteil ist, wenn dem Römer etwas passiert?«

»Wenn er dabei in Stücke gerissen wird, dürfte es schwierig sein, ihn zurückzubringen.«

»Du meinst, man könnte ihn vielleicht in seine eigene Zeit zurückversetzen?«

Robin schielte zum Fenster hinüber. »Wenn wir die gesamte Energieabstrahlung der Sonne für einige Minuten zur Verfügung hätten – wer weiß, was wir dann *könnten*! ... Außer natürlich«, er lachte, »den ganzen Planeten zu einem Klumpen zu schmelzen. Schneid mir doch die Haare, ich fühle mich schon richtig unwohl damit.« Das klang fast vorwurfsvoll, als wäre es ihre Schuld.

Vielleicht brauchte er das, um in die richtige Stimmung zu kommen – damit sein Unbewußtes endlich die passende Formel für den ›Gummiband-Effekt‹ präsentierte ... Wenn es so etwas gab. Vielleicht war es auch nur eine seiner Fluchten in geistige Räume, die nur er sich vorstellen konnte.

»Sag ihnen, daß ich diesen Marcus auf der Stelle hier haben möchte!!«

So etwa mußte sich einer dieser verrückten römischen Kaiser angehört haben – Nero, bevor er dann beleidigt zur Fiedel griff, oder der ewig herumzappelnde Caligula.

»Sonst muß ich jede Verantwortung ablehnen! Sag das Mr. Duke ... ich meine, Mr. Lascelles.«

»Verantwortung wofür, Robin?«

Robin schielte zu dem großen, dunklen Fernsehschirm hinüber. »Wenn ich mir ein Video ansehe, dann ist der Bildschirm hell, und ich bin im Dunkeln. Deshalb können sie mich nicht sehen durch das Fenster.«

»Das Fenster?«

»Das Bildschirm-Fenster.«

»Wer sind *sie*?«

»Diese Frau. Und auch ein Mann. Man kann sie nur undeutlich erkennen. Aber vielleicht sehen sie mich viel besser?«

Wollte er sie zum Narren halten? ...

Sie glaubte zu verstehen. »Das sind nur Reflexionen, Robin. Dein eigenes Spiegelbild auf dem Glas. Schau!« Sie winkte mit der Hand, und gehorsam winkte ein Schemen auf dem Bildschirm zurück.

»Du darfst ihnen kein Zeichen geben!« Robin sprang auf und stürzte zum Fernseher, um ihn einzuschalten. Er hastete zurück zu seinem Platz und nahm die Fernbedienung. Als das Bild in voller Helligkeit erstrahlt war, stellte er den Ton ab.

Nun war es nur noch ein Stummfilm – irgendeine Abenteuergeschichte, vielleicht auch nur ein Bericht über die Ausbildung von Soldaten. Männer mit lehmverschmierten Gesichtern wateten an das Ufer eines Flusses, ihre automatischen Gewehre fest im Griff. Sie trugen Wollmützen. Lauf und Schaft der Gewehre hatten sie mit Lappen umwickelt.

»Mr. Duke und seine Leute in voller Aktion!« rief Robin.

Es war ein Fehler gewesen, Robin einzuweihen. Von dem, was draußen vorging, wußte er so gut wie nichts – und gleichzeitig glaubte er, daß er die Entscheidungen traf über das, was zu tun war.

»Wenn wir meinen Fernseher mit Orakel koppeln könnten«, sagte Robin, »dann könnten wir Dinge beobachten, die früher einmal passiert sind. Man wüßte dann, was *wirklich* passiert ist.«

Aha, dachte Rachel, *nun kommen wir der Sache langsam näher.*

»Aber wollen wir das wirklich wissen?« fragte er. »Vielleicht ist das der Grund, weshalb der Fokus sich so schwer einstellen läßt. Ist es nicht wie in einem Traum? Wenn wir das, was wir haben möchten, zu ergreifen versuchen, dann entzieht es sich uns. Patricia würde nicht schlecht staunen über das, was ich geleistet habe ... Ganz einfach sprachlos wäre sie, bestimmt! Meinst du nicht auch?«

Glaubte er, daß sie ihn jetzt respektieren würde? Daß sie mit bewunderndem Augenaufschlag zu ihm aufsehen würde?

»Nanny, meine Haare!« quengelte er.

125

Seamus machte das wirklich gut. Rasch hatte er zusammengefaßt, was er da gehört hatte – korrekt in den Fakten, stets sachlich und objektiv, so daß auch Padraig mit dem breiten, massigen Gesicht nicht anders konnte, als immerzu beifällig zu nicken. Marcus, der auf dem Gebiet der Rhetorik nicht ungebildet war, verstand nur zu gut, daß dies ein anderer, ein fast entspannter Seamus war: nicht jener, der das Verhör begonnen hatte. Er nahm Marys Hand. Das blieb nicht unbemerkt.

Molly unterbrach Seamus mit einem Lachen. »Sieh einer an, ein Liebespaar! ... Ein durchgebranntes Pärchen – und den Bruder haben sie gleich mitgenommen. Mary Ryan, was soll nur aus dir werden!«

Sie wühlte in ihrer Jackentasche und zog ein Päckchen Marlboro hervor. Andächtig folgte Marcus dem aufsteigenden Rauch mit den Augen – war sie vielleicht eine Priesterin, die sich mit Räucherwerk in Trance versetzte? Um dann zu weissagen, wie er das schon einmal erlebt hatte? Molly winkte Seamus zu sich heran. Sie steckten die Köpfe zusammen, flüsterten.

Dann sagte sie: »Von jetzt an werdet ihr drei tun, was wir euch sagen – Wort für Wort! Ihr gebt uns dieses Gold, wir nehmen es in Verwahrung – von Verkaufen kann keine Rede sein. Wir geben euch, was ihr zum Leben braucht – und ihr bleibt schön in eurem Unterschlupf und haltet euch bedeckt. Irische Pubs, Ausgehen – damit ist jetzt Schluß.«

Tom fiel es wie Schuppen von den Augen. »Der Fahrer dieses Wagens – ich hab' ihn an der Bar des *Joseph Locke* gesehen!«

»Das war durchaus zu eurem Besten, das könnt ihr mir glauben!« Ein starkes Stück, wenn man bedachte, wie sie hier festgehalten und ausgequetscht wurden. »Und ihr habt eure Sache nicht schlecht gemacht – wir werden noch eine Menge mehr von euch hören wollen ... Warum stinkt es hier so?«

Molly öffnete eine der Hecktüren einen Spalt weit. Ein Streifen Licht zeigte sich, und frische Luft strömte herein.

»Daß dieser Zwerg ermordet wurde«, sagte sie,

»und Duncan Ross auch ... Dann ein ehemaliger SAS-Mann, der sich in die Hose macht vor Angst und das Weite sucht ... Ich kann mir nicht helfen: Da geht es um mehr als nur die *Aer Lingus*-Geschichte. Eine große Sache, und sie hat auch mit Marcus hier zu tun. Niemand weiß, wie er hierhergekommen ist, aber eine Erklärung muß es schließlich geben.«

»Wir wissen nichts darüber«, versicherte Mary noch einmal.

»Und niemand – nicht Kaiser, König, Papst – hatte etwas dazu zu sagen. Ich meine all diese schlauen Medienleute und die üblichen Experten – sie konnten es nicht erklären. Nein, wartet: Soviel ich weiß, hat keine Regierungsstelle, keine Behörde es überhaupt für nötig gehalten, sich um die Sache zu kümmern, oder?«

Tom sah sie verständnislos an.

»Ich meine«, sagte Molly, »daß sich kein einziger Wissenschaftler im Auftrag der Regierung bei euch gemeldet hat, auch nicht die Einwanderungsbehörde. Ein Mann vom Mars steht plötzlich in eurem Garten, die Nachricht geht um die Welt – aber die britische Regierung kümmert das nicht. Statt dessen läßt sie Zwerge um die Ecke bringen.«

»Viele Leute sind der Meinung, daß die Marcus-Geschichte ein Schwindel ist, nichts weiter als Effekthascherei.«

»Die Regierung hat nichts dergleichen gesagt. Sie hat nicht einmal einen Beamten geschickt, um die Angelegenheit zu untersuchen.«

»Nun«, sagte Mary, »wenn die Zeitungen schreiben, daß ein Marsmensch bei uns zu Besuch ist, dann wird die Regierung das wohl kaum ernst nehmen. Die Boulevardblätter bringen doch jeden Tag einen anderen Quatsch.«

»Aber nicht solchen Quatsch, Mary Ryan! Nicht dieses Kaliber. Die Kettenhunde hätten bellen müssen, alle miteinander, doch keiner rührte sich ... Sehr verdächtig.«

Tom sagte: »Ich vermute, daß man sehr leicht auf solche Gedanken kommt, wenn man so lebt wie ihr ...« So deutlich hatte er es eigentlich nicht ausdrücken wollen.

»Was willst du damit sagen? Daß ich unter Verfolgungswahn leide?!«

»Nein, natürlich nicht.«

»Vielleicht ist das der Grund, weshalb wir noch am Leben sind. Also, wir werden auch eure Autoschlüssel an uns nehmen. Ihr werdet am Wochenende in diese andere Wohnung ziehen und euch dort ganz klein machen. Kein Wort über uns zu dieser Finnin, klar? Und auch eurem Freund Marcus solltet ihr das begreiflich machen. Ihr habt uns eine Menge Ärger eingebrockt, ihr Ryans – aber wir sind nicht hier, um unsere eigenen Landsleute umzulegen, noch dazu, wenn sie auf der Flucht vor den Briten sind.«

Aber weshalb denn *waren* sie hier? Bloß keine Neugier zeigen, nicht den winzigsten Hauch.

Molly stieß eine dicke Rauchwolke aus. »Jedenfalls möchte ich noch einiges mehr über diese Hunde wissen, die sich zu fein zum Bellen sind. Vielleicht wißt ihr mehr darüber, als ihr denkt. Oder vielleicht euer Römer, wer weiß.«

Seamus entspannte seine Pistole und steckte sie weg. Entspannung – das war das Wort, das die Lage beschrieb. Man mußte alles tun, damit es dabei blieb.

»Wenn dieser Marcus nicht dazwischengekommen wäre«, sagte Seamus zu Mary, »dann würdest du dich jetzt darum kümmern, wie deine Mam und dein Dad ums Leben gekommen sind.«

Mary versuchte so ehrlich auszusehen, wie es nur ging. Sie nickte. »Genau das würde ich tun.«

Seamus schlug sich mit der flachen Hand gegen die Stirn. »Eben fällt es mir ein – die ganze Zeit schon lag es mir auf der Zunge: Es gibt hier in Brüssel römische Legionäre!«

»Was?!«

»Neben dem Atomium ist ein Park, Mary, in dem man an die hundert Sehenswürdigkeiten aus ganz Europa versammelt hat, im kleinen, als Modell. Eiffelturm, der schiefe Turm von Pisa, Akropolis, der Vesuv und so weiter. Da gibt es auch einen großen römischen Torbogen –«

»Du meinst einen kleinen, ein Modell?« fragte Padraig.

»Ich meine beides. Er ist irgendwo in Deutschland. Kleine römische Legionäre stehen davor.«

Jetzt die Gelegenheit nutzen – rasch ein paar Einzelheiten, ein paar tiefsinnige Bemerkungen – das Gefühl vermitteln, daß hier unter ihnen in echter Römer war ...

»Marcus war in Deutschland stationiert, bevor er an der Invasion Britanniens –«

»Invasion bei den Briten?« rief Padraig. »Das Beste, was er tun konnte!«

»Genau betrachtet«, sagte Mary, »war Britannien damals von Kelten bewohnt – Kelten wie wir.«

Wie wir, genau wie wir. Wie du und ich.

Das sind Mörder, dachte Mary. *Seamus und Molly und Padraig sind Mörder. Und wir stehen nun auf du und du mit ihnen. Aber was wäre die Alternative? Ein Grab irgendwo in den Wäldern? Eine Alternative jedenfalls entfiel: sich hilfesuchend an die britische Botschaft zu wenden.*

Mörder waren auch die Briten. Mam und Dad und all die anderen unschuldigen Menschen. Das wahllose

Schießen und Töten in den Straßen von Belfast – nur, um die Menschen gegeneinander aufzuhetzen. Die Morde an diesem Zwerg und Duncan Ross, mit denen die Spuren verwischt werden sollten.

»Germania«, bestätigte Marcus. »Ich ... Mogontiacum, Rhenus.« Er sagte etwas auf lateinisch zu Tom.

»Ich soll euch sagen, daß er vor der Eroberung Britanniens am Rhein stationiert war, in Mainz.«

»Großer Gott«, sagte Molly, »all die Jahre und Jahrhunderte! Unglaublich ... Und er war bei der Kreuzigung dabei – nein, da haben die Zeitungen übertrieben. Aber er hat Jesus gesehen, war bei seiner Gefangennahme.« Es hatte sie gepackt, Marcus' Geschichte glitt nicht an ihr ab wie irgendeine andere Sensationsmeldung der Presse. »Und Jesus hat Judas absichtlich losgeschickt, damit er die Soldaten zu seinem Versteck führte? Weil er glaubte, daß Gott sie durch ein Erdbeben vernichten würde?« Sie sah Mary und Tom streng an. »*Ihr* werdet keine Judasse sein, jetzt nicht mehr.«

»Judas war unschuldig«, sagte Mary. »Genau wie wir!«

Seamus lächelte. »Euer Marcus sollte sich diesen Torbogen einmal ansehen – vielleicht hat er selber davorgestanden, damals. Oder vor dem Vesuv, als er grummelte und Asche spuckte.«

Tom, der es immer genau nahm, erklärte: »Der Vulkanausbruch und der Untergang Pompejis geschahen erst fünfzehn Jahre nach Marcus' Zeit. Aber inzwischen weiß er darüber Bescheid.«

»Ja, und so könnte er zurückgehen und die Leute warnen.«

»Wenn er nur könnte«, sagte Mary.

Wenn er zurückgehen könnte. *Sollte er denn zurückgehen?* Nein, so hatte sie es nicht gemeint.

»Der Bruparck – so heißt dieser Park – ist wahrscheinlich seine einzige Chance, eine Tour durch das Europa von heute zu machen – wenn ich es mir recht überlege. Aber so sieht er wenigstens ein bißchen was von der Zukunft.«

Ach ja, tat er das denn nicht schon die ganze Zeit? Und was sah er? Terroristen in einem Lieferwagen. Und wen oder was wollten diese stolzen Krieger in die Luft jagen?

»Wenn ich nur selber in die Zukunft sehen könnte«, sagte Mary. »Nur drei Monate, das wäre schon toll.«

Molly zuckte zusammen. »*Drei Monate?* Warum gerade drei Monate?«

Als ob das nicht offensichtlich war.

»In zwei Monaten kommen die Finnen zurück – und wohin werden wir dann gehen?«

»Oh, ich verstehe.«

126

Es war Dienstag, als Terence den BMW – Linkslenker – mit belgischem Kennzeichen und CD-Schild nach Dover chauffierte. Er gehörte nun der britischen Botschaft in Brüssel an, als Kulturattaché. Mit ihm fuhren die Teamchefs der beiden Einsatzgruppen.

Die sechs anderen Männer der Viererteams waren direkt von Heathrow nach Brüssel geflogen. Sie hatten das übliche Gepäck bei sich, im Kofferraum des BMW jedoch waren die Waffen verstaut. Kompakte Heckler&Koch-Maschinenpistolen, MP5K – die kurze Ausführung, die zur Not in den Handschuhkasten des Autos paßte. Glock-Pistolen. Zwei Remington-Pumpguns. Mit den Remmies zerschoß man Türen, die einem im Weg waren. Ob Tür oder Mensch – ihre Wirkung war schlechthin umwerfend, im wahrsten Sinn des Wortes. Man konnte auch panzerbrechende Munition, Gewehrgranaten oder Gas mit ihnen verschießen.

Im Kofferraum waren auch Blendgranaten, die mit fünfzigtausend Lumen jedes ungeschützte Auge für eine Weile blind machten, dazu schußsichere Westen, schwarze Overalls und Gasmasken mit Kapuze – obwohl sie vermutlich gewöhnliche Jeans und Jacken tragen würden, wenn sie sich über die Zielpersonen hermachten. Auch Spaten und Schaufel hatten sie dabei – für den Fall, daß man eine Leiche verschwinden lassen mußte.

Sie hatten wochenlang Zeit und konnten sich, in aller Ruhe, erst einmal umschauen. Die nötigen Einzelheiten würden sie – mit etwas Glück – nach und nach aus Radcote erfahren. Wenn nur dieses Problem mit dem Fokussieren nicht wäre!

Terence würde die beiden Teamchefs, Merrick und Richards, instruieren, sobald sie Ostende passiert hatten. Kein Grund, mit der Tür ins Haus zu fallen, bevor sie nicht die Docks hinter sich hatten – falls die Belgier irgendwelche Schwierigkeiten machen sollten, auch wenn das sehr unwahrscheinlich war.

Merrick und Richards waren stramme Burschen. Sportgestählt, federnder Gang – als hätten sie Gummielemente in den Beinen. Gummis, die brauchte man auch zum Ausradieren – und das war nun etwas, was sie sicher sehr gut konnten. Merrick war ein Muskelpaket, ein Boxertyp. Das rote Haar hatte er zu einem winzigen Pferdeschwanz zusammengebunden. Richards mit seinen schulterlangen braunen Haaren hätte man für einen Rockstar halten können – und vermutlich gefiel er sich auch in dieser Vorstellung. Abgesehen davon hatte man den Eindruck eines Frettchens: geschmeidig, sehnig und mit Anabolika auf Menschengröße gemästet. Auch seine affektiert näselnde Stimme hätte gut zu einem Frettchen gepaßt. Merrick dagegen kam unüberhörbar aus dem Londoner Süden: Cockney ...

Sie sprachen über Fußball und ›Weiber‹. Die Barmädchen in Hereford – Gott bewahre! Dann erzählten sie von einem Bekannten, der sich in Belfast um Kopf und Kragen gebracht hatte: In Panik war er geraten und hatte die ganze Mannschaft blamiert.

Und Ariel, drüben in Radcote – drehte er vielleicht auch langsam durch? Von Nanny, die Kerr eilends angerufen hatte, wußten sie, was das Wunderkind inzwischen ausgebrütet hatte: Der Römer müsse gefunden und – wohlbehalten – nach Radcote gebracht werden, basta! Das würde ihre Arbeit nicht gerade erleichtern. Einen Menschen, betäubt, im Kofferraum aus Belgien herauszuschmuggeln, nur einer Laune wegen.

Vielleicht war es keine Laune, sondern die Intuition des genialen Wissenschaftlers? Aber Ariel gebärdete sich immer mehr, als wäre er der Regisseur – und das Stück, das sie aufführten, eine Klamotte. Und immer öfter drehten sich seine Gedanken um Miranda, Patricia Bates.

Kerr liebäugelte inzwischen mit dem Gedanken, die ›Miranda-Karte‹ ins Spiel zu bringen. Eine Möglichkeit, vielleicht, um Ariels seelisches Geichgewicht wiederherstellen – und wenn es einen Schock bedeutete, dann vielleicht einen heilsamen. Als ob das Seelenleben des kleinen Rackers das eigentliche Problem wäre, und nicht die verschwommenen Bilder, die Orakel ihnen lieferte! Aber seit sie diese Zeitung aus der Zukunft zu Gesicht bekommen hatten, spielten alle verrückt. Waren sie am Ende vielleicht etwas voreilig?

In dieser Minute würde Rupert Lascelles wohl gerade die Lage erörtern, natürlich in lockerer, ungezwungener Atmosphäre ... Er würde bald merken, daß er im Falle Gwyns etwas fester auftreten mußte.

Richards lachte und zeigte hinüber zum rechten Straßenrand. Sie waren schon fast in Dover, und dort stand – auf festem, trockenem Grund – die große Tunnelbohrmaschine, die sich von dieser Seite des Kanals aus vorgearbeitet hatte. Auf einer Tafel war zu lesen: ZU VERKAUFEN! SEHR GEPFLEGT – AUS ERSTER HAND!

Terence wußte nicht, ob er lachen oder weinen sollte. Es war komisch, natürlich – aber zugleich ein Symptom des Niedergangs. Alles stand zum Verkauf, fast alles. Warum hatte man die Maschine nicht in ein Museum gebracht? Weil es kein Geld gab für ein Museum. Vielleicht würde ein Ölscheich auf der Durchreise zu dem Schluß kommen, daß ihm zu seinem Glück noch ein Tunnel fehlte, irgendwo in der Wüste. Ansonsten würde das Ding hier einfach vor sich hin rosten.

127

Die Männer mit den Messern, dachte Marcus. Die Messer-Mörder dieser zukünftigen Welt. Wie die jüdischen Fanatiker, die aus dem Hinterhalt über die fremden Besatzer in Judäa und ihre Helfershelfer herfielen. Nur daß ihre Waffen weitaus wirksamer waren.

Nun waren er, Tom und Mary gegen ihren Willen im Bund mit diesen Leuten. Nicht etwa Helfer bei ihren Taten – was immer sie planten –, aber in gewissem Sinne doch Mitwisser und vor allem von ihnen abhängig.

Vielleicht würden diese modernen Messer-Mörder ebensowenig ausrichten wie die jüdischen Zeloten gegen die römischen Legionäre. Früher oder später endeten sie am Kreuz. Inzwischen begegnete man ihnen besser mit einem Lächeln, denn augenblicklich drohte von ihnen die größte Gefahr.

Diese Zelotenfrau, Molly, hatte ihn und Tom und Mary zurück zu Eevas Haus gefahren, in einem gewöhnlichen blauen Streitwagen. *Mollis* hieß ›weich‹, aber Molly war alles andere als das. Überaus neugierig war sie, was ihn betraf, aber ihre Neugier stand stets an zweiter Stelle. Zuerst kam der Kampf, das Ziel, das sie und ihre Genossen anstrebten – und das war, wie Tom und Mary ihm einmal erklärt hatten, ein nicht weniger hoffnungsloser, verrückter Traum wie jener der Juden. In der Hauptstadt Europas waren sie nun – und waren genau hier zu Geiseln irgendwelcher Zänkereien an den Grenzen Hibernias geworden!

Allerdings: Judäa war heute eine starke, unabhängige Nation – nach zweitausend Jahren erbitterten Kampfs. Vielleicht zahlte Fanatismus sich manchmal doch aus.

Aber es gab zu viele Länder in dieser Welt. Staat um Staat in Afrika. Dieses riesige Imperium jenseits des *mare atlanticum*, sein – wiederum vielfach unterteiltes – Gegenstück im Süden. Jenes große, rivalisierende Reich, das sich kürzlich aufgelöst hatte – das sich von Skythien bis hin zu den Grenzen des chinesischen Reichs erstreckt hatte. Viel zu viele Völker! Zu viele

Menschen, um sie ernähren zu können. An die Millionen Streitwagen, Flugmaschinen, Paläste dieser Welt gar nicht zu denken. War sie nicht zum Untergang verdammt? Rom war gefallen – aber der Fall dieser Welt wäre tiefer und heftiger. In hundert Jahren spätestens würden die Überlebenden nach Zusammenbruch und Hungersnöten durch die ausgeplünderten Ruinen krabbeln, und ihre einzige Waffe wäre wieder das Schwert. Diese gar nicht weiche Molly war mit nach oben gekommen und hatte Goldmünzen, Silberbecher und Statuette an sich genommen – im Tausch gegen einige der bunten Papierstreifen, belgisches Geld. Sie ging. Dieser Phelim hatte inzwischen ihren geliehenen Streitwagen weggefahren. Es regnete.

Als der Regen einem feinen Nieseln gewichen war, machten er und Tom und Mary einen Spaziergang durch die umliegenden Straßen unter tropfenden Linden, um sich etwas Bewegung zu verschaffen. Tom ließ Marcus die Lügen auswendig lernen, die sie der Frau aus Scandia erzählen würden. Sie sollte mit all dem nichts zu tun haben.

Als Eeva von ihrer Arbeit zurückkehrte – das Übersetzen ganzer Berge von Papier, weil alle Barbarensprachen den gleichen Rang beanspruchten und niemand eine Zurücksetzung hingenommen hätte –, bemerkte sie nicht, daß der geliehene Streitwagen nicht mehr da war. Sie war hocherfreut, daß es ihnen – angeblich – gelungen war, einige der Münzen zu verkaufen. Doch mit ihren Gedanken war sie vor allem bei einer Zeitung der Britannier, die sie mitgebracht hatte. Dort wurde von ihrem Verschwinden berichtet, und es war auch ein Bild von ihm selbst dabei – das ihm nun gar nicht mehr ähnlich sah.

»*Ich* hätte dich bestimmt nicht erkannt!« versicherte ihm Eeva in seiner eigenen Sprache. An diesem

Abend aßen sie kaltes Lamm und brieten in Scheiben geschnittene Knollen von jenseits des Atlantiks, nach denen die Belgier geradezu süchtig waren.

Marcus erzählte ihr von Judäa und dachte die ganze Zeit an nichts anderes als an Messer-Mörder, die von Legionären gestellt und getötet wurden.

Auch die Nachrichten in der Bildermaschine, die aus Britannien kamen, berichteten von ihrem Verschwinden. Ein hoher Priester trat auf und behauptete – so erklärte Tom –, daß Marcus geflohen wäre, weil er seine Entlarvung als Betrüger befürchten mußte. Und das sei, meinte Tom, günstig für sie. Mary widersprach. Sie glaubte, daß die Behörden hinter dieser Verleumdung steckten. So war es auch damals in Rom gewesen, als man Seianus des Verrats bezichtigte.

In Eevas Gegenwart konnten sie nun nicht mehr offen reden. Als er und Mary zu Bett gegangen waren, schien sie nur mehr den Wunsch zu haben, ihn an sich zu drücken. Er fühlte sich nun nicht mehr frei in dieser Welt. Mary war sehr viel mehr *mollis* als Molly. Aber sie war auch stark, und tapfer dazu. Es war viel schwieriger, tapfer zu sein ohne einen Gott, auf den man bauen konnte.

Marcus flüsterte ihr ein Gebet an Isis ins Ohr. Es wirkte auf sie wie ein Schlaflied. In seinen Armen schlief sie ein und schnarchte ganz, ganz leise.

128

Am Mittwochmorgen kamen Seamus und Molly in Eevas Wohnung und setzten das Verhör fort – wenn man es überhaupt noch als solches bezeichnen konnte: ein Gespräch eher, locker und fast herzlich – nicht zu vergleichen mit dem, was sich in dem weißen Lieferwagen abgespielt hatte. Marcus sollte wieder einmal seine Lebensgeschichte erzählen, und das tat er auch. Tom übersetzte. Hin und wieder versuchte Marcus, eine Frage langsam auf englisch zu beantworten. Das war nicht gerade hilfreich, außer daß man es vielleicht als Beweis ansehen konnte, daß er wirklich nur Latein sprach.

Als Mary in die Küche ging, um Kaffee zu kochen, kam ihr Molly nach. Ein paar Punkte, die sie noch geklärt haben wollte:

»Ihr wollt ein Paar sein, dabei könnt ihr nicht einmal miteinander reden! Oder habt ihr Tom als Dolmetscher auf der Bettkante sitzen?«

»Liebe *ist* Kommunikation«, erwiderte Mary. »Ich wäre froh, wenn du dich um deinen eigenen Kram kümmern würdest.«

»Oh, aber das tue ich. Eure Beziehung geht mich durchaus etwas an!«

»Du meinst, wenn wir nur tun als ob, dann müßten wir darum schon britische Agenten sein?«

»Wie ist denn ein Römer so als Liebhaber?« fragte Molly im Flüsterton, von Frau zu Frau. Es schien sie tatsächlich zu interessieren.

»Und wie ist Seamus denn so? Seid ihr beide –«

»Ach, wo denkst du hin? Nichts dergleichen –«

»Damit die anderen nicht eifersüchtig werden?«

»Wie kommst du darauf, daß es nicht einer der anderen ist, für den ich mich interessieren könnte – wenn nur die Umstände andere wären? Aber ich kann nicht und ich will nicht. Und deshalb wohne ich mit Seamus zusammen.« Sie schien sich zu ärgern, daß sie so viel von sich preisgegeben hatte.

Molly übte sich also in Selbstbeherrschung. Aber

das mußte man auch, wenn man jederzeit für zwanzig Jahre ins Gefängnis wandern konnte. Die Gefühle hatten sich der Sache unterzuordnen. Aber sie hatte nicht vergessen, was Gefühle waren, was sie aufgegeben hatte. Und die Erinnerung schmerzte.

»Wenn du es wirklich wissen willst«, sagte Mary, »dann stell dir zwei verlassene Waisenkinder vor, die sich in den Armen halten, weil sie sonst niemanden haben auf der Welt. Nur, daß wir beide *erwachsene* Waisenkinder sind und unsere Umarmungen etwas anders aussehen.«

Wer die Selbstverleugnung über alles stellt, der ärgert sich über die menschlichen Schwächen der anderen um so mehr.

»Es ist doch zu schön, wenn man sich einfach so zusammenkuscheln kann! Man nimmt einen Zenturio in die Arme ...«

Anstatt die britische Regierung wegen ihrer Verbrechen anzuklagen ...

»Es ist nicht so, daß ich mir nichts Besseres vorstellen könnte als dieses Leben hier«, sagte Mary heftig, »nachdem man uns aus unserem Haus gejagt hat. Auch Tom findet es nicht sehr lustig, sich irgendwo in der Fremde verstecken zu müssen. Und was ist mit Marcus, der aus seiner eigenen Zeit herausgerissen wurde? Ein Wunder, daß er nicht übergeschnappt ist – ein Hoch auf die römische Disziplin! Aber«, fügte sie hinzu, »du bist schließlich auch Soldat, nicht wahr?«

»Mary, dein Marcus gehörte zu den Truppen, die gegen die Freiheit der Kelten aufmarschiert sind.«

Mary seufzte. »Und als nächstes wirst du fragen, ob er ein *protestantischer* Römer oder ein römischer *Katholik* ist!« Konnte man so viel Absurdität nicht noch ein bißchen weitertreiben? Sie lachte laut heraus: »Oder ist er gar *römisch*-katholisch? ... Oh, das gefällt mir.«

Aber Molly nahm das alles ganz ernst.

»Wie könnte er, wo er geholfen hat, Jesus zu töten! Es sei denn, er hat es später bereut.«

Und wen wollte Molly töten? Und würde sie später bereuen? Andere jedenfalls würden sie rechtfertigen, eine Heldin wäre sie in den Augen so mancher Hibernier in West-Belfast, Derry und der Irischen Republik.

Molly und Seamus mußten wissen, wie man an falsche Papiere herankam und ungesehen über Grenzen wechselte. Mit ihrer Hilfe konnten sie vielleicht nach Schweden oder Finnland fliehen, dort um Asyl bitten ... Vergebliche Hoffnung. Die armen Waisenkinder waren auf Gedeih und Verderb an diese Kämpfer für die einzig gute Sache gekettet.

129

Nachdem die inzwischen zuckersüßen Inquisitoren gegangen waren, wanderten die drei, wieder im Nieselregen, über die Rue Lorraine zum Botanischen Garten. Aber die Aussicht auf ein Dach über dem Kopf und die wuchernde Vielfalt der Tropen im warmen Gewächshaus erwies sich als Illusion. Der Stadtplan ... Längst waren die Pavillons und das große Gewächshaus zu einem Kulturzentrum umgebaut worden.

Also machte man sich wieder auf den Heimweg.

Als Eeva von der Arbeit kam, verkündete sie, daß sie Sirpa und Risto für heute zum Abendessen eingeladen hatte. Die beiden wollten ihre zukünftigen Untermieter erst einmal in Augenschein nehmen, auf neutralem Boden sozusagen. Es wäre ihnen unhöflich (und auch etwas unvorsichtig?) erschienen, die Ryans in ihre Wohnung einzuladen und ihnen dann abzusagen. Ein Babysitter kümmerte sich derweil um ihre Mädchen.

Wenn alles nach Wunsch verlief, dann könnte Tom sie doch am nächsten Abend nach Woluwe-Saint-Pierre fahren, damit man sich die Wohnung anschaute.

Tom überlegte sich jedes seiner Worte sehr vorsichtig.

»Eeva, ich war sehr in Sorge, daß das Auto da draußen jemandem auffallen könnte. Wir waren zum Mittagessen in einem irischen Pub – und was glaubst du, wen wir da getroffen haben: einen Schulkameraden von Mary! ... Er erkannte sie, nach all den Jahren und trotz der neuen Frisur. Er hatte natürlich in den Zeitungen von uns gelesen. Wir haben ihn ins Vertrauen gezogen, es ging nicht anders. Er bot uns an, sich um den Wagen zu kümmern, ihn zu verstecken. Er hat ihn schon abgeholt.«

»Warum habt ihr mir das nicht gesagt?«

»Das hatte ich vor. Ich dachte sowieso, daß wir das Auto nicht mehr bräuchten, nicht im Moment.«

»Ist der Mann auch zuverlässig?«

»Wir gingen zusammen zur Schule«, sagte Mary.

»Das allein macht niemanden vertrauenswürdig.«

»Oh, in unserem Fall schon. In Belfast hält man zusammen, man ist wie eine Familie, ein einziger Clan.«

Eeva hob die Brauen.

»Ihr wißt hoffentlich, was ihr tut.« Sie hatte offensichtlich ihre Zweifel, zu improvisiert wirkte das alles. »Ich hoffe nur, Tom, daß ihr nicht noch mehr alte Bekannte trefft.«

»Wir werden die irischen Pubs in Zukunft meiden.

Wir mußten uns von einem Augenblick zum andern entscheiden, weißt du, und außerdem haben wir mit Seamus einen weiteren Mitwisser.«

»So heißt er also – und wo wohnt er?«

»In Louvain«, sagte Mary ohne Zögern. »Er hat etwas mit dem Irischen Kolleg zu tun. Dort wird er auch das Auto unterbringen.«

Sie hätte doch nichts von einem Irischen Kolleg gewußt, wenn das alles nur erfunden gewesen wäre, oder?

Aber Eeva war schon viel zu sehr damit beschäftigt, das Essen vorzubereiten.

Risto und Sirpa erwiesen sich als äußerst nette junge Leute. Natürlich mußte Marcus, der echte Römer, wieder einiges zum besten geben. Nach dem Dessert, einem kaltgerührten Pudding mit Fruchtgeschmack, unterhielten sich Risto und Sirpa eine Weile auf finnisch. Dann erklärten sie sich bereit, Eevas Gäste aufzunehmen. Am Sonntag könnten sie einziehen, wenn sie wollten.

130

»Ich hatte gehofft«, sagte Terence zu Richards und Merrick, »daß wir bis heute wenigstens ein paar Namen und Adressen in Erfahrung gebracht hätten.«

Die beiden Teamchefs saßen neben ihm auf einer Mauer vor dem pompösen Königlichen Museum für Zentralafrika, mit Blick über Gartenterrassen und einen See. Nur eine Handvoll Touristen ging dort spazieren zwischen den niedrigen, schrecklich steif zurechtgestutzten Eibenhecken und kugelrunden

Buchsbäumen. Die meisten Besucher marschierten zielstrebig in das Museum, um all die kongolesischen Masken und andere Andenken an ein vergangenes Imperium zu bewundern. Der Park lag verlassen unter einer dunstverhangenen Sonne.

Merrick hatte es falsch verstanden. »Adressen?« fragte er. »Von uns? *Jetzt schon?*«

»Nein, nein – von unserer Quelle.«

Terence wohnte im Metropole, einem prächtigen Art-nouveau-Bau an der Place de Brouckère, nicht weit von der Rue du Midi – und was ihn im Augenblick am meisten beschäftigte, war ein Finanzproblem. Nicht das Unternehmen betreffend, sondern die Ryans: Wovon lebten sie jetzt?

Bei der Vernehmung hatte Barber bestätigt, daß die Reise wohl nach Brüssel gegangen war. Die Geschichte mit dem Austin Maestro deckte sich mit den Unterlagen der Fährgesellschaft in Dover. Barber hatte den Ryans etwas Bargeld gegeben, doch nicht viel. Weder Tom Ryan noch seine Schwester hatten vor dem Verlassen des Landes einen Geldautomaten benutzt – und es sah ganz so aus, als würden sie auch weiterhin keinen Gebrauch von Scheck- oder Kreditkarten machen wollen. Es sei denn, die registrierten Daten waren noch nicht in den jeweiligen Zentralen ausgewertet worden.

Ganz schön ausgekocht, diese Ryans. Terroristen auf der Flucht könnten es nicht besser machen ...

Hofften sie vielleicht, etwas *verkaufen* zu können, um das nötige Kleingeld zu besorgen? Etwas wirklich Wertvolles? Etwas Altes, das aber klein und leicht zu transportieren war. Etwas, das womöglich der Römer bei sich gehabt hatte ... und worüber die Voice offensichtlich nichts wußte. Münzen, das wäre eine Möglichkeit. Antike Münzen, die noch wie neu aussahen.

Vom Portier im Metropole wußte Terence, daß die meisten Münzhändler in der Rue du Midi zu finden waren. Nicht einmal eine Meile vom Hotel entfernt war das, nicht weit auch von dieser ordinären kleinen Brunnenstatue, dem Manneken-Pis. Ein Spaziergang und zugleich ein Minimum an Konditionstraining, wenn man etwas forcierte. Und so hatte Terence einen Händler nach dem andern abgeklappert. Er gab sich als Sammler aus, römische Münzen aus der ersten Hälfte des ersten Jahrhunderts suche er – doch müßten sie so gut wie neuwertig sein. Erstklassiger Erhaltungszustand. In jedem Laden hinterließ er seine Karte und die Telefonnummer des Metropole.

Eine andere Möglichkeit war, daß die Ryans sich in Brüssel mit jemandem getroffen hatten, der ihnen weiterhalf ... Wußte Mary Ryan etwa, wo sich Seamus Kelly aufhielt?

Wenn man den Berichten von Fünf glauben durfte, dann hatte man bei der Durchsuchung des Ryanschen Hauses nicht einen brauchbaren Hinweis gefunden. Und was jene Konferenz in Hinkley betraf ...

Selbstverständlich archivierte das Hotel alle Anmeldungsformulare, wie das Gesetz es verlangte. In dem Abstellraum, wo man sie lagerte, hatte sich eine Woche zuvor während der Nacht die Sprinkleranlage eingeschaltet – ein Fehler in der neu installierten Steuereinheit. Ein Alarm war nicht ausgelöst worden, und als dem Nachtportier auffiel, daß der Teppichboden im Korridor unter seinen Füßen quietschte, war es zu spät. Der Abstellraum überflutet, die Akten ein einziger Brei. Was half es, daß man nun den Hersteller verklagen wollte. Zunächst füllte man die Überreste in Müllsäcke, die man auf Gepäckkarren lud, die wiederum in einem Konferenzraum abgestellt wurden, damit man später das noch Verwertbare aussortieren konnte. Jemand vom Reinigungspersonal mißverstand das gründlich und schob in dem Glauben, sich nützlich zu machen, einen Karren nach dem anderen hinaus zu den Müllcontainern. Nun lagen die Meldebogen irgendwo verstreut auf einer Halde.

Die Organisatorin des Treffens war auf Campingurlaub in Südfrankeich. Ihre Teilnehmerliste war unauffindbar – doch sollte die Urlauberin an diesem Sonntag zurückkehren. Wofür sonst hätte sie die Nachmittagsfähre von Caen nach Portsmouth buchen sollen? ... Ein langer Anlauf, um am Ende vielleicht doch noch etwas zu erfahren? Terence hatte ein gutes Gefühl, trotz – oder gerade wegen – der vielen Hindernisse.

Richards sagte: »Ach ja, diese Quelle ... Vielleicht spuckt sie irgendwann doch die Informationen aus, die wir brauchen. Aber besser, wir verlassen uns nicht darauf. Sehen wir uns doch ein bißchen um in Brüssel – vielleicht haben wir Glück und finden etwas. Zumindest so lange, wie sein Haufen« – er meinte Merricks Team – »in den Wäldern nach dem einen oder andern Plätzchen sucht, wo man was vergraben kann.«

»Was die Genauigkeit angeht, können wir uns auf die Quelle schon verlassen. Leider ist sie, na ja, im Augenblick nicht sehr mitteilsam.«

»So ein Kerl mit 'ner Kapuze überm Kopf, hmm?« fragte Merrick.

Genau. Endlose Stunden nackt an eine Wand gekettet, alle viere ausgestreckt.

Während aus Lautsprechern, voll aufgedreht, statisches Rauschen dröhnte oder zischte oder wie auch immer. Keine physische Gewaltanwendung, die Spuren hinterließ – so daß man Großbritannien vor irgendwelchen internationalen Gerichtshöfen oder

Menschenrechtskommissionen anklagen konnte. Wenn es denn nur so wäre …

Natürlich konnte er Merrick und Richards nichts über die wahre Natur der ›Quelle‹ sagen, noch wem der Anschlag der IRA gelten sollte. Unnötig, daß sie es wußten – im Augenblick jedenfalls.

»Glücklicherweise können wir uns noch ein paar Wochen Zeit lassen – bevor es dann wirklich ernst wird.«

Richards strich die lange Mähne beiseite. »Vielleicht denken Kelly und seine Kumpane auch so. Vielleicht nehmen sie sich für die Zwischenzeit etwas anderes vor?«

»Das werden sie nicht, soviel steht fest.«

Wer konnte so etwas mit letzter Sicherheit behaupten?

»Und dem Römer dürfen wir nicht einmal ein Haar krümmen – auch wenn das bedeuten sollte, daß er uns durch die Lappen geht?«

»Wenn ich gesagt hätte, daß eine leichte Verletzung notfalls in Kauf genommen werden kann –«

»Dann würden wir das als Freibrief betrachten, ihm ein Bein wegzuschießen – weil man daran nicht unbedingt stirbt, richtig?«

Richards Verärgerung war gut zu verstehen. Einen Auftrag dieser Art zu bekommen – und dann zu erleben, wie einem wichtige Informationen vorenthalten wurden, war nicht angenehm. Es machte die Arbeit um einiges riskanter.

»Ich kann nur immer wieder betonen, daß die Römer-Sache keine Bagatelle ist. Nichts, was man so nebenbei erledigt, sozusagen zum Aufwärmen. Als Vorbereitung auf die Iren.«

Richards sah ihn lange an. »Ruperts«, murmelte er schließlich.

Daß man im Gespräch zwischen Offizieren und Mannschaften kein Blatt vor den Mund nahm, war geradezu ein Markenzeichen des SAS. Trotzdem zuckte Terence zusammen. Ruperts, das waren Offiziere aus bester Familie, die sich durch höchst alberne Äußerungen auszeichneten. Terence war von Sechs, also konnte er ein Rupert sein. Dabei saß der wahre Rupert, im doppelten Wortsinn, inzwischen doch auf Terence' Stuhl in Radcote. Aber von Radcote würden solche wie Merrick und Richards ihr Leben lang nichts erfahren.

»Vielleicht hört es sich nach ›Rupert‹ an«, sagte Terence gelassen. »So, als ob man von euch verlangen würde, während einer Geiselbefreiung eine Jongleurnummer vorzuführen.«

Merrick lachte schallend.

»Aber im Ernst: So, wie es jetzt aussieht, müssen wir den Römer in *einem* Stück zurückbringen, um jeden Preis.«

»Als ob wir so etwas noch nie geschafft hätten!« maulte Richards.

Orakel ließ sich nicht mehr fokussieren. Nicht eine einzige, noch so verschwommene Schlagzeile aus der Zukunft hatte man seit jenem ersten, halbwegs gelungenen Versuch zu Gesicht bekommen. Vielleicht gab sich das Problem schon morgen oder übermorgen. Wenn ja, wie würden sie dann mit Marcus verfahren?

»Im Augenblick ist der Römer das allerwichtigste«, sagte Terence.

»Dann ist er es vielleicht morgen schon nicht mehr?«

»Gehen Sie einfach davon aus, daß es dabei bleibt.«

»Na schön. Ich denke, wir haben viel bessere Chancen, ganz zufällig drei Leuten in die Arme zu laufen, deren Gesichter wir kennen, als diesem Iren und seinen vier Spießgesellen, von denen wir nicht einmal die Namen wissen.«

»Möglicherweise ist Mary Ryan unter den vieren.«

»Ein unbeschriebenes Blatt? Ein IRA-Mitglied, von dem bisher niemand etwas wußte?«

»Möglicherweise auch nicht. Ich hoffe, das ist nicht wieder zu hoch für euch … Ich muß gehen.« Terence stand auf. »Ich will mir einige Antiquitätengeschäfte ansehen.«

Richards verzog den Mund, aber Merrick grinste:

»Für den Fall, daß irgendwelcher Römerkram zum Verkauf angeboten wurde.«

»Hundert Punkte für den Kandidaten!«

Merrick sah Richards höhnisch an. »Wollen wir eine Runde um die Wette laufen, um den See herum?«

Terence ging rasch davon. Vorbei an der Front des Museums, zum Ausgang des Parks, wo sich Touristen um den Wagen eines Eisverkäufers scharten. Er nahm den Fußgängerüberweg zum Parkplatz auf der anderen Straßenseite. Die Einfahrt bewachte ein großer, etwas ramponiert wirkender Elefant aus Stein.

Die Eingeborenengestalten auf dem Rücken des stattlichen Bullen, die gleich hinter den riesigen Ohren hockten, sollten wohl den Typus des edlen Wilden verkörpern. Für Terence sahen sie eher wie zu groß geratene Kinder aus, oder ein wenig wie Außerirdische.

131

Patricia Bates hätte sich in dem Wohnabteil des Campingwagens um einiges wohler gefühlt, wenn nicht alle Fenster mit Jalousien abgedeckt gewesen wären, einschließlich des Fensters in der Tür zur Fahrerkabine.

Ihr Bewacher hatte sich in einen Krimi vertieft. Ein kräftiger junger Mann, der irgendwie an jene resoluten Herren in Weiß erinnerte, die immer gleich die Zwangsjacke zur Hand haben. Sein Name sei Sam, hatte er sich vorgestellt. Er war freundlich, ja geradezu fröhlich – aber er weigerte sich beharrlich, ihr zu sagen, wohin die Reise ging oder was sie bezwecken sollte. »Ich bin nur der Paketbote, Miss.« Und als ob er zudem noch Steward wäre, hatte er ihr, einige Male schon, Kaffee angeboten – denn wozu gab es eine Küchenecke in diesem Wagen. Aber sicher würde sie ihre Tasse bei dem ewigen Geschaukel doch nur verschütten.

Nach ihrer Uhr war es jetzt zwei Stunden her, daß die Sicherheitsabteilung des GCHQ bei ihr zu Hause angerufen hatte – um elf Uhr also an diesem vernieselten Sonntagmorgen: Packen Sie schnell eine Tasche – sorry, mehr können wir Ihnen nicht sagen, Miss Bates. Ist geheim.

Haustiere, die zu füttern gewesen wären, gab es nicht – sie wußten es. Könnte es sein, daß Ihre Mutter in Harrogate Sie sonntags anzurufen pflegt – man kennt das ja: die aufgeregte Glucke, die ihr Küken nicht aus den Augen verlieren will? Sie wußten es. Auch, daß Mum und Dad um diese Zeit wohl in der Kirche waren. Hinterlassen Sie eine Nachricht auf dem Anrufbeanworter: mußte dringend weg, dienstlich und so weiter ... Ihre Eltern wissen ja, daß Sie nicht in die Details gehen können, die Vorschriften.

Kein Freund, den man benachrichtigen mußte – im Augenblick jedenfalls. Sie wußten es, obwohl es erst zwei Wochen her war, daß sie sich von Martin getrennt hatte.

Patricia hatte sich angezogen, als ginge sie zur Arbeit: grauer Wollrock, ein bißchen mehr als knielang, und eine passende Jacke – über einem hinreißenden goldfarbenen T-Shirt mit eingewebtem Muster, das wie Satin glänzte. Ein bißchen wie die Tapete in einem indischen Restaurant, exotisch jedenfalls, doch ohne die liebevolle orientalische Klein-in-Klein-Arbeit.

Nach einigem Kopfzerbrechen kam Patricia endlich zu dem Schluß, daß es nur mit ihrer Arbeit, dem Codieren und Decodieren zu tun haben konnte – obwohl sie nicht gerade ein As war auf ihrem Gebiet. Schon bei eher alltäglichen Problemen bewegte sie sich an der Grenze ihrer Möglichkeiten.

Aber warum fuhren sie so lange? Cheltenham, wo doch ihr Arbeitsplatz war, mußte längst hinter ihnen liegen. Und warum durfte sie nicht sehen, wohin die Reise ging?

Schließlich verlangsamte das Auto seine Fahrt und fuhr jäh um eine Kurve. Es knirschte unter den Rädern wie auf einer Schotterstrecke, aber nur kurz. Dann eine ganz normale Straße. Ein kurzer Stopp, dann ging es noch eine Weile weiter, bevor sie endgültig hielten.

Jemand klopfte an die Seitentür. Sam stand auf und öffnete den Riegel.

Draußen stand ein Mann, der sich gegen den Nieselregen mit einem in allen Regenbogenfarben gestreiften Schirm zu schützen suchte. Er war groß, Ende Dreißig, hatte ein nettes, harmloses, wenn auch wettergegerbtes Gesicht: wie ein gutmütiger, hilfsbereiter Dorfpfarrer. Gut gekleidet, ein Hauch von Landadel – kariertes Tweedjackett, teuer aussehende cremefarbene Hose, eine alte Schul- oder Regimentskrawatte.

»Miss Bates ... Patricia.« Höflich bot er ihr seine Hand, um ihr die Stufen hinabzuhelfen. Das war ganz unnötig, also vermied sie die Berührung. Er schwenkte den Schirm über ihren Kopf.

Sie sah eine Kuppel, von der aus Kabel zu einem Strommast führten. Hochspannungsleitungen überquerten in einiger Entfernung einen Maschendrahtzaun, der ringsum von Tannenwald umgeben war. Ein Fernmeldeturm mit Hornstrahlern, eine ganze Anzahl stattlicher Gebäude, auf einem der Dächer eine Satellitenantenne.

Ein Horchposten, irgendwo im Wald versteckt. Ziemlich groß, diese Anlage. Streng geheim. Mit eigenem Hochspannungsanschluß – wofür nur brauchten sie so viel Energie?

»Sam wird sich um Ihre Tasche kümmern. Mein Name ist Rupert.« Ein prüfender Blick. »Sie kleiden sich sehr ansprechend. Haben Sie diese Bluse von *Liberty*?« Rupert zeigte zu einem der Häuser. »Möchten Sie vielleicht etwas essen?«

Patricia schüttelte den Kopf. Sie war viel zu nervös, um etwas essen zu können.

Ihr Begleiter hielt den großen Schirm nach vorn geneigt, während er sie führte – als wolle er ihr den Blick auf ihr Ziel verwehren, sie möglicherweise auch vor neugierigen Blicken schützen.

132

»Das ist Gwyn.«

»Freut mich, Sie kennenzulernen.« Man konnte den rauhen walisischen Akzent noch heraushören. War sein Lächeln freundlich oder boshaft? Er hatte sich nicht einmal andeutungsweise vom Stuhl erhoben.

»Und das Rachel ...« Eine sehr adrette kleine Person mit fast weißem Haar. Die geborene Lieblingsgroßmutter aller Kinder. Lachfältchen um die Großmutteraugen. Ein neugierig forschender Blick, der Patricia bis unter die Haut ging.

Rupert zeigte auf einen Stuhl in dem hellbeige gestrichenen Büro und setzte sich selbst in den ledergepolsterten Drehsessel hinter dem Schreibtisch.

»Wir haben Sie hierhergebracht, weil wir Ihre Hilfe brauchen –«

Ein Schock. Ein Schock, daß ihr beinahe die Luft wegblieb. Sie zitterte. Nichts war mehr wie zuvor. Ihre Welt war auf den Kopf gestellt. Ihre Arbeit im GCHQ: eine Farce. Ein Trick, um sie besser im Auge behalten zu können. Es ging nicht um ihre mathematischen Fähigkeiten, keineswegs. Sie fühlte sich leer und ausgebrannt. Benutzt hatte man sie, oder besser: mißbraucht. Was diese Leute über ihr Privatleben damals in Oxford wußten, war so detailliert, als hätte man sie heimlich in ihrem Zimmer im College gefilmt. Und nun war sie gezwungen, die Vergangenheit wie auf einer Filmleinwand noch einmal vor sich ablaufen zu lassen, noch einmal zu durchleben – vor all diesen Leuten. Wie erniedrigend ...

»Sie sind Voyeure, oder Schlimmeres«, flüsterte sie.

»Haben Sie nicht auch Robin gezwungen, Voyeur zu sein?« hielt ihr der Waliser vor.

»Das war doch nur ein dummer Streich«, murmelte Patricia.

»Ein ziemlich tückischer Streich«, sagte die Lieblingsgroßmutter. »Alles hat seine Konsequenzen. Sie haben nun Gelegenheit, es wiedergutzumachen.«

Als sie vom Selbstmord Robin Garlands gehört hatte – oder besser: die bewußt plazierte Lüge von seinem Selbstmord –, war sie ein wenig erschrocken gewesen: Ob man ihr eine Mitschuld geben würde? Aber nichts geschah, die Gewitterwolken zogen vorbei. Bald darauf hatte sie ihren gutbezahlten Job in Cheltenham.

Aber die Gewitterwolken waren die ganze Zeit dagewesen, unsichtbar über ihr. Nichts, was sie gedacht und geglaubt hatte, war wahr gewesen.

Wäre sie doch nur eine Lesbierin! ... Aber das war nicht ihr Fall. Und dann liefen sie ihr über den Weg, die sogenannten Männer in den unteren Semestern. Es gab sie zuhauf in Oxford. Die Männlichkeit nur eine Fassade, hinter der sich ein unreifer Junge versteckte. Ihr Körper gab ihr Macht über die Männer, was sie genoß – und zugleich verachtete sie sie dafür. Sie gierte nach Mann, so wie auch viele Männer nach Frauen gierten und sie insgeheim verachteten. Aber daß sie sich *verliebte* in einen dieser angepaßten, strebsamen, durch und durch positiven Durchschnittsmänner, das hätte ihr nie passieren können.

Macht – immer ging es um Macht. Ihr Körper gab ihr Macht. Ihre Arbeit beim GCHQ war Teilhabe an der Macht, wenn auch nur als kleines Rädchen im Getriebe.

Aber das hatte sie sich nur eingebildet. Sie war nur

Werkzeug gewesen für jene, die wirklich Macht besaßen.

»Hat er verlangt, daß man mich hierherbringt?«

»Nicht direkt«, sagte die Lieblingsgroßmutter.

Woran nur arbeitete Robin Garland? *Und was für eine sagenhafte Entdeckung hatte er gemacht* – wenn man ihn an diesem geheimen Ort mitten im Wald, umgeben von Stacheldraht, versteckte? Wenn der MI6 nach seiner Pfeife tanzte?

Rupert sagte: »Ihre Lage ist alles andere als beneidenswert, Patricia.«

»Ist das nicht eine Untertreibung?«

»Ich meine, was die Geheimhaltungsvorschriften angeht, die Staatssicherheit. Sagt Ihnen der Name Bruce Eagleton etwas?«

»Bruce ... wie bitte?«

»Eagleton. Sie müßten ihn aus Cheltenham kennen.«

»Er arbeitet im GCHQ? Da ist er nicht der einzige. Ich habe nie von ihm gehört. Was hat das mit mir zu tun?«

»Sehr wahrscheinlich war Bruce Eagleton nicht sein richtiger Name. Wir nannten ihn Sonnyboy. Er war Amerikaner, ein Spion – und Sie waren es, für die er sich interessierte. Die Amis wüßten gerne, wie man in Cheltenham die Gittertheorie für die Verschlüsselung nutzt.«

»Ich weiß nicht das geringste über diesen Mann!«

»Ja, aber wenn wir Sie nicht im Auge behalten und rasch reagiert hätten, dann wäre das jetzt anders.«

»Sie haben ihn festgenommen?«

»Wir haben ihn ausgeschaltet.«

Entsetzt starrte sie ihn an, diesen Rupert. Eine Bestie!

»Sonnyboy hatte sich bis auf Haaresbreite an Sie

herangearbeitet, Patricia. Das hätte bedeutet, daß Sie in einen Spionagefall verwickelt worden wären.«

»Ich hätte mich geweigert, ich hätte ihm gesagt –«

»Aber Sie haben es nicht gesagt.«

Sie war den Tränen nahe.

»Ich konnte ihm nichts sagen, weil ich ihm nie begegnet bin.«

»Das könnte man auch anders sehen. Uns haben Sie jedenfalls zu verdanken, daß Ihnen das erspart blieb.«

Der Mann aus Wales kicherte.

»Übrigens«, sagte Rachel, »tragen Sie noch diesen Ring am Nabel?«

Unwillkürlich wollte Patricia den goldschimmernden Leib mit der Hand bedecken – ihn schützen vor der Zudringlichkeit dieser Leute. Wie weit wollten sie denn noch gehen?

»Möchte Robin mit mir schlafen?« fragte sie trotzig. »Will er mir die Kleider vom Leib reißen, mich schlagen – damit er vielleicht sein Trauma überwinden kann?«

Rachel dachte nach. »Was könnte er wollen – eine gute Frage! Sie zu sehen wird ihn völlig überraschen. Wir glauben, daß ein Schock seiner seelischen Gesundheit förderlich sein könnte.«

»Wollen Sie damit sagen, daß er übergeschnappt ist? . . . Daß Sie mich einem Irren ausliefern wollen, als Spielzeug oder eine Art Haustier – damit er sich besser fühlt?«

Dieser Ort war sowieso ein Käfig. Und in dem Käfig gab es noch einen zweiten Käfig. Und der verrückte Affe darin sollte ein Schoßhündchen haben, um damit zu spielen. Ob das Äffchen inzwischen nicht zum Gorilla herangewachsen war? Robin war nun, sozusagen, erwachsen. Groß und stark womöglich. Einfach abscheulich, die Vorstellung!

»Während Sie dann das Geschehen mit versteckten Kameras begaffen –«

»In dieser Hinsicht«, sagte Rachel ruhig und freundlich, »können Sie ganz unbesorgt sein. Kameras und Mikrophone gibt es nicht, nicht in seiner Wohnung. Sie müssen aufpassen, daß Sie ihn nicht kränken. Versuchen Sie bitte, Ihre Gefühle, Ihren Ärger zu unterdrücken. Seien Sie gelassen und gehen Sie auf ihn ein.«

»Es wäre wirklich nicht günstig, unser kleines Juwel zu beschädigen«, sagte der Waliser. »Sehr ungünstig auch für Sie, Miss Bates – wenn Sie mir folgen können.«

»Und warum ist er so wertvoll für Sie? Was hat er denn Wichtiges herausgefunden?«

Rupert runzelte die Stirn. »Das ist geheim. Wir können ihn allerdings nicht daran hindern, damit zu prahlen. Sie müssen auf jedes Wort achten, das er sagt, und es im Gedächtnis behalten.«

Patricia wurde fast übel bei dem Gedanken, was sie erwartete.

133

Daß das ›Schwert der Zeit‹ auf Eeva solche Faszination ausübte, amüsierte Marcus. Es war ein einfaches *gladius* im hispanischen Stil, wie jeder Legionär es besaß. Ein Schwert ist ein Schwert ist ein Schwert – was mehr? Man ist darauf angewiesen, man hält es in Ordnung. Aber einen Namen gibt man ihm nicht, noch kniet man andächtig vor ihm nieder.

Diese Eeva aus Scandia war nicht davon abzubringen, daß eine übernatürliche Kraft von diesem *gladius* ausging, schrecklich und wunderbar, wie von dem Schwert eines Gottes.

Am Tag der Sonne warteten sie auf einen Taxi-Streitwagen, der sie zur Wohnung dieser Freunde bringen sollte. Das junge Paar mit seinen beiden Töchtern war schon auf dem Weg nach Norden, mit einer Flugmaschine. Eeva bat, auf englisch, noch einmal die silberne Statuette sehen zu dürfen. Die Venus – Marcus verstand die Worte. Mary erschrak sichtlich. Die Frau aus Hibernia hatte die Venus an sich genommen, zusammen mit dem Becher und den Münzen. Ganz unmöglich, nun etwa zu behaupten, daß sie den Schatz jenem erfundenen Landsmann anvertraut hätten, der sich auch um den Streitwagen gekümmert hatte.

Ohne Zögern kam Marcus zu Hilfe. Auf Latein sagte er zu Eeva: »Mein *gladius* – ich möchte es dir geben, zum Dank für deine Gastfreundschaft und deine Hilfe.«

Die Frau aus Hibernia war an dem Schwert nicht interessiert gewesen, war es doch als Waffe ihrer *Pistole* unterlegen. Das Angebot verfehlte nicht seine Wirkung, das war offensichtlich. Eeva war über die Maßen gerührt.

Dann protestierte sie. »... Aber du brauchst doch dein Schwert.«

»Ich kann es nicht benutzen, ich muß es nur immerzu verstecken. Außerdem habe ich noch meinen Dolch, der kleiner und handlicher ist. Tom, öffne die Tasche. Eeva hat so viel für uns getan. Ich werde ihr mein Schwert schenken. Es soll ihr eigen sein.«

Tom übersetzte für Mary, und ihre Panik legte sich. Sie warf Marcus einen dankbaren Blick zu. Tom nahm das Schwert samt Scheide aus der Tasche. Marcus legte es über beide Hände, hielt es Eeva entgegen. »Dank dir, Frau aus Scandia, unserer Freundin!«

»Aber ich kann nicht –«

»Du kannst. Ich will es so.«

Ganz still war Eeva geworden. Mit ernstem Gesicht nahm sie das Schwert entgegen. Sie war überwältigt. Die Statuette hatte sie völlig vergessen.

134

Als Patricia das Penthouse betrat, fühlte sie sich wie das sprichwörtliche Opferlamm, das zum Altar geführt wird. Der fällige Tribut – die Jungfrau, die das Labyrinth des Minotaurus betritt. Was würde sie vorfinden? Eine düstere Vorhölle – und einen vor sich hinlallenden Irren mit seit Monaten ungeschnittenen Fingernägeln?

Alles war pikobello und eher schon ein bißchen protzig. Dicker, flauschiger Teppichboden. Sofas und noch mehr Sofas. Im Vorübergehen ein Blick ins marmorne Bad, in Schlafzimmer und Arbeitszimmer – alles erleuchtet, überall die dunklen Samtvorhänge zugezogen. Ein riesiger Fernseher, aus dem gedämpft Klänge von hypnotischer Wirkung kamen. *West, best, the sun shines bright:* Der Bildschirm zeigte junge Männer in Uniform, die auf einer Rolltreppe geradewegs in himmlische Gefilde auffuhren. Die Gesichter eher glatt und ausdruckslos als erleuchtet. Die Pet Shop Boys, natürlich! Wer sonst konnte das sein! *Go West,* ein Hit aus alten Tagen.

Das Ungeheuer lag barfuß auf das Sofa gekauert, eine Zeitung in der Hand. Jeans, ein T-Shirt mit der

Aufschrift: WER WAGT, GEWINNT. Ein blasses, durchscheinendes Elfengesicht, das braune Haar ungekämmt, doch ordentlich zurechtgestutzt.

Robin staunte nicht schlecht, als sie auftauchte. Zuerst war er wie gelähmt, dann blickte er hilfesuchend zum Fernseher, als könnte sie nur dem Bildschirm entsprungen sein. Er schluckte. Er leckte sich nervös die Lippen.

»Nanny erlaubt es nicht, daß Frauen mich besuchen. Wo ist Nanny? Wie bist du hereingekommen?«

»Ich bin hereingekommen, weil man mich genau zu diesem Zweck aus Cheltenham hergebracht hat. Wo sind wir hier, Robin?«

»Das ist mein Zuhause, meine Burg ganz für mich allein. Bald werde ich sogar eine Insel für mich haben. Aber du bist nicht wirklich – ich werde es Nanny erzählen müssen. Oder soll ich es besser für mich behalten? ... Ich könnte dich im Kleiderschrank verstecken. Du kommst aus der Vergangenheit wie dieser Römer!«

Patricia setzte sich, in sicherer Entfernung. Sie strich ihren Rock glatt.

»Der Römer aus der Vergangenheit?« fragte sie. »Der, von dem die Zeitungen schreiben?«

Robin wedelte mit seiner Zeitung. Es war die *Voice*, wenn auch nicht die neueste Ausgabe.

»Ich habe ihn hergebracht, *ich*! Dafür müßte ich den Nobelpreis kriegen!« Er stierte sie an, als wäre sie selbst der Preis. »Er hat Boadicea zur Strecke gebracht, jetzt hilft er den Verschwörern, die die Königin ermorden wollen. Ich habe SAS-Männer nach Belgien geschickt, um es zu verhindern. Man wird mir eine Insel geben!«

Eine Verschwörung, um Königin Boadicea zu ermorden?

Der SAS ..., was für pubertäre Phantasien!

Phantasien, die sich der Geheimdienst Millionen von Pfund kosten ließ? Maschendrahtzaun, Satellitenantenne, der ganze Aufwand hier – und alles geheim, geheim ...

Sollte etwa Robin den Römer aus der Vergangenheit herbeigezaubert haben? Was trieb man an diesem geheimen Ort?

»Daß du den Römer hierhergebracht hast – meinst du das ganz wörtlich?«

»Nicht genau hierher – er ist einige Meilen entfernt von hier aufgetaucht. Der Fokus war nicht auf die A5 eingestellt, er muß sich verschoben haben.«

Was Zeitungen und Fernsehen über den Römer gebracht hatten, war ihr noch lebhaft in Erinnerung. Diese geheime Anlage mußte in der Nähe von Milton Keynes sein. Nein, eher bei Towcester, der Stadt mit der Rennbahn.

»Damit beschäftigt man sich hier also? Leute aus der Vergangenheit zu holen? Und deine Arbeit hat das möglich gemacht?«

Robin schüttelte den Kopf. »Es war nicht vorgesehen – ein dummer Zufall. Und jetzt, wo er auf dem Kontinent ist, kann mein Orakel nicht mehr fokussiert werden. So lange, bis er wieder hier ist.« Er kaute am Daumennagel. »Die Raumzeit ist verzerrt – wie ein Gummiband, an dem man zieht. Und jetzt bist du aus der Vergangenheit gekommen.«

»Ich bin aus Cheltenham gekommen. Ich arbeite dort.«

Robin machte sich ganz klein auf dem Sofa. Ängstlich fragte er:

»War die Wolle gelb oder grün?« Eine Frage, um sie auf die Probe zu stellen. Kannte sie das Schlüsselwort?

Sie hatte im ersten Moment keinen blassen Schimmer, wovon er redete. Dann fiel ihr jener Sommerabend ein, Mittsommernacht war es, und auch, was es mit der Wolle auf sich hatte. Aber die Farbe, die hatte sie längst vergessen.

»Ich bin *wirklich* hier, Robin«, sagte sie. »Ich bin die echte Patricia!«

Und was, bitteschön, war an ihr echt? Seit der Zeit in Oxford war ihr Leben eine Lüge gewesen. Ihre Identität nichts weiter als die Legende für einen Agenten auf Abruf. Nur daß richtige Agenten wußten, wer sie in Wirklichkeit waren. Doch sie hatte die falsche Identität, die ihr übergestülpt worden war, für die echte gehalten – bis zu diesem Tag.

»Es muß mehrere von euch geben«, sagte er.

Dachte er vielleicht, daß sie ein Double war? Daß sie vom MI6 engagiert worden war, um Patricia Bates zu spielen?

»Da ist die mit der roten Wolle ... Dann gibt es eine, die benutzte blaue Wolle. Du siehst, ich habe mehr als eine Vergangenheit. Eine Patricia ist wohl in Cheltenham – warum auch nicht –, eine andere ist hier.«

Ein beängstigender Gedanke durchfuhr sie wie ein Blitz: Konnte nicht ein Double ihren Platz eingenommen haben, in Cheltenham? Das, während sie hier von aller Welt abgeschnitten war, ihr gewohntes Leben weiterlebte – ohne daß jemand es je bemerken würde? ... Aber das war Unsinn.

Ein Orakel, hatte er gesagt. *Mein* Orakel. Ein Orakel weissagt die Zukunft. Der Römer kam aus der Vergangenheit. Das Orakel ließ sich nicht richtig fokussieren.

»Das hier ist ein Orakel«, flüsterte sie. *Deshalb die Hochspannungsleitungen.* »Es ist kein Horchposten, der den Funkverkehr abhört – den von heute. Man versucht, die Zukunft abzuhören. Radiobotschaften aus der Zukunft ...«

Robin nestelte gedankenverloren an der Zeitung herum. »Das wäre ziemlich schwierig«, sagte er. »Wie würdest du das anfangen?«

Es hörte sich an, als hielte er sie für seine Muse, seinen Genius oder was immer – ein Teil seines Ichs, der sich abgesondert hatte, so daß er ihm leibhaftig gegenübertreten konnte. Eine Art Gespenst, das Botschaften überbrachte, die in Wirklichkeit von ihm selber kamen.

»Ich bin die *echte* Patricia, Robin«, sagte sie noch einmal. »Und ich bin hungrig – richtig ausgehungert!« Das stimmte, aber so hätte sie es nicht sagen sollen.

Er fragte nur: »Möchtest du vielleicht einen Cheeseburger?«

»Irgend etwas, ganz gleich was.«

Leben kam in das zusammengekauerte Bündel auf der Couch, es streckte sich; seine nackten Füße, kaum daß sie den Boden berührt hatten, versanken im dichten grünen Flor. »Ich werde in der Kantine einige Cheeseburger bestellen. Wir können sie in wenigen Minuten aus dem Speisenaufzug holen.« Und, mißtrauisch: »Du wirst doch nicht verschwinden, während ich telefoniere?«

Vielleicht *war* sie längst verschwunden, vielleicht gab es sie in der gewöhnlichen Alltagswelt gar nicht mehr. Ihr knurrte der Magen. Dieses Gefühl von Leere im Bauch – war das nur Hunger?

»Ich kann nicht mehrere Vergangenheiten haben«, sagte Robin, »es sei denn, ich wäre anders als alle anderen.«

»Das warst du wohl schon immer«, sagte sie bitter. »Du hast gesagt, daß man dir eine Insel versprochen hat?«

»In der Karibik –«

»Glaubst du das wirklich?« Was glaubte man nicht alles in diesem Käfig hier, dem Käfig im Käfig. Aber er schien sie gar nicht gehört zu haben. Er telefonierte mit der Kantine.

Vielleicht bin ich tot, sagte sie sich, und dies hier ist das Fegefeuer – das wohl nicht der Regierung untersteht. Oder?

135

Die Wohnung von Sirpa und Risto lag in einer grünen, eher schon ländlichen Gegend. Fast nur Einfamilienhäuser gab es hier, in allen Größen und Stilrichtungen, so daß die beiden gleich aussehenden Mietshäuser hinter kiesbedeckten Vorplätzen wie Störenfriede wirkten. Beide dreistöckig, und beide wohl in der Hand desselben Besitzers mit Geschäftssinn. Und in einem davon, im Erdgeschoß, befand sich ihr neues Zuhause.

Nach etwas Kaffee und Kuchen – um den Einzug zu feiern – wollte Eeva mit dem Bus zurück ins Zentrum fahren.

»Der Sechsunddreißiger-Bus«, schärfte sie Tom noch einmal ein. »Damit kommt ihr bis zum Schuman-Kreisel.« Nicht weit davon arbeitete sie. Sie mußten sich nicht verlassen fühlen. Eine Bleibe hatten sie also, für zwei Monate immerhin – aber was würden sie mit sich anfangen?

Eeva hatte einen Vorschlag. »Wenn ihr zur Nordseite des Woluwe-Parks geht, dann kommt ihr zur Straßenbahnlinie nach Tervuren. Sie führt durch eine schöne Waldlandschaft, und in Tervuren könnt ihr euch das große Afrika-Museum ansehen.«

Nun, das war schon mal eine Beschäftigung.

Eeva hatte darauf bestanden, daß Marcus den Jogginganzug behielt. Er brauchte ihn doch. Sie würde ihrer Freundin einen neuen kaufen.

Als sie gegangen war, inspizierte Marcus die Rolläden. Schwere, stabile Rolläden aus weißem Kunststoff. Bremste man nicht rechtzeitig beim Herablassen, dann würde man erfahren, in welchem Verhältnis Gewicht und Festigkeit standen. Und was das Hochziehen betraf, mit Muskelkraft ...

Mary gab den Versuch auf. »Man braucht wohl einen Bizeps wie Sylvester Stallone!«

Marcus gefielen die Läden. Sie machten aus einem Fenster ein Stück Mauer, das Schutz versprach – und das war es doch, was man sich von einem Haus zuallererst erhoffte. Begeistert ließ er denselben Laden ein halbes Dutzend Mal rauf- und runtersausen. Tom hatte schon das Licht angeknipst.

Mary und Marcus würden im Ehebett der Finnen schlafen, Tom auf dem Sofa – doch daran hatte er sich ja gewöhnt. Die Alternative wäre gewesen, die beiden Kinderbetten zusammenzuschieben – aber selbst dann hätte er diagonal liegen müssen, immer die hölzernen Gitterstäbe vor Augen.

»Was fangen wir nur an mit unserer Zeit?« fragte Mary.

Sich um Marcus' Englisch-Unterricht kümmern, endlich wieder. Warten. Spazierengehen. Einkaufen, mit der Straßenbahn fahren. Und fernsehen: die Nachrichtensendungen von jenseits des Kanals vor allem.

Und noch mehr Fragen von Seamus und seiner Bande beantworten. Sicher hatten sie noch mehr davon auf Lager. Ob sie obendrein verlangen würden, daß man hier im Haus etwas versteckte? Was eignete sich besser zum Depot als eine Wohnung, die niemand so leicht mit Seamus und Konsorten in Zusammenhang brachte ... Und damit wäre man noch ein bißchen tiefer verstrickt in einen Plan, der nur dem Bösen dienen konnte.

136

Mehr um sich ein bißchen warmzuturnen, hatte Terence einige der Geräte im Fitneßraum des Metropole probiert. Er ging zurück auf sein Zimmer, um zu duschen und sich umzuziehen. Zum Abendessen wollte er ausgehen: Es gab um den Großen Marktplatz herum noch das eine oder andere dieser phantastischen Fischrestaurants, das er nicht kannte. Das Telefon am Bett begann zu blinken.

Die Rezeption: Er möge seinen Onkel anrufen, im Büro ... Also arbeitete Kerr an diesem Sonntagnachmittag, anstatt sich von der gewohnten Golfpartie zu erholen. Zehn Schläge über Par – er sollte das wirklich bleiben lassen, es brachte ihn jedesmal dem Herzinfarkt noch einen Schritt näher. Terence nahm sein Notizbuch und ging hinunter in die Halle. Wenn er dort telefonierte, konnte die Rezeption nicht mithören.

»... davon siebzehn Teilnehmer verschiedener Nationalität aus Brüssel«, hörte er Kerr sagen.

Siebzehn Teilnehmer an der Konferenz in Hinkley ... Was konnte man anderes erwarten bei den Bergen von Papierkram, die hier in Brüssel anfielen. Natürlich wären Terence ein paar Namen weniger lieber gewesen.

»Ich schicke Ihnen alle Namen und Adressen per Kurier, mit dem Eurostar ...« Direkt ins Hotel natürlich, die Botschaft ließ man besser aus dem Spiel. »... aber *einen* Namen sollten Sie sich merken, Terence: Eine Finnin. Unser Informant im Hinkley-Hotel hat sie mit Tom Ryan zusammen gesehen, kleines Tête-à-tête zu später Stunde. Es kommt noch besser: Diese Finnin hat Latein als eine ihrer Sprachen angegeben ... Nicht schlecht, was? Eines stört mich daran: daß Ryan und diese Kollegin – der einzige andere Lateiner auf der Konferenz – die Köpfe zusammensteckten, bevor er, wie er behauptet, unseren Römer auf der A5 aufgelesen hat.«

»Ein gemeinsames Interesse an der lateinischen Sprache?« mutmaßte Terence.

»Es würde erklären, wenn er nun versuchen sollte, mit ihr Kontakt aufzunehmen. Ich bin ziemlich sicher, daß dieser Marcus kein Schwindel ist – und ich kann auch keine Verbindung zwischen Finnland und der IRA erkennen. Jedenfalls habe ich noch nie etwas von einer Lappländischen Befreiungsarmee gehört. Obwohl – man sollte stets auf das Unerwartete gefaßt sein.«

Eeva Pennanen, Rue Lorraine No. 50 – das war alles, was Sir Raymond an Namen und Adressen am Telefon durchgab. Als Kerr aufgelegt hatte, wählte Terence eine Brüsseler Nummer. Richards meldete sich – mit einem Bein schon aus der Tür, denn ihn zog es, zusammen mit einem der anderen Burschen, in ein irisches Pub: Wo sonst als hier in Brüssel konnten sich ihresgleichen dieses Vergnügen gönnen, das ihnen in Belfast leicht zum Alptraum geraten konnte.

Morgen mußte Richards sich diese Adresse in der Rue Lorraine vornehmen. Sich umsehen, ob es einen Park, einen Platz oder ein Café gab, von dem aus man das Haus beobachten konnte. Die Parkmöglichkeiten prüfen. Ob man vom Auto aus observieren konnte? Wenn ja, dann mußten ein paar Wagen mehr gemietet werden.

137

Bis Donnerstagmorgen war Terence zu dem Schluß gekommen, daß der Weg zum Ziel womöglich durch die Praxis des Dr. Pemerle führte. Warum nicht einfach an der Tür klingeln und sich einen Termin geben lassen?

Die Überwachung aus dem Auto heraus war bisher ergebnislos geblieben. Weder die Ryans noch der Römer waren aufgetaucht. Einmal angenommen, daß diese Frau, die frühmorgens das Haus verließ und gegen vier wieder autauchte, Eeva Pennanen war (denn außer ihr gab es da nur noch zwei hochnäsige junge Puten, die miteinander französisch sprachen; eine mittelalterliche Frau mit perfekter Frisur, die jeden Morgen kam; eine andere, täglich erscheinende Frau, die den Eindruck einer Putzfrau für den gehobenenen Bedarf machte), dann war diese finnische Wohnung eindeutig unterbelegt. Aber warum sollten die Ryans und der Römer den ganzen Tag zu Hause bleiben? Der Römer drehte doch sonst täglich seine Joggingrunde, war das nicht so? Vielleicht waren sie eben nicht hier, waren niemals hiergewesen.

SAS-Leute kann es nicht erschüttern, wenn sie in

einem Erdloch, unter einem Busch versteckt, eine Woche lang Wache halten müssen – oder auch nur, wie in diesem Fall, geduldig in Autos auszuharren haben, die sich nach Plan abwechseln. Aber die Uhr lief weiter, viel zu schnell. Es standen noch sechzehn andere Namen auf der Liste.

Terence war immerhin in einem Alter, in dem man unter Umständen schon mal ein Problemchen mit der Prostata haben konnte. Und natürlich sprach er auch französisch ...

Den untersten Klingelknopf drücken. Der Türöffner summte. Es war hier dankenswerterweise nicht üblich, die Patienten durch die Sprechanlage erst einmal zu verhören, bevor man sie über die Schwelle ließ. Eintreten, dann die Tür zu Dr. Pemerles Reich.

Eine geräumige Vorhalle diente zugleich als Wartezimmer. Bequeme Sessel, ein Glastisch mit Zeitschriften. Hinter einem Schreibtisch die Frau mit der perfekten Frisur, nun im weißen Kittel.

Terence lächelte ein dezentes Lächeln.

»Bonjour, Madame.«

138

Terence stieg in das Auto, das ein Stück weiter unten in der Straße parkte.

»Bingo«, sagte er zu Richards.

Die Praxis Dr. Pemerles war ausschließlich am Vormittag geöffnet. Die Nachmittage gehörten jenen Patienten, die er in den verschiedenen Kliniken untergebracht hatte. Augenblick ..., morgen gegen Mittag – da war doch noch etwas frei! Das kam auch Terence überaus gelegen. Ach, übrigens – fast schäme er sich seiner Neugierde – er habe an der Klingel den Namen Johanna Oikarinen gelesen (das mußte die Finnin sein, die bis dato noch nicht aufgetaucht war) und – was für ein Zufall, wo er doch die Praxis einfach aus dem Telefonbuch ausgesucht habe – also vor einigen Jahren, in Helsinki, da habe er eine Johanna Oikarinen gekannt. Ob es vielleicht zufällig dieselbe Johanna wäre? Eine Übersetzerin?

Was für ein Zufall, erstaunlich!

Ja, aber ihr Vater sei schwer krank, weshalb sie für zwei Wochen nach Hause gefahren war.

Was für ein Pech – da war man nun für wenige Tage in Brüssel, und trifft niemanden an!

Bedauerlich, aber Monsieur könnte doch mit ihrer Mitbewohnerin sprechen, vielleicht eine Nachricht hinterlassen. Sie müsse dasein, beherberge sogar einige Gäste.

Vermutlich Besuch aus Finnland? – Nein, man hätte sie englisch sprechen hören im Treppenhaus.

Ach ja? Aber es würde dem Ganzen ja die Krone aufsetzen, wenn die Besucher etwa gemeinsame Freunde von Johanna und ihm wären ...

Aber möglicherweise waren sie auch schon wieder abgereist. Jedenfalls wäre es die letzten Tage im Treppenhaus sehr still gewesen.

»Von ihrem Schreibtisch aus«, erklärte Terence Richards, »kann sie die Haustür nicht in ihrer ganzen Breite übersehen. Wenn ich morgen klingele, dann huschen Sie an mir vorbei in den Hausflur und hoch bis ins oberste Stockwerk. Dort warten Sie ab. Unnötig zu sagen, daß es nur funktioniert, wenn die beiden Französinnen wie üblich morgens aus dem Haus gehen. Sie brauchen noch einen zweiten Mann, bevor Sie in die Wohnung gehen – für den Fall, daß die Ryans doch dasein sollten.«

Sobald Dr. Pemerle und seine Assistentin gegangen waren, würde man sich über das Walkie-talkie melden.

»Fraser hat ein Händchen für Schlösser«, sagte Richards, »falls ich es nicht schaffen sollte.« Anscheinend war es nicht erforderlich, mit der Remmy die Tür aus den Angeln zu schießen. »Werden Sie auch dabeisein, Mr. Duke?«

»Kommt darauf an, was Sie und Fraser vorfinden. Wir müssen nicht gleich dutzendweise in der Wohnung aufmarschieren. Jedenfalls werde ich in der Nähe sein.«

139

Der Peugeot mit Terence hinter dem Lenkrad und Fraser – ein drahtiger, sommersprossiger Schotte mit lockigem, rotem Haar – auf dem Beifahrersitz parkte etwa hundert Meter vor der Haustür des Doktors. Weiter oben in der Straße stand der Citroën mit Jones und Connor.

Richards war nun schon mehrere Stunden in dem Haus. Sicher vertrieb er sich da oben im Treppenhaus die Zeit mit irgendeinem Computerspiel, eines dieser kleinen Dinger, die man in die Hosentasche stecken konnte, und das vermutlich ›Alien-Terminator‹ oder so ähnlich hieß.

Und Terence hatte eine eingehende, sehr tiefgehende Untersuchung Dr. Pemerles über sich ergehen lassen, der mit einem Handschuh bewaffnet sich vom Darmausgang in Richtung Prostata vorgetastet hatte. Nein, vergrößert war sie wohl nicht. Die Ergebnisse der Blut- und Urinproben würde das Labor am Montag mitteilen. Vielleicht war nur eine Grippe im Anmarsch, da würden die Tabletten ihm schon Erleichterung verschaffen – ja, ja, diese neumodischen, mutierten Grippeerreger: Sie würden oft zuerst die Nieren befallen, bevor sie sich im Kopf oder in der Brust bemerkbar machten.

Jetzt, da das Haus leer war, saß Terence mit dem Walkie-talkie in der Hand da und wartete auf eine Gelegenheit, auch den zweiten Mann ungesehen einzuschleusen. Eine Fußgängerin kam des Wegs – Mitte Dreißig, dunkelhaarig, etwas untersetzt, ohne dadurch pummelig zu wirken.

»Das ist die Finnin!« sagte Fraser. »Diese Eeva Soundso.«

»Sind Sie sicher?«

»Natürlich, ich sehe sie nicht das erste Mal.«

Für Terence war es das erste Mal.

Ein gewaltiges Niesen schüttelte die Frau, als wäre etwas in ihrem Körper explodiert. Und während sie noch ein Papiertuch aus ihrer Schultertasche zog, nieste sie schon wieder.

»Sieht nach einer Grippe aus.«

Vor Pemerles Haustür zog sie einen Schlüssel aus der Tasche. Sie öffnete.

»A-Eins«, funkte Terence an Richards. Richards Team war A, Merricks B. »Eeva Pennanen betritt das Haus.« Und hatte auch schon die Tür hinter sich zugemacht.

Und ebenso rasch meldete sich Richards im Flüsterton: »Sie ist in ihrer Wohnung.« So leise er auch sprach, es hörte sich irgendwie nach dem Ansager beim Pferderennen an.

Es blieben genau zwei Möglichkeiten:

Das Ganze vergessen – bis Montag. Zu Dr. Pemerle gehen, um sich die Laborbefunde geben zu lassen, und anschließend dieselbe Prozedur wie heute wiederholen – nur eben drei Tage später. Drei verlorene Tage und keine Garantie, daß es beim zweiten Mal klappen würde.

Oder: Man tat es jetzt. Rein in die Wohnung – und die Frau so erschrecken, daß sie alles tat, was man von ihr verlangte. Daß sie auch Stillschweigen bewahrte über den Vorfall. Eben jetzt würde sie in ihre Pantoffeln schlüpfen, kurz aufs Klo gehen und sich dann irgendein Hausmittel gegen ihre Erkältung zusammenmixen. Auf der Straße war niemand zu sehen.

»A-Eins: A-Zwei kommt jetzt rein.«

140

In Handschuhen, die Wollmützen über das Gesicht gezogen, schlüpften Richards und Fraser in die Diele, vorbei an einem riesigen Bücherschrank mit Glastüren und einem Regal mit Telefon und Anrufbeantworter. Von der Diele kam man in ein großes Wohnzimmer mit einem grünen Sofa und braunen Ledersesseln. Sie huschten hindurch, die Glocks im Anschlag. Parkettboden überall. Dann ein Korridor – und aus einer Tür kam die Finnin mit einer Schachtel Papiertücher in der Hand.

»Rühren Sie sich nicht! Keinen Laut!«

Die Frau starrte Richards an. Sie machte einen Schritt rückwärts und ließ den Karton fallen. Ein schreckliches Niesen befiel sie, das sie förmlich schüttelte, und gleichzeitig versuchte sie, mit der Hand auf Mund und Nase das Geräusch zu unterdrücken, wie man es verlangt hatte.

»Tut mir leid, daß Sie erkältet sind, Kleine«, sagte er.

Ihr Blick ging zwischen Pistole und Gesichtsmaske hin und her. Fraser war in der Küche verschwunden, um sich dort umzusehen.

»Was wollen Sie . . .?«

»Wir wollen Tom und Mary Ryan und den Römer. Sie waren hier. Sie wissen, wo sie jetzt sind!«

»Nein, ich –«

»Erzählen Sie uns keine Lügen. Es geschieht Ihnen nichts, wenn Sie uns sagen, was wir wissen wollen. Und ihnen wird auch nichts geschehen – aber wir müssen sie haben!«

»Warum tragen Sie eine Maske?«

»Damit Sie erkennen, daß Sie vor uns sicher sind, sobald wir gehört haben, was wir wissen wollen.«

Die Frau nieste hinter der vorgehaltenen Hand

»Entschuldigung«, sagte sie.

»Hören Sie. Wir werden Sie nicht fesseln, weil wir sonst jemanden verständigen müßten, der Sie wieder losbindet – damit Sie nicht verdursten oder verhungern. Das würde unnötig Wirbel machen. Sie werden über das hier kein Wort verlieren, klar? Sie werden auch *niemanden* anrufen. Denn wenn uns die Ryans Ihretwegen durch die Lappen gehen sollten, dann werden Sie tot sein, verdammt tot. Es könnte irgendwann auf dem Weg zur Arbeit passieren, ein Schuß aus einem Auto. Die Polizei kann Sie davor nicht schützen . . . Sie verstehen?«

Sie nickte.

»Sobald Sie gesagt haben, wo wir sie finden, werden wir verschwinden. Und Sie werden nicht einen Finger rühren, klar? Also, wo sind sie?«

Fraser kam aus der Küche. Er stieß die nächste Tür auf.

»Ein Schlafzimmer –«

»Das war ihr Schlafzimmer«, sagte die Frau.

»Sieh dich um –«

Fraser verschwand in der Tür.

»Ich hole mein Adreßbuch.« Und schon war sie weg, war in ihr eigenes Schlafzimmer geflüchtet. Richards machte einen Satz ihr nach, denn gleich würde die Tür zugeschlagen werden, der Schlüssel sich drehen – und schreien würde sie dann wohl auch. Aber nein, die Tür blieb offen.

Von drinnen: *»Hier ist es!«*

Und schon stürzte sie aus der Tür, auf ihn los. Mit beiden Händen hielt die Frau ein Schwert umklammert, ein *Schwert*! Sie war drauf und dran, ihn aufzuspießen. Während er sich zur Seite warf, schoß er. Sie fiel an ihm vorbei. Das Schwert rutschte scheppernd über das Parkett. Schwer krachte ihr Körper gegen die Wand des Korridors und sackte dann in sich zusammen.

Fraser war blitzschnell aufgetaucht, die Glock im Anschlag. Die Frau rührte sich nicht mehr. Richard kniete sich neben sie, legte die Pistole beiseite, fühlte ihren Puls. Blut war kaum zu sehen, ein Fleck nur.

»Scheiße«, sagte er leise.

Beide Männer lauschten eine Weile. Im Haus blieb alles ruhig.

»Sie hat mich fast erwischt –«

Fraser schob mit dem Fuß das Schwert beiseite. »Hätt' ich nicht gern in meinem Bauch.«

Das Telefon in der Diele klingelte. Also hatte doch

jemand den Schuß gehört. Oder doch nicht? Die beiden Männer standen reglos da, warteten gespannt. Das Klingeln hörte auf – vermutlich hatte sich der Anrufbeantworter eingeschaltet.

»Sieh im Schlafzimmer nach, ob du in der Tasche ihr Adreßbuch findest.« Richards nahm sein Walkietalkie zur Hand.

»A-Eins an Kontrolle –« Er berichtete, was passiert war. »Und eben hat das Telefon geklingelt«, sagte er noch.

Fraser brachte die braune Ledertasche der Frau. Nach einigem Wühlen brachte er ein kleines, dickes Ringbuch zutage. Er ließ die Tasche zu Boden fallen und blätterte rasch die Seiten durch.

»Keine Ryans, soweit ich sehe –«

Richards gab das durch, dann hörte er eine ganze Weile zu, den Lautsprecher ans Ohr gepreßt.

»Verstanden, Kontrolle.« Und zu Fraser: »Okay, das Schwert nehmen wir mit – wir müssen es irgendwie einwickeln. Und auch das Adreßbuch. Sieh nach, was du sonst noch finden kannst. Stell das Zimmer auf den Kopf, nimm alles an Geld und Schmuck an dich, was du finden kannst. Dieser verdammte ›Rupert‹ will, daß ich ihm das Band vom Anrufbeantworter vorspiele.«

Richards las seine Glock vom Boden auf und hastete in die Diele. Er steckte die Pistole ins Holster, lehnte das Funkgerät gegen den Anrufbeantworter und startete das Band.

Nur eine Nachricht war eingegangen. Eine Frau, die in einer unbekannten Sprache redete – höchstwahrscheinlich Finnisch, das lag doch nahe. An einer Stelle stockte der Redefluß ein wenig, worauf etwas folgte, das ein bißchen nach ›Ryans‹ klang.

»Ich glaube, eben hat sie ›Ryans‹ gesagt.«

Noch einmal abhören, und nochmal.

»Das ist definitiv *Ryans*«, meldete sich Kontrolle. »Die Aussprache ist völlig anders als beim übrigen Text. Bringen Sie das Band mit.«

141

Sobald die beiden an der Haustür angekommen waren, würde Richards über das Walkie-talkie Bescheid geben. Terence behielt die Straße im Auge, auf der vor kurzem noch Eeva Pennanen entlangspaziert war.

Die nun tot war, nachdem sie die Heldin gespielt hatte – und das war höchst bedauerlich. Nicht unbedingt eine Katastrophe, außer für die Betroffene natürlich. Sie war nun aus dem Spiel. Warum hatten die Ryans das Schwert dagelassen? Hatten sie vor, es irgendwann einmal abzuholen?

Eevas Erkältung würde erklären, warum sie die nächsten Tage nicht zur Arbeit erschien – niemand würde sich wundern. Hatte vielleicht eine finnische Kollegin aus dem Büro angerufen, die wissen wollte, ob sie gut nach Hause und in ihr Bett gekommen war? Nein, der Anruf hatte etwas mit den Ryans und dem Römer zu tun ...

Warum zu einer Zeit anrufen, zu der Eeva normalerweise arbeitete?

Weil der Anruf aus dem Ausland kam! Die Frau am Telefon wollte nicht für ein Auslandsgespräch bezahlen, das womöglich länger dauerte. Sie wollte, daß Eeva zurückrief. Und das deshalb ... weil Eeva ihr einen Gefallen schuldete! Weil sie ihre Wohnung in

Brüssel den drei Flüchtlingen überlassen hatte. Und irgendein Detail war noch zu klären gewesen.

Das Band übersetzen zu lassen würde viel zu lange dauern – und war wohl ganz unnötig. Denn wahrscheinlich hatte die Anruferin zu Beginn ihren Namen gesagt ... Einen finnischen Namen, den Vornamen vermutlich. Also: Man schrieb den Anfang der Nachricht phonetisch auf und verglich ihn, Silbe für Silbe mit allen Vornamen im Adreßbuch. Bis man – toi, toi, toi – den passenden gefunden hatte.

»A-Eins an Kontrolle«, kam es aus dem Walkie-talkie. »Wir sind an der Tür.«

Terence sah sich noch einmal prüfend um.

»Die Luft ist rein.«

Die beiden Männer kamen heraus. Sie überquerten die Straße und gingen wie zufällig in Terence' Richtung. Fraser trug eine längs zusammengerollte Zeitung – das mußte das Schwert sein. Sie stiegen in den Peugeot. Terence ließ den Motor an und fuhr aus der Parklücke.

»Sie ist blitzartig auf mich losgegangen mit dem Schwert«, sagte Richards. »Wenn es vielleicht ein Messer gewesen wäre ... aber auf so ein großes Ding war ich nicht gefaßt.«

»Mit Schwertern bewaffnete Frauen sind nicht Gegenstand eurer Ausbildung, hab' ich recht?«

»Irre gefährlich sah das aus – sie war schon zu nah, um sie nur außer Gefecht setzen zu können ...«

Terence nickte. »Wir werden damit leben müssen – allerdings muß von heute an alles ein bißchen schneller gehen.«

»Fast hätte ich nicht mehr ausweichen können – ich mußte schießen!« Diese näselnde Stimme, und dazu der weinerliche Unterton ...

»Richards ... Ich habe kein Wort davon gesagt, daß

Sie falsch reagiert haben. Aber wir wissen nicht, wieviel Zeit uns bleibt, bis man ihre Leiche findet. Der Doktor und diese Assistentin werden mich sicher beschreiben können, in- und auswendig sogar, würde ich sagen.«

142

»Eine Fahrt ins Blaue,« sagte Seamus ins Telefon. »Molly und ich, wir werden euch drei morgen nachmittag abholen, zwei Uhr? ... Nein, Mary – es soll eine Überraschung sein. Wir wollen Marcus eine Freude machen.«

Er legte auf.

»Und außerdem können wir bei dieser Gelegenheit das Terrain noch ein bißchen sondieren – nicht, Molly?«

»Ich kann mich noch immer nicht damit anfreunden. Mit den Waffen ganz unnötig hin- und herzugondeln! Irgendein blöder Belgier könnte uns in den Wagen fahren. Und vielleicht fängt Marcus an zu spinnen, mitten unter allen Leuten.«

»Molly, Molly ... Marcus tanzt nach Marys Pfeife. So wie die Ryans nach unserer Pfeife tanzen. Wir sollten nicht so nervös sein – etwas mehr Optimismus könnte uns nicht schaden. Und außerdem sollten wir uns ein bißchen mit den Ryans anfreunden – das ist es, was ich mir dabei gedacht habe.«

»Sicher – und warum sagen wir ihnen nicht gleich, daß wir die Königin von England umlegen wollen? Du machst dir immer noch Hoffnungen wegen Mary Ryan, stimmt's?«

»Red keinen Unsinn. Sie hat ihren Römer – als ob du das nicht wüßtest!«

»Du willst ihr beweisen, daß du insgeheim noch immer ihr Verehrer bist.«

»Und was schadet das? Vielleicht beginnt sie darüber nachzudenken, wer ihre wahren Freunde sind. Sie haßt jetzt die Briten für das, was sie ihr angetan haben – nicht nur wegen des *Aer-Lingus*-Massakers. Die Ryans sollen sich mehr als unsere Verbündeten fühlen, anstatt vor uns Angst zu haben.«

»Ich weiß, ich weiß.«

»Und wollten wir uns nicht das Atomium noch einmal ansehen? *War dem nicht so?* Unsere Fluchtburg, zu der wir uns zurückziehen, wenn wir die britische Krone erledigt haben – wer immer von uns noch die Möglichkeit dazu hat. *Oder, Molly?* Ist das nicht ein würdigeres Ende, als sich in irgendeiner Wohnung zu verkriechen und dort belagert zu werden? Wie Ratten in der Falle zu sitzen? ... Weißt du, was ich denke? Daß Marys Römer hier ist, gibt dem Ganzen eine gewisse Größe, einen Zauber, einen Hauch Unsterblichkeit. Und wer sagt denn, daß wir alle sterben werden? Vielleicht ist deine und meine Chance, lebend davonzukommen, nicht gerade groß. Aber man könnte doch Geiseln nehmen, dort im Atomium. Es ist ja nur ein Katzensprung von der Stelle, wo wir Ihre Majestät in die Mangel nehmen. Wir könnten es mit unserem eigenen Auto dorthin schaffen – oder jemanden zwingen, uns hinzufahren. Essen gibt es im Restaurant genug, man kann es eine Weile aushalten. Das Atomium zu verteidigen ist wirklich nicht schwer!«

»Und wen meinst du mit *wir*?«

»Wen sonst als Phelim und Fergus und Padraig ... Vielleicht können sie sogar freies Geleit aushandeln, die Ausreise nach Libyen – wenn man uns dort haben will. Die Belgier wollen doch nicht, daß ihr schönes Atomium beschädigt wird.« Er sah zu dem Poster mit dem St.-Patricks-Felsen. »Ist es nicht so etwas wie ein Nationalheiligtum? Wenn wir nur ein bißchen Semtex hätten – wir könnten drohen, es in die Luft zu sprengen. Nun, wir können natürlich sagen, wir *hätten* Semtex.«

»Ich höre nur immer *wir*! Du willst doch nicht etwa sagen, daß wir uns die Königin nur aus der Entfernung vornehmen sollten, mit den Armalites und dem Präzisionsgewehr – anstatt mit den H&Ks auf das Auto loszugehen? Du bekommst nicht etwa kalte Füße, Seamus Kelly, jetzt, wo der große Tag näherrückt, an dem unsere Namen in aller Munde sein werden?«

»Nein, Molly, das keineswegs. Du und ich, wir werden unser Leben opfern, wenn es sein muß. Und Phelim, Fergus und Padraig werden versuchen, zum guten Schluß noch eins draufzusetzen. Aber was für ein Knüller wäre das, wenn wir, nachdem wir die Königin erschossen oder wenigstens ihr Auto zum Sieb gemacht haben, alle zusammen auch noch das Atomium stürmen und dann unbehelligt außer Landes gelangen könnten. Wie sie in Dublin dastünden mit dicken roten Köpfen!«

»Zum Teufel mit Dublin! Diese Regierung vertritt nicht das Volk.« Ein böses Lächeln huschte über ihr Gesicht. »Wir vertreten es. Oh, ich wünschte beinahe, ich wäre noch am Leben, um das Ende sehen zu können. Beinahe, sage ich – vergiß das nicht!«

»Morgen, im Bruparck, kannst du ein bißchen davon träumen.«

»Aber kann man denn zu dritt das Atomium besetzen und verteidigen? Oder mit fünf Mann, falls wir alle davonkommen sollten? Reicht das? Oder ist das vielleicht der Grund, daß du dich aufführst, als wolltest du die Ryans anwerben?«

Seamus verzog den Mund. »Drei Leute mit Waffen können die oberste Kugel abriegeln.«

»Natürlich, wenn sie die ganze Zeit ohne Schlaf auskommen!«

»Wir werden sehen, Molly. Du mußt wissen, daß ich nicht darauf gekommen wäre, wenn ich nicht an Marcus und die Spielzeug-Legionäre im Bruparck gedacht hätte. Er wird morgen so etwas wie unser Talisman sein.«

143

»A-Eins an Kontrolle«, meldete sich Richards aus einem geparkten Peugeot. »Der Römer hat das Haus verlassen, geht joggen. Ist allein – läuft in Richtung Park. Hat sich die Haare blond gefärbt!«

Es gab Fälle, in denen man mit einem solchen Trick das Auge täuschen konnte – wenn man nicht sogar einen zweiten, genaueren Blick provozierte. Aber doch nicht, wenn so ein Bursche aus dem Haus kam, das man seinetwegen überwachte, und Gesicht und Figur bis aufs I-Tüpfelchen dem Photo entsprachen. Aber nun wußten sie, daß auch die Ryans, rein äußerlich, nicht unbedingt mehr die alten waren.

»Sollen wir ihn uns vornehmen?« Hinterherlaufen, ihn schnappen.

Ein Tuch mit Chloroform aufs Gesicht, dann zum Bündel verschnürt in den Kofferraum eines der Autos. Ein leichtes.

»Negativ. Überwachung fortsetzen. Wir wollen wissen, wie viele Fische wir an der Angel haben.«

Eine halbe Stunde später kam Fraser die Straße entlanggefahren. Er fand einen Parkplatz. Richards fuhr davon.

144

Soweit Mary aus dem Wohnzimmerfenster sehen konnte, war der Himmel blau, mit einigen kleinen Kumulus-Schäfchen, die gemächlich vorüberzogen. Doch Seamus trug einen langen, hellbraunen Regenmantel – wie der selige James Joyce höchstpersönlich –, und auch Molly war im Mantel erschienen.

»Glaubt ihr, daß es regnen wird?« fragte Mary.

»Darüber würde ich mir keine Gedanken machen«, sagte Seamus. »Wir werden immer in der Nähe des Autos bleiben.«

»Und wie weit werden wir fahren?«

»Einige Meilen nur, nicht weiter als zur königlichen Domäne. Wir werden am Palast vorbeikommen, wo der König Königinnen und Prinzen und wer weiß wen noch alles in seinen Gewächshäusern empfängt.«

»Dann fahren wir also zu den Gewächshäusern?«

»Nein, nein, keineswegs. Aber da wir es nun mal sind, die euch ausführen, solltet ihr euch einfach überraschen lassen.«

Krachend ging der schwere Rolladen herunter, das Wohnzimmer lag mit einem Schlag im Dunkeln. Die Verwirrung war groß.

»Mist!«

Ein dumpfer Aufprall, ein Zusammenstoß, hektisches Tasten und Scharren. Das Licht ging an – es war Tom, der es eingeschaltet hatte. Molly hatte sich zu Boden geworfen, in der Hand die Pistole. Sie zielte in Richtung Tür, wo Tom nun stand.

Er rührte sich nicht. »Nur mit der Ruhe, es ist alles in Ordnung – da, seht ihn euch an!«

Marcus stand lächelnd vor dem Rolladen, die Hand noch immer am Riemen.

»Großer Gott, mach nicht solche Sachen!« schrie Seamus ihn an.

Marcus sagte etwas auf Latein.

»Was sagt er?«

Tom übersetzte. »Er sagt, daß ihr eine Überraschung plant. Aber er hat *euch* überrascht. Er fühlt sich irgendwie machtlos ... Ich meine: Er hatte das Kommando über hundert Männer – und kann nun nicht einmal mehr die einfachsten Dinge selbst entscheiden, geschweige denn sein Leben in die Hand nehmen. Sich mit dem Schicksal in Einklang zu fühlen ist für ihn sehr wichtig – sonst ist alles sinnlos und leer.«

»Nun, so oder so hat jeder sein Schicksal«, sagte Molly. »Ich hoffe nur, er verschont uns unterwegs mit solchen Späßchen.«

»Ganz bestimmt«, versprach Mary. »Er ist äußerst diszipliniert. Er weiß, was ihr seid.«

»Was sind wir denn?« fragte Seamus.

»Ihr seid die mit den langen Messern. Wie damals in Palästina: Zeloten, die sich den Römern entgegenwerfen, ohne Rücksicht auf Leib und Leben. Selbstmörder.«

Das schien Seamus tief zu treffen. Er nagte an der Unterlippe. »Selbstmörder, tatsächlich?«

»Die den Kampf in alle Ewigkeit weiterführen, auch wenn die Menschen Frieden haben wollen.«

»Ein Frieden nach dem Geschmack der Unterdrücker ist kein Frieden, Mary Ryan. Ein roter Teppich vielleicht, damit ausländische Stiefel bequemer marschieren können. Hauptmann Caligula hier sollte das am besten wissen.«

»Eigentlich kann man die britische Regierung nicht mit Römern oder Nazis vergleichen. Schließlich hat es in Ulster keine Massenkreuzigungen gegeben, oder?«

»Dafür bloß ein paar kleine, feine Kreuzigungen, ja? Und euch selber haben die Briten ja auch nichts angetan ... Das scheint mir ein richtig netter Tag zu werden heute!«

Molly steckte ihre Pistole weg.

»Wenigstens wissen wir jetzt«, sagte Mary, »was ihr unter euren Mänteln versteckt habt.«

Seamus verzog das Gesicht. »Wir werden sie heute nicht brauchen, diese Dinger – sicher nicht.«

145

Das Walkie-talkie lag auf dem Beifahrersitz, während Terence in Richtung Nordwesten fuhr, immer auf dem breiten Boulevard, der an der Rückseite der königlichen Domäne entlangführte. Sicher würde der blaue Honda Civic bald links abbiegen – auf Höhe des chinesischen Pavillons – und den Weg zum Palast einschlagen. Würde er?

»Hier A-Zwei. Honda fährt weiter in Richtung Nordwesten, auf der Avenue de Madrid, parallel zur Autobahn –«

Nein, sie waren nicht abgebogen, noch hatten sie

die Autobahn genommen, die stadtauswärts und nach Antwerpen führte.

»A-Eins an A-Zwei. Ich überhole, um euch abzulösen.«

Die beiden übrigen A-Teams hielten sich im Hintergrund, in Warteposition, um zu gegebener Zeit einzuspringen. Auch das B-Team war in Bereitschaft. Terence ging ein wenig vom Gas, es eilte nicht. Er wollte ja nicht selbst eingreifen, nur in der Nähe sein, um seine Anweisungen zu geben.

Was für ein Tag! Einfach traumhaft ... Seamus Kelly und seine Komplizin fahren vor und laden Ryans und Römer in ihr Auto.

Zu dumm nur, daß es noch drei andere, nichtidentifizierte IRA-Männer gab, über deren Verbleib man nichts wußte.

Aber Kelly und die Frau waren die beiden Selbstmord-Attentäter. Schaltete man sie aus, dann verhinderte man zweifellos den Anschlag auf die Königin. Wahrscheinlich würden die drei anderen die Beine in die Hand nehmen und verschwinden, wohlwissend, daß man ihnen auf den Fersen war. Man schnappte sich Marcus, brachte ihn zurück nach Radcote, Orakel würde wieder in die Zukunft sehen können – die nun eine andere war. Und auch diese Zukunft würde man, falls nötig, ein bißchen zurechtrücken ...

Dieser Nachmittag bot eine einmalige Gelegenheit – wenn der Honda anhielt und wenn die Insassen nicht zu dicht beieinandersaßen, so daß eine verirrte Kugel den Römer treffen konnte. Tote IRA-Leute hier in Brüssel, das würde man auf jeden Fall den Briten in die Schuhe schieben. Die Belgier wären beleidigt – aber den Staatsbesuch würden sie deswegen nicht absagen. Belgien brauchte diesen Besuch.

Tom und Mary Ryan waren wohl doch Komplizen.

Es gab keinen Hinweis, daß sie im Umgang mit Waffen geübt waren. Also konnte man voraussetzen, daß sie unbewaffnet waren – es sei denn, die IRA verteilte inzwischen Waffen wie der Weihnachtsmann Spielzeug an die Kinder.

Eine einzelne Person konnte man leicht in seine Gewalt bringen und lebend über den Kanal schmuggeln. Drei Leute auf einmal oder auch nacheinander, das war schon eine größere Sache ...

Aber sie konnten niemanden, der wußte, daß der britische Geheimdienst den Römer gekidnappt hatte, frei herumlaufen lassen. Niemand durfte je erfahren, daß man sich für ihn interessierte, wollte man nicht Radcote und Orakel in Gefahr bringen. *Mitwisser durfte es nicht geben.* Es war sehr bedauerlich, aber unvermeidlich: Die Ryans mußten sterben.

Und wenn man sie zusammen mit den IRA-Leuten erschoß – was dann? Würde tatsächlich jemand glauben, daß die flüchtigen Freunde des weltberühmten, aber spurlos verschwundenen Römers *aus Versehen* erschossen worden waren? Denn am Ende würde die belgische Polizei – soviel mußte man ihr zugestehen – die Ryans wohl doch identifizieren können. Und vom Römer trotzdem keine Spur? Sehr verdächtig ... Es mußte anders gehen.

Eine Leiche loszuwerden war schon eine lästige Sache. Man könnte die Ryans nicht sofort töten. Man müßte eine kleine Autofahrt machen, jeder von ihnen auf dem Boden eines Wagens mit einer Pistole am Kopf. Eine Aufgabe für das B-Team. Das A-Team würde sich Marcus schnappen, sobald Kelly und die Frau tot wären. Ein Auto im Wald zu verbrennen, das wäre zu auffällig, und es blieben ja die Gebisse übrig, die zur Identifizierung genügten. Man müßte die Überreste vergraben, wie in Armagh.

Terence' Hochstimmung hatte einen kräftigen Dämpfer bekommen. Zwar gab es eine Rechtfertigung für das, was immer sie nun tun würden, aber ein bitterer Nachgeschmack würde bleiben.

Vielleicht war der Honda auf dem Weg zu einem Treffen mit den drei anderen Terroristen. Wann immer sie stoppten, die Lage mußte erst geprüft werden, bevor man handelte. Terence würde in der Nähe sein, in seinem BMW mit Diplomatenkennzeichen. Doch sobald es losging, mußte er sich aus dem Staub machen.

Zu improvisiert, das Ganze. Keine ideale Lösung. Aber eine einmalige Gelegenheit. Was sein muß, muß sein. Daß nur keiner auf die Idee kam, er wäre ein ›Rupert‹.

Er nahm das Walkie-talkie vom Sitz.

»Kontrolle an alle. Unsere Aufgabe besteht wahrscheinlich darin ...«

Wahrscheinlich: das war wenigstens ehrlich.

146

»Das Atomium!« rief Tom. »Also das wolltet ihr uns zeigen!« Er wußte gar nicht, warum er so erleichtert war – die ganze Welt hätte er umarmen können. »Sieh nur, Mary – das Atomium!«

Am Ende einer ruhigen Allee ragte die glänzende Konstruktion aus Aluminiumkugeln und Verbindungsröhren empor, dreimal so hoch wie die Bäume. Der strahlende Glanz dauerte an, obwohl jetzt einige Wolken die Sonne verdeckten. Sie mußten das Aluminium mit irgend etwas Reflektierendem beschichtet haben. Die unterste Kugel ruhte auf einem runden Glaspavillon.

In der obersten Kugel Plexiglasfenster, in den anderen kleine Bullaugen. Es war vor Jahrzehnten für eine Weltausstellung gebaut worden und sah noch immer wie neu aus. Sie mußten es mit viel Liebe pflegen, vor allem polieren – oder was immer man mit neun Boule-Kugeln von der Größe eines Fesselballons machen konnte.

Überall Grün. Es gab mehr Bäume als Menschen. Hier und da ein paar Besucher, tröpfchenweise. Einige Touristenbusse standen in der Nähe, und nur wenige Autos. Tom bemerkte in einiger Entfernung einen einsamen weißen Lieferwagen am Straßenrand, etwas versteckt unter dichtem Geäst. Er erinnerte sehr an jenen Lieferwagen, in dem sie, Pistolenmündungen vor Augen, ihren unbequemen Ausflug in den Wald gemacht hatten. Aber der Honda fuhr nicht in diese Richtung. Molly bog rechts ab und ließ das Auto kurz darauf an der Bordsteinkante ausrollen.

Sie stiegen aus, und Marcus bestaunte das silberne Ding, das nun in voller Größe vor ihnen aufragte. Am Himmel hinter dem Atomium waren inzwischen riesige Kumulusberge aufgezogen.

»Ist es ein Tempel?«

»Was sagt er?« wollte Seamus wissen.

»Ob es ein Tempel ist!«

»Sicher, Belgiens Tempel für die Wissenschaft. Das letzte Mal, als wir hier waren, gab es eine Schokolade-Ausstellung in einer der oberen Kugeln. Ein Atomiummodell aus Schokolade – genug, um eine ganze Familie für eine Woche zu versorgen. Wir werden es uns anschauen, aber das ist nicht die Überraschung. Die ist dort drüben!«

Auf einer kleinen Anhöhe stand eine Reihe von

Häusern, die historischen Vorbildern nachempfunden waren. Wie eine Kulisse sahen sie aus, flächig, ohne Perspektive. Die Zackenreihe der Giebel verdeckte größtenteils eine Ausstellungshalle im Hintergrund. Da war, etwas weiter entfernt, auch noch ein Turm, um den sich eine Spirale abwärts wand. Sicher eine Wasserrutsche.

»Ein Vergnügungspark?« fragte Mary.

Unbeirrt führte Seamus seine Schäflein voran, in Richtung der Häuser-Kulisse. Auf einer überdachten Fußgängerbrücke überquerten sie eine Straßenbahntrasse.

Die Kulissen-Häuschen erwiesen sich ausnahmslos als Restaurants. An jedem las man groß den Namen einer anderen Brauerei. Hoegarden, von der die Marke *Julius* stammte, Leffe, Maes und so weiter.

Seamus zeigte mit dem Daumen auf die Galerie der Namen. »Das ist der Grund, warum manche Leute den Bruparck auch Brau-Park nennen.«

Auf Tafeln vor den Restaurants wurden Beefsteaks und frische Muscheln angepriesen. Wenn auch die oberen Stockwerke Attrappen sein mochten, hinter den Türen im Erdgeschoß ging es höchst reell zu. Einige Gäste sah man dort bei einem späten Mittagessen, andere hatten sich um die Tische auf der breiten Terrasse versammelt. Doch es sah ganz danach aus, als müßten die Sonnenschirme bald als Regenschirme dienen: Immer dunkler färbten sich die Wolkengebirge, und wo noch ein Flecken Himmel zu sehen war, hatte er einen unangenehm gelben Ton angenommen. Jenseits der Stadt drohten tiefhängende, schwarze Schwaden.

Seamus musterte kurz den Himmel.

»Es bleibt genug Zeit für die Überraschung. Bis der Regen hier angekommen ist, werden wir in einer der silbernen Kugeln sitzen.« Unterhalb der Terrasse drehte sich ein zweistöckiges Karussell mit buntbemalten Holzpferden. Eine Drehorgel spielte.

Von der Terrasse führte sie der Weg an einer Reihe Cafés vorbei zu einem Torhäuschen. Dort kaufte man die Karten, denn ohne ein Stück Papier durfte man nicht einmal Klein-Europa betreten ...

147

Die meisten Modelle waren etwa menschengroß, was natürlich nicht für Türme jeder Art galt. Hier Big Ben, dort der Eiffelturm – und auch der Arc de Triomphe und Sacré Cœur auf einem mit Sträuchern bepflanzten Hügel. Etwas weiter an einem künstlichen Wasserlauf, die Stierkampfarena von Sevilla, der schiefe Turm von Pisa, Brandenburger Tor, Akropolis. Überall Zwergbäume und Einfassungen aus niedrigen Hecken.

Man drückte einen Knopf, und aus dem Lautsprecher kam *God Save the Queen* oder die Marseillaise, das Deutschlandlied.

Marcus war hingerissen.

»Eine Tour durch ganz Europa in einer halben Stunde!« verkündete Seamus voller Stolz.

»Und wie kolossal verjüngt man sich dabei fühlt!« sagte Mary zu Tom. »Fast, als ginge man noch in den Kindergarten ...«

Kinder und Erwachsene spazierten die gewundenen Pfade entlang. Kleine Schiffe kreuzten den Biegungen eines Flusses, der sich mal zu einer ausgedehnten Hafenanlage und mal zu einer Lagune öffnete. Auf Modelleisenbahnschienen raste ein TGV vorbei.

Nur ein paar hundert Meter entfernt ragte das Atomium in den Himmel. Diese Wolken, diese grimmige Wolkenfestung. Gewitterwolken. War da nicht ein Wetterleuchten in der Ferne?

Es gab eine Terrasse mit einer Cafeteria, von der man dieses Spielzeug-Europa in Gänze überblicken konnte. Hierher würde man sich flüchten können, wenn der Regen kam. Und an einem Tisch dieser Cafeteria saß ein Mann mit dickem, rotem Gesicht und widerspenstigem roten Haar, das sich mehr und mehr auf den hinteren Teil des Kopfs zurückzog. *Padraig. Padraig war hier ...* Und Mary brauchte nicht lange zu suchen, um auch Phelim auf der Terrasse zu entdecken. Phelim mit einem Fernglas vor den Augen: Er behielt Klein-Europa im Auge, was angesichts der Umstände sicher keine schlechte Idee war.

Der harmlose Ausflug war eben nicht so harmlos wie er schien. Ohne ein Wort folgte Mary Seamus und Molly, die zielstrebig an einem schlackenbedeckten Vesuv vorbeigingen. Der Vesuv begann im selben Augenblick zu grollen, als Mary ein entferntes Donnern zu hören glaubte. Rauch stieg aus dem Krater. Marcus war vor dem Vulkan stehengeblieben, aber Seamus drängte ihn: »Weiter, hier entlang.«

So kamen sie zu dem römischen Tor.

Zwei Torbögen, drei Stockwerke mit Säulen und Bogenfenstern. Legionäre führten einen Gefangenen davon. Ein Spielzeug-Zenturio beaufsichtigte sie. Seamus lächelte stolz, als Marcus sich hinkniete, um die kleinen Figuren besser sehen zu können.

Marcus blickte auf und fragte: »*Ubi est?*«

»Wo ist das?« übersetzte Tom.

Seamus ging in die Hocke und zog eine zusammengefaltete Broschüre aus der Tasche.

»Es ist in Trier, in Deutschland.«

»Augusta Treverorum«, sagte Tom.

O ja, diese Stadt kannte Marcus. Ein Ort, an dem man sich erholen konnte von dem anstrengenden Dienst in den Grenzposten am Rhein, in Mogontiacum und anderswo. Mogontiacum, das war Mainz. Aber dieses großartige Tor hatte er noch nie gesehen.

»Ah ... Hier steht, daß es erst im Jahr einhundertundachtzig erbaut wurde. Das ist für ihn Zukunft, nicht wahr?« Als sollte die gutgemeinte Überraschung zugleich ein Test sein.

»*Wir* sind seine Zukunft«, sagte Mary mit Bestimmtheit, »nicht diese alten Steine.«

Eigentlich waren es nicht einmal Steine ... Resinat oder Polyester. Aber echt genug sahen sie aus, echt antik, mit jeder Menge bräunlicher Patina.

Marcus streckte die Hand aus, um nach dem Spielzeug-Zenturio zu greifen – als wolle er, ein Riese, ihn seinem Ort und seiner Zeit entreißen, so, wie es ihm geschehen war durch das Walten einer unerklärlichen Macht. Seine Augen waren feucht. Doch im selben Augenblick duckte sich neben ihm jemand schutzsuchend hinter das Tor – Phelim mit den Glupschaugen.

»Der verfluchte SAS ist hier, Seamus! Ich kenne einen von ihnen. Sieht aus wie ein Rockstar – ein Spitzel, den wir umgedreht haben, hat ihn mir in Lisburn gezeigt. Er ist hier, und noch einige andere Kerle dazu.«

»Bist du sicher?«

»Verdammt sicher!«

»Vielleicht machen sie hier Urlaub.«

»Sie haben euch beobachtet. Sie haben sich auf dem

Gelände verteilt. Da steht so ein Typ am Eingang herum, ziemlich groß und sehr gut angezogen – nicht wie die anderen. Wenn wir rauswollen, dann müssen wir durchs Caf, und weiter zum Eingang – Padraig ist schon unterwegs, er wird dem Kerl seine Knarre an die Rippen halten. Die anderen werden eine Weile brauchen, bis sie sich durch dieses Wegegewirr gearbeitet haben!«

Mollys Augen schossen glühende Pfeile auf Mary. »*Ihr* wart das ... ihr habt uns verpfiffen!«

»Das ist nicht wahr, glaub mir! Himmel noch mal, das hab' ich nicht getan – und Tom auch nicht!«

»Du lügst!«

»Die Briten wollen doch auch uns haben, hast du das vergessen?«

»Ihr habt einen Handel mit ihnen gemacht!«

Mit einem – immerhin etwas gedämpften – Dröhnen startete nicht weit von ihnen eine Ariane-Rakete gen Himmel. Rauch kam aus den Düsen des drei Meter hohen Modells und ballte sich zu einer eindrucksvollen Wolke zusammen, während es sich langsam an einem Mast hocharbeitete. Rote Glühbirnen sollten die aus den Triebwerken schlagenden Flammen darstellen. Zwei der Birnen waren kaputt. Kein Wunder, daß die Ariane an der Spitze des Masts haltmachte und langsam wieder nach unten sank.

»Es gibt keinen Handel mit den Briten, verdammt noch mal. Ich schwöre bei der Seele meiner Mutter und meines Vaters, die von den verfluchten Briten ermordet wurden!«

Seamus sagte: »Sie sagt die reine Wahrheit, da bin ich mir sicher.«

»Und wie haben sie uns dann gefunden?«

»Weiß der Himmel.« Eine Hand unter dem Mantel vergraben, erhob sich Seamus langsam aus der Hocke.

148

Terence hatte den kräftigen Mann mit dem fleischigen Gesicht, der so lässig auf ihn zuspazierte, als wollte er nur zum Eingang hin, längst bemerkt. Mit einer Hand nestelte er unter dem Revers seines Jacketts herum, als ob er seine Rippen zählte. Zehn zu eins hätte Terence gewettet, daß dies ein irisches Gesicht war. Jeden Augenblick konnte der Mann eine Waffe auf ihn richten. Terence zog seine Glock – und schon nahm der Mann Reißaus, in Richtung Cafeteria. Mit einem Satz war er hinter einer Säule verschwunden. Er suchte Deckung. Dann krachten zwei Schüsse. Terence duckte sich in den Schutz des Torhäuschens, wo eine junge Frau neben einem Drehkreuz die Karten kontrollierte. Wie gelähmt vor Schreck starrte sie Terence an.

Der stämmige Mann machte sich durch die Cafeteria davon. Die Leute wurden aufmerksam. Eine Frau schrie. In einiger Entfernung und von Sträuchern halb verdeckt, flohen Kelly und Konsorten zum jenseitigen Ende der Terrasse. Das war nicht die Zeit für Walkie-talkies. Terence brüllte über den Park: »Schnappt sie euch!« Schnappt sie so schnell wie möglich. Und sch ... auf die Konsequenzen.

Die H&Ks lagen in den Autos, natürlich. Das war nicht das Gerät, mit dem man sich unters Publikum mischte. Und daß hier etwas passierte, war nicht vorauszusehen gewesen.

Richards, Fraser und Jones waren losgestürmt. Mit den Pistolen in der Hand liefen sie über die Spielzeug-Wiesen, sprangen über Bächlein, duckten sich deckungsuchend hinter Monumente.

Die Schießerei begann. Eltern griffen sich ihre Kinder, zerrten sie hinter dem Escorial und der Kathedrale von Santiago de Compostela zu Boden. Nicht mehr lange, und jemand würde die Polizei alarmieren. *Wieviel Zeit blieb ihnen, um die Zielpersonen zu töten – zu denen nun auch die Ryans gehörten –, sich den Römer zu schnappen, ihn hinauszuschaffen – und auch noch ungesehen davonzufahren?*

Die Kartenkontrolleurin war zur Salzsäule erstarrt – auch sie jetzt ein Modell, eine Puppe.

Terence sprach sie an: »Mademoiselle, on peut quitter Mini-Europe par ici seulement?«

Jetzt erst bemerkte er, daß er die Glock auf sie gerichtet hatte. Er senkte die Waffe. Sie schnatterte drauflos, so rasch, daß er kein Wort verstehen konnte.

»Ist das der einzige Ausgang?« wiederholte er auf englisch.

Zitternd zeigte sie in Richtung Cafeteria. *Les poubelles* – die Mülltonnen. Irgend etwas von Personaleingang ... Natürlich mußte es einen Hintereingang geben, schön versteckt, wo man den Abfall hinausschaffte. Wo die Leute, die hier arbeiteten, das Gelände betraten. Terence rannte los.

149

Ohne lange zu zielen, feuerte Molly mehrere Male ihre Browning ab. Nicht weit vom Glockenturm des Markus-Platzes hatte sich der rothaarige SAS-Mann aufgebaut, in Schußposition. Sie heulte auf vor Schmerz, als ein Geschoß ihren Arm streifte. Blut sickerte durch den Mantelärmel. Aber der Arm war in

Ordnung, nicht gebrochen oder gelähmt. Blut läßt alles schlimmer scheinen, als es ist.

Padraig schoß von der Terrasse. Der rothaarige Brite fuhr herum. Es gab viele Touristen da oben. Er zögerte. Padraig lief weiter. Ein langhaariger Schönling war ihm auf den Fersen.

Irgendein Idiot – dem Aussehen nach ein Skandinavier oder Deutscher – wollte den Helden spielen und stürzte sich auf den Briten, der wie ein Rockstar aussah. Er bekam ihn am Arm zu fassen. Ein Kopfstoß setzte seiner Einmischung ein Ende, aber Mr. Wunderhübsch hatte wertvolle Zeit verloren.

Sie waren in einer Sackgasse gelandet – vor ihnen undurchdringliche Hecken und ein solides Tor, gesichert mit einem Vorhängeschloß. Ein kleines Tor daneben. Seamus rüttelte an dem Riegel, umsonst. Am Zaun aufgereiht standen große Mülltonnen auf Rädern – Klein-Europas Hinterhof. Aber jenseits davon ein mannshohes Drehkreuz in einem Zaun aus Gitterstäben, hinter dem die rettende Straße wartete. Molly setzte schon das Drehkreuz in Bewegung und lief auf die Straße hinaus.

»Los, los!« Sie winkte mit dem blutverschmierten Arm. »Ich seh' den Lieferwagen!«

Seamus schob Mary durchs Drehkreuz, dann Marcus und Tom. Padraig kam als letzter, nach Phelim.

Die SAS-Leute würden sich hüten, einfach so in diesen stillen Winkel zu stürmen – sie mußten immer mit einem Hinterhalt rechnen. Und nichts war einfacher für einen versteckten Schützen, als einen Mann im Drehkreuz aufs Korn zu nehmen, der dort für Augenblicke gefangen war. Kostbare Sekunden würde sie das kosten.

Die Straße führte leicht bergab, Gott sei Dank, um dann in jene Straße einzumünden, wo der Lieferwagen parkte, mit Fergus am Lenkrad. Es war ziemlich dunkel geworden, zu dunkel, um noch zielsicher zu schießen. Wie Mündungsfeuer flackerten von allen Seiten Blitze auf.

150

Als er das Drehkreuz sah, schöpfte Terence wieder etwas Hoffnung. Ein Ausgang aus diesem verdammten Park, schön abseits, kein Mensch zu sehen. Man war also keineswegs am Ende seiner Möglichkeiten. Richards hatte das Drehkreuz schon passiert, mit beiden Händen zielend schwenkte er die Glock nach rechts, nach links, dann wandte er sich nach Westen. Ein Jagdhund, der Witterung aufgenommen hatte.

»Daß bloß dem Römer nichts passiert!« rief Terence ihm nach, während er sich durchs Drehkreuz schob. Connor und Jones folgten.

Keine Passanten, keine Touristen.

Die breite, grüne Seitenstraße lag verlassen da. Bis auf den weißen Lieferwagen voraus – bis auf die sieben Menschlein, die darauf zuliefen. Die IRA-Lady an der Spitze. Mary Ryan war nicht ganz so flink. Ihr Bruder, Kelly und der Römer hatten sie in die Mitte genommen, trieben sie an. Sie waren viel zu dicht beisammen, als daß man sie einzeln aufs Korn hätte nehmen können. Und die Sicht wurde mit jeder Minute schlechter.

Richards begann zu sprinten – und Jones und Connor auch. Noch waren keine Sirenen zu hören. Noch hatten sie eine Chance. Eine Chance, nah genug heranzukommen und auf den zu schießen, der als letzter ins Auto stieg – wenn es nicht gerade der Römer war. Eine Chance, die Reifen zu zerschießen.

Terence zog das Walkie-talkie aus der Tasche.

»Kontrolle an alle B-Teams –«

151

Als Patricia zum ersten Mal von Konzentrationslagern gehört hatte, war sie noch ein Kind gewesen und hatte sich vorgestellt, daß man träge und unnütze Leute an solche Orte schickte, damit sie sich einmal richtig konzentrierten. Damit ihre Gehirne wachgerüttelt wurden und sie in der Lage waren, auf ein erstrebenswertes Ziel hinzuarbeiten. Und tatsächlich: Es gab ein solches Konzentrationslager, eines zumindest. Radcote hieß es. Und auch Stacheldraht gab es hier, Zäune, die die Flucht unmöglich machten. Wie gerne hätte sie dieses verfluchte Penthouse für immer hinter sich gelassen, sich diesen abscheulichen Besuchen entzogen, zu denen man sie nötigte.

Robin war bisher noch nicht zudringlich geworden. *Noch nicht*. Und noch hatte Großmütterchen auch nicht vorgeschlagen, daß Patricia die Initiative ergreifen sollte. Patricia hatte ihr eigenes Zimmer, ein Stockwerk tiefer – ein Ort, an den sie sich zurückziehen konnte, doch nicht ohne vorher über jedes Detail ihrer Unterhaltung mit Robin berichtet zu haben. Sie hatte Fernseher, Videorecorder, Minibar – aber Alkoholisches suchte man darin vergebens.

Und mußte man nicht annehmen, daß trotz ihrer detaillierten Berichte, trotz Großmütterchens Beteuerungen längst Wanzen im Penthouse installiert waren und Rupert, das Biest, alles mithörte? Wenn nur Robin immerzu weiterbrabbelte – von Zeit und Raum, von seinen Gleichungen, von seiner Insel und den Terroristenjägern, die er ausgeschickt hatte ... Wenn er sie bloß nicht anrührte.

»Ein plötzlicher, riesiger Energiestrom«, sagte er gerade. »Masse und Zeit sind austauschbar ... Wenn die Masse dieselbe ist, dann spielt es keine Rolle, um wen oder was es sich handelt. Solange die Massen sich nahe genug beieinander befinden.« Er sah Patricia an. »Nahe beieinander«, wiederholte er. »*Sehr* nahe.«

Sie fröstelte. Kam er jetzt, nach langem Anlauf, zum Kern der Sache?

»Ich bin nicht sicher, ob die Identität des Römers überhaupt eine Rolle spielt. Auch ein Mensch ist Materie, hat Masse.«

Auch sie war Materie, und ihre Identität spielte längst keine Rolle mehr. Ihr Leben war eine Lüge.

»Das Ganze ist eine ziemliche Belastung.« Sie dachte, Robin rede über sich selbst. »Für die Raumzeit, meine ich. Das Gummiband ist angespannt, irgendwann schnellt es zurück. Ein Gummi ... Mit einem Gummi kann man alles mögliche anfangen – nicht wahr, Patricia?«

Pubertärer Schmuddelkram. In ihrem Bauch rumorte es. Ihr war schlecht. Mehr aus Ekel als aus Angst.

»Zwei Massen«, wiederholte er, »eng beieinander.«

Er spielte mit ihr sein krankes Spiel. So krank wie er selber? Was ihn davon abhielt, sie körperlich zu berühren, war wohl nur die Angst, daß seine Hand ins Leere greifen könnte. Durch sie hindurchgehen würde wie durch ein Gespenst. Sie hatte es längst aufgegeben, ihn davon zu überzeugen, daß sie kein Trugbild war.

»Du hast etwa dieselbe Masse wie ich, Patricia.« Das stimmte, Robin war kein Muskelprotz, kein Minotaurus. »Werden sie heute wieder mein Orakel befragen?«

»Woher soll ich das wissen?« Über das, was sich drüben unter der Kuppel abspielte, wußte sie nicht mehr als das, was er ihr erzählt hatte – und vielleicht war das schon mehr, als gut für sie war. Aber sicher war Orakel doch keine Maschine, der man schlicht Fragen stellte, im wortwörtlichen Sinn – oder?

»Das wäre doch lustig, Patricia, wenn du mit einemmal ins erste Jahrhundert versetzt würdest? Ich wüßte zu gerne, wie du da zurechtkämst ...

Sie mußte sich etwas einfallen lassen – ihn davon abbringen, sich ständig mit ihrer Person zu befassen.

»Soll das heißen, daß jeder von uns durch die Zeit geschleudert werden könnte?«

»Höchstwahrscheinlich wird es der Römer sein – vielleicht aber auch ein Schaf, wer weiß. Ein Schaf hat etwa dieselbe Masse wie ein Mensch. Eine wunderbare Verwandlung an der Straße nach Lactodorum, hm? Da reitet ein Zenturio – Jupiter schleudert einen Blitz – und, simsalabim, Marcus hat sich in ein Schaf verwandelt. Jedenfalls ist es das, was die Legionäre sehen. Wie in einer alten Sage, nicht wahr?«

»Ein Schaf?«

Er lächelte boshaft. »Solange beide Massen eng verbunden sind – wie ein walisischer Schafhirt und sein Schaf am Rand einer Klippe.«

Sie hatte Mühe, ihm zu folgen.

»*Du* hast einen walisischen Hirten,« sagte sie, »diesen Gwyn.«

»Einen Schafhirten, ja. Er ist vom MI5. Das Schaf möchte nicht von der Klippe stürzen, deshalb hält es still, wenn der Schäfer sich an ihm befriedigt.«

Mist, dachte sie. »Was werden wohl deine SAS-Leute jetzt machen?« fragte sie rasch.

»Wir wollen mal sehen.« Robin ging zum Fernseher und schaltete ein. Er kam zurück, setzte sich – diesmal etwas näher zu Patricia – und probierte verschiedene Kanäle. Eine Wetterkarte kam ins Bild.

Eine Karte von Europa, die dunkle Gewitterwolken über Nordfrankreich und Belgien zeigte. Gewitter zogen auch vom Südosten Englands aufwärts zu den Midlands. Blitzsymbole blinkten auf, jeder Blitz so groß wie eine englische Grafschaft.

Robin sagte: »Sie werden naß werden, bei all diesen Gewittern. Während eines Gewitters sollte man Orakel nicht befragen, selbst wenn man dringend eine Antwort braucht.«

Dankbar für jede Gelegenheit, sich von ihm entfernen zu können, lief Patricia zu einem Fenster und spähte zwischen den geschlossenen Vorhängen hindurch. Da draußen war die wirkliche Welt, auch wenn diese Wirklichkeit nicht das war, was man sich erhoffte.

»Der Himmel ist ganz schwarz.«

»Hundert Millionen Volt in einem einzigen Blitz«, sagte Robin. »Blitze überwinden Abstände. Zwischen Wolken, zwischen Himmel und Erde. Wir reden von Verbindungen, Patricia, feurigen Verbindungen –«

152

Seamus hatte sich mit Molly neben den Fahrer gezwängt. Hinten auf der Ladefläche fielen Mary und Tom übereinander, als der Wagen mit quietschenden

Reifen anfuhr. Mary schnaufte wie eine altersschwache Lokomotive, und Padraig nicht weniger. Marcus und Phelim hatten den Spurt zum Wagen viel besser überstanden. Die beiden Hecktüren schlugen hin und her wie die Flügel eines kraftlosen, verwirrten Vogels, der sich noch einmal in die Luft erheben möchte ... Phelim riß die Schutzhüllen von den Waffen. Padraig half ihm, noch immer schwer atmend. Mit dem Fuß stieß Phelim eine der schwingenden Türen auf und gab einen Feuerstoß ab, bevor die Tür wieder zuflog.

Sie konnten erst wenige hundert Meter gefahren sein, als der Lieferwagen jäh herumgerissen wurde. Er holperte über ein Hindernis und kam zum Stehen.

Sekunden später rissen Seamus und Molly die Türflügel auf. Sie standen direkt vor dem runden Glaspavillon des Atomiums.

»Sie haben uns den Weg abgeschnitten«, brüllte Seamus. »Es müssen zwei oder drei britische Teams sein. Rein in das Gebäude, los!« Er schnappte sich eine Maschinenpistole, Molly ein Gewehr.

»Raus mit euch beiden!« schrie er Mary und Tom an. »Sonst legen die Briten euch um!«

Als sie draußen waren, sah Mary auf der Straße, die sie gekommen waren, drei Männer herbeilaufen. Sie rannten wie die Weltmeister. Linker Hand war ein Auto quer über die Straße gestellt – blockieren ließ sie sich so nicht, dazu war sie viel zu breit, aber hinter die offene Fahrertür hatte sich ein Mann geduckt, die Waffe im Anschlag. Es blieb keine Zeit, um sich nach weiteren Autos oder Männern mit Pistolen umzusehen.

Das waren also die *guten* Killer. Wir sind die bösen ...

Und nun hatte auch ihr Fahrer ein Gewehr in den Händen: »Beeil dich, Fergus!« Ein Blitz erleuchtete die

Szene. Fast blieb Mary das Herz stehen, so gewaltig war der Donner, der folgte. Als wäre eine Bombe explodiert. Sie rannte los, zu den Türen neben dem Kartenkiosk. Das Seitenstechen ignorierte sie.

Die Kartenverkäuferin mußte sich hinter ihren Tresen verkrochen haben. Der Kontrolleur vom Eingang floh ins Gebäude, gefolgt von den IRA-Kriegern. Es waren wohl vierzig oder fünfzig Menschen in dem großen gläsernen Doughnut. Einige standen Schlange, um, säuberlich abgezählt, in den Lift eingelassen zu werden. Die übrigen waren über die ganze Halle verstreut – Eltern und Kinder, eine Gruppe älterer Frauen, die Ausstellungsstücke und Souvenirs in den Vitrinen und das Getränkeangebot eines Kiosk begutachteten. Schreiende Menschen flüchteten sich, um die Mittelachse des Gebäudes herum, auf die entferntere Seite.

Oben auf einer langen stählernen Treppe erschien ein halbes Dutzend Touristen. Seamus jagte einen Feuerstoß zur Decke.

»Weg von dieser Treppe!« Sein Französisch, das er im Gefängnis an der Crumlin Road gelernt hatte, schien ihn im Stich gelassen zu haben.

Die Treppe, natürlich. Die Treppe und nicht der Lift. Sonst brauchte nur jemand den Strom abzustellen. Seamus richtete die Maschinenpistole auf die Treppe, als wolle er sich den Weg nun freischießen.

Tom rief laut: »Allez! Allez vite! Montez!« Du lieber Himmel, jetzt gehörten auch Tom und sie zu den Terroristen, die das Atomium stürmten. Sie alle mußten sich an einen sicheren Ort zurückziehen, sicher vor den Briten – bis Polizei und Einsatzkommandos erschienen und die Verhandlungen beginnen konnten.

»Allez, montez!« Einen kurzen, irrwitzigen Augenblick lang dachte Mary, Tom würde den Leuten auf der Treppe zurufen: *Alimentez!* ... Verpflegt euch! Als Seamus mit der Waffe im Anschlag die Treppe hinaufstieg, zogen sich die Leute oben hastig zurück, rempelnd, sich gegenseitig auf die Füße tretend. Ein greller Blitz durchzuckte die Halle, als würde ein Riese mit ebenso riesigem Blitzlicht von draußen ein Photo machen.

Molly schwenkte ihr Armalite.

»Die Treppe hoch, los –«

Natürlich gehorchte Mary aufs Wort. Marcus schob sie vor sich her, dann kam Tom, Fergus und Padraig folgten. Molly bildete die Nachhut und sicherte nach allen Seiten.

Sie kamen in den nächsten Doughnut, dieser war Metall. Großformatige Poster zeigten die verschiedenen Stadien beim Bau des Atomiums. Kräne, angeseilte Arbeiter wie an einer Steilwand.

»Verdammt, sie sind da!« Vom Treppenabsatz herab ließ Molly das Sturmgewehr Feuer speien, dann sprang sie beiseite – gerade noch rechtzeitig, bevor einige Geschosse dicht neben ihr Löcher in das silberne Metall stanzten. Der Blutfleck am Ärmel war größer geworden, aber das war noch immer die alte Wunde, der Streifschuß.

»Ich glaub', ich hab' einen von ihnen erwischt! Wir müssen weiter hinauf, los!«

Dichtgedrängt eilten sie die kurze Treppe zur oberen Hälfte der Kugel hinauf. In Vitrinen waren Briefmarken und allerlei Nippeskram ausgestellt, der das Atomium darstellte. Durch das Bullauge aus Plexiglas sah man nachtschwarze Wolkenberge vorbeitreiben – so tief, daß man fast nach ihnen greifen konnte. Ein Feuerwerk aus Blitzen ließ Schatten über die gewölbten Wände tanzen, als stürmten von allen Seiten Verfolger auf sie ein. Hier waren sie nicht sicher.

»Höher!«

Eine lange Rolltreppe lag vor ihnen. Sie führte durch eine der Röhren, die die Kugeln verband. Schmal war sie, nicht einmal zwei Personen konnten nebeneinander gehen oder stehen. Oben machte sich gerade der letzte aus der Touristengruppe aus dem Staub, die sie vor sich hergescheucht hatten. Mit einiger Mühe, denn die silbernen Stufen bewegten sich abwärts.

Seamus nahm immer zwei der widerspenstigen Stufen auf einmal. Marcus bestaunte ungläubig diese Treppe, die einfach nicht stillhalten wollte, dann nahm er Marys Hand und zog sie mit sich treppaufwärts. Das Seitenstechen war kein bißchen besser geworden.

Dann waren sie oben, alle zusammen. Wieder ein Doughnut, diesmal ohne Bullaugen. Wieder eine Ausstellung, Comics waren es, aus denen einzelne Szenen auf großen Postern wiedergegeben waren. Mary hielt sich die schmerzende Seite und stolperte gegen eine Zeichnung, die ein halb eingestürztes Atomium zeigte: moosbedeckt, von tropischen Schlingpflanzen überwuchert. Phelim und Fergus liefen zu der kurzen Treppe, die in die obere Kugelhälfte führte. Sie hatten ihre Waffen im Anschlag.

Molly und Seamus kauerten sich rechts und links neben die Verkleidung der Rolltreppe. Unten hörte man eilige Schritte, gleich würde jemand in Sicht kommen. Molly zielte.

»Diesen Briten ist es scheißegal, daß das hier ein Museum ist! Die reinsten Vandalen . . .«

»Ein Museum voller Mist«, sagte Seamus.

»Ob sie Granaten dabeihaben?«

Wie zur Antwort blitzte es unten auf, aber auch von der oberen Kugelhälfte kam gleißender Lichtschein.

Ein ohrenbetäubendes Krachen ließ die ganze Kugel erzittern.

»Sie sind schon über uns, überall!« schrie Phelim. »Sie zünden die Blendgranaten. Sie müssen den Lift genommen haben!«

Möglicherweise hatten das einige der Briten getan. Aber die vermeintliche Explosion war nur der Donner gewesen, und das grelle Licht der Blitz, der ihm nun mal vorangeht. Aber wie sollte man unterscheiden, was hier Granate, was entfesselte Natur war? Wie kurz aufleuchtendes Flutlicht hatte der Blitz die Szene erleuchtet, nun war es wieder dunkel, zu plötzlich, als daß die Augen sich hätten anpassen können. Aber Molly hatte unten an der Treppe eine Bewegung bemerkt – oder auch nur erahnt. Sie feuerte. Beim nächsten Aufblitzen zeigte sich, daß ihr Feuerstoß nur einem Phantom gegolten hatte, dem Schatten eines knienden Mannes auf dem Fußboden. Sie warf sich zur Seite, als dort unten auch schon Mündungsfeuer aufblitzte. Summende Metallbienen schwirrten an ihr vorbei und prallten kreischend von der Decke ab. Blind, aus sicherer Deckung heraus, richtete Seamus die Maschinenpistole treppabwärts und schoß.

»Wir können es schaffen, wir können es schaffen!« rief er. »Hier kommen sie *nicht* durch!« Nicht durch diese lange, enge Röhre. Aber wenn sie schon über ihnen waren? »Um Himmels willen – Phelim und Ferg, ihr müßt nach oben! Sichert die nächste Rolltreppe!«

Auf der vielleicht schon die Briten heranstürmten.

Padraig nahm Phelims und Fergus' Platz ein, während die beiden die Treppe hinaufstiegen. Kaum waren sie außer Sicht, als eine neuerliche Lichtflut von oben her glauben machte, daß die Kugel selbst zur Glühbirne geworden sei. Schmerzhaft hell, und schmerzhaft auch das nachfolgende Krachen. Wenn es nicht das Gewitter war, dann waren die beiden jetzt tot.

Mary war bis zur Wand zurückgewichen. Schrecklich war das alles, und ein Ende des Schreckens war nicht abzusehen. Wenn sie beide Rolltreppen verteidigen konnten, dann waren sie hier sicher, bis die Belgier kamen. Die Belgier, die die blindwütigen SAS-Männer zurückpfeifen würden. Es gäbe einen Waffenstillstand, die üblichen Lautsprecher, Verhandlungen, Vereinbarungen.

Ein Geschoßhagel prasselte *von außen* gegen die Aluminiumhülle, überall, von allen Seiten. Nein – ein Wolkenbruch war es, eine Sintflut besser. Als hätte man über ihnen ein Wasserreservoir ausgeschüttet.

Die Straßen würden bald unter Wasser stehen. Scheibenwischer wären nutzlos. Spät, viel zu spät würde die Polizei eintreffen. Lieber Gott – mach, daß niemand diese Rolltreppen passieren kann!

Und wenn die Belgier sich der Sache angenommen hatten, was dann? Zwanzig Jahre in einem belgischen Gefängnis für Mitwisserschaft und Begünstigung? O nein, mit der erzwungenen Komplizenschaft wäre dann Schluß, sie würden reden, alles haarklein berichten, was immer man von ihnen hören wollte. Marcus war weltberühmt. Und die Belgier würden bemüht sein, die Skandale der letzten Jahre vergessen zu machen – die Wahrheit würde ans Licht kommen. Man würde sie nicht einfach an die Briten ausliefern. Man konnte auch schlecht einen Anschlag auf das Atomium vertuschen, den Dutzende von Leuten miterlebt hatten. Man konnte nicht tun, als wäre nichts geschehen. Es sei denn, Belgier und Briten steckten unter einer Decke ...

Großer Gott, laß es nicht wahr sein: Laß nicht zu,

daß die SAS-Leute das hier mit Wissen und Duldung der Belgier tun!

Was war das eigentlich für ein Plan, den Seamus und seine Kumpane ausgeheckt hatten? Mary wollte es nicht wissen, sie durfte es nicht wissen.

So plötzlich, wie er begonnen hatte, hörte der Wolkenbruch wieder auf. In der Stille konnte man von unten Stimmen hören, die englisch sprachen. Der nächste Donnerschlag übertönte sie.

Kugeln prallten von den Metallstufen der Treppe, schwirrten kreischend als Querschläger durch die Luft. Seamus schrie auf und fiel. Er wand sich vor Schmerzen, daß man es nicht mitansehen konnte. Ungeschützt lag er nun am Absatz der Rolltreppe. Sie trug seine Maschinenpistole davon und zerrte nun auch ihn mit sich. Seine Kleider, vielleicht auch seine Finger, hatten sich in der Treppe verfangen.

»Zum Teufel mit euch!« schrie Molly. Sie ließ das Sturmgewehr fallen und versuchte Seamus zurückzuziehen. Doch er kam nicht frei. Unaufhaltsam trug die Rolltreppe den sich windenden, eingezwängten Körper davon.

»Padraig!« schrie sie.

Wieder ein Aufblitzen, und Seamus bäumte sich auf, als ihn die nächste Salve traf.

Padraig lag neben Molly flach ausgestreckt und feuerte über den Toten hinweg, der sich stetig abwärts bewegte.

Der Regen schien nur aufgehört zu haben, damit Blitz und Donner um so eindrucksvoller ihr Werk verrichten konnten. Es blitzte unaufhörlich. Die Luft roch unangenehm scharf, wie nach Meer. Blaues Elmsfeuer umgab Marcus von Kopf bis Fuß wie ein Heiligenschein. Mary spürte, wie sich ihr kurzgeschnittenes Haar aufrichtete.

153

Es war kaum zwanzig Minuten her, daß Terence den BMW hundert Meter vom Atomium entfernt geparkt hatte. Es war wie eine Ewigkeit. Er ließ den Scheibenwischer ein paarmal hin- und herlaufen, und diesmal blieb die Scheibe klar. Er und Richards waren bis auf die Haut durchnäßt. Richards fluchte leise vor sich hin – weil sein verstauchter Knöchel schmerzte, vielleicht auch aus Ärger, weil er nicht bei seinem Team dort drinnen sein konnte.

»Kontrolle an B-Eins: Berichten Sie!«

Statisches Rauschen, Knistern – aber dann war tatsächlich eine Stimme zu hören.

»Eine Person ausgeschaltet. Leiche kommt mit dem Förderband runter.« Also war das B-Team noch immer unten vor der Rolltreppe. »Noch kein Anzeichen, daß A-Team oben angekommen ist –« Der Rest von Merricks Funkspruch ging in Störgeräuschen unter.

Terence schüttelte das Walkie-talkie. »An alle – könnt ihr mich hören?« Nichts außer Knistern und Knacken, trotzdem sprach er weiter. »Ich will, daß ihr angreift, gleichzeitig – sobald ihr die Typen eingekreist habt.«

Im Flackern eines Blitzes sah es so aus, als würde Richards hämisch das Gesicht verziehen.

»Stürmen, die Rolltreppen rauf und runter? Im Ernst? Diese engen Dinger? Das wird kein bißchen besser ausgehen als die Attacke der Leichten Brigade! ... Sie sind tatsächlich ein verfluchter *Rupert*!«

»Es muß einfach sein, um jeden Preis! Und ich darf Ihnen nicht einmal sagen, warum.«

Richards pfiff leise durch die Zähne. Er tippte mit dem Zeigefinger gegen die Windschutzscheibe. »Feuerkugeln ....«

Blaue Lichtbogen verbanden die Kugeln des Atomiums. Eine feurige Korona leuchtete auf, zuerst um eine Kugel, sprang dann weiter zur nächsten und so fort. Feuerkugeln, ja – oder besser: *eine* Feuerkugel, die wie in einem gigantischen Flipperapparat hin- und hertanzte. Ströme von mehreren Millionen Volt trieben hier ihr Unwesen.

»Mist, sie werden alle gebraten werden.«

»Niemand wird gebraten«, sagte Terence. »Es fließt kein Strom innerhalb der Metallhüllen. Der sicherste Platz bei einem Gewitter ist im Innern eines Metallgehäuses. Hat man Ihnen das nicht beigebracht?«

»Man hat uns beigebracht, daß man sich auch von Ratten ernähren kann, wenn es ums Überleben geht. Es gibt nicht viele stählerne Riesenkugeln in den Brecon Beacons oder im Süden von Armagh.«

»Das hier ist Aluminium, kein Stahl.«

»Und wieso kennen Sie sich mit Elektrizität so gut aus, *Sir*?«

Terence seufzte. »In meiner Schule erschien eines Tages ein Kerl, der sich als Michael Faraday verkleidet hatte. Er setzte sich in einen Käfig aus Drahtgeflecht und ließ sich mit einem künstlich erzeugten Blitz bombardieren ... Eine ziemlich eindrucksvolle Demonstration.«

»Das war wohl in Eton, nehme ich an? In der Perry-Barr-Gesamtschule hatte man dafür sicher kein Geld.«

»Es ist ein berühmtes physikalisches Experiment.«

Die Lichtbogen zuckten hin und her, als würde der Blitz erst noch einen Weg suchen, um sich an das Atomium heranzumachen. Doch die Kugeln schienen ihn zu verwirren. Wo in aller Welt auch konnten die ungebändigten Naturgewalten eine Struktur wie diese finden – das Modell eines Moleküls in millionenfacher Vergrößerung?

Und ein mürrischer Richards entgegnete: »Aber nun befassen wir uns mit einem ganz anderen Experiment, nicht wahr, Sir?«

»Wie meinen Sie das!?« Aber natürlich wußte Richards nichts über Orakel, er wollte nur seine schlechte Laune abreagieren. Verständlich, unter diesen Umständen.

154

Die blaue Aura war von Marcus zu Tom gewandert. Von Tom sprang sie auf die stählerne Treppe über. Immer intensiver wurde das Leuchten, das sich flackernd über Stufen und Geländer ausbreitete. Immer mehr Energie schien sich anzusammeln.

Molly hatte ihr Armalite wieder an sich genommen.

»Hast du noch ein Magazin, Padraig?« Sie hatte ihre Munition verschossen.

»Hab' ich nicht –«

»Dann nur noch Einzelfeuer, Padraig, von jetzt an –«

Das blaue Licht flackerte und züngelte, tastete mit dünnen Tentakeln nach Marcus. Hüllte ihn kurz ein, bevor es sich wieder zur Treppe zurückzog. Aber sehr viel heller war der Lichtschein, der von oben und auch vom unteren Ende der Rolltreppe herdrang. Ein sehr rasch und rhythmisch flackerndes Licht, Stroboskoplicht. Jede Bewegung, die man machte, zerfiel in einzelne, unzusammenhängende Phasen – als würde man einen Film Bild für Bild betrachten. Als hätte man die Zeit selbst in Stücke geschnitten. Und jedes Donnern echote, als würden sich unendliche Räume auftun und wieder schließen.

Hell – dunkel ... Im Flackerlicht drehte sich Mary langsam zu Marcus. Hell – dunkel ... Die Bewegung schmerzte, als würde man ihr ein Messer in die Seite stoßen. Sie wollte ihn umarmen. Sie fühlte ein Prickeln, sein ganzer Körper mußte elektrisch geladen sein. Sie spürte einen Stromschlag, als sie ihn berührte.

»Er gehört mir!« schrie sie gegen Blitz und Donner an, so laut sie konnte. »Laßt ihn in Ruhe! Er gehört mir! Schnappt euch lieber einen dieser verfluchten Messer-Mörder!« Tatsächlich, sie betete zu Donner und Blitz wie eine heidnische Priesterin.

155

»Sie haben uns gefunden!« kreischte Robin in die Dunkelheit, die der Explosion gefolgt war. Die Lichter im Penthouse waren ausgegangen. Überall Scherben, klirrend fielen die letzten Reste der Fensterscheiben zu Boden. Glücklicherweise hatten die schweren Vorhänge die Wucht des des Glasregens abgefangen. Durch den zerschnittenen Samt, der sich im Wind blähte, sah man hin und wieder einen Blitz und eine rotglühende Feuersbrunst.

»Das war eine Autobombe!« jammerte er. »Eine Lastwagenbombe, mindestens!« Die Stimme schien aus dem Innern des Sofas zu kommen, als hätten sich die Polster wie Muschelschalen um ihn geschlossen.

Er hatte sich verkrochen. Krachender Donner mischte sich mit dem Jaulen einer Sirene.

Das Werk von Terroristen? Das war ziemlich ausgeschlossen. Eher ein Unfall, ausgelöst durch Blitzschlag. Das Orakel mußte explodiert sein. Patricia spürte ein Brennen an der Wange, während sie mit vorsichtigen Schritten ans Fenster ging. Es knirschte unter ihren Schuhen. Wenn die Vorhänge nicht gewesen wären, dann wäre sie jetzt mit Glassplittern gespickt. Sie spähte durch das, was einmal ein Fenster gewesen war: Ein leerer Rahmen mit einigen bronzierten Scherben, die von oben wie Guillotinenmesser drohten.

Stinkender Rauch drang in das Zimmer. Im Dämmerlicht unter den schwarzen Wolken sah man Flammen und eine Rauchsäule dort aufsteigen, wo einmal eine Kuppel gewesen war. Überall lagen Trümmer. Auch an anderen Gebäuden waren die Fenster zersplittert. Eine Mauer war eingestürzt. Die Leute liefen umher wie aufgescheuchte Ameisen. Da lagen auch Tote. Nirgendwo Licht, die einzige Beleuchtung waren das Feuer und einige im Wind flackernde Fackeln.

Aber was fehlte noch an diesem Bild? Nicht nur die Kuppel war verschwunden ... Der Hochspannungsmast! Er war über die Umzäunung gestürzt und hatte den Maschendraht auf einer Länge von zwanzig Metern umgebügelt.

In diesem Augenblick gingen die Lichter im Penthouse wieder an, auch in einigen anderen Gebäuden. Das Notstromaggregat hatte sich eingeschaltet. Patricia, die sich die Wange betastet hatte, bemerkte Blut an ihren Fingern. Es war nicht viel. Sie wischte sich die Wange am Samtvorhang sauber, auch die Finger.

Der Mast hatte den Zaun beschädigt, jetzt gab es

einen Weg aus dem Konzentrationslager. Niemand würde sie bemerken, solange man mit Löschen, Räumen und dem Versorgen der Verletzten beschäftigt war. Der Weg in den Wald – und weiter noch – war frei.

Hinter der Brüstung aus Polstern tauchte Robins Kopf auf. »Wo gehst du hin?« jammerte er, während Patricia auf die Tür zuging.

»Ich verschwinde«, sagte sie.

Er nickte, als wäre es das, was er die ganze Zeit schon erwartet hatte.

»Wo ist Nanny?« quengelte er.

»Da draußen sind IRA-Leute mit Gewehren«, höhnte sie. »Ich habe sie gesehen – Wollmützen über den Gesichtern. Vielleicht ist es auch nicht die IRA, vielleicht sind es Agenten einer ausländischen Macht. Du solltest dich besser unter deinem Bett verkriechen, bis alles vorüber ist.«

Aber konnte er sich je wieder sicher fühlen, nachdem man seine Burg halb in die Luft gesprengt hatte?

Sie eilte zum Lift, um dem nächsten Stromausfall zuvorzukommen.

Querfeldein durch Wind und Wetter, dann irgendwo einen Lastzug anhalten, Richtung London vielleicht ... Mein Gott, wie sie aussah! Die Wange blutig, die Kleider verdreckt. Mein Mann hat mich geschlagen, mich aus dem Haus geworfen. Er ist ein Tier ... Ja, London – das war nicht schlecht, um unterzutauchen. Ihr Leben hatten sie ihr weggenommen, jetzt würde sie ein neues brauchen.

Schmuddelige Herbergen, Pappkartonsiedlungen, Suppenküchen? Nicht unbedingt: Sie konnte sich durchaus vorstellen, in einem Striplokal zu arbeiten – für einige Zeit zumindest. Warum nicht? Es gab seriöse Nachtclubs, es bedeutete nicht automatisch

Absteige und schmierige Typen. Was hatte sie da vor einigen Monaten in der *Sunday Times* gelesen? Ein Liliputaner hatte sein Artistendasein an den Nagel gehängt und einen noblen Nachtclub aufgemacht – Striptease zu klassischer Musik anstelle des üblichen Hüftwackelns zum Scheppern eines Kassettenrecorders.

Schwarzarbeit, Bargeld, keine Fragen. Natürlich brauchte sie auch einen anderen Namen. Bye-bye, Patricia Bates! Wie wäre es mit ... *Miranda Smith*? Das erstbeste, was ihr in den Sinn gekommen war, wie aus der Luft gezaubert. Miranda Smith, das klang ein bißchen nach Mirakel. Und Smith, das hieß: jedermann, irgendwer. Anonymität. Man würde sie anstarren, aber das war auch alles. Nur anstarren, mehr war nicht drin. Macht über Männer. Und nie würde man sie finden, nie. Sechs würde nie darauf kommen, in Soho nach einer Mathematikerin des GCHQ zu suchen. Heute beginnt ein neues Leben, Mädchen – du mußt es nur wollen.

Wie war doch der Name dieses Klubs? Irgendein Maler ... Giorgione? Canaletto? Nein, etwas mit ›Body‹, sinnigerweise ... Botticelli, das war's! Ja, mit Kurven wie ein Cello.

Nun, man würde sehen. Wenn sie nur aus dieser Hölle entkam, solange alles drunter und drüber ging.

156

Tom stolperte, noch immer wie betäubt. Neben ihm stieg ein zierliches braunes Pferd wiehernd auf die Hinterbeine, bevor es mit stampfenden Hufen davongaloppierte. Neben einer Straße aus gestampftem Kies hatten sich Soldaten zur Rast niedergelassen, sitzend oder halb ausgestreckt: Legionäre in glänzenden Harnischen aus Metallsegmenten und in roten Wolltuniken. Die meisten hatten ihre Helme abgenommen. Blaubemalte Schilde standen aneinandergelehnt. An den Rucksäcken, die im Gras verstreut lagen, hingen Hacken und Torfmesser, lederne Flaschen, Geschirr und Pfannen. Großer Gott ...

Maultiere weideten auf dem breiten Grasstreifen entlang der Straße, sie trugen noch die zusammengerollten Zelte und anderes Gerät. Dahinter sah man noch mehr Legionäre am Boden hocken. In der Ferne lag ein Dorf mit strohgedeckten Rundhäusern, Kühe grasten dort, und Eichen, Eschen und Weiden verloren sich im Dunst. Ein Trupp Reiterei, malerisch bunt, zog in langsamem Galopp vorbei, einer scharlachroten Fahne folgend.

Die Luft roch so frisch und rein. Das erschreckte braune Pferdchen hatte nach hundert Metern haltgemacht. Aller Augen richteten sich nun auf Tom. Wo Marcus gestanden hatte, befand sich nun ein Fremder in Kleidern, wie man sie noch nie gesehen hatte. Die Männer sprangen auf. Großer Gott ...

Ein Offizier mit Helmbusch kam heranmarschiert, begleitet von einigen finster blickenden Legionären. Sein Helmbusch aus weißem Pferdhaar lief von vorn nach hinten, nicht quer über den Helm wie bei einem Zenturio. Es mußte sein Gehilfe, sein Stellvertreter sein. Wie war der Name von Marcus' *optio*?

Vindex, so hieß er. Ein hartes, versteinertes Gesicht – aber nicht unintelligent. Die Hand hatte er am Griff seines Schwertes. Die Männer neben ihm tuschelten aufgeregt. Ungläubig, argwöhnisch, ehrfürchtig – ein Wunder?! Großer Gott – laß sie glauben, daß es ein

Wunder ist! Aber an welchen Gott mußte er sich hier und jetzt eigentlich wenden?

Was für ein Glück, daß ich gelernt habe, wie ein Römer Latein zu sprechen …

»Optio Vindex!« grüßte Tom den Offizier, »die Götter haben mich zu euch gesandt.«

157

Zwei Stunden Fußmarsch waren es noch bis Lactodorum. An der Spitze der Marschkolonne mühte sich Tom, mit dem Optio zu Pferd Schritt zu halten. Eine ehrfürchtige Scheu hielt die Männer auf Abstand – und so hatte trotz allen Mißtrauens niemand gewagt, ihn auch nur andeutungsweise hart anzufassen. Man bewachte ihn, doch trug er keine Fesseln. Zu fremdartig war dieser Mann, und da man nicht wußte, woher er kam, schien es besser, ihn nicht zu erzürnen.

Vindex und der Führer der anderen Zenturie, Julius Lucanus, hatten ihn verhört. Kurz nur, in aller Eile, denn man mußte weiter. Noch waren die Aufrührer nicht vollständig besiegt, noch gab es Wichtigeres zu tun.

Welcher Gott ihn gesandt hätte? Das zu wissen sei den Menschen nicht bestimmt, hatte Tom geantwortet. Wo Marcus Appius Silvanus nun wäre? Er ist bei den Göttern. Die Männer, die das Verhör mitverfolgten, hatten Gebete gemurmelt. Der Zenturio und der Optio waren verwirrt gewesen – und auch einigermaßen skeptisch, aber welche andere Erklärung gab es denn noch? Marcus' Gefährtin wird ihn vermissen, sagte Tom. Die bedauernswerte Corellia.

Bist du ein Zauberer? Bist du Mensch oder Gott? Ein Mensch und doch ein bißchen wie ein Gott für dieses ahnungslose Publikum ... Ein *Titan* vielleicht? »Ich bin Titus«, sagte Tom, »Titus Hibernicus.« Der Mann aus Irland – ein Land, das diese Männer nur vom Hörensagen kannten.

Aber für ein ausführliches Verhör hatte man keine Zeit. Fast alle hatten sie den blauen Blitz gesehen, den Blitz, der Marcus Silvanus verschlungen hatte. Der seltsam gekleidete Mann hatte seinen Platz eingenommen. Ein Mensch, vielleicht auch mehr als ein Mensch. Unnötig, die Reiterei auszusenden, damit sie die Umgebung absuchte.

Die Sonne hatte den Dunst nach und nach aufgezehrt. Die Legionäre begannen zu singen, das Trapp-Trapp der Nagelsohlen gab den Rhythmus vor:

»Die Königin muß nun verzagen
Wir haben sie aufs Haupt geschlagen –«

Ich bin ein Orakel, dachte Tom.

»Boudicca wird sich vergiften«, sagte er zu dem Optio.

»Was bleibt ihr sonst noch übrig?« gab Vindex zurück. Stolz saß er auf dem Pferd, nicht gerade unglücklich darüber, daß er nun der Kommandeur war. »Das vorherzusagen, dazu gehört nicht viel, Titus Hibernicus. Und wenn wir *sie* nicht nach Rom schicken können, dann könnte man ja immerhin noch dich schicken, nicht?«

Nach Rom, das Rom Neros – der in Kürze völlig überschnappen würde ... Stand nun nicht der Brand Roms bevor?

»Wir werden deinen Fall dem Präfekten übergeben«, erklärte Vindex. »Dann wird man ihn dem stellvertretenden Kommandanten vortragen, danach dem Kommandanten. Der Augur wird gehört werden zu deiner Behauptung, daß die Götter dich geschickt haben.«

Wie schön, daß auch beim römischen Militär alles seinen geregelten Gang ging.

Ich bin ein Orakel. Auf den Selbstmord Neros, dieses Irren, folgte das Vier-Kaiser-Jahr: vier Regenten, die jeweils Teile des Heeres auf ihre Seite brachten und sich bekriegten. Bürgerkrieg. Danach glitt das Staatsschiff wieder durch ruhiges Fahrwasser, die Flavierdynastie ... Doch darüber auch nur ein Wort zu verlieren hieße sein eigenes Todesurteil sprechen.

In neunzehn Jahren würde der Vesuv ausbrechen. Neunzehn Jahre in der Zukunft, das war noch in weiter Ferne. *Was sonst als ein Orakel könnte ich denn sein?*

Die Einsamkeit schmerzte. Ein gähnender Schlund tat sich vor ihm auf: die Zeit. Der Niedergang Roms, Vandalen, Wikinger, die Kreuzzüge – alle die Verrücktheiten, die krampfhaften Zuckungen, die man ›Geschichte‹ nannte. Die Mongolenhorden, der Schwarze Tod, der arabische Ansturm auf Europa. Die Inquisition. Die Renaissance, das Licht am Ende des Tunnels. Und wohin hatte das alles geführt? Zum Holocaust und zur Wasserstoffbombe.

Schlechte Hexameter konnte auch er zusammenreimen – sollte er vielleicht eine Schriftrolle damit vollschreiben, als ein Nostradamus der Antike?

In seiner Tasche hatte er belgisches Geld – Münzen und Scheine, Kreditkarten, einen Plastikkamm, Kugelschreiber. Wenn er einen Beschützer fand – einen vernünftigen, sachlichen Argumenten zugänglichen Mann wie Vespasian vielleicht, den Gründer der nächsten Dynastie ...

Der oberste Chef hier in Britannien war Suetonius

Paulinus – aber nicht mehr lange. Zu hart, zu streng und unbeherrscht im Umgang mit den unterworfenen Britanniern. War denn Vespasian zu dieser Zeit überhaupt noch in Britannien? Mary, Mary – hoffentlich bist du in Sicherheit. Und Marcus mit dir.

In Gesellschaft von Terroristen, belagert von SAS-Leuten, hoffend, daß die Belgier sich als Vermittler einschalteten – wie konnten sie da *sicher* sein?

Das war und würde wohl das schlimmste sein: daß er es nie erfahren würde. Und gleichzeitig so ungeheuer viel zu wissen, mit dem er nun nichts mehr anfangen konnte. Lächerlich kurz wäre die Liste dessen, womit er tatsächlich etwas anfangen konnte.

Wenn er dic Untersuchung der Miltärbehörden lebend überstand, wenn er die richtigen Worte fand, um seine Freiheit wiederzugewinnen, dann konnte er vielleicht zum Berater eines Handelsherrn werden. Investiert in Britannien – es wird einen Boom ohnegleichen geben unter der römischen Herrschaft! Im Augenblick waren die meisten Händler tot oder geflohen. Vielleicht würde er eines Tages Corellia finden und ihr berichten, was mit Marcus geschehen war. Die Götter hätten ihn gesandt, so hatte er gesagt, und dabei mußte er bleiben. Aber wozu hatten sie ihn gesandt? Um Dinge zu sagen, die die Zukunft ein klein wenig verändern konnten, wenn man auf ihn hörte. Oder die seinen Tod bedeuteten. Aber er mußte sich abfinden mit seinem Schicksal, eine andere Möglichkeit gab es nicht.

Tom starrte auf die Straße, die vor ihm lag, als müsse dort nun jeden Augenblick ein Auto erscheinen – ein grüner Rover. Schließlich war das genau die Straße, welche . . . Nur ein bißchen zu früh, neunzehnhundert Jahre zu früh.

Der hypnotische Singsang ging weiter.

»Durch Rom wird man Boudicca führen
Und schwere Ketten wird sie spüren –«

Zwanzig Meilen weiter südlich würde sich Boudicca vielleicht in diesem Augenblick vergiften. Und zur selben Zeit würden sich im Atomium, in der Hauptstadt Europas, andere, aber ebenso widerspenstige Kelten vielleicht den Belgiern ergeben.

Tom hustete. Die feuchte Luft machte seinen Bronchien zu schaffen. Doch stimmte er unverdrossen, wenn auch etwas kleinlaut, in den Gesang der Legionäre ein.

Das Ende – ein neuer Anfang?